重庆市委宣传部、市作协文艺创作资助项目；

中央高校基金创新团队项目"中外诗歌发展问题研究"（项目编号：SWU2009110）。

跨学科诗学论丛

中国新诗研究所 编

20世纪域外文论本土化机制研究

向天渊 等著

中国社会科学出版社

图书在版编目(CIP)数据

20世纪域外文论本土化机制研究/向天渊等著. —北京：中国社会科学出版社，2021.10
（跨学科诗学论丛）
ISBN 978-7-5203-9159-7

Ⅰ.①2… Ⅱ.①向… Ⅲ.①文学研究—中国—20世纪 Ⅳ.①I206.7

中国版本图书馆CIP数据核字（2021）第189539号

出 版 人	赵剑英
责任编辑	郭晓鸿
特约编辑	杜若佳
责任校对	师敏革
责任印制	戴 宽

出　　版	中国社会科学出版社
社　　址	北京鼓楼西大街甲158号
邮　　编	100720
网　　址	http://www.csspw.cn
发 行 部	010-84083685
门 市 部	010-84029450
经　　销	新华书店及其他书店
印　　刷	北京明恒达印务有限公司
装　　订	廊坊市广阳区广增装订厂
版　　次	2021年10月第1版
印　　次	2021年10月第1次印刷
开　　本	710×1000 1/16
印　　张	25.5
插　　页	2
字　　数	393千字
定　　价	148.00元

凡购买中国社会科学出版社图书，如有质量问题请与本社营销中心联系调换
电话：010-84083683
版权所有　侵权必究

目 录

导　论 ·· （1）
第一章　碰撞与融合 ·· （32）
第二章　曲解与变形 ·· （80）
第三章　挪用与重构 ·· （124）
第四章　移植与变异 ·· （160）
第五章　言说与抗拒 ·· （198）
第六章　调和与会通 ·· （230）
第七章　融突和合（上） ······································ （262）
第八章　融突和合（下） ······································ （313）
结语　走向他人与回归自我 ································· （351）
参考文献 ·· （363）
后　记 ··· （401）

导　论

一

学术研究要顺利开展，首先必须弄清研究对象的具体范围。比较简便的做法是将其放在由时间纵轴和空间横轴构成的坐标系中加以考察与定位。

本书题为"20世纪域外文论本土化机制研究"，所标示的时间轴是"20世纪"。这一看似简单的时间概念，却包含着较为复杂的思想内涵，我们还需从"时间—历史"维度略作辨析。一方面，众所周知，时间是无始无终的连续体，"世纪"仅仅是一种计量单位，任何语境与地域（空间）中的"20世纪"都不可能是绝对化的独立单元，就中国的20世纪来说也是如此，它与此前、此后的历史、现实及未来存在着无法割裂的诸多关联。另一方面，正如福柯将革命性的"中断"概念引入历史连续性之后所揭示的那样，历史也并非线性发展，是一段一段的。不同时代有不同的认识体系，比如，在文艺复兴时期，"相似性"成为构成话语的规则；17世纪的古典时代，"表象"成为构成话语的规则；现代的认识体系则以"人"为中心，"这些相继出现的认识体系，它们之间并无必然的联系，所以福柯用中断把它们隔开。每个认识体系都产生了相应的话语及实践"。[①] 本书之所以用"20世纪"这一时间划界，正是为了

[①] 潘培庆：《译者序：福柯的思想和启示》，[法] 朱迪特·勒薇尔：《福柯思想辞典》，潘培庆译，重庆大学出版社2015年版，第 ix 页。

凸显研究对象大体以中国的现代化进程为历史及文化背景。毕竟，在这一百来年间，中国全方位地发生了由传统向现代的巨大变化——恰如大河改道，在奔涌前行的进程中不断地纳新汰旧，沉淀新的河床并开拓出新的流域——形成了新的认识体系以及与之相应的话语及实践，具有鲜明的革命性特征。

　　同样，本书用来定位研究对象的空间轴是"域外"，但"域外"只能在与"域内"的彼此对峙中确立。而此处的"域内"当然是以研究主体——本书内容的设计者与参与者——之国族身份为评判依据的"中国"。这里的"中国"既指某一地理空间，也指某种族群、语言以及文学、文论和文化空间等。这些因素显然都不处于静止状态，它们各有自己的演进历程。与此相对的"域外"就是中国之外，我们习惯称之为国外或外国。就20世纪以来"域外文论"传入中国的实际情况以及国外文化的不同特性而言，此处的"域外"又可以细分为欧美、苏俄、日本三大板块，当然还有规模及影响都有所不及的南亚之印度，西亚之阿拉伯、波斯等。

　　国别的划分古已有之，但就中国历史而言，由文化输出国被迫转变成文化输入国则是一次数千年未有之骤变与巨变，"域外"与"域内"发生了剧烈的冲撞与大规模的交融，其结果就是上面提到的中国社会与文化的现代转型①。这次转型，从政治、经济到文化、学术各个方面重建了域内与域外的层级结构。中国迅速且全方位地从强势到弱势、从高位向低位跌落。巨大的落差给社会各阶层尤其是知识分子造成了前所未有的冲击与震撼，以至于有学者认为："近代以来中国知识分子在东、西方文化大碰撞下的反应，可以看作是中国现代化进程的人格化表现，而百年来中国知识分子的成熟度，也就可以看作是中国现代化事业成熟

---

① 刘再复、林岗在《传统与中国人：关于"五四"新文化运动若干基本主题的再反省与再批判》一书中论及中国将以"被现代化"的方式走向现代的问题："所谓'被现代化'并不是指被动性，被推着走，不会主动迎接现代化的挑战，而是指由于文化上的缺环而失去思想资料的借鉴，在这方面没有民族文化作基础。于是'被现代化'就意味着需要给中国文化注入新的思想、观念，注入新的文化素质。"（生活·读书·新知三联书店1988年版，第422—423页）这与西方尤其是美国汉学界有关中国近现代历史"冲击—回应"的阐释模式既相通又有所不同。

度的精确指示器。"① 于是，中西之争、古今之辩，成为最近一百多年中国思想界、学术界无比纠结、难以克服的梦魇，"中学西学之争、旧学新学之争、学校科举之争、文言白话之争、东方文化西方文化之争……，从一个侧面说明了中国现代化进程的曲折与艰难"②。域外文论的输入及其本土化所促成的中国文论的现代转型，就是这种整体性现代转换或现代化进程的组成部分，它让文论界产生诸多困惑与争辩的同时，也创生出一系列值得探究的崭新话题，拓宽了中国文论的话语和实践空间。

大体勾画出这样一个既简单又复杂的时空坐标图系③之后，我们还要对"文论"这一核心术语进行基本的描述与界定。本书的研究对象"域外文论"中的"文论"一词是"文学理论"的简称，与常规意义上的"诗学"大体相通，两者具有交叉重合与相互补充的关系。之所以要指出这一点，是因为西方有"poietike"（poetics，诗学）也有"theory of literature"（文学理论），中国有"文论"也有"诗话"、"诗论"及"诗学"④，虽然因为文学的生态系统不同导致中外文论与诗学各具特色⑤，但都包含着对文学的理解、阐释与评价，我们既要充分认识彼此的差异，也要避免过于执着这种差异，用不着害怕，更无须抵触中外

---

① 甘阳：《古今中西之争》，生活·读书·新知三联书店2006年版，第33页。
② 甘阳：《古今中西之争》，生活·读书·新知三联书店2006年版，第30页。
③ 时间一旦空间化，就转变成具象性的"历史"，从时间维度看某一空间，空间也会获得鲜明的历时性特征。"中国"的"20世纪"（时间的区域化、空间化），"20世纪"的"中国"（空间的时间化、历史化），各自具有丰富的内涵，两者之间的相互交织及其辩证关系，值得我们深入思考。
④ 西方的诗学与修辞学传统历史悠久，西方文学理论（文论）传统之形成则要晚得多，于18世纪作为一门学科的"美学"兴起之后，热衷于对艺术与狭义文学（美文）之审美属性的探究密切相关。中国虽然有悠久的诗教与诗论传统，但"中国诗学"这一概念的流行却相对较晚，朱光潜在其《诗论·抗战版序》中就指出"中国向来只有诗话而无诗学"，并简要说明了诗学在中国不甚发达的原因。在今日看来，中国古代的"诗学"，大多限于对诗歌文体的言说，甚至还有专门针对《诗经》的《诗》学，与西方古代源自亚里士多德的超越具体文类乃至普遍阐释的poietike（poetics）颇不相同。再者，中国古代有关狭义文学的言论自南宋吕祖谦开始被称为"诗文评"，"文论"这一名称是近现代以来接受西方影响之后才流行起来的，而传统"诗文评"的称谓也随之逐渐隐退。参见杜书瀛《从"诗文评"到"文艺学"》，中国社会科学出版社2013年版。
⑤ 厄尔·迈纳的著作《比较诗学》有关中西方诗学之差异与文体之关系的考察与阐释。

文论的交流与对话。① 实际上，20世纪以来中外文论或诗学的交流并未因彼此的差异与隔阂而停止，也未因人为的拒斥而中断，反之，正是由于有这样、那样的诸多不同，外国文论才给予中国文论以深刻的启示和巨大的影响，以至于中国现代文论的主要成就都是经由中外比较生发而来。是差异给我们带来了选择的可能，选择则意味着更大程度、更多种类的自由，人类的知识与思想只有在自由的状态中才能前行与发展。归结起来，就一句话："差异"带来"冲突"、"融合"与"创新"！

至于"文论"（"文学理论"）所包含的具体内容，我们以为不必另起炉灶重新梳理与界定，完全可以参考并借用美国学者勒内·韦勒克和奥斯汀·沃伦在《文学理论》（*Theory of Literature*，1949）一书中的相关论述。在第一版的序言里，两位作者指出，该书"力图把'诗学'（文学理论）、'批评'（文学的评价）和'研究'（'探索'）、'文学史'（文学的'动态'与文学理论和批评的'静态'相对照）这四个范围统一成一体"。② 这里所谓的"四个范围"在正文中被描述为"相互包容"的三个方面，即"文学批评"、"文学理论"与"文学史"，以下这段文字集中体现了三者的辩证关系：

> 在文学"本体"的研究范围内，对文学理论、文学批评和文学史三者加以区别，显然是最重要的。……可是一般人却不太能够认识以上几个术语所指的研究方式是不能单独进行的，不太能够认识它们完全是互相包容的。文学理论不包括文学批评或文学史，文学批评中没有文学理论和文学史，或者文学史里欠缺文学理论与文学批评，这些都是难以想象的。③

---

① 余虹较早对中国古代文论与西方诗学在概念的内在结构、运思的文化前提、实践的基本目标等方面的根本差异进行辨析，并试图在中国文论与西方诗学之外去寻找一个居于中间地位的"第三者"，以此搭建一个比较研究的支点与坐标，他找寻出来的第三者是"现代语言论"和"现代生存论"。参见《中国文论与西方诗学》，生活·读书·新知三联书店1999年版。同样，乐黛云、曹顺庆也就中外诗学对话的"话语"问题进行过探讨。
② ［美］勒内·韦勒克、奥斯汀·沃伦：《文学理论》，刘象愚、邢培明、陈圣生、李哲明译，江苏教育出版社2005年版，第1页。
③ ［美］勒内·韦勒克、奥斯汀·沃伦：《文学理论》，刘象愚、邢培明、陈圣生、李哲明译，江苏教育出版社2005年版，第32—33页。

显然，只有落实到这三个方面，对域外"文论"本土化进行研究才算是找到了"立足点"，从而具有可操作性，而且，这种逻辑性的框架结构也与外国文论之中译及中国化的历史事实相吻合。近现代以来，域外（主要是欧美）文论，首先是通过零星译介与批评实践进入中国的，西方传教士，中国士大夫，负笈欧美、日本的中国留学生，相继成为这一过程的主体。稍晚一些才有一定规模的文学理论、文学史、文学批评等著作的译介与撰述，而且在此一阶段的早期，译介与撰述并未严格区分，编译、编著现象较为普遍。到新文化运动结束之后的20世纪20—30年代，中国现代文论才呈现出文学理论、文学史、文学批评三者既彼此渗透又相对独立之"多元共进"的复杂局面。①

依据上述认识，我们可以说，本书的研究对象，即20世纪进入中国的"域外文论"，主要包括这样几个方面的内容。第一，以浪漫主义、现实主义、现代主义②、西方马克思主义、后现代主义③为演进脉络的欧美文论，它们成为中国现代及当代文论最重要、最直接的理论资源。尽管20世纪国内也译介了一些西方（欧洲）古代文论，其中有些术语及范畴通过本土化已经成功进入中国现当代文论，比如宣泄、崇高、灵感、审美、寓言、三一律、音步、牧歌、叙述、描写、隐喻等，但就整体而言，西方古代文论与中国现当代文学批评和文学创作的关系相对游离而松散，更具学院化、学术化特征。第二，以马克思—恩格斯—列宁文论，斯大林文论，社会主义现实主义，俄国形式主义，巴赫金理论以及文学原理、文学概论类著作为主的苏俄文论。其中，马恩列斯文论及其中国化（本土化）之后，与中国左翼文艺理论及毛泽东文艺思想一道，一度成为中国现代尤其是当代文论的主流话语形态。而俄国形式主义及

---

① 1921年由广东高等师范学校贸易部出版署名伦叙（伦达如）的《文学概论》有可能是中国最早的一部文学原理类著作，该著是根据日本大田善男的《文学概论》编著而成。参见杜书瀛、钱竞主编《中国20世纪文艺学学术史·全书绪论》，中国社会科学出版社2007年版，第33页。

② 包括意象主义、非理性主义（尼采—叔本华）、精神分析、象征主义、超现实主义、表现主义、未来主义、意识流、现象学、解释学、符号学、新批评、存在主义、结构主义、接受美学等文学思潮及批评流派。

③ 包括解构主义、女权主义、新历史主义、后殖民主义等。

巴赫金文论则与西方文论一道，对中国当代文论产生了较大的影响，其本土化方式及话语实践与马恩列斯文论大相径庭。第三，日本现代文论。古代日本以及古代朝鲜文论的思想资源主要来自中国，其反哺中国的效用并不明显，"物哀""幽玄""死狂"大概是日本受道家、禅宗影响所产生的少量具有鲜明本土特色且对现代中国产生影响的文学及文化观念。现代日本文论则有所不同，由于向西方开放学习比中国早，受西方文论的影响也比中国提前一步，不仅扮演了西方文论进入中国的中介角色①，而且对早期中国学者撰写相关文论著作产生了直接而明显的启发②。当然，在日本文论（包括日本化了的西方文论）中国化的过程中，除了现实选择、文化过滤之外，译介者与接受者，同样做出了自己的阐释、发挥与创造。第四，印度、阿拉伯、波斯文论。由于印度、阿拉伯、波斯文论并未成为20世纪影响中国的主要力量，其文论大多只是作为学术研究对象被引入，虽然一定程度地融入中国现代文论新传统的建构之中，但与欧美、苏俄及日本这三者相比，其进入中国的规模及影响的程度都要逊色很多。

二

就一般情况而言，域外文论首先要经过翻译才能进入中国，其结果

---

① 有论者明确指出："在中国和西方之间，日本主要发挥着中转站的功能——不管是欧美现代文艺思潮还是前苏联的马列主义文艺思想，中国知识界对这些西方知识的感知和捕捉，在早期主要是得益于日本这个知识口岸或知识中介。"张法等《世界语境中的中国文学理论》，安徽教育出版社2010年版，第24页。日本的辛岛晓也说过："到了1928年（民国十七年）以后革命文学时代，泛滥在日本文坛的苏俄的文艺理论，差不多次月上海已有翻译，接近到那样。日本左翼评论家的议论，强烈地影响着中国的左翼文学运动。特别是平林初之辅、片上伸、冈泽秀虎、青野季吉、藏原惟人、川口浩等的文章，曾经和普列汉诺夫（Pleehanor）、卢那察尔斯基（Lunateharskii）的文章并列着，在中国评论家的论说中，象金科玉律地被引用过。"参见刘柏青《三十年代左翼文艺所受日本无产阶级文艺思潮的影响》，《文学评论》1981年第6期。

② 比如，鲁迅《摩罗诗力说》（1907）中关于拜伦、雪莱、普希金、莱蒙托夫等人的材料，大多来自日本学者的翻译与著作（参见日本北冈正子的著作《摩罗诗力说材源考》（何乃英译，北京师范大学出版社1983年版）。同样，鲁迅的《中国小说史略》（1925）也受到日本学者盐谷温的《中国文学概论讲话》（1919）的启示，并由此引发所谓鲁迅抄袭的谣言，详细情况请参看鲍国华《鲁迅〈中国小说史略〉与盐谷温〈中国文学概论讲话〉——对于"抄袭"说的学术史考辨》，《鲁迅研究月刊》2008年第5期。

就是汉译域外文论，经此转换，不仅明显改变了言说方式，还暗中丢失或添加了话语内涵①，在进一步被阐释、被运用的传播过程中又发生种种改变，最终成为中国现代汉语文论的有机甚至根本组成部分。今日看来，"域外文论的本土化（中国化）"这一命题，至少可以从既有区别又相联系的两个层面进行理解：一是事实层面，指域外文论在中国传播时受到中国语言、文学、文论、社会文化以及时代精神等多重因素之影响与洗礼的过程、机制及结果；二是理想层面，期望将域外文论改造成适合本土文学及文化的新话语（所谓"去除西方化""确立中国性"），以资建设中国风格的文学理论新体系。正如有学者指出的那样："西方文论中国化以及与之密切相关的马克思主义文论中国化，从发生学、本质论的角度来讲，主要是一个反思性的议题。它既是对中国近百年来学习西方文论、马克思主义文论所存在问题的反思批判，同时也是对一种理想的学习西方模式的追求、倡议。"②仅就"20世纪域外文论本土化研究"这一课题而言，它只能侧重从事实层面展开，也就是对这一本土化的过程、机制及结果进行描述、阐释与评价。

所谓"过程"是对域外文论本土化的历时性梳理；所谓"机制"是对本土化之内在逻辑理路（也就是域外文论在本土化进程中与中国文论——现代阶段主要是中国古代文论，当代阶段还包括中国现代文论新传统——之繁复关系）的描述与分析；所谓"结果"，大体就是冲突中有融合，融合中有新变，新变中有局限，局限又成为新一轮"冲突—融合—新变"的生长点。过程、机制与结果可谓是一体三面之关系。

从"过程"来看，以西方文论为主体的域外文论传入中国并被吸收、转化的历程，并非与其自身发展的历史相对应，除了整体性有所滞后以外，还表现为集中在"五四"—抗战之前（20世纪二三十年代）、

---

① 比如，叶维廉就曾在其《比较诗学》的序言中指出："甲语言中所表现的乙语言未必能表现，因为乙语言所牵带着的美学假定未必和甲语言中的美学假定相符合，事实上有时恰恰相反。"《叶维廉文集》第1卷，安徽教育出版社2002年版，第23页。

② 杜吉刚、周敬新：《西方文论中国化：议题性质、评判标准与路径方法》，《鲁东大学学报》（哲学社会科学版）2014年第5期。

中华人民共和国建设的初期（五六十年代）以及改革开放以后的二十来年（八九十年代）这样三个时期，以众声喧哗、多元共进的方式潮涌而入。由于时间的错位、空间的转换，这些文论思潮与流派之间的传承关系、话语方式、理论内涵、阐释能力与效果等，与其域外之本来面貌相比较，已经发生巨大改变，对这些"变异"的探讨自然是域外文论本土化（中国化）的题中应有之义。与此同时，中国传统文论在经由域外尤其是西方文论话语的阐释（所谓"以西释中"）之后也发生种种改变，呈现出新的形态，此即我们通常所说的传统文论的现代转型，也就是"域外化"（亦称"他国化"，就中国文论而言主要体现为"西方化"）的过程，相对于域外文论"中国化"而言，可以称之为域外文论"化中国"①。不过，我们也应看到，传统文论的现代转型大多停留在阐释与理解层面，真正进入批评实践的成功转换并不多见，正是这种不成功，才导引出1990年代中后期以来有关"中国古代文论现代转换"的大规模讨论②。古代文论话语缺席现代中国的文学研究与批评实践，无疑加快了西方文论在中国的泛滥步伐，造成"中国文论失语症"。但也正是这种大规模、全方位向域外尤其是向西方的学习与模仿，促进了中国现代文论的急速演进，使其与古代文论相比产生了可谓是本质性的改变。这也印证了罗素在《中西文化之比较》（1922）中说过的那段名言："在往昔，不同文化的接触曾是人类进步的路标。希腊曾经向埃及学习，罗马曾经向希腊学习，阿拉伯人曾经向罗马帝国学习，中世纪的欧洲曾经向阿拉伯人学习，文艺复兴时期的欧洲曾向拜占庭学习。在那些情形之下，常常是青出于蓝而胜于蓝的。"③ 要是在今日，罗素很可能还会加上一句："近代以来的中国曾向西方并仍然在向西方学习。"

这里所谓的域外文论"中国化"与"化中国"，在现代中国文论发展史上几乎同时展开，可以说是同一进程的两个方面。这两个方面，也

---

① 需要注意的是，中国文论也有被译介到"域外"的历程，这是另一种中国文论域外化、西方化，同样可以称为"化中国"。
② 1996年10月陕西师范大学举行"中国古代文论的现代转换"学术研讨会，自此以后，该命题引起学界普遍关注和热烈讨论。
③ ［英］罗素：《一个自由人的崇拜》，胡品清译，时代文艺出版社1988年版，第8页。《中西文化之比较》又译为《中西文明的对比》，是罗素《中国问题》一书的第十一章。

就是促成20世纪中国文论与域外文论"冲突—融合—创新"的两大机制。中国现代文论正是在域外文论"中国化"和"化中国"双重机制的作用下产生与发展，逐步形成自己有别于中国古代文论也不同于域外文论的新传统。

从"结果"这一环节来看，域外文论中国化是促成中国现代文论新传统之形成的根本原因。没有域外文论的冲击、影响与大规模流行，古代"诗文评"传统也不会迅速瓦解和衰竭，现代文论也不会从话语主体、话语方式、话语文本乃至于话语理路等各个层面发生全方位的急剧转变[①]。按照美国学者 E. 希尔斯的说法，"如果一种信仰或惯例'流行'了起来，然而仅存活了很短的时间，那么，它也不能成为传统，虽然在其核心部分包括了作为传统本质的延传范型，即从倡导者到接受者这样的过程。它至少要持续三代人——无论长短——才能成为传统"[②]。照此标准，自从王国维的《〈红楼梦〉评论》（1904）、《人间词话》（1908—1909）以及鲁迅的《摩罗诗力说》（1907）等具有现代性特征的文论著作发表以来，距今已有110余年，不管是从自然属性还是从文化属性而言，至少也有五到六代人的历史。自新文化运动之后，学者或思想家以其登上学术及思想舞台的时间为标准，被普遍认可的就有"五四"一代、后"五四"一代（北伐一代）、抗战一代、解放一代、"文化大革命"一代、"四五"一代，此后更有按照出生时段命名的60后、70后乃至80后等说法。从延传的代际持续性上看，中国现代文论在20世纪上半叶乃至于五六十年代创制的"信仰或惯例"已经完全满足形成新传统的条件[③]，此后尤其是改革开放以来出现的各种观念，尚处于彼此辩驳、相互竞争的阶段，假以时日也会逐渐沉淀与凝结，成为中国现代文论新传统的有机部分。就实际情况而言，经过几代学者的不懈努力，中国现代文论至少在"人性—人道论""生命—生态论"、"革

[①] 参见向天渊《现代汉语文论话语》，文史哲出版社2010年版。
[②] ［美］E. 希尔斯：《论传统》，傅铿、吕乐译，上海人民出版社1991年版，第19—20页。
[③] 钱中文在《会当凌绝顶——回眸二十世纪文学理论》（《文学评论》1996年第1期）就曾指出中国特色的文学理论的建设要面对三个传统，即"我国'五四'以后的文学理论传统，我国古代文学理论传统和外国文学理论传统"。可以说，"中国现代文学理论新传统"已经成为学界共识。

命—反映论""语言—形式论""唯美—颓废论""民族—民粹论"等几个维度上创生出既与古代密切相关又受域外巨大影响的新的文论话语。当然,与其他固有传统一样,它们也亟待批判与阐释,只有经过充分的反思与扬弃,才能在中国现代文论新体系的构建中得到继承与弘扬,对此,本书结语部分将展开论述。

  本书侧重于对域外文论"本土化"也即"中国化"之机制问题进行探讨。至于域外文论"化中国"的机制,表面看来,似乎属于古代文论之现代转型(主要表现为"现代化""西方化")的研究范围,但由于两者都事关域外文论与中国文论之交流与互动,事关中国现代文论的形成与发展,不可能剥离开来分别给予描述与阐释。十多年之前,王一川讲过一段话可以加深我们对此种道理的理解,他说:"所谓西方文论中国化或中国文论的西化,不能被机械地解释成西方文论如何入主中国文论或中国文论如何走向西方文论,而应当被准确地理解为中国文论的现代性转向,即拥有数千年传统的中国文论如何在新的全球化语境中参酌西方文论而实现自身的现代性转变。现代性转向是中国文论的一次前所未有而又意义深远的破裂式转向,意味着向来习惯于近缘杂交的中国文论此时不得不同以往的连续式传统实行断裂或决裂,开始了与西方文论的远缘的和多元的杂交进程。"[①] 但另一方面,我们也必须认识到中国现代文论的根本面貌,无论从话语方式还是话语观念上看,都主要是域外文论"中国化"的结果。这自然意味着,我们的论述在兼顾"化中国"机制的同时,还得将重点放在"中国化"也即"本土化"机制上。

三

  我们都很清楚,"域外文论中国化"的过程,就是一个经由中国文化、文学及文论的选择、过滤、阐释、吸纳、改造、实践而发生变

[①] 王一川:《西方文论的知识型及其转向——兼谈中国文论的现代性转向》,《当代文坛》2007年第6期。

异的过程，用赛义德的话说就是"理论旅行"，"因此，理论从一处向另一处运动时遭遇到的特殊问题本身就成了饶有兴味的探讨课题。假设一种理论或一个观念作为特定历史环境的产物而出现了，当它在不同的环境里和新的理由之下被重新使用时，以至在更为不同的环境中被再次使用时，会发生什么情况呢？这能说明理论本身及其界限、可能性和固有问题的什么情况，能表明理论与批评、社会与文化的什么关系呢？"①

赛义德提出的问题，自然也是中国学者思考与关注的所在。面对这些问题，学界首先是从文化背景、观念范畴进而深入运思方式、话语形式、实践目标等层面对中外文论之异同进行对比分析，力图探讨中外文论对话与交流的内在理路，在总结经验及教训的基础上找寻更加恰切的融通方式和更具普适性的文学规律和美学据点，《比较诗学：理论架构的探讨》（叶维廉，1983）、《中西比较诗学》（曹顺庆，1988）、《文学原理》（裴斐，1990）、《中西比较诗学体系》（黄药眠、童庆炳主编，1991）、《中西比较美学大纲》（周来祥、陈炎，1992）、《中英比较诗学》（狄兆俊，1992）、《道与逻各斯》（张隆溪，1998）、《中外比较文论史（上古时期）》（曹顺庆，1998）、《悖立与整合：东方儒道诗学与西方诗学的本体论、语言论比较》（杨乃乔，1998）、《中国文论与西方诗学》（余虹，1999）、《比较诗学》（饶芃子，2000）、《中西悲剧理论比较》（时晓丽，2001）、《互看的灵思》（张法，2002）、《中国比较诗学》（刘介民，2004）、《比较诗学导论》（陈跃红，2005）、《比较诗话学》（蔡镇楚、龙宿莽，2006）、《世界比较诗学史》（方汉文，2007）、《中西比较诗学史》（曹顺庆主编，2008）、《逐点点燃的世界：中西比较诗学发展史论》（向天渊，2009）、《诗学话语中的"陌生化"》（杨向荣，2009）、《中西文论对话：理论与研究》（邹广胜，2011）、《中西方文论话语比较研究》（李江梅，2011）、《中外文论史》（曹顺庆主编，2012）、《融通与建构：诗学论集》（刘庆璋，2013）、《中西比较诗学的

---

① ［美］爱德华·W. 赛义德：《理论旅行》，《赛义德自选集》，谢少波、韩刚等译，中国社会科学出版社1999年版，第142页。

语言阐释》（范方俊，2013）等，是这方面的代表性著作。

其次是注重探讨西方文论对中国文论之冲击及其与中国文论现代性特征之形成的内在关联，《西方文艺思潮与二十世纪中国文学》（乐黛云、王宁主编，1990）、《中国左翼文学思潮探源》（艾晓明，1991）、《历史汇流中的抉择：中国现代文艺思想家与西方文学理论》（罗钢，1993）、《20世纪中西文艺理论交流史》（殷国明，1999）、《选择·接受与疏离：王国维接受叔本华、朱光潜接受克罗齐美学比较研究》（王攸欣，1999）、《二十世纪中西比较诗学》（赖干坚，2003）、《本土语境与西方资源：现代中西诗学关系研究》（谭桂林，2008）、《西方马克思主义与中国当代文论》（马驰，2010）、《西论中化与中国文论主体性》（高楠，2011）、《西方文论中国化与中国文论建设》（王一川等，2012）、《西方互文性理论对中国的影响》（赵渭绒，2012）、《后现代主义思潮与中国当代文论建设》（张弓、张玉能，2014）、《西方文论关键词与当代中国》（胡亚敏，2015）等等，是这方面的代表性著作。

再有就是注重梳理域外文论在中国被选择、被译介、被阐释、被接受之传播过程中所遭逢的复杂境遇、所发生的多重变异等，《马克思主义文艺理论在中国》（李衍柱主编，1990）、《西风东渐：马克思主义文艺理论在中国》（朱辉军，1994）、《西方当代文学批评在中国》（陈厚诚、王宁，2000）、《社会主义现实主义理论在中国的接受与转化》（陈顺馨，2000）、《西方文学思潮在现代中国的传播史》（张大明，2001）、《反抗与困境——女性主义文学批评在中国》（陈志红，2002）、《回望与沉思：俄苏文论在20世纪中国文坛》（汪介之，2005）、《中国现代三大文学思潮新论》（俞兆平，2006）、《艰难的革命：马克思主义美学在中国》（马驰，2006）、《中国20世纪翻译文论史纲》（张进，2007）、《西方文论在中国的命运》（代迅，2008）、《马克思主义文艺理论中国化研究》（朱立元，2009）、《走向全球化：论西方现代文论在当代中国文学理论界的传播与影响》（冯黎明，2009）、《全球化语境下马克思主义文论中国化研究》（程镇海，2014）等，是这方面的代表性著作。

其实，早在八十多年前，"中国化"问题就曾引起学术思想界的大规模讨论。1930年吴文藻就曾提出要使社会学"彻底中国化"，此后大约十年，一大批学人从教育、科学、辩证法、哲学研究、历史学、文学、文化运动等各个层面撰写文章，提倡"中国化""中国味""中国风格""中国气派"。有些学者的见解还非常深刻，比如嵇文甫在《漫谈学术中国化问题》一文中对"西化"、"现代化"、"全盘西化"及"中国化"之关系进行了言简意赅的辨析：

> 所谓"西化"，正确的说，应该是"现代化"。因无所谓中西文化的差异，在本质上，乃是中古文化和现代文化的差异；不过前者带上些中国的特殊色彩，而后者带上些西洋的特殊色彩而已。我们要"现代化"，自然免不了要借径于西洋。可是一说要"全盘西化"，那就使中国依附于西洋，什么都是西洋的好，而中国也将不成其为中国了。这正是中国社会半殖民地性的反映，而"全盘西化论"之不餍人意，也正在于此。为着克服这种依附性、半殖民地性和机械性，为着使中国现代化运动更加深化、醇化、净化，于是乎有"中国化"运动之发生。①

不仅如此，他还指出："所谓'中国化'，就是要把世界性的文化，和自己民族的文化传统，有机地联系起来。所以离开民族传统，就无从讲'中国化'。"② 这样的看法，即便放在今天也堪称高见卓识。而在当时，那场持续时间长、参与人数多、讨论范围广的"中国化"思潮更是产生了立竿见影式的影响，以至于有论者认为，毛泽东在1938年10月中国共产党六届六中全会上发起的"马克思主义中国化"运动也是顺应这一思想潮流的结果③。

新时期以来，随着中外文论之关系研究的逐步深入，尤其是随着经济腾飞所引发的民族文化自信心的高涨，学界关于"建设中国特色文

---

① 嵇文甫：《漫谈学术中国化问题》，《理论与现实》1940年第1卷第4期；蔡尚思主编：《中国现代思想史资料简编》（第4卷），浙江人民出版社1983年版，第52—53页。
② 蔡尚思主编：《中国现代思想史资料简编》（第4卷），浙江人民出版社1983年版，第57页。
③ 参见王瑞芳、左玉河《抗战初期的马克思主义中国化运动》，《河南大学学报》（社会科学版）1995年第5期。

艺理论新体系"的呼声也越来越强烈。在此背景下，域外文论（主要是西方文论）"中国化"与"化中国"的问题在21世纪日益成为一个引人注目的热点话题。不过，现在回头看去，我们发现早在1974年第二届台湾国际比较文学大会上，叶维廉发表的《东西比较文学中"模子"的应用》一文已经表示出不要轻率信赖西方的理论权威，在寻求"共同的文学规律"和"共同的美学据点"的过程中，应设法避免"因""垄断的原则"（以甲文化的准则垄断乙文化）而引起的歪曲与误导，希望实现东西方两个文化的互照、互对、互比、互识（所谓"同异全识"）。这虽然是为了探讨"从西方文化系统中构思得来的艺术原则，是否真的放在另一个文化系统——譬如东方文化系统里——仍可以作准"①的问题，但其反对"以西方'宰制'东方"的思想观念却和数十年之后有关"单向阐释"、"中国文论失语症"以及"西方文论'化中国'"的批判精神不谋而合。

在中国大陆，"西方文论'中国化'"问题，虽然在世纪交替之际就曾引起一些学者的关注，比如代迅、董学文、赵宪章关于马克思主义文艺理论中国化问题的思考与探究②，陈厚诚、王宁在《西方当代文学批评在中国》一书的"绪论"中用一小节专门探讨"西方当代文学批评的中国化实践"③，代迅还获得教育部人文社会科学基金项目"西方文论中国化问题研究"（2001年立项）的支持。也有以此为选题的硕士学位论文，比如首都师范大学赵连元指导的《从"西方化"到"中国化"——论20世纪末中国美学研究对西方学术资源态度的变迁》（葛秀华，2003）、曲阜师范大学赵利民指导的《阐释与创造——新时期西

---

① 叶维廉：《比较文学丛书·总序》，《叶维廉文集》第1卷，安徽教育出版社2002年版，第5页。
② 参见代迅《马克思主义文艺理论中国化的内在逻辑》（《文学评论》1997年第4期）、董学文《中国现代文学理论进程思考》[《北京大学学报》（哲学社会科学版）1998年第2期]、赵宪章《马克思主义文艺美学中国化问题臆说》[《南京大学学报》（哲学·人文·社会科学）1998年第4期]。
③ 陈厚诚、王宁主编的《西方当代文学批评在中国》，百花文艺出版社2000年版，绪论第11—15页。此外还有庄桂成《马克思主义文学批评的中国化过程分析》[《湖北民族学院学报》（哲学社会科学版）2000年第1期]、张峰《试论西方现当代文学理论的"中国化"》（《福建外语》2002年第1期)、李敦东《梁宗岱对象征主义的中国化阐释》（《郴州师范高等专科学校学报》2003年第3期）等论文。

方女性主义文学批评的中国化实践》（曹亚峰，2003）、西南师范大学代讯指导的《跨语际旅行：弗洛伊德主义中国化问题探究》（张琼，2004）等，但真正作为一个重要的学术话题并引起广泛讨论，却是由曹顺庆明确提出并加以推动的。2004年9月，曹先生在《河北学刊》第5期主持"西方文论如何实现'中国化'"专题讨论①，从"主持人语"可以看出，"西方文论'中国化'"是作为"重建中国文论话语"的重要策略加以提倡与阐释的，针对的是"用西方的文论术语来切割中国的文学文论，或者把中国文学文论作为西方文论话语的注脚本"的西方文论"化中国"的历史与现实，其最终目的是"以中国的学术规则为主来创造性地吸收西方文论话语，借鉴、吸收、利用西方文论话语来补充、丰富、更新中国传统的文论话语，并将'新话语'切实作用于当代文学创作和批评的实践中，以推动中国文论话语的发展，真正实现中国文论话语的当代重建"②。在参与专题讨论的文章中，曹先生以王国维、钱钟书为例分析西方文论完全可以实现中国化，并指出这两位大师的成功经验在于："根植于中国传统文论话语，有效地将西方文论话语中的某些'枝芽''嫁接'到中国文论话语的'大树'上，增强了中国文论话语的言说能力，同时保持了中国文论话语的'本色'。"③ 2004年10月，曹顺庆又在《中国比较文学》第4期上组织"西方文论'中国化'笔谈"，从发表的四篇文章④可以看出，这次笔谈着重从"翻译"的层面展开，对文论与文学跨文化旅行中发生的缺失、变形、改造、适应接受国的文化"先结构"等问题进行探讨。与此同时，曹顺庆等

---

① 该期专题讨论发表《西方文论话语的"中国化"——"移植"切换还是"嫁接"改良？》（曹顺庆、童真）、《面对西方文论的学科策略——在借鉴中超越》（张荣翼、杨小凤）、《西方文论在中国如何"化"？》（李怡）、《从中国古代文论的现代转化到西方文论的中国转化》（谢碧娥）四篇文章。

② 曹顺庆：《西方文论如何实现"中国化"专题讨论·主持人语》，《河北学刊》2004年第5期。

③ 曹顺庆、童真：《西方文论话语的"中国化"——"移植"切换还是"嫁接"改良？》，《河北学刊》2004年第5期。

④ 这四篇文章是《"误读"与文论的"他国化"》（曹顺庆、周春）、《为什么翻译文学是中国文学？》（邹涛）、《西方文论翻译与中国化问题》（黄立）、《从术语翻译看西方文论的中国化》（刘颖）。

人还在其他刊物发表了多篇论文①，从不同视角进一步地深入讨论，在一年多的时间里，形成研究"西方文论中国化"问题的一个小高潮。

除了四川大学师生之外，其他学者在此一时期也发表有零星文章探讨这一话题，比如支克坚的《马克思主义文艺理论中国化若干问题的思考》、董学文的《中国化：泥泞的坦途——试论中国当代文论与西方文论的关系》、代讯的《汉译西方文论探究》等②。支克坚通过分析指出："一个美学的要求及标准，一个历史的要求及标准，两者的统一，正是马克思主义文艺理论的普遍问题"，"革命文学运动和实际的革命运动结合的问题，就是马克思主义文艺理论在中国的特殊问题"，"两者最终统一到文艺的政治性上。从此，文艺与政治的关系问题，具体一点说文艺与党的关系问题，就成为中国革命文学运动实践中的一个根本问题，而它也成为'中国特色'的马克思主义文艺理论的一个核心问题"。不仅如此，他还对作为马克思主义文论中国化之标志和典范的《在延安文艺座谈会上的讲话》进行了具体分析和批判性评价，认为我们今天有必要结合新的时代新的文学实践做出新的开拓，促成马克思主义文艺理论的与时俱进，保持其旺盛的生命力。董学文认为要解决西方文论中国化的问题，中国学者必须发出属于自己的声音，要有科学的原创意识，要努力实现贴近文学现实的中国化。代讯则希望通过建构"汉译西方文论"这一概念来加深对西方文论及其中国化问题的思考，进而推动中国文艺理论体系的创新和发展。

---

① 相关文章有《西方文论话语的"中国化"——可能性与现实性》[童真，《湘潭大学学报》（哲学社会科学版）2004 年第 3 期]、《重建中国文论话语的新视野——西方文论的中国化》（李夫生、曹顺庆，《理论与创作》2004 年第 4 期）、《重建中国文论的又一有效途径：西方文论的中国化》[曹顺庆、谭佳，《外国文学研究》（人文社会科学版）2004 年第 5 期]、《文学理论的"他国化"与西方文论的中国化》（曹顺庆，《湘潭大学学报》2005 年第 5 期）、《从"失语症"到西方文论的中国化——重建中国文论话语的再思考》[曹顺庆、邹涛，《三峡大学学报》（人文社会科学版）2005 年第 5 期]、《理论旅行、文化杂糅与西方文论中国化》（王富，《社会科学家》2005 年第 6 期）等。

② 分别发表于《甘肃联合大学学报》（社会科学版）2004 年第 4 期、《甘肃联合大学学报》2004 年第 4 期、《西南师范大学学报》（人文社会科学版）2004 年第 6 期。

在接下来的几年中,"马克思主义中国化"成了学界的热门话题①,与此相关的"马克思主义文论中国化"的探讨也如火如荼地进行。朱立元 2004 年获得教育部重大攻关项目"马克思主义文艺理论中国化研究"的扶持。《东方丛刊》2006 年第 4 期推出"马克思主义文艺理论中国化研究"笔谈,发表朱立元及博士生张弓、孙士聪、黄文华、于云等人的 5 篇论文;2007 年《东方丛刊》第 4 辑又推出朱立元主持的"马克思主义文艺理论的当代发展:中国与西方"专题研究,选载当年 6 月下旬由复旦大学和上海师范大学共同主办的同题国际学术研讨会的四篇论文和一篇访谈。2007 年 10 月山东聊城大学还举办了"马克思主义文艺理论中国化学术研讨会暨全国马列文论研究会第 24 届年会",围绕马克思主义文艺理论中国化的内涵界定及意义、如何建构科学的马克思主义文艺理论以及国内外马克思主义文艺理论研究的发展态势等重大问题展开了热烈的讨论。2008 年 11 月全国马列文论研究会和华中师范大学文学院联合主办"马克思主义文论与 21 世纪学术研讨会暨全国马列文论研究会第 25 届年会",关于"进一步推动马克思主义文论研究中国化的进程,是会议研讨的热点"②。2009 年适逢中华人民共和国成立 60 周年,"在此前后,对'前 30 年'与'后 30 年'的马克思主义文论中国化道路的回顾、反思和展望更成为讨论的热点。系列学术研讨从 2008 年末 2009 年初开始,一直热到 2009 年末,同时一系列有分量的文章相继出炉。对马克思主义文论中国化进程的回顾与反思、与当代社会的关系、未来的发展前景及所面

---

① 实际上,李泽厚 1987 年出版的《中国现代思想史论》中就有《试谈马克思主义在中国》一文,文中指出:"与俄国曾经经过普列汉诺夫等人的多年介绍、翻译、研究、宣传马克思主义,具有思想准备阶段大不相同,马克思主义在中国,一开始便是作为指导当前的行动的直接指南而被接受、理解和运用的。马克思主义在中国的第一天所展现的便是这种革命实践性格。中国没有俄国那种'合法马克思主义'。《资本论》等马、恩、列的好些基本理论著作长期以来并无中译本。李大钊、陈独秀、毛泽东……这些中国的最大的马克思主义者当时并没有读过许多马、列的书,他们所知道的,大都是从日本人写作和翻译的一些小册子中所介绍、解说的马克思主义和列宁主义。因此第一个问题便是,在异常丰富复杂的马克思主义中,他们到底注意了、理解了、选择了些什么,他们是如何选择、如何运用的,这种选择和运用是如何可能的?"(东方出版社 1987 年版,第 144—145 页)这些观察与问题,尽管属于思想史范畴,但对探讨"马克思主义文论在中国"是具有较为明显的参考与启发价值的。

② 孙文宪:《"马克思主义文论与 21 世纪"暨全国马列文论研究会第 25 届学术研讨会综述》,《文学评论》2009 年第 2 期。

临的挑战等问题是各方都关注的焦点。"① 此后，这种热潮并未明显减退，2011年6月四川大学举办"中国中外文艺理论学会年会暨'国外马克思主义文论与中国当代文论建构'国际学术会议"，"马克思主义与中国当代文艺理论建构"成为大会关注的四个主要话题之一②；2011年，华东师范大学文学院成功申报了国家社会科学基金重大招标项目"马克思主义文学批评的中国形态研究"，"提出并致力于建构一种有别于苏俄和西方马克思主义文学批评的中国形态"③，以此为契机，至今已成功举办三届"马克思主义文学批评的中国形态"学术研讨会，并在《华东师范大学研究生学报》《中外文化与文论》《中国人民大学学报》《当代文坛》《文学评论》多家刊物发表相关论文成果；2013年《学术月刊》第8期组织"马克思主义文论研究的当代反思"笔谈，发表董学文、马龙潜、孙文宪等人的论文，涉及马克思主义文艺理论中国化的科学性等问题；2014年《黑龙江社会科学》第4期开设"马克思主义与当代文论的现代性转型"专题讨论，刊发刘锋杰、汪正龙、马汉广等人的论文，分别对伊格尔顿的文学政治批评观、马克思主义批判理论以及中国文论现代性转型问题进行了描述与阐释；2015年《山东社会科学》第3期开设"马克思主义文论中国化进程反思"笔谈，由谭好哲主持，季水河、丁国旗、杨建刚等人从不同的角度对马克思主义文学理论中国化进程予以反思，提出了颇有新意且具争鸣性质的观点。除此之外，其他学者还发表了大量的单篇论文，其中有相当一部分从宏观上对马克思主义文艺理论中国化的历史进程、内在逻辑、理论成就、经验教训、现实语境等问题进行探讨，再有一部分对重要人物如瞿秋白、冯雪峰、周扬、胡风、陈独秀、毛泽东、邓小平等的理论贡献进行描述与评价。

就在马克思主义文论中国化讨论大规模进行的过程中，学界对西方文论中国化问题的研究也日趋精细与具体化，比如《从变异学视角看文

---

① 葛红兵：《文化产业振兴、新媒介热升温与马克思主义文论中国化进程——2009年文艺理论批评的三个热点问题》，《当代文坛》2010年第1期。
② 参见傅其林《2011年中国中外文艺理论学会年会暨"国外马克思主义文论与中国当代文论建构"会议综述》，《文学评论》2011年第6期。
③ 胡亚敏：《马克思主义文学批评的"中国形态"·主持人话语》，《华东师范大学研究生学报》2013年第2期。

学理论"中国化"的基本路径》(靳义增，2006)、《西方文论中国化的若干策略问题》(刘亚律，2009)、《论无产阶级专政理论的中国化》(马瑾、郭德厚，2009)、《中国化与互通性——西方原型批评对中国当代文学批评的影响》(戴冠青、陈晓茹，2009)、《在跨地域与跨性别中的对话——中国大陆对西方女性主义文学批评的回应》(林树明，2010)、《毛泽东的"两结合说"与"西方文论中国化"》(徐扬尚，2011)、《西方文论的中国化与20世纪中国文学理论的两次转型》(范方俊，2011)等文章的主旨都非常明确，呈现出对此话题的多向度发掘与拓展。此外，这一时期还涌现了一批以西方文论（包括马克思主义文论）中国化为论题的硕士学位论文和博士学位论文，比如曹顺庆指导的《现代中国文论中的马克思主义话语（1919—1949)》(李夫生，博士学位，四川大学，2006)、王铁仙指导的《"纯诗"及其中国化研究》(高蔚，博士学位，华东师范大学，2006)、王有亮指导的《新批评反讽的中国化研究》(易玮玮，硕士学位，重庆师范大学，2006)、曹顺庆指导的《西方理论中国化的步伐：进化论与中国文学理论的变异》(朱利民，博士学位，四川大学，2007)、朱立元指导的《对全球化语境下马克思主义文论中国化若干问题的思考》(程镇海，博士学位，复旦大学，2007)、汪勇豪指导的《中国文学研究问题争鸣与马克思主义文论中国化》(马兆杰，博士学位，复旦大学，2007)、孙文宪指导的《理论的旅行：新批评中国化研究》(张惠，博士学位，华中师范大学，2011)、聂运伟指导的《西方文论中国化历程中的朱光潜（1918—1949)》(崔玲玲，硕士学位，湖北大学，2011)、吴绍全指导的《精神分析文学及文学理论批评的中国化进程透视》(衣帆，硕士学位，曲阜师范大学，2011)、孙绍先指导的《生态女性主义文学批评视角下的当代中国化路径选择》(王勇康，硕士学位，海南大学，2012)、张立群指导的《新历史主义中国化的文学接受》(王晨，硕士学位，辽宁大学，2014)、杨冬指导的《西方文学批评在现代中国：1917—1937》(王婉秋，博士学位，吉林大学，2014)、邵滢指导的《"新批评"细读法中国化研究》(曾文鑫，硕士学位，赣南师范学院，2015)等等，它们的研究内容既是前述学界关注重点的缩影，也是西方文论中国化成为热门话题的重要表征。

经过十余年的持续研究，从宏观提倡与原则性探讨，经由多层面、多视角的细致分析，学界似乎又回到一种综合立场，进入类似归纳与建议的小结阶段，这从 2015 年 5 月朱立元在《中外文化与文论》第 2 期上主持的"外国文论中国化"专栏可以看出一些端倪。该专栏发表有五篇文章，其中朱立元本人和博士生贾婷的两篇论文正是这种宏观性的论述。朱氏文章题为《以我为主，批判改造，融化吸收：关于西方文论中国化的思考》，"对西方文论中国化问题作了宏观的思考，在回顾百年来西方文论中国化的曲折历程的基础上，重点概括了当代中国文论借鉴、吸收西方文论，加以中国化的多方面成就和存在的主要问题，总结其中的经验教训，最后提出应该在西方文论不断中国化的实践中，创造出更加合理、有效的'化合'西方文论的方法和策略：以我为主，批判改造，融化吸收。"① 贾婷的文章题为《接受与共生：20 世纪以来西方文论在中国发展历程的反思》，"梳理了 20 世纪以来中国文论发展历程，指出这个历程与西方文论有着不可分割的联系，中国现当代文论在对西方文论的引进、选择、批判、吸收的基础上，逐步探索出了一条与西方融合共生的当代文论建设道路，提出要以当代中国语境为根基，发展移动的文化立场，有分辨、有批判地使西方文论中国化，从而促进自身文论的发展。"② 其他三篇文章③，虽然不属于宏大叙述，但也体现出以点带面、透过具体现象探查普遍规律的学术取向。

四

探讨文论转化的"机制"，更多地要从话语形式层面入手，相比话语观念，话语形式显得难以捉摸，似乎无从下手。稍作回顾，我们还得指出，是叶维廉最早触及这一问题，在《东西比较文学中"模子"的

---

① 朱立元：《外国文论中国化·主持人语》，《中外文化与文论》2015 年第 2 期。
② 朱立元：《外国文论中国化·主持人语》，《中外文化与文论》2015 年第 2 期。
③ 参见李钧《中西思想交汇中的现代中国文论"境界"说》；刘婷《批判与超越：略谈国内马尔库塞理论研究——对观西方文论中国化问题》；廖恒《精神之为世界与历史——中国语境中的诠释与实践》，《中外文化与文论》2015 年第 2 期。

应用》（1974）一文里，他说："既然这个问题（指"模子"——引者）是起自两个文化未接触未融合前的文学作品（中国古典文学和西方文学作品），我们能不能说，新文学，如五四以来的文学，其既然接受了西方的'模子'，我们便不会受到'模子'的困扰呢？这句话只有某一个程度的真实性，首先文化及其产生的美感感受并不因外来的'模子'而消失，许多时候，作者们在表面上是接受了外来的形式、题材、思想，但下意识中传统的美感范畴仍然左右着他对于外来'模子'的取舍。"① 叶氏所谓的"模子"与我们将要讨论的"机制"问题颇有相通之处，即便将这段话中的"文学"换成"文论"、"作者"改成"理论家"，照样讲得通。叶维廉比较文学研究的思路及观点，对于中国的巨大影响已是不争的事实。1990 年代初，乐黛云有关中外文化、比较诗学之话语问题的论述，可以视作在此影响下对域外文论中国化机制问题的进一步探讨。

1990 年，乐黛云开始思考文化交流中的"话语"问题，她说："当第三世界文化进入世界总体文化时，它所面临的就是发达世界已经长期构筑完成的一套概念体系，也就是一套占统治地位的话语。从文学方面来说，就是从新批评派、结构主义、精神分析学、接受美学到解构主义、文化多元主义等所形成的一套思维过程和表达这一过程的话语。这套话语以其经济、政治实力为后盾，已在全世界广为传播，甚至在某种程度上已形成为一种'以公认的规范为背景的、可以达致认同的话语'，正如英语在一定范围内成为流通语言。第三世界文化要进入世界文化对话，达到交往和理解的目的，就必须承认这一事实并熟知这套话语。事实上，这套话语经过数百年积累，汇集了千百万智者对于人类各种问题的深邃思考，确具科学价值，无论其成就与失误都能给后来者以参考和启发。然而，危险的是，如果第三世界完全接受这套话语，只用这套话语构成的模式来诠释和截取本土文化，那么，大量最具本土特色和独创性，却不能符合这套模式的活的文化就会被摈弃在外，仍然不能进入世界文化中心，最多只能从别的侧面丰富那一套成熟的模式。所谓

---

① 《叶维廉文集》（第 1 卷），安徽教育出版社 2002 年版，第 46 页。

世界文化对话也仍然只是一个调子而不能达到沟通和交往的目的。"①三年之后,乐黛云将这种文化交流之"话语"问题加以发挥,专门从中西诗学对话的维度,对尚未得到根本解决的中西诗学中的话语(Discourse)问题进行探讨,提出"寻求一个双方都感兴趣的'中介',一个共同存在的问题,从不同角度,在平等对话中进行讨论"的对话途径,以便于走出既不能用西方话语也不能用本土话语的交流困境②。1994年,乐黛云又在《文化差异与文化误读》③一文中指出:"正是由于差异的存在,各个文化体系之间才有可能相互吸取、借鉴,并在相互参照中进一步发现自己。……由于文化的差异,当两种文化接触时,就不可避免地会产生误读。"这些看法当然受到尤根·哈贝马斯"互为主观"之交往理论以及希利斯·米勒、哈罗德·布鲁姆、安伯托·艾柯等人关于"一切阅读都是误读"之阐释观念的影响,但同样也从叶维廉那里获得诸多启示,无论是《展望九十年代》中"用(西方)这套话语构成的模式来诠释和截取本土文化"的表达方式,还是《文化差异与文化误读》中对叶氏曾分析过的寓言"青蛙与鱼"的转述与征用,都是这种启示的证明。

与乐黛云同时甚至稍早,钱中文就在一篇具有争鸣性质的文章中用一小节谈论"怎样对待外国文学理论的问题",经过简要分析之后,他指出:"一种文学理论一旦被引入另一国家的文学进程,就必然要给以鉴别,科学地判断它的得失,确定它的价值取向。有鉴别,就有真伪的辨析与判断;有分析,就有偏颇与创新的识别;有取舍,就有侧重与扬弃;有创新,就要有不同程度的改造,就要有必要的'误差'。一种理论只有经过一定的转化,以适应新的文学潮流的需要,才能更加切近和干预新的文学潮流。在这种情况下,文学理论研究才有可能成为独立的科学探索,卓有成效的研究。"④尽管这里提出的鉴别、分析、取舍、改

---

① 乐黛云:《展望九十年代——以特色和独创进入世界文化对话》,《文艺争鸣》1990年第3期。
② 乐黛云:《文化转型时期与中西诗学对话》,《传统文化与现代化》1993年第3期,收入论文集《跨文化之桥》(北京大学出版社2002年版)时,该文直接题为《中西实现对话中的话语问题》,有删节。
③ 该文发表于《中国文化研究》1994年第2期(夏之卷)。
④ 钱中文:《误解要避免,"误差"却是必要的》,《外国文学评论》1989年第4期。

造、转化、干预等，还只是较为抽象的理论演绎，但已经类似于对外国文论本土化"机制"之种种形态的提炼与概括了。几年之后，钱中文有感于西方近百年形形色色的文学理论在短短十来年间就被译介到中国的状况，指出"如何对待这些介绍过来的文学理论形态，深入思考原有的多种文学理论传统，就成了当代中国文学理论发展中的突出问题。"① 不仅如此，他还从米哈伊尔·巴赫金、茨维坦·托多罗夫那里获得启示，发表了自己对此问题的看法，那就是"使东西方文学理论的交流，变为东西方文学理论的对话，逐渐形成对话的文学理论批评。"② 在他看来，"20世纪中国各种获得成就的文学理论，大体是通过对话方式而获得发展的"，这种对话方式的具体途径或者说具体机制就是"在发现东西文论差异之后，用外国文论中有用的异质性部分激活我国文论，然后使之融入自己进入创新。"③ 这篇文章副题中所标示的"误差""激活""融化""创新"等几个关键词，单独来看，都可视作域外文论中国化的一种机制，合起来看，则是一个有机整体，展示了中外文论交流创新的整个过程，也是"对话的文学理论批评"的理想样态。

除了钱中文、乐黛云之外，1990年代以来，还有一些学者的研究不断接近域外文论中国化的机制问题，比如罗钢在其博士学位论文（1988）基础上修改而成的专著《历史汇流中的抉择：中国现代文艺思想家与西方文学理论》中就反复论证了这样的观点："在中国，西方文学理论的接受并不是被动的，并不是一种简单的横向移植。……西方文艺理论要在中国扎根并产生影响，必须经过一番过滤，一番转化。"④

---

① 钱中文：《对话的文学理论——误差、激活、融化与创新》，《中国社会科学院研究生院学报》1993年第5期。该文收入《文学理论：走向交往对话的时代》（北京大学出版社1999年版）一书时，正题改为《走向对话》。

② 钱中文：《对话的文学理论——误差、激活、融化与创新》，《中国社会科学院研究生院学报》1993年第5期。该文收入《文学理论：走向交往对话的时代》（北京大学出版社1999年版）一书时，正题改为《走向对话》。

③ 钱中文：《对话的文学理论——误差、激活、融化与创新》，《中国社会科学院研究生院学报》1993年第5期。该文收入《文学理论：走向交往对话的时代》（北京大学出版社1999年版）一书时，正题改为《走向对话》。

④ 罗钢：《导论》，《历史汇流中的抉择：中国现代文艺思想家与西方文学理论》，中国社会科学出版社1993年版，第20页。

"五四时期的中国现代文艺思想家们进行着紧张而匆忙的思索和选择。这种选择，就是西方文学理论中国化的过程。这种选择，也就是现代中国文艺思想体系的重建过程。"① 这里直接将"过滤"、"转化"，尤其是"选择"，与"西方文学理论中国化的过程""现代中国文艺思想体系的重建过程"联系起来，几乎说破了西方文论中国化的"机制"问题。此后，类似的看法不断出现，比如殷国明就将中西文艺理论交流看成"一个连续的精神传递、磨合、加工、转换的过程"，"一个无止境的通变过程，其中包含着认同、发挥、重建，也伴随着误读、转义和剥离解构。"② 这里出现的一系列动作性范畴，同样可以视作对国外文论中国化之繁复机制的形象描述。再比如，王攸欣比较研究王国维接受叔本华、朱光潜接受克罗齐文艺美学思想的专著就直接题名为《选择·接受与疏离——王国维接受叔本华、朱光潜接受克罗齐美学比较研究》，试图通过个案性质的文本解读，获得如下普遍性认识："在近代以来的中西文化交流中，中国文化的先行结构和期待视界已经显示出对西方文化的选择和扭曲力量，正是通过选择和扭曲，西方文化的一些因素才较为顺利地对中国文化产生影响。即使是经过选择和扭曲，西方文化观念也对中国本土文化有着强烈的刺激生发作用，使文化传统得到了相当大的改变，有时甚至产生出丰硕的成果。"③ 这里所说的"选择""扭曲""刺激""生发""接受""疏离"等情况，既是"理论旅行"过程中普遍发生的现象，也类似我们所要探讨的域外文论中国化之"机制"问题。

接下来，有学者将这个问题的研究向前继续推进。比如，向天渊在意识到此前有关现代汉语诗学（文学批评、文学理论、文学史、文学批评史）的阐释与评价几乎都将重点放在话语观念层面之后，开始转换视角，在《现代汉语诗学话语（1917—1937）》一书中，"将现代汉

---

① 罗钢：《导论》，《历史汇流中的抉择：中国现代文艺思想家与西方文学理论》，中国社会科学出版社1993年版，第21页。
② 殷国明：《导言》，《20世纪中西文艺理论交流史论》，华东师范大学出版社1999年版，第12、15页。
③ 王攸欣：《选择·接受与疏离——王国维接受叔本华、朱光潜接受克罗齐美学比较研究》，生活·读书·新知三联书店1999年版，第283页。

语诗学与传统诗学、西方诗学相并举，运用'话语分析'方法，侧重从话语形式的层面，对1917—1937年间的现代汉语诗学话语进行大致的概括与梳理，以期换一个角度打量现代汉语诗学的生成机制与存在样态。"① 虽然其立足点是现代汉语诗学的历史与形态，但其"有关的理论预设"却包括"五四新文化运动是一场激烈的反传统运动、现代汉语诗学的现代化与西方化在本质上具有一致性"②，这与我们所探讨的域外文论中国化的社会现实与文化逻辑非常吻合，书中有关章节对"格西到格中""杂语至纯语"等话语方式、"论型与战型""理性与感性"等话语文本、"传统话语之断裂与延续""西方话语之膨胀与误读"等话语理路的概括与阐释，都颇具"机制"探讨的特色③。又比如，晏红在《认同与悖离——中国现代文论话语的生成》一书的下编"中国现代文论观念与话语形态"中，设置两章，一章侧重从精神层面论说"中国文学观念的现代转换"，另一章侧重从形式层面考察"中国现代文论话语形态的生成"，并概括出"从文言到白话""个体言说、主义话语与意识形态""民族形式的确立：民间话语与权力话语"等多种话语形态。通过梳理与辨析，晏红认为："许多在中国传统文论中行之有效的话语失落了，同时西方文论话语的话语模式与意义建构在中西话语的替换中得以生成——这种生成绝非简单的中西替换。"④ 这里的"话语形态""话语模式"都可以视为"话语机制"的另外一种表达。

2007年，王一川发表论文，梳理两千多年西方文论所发生的人学、神学、认识论、语言论、文化论等五次知识型转向，并以此为基础考察西方文论与中国文论相遇的方式，他说："需要看到，历经多次转向的西方文论的东渐过程有其特殊性：它既不是从第一次转向时起就与中国

---

① 向天渊：《现代汉语诗学话语（1917—1937）》，西南师范大学出版社2002年版，第4页。
② 向天渊：《现代汉语诗学话语（1917—1937）》，西南师范大学出版社2002年版，第9页。
③ 向天渊还发表过《从"以中格西"到"以西格中"——近现代文论话语机制的转换》（《社会科学战线》2005年第1期）、《二元及多元——中国古代文论与西方文论话语演进机制之比较》（《重庆社会科学》2007年第6期）等论文。
④ 晏红：《认同与悖离——中国现代文论话语的生成》，四川文艺出版社2006年版，第366页。

文论相遇，也不是只在最后一次转向时才与之相接触，而是分别呈现出至少四种相遇方式：叠加式、疏离式、追补式和平行式。"① 透过王一川的具体阐释，我们也可以说，这四种方式是对西方文论中国化"机制"问题之宏观性与历时性两相结合的描述与分析。

2008年，王杰发表论文，探讨中国马克思主义美学的基本问题与理论模式，他认为，"中国马克思主义美学并不是马克思主义美学理论的中国化，而是马克思主义的基本理论与中国的审美经验和艺术实践相结合的产物，它是中国现代化过程以及社会主义革命过程的一部分，它的审美合理性是与政治正确性密切联系着的。中国马克思主义美学在理论模式上表现为中国式的审美意识形态，即在经济技术欠发达的国家，可以跨越审美现代性将审美价值与社会生活其他诸种价值割裂开来的美学范式，把文学艺术作为社会的对立面和批评性力量的存在方式转变成为社会变迁和社会变革服务的上层建筑力量"②。尽管该文并未概括出中国马克思主义美学所呈现的具体理论模式，但其对中国马克思主义美学基本问题的特殊性与复杂性的描述与分析，以及对与此相关的中国马克思主义美学独特美学范式的阐释，都对我们思考西方文论中国化机制的复杂性与特殊性有所启示。

此外，还有一些研究值得注意，比如赖大仁在论文《马克思主义文艺理论中国化的理论形态》③中认为，马克思主义文艺理论中国化问题，既是一个始终没有间断过的历史进程，也包括这一进程中所形成的理论形态，即具有中国特色的马克思主义文艺理论成果。不仅如此，他

---

① 王一川：《西方文论的知识型及其转向——兼谈中国文论的现代性转向》，《当代文坛》2007年第6期。

② 王杰：《中国马克思主义美学的基本问题与理论模式》，《文艺研究》2008年第1期。2011年王杰与段吉方合著的论文《六十年来马克思主义文论在中国的范式转换及其基本问题》（《社会科学家》2011年第3期），可以视作对此问题的进一步探究，文章指出"马克思主义文论在中国的范式转换，是从那种单一的'文化领导权'意义上的'文艺大众化'的理论范式走向深入发展综合创新的过程，同时也是作为一种思想指南与批判精神的马克思主义文学观念深刻贯穿于中国文学知识经验与理论研究过程的标志。因此，它必将引起接受方式与接受策略的自觉调整以及思想观念与思维模式的深层变革，同时更是理论建构的逻辑起点"。这些也能启发我们思考域外文论在中国的范式与机制转换问题。

③ 赖大仁：《马克思主义文艺理论中国化的理论形态》，《中国人民大学学报》2008年第6期。

还概括出原典性"译介话语"、毛泽东文艺思想等"领袖话语"以及理论界的"学术话语"等三种基本形态,且分别考察了它们的内涵、特点与意义。再比如张玉能、张弓在论文《中国化马克思主义文学批评的言说方式》①中提出,中国化马克思主义文学批评是以中国传统文学批评为根基,以马克思主义文学批评为依据的文学批评理论和实践,前者的言说方式主要是直觉感悟式的体悟,后者的言说方式主要是理性分析式的阐释,因此,中国化马克思主义文学批评的言说方式应该以直觉感悟为基础并结合理性分析,从而达到结合中西文学批评之优长的境界。

五

以上两节,我们对学界有关域外文论(主要是西方文论、马克思主义文论)"中国化"的研究情况进行了较为详细的梳理。尽管学者众多,著作不少,文章不计其数,涉及西方文论的众多流派、马克思主义文论的诸种观点以及中国文论的融合与转换,但仔细斟酌,我们会发现,这些研究大多注重域外文论中国化曲折艰难的发展历程、喜忧参半的实践结果,以及为了更好地实现中国化需要坚持的原则、应该采取的策略等,至于近百年来域外文论究竟是怎样"中国化"和"化中国"的"机制"问题,虽然从诸如话语形态、理论模式、范式转换、言说方式等不同视角进行过多样化、多层面的探讨,提出了类似选择、过滤、误读、认同、转化、背离、扭曲、刺激、磨合、融化、创新等中外文论交流、对话的方式与途径,但几乎都没有意识到或者直接点明从话语形式层面考察域外文论本土化的机制问题。更何况,从研究成果的形式上看,除论文及少量专著中的部分章节外,未见对此问题进行系统梳理与阐释的专门著作。

众所周知,话语观念、话语形式本是一体两面,无从剥离,但为了更好或者说更具体地阐释某些问题,将其拆分开来,实属迫不得已。但正如我们已经指出的那样,探讨域外文论本土化的机制问题,

---

① 张玉能、张弓:《中国化马克思主义文学批评的言说方式》,《文艺理论研究》2011年第4期。

虽然侧重形式，但也不能忽视观念，因此，前述那些从观念层面对理论模式、话语形态等进行的描述与阐释，自然也会给予我们诸多启发与借鉴。

从词源学上看，"机制"属于外来词，应该是英语 mechanism 的汉译。mechanism 与 mechanics（通译为"力学"，准确的译法是"机械学"）是同根词，mechanics "源于拉丁词 mechanicus，……而这个拉丁词又源于希腊词 machina，本义是'机械'，也有'技巧、装置、方法、巧妙的设计'之义，因为机械似乎能够在智慧上胜过自然"①。Encyclopedia Britannica 对 mechanics 的含义及其演进给予了简要描述②。《不列颠百科全书·国际中文版》却将 mechanism 编译成"机构"和"机械论"两个词条③，部分内容取自 Encyclopedia Britannica，虽然没有译成"机制"④，但这两个条目的含义与其他流行的中文工具书对"机制"的解释存在明显的相通之处。比如，《现代汉语词典》（1983 年版）指明"机制"也叫"机理"，有这样三层意思：一，机器的构造和工作原理，如计算机的机制；二，有机体的构造、功能和相互关系，如动脉硬化的机制；三，泛指一个复杂的工作系统和某些自然现象的物理、化学规律，如优选法中优化对象的机制。《辞海》（2000 年版）将前两点说得更具体，在略去第三层意思的同时增添了这样一句："阐明一种生物功能的机制，意味着对它的认识已从现象的描述进行到本质的说明。"

作为学术范畴，"机制"的使用在汉语学术界由来已久。中华人民共和国成立之后的 1950 年代中期，医药卫生领域的学术论文就开始出现，比如生理机制、发病机制、治疗机制等。1980 年代之后，"机制"在生物、地质、气象、心理等自然科学，法律、经济、管理、教育等社会科学中逐渐蔓延开来，现在已经成为被广泛使用的术语。相比之下，

---

① 张卜天：《从古希腊到近代早期力学含义的演变》，《科学文化评论》2010 年第 3 期。
② 参见第 14 版 Encyclopedia Britannica 第 15 卷，1964 年印刷，第 165 页。
③ 参见《不列颠百科全书·国际中文版》（第 11 册），中国大百科全书出版社 1999 年版，第 51 页。
④ 今天看来，在中文翻译时早期多用"机构"现在多用"机制"也是一个自然的发展过程，在对马克思著作的翻译中就存在用"机构"而不用"机制"的情况。参见吴敬琏《经济机制和配套改革》，《吴敬琏文集》（上），中央编译出版社 2013 年版，第 319 页。

在文史哲、宗教、艺术等纯粹人文学科的论著中,"机制"不仅出现的时间要晚,频率也要小得多,仅见于发生机制、转换机制、审美机制、话语机制等少数搭配之中。比较有意思的是,"机制"在中国使用范围的扩张和它的二、三两层含义具有某种对应关系,在西方应该也是如此,工具书中的分层解释是有客观依据的。

了解"机制"的含义和使用情况之后,我们可以进行这样的引申,如果把"域外文论中国化"看成一个复杂系统的话,西方文论、马克思主义文论、日本文论、中国古代文论、中国现代文论,甚至中国的文学、文化、社会等,都是这个系统得以有效运转的根基与环境,对这一系统的"机制"进行研究,不仅要考察其自身的构造与功能,还要深究各部分彼此之间及内外环境相互作用的过程与方式。根据对此情况的大体认识,加上既有研究成果的引导和启发,我们粗略地提出"碰撞与融合""曲解与变形""挪用与重构""移植与变异""言说与抗拒""调和与会通"等几种各有侧重又彼此关联的"机制"类型,力图多层面、多方位地观察"域外文论中国化"的样态与方式。当然,正如我们已经论析的那样,"文论"涉及文学批评、文学理论、文学史以及文学批评史等多个层面,就其在近现代中国的发生及演进历程来看,它们既彼此独立,又构成一个颇具递进关系的链环形态;从共时性角度看,域外文论中国化、本土化进程在这些层面都有体现;从历时性层面看,又是经由介绍、评述之后,再大略依次体现在翻译与批评实践、研究与理论建构的环节之中。从"机制"层面对域外文论本土化进行研究,很难将每种机制的考察触觉,既延伸至上述几个层面,又顾及前后相续的几个环节,折中性质的做法只能是各有侧重又相互呼应地进行讨论,这也是我们未能也无法概括出判然有别的多种机制的原因抑或苦衷之所在。

具体而言,"碰撞与融合",则主要体现在那些虽然与古代中国文化、文论有较大反差却能满足现代中国社会及文学实践之需要的域外文论思潮(如非理性主义、象征主义、心理分析、意识流、超现实主义、存在主义、结构—解构主义等)的中国化过程中;"曲解与变形",虽然也是域外文论中国化的普遍机制,但在蒋光慈、钱杏邨、李初梨、胡风、冯雪峰、周扬、何其芳、林默涵、陈涌等人有关阶级论、革命论、反映论、社会主义现实主义、"两结合"、"三突出"、歌颂与暴露等中国现代文学理论的创建过程中表现得尤为突出；马克思主义文论的中国化可谓是"挪用与重构"机制的典型代表；"移植与变异"，在文学史、文学批评以及文学理论等学科的发生与发展中有非常明显的体现；"言说与抗拒"体现在梁启超、王国维、吴宓、梁实秋等一批文化守成主义者和古典主义者对西方文论的接受与运用上；"调和与会通"，可以从诸如周作人、茅盾、朱光潜、宗白华、梁宗岱、李健吾、李长之、钱谷融、李泽厚、刘再复、钱中文等批评家和理论家身上看出，他们在域外与中国之间找到诸多相似及相通之处，架起一座座连接彼此的文论桥梁。除此之外，还有主要发生在介绍与翻译环节的"选择与过滤"机制，这是学界颇为关注也论述较多的话题，更多地适合从话语观念入手加以考察，我们就不再做锦上添花和越俎代庖之举。

　　值得注意的是，即便提炼出上述种种机制，我们总觉得仍然未能充分揭示域外文论本土化机制的题中应有之义，于是我们又跳脱出来，从更加宏观的层面予以考察，提出"融突和合"这种带有综合性、整体性的转化机制。为了对此做出具体的描述与阐释，我们结合中国现代文论新传统①的具体情况，划分出左翼—马克思主义文论、人性—人道主义文论、语言—形式主义文论、生命—生态主义文论四个亚传统，通过对它们各自之形成与发展历程的考察，分析"融突和合"机制的具体表现。之所以建立这样一个微观与宏观相互补充的论述框架，目的同样在于实现对域外文论本土化之"机制"问题更加全面的

---

① 美国社会学家爱德华·希尔斯曾经指出："传统意味着许多事物。就其最明显、最基本的意义来看，它的涵义仅只是世代相传的东西（traditum），即任何从过去延传至今或相传至今的东西。""如果一种信仰或惯例'流行'了起来，然而仅存活了很短的时间，那么，它也不能成为传统，虽然在其核心部分包含了作为传统本质的延传范型，即从倡导者到接受者这样的过程。它至少要持续三代人——无论长短——才能成为传统。"（[美] E. 希尔斯《论传统》，傅铿、吕乐译，上海人民出版社1991年版，第15、19—20页）如果以此为标准，中国现代文论中那些具有百年历史的各种观念与学说，无疑已经成为"传统"，而改革开放之后发生、发展起来的各种文论主张，相当一部分也已经持续三代——无论长短——之久，也可以视为"传统"了。很明显，这些文论既不同于中国古代也区别于其他国家的文论，故而可以称为"新传统"。

导 论

认识与阐释。

为了能够从"机制"层面对域外文论中国化的历史进程做出超越现象抵达本质的描述与阐释,我们必须提前思考并明确所要使用的研究方法。首先,从学科属性而言,域外文论之中国化问题属于比较文学影响研究的范畴,尽管影响源和影响结果的具体情况非常复杂,但经过众多学者的努力,两者的大体轮廓已经被勾画出来,对此我们在前文已经有所交代。至于影响之得以发生的中介,诸如介绍、翻译、研究、实践等等,需要另做专门、系统的考察,本书探讨的中心是影响发生的具体方式或机制,加之重点放在文论话语的形式层面,所以必须将比较文学影响研究尤其是"变异学"与"话语分析"方法结合起来。其次,限于研究范围,我们虽然不能对域外文论中国化的历史进行系统描述,但必须对此进程有相当的了解,否则,对机制的分析与阐释就可能与历史真实相抵触,这就意味着,我们的研究离不开"历史与逻辑相统一"[①]的方法,也可以说是思辨与实证相结合的方法。最后,我们所提炼出来的几种机制,虽然各有侧重,但并非界限分明,相互之间具有高度的关联性,甚至出现某些交叉与重合,这就要求在材料的取舍上尽量做到相得益彰,避免单调与重复,对此,我们姑且称之为"彼此呼应"的方法。

正如我们所分析的那样,域外文论不仅范围广泛,其进入中国的方式也复杂多样。作为一种流动的话语形态,域外文论在跨越国界的旅行中,将不同文化背景中的话语主体、文论传统、文学实践以及学科建制、学术规范等衔接起来,实现对话与交流。我们的任务就是在充分了解这一进程的基础上,揭示出其内在运行的具体方式。这自然是一场充满挑战与冒险的学术之旅,但愿我们的旅途能够平安、顺畅而且充满欢乐!

[①] 恩格斯在《卡尔·马克思〈政治经济学批判〉》中指出:"历史常常是跳跃式地和曲折地前进的,如果必须处处跟随着它,那就势不仅会注意许多无关紧要的材料,并且也会常常打断思想进程……因此,逻辑的研究方式是惟一适用的方式。但是,实际上这种方式无非是历史的研究方式,不过摆脱了历史的形式以及起扰乱作用的偶然性而已。"《马克思恩格斯选集》(第2卷上),人民出版社1972年版,第122页。

第一章　碰撞与融合

在《文明经受着考验》一书中，汤因比指出："在文化辐射中各种成分的穿透力通常与这一成分的文化价值成反比。在被冲击的社会机体中，不重要的成分所引起的阻力小于决定性成分所引起的阻力，因为不重要的成分没有对被冲击社会的传统生活方式造成那么猛烈或那么痛苦的动乱的征兆。"[1] 这就意味着，异域文论中最具异质特色或现代意味的成分在进入中国文论体系内部时，极有可能遭受严重的排异反应，进而发生激烈的冲突与碰撞。但要想彻底打破封闭自足状态，从精神根基、价值内核上获得根本性的更新与创造，中国文论又不得不接受这样的冲击。能否克服"排异"并创生新质，并不完全由冲击者一方决定，更多时候取决于中国本土的社会现实需求及具体的文学实践方式。譬如西方人道主义与中国儒家仁学本身有着不同的价值基础，前者立足个体生命，后者植根群体伦理。但20世纪之后，中国社会的现代化发展以及日益加剧的国族危机，对思想文化的更新提出了迫切要求，反传统、反礼教潮流开始盛行于"五四"时期。在此背景下，仁学与人道的碰撞，实质已由东西方的空间冲突，转变为时间轴上现代对传统的取代。正是由于顺应了中国社会的发展趋向，人道主义才得以迅速成为中国现代文艺思想的重要一支。同样，在西方具有"反现代"倾向的浪漫主义，也被"五四"时的中国划归到现代启蒙主题之下而风行一时。此

---

[1] ［英］汤因比：《文明经受着考验》，沈辉等译，顾建光校，浙江人民出版社1988年版，第272页。

外，20世纪八九十年代，尚未进入后现代阶段的中国之所以狂热追求后现代主义，也离不开借后现代主义来解构西方霸权、重塑东方文明的强烈意愿。大体来看，被纳入"碰撞—融合"机制中的文论转化，大多经历了以下几个发展阶段：一是双方在精神结构、价值观念等方面的抵牾，二是部分异质成分应和了本土语境要求，三是在改造、创新过程中实现彼此的融合。

一 人道主义：人与仁的冲突与对话

从天人之道走向人道主义，从仁学转向人学，是中国思想文化发生现代化转型的重要标志。这在文论领域也有充分体现："五四"之初，周作人率先擎起"人的文学"大旗；进入1930年代，又有梁实秋宣扬"人性论"；及至中华人民共和国成立之后，钱谷融借"双百"之机坚持"文学是人学"；到了新时期，更有李泽厚、刘再复提出"情本体""主体实践"等学说。"人道主义"成为贯穿20世纪中国文论的精神主脉之一。不过作为源起于欧洲文艺复兴时期的思想体系，"人道主义"在西方世界经历了数百年的复杂流变，延展出异常丰富的思想内涵和价值取向。究竟是什么样的契机、以何种方式吸纳"人道主义"，中国文论家的理论选择与批评实践不尽相同。这与他们的精神文化结构以及所处的历史文化基座、社会现实需求都有着密切关联。可以说，是在经历一系列的选择、冲突、碰撞、融合，完成本土化改造后，"人道主义"在中国才得以确立并被广泛传播。

（一）人在传统"人道"中的缺席

在西方人文主义传统中，人道主义的发展主要经历了三个阶段：一是14—17世纪的文艺复兴，其基本内容是，重新发现被基督教封存的希腊罗马文化，反抗中世纪神学的禁欲主义，肯定现世的幸福与欲望追求，将人作为权衡一切事物的标准。二是17—18世纪的启蒙运动，"理性"作为人性的重要组成得到高扬，以"平等""自由"为内核的"人权"开始压倒神权。三是19世纪以后，基于对资本主义制度下人性异化的批判，博爱精神与主体意志成为重要主题。总体来看，西方人道主义是在宗教背景下成长起来的，它在与基督神学的对抗过程中，逐步确立了人的个体意识、主体意识和理性意识，与此同时也吸纳了基督教义中的平等博爱意识，具有了更强的人类普泛性。

人道主义虽然缘起于欧洲，但中国古代亦不乏关于"人道"的论述。有学者就认为，中国传统文化有两大内容，一是穷究天人之际的"天道"，二是处理人人关系的"人道"。孔子之前以"天道"为大宗，孔子之后"人道"更为昌盛。① 汉代大儒董仲舒有言，"众生之中，唯人道可以参天"（《春秋繁露·王道通三》）。而且与西方相比，"人道"在中国并未与"天道"或"神权"构成尖锐冲突，天人关系、人神关系都比较和谐。入世的儒家、出世的道学，都认为天人同源、天人同理，天道合于人道、人道亦循天道，彼此交感互动，归化于自然大道，"人法地，地法天，天法道，道法自然"（老子《道德经·第二十五章》），"大人者，以天地万物为一体者也"（王阳明《大学问》）。这里的"自然"，并不是外在于人类社会的自然界，也有别于柏拉图—黑格尔一脉的"绝对理念"或"绝对精神"。它创生万物而又栖身万物，不断推动着宇宙大化，是天地人神的至高法则，但却无主客之辨、无虚实之界，"自然者，无称之言，穷极之辞也"（王弼《老子注·第二十五章注》），人既俯身于自然，又能以心性感知宇宙大道，并顺其而行，贵为乾坤最高性灵，"故人者，其天地之德，阴阳之交，鬼神之会，五行之秀气也"（《礼记·礼运》）。照此看来，除却混沌无极，并非以实体存在的自然大道外，"人道"在中国传统文化中并没有受到类似西方基督教那样的神权压制，自当有更为自由广阔的发展空间。但事实恰恰相反，它终究未能成长为一个独立概念。与西方"人道主义"相比，其"人道"中的"人"虽为"天地之心"，但始终没有获得充分的个体意识、主体意识和理性意识。

儒道二学所主张的"人道"虽然内涵殊异，但都脱不开一个前提，那就是"中和"。无论像孔孟那样"内圣而外王"偏重强调个人与社会的和谐，还是像老庄那样"无为而治"着力保持人与外物之平衡，都

---

① 杨向奎：《孔子思想与中国传统文明》，《齐鲁学刊》1991年第1期。

将"人"置放在一个恒定有序的关系网络中加以形塑,都努力以"中和"之法来回避、化解天人冲突、人人矛盾,"万物负阴而抱阳,冲气以为和"(《道德经》),"中也者,天下之大本也;和也者,天下之达道也。致中和,天地位焉,万物育焉"(《中庸·第一章》)。为求中和,传统的"人道"一方面竭力彰显人之"灵明",以逮大道;另一方面又极力压制人的情性意愿,追求"万物与人为一"的物化效果。二者看似相反,实则相成。《庄子》里的南郭子綦形体固安、有如槁木,却在"今吾丧我"之中摒弃欲望偏执,进入以道观物之境。儒家同样认为,只有清除个人的欲望意志,实现物我同一,灵明才能不为形体所缚,而与天地并立,感知仁义大道,"仁者,浑然与物同体"(程颢《识仁》),"性之德者,吾既得之于天而人道立,斯以统天而首出万物"(王夫之《思问录·内篇》)。儒道合力以"物化""灵化"的双重手段来加工"人道",确在很大程度上缓解了人类与自然、个体与社会之间的矛盾,但也毫不留情地取消了人与物、人与人之间的边界,致使主体意识和个体意识严重流失。作为中国传统文化主干的儒家仁学在这方面表现更为突出,"中国人对'人'下的定义,正好是将明确的'自我'疆界铲除的,而这个定义就是'仁者,人也'……只有在'二人'的对应关系中,才能对任何一方下定义"[1]。

(二) 以人学更新仁学

1918 年 12 月,周作人在《新青年》发表文章《人的文学》。这篇堪称"五四"时期最具影响力的人学宣言,把人的发现与文学的发现关联在一起,将人道主义思想充分灌注到中国文论体内,使新文学的道德支点真正由"仁"转而为"人"。这与"五四"新文化运动"反对旧文学,提倡新文学;反对新旧道德,提倡新道德"的宗旨完全应合。

周作人首先以"个人主义"反对纲常伦理,相关论述主要集中在两性关系及亲子关系上。在他看来,两性关系"极平凡""极自然"而又是"世间最私的事情",只要不贻害社会,就是当事人自己的事,局外人不应横加干涉。而在两性关系内部,男女亦是平等的独立个体。女

---

[1] 孙隆基:《中国文化的深层结构》,广西师范大学出版社 2004 年版,第 13 页。

人需有"为人"与"为女"的双重自觉，不应甘做男人的器具、奴隶和附属品。从一而终、守贞殉节的传统妇德，并不值得称道；除非女子以拥有自由身心为前提，为了生离死别之爱而自愿牺牲自我，"须全然出于自由意志，与被专制的因袭礼法逼成的动作，不能并为一谈"。①在亲子关系上，父母抚育子女，同样是自然意志的体现，子女敬爱父母，也本于天性，无须加以外在的道德束缚。如果以"孝道"之名将子女当作牛马，想养大以后，随便吃他骑他，那就有违人性自由，成了"退化的谬误思想"。理想的两性关系和亲子关系，实质都是自由个体之间的互爱表现。

其次是以"灵与肉的结合"来反拨传统的"物化""灵化"倾向，力图回归人间本位。周作人反对以"天地之性最高"来定义人，而反复强调人是"从动物进化的"。人本是宇宙自然的一分子，以"动物"为演进基点。生命形态虽然渐趋高级，变得繁杂高深，但终究不能违背自然天性，无须刻意掩饰肉身原欲，"人类的身体和一切本能欲求，无一不美善洁净。"②但在动物基点上，人还要不断求取进化，培植改造生活、完善灵魂内面的能力。灵肉本是一体两面，而非对立二元。真实的人性，就是兽性与神性的统一。

正如当年蔡元培以"兼容并包"之策对抗复古潮流、力挺新文学一样，周作人的"动物进化论""灵肉一致说"，主要目的也是解放被道德禁锢的自由天性，恢复肉身的合法存在，将人从"天道"拉回到人间，"我们真不懂为什么一个人要把自己看作一袋粪，把自己的汗唾精血看的很是污秽"③？

周作人将自己的人学思想，概括为"个人主义的人间本位"。其对现世生活的肯定、对禁欲主义的反抗、对个人权利的争取，都非常契合于西方文艺复兴时期的"人道主义"。这对"五四"文学主潮具有方向性的导引作用。胡适就曾将"五四"比作欧洲的文艺复兴，一个重要

---

① 周作人：《人的文学》，《新青年》1918 年第 5 卷第 6 号。
② 周作人：《随感录》（三十四），《新青年》1918 年第 5 卷第 4 号。收入《谈龙集》时更名《爱的成年》。文章重点评述了英国凯本德的《爱的成年》和蔼理斯的《性的进化》。
③ 槐寿（周作人）：《读〈欲海回狂〉》，《晨报·副镌》1924 年 2 月 16 日。

第一章 碰撞与融合

原因,就是"五四"打破了专制思想牢笼,与西方的区别在于,所打破的不是神学而是仁学的思想统治。

中国高度发达的仁义礼教、德性文化,从根本上说是传统农业社会的产物。它以地缘、血缘为基础,注重自然环境、生活经验和人伦关系,一方面避免了许多在西方文化中普遍存在的主客矛盾、天人冲突,但也以超稳定的社会文化形态阻遏了现代文明的发展。社会成员普遍恪守灵明圣学,不敢表露真实情志,个体人格逐渐萎缩,习惯以"物化"形态去面对自然,缺乏对主体身份的建构,整体来看德性有余、智性不足,群体压倒个体,稳固胜于新变。

晚近以后,中国被西方列国强行推入以工商业生产为根基的现代文明轨道后,这些积弊就更加显露无遗:思想上原道宗经、因循守旧,制度上集权专制、等级森严。待到"五四"新文化运动之时,精英知识分子开始意识到,中国之所以积贫积弱,根源在于"无人"。无人的国家注定是无声的,也是没有生机的。鲁迅的"狂人"、郭沫若的"天狗"、郁达夫的"零余者",实质都是对"人"的多维建构。周作人则进一步在理论层面提出"从新要发见'人',去辟人荒"①。其中首要任务就是肯定自我在现世的肉身存在,否则一切追求都有可能再次落入群体性的人人之道或无我型的天人之道当中。肉身原欲是个人觉醒的重要标志。这样的认识不能不说得益于西方人道主义的启悟。当年文艺复兴正是借希腊罗马文化而激活生命原欲,进而结束中世纪"无人"景况的。

不过周作人并不满足于直接抽取文艺复兴的主张,而是追根溯源力求与希腊罗马直接对话,"大家谈及西方文明,无论是骂是捧,大抵只凭工业革命以后的欧美一两国的现状以立论,总不免是笼统。为得明了真相起见,对于普通称为文明之源的古希腊非详细考察不可,况且它的文学哲学自有其独特的价值,据愚见说来其思想更有与中国很相接近的地方"②,"希腊文化,为欧洲先进,罗马以来,诸国典章文物无不被其

---

① 周作人:《人的文学》,《新青年》1918 年第 5 卷第 6 号。
② 知堂(周作人):《过去的工作》,上海书店出版社 1985 年影印版,第 71 页。

流泽，而文学艺术为尤最。"① 故而1917年周作人任教北京大学时编写的讲义《欧洲文学史》②，就以希腊文学与文艺复兴的讲述最为翔实。他讲到，希腊精神重现世而尚美，且又不失中和，当为后世文学的准绳；此后的文艺复兴就是希腊精神的回归，再次回到现世人生的正途，卢梭、歌德都是自然人性的代表。秉持希腊之自然人性，周作人积极声援那些有违传统道德观念的新文学创作，评论汪静之的《蕙的风》，称说"这旧道德上的不道德，正是情诗的精神"③，评论郁达夫的《沉沦》，指其"虽然有猥亵的分子而并无不道德的性质"。④ 周作人的新道德，其实就是释放人性本真，实现"伦理的自然化"。

（三）"人道主义"的本土转化

钱理群有言："新文学的先驱者中大多数人对西方的思潮、理论也不是盲目的照搬，他们力求做到从时代、社会和新文学发展的需要出发去检验和选择外来的东西，并注入新的因素，因此，在当时发生重大影响的外国思潮都有一个'中国化'的'变形'过程。"⑤ 比如，促使周作人崇奉希腊罗马、倾心文艺复兴的直接原因就是，借西方世俗化的人间主义打破中国传统以天理规范人欲的畸态，重造自由的国民、民主的社会。这是完全合乎鲁迅等"五四"知识分子制定的"立国先立人"的改革思路的。或者说，"五四"时期的"人学""人道主义"原本就是在国族拯救命题下展开的。只是当民族危机日益加剧，人道主义无法

---

① 周作人：《欧洲文学史》，河北教育出版社2002年版，第55页。
② 1917年9月，周作人受聘北京大学文科教授，讲授"欧洲文学史"和"希腊文学史"两门课。讲义后结集为《欧洲文学史》，1918年出版。该书是中国第一部欧洲文学史，介绍了古希腊到18世纪的欧洲历史，叙述比较简述，共210页。对于这部著作，周作人有记述，"于是在白天里把草稿起好，到晚上等鲁迅修正字句之后，第二天再来誊正并起草，如是继续下去，在六天里总可以完成所需要的稿件，交学校里油印备用。这样经过一年的光阴，计成希腊文学要略一卷，罗马一卷，欧洲中古至十八世纪一卷，合成一册欧洲文学史，作为北京大学丛书之三，由商务印书馆出版"。参见《周作人文选——自传·知堂回想录》，群众出版社1999年版，第333页。
③ 周作人：《情诗》，《晨报·副镌》1922年10月12日。
④ 仲密（周作人）：《沉沦》，《晨报·副镌》1922年3月26日。郁达夫推出小说集《沉沦》后倍受讥讽嘲骂，于是去信向周作人求助。尔后周作人在《晨报》副刊的"自己的园地"专栏上，为《沉沦》作了辩护。陈子善的《研究〈沉沦〉的珍贵资料》一文中对此事件有较为详尽的交代。该文收录在陈子善《雅集》，上海人民出版社2012年版。
⑤ 钱理群、温儒敏、吴福辉：《中国现代文学三十年（修订本）》，北京大学出版社1998年版，第15页。

及时作用于救亡时,国族母题就和人学子题发生了分化,前者一味强调牺牲自我、献身革命,后者则有意疏远政治、护守人性。1930年代左翼与京派的冲突,从一个侧面反映了"人道主义"在中国的内在矛盾。如果对照文艺复兴时期彼特拉克所言,"我不想变成上帝……属于人的那种光荣对我就够了。这是我所祈求的一切,我自己是凡人,我只要求凡人的幸福"①,我们就会发现"五四"知识分子在倡导"人的文学"时所扮演的角色,并不是凡夫俗子,而是承载着拯救国族之神圣使命的"神"。出于对现实社会的关注和改变国族命运的责任担当,他们在积极争取个人自由空间的同时,也非常注重公共秩序的建构,费尽心思地调和个人与社会的关系。就如周作人在具体的文学批评中往往热情歌颂基于生命原欲的自然人性,一旦进入理论体系的营构,则又追求观点的辩证中允,力图在灵与肉、情与理、欲与道之间实现某种平衡,以至最终将"人道主义"归入孔孟礼教上来,"天命之谓性,率性之谓道,修道之谓教"(《中庸》)。

事实上,周作人对于儒家的批判是非常有限度的,其所反对的仅仅是"宋以来的道学家的禁欲主义"②。在他看来,宋明理学之恶,最主要的不是与西方人道主义相抵触,而是过分强调以理抑情、存天理灭人欲,悖逆了原始儒家所尊奉的"中和"原则,破坏了情理相洽、天人合一的理想境界。周作人所宣扬的人道主义,在某种意义上是借西方舶来的人学来修正被宋明理学扭曲了的原始儒学,"中国现在所切要的是一种新的自由与新的节制,去建造中国的新文明,也就是复兴千年前的旧文明,也就是与西方文化的基础之希腊文明相合一了。"③ 在这一问题上他并不避讳,"我自己承认是属于儒家思想的,不过这个儒家的名称是我所自定,内容的解说恐怕与一般的意见很有些不同的地方。"④

---

① 北京大学西语系资料组编:《从文艺复兴到十九世纪资产阶级文学家艺术家有关人道主义人性论言论选辑》,商务印书馆1971年版,第11页。
② 开明(周作人):《生活之艺术》,《语丝》1924年第1期。
③ 开明(周作人):《生活之艺术》,《语丝》1924年第1期。
④ 周作人:《我的杂学》,《周作人批评文集》,珠海出版社1998年版,第336页。《我的杂学》(1—20)1944年7月5日完稿,其中1—12连载于1944年5月13日至8月26日《华北新报·文学》第1—12期,全文另连载于1944年6月1日至9月16日《古今》第48、50、51、52、55期。

周作人是在"中和"的思想基座上熔铸西方人道主义的，其中不可避免地出现了一些特别的偏向或错位、变形。比如，他对希腊的赞美几乎是按照"发乎情而止于礼"的中国礼教标准进行的，所谓"希腊民族，以中和之德著称。对于自然恒久之性能，有彻知而无讳饰，能节制而无遏逆，使之发泄得间，乃不至横决"，忽略了希腊文化中日神与酒神的冲突，全然无视希腊文化中享乐主义的泛滥。另外，周作人在阐述灵肉和谐关系时，也偏爱引用既不保守也不偏激、循中庸而行的英国心理学家蔼理斯的性学观点。更有意味的是，周作人在读了《资本论》以后，只字不译，对于以"革命"取代"立人"的激进做法持保留态度。这些都印证了周作人最根本的人生观念和精神结构，"我自己是一个中庸主义者……凡过火的事物我都不以为好"。①

二　中西浪漫主义的错位与交合

浪漫主义思潮是近代欧洲在现代化旅途中完成的一次自我纠偏。它以 17、18 世纪启蒙运动所取得的巨大文明成果为根基，但又极其厌恶启蒙主义所允诺的文明、进步、理性。那些为华美的启蒙约言所诱惑的人们，奋力挣脱了封建主义的泥淖，却没能如愿踏上自由民主的福地。相反，呈现在眼前的是神殿坍塌、诗性流失的颓败景观，信徒们被塞入冰冷逼仄的理性空间内，无奈接受现代机械的打磨。新型的且更加牢固的囚狱，禁锢了人类最为尊贵的灵性与精神的自由。越来越多的抵抗者汇聚成声势浩大的浪漫派，拉开了"反现代化"的浪漫主义运动。对此马丁·亨克尔在《究竟什么是浪漫》中动情地描写到："浪漫派那一代人实在无法忍受不断加剧的整个世界对神的亵渎，无法忍受越来越多的机械式的说明，无法忍受生活的诗的丧失……所以，我们可以把浪漫主义概括为'现代性'的第一次自我批判。"②浪漫主义的反现代倾向在艾恺（Alitto, G. S.）那里得到了进一步确认，"如果说启蒙运动是

---

① 周作人：《〈谈虎集〉后记》，《北新》1928 年第 2 卷第 6 号。
② 转引自刘小枫《诗化哲学——德国浪漫主义美学传统》，山东文艺出版社 1986 年版，第 6 页。

'现代化'的诞生，这个相对立的意识就必须名之为'反现代化'了。正如现代化一样，这也是一个空前的'现代'现象。"[1]

受苏联革命文艺理论的影响，国内学界对浪漫主义的阐述一度限定在阶级斗争框架内：一方面肯定浪漫主义对资本主义秩序的批判，认为它往往与民族独立、人民解放运动相关，揭示了资产阶级"自由、平等、博爱"等启蒙理想的虚幻本质，"浪漫主义者揭露资产阶级现实的丑恶和贫乏，向往完满的个性与和谐的社会组织"；另一方面又指出，"新的理想在当时的条件下往往带着虚幻空想的性质"，特别是消极浪漫派，习惯"把个人与社会对立起来"[2]。但进入新时期之后，随着阶级论色彩的淡化，浪漫主义的"反现代性"特质被日益彰显。1983年袁可嘉先生在一篇题为《关于西方现代主义文学的三个问题》的文章中谈到，浪漫主义归属于"美学的现代性"，它植根于现代资本主义社会，但又以某种偏于消极的方式反叛布尔乔亚，"它从浪漫主义开始就持反布尔乔亚的态度，反对它的功利主义价值观，常以消极的反抗方式来表达"[3]。1999年，学者俞兆平撰文《中国现代文学中浪漫主义的历史反思》，强调了浪漫主义在作为历史思潮与艺术手法上的重要区别，明确指出："作为历史思潮的浪漫主义，其总的精神旨向是对人的生存价值与意义的探求，是'现代性'的自我批判。"[4] 此后他又在系列著述中对浪漫主义的不同范式进行了细致深入的研究。[5] 同期，张旭春、冯奇等学者也就浪漫主义与现代性的关系展开过具体讨论。[6]

（一）启蒙背景下的"浪漫主义"

"浪漫主义"概念传入中国，首起于梁启超。20世纪初，他在《论

---

[1] ［美］艾恺：《世界范围内的反现代化思潮——论文化守成主义》，贵州人民出版社1991年版，第15页。
[2] 北京师范大学中文系文艺理论组编：《文学概论学习资料》（中册），春风文艺出版社1962年版，第278页。
[3] 袁可嘉：《关于西方现代主义文学的三个问题》，《外国文学》1983年第12期。
[4] 俞兆平：《中国现代文学中浪漫主义的历史反思》，《文学评论》1999年第4期。
[5] 参见俞兆平《美学的浪漫主义与政治学的浪漫主义》，《当代作家评论》2004年第6期；俞兆平《浪漫主义在中国的四种范式》，《天津社会科学》2010年第6期。
[6] 参见张旭春《现代性：浪漫主义研究的新视角》，《国外文学》1999年第4期；张旭春《再论浪漫主义与现代性》，《文艺研究》2002年第2期；冯奇《现代性语境中的中国浪漫主义文艺运动》，《文学评论》2001年第4期。

小说与群治之关系》（1902）中就将小说分作"写实派"和"理想派"（浪漫派）两类，前者"和盘托出，彻底而发露之"，后者"常导人游于他境"。二十年之后，在《中国韵文里头所表现的情感》（1922）一文中，梁启超明确指出，"欧洲近代文坛，浪漫派和写实派迭相雄长"。梁启超谈及了浪漫、写实两派在关注对象、表现功能上的不同，但并未论述二者美学特征上的差异，而且有些理解并不太准确，如"彻底而发露之"既可是客观写实也可是主观表现，很难成为浪漫主义与现实主义的分界。至于浪漫主义作品的引介，鲁迅当是先行者。他在《摩罗诗力说》（1907）中隆重推荐的摩罗诗人拜伦、密茨凯维等均属于"罗曼派"。

进入中国后，"浪漫主义"（Romanticism）不仅有了形形色色的别名，如"烂漫主义""理想主义""荒诞主义""传奇主义"等，而且在内涵、意义上也发生了诸多新变。20世纪初始，浪漫主义主要是以一个新派名词被使用，但"五四"之后则迅速席卷文坛，成为最为重要的文艺思潮、创作手法之一，甚至足以与根基深厚的现实主义传统相抗衡，"在'五四'运动以后，浪漫主义的风潮的确有点风靡全国青年的形势。'狂风暴雨'差不多成了一般青年常习的口号"[①]，"无论自称哪一派的文士，在著作里全显露出浪漫的色彩。"[②] 这份让许多"五四"亲历者激动万分的场景，却令后来的研究者费解。从发生机制、价值指向来看，"反现代"的浪漫主义并不太适用于这个刚刚开启现代化进程、刚刚确立启蒙任务的东方古国。当中国知识分子标举民主科学之时，西方浪漫主义者早已不满这些观念口号带给生命的枷锁，"他们不无惊恐地发现，人类在追求个性解放的同时却又在以另一种方式束缚个性，人的本质力量对象化的过程也是人类自身异化的过程。"[③] 在社会发展的链条上，"五四"中国还远远落后于浪漫主义时代的欧洲。历史阶段的错位、精神结构的差异，似乎都已注定了浪漫主义在现代中国的荒芜命运。可事实恰恰相反，自"五四"起，中国现代文苑就四处绽

---

① 郑伯奇：《导言》，《中国新文学大系·小说三集》，上海良友图书印刷公司1935年版，第3页。
② 岂明（周作人）：《〈海外民歌〉译序》，《语丝》1927年第126期。
③ 黄晖：《西方现代主义诗学在中国》，中国社会科学出版社2008年版，第266页。

放着浪漫之花。浪漫主义是何以跨越东西鸿沟而风行中国呢？答案或许可从尼采、柏格森等浪漫主义哲学家的学说的中国旅行中找出。

尼采常常被贴上"反浪漫主义"的标签，因为尼采曾经发表过一些攻击浪漫主义的言论。他担心浪漫主义会因厌倦现实、逃遁社会而滑入虚无一极，沦为悲观主义的奴隶，"随之而来有一种信仰：'一切皆空虚，一切皆相同，一切皆过往'！"①但从根本上说，尼采并没有摒弃浪漫主义所追求的主观表现，而仅仅是用强力意志来防范虚无意识的渗透，用非理性主义来强化对现代文明的抗争。在此意义上，尼采非但没有终结浪漫主义，反把它推入了更富生命活力的新阶段，主体意欲得到进一步发扬。按照雅克·巴尊的理解，尼采完全就是"新浪漫主义源头的现代人"②。刘小枫在《诗化哲学》中介绍德国浪漫思潮时，也同样把尼采与荷尔德林、诺瓦利斯等一并纳入浪漫派。

尼采学说对中国影响至深。早在1902年梁启超就将尼采与马克思并举，称其学说为"德国最占势力之两大思想"，而"尼志埃为极端之强权论者，前年以狂疾死。其势力披靡全欧，世称为十九世纪末之新宗教"③。中国现代作家，鲁迅、郭沫若、郁达夫等都程度不同地都受到了尼采的影响。尼采学说在传布中国的行旅中广泛播撒了浪漫主义的种子。郭沫若在谈论鲁迅与王国维时就说，"两位都经历过一段浪漫主义的时期。王国维喜欢德国浪漫派的哲学和文艺，鲁迅也喜欢尼采，尼采根本就是一位浪漫派。鲁迅早年译著都浓厚地带着浪漫派的风味，这层我们不要忽略"④。如果仅从题材上看《域外小说集》的话，鲁迅早期译著似乎更偏向现实一派，毕竟这部集子收录的主要是19世纪俄国和东欧的人生写作，但再结合《摩罗诗力说》，就不难发现鲁迅的现实主义是以浪漫主义为血脉的。鲁迅立雪莱、拜伦为楷模，赞他们离经叛

---

① ［德］尼采：《查拉图斯特拉如是说》，孙周兴译，上海人民出版社2016年版，第172页。
② ［美］雅克·巴尊：《古典的，浪漫的，现代的》，侯蓓译，江苏教育出版社2005年版，第9页。
③ 梁启超：《进化论革命者颉德之学说》，《梁启超选集》，上海人民出版社1984年版，第347页。原载《新民丛报》1902年第18期。
④ 郭沫若：《鲁迅与王国维》，《文艺复兴》1946年第2卷第3号（"纪念鲁迅逝世十周年"专号）。

道、反抗世俗，既有"求索而无止期，猛进而不退转"①的进取精神，又有"不克厥敌，战则不止"②的抗争意识，堪称浪漫派中的摩罗（"恶魔"）；唯有"恶魔者"才是真正的"说真理者也"③。摩罗诗人身上体现出的澎湃的生命激情、飞扬的个体性意识，无不迎合着鲁迅在尼采学说感召下提出的文化主张："掊物质而张灵明，任个人而排众数。"④尼采宣扬超人学说、追求强力意志、尊崇酒神精神，主张艺术家应在"醉感"中创造，于迷境中恣肆挥洒生命能量。鲁迅因为尼采而拥有一份重要的浪漫背景，他的现实主义步履往往行走在浪漫主义道路之上。

作为"五四"狂飙突进精神重要体现的郭沫若，吸纳了异常丰富的浪漫主义资源，尼采即是其中一部分。1920年郭沫若写信给朋友，直呼尼采为知己，"我这人非常孤僻，我的诗多半是种反性格的诗，同德国的尼采（Nietzsche）相似。"⑤对于酒神狄奥尼索斯，他自然也是由衷赞美，"现代的艺术，还是混乱的时代，可以说是走到希腊的牧羊神时代了。但是所走的方面是不错，将来再由混乱而进于澄清，由 Dionysus 的精神，求出 Apolls 式的表现，我可断言世界的艺术界不久有一个黄金时代出现。"⑥尼采借助酒神精神而将浪漫主义推向极致，主体意志冲决一切偶像权威，无限膨胀、无限张扬，生命激情无所牵绊地去创造、颠覆和毁灭。郭沫若早期的诗论、诗作都与酒神精神有着强烈共鸣，"我回顾我所走过的半生行路，都是一任我自己的冲动在那里奔腾；我便作起诗来，也任我一己的冲动在那里跳跃。"⑦

在郭沫若那里，法国哲学家柏格森同样是浪漫主义的催化剂。柏格森主张"生命哲学"，认为宇宙的本体就是独一无二的生命，绵延不绝的生命力支配着万有的进化，为一切创造提供着总动力。以赛亚·伯林

---

① 鲁迅：《摩罗诗力说》，《鲁迅全集》（第1卷），人民文学出版社1981年版，第85页。
② 鲁迅：《摩罗诗力说》，《鲁迅全集》（第1卷），人民文学出版社1981年版，第82页。
③ 鲁迅：《摩罗诗力说》，《鲁迅全集》（第1卷），人民文学出版社1981年版，第82页。
④ 鲁迅：《文化偏至论》，《鲁迅全集》（第1卷），人民文学出版社1981年版，第46页。
⑤ 郭沫若：《论诗》，《新的小说》1920年第2卷第1号。
⑥ 郭沫若：《印象与表现——在上海美专自由讲座演讲》，《时事新报·艺术》1923年12月30日第33期。
⑦ 郭沫若：《国内的评坛及我对于创作上的态度》，《时事新报·学灯》1922年8月4日。

在《浪漫主义的根源》一书中认为，柏格森的"创造进化论"是对"奔放的浪漫主义者"谢林观点所主张的发挥，艺术家就是宇宙生命的代言人，"职责就是挖掘他自己，最重要的就是挖掘他自身里面黑暗的无意识的力量，通过痛苦而暴烈的内部斗争把无意识提升到意识的层面。"① 郭沫若对柏格森的"创造进化论"深表信服，认为艺术从根本上说就是一种极为繁复的、高级别的生命创化，"艺术是我的表现，是艺术家的一种内在冲动不得不尔的表现"（《印想与表现》）②，"生命文学是不朽的文学，因为 Energy 是永恒不变的……Energy 愈充足，精神愈健全，文学愈有生命"③。

尼采的"强力意志"、柏格森的"生命绵延"都带有明显的"非理性"倾向，是浪漫哲学中的激进一派。它们对理性标尺的极端蔑视、对价值体系的疯狂破毁，在西方社会也是颇受争议的。但进入"五四"中国时，这些激进主张却成为新文化运动破除封建樊篱的利器，"非理性"的刃面被成功用于"反封建"，"其说（注：尼采学说）颇能起衰振弊，而于吾最拘形式，重因袭，囚锢于奴隶道德之国，尤足以鼓舞青年之精神，奋发国民之勇气"④。"反现代""反启蒙"的西方浪漫主义被成功内置于"五四"启蒙主义命题之下，浪漫主义所确立的自我与社会的对抗模式，也被移用至现代中国。只是根据启蒙运动的实际要求，原本偏重生命表现的"自我"披上了自由民主的理性铠甲，批判对象也由"现代社会"替换为"礼教儒学"。

西方知识分子是在启蒙理想幻灭后，借助浪漫主义而回归内心、寻找新的价值依归或求取苦闷情绪的宣泄。对于匆忙于启蒙理想建构的"五四"知识分子来说，他们还无暇、无力去体验这份心绪。但"梦醒之后无路可走"的痛苦同样缠绕着这批觉醒者、反抗者。置身新旧社

---

① ［英］以赛亚·伯林：《浪漫主义的根源》，吕梁、洪丽娟、孙易译，译林出版社 2011 年版，第 101 页。
② 郭沫若：《印象与表现——在上海美专自由讲座演讲》，《时事新报·艺术》1923 年 12 月 30 日第 33 期。
③ 郭沫若：《生命底文学》，《时事新报·学灯》1920 年 2 月 23 日。
④ 守常（李大钊）：《介绍哲人尼杰（Friedrich Wilhelm Nietzsche）》，《晨钟报》1916 年 8 月 22 日。尼杰，今通译为"尼采"。

会夹缝之间,他们是孤立无援的"精神战士",一方面须与牢固、板结的传统文化相抗争,让启蒙的种子能够生根发芽;另一方面又承受着内心的焦灼、迷惘、彷徨,亟须向某种强劲的主体性思潮求取理论支援。而浪漫主义对于主体意志的推崇、对自我生命的放任,恰好满足了他们扩张自我形象的内在要求。郭沫若那吞食宇宙的"天狗"、鲁迅那一往无前的"过客"、郁达夫那消极厌世的"零余者",都借助浪漫主义的放大镜而变得前所未有的真切、高大。

(二) 贯通个人与革命的"自我表现"

浪漫主义离不开"自我表现"。以赛亚·伯林指出,浪漫主义既非模仿也非再现,而是"自我表现","当我创造的时候我才真正是我自己——这一点,而不是推理的能力,才是内在于我的神圣火花;这才是我按照上帝的样子被创造出来的意义。"[①] 中国现代作家也深刻领悟到这一点。他们对西方浪漫主义做出多方改造,但始终没有丢弃"自我表现"这一内核。郭沫若、郁达夫等创造社同人就对"自我表现"给予了丰富的阐释与宣扬,"文艺的本质是主观的,表现的,而不是没我的,摹仿的"[②],"诗底主要成分总要算是'自我表现'了"[③],"自我就是一切,一切就是自我"[④]。就连强调人生写实的文学研究会也毫不避讳"自我表现",不仅在《小说月报》上刊载译文,"表现自我,——表现神秘的,文学家自身时常不明白的实体和那同意的个性""如果你是真实的文学家,你总不能够隐藏你的内心的"[⑤],还直接吁请"请努力的发挥个性,表现自我"[⑥]。

在很多人印象中,"自我表现"仅限定在"五四"阶段,进入20年

---

① [英] 以赛亚·伯林:《现实感:观念及其历史研究》,潘荣荣、林茂译,译林出版社2011年版,第202页。

② 郭沫若:《文学的本质》,《学艺杂志》1925年第7卷第1号。

③ 郭沫若:《致白华》,《三叶集》,上海亚东图书馆1920年版,第133页。

④ 郁达夫:《自我狂者须的儿纳》,《郁达夫全集》(第10卷),浙江大学出版社2007年版,第48页。原载《创造周报》1923年第6期,题名《MAX STIRNER的生活及其哲学》。

⑤ [俄] 万雷萨夫:《什么是作文学家必须的条件》,济之(耿济之)译,《小说月报》1922年第13卷第9号。

⑥ 冰心女士:《文艺丛谈》,《小说月报》1921年第12卷第4号。当期的《小说月报》"文艺丛谈"栏目共发文三则,前两则分别署名"百里"和"冰心女士",最后一则无署名。

代中后期以后变得微弱异常,譬如创造社就转向了革命文学,要用阶级意识取代自我表现,与浪漫主义决裂。但如细作分析,我们就会发现,"自我表现"在"五四"落地之时就已发生变异,成为贯通浪漫与现实、自我与社会的复合体。某种意义上,转向革命文学本就是浪漫主义合乎逻辑的发展,真正发生变化的仅是浪漫自我的主体身份。在西方浪漫主义中,"自我"是在与外部社会的对抗之中向内生长的,更多强调个人情感的自由表露、生命冲动的无拘涌现。虽也不乏与现实生活的摩擦碰撞,也可能关涉到社会政治等宏大命题,但总体不会偏离个体基点。

而在中国,"自我"不仅仅是一个生命体,同时还是一个携载着沉重启蒙任务的社会概念,"社会的光明与黑暗,痛苦与希望,社会的使命、要求和责任感,都可以压缩和汇聚在'自我'之中"①。它双向拓展,向内开掘被纲常伦理压抑的人性原欲,立足个体而批判道德化的、集体化的、禁欲主义的传统社会,表现形态是生命的、审美的、无功利的;向外积极寻求变革中国的方案,努力让个人形象与国族想象同构,表现形态是社会的、政治的、实效的。前者在后者的整体要求下展开,挣脱封建枷锁仅是生命主体所要完成的第一环节,接下来的中心任务还是运用现代思想理念来重建民族国家。浪漫"自我"会根据时代语境不断调整平衡点、依从现实需求迅速更换主体形象。鲁迅之所以从西方浪漫主义诗人中选择"摩罗"一派,正是出于"立意在反抗,旨归在动作"的变革社会的意图。郭沫若在崇信尼采的同时又很自然地翻译起了河上肇的革命文论。在他们的理解中,只有激越奔放、狂热叛逆的自由生命,才能肩起沉重的启蒙重任,成为再造中国的主体。个体的浪漫情感积蓄到一定程度时,就会以强劲的力量转向社会现实,参与到社会变革中来。

相对而言,那些隐逸自足的、"回归自然"的"消极浪漫主义"则容易遭受冷落,譬如拉马丁、夏多勃里昂等"天使派"诗人在中国的命运就是如此。在《自然与艺术——对于表现源的共感》一文中,郭沫若就批判过这类"非介入性"的浪漫写作,"艺术家不应该做自然的

---

① 黄晖:《西方现代主义诗学在中国》,中国社会科学出版社2008年版,第270页。

孙子，也不应该做自然的儿子，是应该做自然的老子！"① 现代中国的浪漫"自我"并不是超越社会、契合自然的独立个体。它不断将生命冲动的能量输送到社会变革中来，自始至终都脱不开启蒙者的身份限定。以创造社为主的革命文学作家之所以在1925年以后批判浪漫主义，究其实质不过是从追求自由民主的思想启蒙转向追求阶级革命的政治启蒙，启蒙主体由少数的精英个体变为统一的政治集团。所以当郭沫若在宣称"主张个人主义自由主义的浪漫主义，都已经过去了"② 之时，太阳社的蒋光慈却不遗余力地发动新一轮的浪漫主义运动，掀起了所谓"革命的罗曼蒂克"的写作热潮，"在现在的时代，有什么东西能比革命还活泼些，光彩些？有什么东西能比革命还有趣些，还罗曼蒂克些？"③ 这是集体浪漫主义对个人浪漫主义的取代。

  信奉新人文主义的学衡派曾在"五四"时期阻击浪漫主义，但很快就淹没在新文化运动的巨浪狂潮之中，还背负了复古派的罪名。到了1920年代后期，新月派的理论旗手梁实秋再次声讨浪漫主义。他在《现代中国文学之浪漫的趋势》一文中斥责"五四"新文学一味模仿西方近代文学，任凭狂热的情感、沸腾的心血来支配创作，以致流入"颓废主义"和"假理想主义"，上演了一幕幕的"混乱的浪漫"。梁实秋批判"五四"浪漫倾向，主要依据的还是白璧德的新人文主义。白璧德认为，以科技为核心的功利主义、以情感为核心的浪漫主义牢牢控制了西方近代社会。它们放纵情感，打破一切道德和理智的束缚，构成"一股破坏的力量"。白璧德承认情感、欲念是人性的有机组成，但坚持人性是"欲念"和"理智"的二元复合，前者是"创造力"，后者是"节制力"，"作一件事需要力量，节制自己不作一件事需要更大的力量"④。站在新人文主义立场上，梁实秋发现，正是在西方近代浪漫主义的倡导者卢梭的启发下，中国的新文学运动出现矫枉过正的现象，"到处弥漫

---

  ① 郭沫若：《自然与艺术——对于表现派的共感》，《创造周报》1923年第16期。
  ② 郭沫若：《文艺家的觉悟》，《洪水》1926年第2卷第16号。
  ③ 蒋光慈：《十月革命与俄罗斯文学》，《蒋光慈文集》第4卷，上海文艺出版社1988年版，第62页。
  ④ 梁实秋：《关于白璧德先生及其思想》，徐静波编：《梁实秋批评文集》，珠海出版社1998年版，第217页。

着抒情主义",不仅打破了礼教桎梏,也把监督情感所必需的道德理智给扼杀了。因此有必要用古典的法则重新调衡人性,破除"不过纪律的情感主义"①。

在梁实秋反思"五四"、深刻检讨自己也曾"被所谓'新思潮'挟以俱去"之时,与新月派水火不容的左翼文坛竟也开始清理"浪漫主义"。郭沫若放弃浪漫主义旗手的身份,公然宣称浪漫主义文学已是明日黄花,其所追求的个人主义、自由主义在封建王权时代曾有一定的反抗意味,但到现在已成为无产阶级革命的绊脚石,"浪漫主义的文学早已成为反革命的文学"②。一时间,浪漫主义似乎成了资产阶级文学的专利。但其间亦有不少革命作家认为,在与资产阶级的战斗中,无产阶级完全可将浪漫主义作为战利品为我所用,创建本阶级的"革命的罗曼蒂克","革命文学究不过在一般文学之外多有一种特别有感动力的热情"③,"把这些热情、欲念、思想以及具体的形象表现出来的就是艺术——文学的任务,也是主张革命文学者的任务"④。蒋光慈、阳翰笙、洪灵菲还将"革命罗曼蒂克"转化成为"革命+恋爱"的创作实践,为革命文学赢得了庞大的读者群。郭沫若与蒋光慈对待浪漫主义的态度看似不同,实则并无根本冲突。因为浪漫主义原有的个人主义、自由主义在进入"革命的罗曼蒂克"之后就被清除掉了,取而代之的是"阶级的意绪""集体的理想","无产阶级艺术,是有为无产阶级解放的宣传煽动的效果,宣传煽动的效果愈大,那么无产阶级艺术价值愈高。无产阶级艺术绝不象有产阶级的艺术般的看起来是有趣的东西,它是给人们的意欲以激动,叫人们从生活的认识到实践行动革命去。"⑤

(三)批判浪漫主义的"浪漫"

"革命的罗曼蒂克"倾向在 1931 年以后逐步被中国左翼理论家们摒弃。发生这一转变的背景是,1929 年 9 月法捷耶夫在苏联"拉普"

---

① 梁实秋:《现代中国文学之浪漫趋势》,徐静波编:《梁实秋批评文集》,珠海出版社 1998 年版,第 32—51 页。
② 郭沫若:《革命与文学》,《创造月刊》1926 年第 1 卷第 3 期。
③ 成仿吾:《革命文学与他的永远性》,《创造月刊》1926 年第 1 卷第 4 期。
④ 冯乃超:《冷静的头脑——评驳梁实秋的〈文学与革命〉》,《创造月刊》1928 年第 2 卷第 1 期。
⑤ 忻启介:《无产阶级艺术论》,《流沙》1928 年第 4 期。

全会上发表演讲,提出"打倒席勒"的口号①。他认为浪漫主义在本质上是唯心主义的,"普罗的前卫作家"应当直面社会现实、"剥去所有的假面",绝不能在浪漫主义旗号下粉饰现实,虚构那些失真的、观念化的英雄人物。法捷耶夫的发言,主要针对"拉普"的极左势力岗位派。岗位派要求无产阶级作家坚守在共产主义的意识形态岗位上去创作,把文学当作阶级斗争的强大武器。为保持无产阶级文学的纯粹性,岗位派以政治宣传代替文艺创造,借思想观念差异否定"同路人"创作、打击由托洛茨基、沃隆斯基领导的"拉普"右翼山隘派。作家们因此被囚禁在机械的观念想象中,无法与鲜活复杂的社会生活对话,文艺创作出现严重的主观主义与公式化现象。为反拨这一倾向,拉普吸收了山隘派沃隆斯基等所主张的"新写实主义",建议用辩证唯物的世界观来强化现实主义创作,清除浪漫主义隐藏的唯心倾向,尽快走出主观化、公式化、概念化的写作泥淖。1930 年 11 月,国际革命作家联盟在苏联的哈尔科夫市召开代表大会,正式将"唯物辩证法"确定为无产阶级文学的创作方法。萧三作为左联派出的中国代表也出席了这次会议。会后萧三以长篇报告的形式向国内汇报了会议精神,其中特别提到要执行"唯物辩证法的创作方法"。1931 年左联执委会通过决议,要求在文学方法上采用"唯物辩证法","作家必须从无产阶级的观点,从无产阶级的世界观,来观察,来描写""要和到现在为止的那些观念论,机械论,主观浪漫主义,粉饰主义,假的客观主义,标语口号主义的方法及文学批评(特别要和观念论及浪漫主义)斗争"②。1932 年借小说《地泉》③的重新

---

① 法捷耶夫的演讲稿后译作《创作方法论》,刊登在《北斗》1931 年第 1 卷第 3 号。译者署名何丹仁,即冯雪峰。

② 《中国无产阶级革命文学的新任务———一九三一年十一月中国左翼作家联盟执行委员会的决议》,《文学导报》1931 年第 1 卷第 8 号。该决议是在瞿秋白指导下由冯雪峰负责起草的,又称"十一月决议"。决议虽然保留了一些"左"的强硬要求,如关于文学创作题材的五条规定等,但从整体上反拨了 1930 年"八月决议"(《无产阶级文学运动新的形势及我们的任务》)的极左倾向。在茅盾看来,它是左联摆脱"左"倾错误路线进入成熟阶段的标志。参见茅盾《"左联"前期》,《新文学史料》编辑部编《我亲历的文坛往事·忆大事:追述篇》,人民文学出版社 2004 年版,第 34 页。

③ 华汉(阳翰笙)的长篇小说(《地泉》其实是三部中篇《深入》《转换》《复兴》的合集,又称"华汉三部曲"。它是早期普罗文学的代表作,带有典型的"革命的罗曼蒂克"倾向。

出版，左翼文坛开始深入清算"革命的浪漫谛克"路线。作者阳翰笙（华汉）主动检讨，"在我们正在努力走向文艺大众化路线的现阶段，对于在'地泉'中我所走过的浪漫谛克的路线，我是早已毫无保留地把它抛弃了的"①。瞿秋白更是征引法捷耶夫的《打倒席勒》，毫不客气地批评"《地泉》的路线正是浪漫谛克的路线"，认为作品充斥着浪漫谛克的个人英雄主义和自欺欺人的"高尚理想"，严重忽略了历史发展的趋势、人民群众的伟大力量和人物形象的复杂转变，未来的革命文学当以《地泉》为反面教材，抛弃一切虚妄的浪漫主义，在伟大的革命斗争中坚定行走在唯物辩证的现实主义道路上②。此后一段时间里，"唯物辩证法"成为左翼文坛的时髦用语③。

左翼文坛批判"革命的罗曼蒂克"与苏联在国际无产阶级文学阵营内大力推广"唯物辩证法的创作方法"有关。其时中国左联刚刚被国际革命作家联盟吸纳为会员，新会员对相关政策指令的执行表现得尤为主动积极。我们也应看到，"革命的浪漫谛克"所导致的积弊也确实存在："浪漫想象"被革命理念架空后变成无涉现实的乌托邦幻想，作家假借大众之口进行空洞的政治说教，黑暗残酷的社会现实被廉价的光明虚设掩盖。后期创造社主办的《文化批判》就在1928年第3期上针对"无产阶级革命意识"问题发表过一组"读者来信"④，署名"钟员"的读者对革命浪漫主义深表不满，"他们明白是想指示教人革命，但是看了之后，反惹起人们的讨厌革命，反对革命，——这固然一方面是由于说这样话的人是一个布尔乔亚，一方面也是由于作者的艺术手腕太差，惹人讨厌"。署名"意"的读者也认为，蒋光慈等人的创作里还有"小布尔乔亚的根性"。读者明白无误地点出了作家在生活经验、艺

---

① 华汉：《〈地泉〉重版自序》，《地泉》，上海湖风书局1932年版，第31页。
② 易嘉（瞿秋白）：《革命的浪漫谛克——〈地泉〉序》，《地泉》，上海湖风书局1932年版，第2页。《地泉》重版的"序文"共收录五篇批评文章。首篇署名易嘉，末篇是作者的自序，其余三篇依次为：郑伯奇《〈地泉〉序》、茅盾《〈地泉〉读后感》、钱杏邨《〈地泉〉序》。
③ 1931年12月，由丁玲主编的左联机关刊物《北斗》以"创作不振之原因及其出路"为题向作家征询意见。意见大多刊登在次年1月《北斗》第2卷第1号上。郑伯奇、沈起予、穆木天等多名作家使用到了"唯物辩证法的创作方法"这样的术语。
④ 1928年3月15日《文化批判》第3号的"读者的回声"栏目，发表书信三则。第一则是的《我的祝辞》，另两则都以"普罗列搭利亚特意识的问题"为题。

术经验方面的不足,以及现实主义的缺失而导致的观念化、理想化的弊病。这些都构成了此后左翼文坛摒弃革命浪漫主义倾向的现实原因。

但需要注意的是,两位"读者"对作家的要求,不单单是回归现实,还要在革命实践中洗脱布尔乔亚的情绪,获得完整的"普罗利塔利亚的社会意识"。这也就是说,现实主义的目标并不是现实本身,而是前卫的阶级意识,现实书写在疏离个人化的浪漫爱情与英雄主义之后,更要努力绽放共产主义的理想光芒。这显然是一种比"革命的浪漫谛克"更加激进的浪漫追求。正因如此,学者余虹将"唯物辩证法"理解为革命浪漫主义的升级而非断裂,"作为贯彻某种主义意志的工具,无产阶级革命文学必然是某种政治浪漫要求的产物,这种要求被说成是'无产阶级世界观'的指导和'唯物辩证法'的指示"[①]。在辩证唯物主义中,现实时空被重构为多重的二元组合,诸如历史与未来、偶然与必然、个体与阶级等。二元之关系并不平等,"历史""偶然""个体"虽然属于现实的一部分,但它们都必须服从于那些在历史最后时刻出现的本质存在,亦即等候在未来一端的无产阶级革命的必然胜利、共产主义理想的全然实现。说到底,"唯物辩证法"在批判"革命的罗曼蒂克"的过程中,非但没有取消浪漫主义,反倒从哲学层面为无产阶级文学设定了不可动摇的浪漫基调。

稍有改变的是,个人化的情感浪漫被某种真理性的、集体化的主义信仰取代,"这种浪漫主义的'理想性',是作为现实主义的基础与灵魂——现实性的反对力量,来修正弥补现实主义的"[②]。结合近年一些研究成果来看,马克思主义本身就是一种超越现实的诗性存在,其深刻而辉煌的经济政治分析背后隐藏着令人惊叹的艺术创造力。按照美国学者维塞尔的说法,"对马克思而言,无产阶级本质上是一种诗力(poetic force)"[③]。马克思主义携载的浪漫诗力,再加上中西社会落差带给中国

---

① 余虹:《"现实"的神话:革命现实主义及其话语意蕴》,葛红兵编:《20世纪中国文艺思想史论·第1卷:历史·思潮》,上海大学出版社2006年版,第127页。
② 温儒敏:《新文学现实主义的流变》(第2版),北京大学出版社2007年版,第236页。
③ [美]维塞尔:《马克思与浪漫派的反讽:论马克思主义神话诗学的本源》,陈开华译,华东师范大学出版社2008年版,第6页。

知识分子的巨大的精神压力,使中国左翼作家亟欲摒弃现实限制而提前进入某种真理性图景,成为历史命运的主宰者。蒋光慈的"革命的罗曼蒂克"已表现出了这样的努力。他用革命驯服爱情,就是要确立理想之于现实、集体之于个体的优先权。

但革命对爱情的强力磨蚀,有时又会从另一方面引发人们对于革命"非人性"一面的关注,从而加剧阶级与个人、浪漫与现实的对抗。这被后来的批判者指认为布尔乔亚的残余,"我们觉得光慈今后努力的地方,就是应该抛弃残余的小资产阶级的心理,深刻的表现革命党人及第四阶级人物的实生活"①。铲除布尔乔亚,实际就是要让浪漫主义脱离世俗生活中的个人基点,完全站在无产阶级立场去审视现实,彻底取消了以个体来校验革命的权利。但禁欲主义带来的将是更为狂烈的浪漫主义大潮。

1933年苏联解散了"拉普",放弃了"唯物辩证的创作方法",代之以"社会主义现实主义"的新提法。当时身在延安的周扬注意到这一变化,率先向国内做出介绍。周扬非常准确地指出,苏联批判"唯物辩证的创作方法"更多出于政治考量,因为这一方法已成为"拉普"推行宗派主义的幌子,以至"非和'拉普'这个组织本身一同改变不可了"。但从艺术层面来看,"唯物辩证法"仍然具有重要的指导作用,"这决不说这理论上的辩证法的唯物论可以抛弃,不要。相反地……今后是非把自己的唯物辩证法更加强化不可的"②。保留唯物辩证法,让"社会主义现实主义"从哲学根基上延续了集团的、革命的浪漫主义,并且让浪漫主义写作由过去宽泛的马克思主义集中到由特定政治集团领导建设的"社会主义"上来,"'革命的浪漫主义'不是和'社会主义的现实主义'对立的,也不是和'社会主义的现实主义'并立的,而是一个可以包括在'社会主义的现实主义'里面的,使'社会主义的现实主义'更加丰富和发展的正当的、必要的要素"③。在此后的根据

---

① 钱杏邨:《蒋光慈与革命文学》,《蒋光慈研究资料》,知识产权出版社2010年版,第229页。
② 周起应(周扬):《关于"社会主义的现实主义与革命的浪漫主义"——"唯物辩证法的创作法"之否定》,《现代》1933年第4卷第1号。
③ 周起应(周扬):《关于"社会主义的现实主义与革命的浪漫主义"——"唯物辩证法的创作法"之否定》,《现代》1933年第4卷第1号。

地文学及共和国文学中,"现实主义"虽然是中心词,锁定了创作对象,但"浪漫主义"却更能体现创作者的政治立场和革命热情。在实际的创作实践和文学批评中,"社会主义现实主义"越来越倾向浪漫一极。到了1958年,由于中苏关系恶化,加之"大跃进"现实语境的需求,毛泽东提出的"两结合"(革命现实主义与革命浪漫主义相结合)迅速取代了使用多年的"社会主义现实主义",但这更多是出于政治策略而做出的表述上的调整,其基本的文艺方针并没有变化。"浪漫主义"在阶级斗争、社会主义革命的推动之下变得更加狂热,甚至完全置"现实主义"于不顾;很多时候,"现实主义"不过是供"浪漫主义"恣意抽取的填充物。有意思的是,在苏联,当年提出"打倒席勒"口号,要以"唯物辩证法的创作方法"替代浪漫主义的法捷耶夫,后来竟然也倾倒于浪漫主义。他检讨了自己年轻时候的"浅薄狂妄",承认"现实主义与浪漫主义的合流,更正确点说,这二者的综合,把现实主义提到更高的阶段"[①]。法捷耶夫的"反省",有力地佐证了"两结合"的合理性和必然性。中国1958年出版的《跃进文学研究丛刊》第一辑特意收录了他的这番言论。

对于左翼以"反浪漫"的方式升级浪漫主义的做法,梁实秋在1930年代已有清楚说明,"集团的观念是无产阶级革命家所最宝贵的一件东西,无产阶级的暴动最注重的就是组织,没有组织就没有力量,所以号称无产文学者也就竭力宣传这一点,竭力抑止个人的情绪的表现,竭力的鼓吹整个的阶级的意识。"[②] 梁实秋之所以在批判"五四"文学的同时,又与革命文学对立,就是发现了二者共有的浪漫主义追求,都以情感放逐了人性内在的理智与道德;所不同的是,前者立足个人主义,后者立足阶级立场。从"五四"到"抗战",及至中华人民共和国的"十七年"及"文化大革命"阶段,浪漫主义都始终保持着强劲的发展势头,其间虽然状态多变,个人情感不断让位于革命情绪,个体自

---

① [苏联] 法捷耶夫:《论法国作家》,耿峰译,《跃进文学研究丛刊》(第1辑),新文艺出版社1958年版,第186页。
② 梁实秋:《文学是有阶级性的吗?》,徐静波编:《梁实秋批评文集》,珠海出版社1998年版,第143页。

由终为阶级解放所取代，资产阶级的民主构想转变为激烈的共产主义实验，但整体呈现的还是李欧梵所说的"集体的浪漫主义精神的复活"①。反封建、反礼教、破旧立新的"五四"时代为浪漫主义进军中国提供了契机，而1930年代左翼力量的崛起，又进一步推动了浪漫主义的变异、膨胀，"中国新文学的左翼传统始终不曾摆脱浪漫主义的因素，毕竟浪漫主义的根源不只是个人主义的推崇，而带有强烈批判社会色彩和公共精神。"② 事实上，即便是在"文化大革命"后出现的伤痕文学、反思文学、改革文学中，那种与时代、社会、政治集团、人民大众同悲共喜、同构共律的浪漫气息仍然没有被消除，梁实秋曾经吁求的源自人性深处的道德与理智仍然相当孱弱，直到20世纪八九十年代交替之际出现的新写实主义，才再次认真清算这份浪漫主义的中国遗产，开启新一轮冲突与融合的征程。

三 "形而上学"批判与后现代诗学的演进

在西方世界，后现代主义诗歌是基于对形而上学的批判而生成发展的。那么中国是否存在形而上学呢？这一问题不仅在诗学层面难以作答，就算在哲学领域也存在不少分歧。仅就学界的主流共识来看，中西形而上学确有会通之处，但更有根本性差异。中国传统哲学原本没有"形而上学"概念，只是在翻译西语"metaphysics"时才借用了《易·系辞》中的"形而上学谓之道，形而下者谓之器"。"形"是"器"的抽象，"道"又是"形"的抽象。对比柏拉图在《理想国》的"床喻"，"现实的床"是对"床之理式"的模仿，而"艺术的床"又是对"现实的床"的模仿，都有一个由实到虚的终极指向。故而唐君毅等学者将中国的天道与西方的形而上学并举，宣称中国形而上学古已有之。

---

① [美]李欧梵：《中国现代作家的浪漫一代》，王宏志等译，新星出版社2005年版，第300页。
② 王德威：《"有情"的历史——抒情传统与中国文学现代性》，陈国球、王德威编：《抒情之现代性："抒情传统"论述与中国文学研究》，生活·读书·新知三联书店2014年版，第775页。

但必须做出区别的是，西方的形而上学建立在逻辑推论基础上，展现的是与经验世界相脱离的理念世界，具有本体论意义；而中国的形而上学并不借重逻辑分析，"道生一，一生二，二生三，三生万物"，属于过程性描述。道与经验世界不可分离，故有"道在便溺中，法是干屎橛"的说法。对道的认知也主要依靠"目击道存"一类的体验和感悟来完成。总体来说，中国传统哲学中的形而上学回转于"道"与"器"之间，没有运用抽象理念、逻辑思辨去遮蔽生命体验和差异性存在，同时也缺乏体系化建构的愿望。

（一）"形而上学"的现代性指向

在相当长的历史时段里，中西形而上学都在相对隔绝的地域环境中独自运转，创生出各有千秋的异质时空，彼此相安无事。但及至近代，西方凭借形而上学已在超验领域积累了丰富的科学认知，经济、科技、军事、政治等方面都发生了根本性变革，而古老中国仍主要活动在经验领域，依靠发达的人生哲学、伦理道德来维系传统的农耕社会。双方的科技尤其是科学水平已有天壤之别。中国在近现代历史上落后挨打的命运，均与科学落后有关，均与自身形而上学的非超验性、非理念化、非逻辑化、非体系化有关。毕竟"数学和研究自然界一般规律、原理的科学是超验领域的东西，只有当思想能够进入超验领域，才能发现作为一般规律的科学原理。以纯粹概念或范畴的逻辑推论为主要内容的西方本体论哲学正是进入了超验领域的思想活动形式"[①]。

晚近以来，中国在西方坚船利炮的威胁之下所展开的一系列政治文化变革，几乎无一不关涉到对形而上学的改造。有关革命、改良、复古的论争也多是在中西形而上学的交锋中展开的。经历晚清思想变革、"五四"新文化运动洗礼以及科学玄学论战等，中国精英阶层基本认同了西方的形而上学。最有代表性的就是延请"德赛二先生"入主"五四"思想界，民主、科学、自由渐成凛然神明。陈独秀在文学革命中显出真理在握的倨傲，"吾辈所主张者为绝对之是，而不容他人之匡

[①] 俞宣孟：《两种不同形态的形而上学》，俞宣孟、何锡蓉编：《探根寻源：新一轮中西哲学比较研究论集》，上海译文出版社2005年版，第77页。

正"，鲁迅发现"吃人"二字后对"救救孩子"的疾呼，都脱不开对自由民主理念的信奉。而裴多菲诗句"若为自由故，二者皆可抛"的广为传诵也更直观地说明了这一点。

某种意义上，正是借用西方形而上学打破了传统农业社会建基于血缘地缘基础上的道德经验，中国才充分地获取了"现代性"。民主、科学、自由、解放、人性、人道，种种西方现代启蒙理念为王权崩溃的中华民族提供了新的共同想象；尽管这种想象在广大民众那里有所变形，甚或扭曲为阿 Q 所向往的"秀才娘子的宁式床"。不过西方启蒙理念在进入积贫积弱的中国之后，没能及时得到像样的工商业和相对健全的社会制度的支持，美妙的民主构想与饿殍遍野的残酷现实构成巨大反差。对于那些挣扎在生死线上的民众来说，自由是如此遥不可及的奢侈品。启蒙理念与民众生存的严重错位，与民族解放的尖锐冲突，过早暴露了形而上学对于现实经验世界的无能为力。徐志摩在 1928 年写下《我不知道风是在哪一个方向吹》，用个人的迷惘情绪宣告了启蒙的颓败境况。吸吮"五四"汁液，用"爱""美""自由"铸成的诗界精魂，遽然变成了漂泊无依的孤魂。

已经驶入现代性轨道的中国，没有就此放弃西方形而上学的理性根基。其所做出的重大调整是，以阶级革命代替思想启蒙，让"德、赛、李先生"暂且让位给马、恩、列。理念更新，让国人重燃希望。阶级斗争对于广大民众生存状况的切实改善，使革命宏图要比此前的民主幻境更加真切、更具诱惑力。待到民族战争、性别压迫也被成功收纳到阶级革命主题之下时，革命的形而上学已获得区域性的支配地位，"解放区的天，是明朗的天，解放区的人民好喜欢"。那些主要战斗在国统区、自觉接受革命话语指导的七月派诗人也情不自禁地吟唱："我知道风的方向/风打冬天走向春天/我知道风的方向/我们和风正走在同一的道路啊……"（罗洛《我知道风的方向》）。战争环境下，以无产阶级为主体的"人民"表现出极强的凝聚力和战斗力。只是战争没有伴随 1945 年世界反法西斯同盟的胜利而止步，接续近四年的国内战争后，中国才获得独立的国族身份。

与二战后西方世界普遍反思形而上学、批判理性主义不同，从战争中成长起来的中华人民共和国以巨大热情在形而上学的道路上奋起直追。一方面借助科技理性，推进经济军事发展，争取"超英赶美"；另一方面则是强化革命理性，保证无产阶级革命政权的稳固与纯粹。当奥尔森针对原子弹事件提出"后现代"概念，试图清算理性对人类的异化时，红色中国正努力用原子弹来维护国族独立，洗刷百年来的民族耻辱。毛泽东在1955年3月召开的中国共产党全国代表会议上宣布：中国进入了"开始要钻原子能这样的历史的新时期"[①]。不能不说，1964年罗布泊的蘑菇云大大改变了中国在世界格局中的位置，增进了民众对于宏大革命叙事的认同。但是由于革命理性的强烈需求、强力牵引，科技理性的内在逻辑经常被"人定胜天"的狂热破坏。"玉米稻子密又浓，／铺天盖地不透风，／就是卫星掉下来，／也要弹回半空中"（《铺天盖地不透风》），类似的乌托邦诗篇预告了"第二自然灾难"的到来。

（二）集体主义美学中的"形而上学"

除了借力于科技理性，革命理性还栖身于文艺，得以快速传播与增殖。这是1942年"讲话"留下的重要经验。1949年7月第一次文代会提前设定了共和国文艺的方向、秩序和主要板块，解放区是样板，国统区有待修正，沦陷区遭剔除。国统区文艺权威胡风面对光芒万丈之新生中国时，动情地写下长诗《时间开始了·欢乐颂》[②]，表达自己对革命形而上学的虔诚信仰：

……
诗人但丁
当年在地狱门上写下了一句金言：
"到这里来的，
一切希望都要放弃！"
今天
中国人民底诗人毛泽东
在中国新生的时间大门上面

[①] 毛泽东：《在中国共产党全国代表会议上的讲话》，《毛泽东选集》（第5卷），人民出版社1977年版，第144页。

[②] 胡风：《时间开始了·欢乐颂》，《胡风的诗》，中国文联出版社1987年版，第3—22页。

第一章 碰撞与融合

写下了
但丁没有幸运写下的
使人感到幸福
而不是感到痛苦的句子：
"一切愿意新生的
到这里来罢
最美好最纯洁的希望
在等待着你！"
……

  这是共和国历史的开端，也是以革命领袖为真理象征的"元叙事"的展开。开国典礼在诗人笔下同时具备了狂欢庆典与庄严洗礼的性质。万人集聚，他们不仅携手穿越苦难，共享胜利荣光，还将合力绘制共产主义蓝图。庞大而紧密的想象共同体在民族国家的名义下终于诞生，其规模在人类历史上是罕见的。所有成员都应和着天安门城楼的声音回响，保持着同样节律的呼吸与心跳。置身这个足以与伟大时代相称的巨大群体，个体无须独自承受来自历史、现实的重压，只需真诚地追随群流运转，就可无限接近真理。前所未有的身心解放，制造了史无前例的狂欢盛宴：

三万个激动的声音
欢呼了起来
好象是从地面飞起的暴雨
三万个激动的面孔
朝向了一边
好象是被大旋风吹向着一点
三万个激动的心
拥抱着融合着
汇成了掀播着的不能分割的海面[①]

[①] 胡风：《时间开始了》，《胡风的诗》，中国文联出版社1987年版，第3—22页。

· 59 ·

从形式表层看，平民大众能有资格出席如此隆重的场合，并极尽可能地宣泄情感，进入沸腾迷醉的状态，是近似于米哈伊尔·巴赫金（Bakhtin Michael）所描述的"狂欢节"的。但事实并非如此，狂欢节是民众自发自愿的节日。它虽然冻结了等级关系、特权和禁令的效力，但仅仅是暂时行为，不会以新的规范秩序代之。在形而上学缺位的乌托邦场景中，狂欢节全力反对权威话语，但又坚决防范自己成为新的形而上学或权威话语，也无意将乌托邦场景转变为永恒现实。它拥有自发性、暂时性和离心倾向等基本特质，"代表着多元、非中心、语言杂多，而不是建立新的一元中心权威和神话"①。相较之下，革命庆典是精心组织、强力导引的结果。貌似喧杂的声响效果主要服务于热烈气氛的营造，而不允许有异端声音混入。不同的发声个体拥有相同的主体信仰，众声喧哗的实质是异口同声。革命庆典上的人们共享着提前设定的唯一主体性，无法建立真正的"主体间性"。一切狂欢话语都为权威话语所统摄：

>　　三万个战斗的生命
>　　每一个都在心里告诉自己：
>　　——毛主席，毛主席，他在这里！
>　　——毛主席，毛主席，他和我们在一起！
>
>　　他在这里
>　　在他正对着的那一边
>　　矗立着四幅巨像
>　　——马克思
>　　恩格斯
>　　列宁
>　　斯大林

---

① 刘康：《对话的喧声：巴赫金的文化转型理论》，中国人民大学出版社1995年版，第193页。

第一章 碰撞与融合

> 劳动人类底四颗伟大的心脏
> 人类福音底四面神圣的旗子①

与狂欢节所追求的离心效应相反,革命庆典的目标是建立严整宏大、拥有强大向心力和辐射力的恒定体系。体系中心有高耸入云的巨大象征,它们超然于民众和世俗经验,是人类的福音、"神圣的旗子",具有不言自明的真理性。在庆典中受洗的民众,将获得一份超越日常生活的情感体验。借用维克多·特纳(Victor Turner)的术语来说,就是对于集团成员至关重要、作为成员思想情感交流最有效手段的"超体验"。"超体验"会急速膨胀,并以对一般体验的全然否定而获得绝对的纯粹性。它加速了民众向革命形而上学的皈依。

对于革命庆典的主持者来说,如何在庆典结束以后还能够继续激荡"超体验",是至关重要的事。它直接关系到形而上学体系的稳固。在这时,语言艺术特别是诗歌就受到了格外重视。与其他文体相比,诗歌最适于强烈情感的表达,声响效果也最为理想。它不单能够模拟出与庆典相近的气氛、节奏,还能进一步阐述庆典的意义内涵,在更大范围内施以洗礼,"人类也同样需要重复的运动、视觉及听觉方面的驱动刺激,并将它们与各类庆典中都能提供的抑扬顿挫的言语和颂歌结合,从而产生出感召力、升华的活动以及感情响应。"② 在胡风《时间开始了》之后,政治抒情诗的生产高潮终于在1950年代后半期出现。郭小川的长诗《致青年公民》、贺敬之的长诗《放声歌唱》为这一类型的写作确立起基本范式。其突出特征就是关注重大社会政治事件,政论式的观念叙说与强烈的情感宣泄相结合,同时辅以铿锵有力、具有较强感染力的声韵节奏。

> 我看见:
> 千万双手

---

① 胡风:《时间开始了·欢乐颂》,《胡风的诗》,中国文联出版社1987年版,第3—22页。
② [美]维克多·特纳:《庆典》,方永德等译,潘国庆校,上海文艺出版社1993年版,第14页。

举起的

入党申请书的

海洋！——

"呵！我们依照

先烈的榜样，

为实现

共产主义的理想，

让我们

把一切

献给

亲爱的祖国吧！"①

批评家苏珊·桑塔格（Susan Sontag）反复提及的集体主义美学场景在政治抒情诗中得到大部分呈现："征服与被征服的关系以典型的盛大庆典的形式表现出来：群众的大量聚集；将人变成物；物的倍增或复制；人群/物群集中在一个具有至高无上权力的、具有无限个人魅力的领袖人物或力量周围……歌颂服从，赞扬盲目，美化死亡。"② 抒情主人公此时自觉持有形而上学的宏远视野，以阶级、民族、国家、人民的代言人身份指点江山、品评天下。来自现实政治的宏大叙述掏空了抒情的个人化品质，而代之以革命理念。获得历史本质属性的诗人，不仅一扫"我不知道风是在哪一个方向吹"的迷茫，甚至都不满足于"和风正走在同一的道路"，而是要完全主宰历史的发展方向。主体的膨胀可谓无以复加。翻看1958年新民歌运动的重要成果诗集《红旗歌谣》，类似的诗篇比比皆是：

天上没有玉皇，

地上没有龙王，

---

① 贺敬之：《放声歌唱》，中国青年出版社1957年版，第29页。
② [美]苏珊·桑塔格：《在土星的标志下》，姚君伟译，上海译文出版社2006年版，第90页。

我就是玉皇！
我就是龙王！
喝令三山五岭开道：
我来了！
　　——《我来了》①

铁镢头，二斤半，
一挖挖到水晶殿。
龙王见了直打颤，
就作揖，就许愿：
"缴水，缴水，我照办。"
　　——《一挖挖到水晶殿》②

　　革命理性和科技理性为新生民族国家铸造出强大的形而上学。很难想象，如果没有它，东方古国何以在短时间内超越地缘血缘的狭小网格，组建起覆盖数亿人的超大民族共同体；在成功抵御外侮、获得独立解放后，迅速由传统农业社会转向现代工业国家。尽管在二战后的西方，形而上学遭到普遍批判，但它对于刚刚踏上现代化发展道路的中国来说，仍具有相当积极的意义。共和国数十年间所取得的巨大成就也充分说明了这一点。但也毋庸讳言，形而上学的负面效应也渐次显露。在个体与群体、民众与权威、体验与理念、世俗与信仰的关系组合中，前者必须臣服后者，保持森严的等级秩序。政治空间严重挤压个人空间，日常生活遭漠视，情爱叙事被压制，许多个人利益和感官欲望的合理追求也被指认为资产阶级堕落的表现。极左路线下的一系列社会政治事件，反右、"大跃进"、人民公社化运动、知青上山下乡、"文化大革命"等等，都与形而上学的泛滥有关。毫无保留地将自己交给形而上学后，所谓的个体其实已经失去真正的独立性，丧失了反思能力、批判

---

① 《天上没有玉皇》，郭沫若、周扬编：《红旗歌谣》，红旗杂志社1959年版，第172页。
② 《一挖挖到水晶殿》，郭沫若、周扬编：《红旗歌谣》，红旗杂志社1959年版，第194页。

能力以及必要的责任担当,而仅仅是沉浸在抽象共同体的狂欢幻景中,被动接受威权者的驱遣。对革命的忠诚、对死亡的无畏,很容易被推至盲从、暴力一极,完全背离革命之初衷、理性之本义。

热血沸腾的红卫兵战士写下了《献给第三次世界大战的勇士》①的诗篇:"四海奴隶们的义旗/如星星之火正在燎原啊——世界一片红啊只剩白宫一点"、"这是最后的斗争/人类命运的决战/——就在今天"。他们要策马欧罗巴、攻占华盛顿、解放"黑非洲",用马克思的阳光普照全球,让全部人类都进入"同此凉热"的共产主义大厦。经过艺术催化的形而上学,产生了空前的爆发力,整个国家乃至整个世界都为之震愕。阿多尔诺之所以批评西方战前抒情诗歌,是认为其以高度的审美自足而放弃了现实介入,间接地放纵了暴力,成为野蛮杀戮的同谋者;现在东方政治抒情诗却是以对现实的关注,同样沦为暴力疯长的温床。任何全然臣服于形而上学的诗歌,都无法充分调用个体生命和现实经验,以纠偏形而上学的机制缺陷。不管以西方民主启蒙还是东方阶级革命为根基,形而上学的同一性本质都值得警惕。

(三)"形而上学"坍塌后的诗学裂变

不过即便是在最为严酷的时段里,仍有一些异端性质的书写极其隐秘地生长在形而上学的裂隙中。食指因为红卫兵落潮而被逐至边缘,表达了一些疏于甚至悖于主流话语的自我言说,像《这是四点零八分的北京》《相信未来》等,但远未达到对形而上学的自觉批判。倒是身居偏远贵州的黄翔较早脱离合唱队列,开始秘密独唱,试图去写"离群索居的诗"(《独居》)。他的《野兽》用疯狂的咆哮标明"五四"血脉、批判战斗传统的延存。稍晚一些,插队白洋淀的知青诗人接力传递启蒙火炬,写下"怒视着太阳的向日葵""太阳升起来/天空血淋淋的/犹如一块盾牌""你不自由,像一枚四海通用的钱"等乖谬于时代主潮的诗句。对于当时已被极左路线扭曲的形而上学秩序来说,启蒙书写是

---

① 《献给第三次世界大战的勇士》,郝海彦主编:《中国知青诗抄》,中国文学出版社1998年版,第290—298页。

带有极大威胁的。直至"文化大革命"结束,经过拨乱反正、思想解放运动,启蒙话语才逐渐进入形而上学体系,成为革命理性的重要补充。"人民"得到了"人"的滋养,一个"花开有红有紫""爱情不受讥笑""跌倒有人扶持"(蔡其矫《祈求》)的时代徐徐降临。不少潜在写作不仅浮出地表,甚或成为新时期文学的小传统。形而上学体系的结构性调整,为新时期增添了活力,经济、政治、文艺领域都有充分体现。但这并不意味着革命理性完全接纳了启蒙话语。持续数年的朦胧诗论争,表面看来是关于语义晦涩、表意朦胧的技艺讨论,实质反映出启蒙与革命在形而上学主导权问题上的相持不下。但不管怎么样,差异性存在的导入,还是大大改善了文艺环境。此外,曾经发生逻辑断裂的科技理性得到修复,"科技是第一生产力"与20世纪五六十年代提出的"四个现代化"实现对接,"我们现在讲的四个现代化,实际上是毛主席提出来的,是周总理在他的政府工作报告里讲出来的。"[1]

启蒙与革命在相互观照乃至激烈碰撞中,获得了自我批判、自我修正的可能。形而上学体系也因此充满张力与活力,保证了现代化建设能够在既有政治框架内高效有序地展开。但毕竟同属于现代主义范畴,启蒙、革命所共有的致命缺陷,伴随改革开放后中国社会的跨越式发展而日渐显露。二者分别以"人"和"人民"为主体,对彼岸世界的终极理念深信不疑,认为个体生命的现世意义须以对彼岸世界的献身得以呈现。在此意义上,朦胧诗人所写的"我,站在这里/代替另一个被杀害的人"(北岛《结局或开始——献给遇罗克》),与归来老诗人写的"马蹄踏倒鲜花,/鲜花,依旧抱住马蹄狂吻"(梁南《我不怨恨》)一样,都是仰望星空而做出的殉道承诺。为彼岸而生者,大多不会将世俗表象作为写作的重心。所以日常生活、感官体验、本能性的生命欢愉不仅被正统诗歌拒绝,也同样被朦胧诗大量过滤。超验对经验的压制延续至此。诗歌写作仍然在形而上学层面展开,体现于形式技艺上,就是语义优于语感、意象优于物象、隐喻高于及物、宣言高于对话。诗人因对形

---

[1] 邓小平:《社会主义首先要发展生产力》,《邓小平文选》(第2卷),人民出版社1994年版,第311—312页。

而上学的皈依而拥有了某种先知身份。面对疲惫的上帝，他们宣布"我不相信天是蓝的"（北岛《回答》）之后，试图进行新一轮的创天造物，"代替那些疲倦不堪的星星"（北岛《走向冬天》），"让人类重新选择生存的峰顶"（北岛《回答》），即便被钉在诗歌的十字架上，他们亦无怨无悔，"为了服从一个理想／天空、河流与山峦／选择了我，要我承担／我所不能胜任的牺牲"（舒婷《在诗歌的十字架上》）。

　　面对重新铺设的遥远的天幕、如同冰山一般延绵不绝的朦胧诗人神像，诗坛后继者还能有什么作为呢？或许只能顶礼膜拜、叹为观止了。这是任何一位先锋诗人都无法接受的。如果无法同向超越，那就只能忤逆而行了。一场新的诗歌变构运动在朦胧诗潮余波未息之际已悄然掀起狂澜。"打倒北岛，PASS 舒婷"的呼声开始从大学校园里传出，"莽汉""他们""非非""海上""撒娇"等相继在南方省份揭竿而起。1986 年 9、10 月间，由《深圳青年报》与安徽《诗歌报》联合发起的"'中国诗坛1986'现代诗群体大展"为这些造反者的粉墨登场、集体亮相提供了机会，六十多家先锋诗派做了"超低空飞行"表演。个体意识、生命体验、日常生活，如一枚枚重磅炸弹，引爆形而上学大厦，"它所有的魅力就在于它的粗暴、肤浅和胡说八道。它要反击的是：博学和高深……捣碎！打破！砸烂！它绝不负责收拾破裂后的局面……作为一枚炸弹，它只追求那美丽的一瞬——轰隆一响"①。紧随革命诗歌、朦胧诗歌之后，新一代诗歌群体竟然如此快速地完成了代际切换，成为名副其实的"第三代"。事实上，"第三代"与朦胧诗的断裂程度，远甚于朦胧诗与传统诗歌。当然，第三代诗歌中也不乏一些延续朦胧诗贵族血脉的诗人或群体，如海子、整体主义、新传统主义等，但绝大多数都走出了形而上学的窠臼而寻求诗歌写作与个体生命的同构。诗坛自此难见单一作物的整齐生长，亵渎神圣的花朵大面积开放。再次领先于其他文体，中国先锋诗歌主潮不可阻遏地发生后现代主义转向。

---

　　① 尚仲敏：《大学生诗派宣言》，徐敬亚等编：《中国现代主义诗群大观：1986—1988》，同济大学出版社 1988 年版，第 185 页。

四　非非诗学：后现代主义的中国建构

"非非主义"是中国后现代主义诗学最强有力的建构者之一。1986年5月，周伦佑、蓝马、杨黎等创刊《非非》，后又编印了《非非评论》，聚拢何小竹、尚仲敏、吉木狼格、刘涛、小安等众多诗人。作为非非主义创始人之一、无可替代的精神领袖，周伦佑表现出非凡的理论创造能力。他与蓝马等合力构筑起的非非诗学，体系雄宏，为后现代主义创作实践提供了哲学、诗学辩护。非非诗学将"前文化"视作人类创造的本源，而对既有的一切文化给予决绝地批判与否定，表达了破除符号系统、语义世界、运算性思维，以本真生命直接参与宇宙造化，创造全新文化的勃勃雄心。相关论述集中在周伦佑的《反价值——对既有文化观念的价值解构》[①]，蓝马的《前文化导言》《走向迷失——先锋诗歌运动的反省》等文章中，其中《前文化导言》被称作"八十年代中国诗界最激烈的反文化宣言"。

（一）"自反性现代性"的诗学体现

中国文坛对于文化的态度，在1980年代发生过戏剧性变化。起初是将文化当作抵御意识形态侵袭的工具，朦胧诗或寻根文学都有强烈的拥抱文化的冲动。"文学有根，文学之根应深植于民族传统文化的土壤里，根不深，则叶难茂"[②]，韩少功的表述很好地反映了这样的渴望。但及至第三代诗歌或新写实小说，文化则常常被指认为生活失真、生命禁锢的渊薮，负面意味渐强。不过绝大多数的反文化写作，其实都是边缘文化对主流文化的冲击，而非要彻底炸毁文化根基。像莽汉诗人就是以学院制度为主要批判对象，王朔的痞子文学、崔健的摇滚则隐含了市民文化对红色革命叙事的消解。但非非主义的"反文化"则把一切文化都推上审判台。《反价值——对既有文化观念的价值解构》一文就认为传统价值、既有文化，从内到外阻碍着创造的发生。真正的创造必须

[①] 本文最初刊于1988年8月《非非》第3期（理论专号），1994年选入敦煌文艺出版社出版的《打开肉体之门》，题目改为《反价值：一个价值清理的文本》。

[②] 韩少功：《文学的"根"》，《作家》1985年第4期。

在价值之外创造价值、在文化之外创造文化。① 非非的主张有着鲜明的理想主义色彩及某些策略性考虑，但也不乏有关文化本质的深刻思考。

蓝马的《前文化导言》就阐述了一个重要论题：文化是人类对宇宙的符号化处理，而人类又是文化的预制品。作为社会化的群体，人类对宇宙（包括自然和社会，物质和精神）施以各种有利于人类的操作，对万事万物及相互关系进行符号化、价值化处理。宇宙伴随人类历史的发展，被覆盖上一层层符号系统和价值标记体系，充分符号化、语义化。后人必须透过语义的滤镜、借助运算法则才能认知世界，渐渐丧失了用生命触摸、用直觉感知宇宙的本能。真正有能力对宇宙进行符号化处置的"少数精英个体"，在文化名义下将自己对世界的"认知信念"转换为一系列的"操作办法"，迫使社会群体去接受。广大民众可能并不真正理解"操作办法"背后的信念，但出于盘剥宇宙以获取更大利益的考虑，仍会听命于文化导师，从"操作办法"中择选一些便于施行的"操作指令"，自觉充当"文化继承者"。

文化传统，不过是精英对民众的发号施令，是价值指令的反复发布和重复执行。它封闭自足、单性繁殖、单向运行，全部的运转能量都来自运算性思维，而非宇宙本源或生命本体，"文化行为给我们带来的整个文明，实质上只是一种'数学文明'"。在运算逻辑支配下，文化可以重复自己、展开自己或折叠自己，但不可能突破自己、发展自己，"'文化'的每一点真正的进步，都有赖于找到一块崭新的基石，而这块基石，恰恰必须是：'没有包含在已有文化中的。'"② 也就是说，文化只是创造的最终产物，而并不提供创新的场域和机制。任何伟大的创造，都须扎根文化之外的"前文化"。

关于文化对生命的异化作用，蓝马在《走向迷失——先锋诗歌运动的反省》中讲到一种写作状态。一位诗人，常常激情满怀地去写抒情诗篇。对他来说，所有的体会都是具体实在的，一切情感都是真诚炽热的，可写出来的作品却了无新意。问题出在哪呢？绝不仅仅是创作技

---

① 周伦佑：《反价值——一个价值清理的文本》，《打开肉体之门》，敦煌文艺出版社1994年版，第272页。

② 蓝马：《前文化导言》，《打开肉体之门》，敦煌文艺出版社1994年版，第296页。

巧不够或生命体验不足，最重要的是，他的全部精神财产都来自固态的抒情传统，从内容到形式都是被动输入。写作仅仅是将输入的东西再输出来，发挥了"执行作用"而已。蓝马进一步指出，人类绝大多数的身心机制，无论是思维方式，还是视、听、嗅、触等感觉体验方式，抑或许多本能性存在，都已严重的"文化化"。从一开始，"我"就被传统"订做"，在文化的模具内一天天成长为符合人类社会要求的"假我"。"假我"追求的价值乃是"伪价值"，创作的艺术也是"伪艺术"。要想摆脱这一切，唯一的出路就是争取到处置"假我"的权力，在"前文化"状态下放空体内的价值评价，彻底结束文化对生命的独裁。为此，诗人需自觉充当叛逆者和创造者，"自我审判，自我澄清，自我迷失"，让先锋诗歌真正突破传统的边界、文化的囚牢①。

面对本民族的现代化发展行将实现新一轮突进时，"非非"却逆流而上，提出如此激进的反文化诗学，其动机可用英国学者安东尼·吉登斯（Anthony Giddens）的"自反性现代性"解释。吉登斯认为，现代化的最初阶段是工业生产对传统农业的消解，乡土经验是现代性的变革对象。但及至现代化晚期，当年以革命者身份出现的"现代性"已成为传统主流，也成为新的革命对象，于是出现了"自反"现象。驱动这一演变的首要动力是时空的虚化与分离。在前现代社会，时间与空间都与特定的地域情境、生命经验密切相关，不同文化、不同个体在时间计算、空间定位上都有自己的方式。生命存在也是依据具体的时间、局部的空间加以确认的。但工业生产的全面推进、现代性的降临，开始打破地域间隔，世界地图伴随全球航海渐渐完成，日历在世界范围内标准化，所有人都遵循着同一经纬系统、计时体系。时空虚化，便于个体跳脱地域性场景而进入高速运转、标准化生产的现代工商业体系。丰富的文化样态、生命形态开始在平面化的时空坐标轴上同时呈现，表现出"多元化"特征。

但抽象的时空坐标也让在场经验变得无足轻重，符号化、逻辑化的

---

① 蓝马：《走向迷失——先锋诗歌运动的反省》，吴思敬编：《磁场与魔方：新潮诗论卷》，北京师范大学出版社1993年版，第307页。

专业知识体系开始占据上风。地域要素和个人经验因此长期缺席，并逐渐将"多元化"推向"一体化""单一化"，造成个体间的同化、人类整体的异化。为避免悲剧发生，吉登斯要求，人类须主动迎接"自反性现代化"，对"现代性"具备足够的反思能力，"现代性的反思性指的是多数社会活动以及人与自然的现实关系依据新的知识信息对之作出的阶段性修正的那种敏感性"[①]。理性对于经验的取代、符号对于生命的规训，都属于现代性反思的主要内容。"非非"的反文化诗学，严厉批判理性对经验的取代、符号对生命的规训，归根究底是在现代性反思旗帜下展开的。

（二）感应后现代主义的震荡

非非诗学与后结构主义理论多有相通。长篇论文《反价值——对既有文化观念的价值解构》就将反文化推至反价值、反语言深处，明白无误地表明解构意图。在作者周伦佑看来，人类个体不过是经过文化软件、语义程序处理过的符号，如同无足轻重的名词，只有配上形容词才能获得意义、配上动词方可执行命令。语言的秩序就是人类社会的表征，它牢牢限定最基本的文化结构和价值体系。人类苦苦追寻或守护的终极价值源都寄身在元价值词汇上，如"上帝""理念""真""善""美"等。由价值源扩展出来的两值对立结构，"美／丑""善／恶"等，以及进一步派生出来的价值等级体系，同样对应依附在以元价值词为词根的一般价值词上，如真实、真诚、善良、慈善、美丽、美好、圣洁、神圣等等。只要还没有完全破坏语言，反文化就是一场"以屁股对抗脑袋"的运动。因此写作要尽可能取消非此即彼的二元价值结构，把词语从价值的双重胁迫下解放出来，让语言从确定的两值变为多值、无穷值甚至无值的能指系统。"非非"对能指、所指固定关系的解除，对于价值评判的清除，高度契合了罗兰·巴特、德里达以及福柯的核心思想。以至《反价值——对既有文化观念的价值解构》完稿不久，周国平就写信询问周伦佑是否熟悉法国后结构主义著作，因为"非非"与

---

① ［英］安东尼·吉登斯：《现代性与自我认同》，赵旭东等译，生活·读书·新知三联书店1998年版，第22页。

它们的追求相当一致。

罗兰·巴特是结构主义阵营的犹大，《S/Z》《文本的快乐》等著作让他与早期的《符号学》《神话学》划清了界线，转而成为后结构主义的旗手。他认为意义的生成并不完全依赖索绪尔提出的"能指—所指"结构，很多时候就来自能指体系内部。同时，作者只能在语言体系内写作，文本呈现的并不是作者意图，而是与其他文本的关系。理想的作品，应该是开放的、非中心化的、非价值化的可写性文本，读者可以充分参与到文本创作中来，创建新的价值意义。为了理想文本的实现，作家应持中立立场和零度情感投入写作，避免一切伦理道德、意识形态和价值观念的干扰，在开放自由的艺术形式中关注字词的独立品质。

非非主义对于价值词的驱逐，出色地体现了创造"可写性文本"的努力。为彻底砸碎"两值对立"结构，非非写作刻意越过诗歌文体界线，导入评论、小说、戏剧、新闻通讯的文本碎片，插入非文字图符，恣意搅拌抒情、议论、叙事因子，拆除现实与艺术、写实与象征的隔板，持续制造语义的断裂、冲撞、中止、悬停；既不讲究古典的和谐，也不顾惜现代的悖立，而直逼后现代主义艺术，"现代主义所坚信的悖立关系、逻辑结构在后结构主义那里荡然无存"[①]。

非非主义在文本形态上非常合乎罗兰·巴特的文学批评，而诗学观念上则更靠近德里达的解构主张。德里达认为，传统书写模式对语法明晰、意义纯粹的强调，实则是将能指与所指强行绑定，竭力指向形而上的逻格斯（真理、理性、上帝等）以及逻格斯在言说中的自我展开。只是在通往指意目标过程中，能指会不断在同项差异比较中确立自我，造成意义的延宕、漂流。逻格斯成为永远无法抵达的虚拟存在。德里达将解构对象限定为逻格斯，非非主义则更加大胆地将一切价值源都贴上形而上的标签加以审判。中西世界相继出现中心破碎、秩序解体、价值迷失的后现代景观。非非主义与后结构主义在价值观念上还有很多相近之处，仅将"前文化"主张对照于福柯对世界之符号的论

[①] Samuel Enoch Stumpf & James Fieser, *Socrates to Sartre and Beyond: A History of Philosophy*, Cleveland World Publishing Corporation, 2013, p. 466.

述，即可见一斑。

> 这就是为什么世界面貌覆盖着讽刺诗、符号、数字和晦涩的词——覆盖着"象形文字"……最接近的相似性的空间变得像一大本打开着的书，它充满了笔迹，每一页都充塞着相互交错并在某些地方重复的奇异的图形。我们要做的只是去译读它们。（福柯语）①
> 人类最先投向宇宙的是一个接一个巨大的"十字坐标系"。尔后，同样靠这种伎俩，度量的伎俩，人类又在宇宙的表面覆盖了一层又一层"二分—对立"的、"广义'正—反'"的价值标记体系。（蓝马语）②

不过蓝马在 21 世纪的一次访谈中特别声明，"前文化"的提出没有受到罗兰·巴特等人的影响，可能借用了某些术语，但对其理论并不了解。③ 周伦佑在回答周国平提问时，也强调了非非的诞生与后结构主义无关。他谈到，《变构：当代艺术启示录》和《反价值——对既有文化观念的价值解构》的写作分别开始于 1986 年 4 月、1987 年 10 月，当时国内尚未出版、刊载过任何后现代主义理论的译文。罗兰·巴特的《符号学原理》《恋人絮语》是在 1988 年才被翻译，德里达的单篇译文最早出现在 1991 年的《最新西方文论选》，系统编译后现代主义理论的《走向后现代主义》《后现代主义文化与美学》也都出现在 1991 年以后。所以"我的所谓'后现代主义'或'解构主义'写作倾向多少带有一点自发的性质……如果真要在我的理论写作中寻找'德里达原素'，那不过是在对主流文化及既有语言秩序的批判方面，我与他持有比较接近的激进立场罢了"④！

---

① ［法］米歇尔·福柯：《词与物：人文科学考古学》，莫伟民译，上海三联书店 2002 年版，第 37 页。
② 蓝马：《前文化导言》，《打开肉体之门》，敦煌文艺出版社 1994 年版，第 295 页。
③ 胡亮、蓝马：《蓝马："前文化"·非非主义·幸福学：蓝马访谈录》，《诗歌月刊》2011 年第 12 期。
④ 周伦佑：《高于零度的写作可能》，周伦佑编：《悬空的圣殿：非非主义 20 年图志史》，西藏人民出版社 2006 年版，第 326 页。

第一章 碰撞与融合

对于后结构主义原著在中国的翻译,周伦佑所说大致没错。国内学界出现罗兰·巴特热、德里达热、福柯热都是1990年代的事。但有一点不能忘记,中国作家对异域资源的汲取很多时候是依靠评述文章完成的,不会坐待译本的出现。从"五四"文学至"文化大革命"地下写作,再到新时期文学,这种情况都普遍存在,已成"传统"。形成原因是多重的,一是受语言、制度等因素限制,引进原著或译本往往要等待较长的时间,而评述的传递速度则要快得多;二是由于先锋道路上的激烈追逐、写作上的焦虑心态,许多中国作家不愿慢慢咀嚼艰深庞杂的理论文章,而更喜欢高度压缩、本土转陈、点评式导读性表述,仅求意会则可;三是评述很难完整保留原著的体系、逻辑、细节和整体意义,但却留给中国作家更大的阐发空间和更多的误读机会,在本土转化中不留太多模仿痕迹。说到这里,张隆溪在《读书》1983年12期发表的《结构的消失——后结构主义的消解式批评》,就不能再被忽略了。该文"从作者到读者"一节,就已深入介绍了罗兰·巴特的"可写性文本"理论及"作者死亡"观点。这堪称国内首篇关于解构主义的专题论文,在当时学界产生了很大影响。三年之后,到周伦佑构想"艺术变构"和"反价值"时,它的辐射面已经非常广泛。周伦佑或许并没有读到这篇文章。但如考虑到1980年代中期前沿学术与先锋诗坛在方法论热潮中的密切互动,再结合周伦佑对维特根斯坦的熟悉、杨黎等对阿兰·罗伯—格里耶(Alain Robbe-Grillet)的热爱,非非主义不可能漠然于后结构主义在中国所造成的震荡。

维特根斯坦这位德国语言学家、哲学家,并没有加入后现代主义队列,却从语言学角度为后现代主义提供了重要的支点。他前期着力通过语言逻辑展现世界图式,认为语言的界限就是思想的界限,思想的内容及意义必须通过正确的语言逻辑结构加以表达。后期关于"普通语言学"的著作,则偏离了结构主义路径,更加关注意义的相互影响,将语言理解为同构于日常生活的游戏。语词的意义、指称会随使用场合、目的、条件的改变而变化,如无具体情境的限制,它们可以搭建起由多条通道组成的迷宫,内中的道路让人无法完全熟悉。

维氏前期对语言与世界图式关系的揭示,激发了后结构主义者拆除语言逻辑结构的野心;后期的"语言游戏说"更是直接支持了他们的破坏行动。"零度写作""可写/可读性文本""意义漂流"等后结构核心术语的产生,都离不开维氏的启发。如此来看,就算非非主义的降生没有直接受益于后结构主义,但也经由维氏接触到后结构主义的基本范式,一旦条件成熟,相关的思想观念就能够迅速集结起来。对于维氏的影响,周伦佑没有回避。《反价值——对既有文化观念的价值解构》"语言破坏"部分就直接引用了维氏的名言,"语言的界限意味着我的世界的界限"。文章结尾将人类价值活动喻为球赛,这也是非常类同于维氏做法的。维氏就常常以棋弈、球赛作譬"语言游戏"。总而言之,经由维氏这个中介,非非主义与后结构主义距离被大大拉近了。当非非主义在1990年以后进入"后非非"阶段时,曾以解构罗兰·巴特、德里达作为自我变构的重要标志。这些都表明,后结构主义是1980年代非非主义的重要思想资源。

在周伦佑迷醉于维特根斯坦时,非非主义的其他成员也与后结构主义、后现代主义建立了新的人脉关系,其中最重要的就是罗伯—格里耶。格里耶是法国"新小说"的代表人物,以小说《橡皮》(*Les Gommes*,1953)、《窥视者》(*Le Voyeur*,1955)闻名,其创作拒绝叙述人的主体介入,而主张像摄像机一般去跟踪拍摄,进行客观性写作。其结果是,故事情节常常为镜头所限,突然中断、转换,致使虚构逻辑无法直线发展,事件、场景、人物之间的人造连接都被"橡皮"擦掉,只剩下所谓精确的物质世界。通过对客体的复制,格里耶的作品,用杂乱琐屑的物件更新了人类信以为真、自以为是的意义世界,"我们必须制造出一个更实体、更直观的世界,以代替现有的这种充满心理的、社会的和功能意义的世界。让物件和姿态首先以它们的存在去发生作用,让它们的存在驾临于企图把它们归入任何体系的理论阐述之上,不管是心理学、社会学、弗洛伊德主义,还是形而上学的体系。"[①] 非非主义主将杨黎深得格里耶

[①] [法] 阿兰·罗伯—格里耶:《未来小说的道路》,朱虹译,柳鸣九编:《新小说派研究》,中国社会科学出版社1986年版,第63页。

（也作"格里叶"）的精髓。他的成名作《冷风景》①，副标就是"献给阿兰·罗布——格里叶"。

杨黎也毫不掩饰他对格里耶的感激之情。在《灿烂：第三代人的写作和生活》一书中，他将1981年读到格里耶的《窥视者》，视作生命中重要阅读的真正发生，"到现在，我都还记得我初次的感觉：我刚刚读了两页之后，合上书，抬起头，眼睛看向很远的地方，比天空还远，比阳光还远，就在我身边的房屋和房屋之间……我不需要隐瞒他对我的深刻作用"②。与杨黎一样追随格里耶的诗人还有何小竹。他在1987年读到《橡皮》后，毫不犹豫地离开了卡夫卡的城堡，而进入新小说的迷宫。诗人乌青在作品《这个下午在橡皮吧》回放了这样一幕，"冷冷清清的橡皮吧/吧台后面的酒架中间/摆着一本阿兰·罗伯—格里耶的《橡皮》/已经很旧了/封面是绿色的/封二写着：小竹.83.4.3"。从出版时间上看，杨黎读到的《窥视者》应当是郑永慧的译本，1979年上海译文出版社出版。该书参照"文化大革命"中西方文学译著的"黄皮书"做法，没有公开书号，还在版权页标上"内部发行"字样，但首版两万的印数显然打破了"内部发行"范围。何小竹阅读的《橡皮》则是1981年上海译文出版社"外国文艺丛书"的一种。译者林青在序言中出于政治正确的考量，声称作品中人物的阴暗心理，显现了二战后西方资本主义社会的堕落，但对格里耶的艺术创造还是做了比较中允的评述。不断改善的文学译介环境，缩小了中国先锋文学与西方文学之间的差距。丰富的异域资源，为先锋文学的写作与理论思考提供了多元的价值参照。西方文学思想以草蛇灰线、伏脉千里的方式进入中国，与本土观念发生碰撞与融会，新的文学理论得以开枝散叶。

（三）"前文化"的传统血脉

"非非主义"高举前文化大旗，试图在人类已有的文化版图之外开始写作。写作资源、写作动力既不依赖传统也不倚重西方，而全部源自

---

① 诗作原名《街景》，后经周伦佑建议，在《非非》创刊号发表时更名为《冷风景》。但杨黎并不认同这一改动，认为自己正努力从修辞中逃离，为何又要加"冷"字来套自己呢？参见杨黎《灿烂：第三代人的写作和生活》，中华工商联合出版社2014年版，第76页。

② 杨黎：《灿烂：第三代人的写作和生活》，中华工商联合出版社2014年版，第39页。

挣脱语义牢笼的本真生命。为维护独立创造的纯粹性，他们对于人们指认的影响源异常敏感。面对非非诗学与奥尔森《人类宇宙》、后结构主义的诸多相似或相通，作为非非主义理论奠基人的周伦佑和蓝马都坚决否认存在直接影响的事实。

类似这样的情况很常见，一旦影响源被揭示，先锋作品的价值、地位、声誉就会备受质疑、大打折扣。许多作家在踏上先锋道路后，常常扮演横空出世、一往无前、舍我其谁的模样，尽可能避免暴露自己的血缘谱系。任何后继者在突破传统而又难以摆脱传统地心引力时，都会为巨大的焦虑所笼罩。出于现实功利目的以及缓解焦虑的意图，他们都可能会隐藏或淡化真实的影响源。这为我们进一步清理"非非"与本土资源带来了障碍。

如前所述，蓝马声称构想"前文化"时压根不知道罗兰·巴特。但在接受采访时却饶有兴致地讲述"前文化"与佛学教义的相通之处。前文化就是要在经验领域之外开辟新的先验领域，它是原初智慧、真思维，是人类生命心身的真正家园，是最初也是最终的归宿。需要补充说明的是，蓝马在1997年皈依佛门。此时他用佛学重释"前文化"，不可能完全复原当初的意旨。但这仍可佐证，"前文化"躯体里本就流淌着传统的血脉。佛学极有可能是"前文化"提出的诱因之一，而"前文化"又进一步拉近了蓝马与佛门的关系。不单蓝马，周伦佑的"反价值"也与传统文化的根系紧紧纠缠。他将西方的希伯来、古希腊，东方的儒释道都作为价值批判对象，认为它们无一例外地预设了不可触动的"元价值"，并由此衍生出二元价值体系。其中佛教虽然教义繁复，许多概念可以互换，表达无常、意义不定，但终究还是设定了"善/恶""真/假"的两值结构。

周伦佑在此有意引用了佛家的"有恶有善"说，以突出"前文化"对两值价值系统的完全超越，但却抽去了佛家更高一层的"不恶不善"说。为度化众生，令其行善断恶、求得福报，佛法最初会开"方便门"，宣扬行善成佛，有"善有善报、恶有恶报、三世因果历然俱在"的说法。待渐入佛境后，则更以"诸法皆空"谕之。一切概念在"空性"中都无有区别。无论善恶均为"相"，善恶、对错、真假都是因执着而着相，且须放下。可以看出，佛家本应是世界文化体系中"非两值结构"的代表，与"非非"的前文化、西方的后结构主义是相近的。遭到"非非"批判的道家，同样反对元价值，"道可道，非常道"就是对"道"的本根性存在的质疑。老庄之道，是不毁万物的虚空，"道盅而用之"。它不像西方逻格斯那样超于世界表象而支配万物，而是道物同一，"有物混成，先天地生……吾不知其名，字之曰道"。对于善恶之分，道家同样有言："善之与恶，相去若何？"（《道德经》）佛道二门本就是破除两值对立结构的利器，"非非"暗中借力于它们，但为保持激进的革命姿态，还是将它们推到了"前文化"的对立面。这主要是表述策略，而非实质性的精神传统的断裂。

　　非非主义的前文化写作、反价值诗学在理论上自成体系，但在价值指向上并没有太多越出佛道界域的地方。体现在文本层面，"非非"作品大多存在局部性的语义中止、意义破损，但整体上气脉通畅，在较深的层次上呼应着传统诗学、民族文化。何小竹的《人头和鸟》《鸡毛》发散着苗巫玄秘通灵的气息，吉木狼格的《怀疑骆驼》展现了大凉山彝人静思默想的品质，周伦佑的《自由方块》《头像一幅画的完成》更是闪现着佛道澄明虚空的境界。人生坐标、行动指南、生命意义、信仰追求、情爱体验、历史继承，千般种种、万般浮云，都在自由方块的转动中被磨平。从篇首"没找到进出的门"到篇尾发现本就"没有进出的门"，"你"终于不再环绕圆顶去寻找"道"，而只愿静静地坐着，坐着就是"道"，"你坐下再也不想起来了"。作品对人生意义的参透，已经很难用西方的后结构主义做理性辨析，反倒更贴合于老子的精神自画像："荒兮其未央哉！众人熙熙，如享太牢，如登春台。我独泊兮其未兆。如婴儿之未孩，儽儽兮若无所归。众人皆有余，而我独若遗。"（《道德经》）

　　1989年之后，非非主义伴随第三代诗歌运动的整体落潮而陷入困境。在经历一系列裂变重组之后，周伦佑于1992年正式提出"红色写作"口号，宣告"后非非"时代到来。"后非非"承续"前非非"提出的艺术变构理论，为自己的断裂行为辩护，认为"非非"本身就是"不是的不是"，就是在非我中延展自我。变构，是非非得以延绵不绝的动力，是艺术创造的内在要求；没有前非非对"伪价值"的摧毁，就难有"后非非"的价值重建。但是在更多方面，"后非非"改造或扬弃了"前非非"诸如反价值理论、前文化主张、后现代主义追求等话语策略。

"后非非"首先对包括"前非非"在内的"白色写作"发难。"白色写作"又称"中性写作"，最早由罗兰·巴特提出，意思近于"零度写作"。它以直陈的方式展开书写，要求语言摆脱价值重负，仅对世界做纯等式的记录。周伦佑认为，"白色写作"在罗兰·巴特那里，确实起到了拆除现代主义神话的作用，具有积极的后现代主义意味。但在现代主义发育尚不充分的中国，它却造就了平庸琐碎、闲适苟安、缺乏血性的诗歌时代。它最大的危害就是假借艺术变构，剥夺了诗歌介入现实的权利，抽去了诗人的筋骨、头脑，让写作沦为浅薄模仿，使中国文人的羸弱人格再度泛滥。为此，"后非非"首先对"白色写作"背后的后结构主义进行了清理，不再反对"二值对立"。周伦佑表示，任何写作，都必然有价值、有立场、有评价。就算否定它们，本身也是价值、立场、评价的表现。德里达等后现代主义者要求绝对地覆盖一切，仍不过是在否定中肯定自己，并没有逃脱二元对立思维。没有了两值对立，就没有真正的写作，"要消解价值便必须取消评价——这样便取消了文学艺术批评的基础，使文学艺术批评不能成立和存在"[①]。其次，"后非非"还把白色写作的盛行归因于道家思想，斥其以闲适的人生态度，逃避人生苦难和现实矛盾，造就了世代孱弱的诗人和读者。这倒再次揭示了前非非与道家传统的关联。值得玩味的是，对于与道家互济互补的儒家，"后非非"没做任何批判。这说明，"非非"对中国传统资源的借鉴，开始由出世的释道，转向入世的儒学。这既是基于社会现实、时代语境的要求对中国传统资源的重新配置，也是立足本土而建构东方后现代主义的重要尝试。

综上所述，整个20世纪，中国现代文论都不断借助异域文论来反叛传统、求取自立自新，但其所择取的资源主要来自欧美世界，对同在

---

① 周伦佑：《宣布西方话语中心价值尺度无效》，周伦佑、孟原编：《刀锋上站立的鸟群》，西藏人民出版社2006年版，第305页。

东方文论体系内的印度文论、日本文论的关注，相对说来要少很多。到如今，中国现代文论的整体面貌已经非常西化，与中国古典文论形成巨大反差。出现这一现象，不少人将其归因于西方文论的话语霸权，认为中国文论的民族血脉因西方话语的强势介入被削弱，甚至发生断裂，当务之急是警防西方世界的文化殖民，严格区分西化与现代化，努力将中国文论的生长基点重新归位于民族传统。确实，文论不是纯然自足的知识体系，它的成型与发展受到历史文化、意识形态、伦理观点、宗教信仰等诸多非文学因素的影响。很难想象，如果没有强大的政治、军事、经济、文化实力作后盾，西方文论能对中国文论产生如此深刻重大的影响。但须注意的是，在中外碰撞交会的过程中，中国文论并未沦为任由改造、宰制的客体，反而相当程度地保持了自身的主体地位；中国文论之所以效法西方，很难说是为西方所迫，更多时候是主动潜入西方文学及文论的花园去采摘那些于己大有裨益的奇花异草。其所择选的人道主义、浪漫主义、形而上学、后现代主义等，都是当时中国社会尚未独立滋生，但对现代化进程可能具有积极作用的理论思潮。它们的引入虽与传统文化产生种种冲突，但却带来我们所缺乏的诸多现代质素，进入中国文学及文论场域之后，它们同样以多种方式与传统文学及文论发生冲撞、展开对话，化合生成新的形态，不仅有力地推动了中国文学、文论的现代转型，也相当程度地满足了民族解放、社会发展的时代要求。

第二章 曲解与变形

现代中国长期行走在"以俄为师"的道路上,孙中山早在1920年代初期就表达了"盖今日革命,非学俄国不可"的政治夙愿①,毛泽东在共和国成立前夕更是做出"走俄国人的路"的历史总结②。苏俄经验长期而深刻地影响着中国现代社会的各个领域,除政治、军事、经济之外,还延及思想文化、文学艺术等。就文论方面而言,在20世纪二三十年代之后,苏俄文论逐渐取代欧美文论而成为中国最为重要的文艺参照系。从瞿秋白、蒋光慈、茅盾等对无产阶级文化派的译介,到太阳社、创造社对拉普、纳普思想的吸纳,从阐扬社会主义现实主义到标举革命现实主义与革命浪漫主义相结合,苏俄文论长期导引、规范着中国左翼—马克思主义文论的建构。不过苏俄文论并非一成不变、铁板一块,其内部有着名目繁多的理论派系、错综复杂的权力纠葛,对马克思主义的认识与理解不尽相同。它的每一次裂变、冲突、转向,几乎都会引发中国文坛的剧烈震荡。关于"革命文学"的论争、对"革命的浪漫谛克"的清算、"左联"内部的宗派矛盾等等,无不与苏俄文坛的斗争密切相关。不过中国左翼文论并不是苏俄文论的副本,更多时候,它

---

① 1924年10月9日孙中山致函蒋介石,留下"我党今后之革命,非以俄为师,断无成就"的警句。参见《致函蒋介石》,《孙中山全集》第11卷,中华书局2011年版,第145页。

② 毛泽东在为纪念中国共产党成立28周年而写的《论人民民主专政》中总结:"十月革命一声炮响,给我们送来了马克思主义。十月革命帮助了全世界也帮助了中国的先进分子,用无产阶级宇宙观作为观察国家命运的工具,重新考虑自己的问题。走俄国人的路——这就是结论。"参见《论人民民主专政》,《毛泽东选集》(第4卷),人民出版社1991年版,第1407—1471页。

会基于社会现实、本土传统以及文论家的个人体认而加以改造，其间有继承、有重组，也有不容忽略的曲解与变形。

一 对无产阶级文化派的转述与改写

中国共产党早期重要领导人瞿秋白较早对"十月革命"后的苏俄文学，包括无产阶级文化派做了介绍。1921年年初抵达莫斯科后不久，他就翻译了凯仁赤夫（W. Kergentseff）的《共产主义与文化》[①]，重点介绍了苏维埃俄国的国民教育和文化建设，其中提及致力于"创造无产阶级的新文化"的"无产阶级文化部"，亦即无产阶级文化派的核心组织"无产阶级文化协会"。同年4月，瞿秋白受邀观看了文化协会组织的音乐会和诗歌晚会。在随后创作的《俄国文学史》[②]和《劳农俄国的新作家》[③]等著述中，他称颂文化协会领导的"劳工派"写作，真正将文学内容从一般的婚恋问题转向了劳工农民的生活，虽然尚处幼稚时代，但字里行间都洋溢着强固健全的"劳动诗意"，宣告了"劳动文化"的到来。

无产阶级文化协会创立于"十月革命"前夕。革命胜利后，其规模急剧扩张，拥有《无产阶级文化》《熔炉》《未来》等十多种杂志，在各个省份、各大城市设有上百个组织机构，成员最多时超过四十万人，形成了声势浩大的"无产阶级文化派"。在一段时间里，其在文艺领域的影响力几乎压过教育人民委员部，并与苏维埃政权就文化领导权问题发生争执。但瞿秋白似乎并未意识到这一点，只是简单地将文化协

[①] 载《改造》1921年3月15日第3卷第7号。《改造》创刊于1919年9月，原名《解放与改造》，声称"主张解放精神物质两方面一切不自然不合理之状态，同时介绍新潮以为改造地步"，1920年9月第3卷起更名《改造》。它是"五四"新文化运动后期的一份重要刊物，在社会主义思想传播上用力较多。

[②] 瞿秋白将访苏期间完成的《俄国文学史》以《十月革命前的俄罗斯文学》为题交给蒋光慈，后删定作为《俄罗斯文学》（1927年，创造社出版部）的下卷。蒋光慈在"书前"写道："关于本书的下卷，我要深深地感谢我的朋友屈维它君，因为这是他的原稿，得着他的同意，经我删改而成的。""屈维它"是瞿秋白的笔名。

[③] 初载《小说月报》1923年9月10日第14卷第9号，后收入郑振铎编著的《俄国文学史略》（上海商务印书馆1924年版），列为第十四章。

会视作苏维埃文化政策的执行机构。

　　无产阶级文化协会原本是由工厂委员会、教育协会发起成立的民间团体，非常重视自己之于国家政党的"独立性"。在1917年10月的成立大会上，它明确要求，"必须把全部国家的和社会的艺术机构交由民主掌握"①。协会起初是以"独立性"来对抗资产阶级临时政府的国民教育部，但伴随1920年秋后苏联国内战争的结束，则又向苏维埃政权提出"文化自治"的要求。在协会看来，苏维埃政权是由工人、农民、士兵和哥萨克组成的政治联盟，并不属于纯粹的无产阶级专政，在文化创造上很容易引入杂质；因此协会有必要保持独立自治的特殊地位，以创造、捍卫"纯粹的无产阶级文化"，"不要以为，'苏维埃'组织的类型能给我们打开揭示无产阶级文化的新天地……为了弄清楚新兴的无产阶级文化，需要从这些临时机构向远处和高处前进"②。这一主张遭到列宁的极力反对，他坚决要求协会服从苏维埃政权和俄国共产党的统一领导。1920年底协会遵照列宁指示和俄共（布）中央全会通过的《关于无产阶级文化协会的决定草案》完成换届改组，并入教育人民委员部和各省国民教育厅。瞿秋白到访时，文化协会与苏维埃政权的冲突刚刚平息，他所看到的是一团和气的表象，而没有察知两者之关系的紧张与对立。

　　不过改组后的文化协会并没有完全放弃自己的理论旗帜——"波格丹诺夫主义"。波格丹诺夫是无产阶级文化派的重要理论家，他大力鼓吹"组织形态学"，辩称物质世界并不是客观性存在，社会历史形态有赖有于人类"集体经验"的组织，艺术也不例外。只是不同阶级有着不同的"集体经验"和组织方式，无产阶级只有借助"生动的形象的"手段去组织社会经验，才能创造出独属本阶级的艺术③。在此理论指导下，文化协会对于文化遗产与"同路人"创作多持否定、拒斥态

---

①　《文化教育协会代表会议》，郑异凡编译：《苏联"无产阶级文化派"论争资料》，人民出版社1980年版，第52页。
②　[苏联] A. 加斯捷夫：《论无产阶级文化的倾向——无产阶级文化概略》，翟厚隆编选：《十月革命前后苏联文学流派》（上），上海译文出版社1998年版，第358页。
③　[苏联] A. 波格丹诺夫：《无产阶级和艺术》，郑异凡编译：《苏联"无产阶级文化派"论争资料》，人民出版社1980年版，第89—90页。

度，认为它们所组织起的社会经验是与无产阶级经验相对立的，并可能影响后者的纯粹性。虽然波格丹诺夫在《无产阶级与艺术》《论艺术遗产》等文章中也谈到要与"同路人"的合作、要继承文化传统，但截然分立的阶级经验还是很容易将"教育改造"升级为"政治批斗"，将"继承性批判"推至"全盘否定"，不时发出一些偏激言论。比如，"建设无产阶级文化的任务只有靠无产阶级自己的力量，靠无产阶级出身的科学家、艺术家、工程师等等才能得到解决"[1]。更有甚者狂妄叫嚣，"以我们明天的名义——我们要把拉斐尔烧成灰，/把博物馆统统捣毁，/把那艺术之花踩得粉碎"（弗·基里洛夫《我们》）。因于对传统的粗暴践踏、对异己力量的无情打击，文化协会在1920年以后每况愈下，不仅失去了群众基础，成员大量流失，还遭到苏共的严厉指责。1925年后，协会被划归到全苏工会中央理事会，1932年8月被撤销。取而代之的是以"十月派"、岗位派为前身的"拉普"。

留苏期间瞿秋白对文化协会的了解比较浮泛，没有意识到"波格丹诺夫主义"与苏维埃文艺权威的冲撞，"瞿秋白似乎还不知道列宁和托洛斯基对革命后文化运动中的'未来主义'和'纯粹'无产阶级倾向所持的高度怀疑态度"[2]，故而在向国人介绍苏俄文学时仍然依照凯仁赤夫的说法，"全俄无产阶级文化部及各地方无产阶级文化部会议的决议案，指明无产阶级要独立创造艺术及科学，就应当深心领受资产阶级的文化遗迹"[3]。这般主张，实不是文化协会的意愿，而是苏共当局对文化协会提出的改造要求。瞿秋白误将文化协会视作苏维埃文艺的主导，并据其梳理苏俄文学，不免也陷入"波格丹诺夫主义"的泥淖。他在1921—1922年间完成的《俄国文学史》里，指认无产阶级文化协会的理论骨干波良斯基为苏俄文学批评的代表，赞其能"以无产文化

---

[1] 引自无产阶级文化派理论家普列特涅夫发表在《真理报》上的《在意识形态战线上》。1922年9月27日，列宁以批注形式对该文主要观点逐一驳斥。参见列宁《在普列特涅夫的〈在意识形态战线上〉一文上所作的批注》，郑异凡编译《苏联"无产阶级文化派"论争资料》，人民出版社1980年版，第24页。

[2] [美]保罗·皮科威兹：《书生政治家——瞿秋白曲折的一生》，谭一青、季国平译，中国卓越出版公司1990年版，第81页。

[3] 瞿秋白：《共产主义与文化》，《改造》1921年第3卷第7号。

为观点"来挣脱唯心派和个性主义,体现了"文学的动性及现代性"。对于"十月革命"之前的作家诗人,则几乎是全盘否定,指责他们差不多全都被象征主义的虚无俘获。在1923年发表的文章《赤俄新文艺时代的第一燕》①中,瞿秋白更是照搬"波格丹诺夫主义"的观点,认为无产阶级当在独立自主的精神里发现自己的创造力,"造成共产主义的新人类"。在他看来,无产阶级文化协会乃"现代新兴阶级的精神和创造",作为协会创始人的菲独·嘉里宁和巴夫·柏塞勒都是"无产阶级文化运动的创始者"。瞿秋白提到的这两人确实有着炽烈的革命激情,誓言要把文艺事业的领导权从资产阶级和知识分子手中夺过来,但在艺术创作上并没有什么突出成绩,很难称得上"漏泄春光的第一燕"。

瞿秋白盲目尊崇无产阶级文化协会,甚至以之为苏俄文艺的权威代表,这对尚处萌生状态且"以俄为师"的中国左翼马克思主义文论的发展造成一定程度的误导。1928年太阳社、创造社对"五四"新文学的批判,在很多方面都仿效了苏联无产阶级文化协会割裂传统、打击同人的做法。如果当年在介绍无产阶级文化协会时,也及时将列宁等人的批评意见引入,那么中国左翼文艺应该会有更大的选择空间和校验机会,在批判性学习中少走一些弯路。提出这样的要求,对于业余从事文艺工作的瞿秋白来说或许有些苛刻。但令人遗憾的是,作为20世纪20年代中后期极负盛名的革命文学家蒋光慈,亦长期为"波格丹诺夫主义"所缠绕,即便是广涉欧美新学、成长于"五四"沃土上的茅盾,在最初译介无产阶级文化派时,所做出的批判改造也相当有限。

20世纪20年代前期,茅盾主要以文学编辑和译介者身份活跃文坛,积极向国人传布异域文坛的新动向。在其勾勒的世界文学地图中,苏俄是不可或缺的重要板块。1920年他撰文《托尔思泰的文学》,发表在《改造》第3卷第4期,1921年至1924年间又在《小说月报》的"海外文坛消息"栏目发表苏俄文学评介20余篇,如《俄国文坛现状一斑》《劳农俄国的诗坛之现状》《劳农俄国治下的文艺生活》《文学家

---

① 载《小说月报》1924年第15卷第6号。

对于劳农俄国的论调一束》等。不过相对于欧美文学,茅盾此阶段对苏俄文学的了解并不算深入,除对托尔斯泰等个别作家做出专论外,其余多是粗线条勾勒。与此同时,他对苏俄新文学虽寄予厚望,经常褒扬"十月革命"后的新进作家,但终究没有表现出太过强烈的革命热情,仍然坚持着"为人生"的基本态度,主张"文学是人生的真实反映"[1]。在给朋友谷风田的一则回信中,他坚持,文学创作源自客观、真实、深刻的现实观照,而无须以某一明确的思想观念、固定的人生态度为前提,"人生观之确定与否,和文学家之所以为文学家,似乎没有多大的连带关系。因为文学作品的价值在于:观察的精深,描写的正确,及态度的严谨。至于思想方面,甚至可以不问其是否确为终古不磨之真理,何况必责以始终一贯呢"[2]?茅盾对客观现实的强调,使文艺趋近人生而又疏离政治,淡化了世界观之于创作的指导作用。

但1924年以后,越来越多从苏联、日本留学回国的革命作家对人生派写作提出批评,斥其思想观念落后,以宽泛的人生关爱掩盖严峻的阶级斗争。叶绍钧、冰心、王统照等都成了批判的靶子。茅盾备感压力,他一面曲隐地向这些激进的革命主张表达不满,另一方面又投入更多的精力向苏俄文艺探寻新的精神资源。清晰显现这一努力的是,1924年7月茅盾撰文《苏维埃俄罗斯的革命诗人——玛霞考夫斯基》,盛赞未来派诗人马雅可夫斯基为无产阶级革命精神的代表。紧随这篇作家论,茅盾更力图用苏俄革命文艺思想彻底清理自己陈旧的艺术观念,用"无产阶级的艺术"来修正、充实"为人生的艺术",实现理论体系的全面升级,据他自述,"1924年,邓中夏、恽代英和泽民等提出革命文学的口号,之后,我就考虑要写一篇以苏联的文学为借鉴的论述无产阶级革命文学的文章。"[3] 这就促成了《论无产阶级艺术》的诞生,该文自1925年5月起在《文学周报》第172、173、175、196四期上连载。

《论无产阶级艺术》视域开阔、思路清晰、观点稳健、论述严谨,堪称早期左翼文论的力作,就算放在20世纪30年代"左联"的理论著

---

[1] 沈雁冰:《文学者的新使命》,《文学周报》1925年第190期。
[2] 沈雁冰:《通信》,《文学周报》1923年第93期。后附谷风田来信。
[3] 茅盾:《五卅运动与商务印书馆罢工——回忆录(七)》,《新文学史料》1980年第2期。

述中，亦不失厚重。在茅盾个人的文学道路上，这篇文章更有非凡意义，可谓人生派向左翼文学发展的转捩点，紧随其后出现的《告有志研究文学者》《文学者的新使命》等都换上了"阶级"理论的旗帜。1957年学者叶子铭就著文称，《论无产阶级艺术》是茅盾文艺思想转变的重要标志。令人稍感意外的是，茅盾在阅读了叶子铭论文后却表示不记得以前曾写过《论无产阶级艺术》，担心把别人的文章"算到我的头上来了"。两周后，茅盾又去信叶子铭，确认是自己的作品，"我已借到《文学周报》，一看该文，便想起来了"①。到了20世纪80年代茅盾就时常谈及《论无产阶级艺术》了，称"我在写这篇文章时，引用了许多苏联的材料，讨论的也是当时苏联文学中存在的问题，这是因为在一九二五年中国还不存在无产阶级的艺术。但是，我已经意识到无产阶级艺术的基本原理将会指引中国的文艺创作走上崭新的道路，因此，我大胆地作了这一番理论探讨。半个多世纪过去了，这篇文章的内容，在今天已是文艺工作者常识，但在当时却成了旷野的呼声。"② 茅盾何以在1957年将这则有着划时代意义的"旷野呼声"给遗忘了呢？三十年的历史间隔自然是重要原因，即便作者博闻强识，也难免记忆模糊。但更多原因，或许可从日本学者白水纪子那里得到提示，"茅盾的论文（《论无产阶级艺术》）是全面依据亚·波格丹诺夫论文所写出来的。"③也就是说，《论无产阶级艺术》仅是对波格丹诺夫观点的转述，而非原创，在重新查阅《文学周刊》、确认署名之前，茅盾是不敢贸然认领此文的。

《论无产阶级艺术》明显借鉴了波格丹诺夫的论文《无产阶级的艺术批评》。茅盾在一则回忆中坦承，在写《论无产阶级艺术》时，"翻阅了大量英文书刊，了解十月革命后苏联文学发展的情形"④。虽然没有明确提及波氏的《无产阶级的艺术批评》，但结合茅盾1934年以笔

---

① 沈雁冰：《致叶子铭》，《茅盾书信集》，文化艺术出版社1988年版，第182页。
② 茅盾：《五卅运动与商务印书馆罢工——回忆录（七）》，《新文学史料》1980年第2期。
③ 参见［日］白水纪子《关于〈论无产阶级艺术〉出处的说明和一些感想》，《茅盾研究》（第5辑），文化艺术出版社1991年版。
④ 茅盾：《五卅运动与商务印书馆罢工——回忆录（七）》，《新文学史料》1980年第2期。

名"味茗"发表的《莎士比亚与现实主义》中的一段话,还是可以判定茅盾与波氏早有接触,"记得十年前英国出版的《Labour monthly》上曾经登过一篇波格丹诺夫的论文,题目好像是《文学的遗产》"[①]。这里提到的英国《劳工杂志》在1923年至1924年间刊发多篇波氏论文的英译,如《无产阶级诗论》《宗教、艺术和马克思主义》《论艺术遗产》以及《无产阶级的艺术批评》等。在当时,《劳工杂志》是中国译者了解苏俄文学、无产阶级文艺的重要窗口,刘穆、苏汶等在译介波格丹诺夫时,都以此刊为底本。对于茅盾来说,《劳工杂志》也应是必读的英文书刊,他在阅读《论艺术遗产》之时,很容易就会接触到时隔很短的《无产阶级的艺术批评》。

当然,就算直接从文字上比照茅盾的《论无产阶级艺术》与波氏的《无产阶级的艺术批评》,也很容易发现二者在观点、思路、论证架构等方面的高度相似。除第一节有关"无产阶级艺术的历史形成"的论述没有直接对应外,《论无产阶级艺术》的其余四节都完全依据波氏的四个论题展开。

首先,交代无产阶级艺术产生的条件。波氏认为艺术创造得益于"活的形象"、"社会环境"与"自我批评"三种因素的和谐稳固。"活的形象"偏重主体感受、生命体验,有较强的"变易性";"社会环境"偏向客观的系统性限制,从根本上决定艺术生产的基本形态;"自我批评"(艺术批评)介于主客之间,能够站在特定集团立场上推进"社会环境"对"活的形象"的选择、修正与重新组合。无产阶级艺术既要扎根无产阶级的社会土壤,也须注重无产阶级艺术批评的滋养。再看茅盾,他是用一个简要方程式来描述艺术生产要素之关系的:"新而活的意象+自己批评(即个人的选择)+社会的选择=艺术",所使用的核心概念都借自波氏。

其次,界定无产阶级艺术的范畴。波氏细致辨析了无产阶级艺术与农民艺术、军人艺术、劳动知识分子艺术的区别,指出纯正的无产阶级艺术要脱离一切异己因素。茅盾同样要求无产阶级艺术与农民艺术、革

[①] 味茗(茅盾):《莎士比亚与现实主义》,《文史》1934年第1卷第3号。

命艺术、知识分子的社会主义艺术划清界线。

再次，明确无产阶级艺术的内容。波氏认为无产阶级艺术之所以稚嫩褊狭，根本原因就是经验有限、视野狭仄、观念偏颇。而茅盾也同样是从观念、经验等方面去寻找无产阶级文艺内容贫乏的原因。

最后，讨论无产阶级艺术之形式以及与传统艺术的关系。波氏指出无产阶级艺术在追求形式内容和谐时，有必要向旧艺术学习技法，但对象主要是旧阶级在兴旺时期创造的大师名作，而非滑入衰退期后的颓废"新派"，譬如"现代主义""未来主义"之流。茅盾亦坚持，艺术形式离不开"机体进化"法则，无产阶级艺术仍应继承"过往大天才心血的结晶"，不过像未来派、立体派、意象派等新派不过是传统社会衰落时的病象，算不得什么艺术遗产。

尚未完全消化就匆忙搬运外国文艺思想，这样的现象在20世纪二三十年代并不鲜见。出于对艺术先锋和政治先锋的双重追逐，茅盾也非常匆忙地转述了波格丹诺夫的艺术主张。但《论无产阶级艺术》并不仅仅是《无产阶级的艺术批评》的仿本。茅盾的"转述"文本中渗透着丰富的主体性因子，留有大量细微的"选择"及"改写"的印迹。

在《劳工杂志》等无产阶级刊物上，无产阶级文化派，特别是波格丹诺夫的理论文章并不鲜见，可茅盾独独转译《无产阶级的艺术批评》，这本身就已包括了译者的主体选择。一般来讲，无产阶级文化派主张与旧文化彻底决裂，认为吸取资产阶级文化是不可救药的倒退，但对《无产阶级的艺术批评》的态度却相对温和，观点亦较为辩证，承认旧艺术中不乏伟大作品值得学习借鉴。茅盾独具慧眼选择这一理论佳作，就已摒弃、过滤掉了无产阶级文化派的某些激进主张。不过茅盾起初并不满足于译介，这从《论无产阶级艺术》第一节就可以看出。此节所持的基本观点与波格丹诺夫相近，都强调了无产阶级文艺发生、发展的合法性，认为无产阶级将取代资产阶级成为艺术的主导；但在材料上，茅盾更多结合了自己熟悉的西欧文学，语言表述也有很强的原创性。此节刊发在《文学周报》第172期时，茅盾特别在文后注明，文章依据他在艺术师范学校的演讲而完成。这表明了茅盾力图将波氏学说融入自己文艺思想体系。但自第二节起，茅盾还是放弃了独立阐述，基

第二章 曲解与变形

本依从波氏的理论框架,从四个论题展开,"转述"性质明显。不过译述者还是有意无意地进行了一些意味深长的"改写"。

第一论题中,波氏用"活的形象"来泛指作家的个体创造。茅盾则将此概念表述为"新而活的意象",从现实和审美两个维度给予了具体阐发。他结合自己提倡过的自然主义,认为"意象"当源自生活,它是"作家对客观存在的生活这一文学的唯一源泉作'实地观察'后反映到头脑中的产物"[①];同时,"意象"还是某种创造性的审美体验,"我们的意象的集团之借文字而表现者,这种意象是先经过了我们的审美观念的整理与调谐(即自己批评)而保存下来的"[②]。如此艺术在接受"个人的选择"和"社会的选择"之时,还须立足现实和审美,创造出鲜活意象。这在一定程度上扼制了阶级意识的过分膨胀,缓和了艺术与革命的对立关系。在稍后几年的革命文学论争中,茅盾斥责普罗文学中的标语口号写作,也正是看到"活的意象"大量流失,艺术审美完全被政治观念奴役,"有革命热情而忽略文艺的本质,或把文艺也视作宣传工具"[③]。由是观之,茅盾对波氏的接受并没有偏离"为人生而艺术"的根基,反倒借无产阶级意识进一步夯实、深化了一以贯之的现实主义文学观。

第二论题中,茅盾基本赞同波氏对农民的批评,认为农民在经济条件、生产方式等方面仍有别于工人阶级,精神上残留着个人主义、宗教主义和封建迷信,并不适于成为无产阶级文化的主导。不过茅盾的这一表态,与其说是忠实于波氏,倒不如说是坚守了"五四"的启蒙主题和"国民劣根批判"任务。稍有不同的是,"五四"是要用民主、自由、人道主义思想来开启民智民德,现在则要用无产阶级意识清除农民从旧社会沾染的封建毒素。借助波氏,茅盾重申了改造农民、教育农民的必要性。但遗憾的是,这一于中国革命文学事业大有裨益的警醒,却被太阳社、创造社等革命文学派视作保守、落后、反动的表现。他们指责茅盾、鲁迅等"五四"资深作家弃置阶级斗争中不断成长的工农革命者,只躲在阴暗的历史角落里故

---

① 丁尔纲:《茅盾评传》,重庆出版社1998年版,第143页。
② 沈雁冰:《告有志研究文学者》,《学生杂志》1925年第12卷第7期。
③ 茅盾:《从牯岭到东京》,《小说月报》1928年第19卷第10号。

意丑化底层民众，实为"封建余孽""二重反革命"。

出于对革命文学理论家某些激进主张的反感，茅盾在此论题下悄然将波氏所批评的"军人艺术"替换为"革命艺术"。他指出，无产阶级文艺是集体的、是注重建设的、是求取永久和平的，而革命文艺却在个人复仇意识支配下追求"极端憎恨"和"单纯的破坏"，因此算不得无产阶级艺术的正宗。茅盾的话有特别所指，当时革命文学阵营内确实出现了以破坏代替创造，甚至夹杂人身攻击的不良倾向。如蒋光慈在批评冰心、王统照等"五四"作家时就用语粗暴、态度蛮横。问题的关键是，蒋光慈等批判者也多是从资产阶级家庭走出来的知识分子，而非无产阶级出身，本身并不具备特别的话语优势。于是茅盾继续借用波氏对"知识分子社会主义"的批评，直陈许多知识分子虽然高喊革命口号、高举着马克思主义旗帜，可仍甩不掉"一副个人主义的骨骼"。既然"五四"老作家统统被划归为旧知识分子，丧失了参与无产阶级文艺的权利，那么所谓的新作家就完全摆脱知识分子的资产阶级根性了吗？茅盾如此尖锐的批评知识分子，自然有自我反思、自我蜕变的意味，但主要还是针对苏日留学生割裂传统、打击"同路人"的做法。

第三论题中，波氏与茅盾都指出了无产阶级文艺的经验匮乏。但波氏的"经验"由"生活经验"和"组织经验"两部分组成。相对于较为客观的、个人化的"生活经验"来说，"组织经验"是一种"劳动的集体主义"，它能够更加主动地在认知、情感、志向等领域组织本阶级的工作、斗争和建设，"乃是阶级社会中组织集体力量——阶级力量最强有力的工具"①。但在茅盾的论述中，"组织经验"已大大淡化，其"经验"主要是指"生活经验"。他建议作家在劳动生产、阶级斗争之外寻找更广泛的生活题材、生命意义，再次显露了"为人生而艺术"的根底。

第四论题中，茅盾比波氏更加严厉地批判了未来派（列夫派的前

---

① 白嗣宏编选：《无产阶级与艺术》，《无产阶级文化派资料选编》，中国社会科学出版社1983年版，第1页。

身）。波氏尚且认为无产阶级艺术可从未来派等新派那里学到"微小的铺叙"，茅盾则将它们直接扔到垃圾桶，斥其为腐烂变态的"艺术之花"，不配作无产阶级的精神滋养品。茅盾的转变令人吃惊。1922年时他曾颂扬俄国未来派在革命后"突然得势""握住了诗坛的主权"，未来派领袖马雅可夫斯基乃"特出的天才"[①]，到了1924年再次夸赞马雅可夫斯基"充分了解十月革命的意义"，"是青年诗人的领袖"。[②] 稍后态度之所以陡转直下，当是茅盾已经察觉到了列夫派、马雅可夫斯基的没落。无产阶级文化派以及稍后出现的岗位派都是围剿列夫派的主力军，茅盾在波氏影响下，迅速将列夫派推至对立面。1925年10月茅盾针对任国桢编译的《苏俄的文艺论战》发表一篇译介文章《关于"烈夫"的》。在"译者注"里，茅盾称《苏俄的文艺论战》是一册"很有意义的书"，对列夫派的批评也在书中第三篇《认识生活的艺术与今代》有所体现，但仍有必要再做些补充，所以特别节译了刊登在1923年8月9日第三国际机关报《国际通信》上的一则通信，内容是关于列夫派的公开辩论会。最后茅盾特别总结到："据最近的情形而言，未来派在俄国的怒潮已落，苏俄的批评家如罗那却尔斯基、鲍达诺夫（A. Bogdanov）等人，对于未来主义的透彻的批评，已经把狂热的青年扶入正路。"[③] 更值得玩味的是，茅盾此后还经常把论敌比为列夫派。在革命文学论争中，他就谈到，"俄国的未来派制造了大批的'标语口号文学'……已经使人讨厌到不能忍耐了。……我们的新作品即使不是有意的走入'标语口号'文学的绝路，至少也是无意的撞了上去了"[④]。茅盾对"列夫"的批评，常常指向左翼文坛上那些狂热追求政治宣传的革命文学派。

这些"改写"的细节，暴露了茅盾接受波氏时的多重动机，首先是出于自我更新的要求。1920年代中后期"五四"落潮以后，人生

[①] 雁冰：《战后文艺新潮：未来派文学之现势》，《小说月报》1922年第13卷第10号。
[②] 玄珠（茅盾）：《苏维埃俄罗斯的革命诗人——玛霞考夫斯基》，《文学周报》1924年第130期。
[③] 沈雁冰：《关于"烈夫"的》，《文学周报》1925年第195期。文中提到的鲍达诺夫（A. Bogdanov）即波格丹诺夫。
[④] 茅盾：《从牯岭到东京》，《小说月报》1928年第19卷第10号。

派写作也陷入低谷，知识分子普遍感受到了文学之于现实改造的无能为力。茅盾此时也努力寻求某种更具革命性、政治性的文艺思想来增强文学的战斗力，而波氏的"组织经验论"恰恰满足了这种要求。其次是茅盾欲借波氏对苏俄未来派的批评而表达自己对革命文学派的不满。再次即是茅盾误认波氏学说为苏俄文论的主导力量。长期从事文坛前沿报道的茅盾，向来喜欢"追新逐异"以使自己更好地适应未来趋向。他先是以新俄文学否定旧俄文学，极力推举马雅可夫斯基，稍后又紧随波格丹诺夫批判了未来派、列夫派。照此来看，茅盾如果得知苏俄政权与无产阶级文化派、波格丹诺夫主义之间存在冲突的话，是断然不会追捧波氏的。但因为列宁的策略性处理，茅盾竟然与瞿秋白一样没能及时发现这一风向变化。列宁批判无产阶级文化派，不乏有捍卫经典马克思主义阐释权的理论目标，但更多是出于巩固革命政权的政治目的。十月革命之前，无产阶级文化协会曾得到列宁的支持，但当它试图超越苏维埃政权而独立领导文化事业时，列宁则毫不犹豫地拒绝了这类要求。但列宁没有将二者的矛盾公开化，而是采用改组、合并、分流等较为温和的方式，逐渐抽空文化协会的实际权力。茅盾一时不解真相，只知道未来派的失势，而全然不知无产阶级文化派也已名存实亡，仍然一味追随于波氏。在将波氏理论引入革命文学阵营后，茅盾没有像列宁一样感受到其对正统权威的冲撞。当时中国的无产阶级尚未夺取领导权，无产阶级文学与左翼革命阵营（亦即革命文学与革命政权）基本保持了协同共进的状态，彼此间没有太多、太大的冲突。这也让茅盾放松了对波氏的警惕。

二　对波格丹诺夫主义的改装

在人生经历方面，蒋光慈与瞿秋白多有交集。1921年蒋光慈到莫斯科东方劳动者共产主义大学学习时，瞿秋白兼任中国班（旅俄中国青年共产团）的助教和翻译。蒋光慈热衷于理论学习，常就革命文艺问题向瞿秋白请教。在此过程中，他对马列主义基本原理有了初步了解，也接触到大量无产阶级文化派的理论思想。1924年他在《唯物史

第二章 曲解与变形

观对于人类社会历史发展的解释》①一文中尝试阐释马克思主义的认识论，认为社会意识是社会生活的反映，文艺亦是社会关系的产物，但作为社会意识的一部分，文艺反过来又能推动社会生活的变革，所谓"筑物对于基础有相当的反感的作用"。蒋光慈的论述基本遵循了"经济基础决定上层建筑"的唯物主义思路，但又强调了主体的能动性，文艺之于社会的"反感的作用"被频频提及。非常特别的是，蒋光慈习惯将马克思主义的"反作用"译作"反感的作用"。这一不太准确的译词，其实已经糅合了蒋光慈个人的文学观念，即对感性、情绪、主体精神的推崇。这又离不开波格丹诺夫"情绪说"的影响。

（一）对"情绪说"的改造

1924年回国后不久，蒋光慈就开始撰写《十月革命与俄罗斯文学》②。文章借鉴了无产阶级文化派的"情绪"学说，不仅以"死去了的情绪""革命与浪漫谛克"等小节标题来标明革命文学的"情绪"特质，还批量征引波格丹诺夫、波梁斯基等无产阶级文化派主要成员的观点，声称无产阶级艺术除了表现劳动生活外，还应反映劳动者的世界观、人生观、生活态度、希求和理想，"无产阶级文学，在社会革命的火焰里生出，表现着对于社会建设有关系的劳动阶级的热情，欲望，战斗，危害，愤激，爱情等等"③。从这些论述可以看出，蒋光慈对无产阶级文化派的研究要比瞿秋白更为深入，"情绪"确实是理解无产阶级文化派理论主张的重要抓手。波格丹诺夫多次强调，文艺的神圣使命之一就是培养"集团的阶级的情绪"，并使之不断深化、清晰，"不同的艺术通过不同的途径把人们联结在统一的情绪之中，培养和社会地表现他们对世界和其他人的关系"④。无产阶级文化协会中央主席波梁斯基也在纲领性文件《站到"无

---

① 蒋侠僧（蒋光慈）：《唯物史观对于人类社会历史发展的解释》，《新青年》1924年第10卷第3号。
② 《十月革命与俄罗斯文学》的前六个章节连载于《创造月刊》1926年第1卷第2期至1928年第1卷第2期，后三个章节没有刊登。1927年12月，该文与瞿秋白的《俄国文学史》作为上下两卷，合为单行本《俄罗斯文学》出版。
③ 蒋光慈：《十月革命与俄罗斯文学》，《蒋光慈文集》（第4卷），上海文艺出版社1988年版，第123—124页。
④ ［苏联］波格丹诺夫：《无产阶级和艺术》，郑异凡编译：《苏联"无产阶级文化派"论争资料》，人民出版社1980年版，第102页。

· 93 ·

产阶级文化协会"的旗帜下》中明确提出无产阶级新文化的任务就是"组织起新的人及其新的感情和情绪体系"①。

  蒋光慈对无产阶级文化派的"情绪说",既有理论阐发又有创作实践,不仅创立了"革命的浪漫谛克"的写作模式,还以"情绪"划定了新旧文学的界域。在《现代中国文学与社会生活》②里,他批判传统作家与旧世界的关系太深,缺乏"革命情绪的素养";认为只有具备了真切的革命情绪,作家才能写出革命的东西。表面看来,蒋光慈非常完整地移植了"情绪说",认同阶级情绪对于阶级文学的先决作用,但不易察觉的是,在无产阶级文化派那里,阶级情绪的性质主要取决于阶级出身,严格受限于既已归属的政治经济集团。据此波格丹诺夫极力主张将资产阶级、知识分子乃至农民、士兵都剔除出革命文学阵营。但蒋光慈在谈论"情绪"时,则大大淡化了出身背景的影响作用,而更多强调革命斗争对于革命情绪的培植。这也即意味着,通过革命实践和理论学习,非无产阶级出身者仍有可能背叛原阶级而转变为纯正无产阶级作家。蒋光慈在讨论依利亚·爱莲堡(今译爱伦堡)时,所指责的不是其知识分子的阶级属性,而是在思想上固守"知识阶级的怀疑的情绪"。这种情绪原本可以在"革命的怒潮"中洗脱,并代之以坚定勇敢的革命精神。

  蒋光慈对于"情绪"性质的界定,主要依据于主体的政治意识。这是有别于无产阶级文化派的。创作者可在革命实践中更新自己的主体情绪,与政治意识一起脱胎换骨,从个人转向集体,最终完成阶级道路的切换。蒋光慈如此悄然更易了"情绪说"的根基,将"阶级情绪—阶级出身"的固态链接改造成"阶级情绪—政治意识"的动态关联。在评判作品是非优劣、评定作家进步与否时,他也更多地从精神意识层面出发,而不简单以"阶级出身"去论定"文学英雄"。即便在革命文学论争中向"五四"文学开火时,以蒋光慈为核心的太阳社也基本没有偏离这一立场。比如,钱杏邨撰写《死去了的阿Q时代》讨伐鲁迅时,就是围绕精神结构、思想立场展开批评的。对比瞿秋白在《俄罗

---

  ① [苏联]瓦·波梁斯基:《站到"无产阶级文化协会"的旗帜下》,白嗣宏编选:《无产阶级文化派资料选编》,中国社会科学出版社1983年版,第102页。
  ② 蒋光慈:《现代中国文学与社会生活》,《太阳月刊》1928年1月1日创刊号。

第二章 曲解与变形

斯文学》下部中机械照搬"波格丹诺夫主义",一味贬低传统作家和同路人、无限抬高工人作家的做法,蒋光慈已对无产阶级文化派的庸俗社会学做出了一定修正。这对中国文坛的影响是非常深远的。20世纪30年代"左联"对"文艺大众化"的探索、40年代对"民族传统问题"的探讨,根据地及中华人民共和国倡导的工农兵文学建设,都在整体上表现出团结、教育非无产阶级的良好意愿,基本沿袭了蒋光慈的文学思路:在革命实践和理论学习中培植无产阶级情绪。那么蒋光慈何以能够超越瞿秋白而对无产阶级文化派有更强的改造能力呢?其原因大致可从三方面探寻:一是苏俄文论变革的影响,二是自我辩护的冲动,三是社会现实的需求。

蒋光慈留苏是在1921年7月至1924年7月。与1923年1月即已回国的瞿秋白相比,他对苏俄文学动态的了解要更充分一些,更为重要的是有机会接触到继无产阶级文化派之后兴起的文艺团体"十月派"(后发展成为"岗位派")。"十月派"1922年年底在莫斯科成立,其宗旨是"建立自己的阶级文化,从而建立自己的作为对群众感情教育起着深刻影响的强大工具的文学"[1]。与无产阶级文化派不同,"十月派"以党的"文学支队"自居,多次表态愿意在组织和思想上接受苏共领导,"加强无产阶级文学中的共产主义路线,同时从组织上加强全俄和莫斯科无产阶级作家协会"[2]。在此基础上,它对"波格丹诺夫主义"发起有力挑战,力图打破阶级出身的壁垒,依据政治思想重新划设无产阶级文学的边界。

"十月派"全部由共产党员或共青团员组成,多是二十来岁的青年,主要领导人有列列维奇、罗多夫及瓦尔金。他们紧随苏俄共产党从事革命实践活动,积极参与了"十月革命"之后的国内战争,但大多没有经历1917年以前布尔什维克的地下活动,与工人阶级的关系相对

---

[1] 《无产阶级作家团体"十月"的思想纲领及艺术纲领》,张秋华等编选:《"拉普"资料汇编》(上),中国社会科学出版社1981年版,第2页。

[2] 《致编辑部的信》,苏联《真理报》1922年12月12日;转引自[美]赫尔曼·叶尔莫拉耶夫《"拉普"——从兴起到解散》,《"拉普"资料汇编》(上),中国社会科学出版社1981年版,第322页。

疏远。更为致命的是，"十月派"成员有百分之八十出身于革命前的知识分子家庭。在无产阶级文化派眼中，"十月派"不过是小资产阶级的苗裔，难以摆脱软弱的根性，无力担当创造无产阶级文化的伟大使命。但"十月派"则利用自己与革命政党的密切关系，声称自己拥有真正的唯物主义的世界观，是无产阶级先锋队的一部分，不仅有权创造无产阶级文化，还应当在文学岗位上对社会政治展开监督。他们在1923年创办的理论刊物《在岗位上》就表达了这样的诉求，自此以后，"十月派"又有"岗位派"之称。

与苏俄"十月派"的境况非常相似，由蒋光慈领导的太阳社也基本由二十多岁的青年组成，且清一色的共产党员。太阳社成员都较早赴苏联、日本接受无产阶级理论学习，也积累了一定的革命实践经验，但绝大多数从封建大家庭、传统知识分子家庭走出。阶级属性与理论追求上的错位，是其软肋。如果照搬"波格丹诺夫主义"的观点，仅以工人阶级为正统的话，那么将引发太阳社的身份危机。所以蒋光慈等人在无产阶级文化派的基础上又向"十月派"积极靠近，以获得更加有利的理论声援。他们重视党的方针路线，认为只要在党的领导下、在阶级斗争中不断提升自己的政治意识和革命情绪，就有可能成为无产阶级文学的领导者和主力军。经蒋光慈改造后的"情绪说"，正是无产阶级文化派与"十月派"的化合，一面主张创建纯粹无产阶级文艺，一面悄然将创建主体由无产阶级（工人阶级）替换成那些具备革命实践经验、马列理论修养和共产主义情怀的革命者。

"十月派"与太阳社都出于自我辩护的强烈需求，重塑了无产阶级文学的创造主体，相应调整了"同路人"的界定标准。曾被统一划作"同路人"甚或"反革命"的知识分子完全可以转入无产阶级文学阵营，前提就是清除旧思想、建立纯正的无产阶级政治意识。但"十月派"和太阳社并未因此放松对"同路人"的限制，它们对纯粹性的追求丝毫不逊于无产阶级文化派。有所改变的，只是以政治意识的纯粹性取代阶级出身的纯粹性。譬如列列维奇就在第一次莫斯科无产阶级作家代表会议上强调，无产阶级要在文学阵线上与资产阶级决战，对于那些政治意识有待提高的"同路人"，只能出于"瓦解我们敌人的情况下"

第二章 曲解与变形

展开有限的合作,更多时候还是要施予批判,"还必须经常揭露他们的动摇的小资产阶级面目"①。蒋光慈在1924年回国后展开的文学批评,几乎就是对苏联"十月派"理论主张的中国践行。他的《现代中国社会与革命文学》②,一开篇就表达了对新文学的失望,哀叹现代中国社会没有产生几个"反抗的、伟大的、革命的文学家"。叶绍钧、俞平伯被斥为"市侩派",郁达夫被归入"颓废派",冰心更被讥讽为"暖室的花""小姐的代表"。

"十月派"和太阳社在以"政治意识"为自己的阶级出身辩护时,又习惯借助理论优势来打压异己,特别是那些没有与自己同步转向的"同路人"知识分子,其中常常掺杂一些派系利益、个人恩怨。托洛茨基就称,在"十月派"那愤怒的批评中压根找不到"阶级性的影子",仅有的就是不顾一切的打击对手。鲁迅在革命文学论争中也对太阳社提出过类似的批评。③

与"阶级出身"相比,"政治意识"更具后天性,改造空间也更大。这从理论上拓宽了无产阶级文学的边界,缓和了工人阶级与农民、士兵,特别是知识分子之间的紧张关系。只是在具体执行过程中,"政治意识"的解释权往往被少数与政党关系非常密切的新兴革命文学家掌握,阐释标准伴随激进的政治运动而不断紧缩。文学阵营不时出现严重的宗派主义、关门主义,以及厚古薄今、唯新为是等不良倾向。苏俄文坛上有岗位派与沃隆斯基的斗争,中国左翼文坛也有太阳社、创造社对鲁迅等"五四"作家的批判,即便在组建"左联"后依然冲突不断。老作家、"同路人"常常遭到新进作家的粗暴对待。蒋光慈编撰《俄罗斯文学》时就有意打破文学史发展的时间顺序,将自己撰写的《十月革命与俄罗斯文学》放在上卷,将瞿秋白的《十月革命前的俄罗斯文学》放在下卷,理由就是"十月革命将旧的,资产阶级的俄罗斯送到历史博物馆去",

---

① 《关于对资产阶级文学和对中间派的关系》,《"拉普"资料汇编》(上),中国社会科学出版社1981年版,第7页。

② 载《民国日报·觉悟》1925年1月1日。

③ 参见[美]李欧梵《铁屋中的呐喊——鲁迅研究》,尹慧珉译,岳麓书社1999年版,第179页。

"十月革命后的俄罗斯文学比较重要",读者也更喜欢,过去那些作家,不管是屠格涅夫、陀思妥耶夫斯基还是果戈理、托尔斯泰乃至高尔基"都已成为过去的了","现在已经不是他的时代了"①。

需要补充的是,蒋光慈等借用"十月派"理论划清新旧知识作家的界线,为自己争取到革命文学作家的权利后,并没有像"十月派"那样大张旗鼓地批判无产阶级文化派的"阶级出身决定论"。对于二三十年代的中国来说,革命文学领导权的争夺还主要是限定在新旧知识分子之间,中国的工人阶级尚不足以像苏联无产阶级文化协会那样提出文化领导权的要求。知识分子与工人阶级在文艺领域还未出现太过激烈的话语冲突。这些由知识分子成长起来的革命文学家在夺得领导权后,还需要进一步团结工农兵群体、扩大革命文学阵线,更好应对非无产阶级文学的"围剿"。对他们来说,无产阶级文化派的文化理想和"十月派"的政治意识是并行不悖的。

(二) 与托洛茨基的抵牾

蒋光慈立足无产阶级文化派而去接受苏俄文论,但态度较为开放,不仅吸纳了"十月派"(岗位派)的主张,还借用了托洛茨基的理论框架。在早期文论中,蒋光慈就表达了对托洛茨基的崇敬,声称"列宁、脱洛斯基,能适应无产阶级的要求,献身于无产阶级的利益,所以才能成为十月革命的指导者"②。但是要将观点相左的托洛茨基嫁接到无产阶级文化派的基座上绝非易事,更何况托洛茨基在进入"拉普"阵营后与岗位派同样冲突不断。

作为工农苏维埃政权重要建设者的托洛茨基,在1920年代前期的苏联文坛上具有举足轻重的地位。他的文学论集《文学与革命》一度被用作大学文艺理论课程的教本。但其艺术主张迥异于无产阶级文化派和岗位派,亦不完全合于列宁、斯大林主导的苏联文艺政策。托洛茨基认为,"枪炮轰鸣日,缪斯沉默时",在社会革命时期,无产阶级的主要精力放在阶级血战上,政治胜于文化,破坏重于建设,"十月革命似

---

① 蒋光慈:《十月革命与俄罗斯文学》(一),《创造月刊》1926年第1卷第2期。
② 蒋侠僧(蒋光慈):《唯物史观对于人类社会历史发展的解释》,《新青年》1924年第10卷第3号。

乎以自己直接的行动扼杀了文学"①。直待革命深入、政治军事稳固后，新文化创造才会渐趋顺利。但无产阶级夺取政权后，又会在一个较为短暂的时期内清除一切阶级压迫，包括自己的专政统治，以致无法构成一个完整的阶级时代，无力建设独属自己的阶级文化。伴随社会主义事业的发展，接踵而来的将是建设全人类共同的文学，而非一国文学、一阶级文学，"无产阶级文化不仅现在没有，而且将来也不会有；其实，并没有理由惋惜这一点，因为，无产阶级夺取政权正是为了永远结束阶级的文化，并为人类的文化铺平道路"②。基于对无产阶级文化的"过渡性"的判断，托洛茨基主张将革命文艺的建设任务交给"同路人"，否则缺乏历史积淀和文化底蕴的无产阶级将会造成知识阶层外移，将苏联推向文化真空状态，"由此浮现的不是马克思主义文化，而是无产阶级文化最恶劣的形式"③。

从无产阶级文化派对自主的、纯粹的无产阶级文化的狂热追求，到1924年苏共中央以决议形式收归无产阶级文化的领导权，再到岗位派提出"没有同路人，不是同盟者就是敌人"的激进主张，苏俄文艺政策虽时有调整，但始终没有放弃建设无产阶级文学的意愿，对"同路人"也多持怀疑、批判态度。相比之下，托洛茨基则势单力薄，其论调则很快被打压下去。中国《东方杂志》在1924年就以"鸟尽弓藏之脱洛斯基"为题谈论了托洛茨基的悲剧命运，"李宁（注：即列宁）却早认知脱落斯基又带有多少的危险性……为李宁所一手提拔起来的徐诺维夫、加美诺夫、斯丹林等，却一样对于脱氏，抱着某种的反感，怀着多少的危惧"④。不过托洛茨基对中国左翼文学的影响并未就此中止。仲云翻译的《文学与革命》在1923年3月的《文学周报》连载，题名"论无产阶级的文化与艺术"。鲁迅1925年也阅读了日文版的《文学与

---

① ［苏联］托洛茨基：《文学与革命》，刘文飞、王景生等译，外国文学出版社1992年版，第554页。

② ［苏联］托洛茨基：《文学与革命》，刘文飞、王景生等译，外国文学出版社1992年版，第173页。

③ ［英］约翰·麦克里兰：《西方政治思想史（下）》，彭淮栋译，中信出版社2014年版，第628页。

④ 幼雄：《鸟尽弓藏之脱洛斯基》，《东方杂志》1924年第21卷第24号。

革命》，并翻译部分章节。1928年2月北京未名社推出由李霁野、韦素园翻译的《文学与革命》译本。蒋光慈亦属托洛茨基的最早译介者之一。1924年他回国后发表的论文，就转述了大量托洛茨基的文艺观念。1927年结集出版的《俄罗斯文学》在体例框架、概念术语、语言表述上都明显借鉴了《文学与革命》，关于勃洛克、叶赛宁、谢拉皮翁兄弟等"同路人"的论述，更几乎照搬于后者。不仅如此，蒋光慈还参照托洛茨基有关"革命人"与"同路人"的分类，将参与革命文学论争的作家也分作新旧两类："新作家"伴随革命潮流而涌出，参加过革命斗争、富有革命情绪，"以革命为生命"，"自身就是革命"；"旧作家"在理性上接受了革命，尚不具备充分的"革命情绪的素养"，还有待在伟大的革命浪潮中接受阶级情绪的浸渍、真正脱离旧世界。不过蒋光慈的文学倾向没有因此倒向托洛茨基。托洛茨基认为"革命人"在阶级斗争中承担着艰巨的政治军事任务，文学建设完全可交由"同路人"主导。而蒋光慈则牢牢站立在无产阶级文化派的立场上，力求在革命时代里创造伟大的无产阶级文学，要求革命者同时领导政治建设和文化创造。只是如前所述，出于自我辩护的目的，蒋光慈等认为无产阶级文学的领导者并不一定要无产阶级出身，即便是知识分子，只要具备丰富的革命经验、充分的革命情绪亦可担当；至于那些从旧社会走来的"老作家"、旧知识分子因一时难以摆脱陈旧情绪的困扰，所以要自觉地让位于革命作家。如此看来，蒋光慈在理论框架上仿效托洛茨基、借用了"同路人"等概念，但真实意图是要在斗争中强化"唯我独尊"的权威地位。这与托洛茨基的主张是根本相悖的。

整体来看，蒋光慈在部分接受了马克思主义的基本原理后，便匆匆借用苏俄文论搭建自己的文艺思想体系。他以"波格丹诺夫主义"为理论基座，确立了纯粹的无产阶级文艺理想，接着又以"十月派"所追求的政治意识来改造无产阶级文化派的阶级出身论，将革命知识分子推至无产阶级文艺的创作主体。在此过程中，他虽然借用了托洛茨基"革命人"与"同路人"的概念，但目的并不是团结"同路人"，而是要与"同路人"划清界线，保持革命文艺创作的纯洁性。列宁曾严厉批评的"臆造新的无产阶级文化"的左倾文艺运动，经由蒋光慈等的大力推行，从苏联迅速扩展至中国。

三 不应忽略的高尔基

高尔基在中国文坛享有盛誉，对中国无产阶级革命文学运动影响深远，正如茅盾所言："年青的中国的新文艺，从高尔基那里得到许多宝贵的指导。'五四'以来，我们的新文艺工作者在实践中曾遇到好些问题，而这些问题都可以在高尔基的作品中找到解答。……'五四'以来，曾经有好多位外国的作家成为我们注意的对象，但是经过三十年之久，唯有高尔基到今天依然是中国新文艺工作者最高的典范。"[①] 近些年来，对于高尔基与中国左翼文学的关系，汪介之、李今等学者做了非常深入的阐析，多角度揭示了高尔基在中国的译介情况、传播效果和文学史意义[②]。但就整体而言，有关高尔基与无产阶级文化派的复杂关联及其对中国革命文艺的影响，还留有继续探索的空间。

20世纪初期高尔基曾积极参与无产阶级文化派的活动，旅居意大利卡普里岛时期更是与波格丹诺夫等过从甚密。这一阶段他创作的小说《忏悔》、著作《俄国文学史》、理论文章《个人的毁灭》以及政论集《不合时宜的思想》等都留有波格丹诺夫"组织经验"理论的印迹。但在另一方面，高尔基又与无产阶级文化派时有冲突，常被后者视作"同路人"而遭到排挤、批判。置身苏联革命正统与无产阶级文化派的斗争旋涡中，高尔基的文学形象一度显得暧昧模糊。这在相当程度上影响了中国文坛对高尔基的接受和理解。

高尔基的作品最早进入中国是在1907年，当时吴梼经日文转译了其小说《该隐和阿尔焦姆》，发表在《东方杂志》第4卷第1—4期，译题为《忧患余生》。此后伴随"五四"文学热潮的到来，1920年代前

---

① 茅盾：《高尔基和中国文学》，《高尔基研究年刊——一九四七年》，时代书报出版社1950年版，第10页。

② 相关著述可参见汪介之《回望与沉思：俄苏文论在20世纪中国文坛》，北京大学出版社2005年版；《文学接受与当代解读20世纪中国文学语境中的俄罗斯文学》，北京师范大学出版社2010年版；李今《中国左翼文学运动中的高尔基》，《中国现代文学研究丛刊》2000年第4期。

期陆续出现一批译介评论文章，如郑振铎翻译的高尔基《文学与现在的俄罗斯》（《新青年》1920年第8卷第2期），震瀛（袁振英）翻译的《罗素与高尔基》（《新青年》1921年第8卷第5期）、风光（章衣萍）的《高尔基及其他》（《语丝》1925年第50期）。不过与俄苏其他作家相比，高尔基在"五四"中国还是相当寂寞。其境况如李今所言，在"五四"时期的"俄罗斯文学热"中，高尔基非但无法与托尔斯泰、陀思妥耶夫斯基、屠格涅夫、果戈理、契诃夫等大家相提并论，反而不及经他发现提携的安德列耶夫。[1] 直至进入三四十年代，高尔基才成功"反转"成为译介热点。据统计，1928年至1937年间，中国译介俄苏文论共178篇，其中高尔基51篇，占比28.7%，位居首位，其后是托尔斯泰、普希金、果戈理、陀思妥耶夫斯基、契诃夫、马雅可夫斯基，分别为40篇、24篇、22篇、21篇、11篇、9篇。[2] 对于高尔基在"五四"遭受的冷遇，中国知识分子曾做出深刻检讨，鲁迅于1933年5月为高尔基《一月九日》中译本（曹靖华译）作序时就指出，"当屠格纳夫，柴霍夫这些作家大为中国读书界所称颂的时候，高尔基是不很有人很注意的。即使偶然有一两篇翻译，也不过因为他所描的人物来得特别，但总不觉得有什么大意思。这原因，现在很明白了：因为他是'底层'的代表者，是无产阶级的作家。对于他的作品，中国的旧的知识阶级不能共鸣，正是当然的事。"[3] 1946年夏衍在《怎样的艺术品顶好》中也谈道："固然有许多人把所谓'政治性'，'教育意义'这些名词定义得太偏狭，理解得太肤浅，有时候看一个作品也往往太过于要追求浮面的所谓'政治效果'，可是在今天还有大部分知识分子先天的，无原则的厌恶'政治宣传'，轻视一个作品社会意义，而孜孜以'艺术的完整'为追求努力的目标，却也是无可否认的事实。追求完整，侈谈技巧，从此出发而发展到洗练、纤巧、低回、飘逸，于是文艺作品走

---

[1] 李今：《中国左翼文学运动中的高尔基》，《中国现代文学研究丛刊》2000年第4期。

[2] 沈素琴：《中国现代文学期刊中的外国文论译介及其影响》，北京语言大学出版社2015年版，第51页。

[3] 鲁迅：《译本高尔基〈一月九日〉小引》，《鲁迅全集》（第7卷），人民出版社1981年版，第395页。

进了沙龙,成了少数知识分子相互观摩赞叹的东西;另一方面也就不知不觉地和千百万人民大众断绝关联,而变成了自己所不满意的旧社会中的少数特权者的小摆设了。把这些话自述出来看似平常,而在实际创作过程中要和这种倾向斗争却是异常的艰苦。我们过去,不是太偏爱过契诃夫,而无言地过低评价过高尔基作品的'粗杂'么?"[①]

从鲁迅、夏衍的表述可以看出高尔基与"五四"时期的中国并不是很契合。20世纪初期中国文学从"旧文学"向"新文学"转型,有意与"文以载道"传统发生断裂,力图在政治之外确立文学艺术的独立价值。即便出现了以文研会、创造社为代表的为人生、为艺术的分流,但依旧属于文艺范畴内的相互补充、相互激荡,在具体创作实践中都特别注重文学艺术的审美属性。就主题内容和精神指向来看,"五四"文学在狂飙突进的青春激情鼓动下,奋力批判铁屋般的黑暗社会,其间夹杂着"呐喊""彷徨""沉沦"等现代知识分子的焦虑精神。在此时代背景下,高尔基对光明、理想、主义的宗教式呼号,远不如果戈理或安德列耶夫的阴冷深沉更能贴合"五四"中国的精神基调,他的流浪汉故事的感染力也难抵启蒙者对人生苦难、社会罪恶的深刻剖析。至于语言表达和艺术技法的直露粗糙,也令其影响效果大打折扣。当然,即便在苏联,高尔基以政治理念取代艺术审美的偏向也时常遭人诟病,卢那察尔斯基就曾指出,高尔基"遭到普列汉诺夫、沃罗斯基和某些资产阶级评论家的非议。他们认为高尔基笔下政论太多,他的文学作品散发着一股政论气,它结成晶体,鼓胀出来,好比过度饱和的溶液结成了盐块;它俨然成为一个非艺术性的包袱,结果倾向性使得他为了迎合该被论证的东西而歪曲了形象"[②]。总而言之,精神结构错位,艺术审美缺失,使得高尔基的作品被"五四"知识分子普遍疏远。

饶有意味的是,待到20世纪20年代末,尽管后期创造社、太阳社

[①] 夏衍:《怎样的艺术品顶好》,《夏衍全集·文学》(上册),浙江文艺出版社2005年版,第369页。

[②] [苏联]卢那察尔斯基:《艺术家高尔基》,《论文学》,蒋路译,人民文学出版社1978年版,第302页。

领导的革命文学派登上历史舞台，开始向"五四"一代猛烈开火，宣称"阿Q时代"已经结束，但他们同样不愿接纳高尔基为"同志"。即便鲁迅都已开始深刻检讨自己忽略了高尔基热烈、高远的政治理想之时，革命文学派依然认为高尔基偏离了无产阶级正轨，滑入"智识阶级"的泥淖。瞿秋白在《俄罗斯文学》中虽然赞赏高尔基的流浪汉小说为"游民无产阶级"代言，但对其关注别的社会阶层的其他作品则深表不满："后来他的大著作：《歌尔狄叶夫》，《底里》，《三个》，《母亲》等，渐渐为读者所厌；……他以为新的智识阶级应当为个性自由，为社会幸福的信仰而斗争。他于是渐渐离开'出脚汉'而走进智识阶级。"① 初因偏左、重政治轻艺术，为"五四"冷落；继又偏右，因书写智识阶级而为革命派所拒斥，哪怕经历了"文学革命"向"革命文学"的巨大转折，高尔基还是没有迅即为中国文坛主流所接受。

作为后期创造社的重要阵地，《创造月刊》1928年译载了苏联无产阶级作家塞拉菲莫维奇的文章《高尔基是同我们一道的吗》。该文被译者李初梨视为"对于高尔基底一个正当的评价"，文中有这样的反复辩难："诸君还记得高尔基初期的作品么？记得他那'鹰之歌'么？那么，你觉得他怎样，他是同我们一道的吗，还是不是呢？明明白白是我们一道的。在那黑暗的反动时代，高尔基呼唤我们到斗争去的时候，自然他是我们的友人，是同我们一道的。但是，问题却在这点——他呼唤的究竟是谁？那也不是工人，也不是农民，只漠然地呼唤着一切的人类，……其中小资产阶级有，恐怕大资产阶级也有的，……总之，在'鹰之歌'里面，没有明白地指示出来。而且，那是为着什么的斗争？关于这一点，高尔基也没有说及。斗争，没有一点儿阶级的意义的暗示，徒被他赞美着。那么，你觉得怎样，高尔基是同我们一道吗，还是不是呢？不是同我们一道的。然则高尔基所担当的任务，结局是反动的吗？不，高尔基的作品，对于劳动者与青年是有过很大的教化的意义。所以，他是同我们一道的。"② 这实际上表明当时高尔基在中国的形象

---

① 瞿秋白：《心的声音》，内蒙古人民出版社1999年版，第355—356页。
② [苏联] 塞拉菲莫维奇：《高尔基是同我们一道的吗》，李初梨译，《创造月刊》1928年第2卷第1期。

仍显得扑朔迷离。

　　高尔基吸收了波格丹诺夫的组织经验理论，但与无产阶级文化派还是存在诸多分歧的。譬如在继承文化遗产问题上，高尔基坚决反对"把资产阶级文化作为一堆废物"的论调。他主张工人阶级要在先辈遗产基础上开拓新的道路，工人阶级本身有着很强的免疫力，不用担心"古典作家会把他的阶级的头扭到右边去"，"青年文学家是从工人阶级中选拔出来的人，他们应不应该向老行家学习语言的描写艺术呢？显而易见，是应该的，因为他们必须精通和掌握工作方法和技巧的'秘诀'"①。无产阶级文化派对此激烈反击，"如果有人因为无产阶级的创作家没有填补把新的创作同旧的创作分离开来的那个空白，而感到惶惶不安的话，我们就对他们说：这样更好些——不需要继承联系"②。在持血统论观点的无产阶级文化派看来，小手工业者出身的高尔基并不属于无产阶级队伍，也不可能具备相应的世界观和人生体验，其写作常常是对工人阶级的扭曲、诽谤，"高尔基在变成资产阶级知识分子的组织者以后，不得不和他们一起反对工人阶级，反对真正和无产阶级血肉相连的无产阶级的知识分子，反对无产阶级的文化"③。

　　高尔基充其量是革命文学的"同路人"而非真正的"同志"，苏联无产阶级文化派的这一判断限定了瞿秋白、后期创造社对高尔基的认识，"高尔基虽然承认了十月革命的历史的必然性，可惜他对于革命的普罗列塔利亚特的理论与实践，仍有追随不及的地方，这是无庸讳言的事实"④。高尔基在创作题材和写作背景上由无产阶级转向"智识阶级"，就是方向性的错误。

　　然而时至20世纪20年代后期，无产阶级文化派在苏联文坛已成强弩之末。1932年4月苏共中央更下令解散所有无产阶级文学组织，以苏联作家协会取而代之。与此同时，苏共中央积极争取高尔基，将他视

---

① 林焕平：《高尔基论文学》，广西人民出版社1980年版，第141页。
② 马列文论百题编辑委员会主编：《马列文论百题》，陕西人民出版社1982年版，第519页。
③ 王远泽：《高尔基研究》，湖南教育出版社1988年版，第380页。
④ 李初梨翻译《高尔基是同我们一道的吗》一文的按语，载《创造月刊》1928年第2卷第1期。

作团结广大民众、强化党治文学所要必须借用的象征符号，1928年为他举行六十寿辰祝贺，1929年出台《关于部分西伯利亚文学家和文学组织反对马克西姆·高尔基的言论的决议》，严惩高尔基的反对者，1932年又举办规模空前的高尔基创作40年纪念大会。文化宣传部长史铁茨基在会议上作了《马克西谟·高尔基——四十年的文学事业》的报告，将高尔基重新塑造为列宁思想在文艺领域最忠实、最伟大的践行者，最权威的继承者，"列宁第一个估量高尔基的作品是伟大的无产阶级作家的作品。和孟塞维克相反，也和托洛茨基相反，列宁第一个说高尔基是无产阶级艺术方面的极大的权威。列宁现在已经没有了，——对于列宁，高尔基贡献了那样美丽的作品；然而我们的党活着。列宁的事业是活着，还有他所教育出来的人"①。紧随苏联文坛，1933年周扬编辑出版《高尔基创作四十年纪念论文集》，瞿秋白翻译出版《高尔基创作选集》，高尔基在20世纪三四十年代一跃成为苏联、中国乃至世界无产阶级革命文学的精神导师，"高尔基是世界革命的文学家，……现代的革命作家和无产作家，尤其是苏联的，没有一个不受着他的影响。他是新时代的文学的导师。高尔基的名字代表着世界文学史上的新时期，这里，世界上的新的阶级开辟了一条光明的道路，开始创造真正全人类的新文化"。"我们承认高尔基是我们的导师，我们要向高尔基学习，我们要为中国几万万的劳动群众的文化生活而奋斗！"②

　　未做系统辨析、深入讨论，仅依循意识形态导向就全盘接受高尔基，并赋予其无以复加的崇高地位，是极其危险的，特别是对于高尔基文艺思想与无产阶级文化派的复杂关联，不加辨识清理，很容易误导文艺发展的方向。时过境迁，值得进一步讨论的有高尔基在20世纪初期完成的论著《俄国文学史》、《个性的毁灭》以及小说《忏悔》在中国的接受情况。

　　《俄国文学史》是高尔基1908—1909年在意大利卡普里岛授课时的

---

① ［苏联］史铁茨基：《马克西谟·高尔基》，鲁迅编：《海上述林》（下册），瞿秋白译，四川人民出版社1983年版，第281—282页。
② 鲁迅、茅盾、丁玲、曹靖华等：《高尔基的四十年创作生活——我们的庆祝》，《文化月报》1932年第1卷第1期。

讲稿汇编，比较完整地论述了 18 世纪下半叶至 19 世纪末的俄国文学。1936 年巴鲁哈德伊教授公布了该讲稿的手稿，后经苏联科学院整理于 1939 年首次出版。著作突出体现了高尔基的文学史观：伟大的作家和文学都是基于人民的集体经验而成长，文学创作的价值取决于它在表现人民生活、利益、思想、感情上所能达到的深度、广度和密度。俄国文学史就是反人民的颓废文学日渐衰败与人民解放运动密切关联的民主文学日渐成长而兴盛的历史，它清晰显现了俄国知识分子汲取人民经验所生发的精神演进历程。撰写《俄国文学史》前后，高尔基还写下长篇论文《个性的毁灭》。该文细致考察了俄罗斯文学的艰辛发展与辉煌成就，描述了文学领域个人的精神不断贫困化的过程。两部著述在论述内容上各有侧重，但所持观点立场基本一致，可谓是相互补充、相互阐发。中国 1956 年翻译出版了《俄国文学史》，1979 年重版时附录了《个性的毁灭》。译者缪灵珠认为，《个性的毁灭》重在理论阐释与文艺思想批判，《俄国文学史》重在文学史实的叙述，前者是后者的理论依据，同时也可视作补篇，彼此彰明而相得益彰。

《俄国文学史》在中国的翻译出版比较晚，此后也没有引起文坛学界太多关注，但它本身包含着高尔基非常稳固，甚或是"缘起式"的核心文学观念，渗透在其众多的文学创作和理论著述中。中国革命作家在追随高尔基的路途中，无可避免地会接受《俄国文学史》一书中文学观念的牵引。《俄国文学史》对文学本质、文学体裁的定义，对文学与劳动、文学与人民关系的论述，都已成为中国左翼及社会主义文论的权威观点。据统计，作为 20 世纪五六十年代在中国高校使用最广、影响最大的两部文艺理论教材，蔡仪主编的《文学概论》和以群主编的《文学的基本原理》分别引用高尔基论述 32 条、52 条，数量上仅次于马克思、恩格斯、列宁，是外国文艺理论家中被引证数量最多的[①]。但遗憾的是，在"高尔基热"乃至"高尔基神话"的意识形态幕景下，为维护高尔基无产阶级文学导师的光辉形象和巨大的象征意义，《俄国文学史》无论在苏联还是中国都赢得了热烈赞扬和高度评价，即或指称缺失，也往往一笔

[①] 刘庆福：《高尔基文论在中国》，《苏联文学》1988 年第 4 期。

带过，或在辩证式的论述中被忽略、弱化。苏联科学院在《俄国文学史·编者的话》中承认著作存在历史局限，但又表示"这些错误的论断却一点也不表示高尔基的观点的本质。反之，高尔基在整部著作中竭力宣扬各代的革命家、文学家和科学家所留下的文化遗产对于工人阶级及其革命斗争的意义"①。中译本《译后记》虽然也重复"编者的话"提及该著部分论断的草率和片面，但更多的还是肯定与颂扬，"但是这部著作却富有革命斗争的精神，给反动的文艺理论以毁灭性的批判，而同时也有许多创造性的论点，替马克思主义文艺理论中若干主要问题作出了正确的解答。这些批判和论点，在今日仍具有启发的意义和科学的价值。这部作品是焚毁荆棘的火焰，也是照耀前途的光线"②。

不过以政治颂扬取代学理分析的情况在1980年代开始发生改变，高尔基与无产阶级文化派的关系逐渐成为合法论题。推动这一转变的，当是对高尔基中篇小说《忏悔》的造神论思想的讨论。小说虽然暴露了沙皇制度的暴虐、地主阶级对农民的剥削、工人阶级的生活困顿，但中心思想却是借主人公马维特之口宣扬造神论："民众用伟大的行动和愿望来振奋人世的生活。我于是祈祷说：'你是我的上帝，诸神的创造者，天地间所有的神都是你在劳动和永不停息的探寻中用自己精神的美创造出来的！'"③ 高尔基试图将社会主义与宗教信仰相结合，建立某种无产阶级宗教，在当时就遭到列宁、普列汉诺夫等人的严厉批评，列宁在给高尔基的信中指出："造神说难道不是最坏的一种自我侮辱吗？？一切从事造神的人，甚至只是容许这种做法的人，都是以最坏的方式侮辱自己，他们所从事的不是'实际劳动'，而恰巧是自我直观，自我欣赏，这种人只'直观'自'我'身上种种被造神说所神化了的最肮脏、最愚蠢、最富有奴才气的特点。"④ 普列汉诺夫评价《忏悔》时说："提到它，我想说的是，高尔基不是一个艺术

---

① [苏联] 高尔基：《俄国文学史》，缪灵珠译，新文艺出版社1956年版，第7页。
② [苏联] 高尔基：《俄国文学史》，缪灵珠译，新文艺出版社1956年版，第510页。
③ [苏联] 高尔基：《高尔基小说故事总集》，上海文艺出版社1994年版，第517页。
④ 列宁：《给阿·马·高尔基》（1913），《列宁选集》（第2卷），人民出版社1960年版，第482页。

家，而是一个宗教传道士"①。俄苏正统马克思主义者对高尔基"创神论"的否定，为新时期中国学界重估高尔基提供了重要的历史依据和突破口。1981年崔宝衡撰文《高尔基与造神论——评中篇小说〈忏悔〉》，重申了列宁、普列汉诺夫的观点：高尔基以"造神论"代替"寻神论"，将人民神化为新的上帝，给宗教贴上"无产阶级"或"社会主义"的标签，本质上与"寻神论"毫无二致，且具有更大的欺骗性，对无产阶级革命事业的危害也更大②。

对"造神论"的批判，牵动了新时期学界对高尔基的重评，但不少批评还是囿于列宁、普列汉诺夫的论述范围，且主要是结合《忏悔》等几部文学作品展开，而不太顾及《俄国文学史》等理论著述。直至1985年张羽撰文《高尔基的造神论观点研究》，就高尔基造神论的主要观点、具体内容、形成原因、创作表现等做了鞭辟入里的分析，不仅努力从新发现的史料文献中发掘高尔基文艺思想的丰富性和复杂性，还明确摆脱一以贯之的政治评判，结合《个性的毁灭》《论犬儒主义》《俄国文学史》等著述剖析了造神论与波格丹诺夫及马赫主义的内在关联，认为"集体经验或社会经验组织的理论已经为高尔基所接受，并且成为他的造神论的理论核心"③。进入21世纪，俞兆平更是在《无产阶级左翼文学理论体系的雏形——高尔基1909年〈俄国文学史〉索微》一文中细致辨析了《俄国文学史》的理论价值和文学史地位，深层分析了其所存在理论迷误。文章指出，高尔基著作中对文学的本质界定、学科界定，对于浪漫主义的判断，对人民性与作家个性的关系论述，都与马克思主义美学存在严重的错位与偏离，对于社会主义国家文学，特别是中国文艺理论体系的构建产生过某些消极影响。④

---

① ［俄］普列汉诺夫：《论俄国所谓的宗教探索——高尔基的〈忏悔〉是在鼓吹"新宗教"》（1909），《尼采和高尔基：俄国知识界关于高尔基批评文集》，林精华等译，东方出版社2010年版，第275页。
② 崔宝衡：《高尔基与造神论——评中篇小说〈忏悔〉》，《语言文学研究辑刊》（第2辑），南开大学中文系1981年编印。
③ 张羽：《高尔基的造神论观点研究》，《外国文学研究集刊》（第11辑），中国社会科学出版社1987年版。
④ 俞兆平：《无产阶级左翼文学理论体系的雏形——高尔基1909年〈俄国文学史〉索微》，《天津社会科学》2013年第6期。

自20世纪三四十年代，高尔基被推上世界无产阶级文学导师的神坛后，其与无产阶级文化派的关联就被淡化。至于"造神论"问题，也被习惯性地描述为高尔基在列宁的帮助下幡然醒悟，及时回归革命文艺队伍的过程。但据20世纪九十年代苏联披露的史料来看，高尔基不仅在1908年、1909年致信回击列宁，在1929年时还在书信中为《忏悔》的造神论辩解。高尔基在《忏悔》之后创作的《夏天》，其主人公叶戈尔几乎就是马维特的翻版，也是逐渐成长为一名追寻"真理"的朝圣者。可以说，造神论及其背后的"组织经验"论，长期支配或影响着高尔基的文艺思想和创作实践。这也更加凸显了《俄国文学史》之于破解高尔基文艺思想密码的重要性。

20世纪初期，在尚未被苏俄文艺正统势力收编，尚且敢于与列宁等政党领袖激烈论争期间，高尔基写下了《俄国文学史》，比较公开地借鉴了波格丹诺夫的"组织经验"学说。同期创作的《忏悔》等宣扬"造神论"的小说都可视作这一学说思想的艺术实践。《俄国文学史》在序言开篇就对文学下了定义："文学是社会诸阶级和集团底意识形态——感情、意见、企图和希望——之形象化的表现。它是阶级关系底最敏感的最忠实的反映；它利用民族、阶级、集团底全部经验来达到它的目的，而且，就当经验业已组织成宗教的、哲学的、科学的形式的时候，文学便掌握了那经验，并且凭它自己的力量竭力去组织那经验。"① 这段表述完全可以理解为波格丹诺夫组织经验学说在文艺领域中的翻版。

有研究者认为高尔基之所以对文学本质做出如此极端的判断，是受列宁《党的组织和党的文学》的影响，"高尔基对文学本质的界定源自列宁，只是表述得学术气味浓一些"②。但就亲缘关系和事实影响来看，高尔基当时的文学观念更接近于波格丹诺夫。波格丹诺夫认为，人类的一切活动，无论是在自然界、社会还是思维领域，本质上都是一种经验的组织活动。阶级社会中，阶级的差别不是生产资料占有的不同，而是

---

① [苏联]高尔基：《俄国文学史》，缪灵珠译，新文艺出版社1956年版，第1页。
② 俞兆平：《无产阶级左翼文学理论体系的雏形——高尔基1909年〈俄国文学史〉索微》，《天津社会科学》2013年第6期。

组织经验的差别，生产资料所有权只是组织经验的某种外部表现形态。他主张无产阶级所应从事的不是阶级斗争而是创造独属于无产阶级的组织经验体系。这一体系与其他意识形态及宗教，本质上都是经验组织的必然结果，是思维的产物，是一种新宗教，目的是建立一种新的统治秩序，波格丹诺夫认为："如果工人知道并能理解，任何意识形态都是组织形式，并能从这一角度看待宗教，那么……显然，宗教偶像一下子（！！）就会丧失对他们的统治"，"抛弃宗教世界观自然变得简单易行"①。两相对照不难看出，高尔基正是在波格丹诺夫的影响下，错误地将文学视作某种有效组织阶级经验的方式、工具，充当携载特定经验和思想的容器而已。文学由此丧失了本体地位和主体身份，其存在的价值意义仅仅是比哲学、科学更加生动、更具感染力的传达阶级经验，"凡是在阶级组织得最坚固而严整的地方，凡是在阶级传统已经在意识里根深蒂固的地方——那里的文学便是最扼要的、最富有阶级性的内容的"②。

但高尔基对文学的定义也确实与列宁提出的"党的文学"有相通之处。列宁在与无产阶级文化派论战时，坚持正统的马克思主义学说，认为决定社会生产关系的是生产力水平，而非抽象的组织经验，但在激烈的政治斗争中，也越发意识到"组织经验"本身就是意识形态的重要组成部分且深刻地作用于革命斗争实践。所以列宁虽反复强调出版自由，甚至将"绝对的言论、出版自由"列入1903年俄国社会民主工党的纲领，但在苏维埃政权建立后，还是顺应意识形态斗争需求，将文学、出版物纳入党的事业当中，"文学事业应当成为无产阶级总的事业的一部分，成为一部统一的、伟大的、由整个工人阶级的整个觉悟的先锋队所开动的社会民主主义机器的'齿轮和螺丝钉'"③。相比于高尔基对抽象的无产阶级组织经验的强调，列宁进一步将经验范围限定于党的理想与意志。也就是说，列宁在以马恩学说批驳高尔基文学观的唯心主

---

① ［苏联］亚·波格丹诺夫：《社会主义问题》，转引自马·莫·罗森塔尔《列宁帝国主义理论中的辩证法》，周秀凤等译，河南人民出版社1992年版，第107页。
② ［苏联］高尔基：《俄国文学史》，缪灵珠译，新文艺出版社1956年版，第1页。
③ ［苏联］列宁：《党的组织和党的文学》，《列宁全集》（第10卷），人民出版社1958年版，第25页。

义之时，又充分利用"组织经验"学说将文学领导权集中于政党。20世纪三十年代取消所有无产阶级文学组织，建立由党直接领导的苏联作家协会，即是对这一思路的践行。

"组织经验论"经由无产阶级文化派融入高尔基文艺思想中，并与列宁"党的文学"会通后，得到中国文坛的热烈回应。在1928年前后的革命文学论争中，后期创造社、太阳社声称"一切文艺都是宣传"，视文学为政治的传声筒和留声机，要求文学自觉充当革命斗争的工具，"文学，是生活意志的表现。文学，有它的社会根据——阶级背景。文学，有它的组织机能，——一个阶级的武器"，"无产阶级文学是：为完成它主体阶级的历史的使命，不是以观照的——表现的态度，而以无产阶级的阶级意识，产生出来的一种斗争的文学"[①]。鲁迅、茅盾针锋相对，强调文艺须以艺术性为前提方可再谈宣传、再服务于革命，"我以为一切文艺固是宣传，而一切宣传却并非全是文艺……革命之所以于口号、标语、布告、电报、教科书……之外，要用文艺者，就因为它是文艺"[②]。双方互有妥协，观点也有调和，但整体来看，文学的政治功能、意识形态效用还是得到极大增强，在此后的社会主义现实主义、"两结合"等理论体系中都可以看到"组织经验论"的遗存。

四　纠偏机制的建立与失效

1920年以后无产阶级文化派的势力大大削弱，"文化自主"的论调已销声匿迹，但围绕"无产阶级文化"的发明权和领导权，新崛起的列夫派、岗位派和山隘派还是在1923—1924年间展开了激烈论争。列夫派是"左翼艺术阵线"的简称，以杂志《列夫》（1923—1925）、《新列夫》（1927—1928）而得名。它正式成立于1923年，但究其实质不过是"未来派"的继续，成员多信奉未来主义，如马雅可夫斯基、卡

[①] 李初梨：《怎样地建设革命文学》，中国社会科学院文学研究所现代文学研究室编：《"革命文学"论争资料选编》（上），知识产权出版社2010年版，第117页。

[②] 鲁迅：《文艺与革命》，《"革命文学"论争资料选编》（上），知识产权出版社2010年版，第242页。

缅斯基、阿谢耶夫、克鲁乔内赫等。他们积极创造先锋艺术形式，拒绝继承古典文学遗产，在否定文学艺术的思想性的同时又疯狂鼓吹艺术功利主义，把创作过程视作"社会订货"和"事实文学"。岗位派由1922年12月成立的"十月"文学小组发展而来，曾创办《十月》《在岗位上》《在文学岗位上》等刊物。1923年3月，岗位派倡导成立了"莫普"（莫斯科无产阶级作家协会），发表宣言《无产阶级作家"十月社"的意识形态和艺术纲领》，声称要在毫不妥协的阶级斗争中捍卫无产阶级文化的领导权，建立起真正的无产阶级文化体系。1925年初，以"莫普"为中心成立了"瓦普"（全苏无产阶级作家协会），并组成了以"瓦普"为领导核心的"拉普"（俄罗斯无产阶级作家协会）。1928年"瓦普"被取消，但仍在"拉普"的基础上组建了"伏阿普"（全苏无产阶级作家协会联盟）。岗位派的组织名称、组织范围甚至文艺主张虽然不断被调整，但始终是当时最强有力的文学派别。这样的状态一直持续到1932年4月，即苏共中央宣布解散所有无产阶级文学组织，建立统一的、由党直接领导的苏联作家协会。列夫派与岗位派都自封为最革命的艺术家，双方时有摩擦，在如何建立新文学的问题上更是争论不休，但都对古典文化遗产持虚无主义态度，都将阶级置于艺术之上。但由于缺乏系统的理论建构和必要的政治支持，列夫派的影响力急剧下降，到1929年就解体了，其领导者马雅可夫斯基更是在1930年自杀。如此，真正能够与岗位派相抗衡的就剩山隘派了。

山隘派因出版定期文集《山隘》而得名，正式名称是"全苏工农作家联合会"，由《红色处女地》主编沃隆斯基在1924年夏创立。沃隆斯基极力反对未来派、列夫派、岗位派等要在虚无的历史根基上创造无产阶级文化的做法。他注重创作技法和艺术审美，强调继承古典主义艺术的现实主义传统。沃隆斯基参照普列汉诺夫的观点指出，艺术是对生活的客观认知，它可以不依赖创作者的思想立场而完成。即便是非无产阶级出身，并不完全具备阶级意识和革命经验的"同路人"作家，也有能力创造出高质量的艺术品，成为新文学的主力军。但沃隆斯基的艺术纲领也有许多相互矛盾、相互抵触的地方。他一方面主张"真实的艺术"，毫无保留地展现那包容着美好与丑陋、可爱与可憎、欢乐与痛苦的活生生的生活，另一方面又号召大家摒弃现实世界的种种矛盾而去寻找某种原生的美好形象；一方面强调抛开日常生活的缠绕，不带私心地欣赏自然之美丽、领略世界之美妙，获取纯粹的审美情感，另一方面又不忘艺术的阶级性，认为不确立革命斗争的态度，就无法展开创作①。山隘派小心谨慎地调节着艺术与政治、创作个性与阶级性的关系，并没有真正越出苏埃维文艺的边界。但即便如此，它与岗位派也在以下三方面出现了难以调和的矛盾，成为苏俄文艺论争的焦点问题：一是创建纯粹无产阶级文化的可能性，二是对待同路人的基本态度，三是艺术与政治的从属关系。

对于这场直接关系到苏俄文坛基本格局和前进方向的文艺大论战，中国文论界给予了及时关注。出身北京大学文科、兼修俄语的任国桢大约在1923年起就开始搜集发表在《列夫》《在岗位上》《真理报》等报纸杂志上的文章，从中选译了三篇代表性论文，分别是列夫派褚沙克的《文学与艺术》、岗位派阿卫巴赫等八人的《文学与艺术》、山隘派沃隆斯基的《认识生活的艺术与今代》，不久又增译了瓦勒夫松的长论《蒲力汉诺夫与艺术问题》作为附录，辑成小册子《苏俄的文艺论战》。鲁迅非常看重任国桢的这项工作，认为"中国至今于苏俄的新文化都不了然……任国桢君独能就俄国的杂志中选择文论三篇，使我们借此稍稍知道他们文坛上论辩的大概，实在是最为有益的事——至少是对于留心世界文艺的人们"②。鲁迅不仅承担该书的校对工作、撰写"前记"，还把它收入自己编印的"未名丛刊"③，交由北新书局在1925年出版。到了1927年，该书再版，产生了很大影响④。

苏俄文艺论争也引起了日本左翼文论家的注意。1927年藏原惟人

---

① ［苏联］斯·舍舒科夫：《苏联二十年代文学斗争史实》，冯玉律译，上海译文出版社1994年版，第304页。
② 鲁迅：《苏俄的文艺论战·前记》，任国桢编译：《苏俄的文艺论战》，北新书局1925年版，第3页。
③ "未名丛刊"由鲁迅主编，主要推出由青年作家翻译的译著，以苏俄作品居多，如陀思妥耶夫斯基的《罪与罚》、果戈里的《外套》、勃洛克的《十二个》、托洛茨基的《文学与革命》等，此外还有日本厨川白村的《出了象牙之塔》等。
④ 初版印行1500册，再版印行3000册。朱自清1929年3月著文《关于"革命文学"的文献》，谈到"这些译著里以《苏俄的文艺论战》为最早（十六年八月）"，当是指再版本。

和外村史郎辑译出版日文本《俄国 K. P. 的文艺政策》。次年 5 月，冯雪峰完整转译该书，以《新俄的文艺政策》之名由上海光华书局出版，译者署名"画室"。该书主要收录了 1924 年 5 月 9 日苏共中央关于文艺政策的讨论文件三篇：《关于对文艺的党的政策》《观念形态战线和文艺》《关于文艺领域上的党的政策》①。冯雪峰在"序言"中谈到，这些文件很有代表性地展现了当时苏俄文坛分属两个立场的三个派别。以沃隆斯基为代表的山隘派认为，无产阶级面对激烈的阶级斗争时代，很难在短暂的过渡性的"独裁时期"里独立创造出属于本阶级的文学和文化，因此应该团结同路人。此外，马克思主义的方法亦不等同于艺术方法。但岗位派以及卢那察尔斯基、布哈林却坚决反对，他们认为无产阶级"独裁时期"应会非常漫长，这期间无产阶级应当在阶级斗争的地盘上创建独属自己的文学文化。卢那察尔斯基、布哈林等并不赞同岗位派打击"同路人"的做法，也否决了由党直接指导、干涉文艺的提议，而是结合了山隘派的一些主张，要求"以所有的方法扶持无产阶级文学的成长，同时也决不可排斥'同路人'"，"最好的方法是使他们自由竞争，由自由竞争夺得文学的支配权"②。

碰巧的是，在冯雪峰行将推出《俄国 K. P. 的文艺政策》中文译本之时，鲁迅在不知情的情况下也开始着手翻译此书。译文最先连载于 1928—1929 年的《奔流》上，后到 1930 年 6 月由上海水沫书店出版，书名《文艺政策》，属于"科学的艺术论丛书"一种③。鲁迅的译本除收录日文底本的三篇文件以及藏原惟人的"序言"外，还附录了由冯雪峰翻译的冈泽秀虎的一篇文章：《以理论为中心的俄国无产阶级文学发达史》④。那么

---

① 当时分别译为"关于在文艺上的党底政策""ideology 战线与文学""在文艺领域内的党底政策"。
② [日] 藏原惟人、外村史郎辑译：《新俄的文艺政策》，画室（冯雪峰）重译，光华书局 1928 年版，序言第 2—3 页。
③ "科学的艺术论丛书"是鲁迅、冯雪峰主编的一套马克思主义文艺的理论译著丛书，1929 年水沫书店出版。收有普列汉诺夫《艺术论》、卢那察尔斯基《艺术的社会基础》、梅林格《文学评论》等 8 种文艺论著。
④ "附录"是冯雪峰翻译的冈泽秀虎著作的一部分，鲁迅在"后记"中有交待。译文最初以"俄国无产阶级文学发达史"为题，刊发在冯乃超主编的《文艺讲座》（第一册），神州国光社 1930 年版。

鲁迅出于何种动机去翻译此书，又对苏俄文艺各派持什么态度呢？

据查，鲁迅购买日文本《俄国 K. P. 的文艺政策》是在 1928 年 2 月，着手翻译则始于 5 月。当时他正遭受着太阳社和创造社的猛烈攻击。面对这批苏日留学青年以"马克思主义"之名投来的理论炸弹，鲁迅感觉有必要正本清源，通过苏俄文坛考察一下马克思主义文艺的真实情状，"我有一件事要感谢创造社的，是他们'挤'我看了几种科学底文艺论，明白了先前的文学史家们说了一大堆，还是纠缠不清的疑问"①。在此过程中，鲁迅阅读且翻译了不少马列文论著作，《文艺政策》亦属于成果之一。他开始逐步用"阶级论"来修正"进化论"，文艺道路明显"左转"。但鲁迅从苏俄文论中择取的理论资源还是有别于创造社和太阳社。

鲁迅通过《俄国 K. P. 的文艺政策》已经意识到了苏俄文坛派别林立，山隘、岗位和布哈林、卢那察尔斯基等苏共文艺领导人对马列主义的阐释不尽相同，甚至完全对立。他在 1930 年为译本作"后记"时非常精准地指出，这三派虽然立场不同，但"约减起来"亦不过"偏重文艺"和"偏重阶级"两派，前者如瓦隆斯基，后者如岗位派，至于布哈林等"自然也主张支持无产阶级作家的，但又认为最要紧的是要有创作"。不过鲁迅并没有对苏俄的左右论战作太多的主观评述。其时"左联"初建，被推为"盟主"的鲁迅不愿因此而让左翼内部再起波澜；更重要的是鲁迅不愿脱离本土语境而去泛泛谈论某种主义，"在标举各种理论、观念、信仰、党派立场的时代语境中，鲁迅强调一种不能被理论完全把握、覆盖的现实感"②。所以只有结合具体的文艺实践以及鲁迅在其他场合的言谈，才能清晰显现鲁迅在翻译《文艺政策》时所持的真实态度。

首先鲁迅并不支持沃隆斯基一派的"取消主义"，而是认为有必要也有可能建立无产阶级文化。他在《"硬译"与"文学的阶级性"》③ 中回

---

① 鲁迅：《三闲集·序》，《三闲集》，鲁迅全集出版社 1941 年版，第 11 页。
② 程凯：《革命的张力："大革命"前后新文学知识分子的历史处境与思想探求（1924—1930）》，北京大学出版社 2014 年版，第 269 页。
③ 原载《萌芽月刊》1930 年第 1 卷第 3 号，《鲁迅全集》（第 4 卷），人民文学出版社 1981 年版，第 195—222 页。

击梁实秋的"人性论",认为人类的性格情感都受制于经济,"人性"无法在"阶级性"之外生长,"倘说,因为我们是人,所以以表现人性为限,那么,无产者就因为是无产阶级,所以要做无产文学"。仅此来看,鲁迅与苏俄"偏重阶级"之岗位派的立场是基本一致的。但对于过分的政治主义偏向,鲁迅亦持高度警惕的态度,他指责一些革命作家将文艺等同于宣传,用"阶级斗争"的口号掩饰自己创作上的乏力,"中国的有口号而无随同的实证者,我想,那病根并不在'以文艺为阶级斗争的武器',而在'借阶级斗争为文艺的武器'"。在鲁迅看来,无产阶级文艺自当有一定的政治倾向,追求特定的宣传效果,但不能就此掘掉"文艺"本身的根基,艺术性始终都是革命文学得以展开的前提,"一切文艺固是宣传,而一切宣传却并非全是文艺"①。如此说来,鲁迅又移位至"偏重文艺"一极。沃隆斯基对主体性、艺术性的重视,成为鲁迅纠偏左翼"标语口号"文学的重要理论依据。总体而言,鲁迅非常辩证地阐释了文艺与政治的关系。但对于"同路人"的评价,鲁迅却表现得比较矛盾。在卷入革命文学论争之前,鲁迅已对苏俄"同路人"文学有不少了解,且多持赞扬态度,如在评价里培进斯基(通译为李别进斯基)时,认为他虽然"不免念旧",但身历革命而没有失望,"这正是革命时代的活着的人的心"②。但在介入论争一段时间后,鲁迅在观念层面开始贴近苏共文艺政策,对"同路人"的旁观态度提出一些批评。他在 1930 年再次提到李别进斯基时,就指出其在思想内容上存在的种种缺陷。不过在感情上,鲁迅还是亲近于同路人,认为他们不伪饰、不虚夸,直面社会人生,对生活有着更为深刻的描绘,"这种没有立场的立场,反而易得介绍者的赏识"③。1930 年初期他陆续翻译了雅各武莱夫的《十月》、理定的《坚琴》、伦支的《在沙漠上》等一批"同路人"作品。如此费心地去翻译在政治

---

① 鲁迅:《文学与革命(并冬芬来信)》,原载《语丝》1928 年第 4 卷第 16 期,《鲁迅全集》(第 4 卷),人民文学出版社 1981 年版,第 84 页。
② 鲁迅:《马上日记之二》,原载《世界日报副刊》1926 年 7 月 19、23 日,《鲁迅全集》(第 3 卷),人民文学出版社 1981 年版,第 343 页。
③ 鲁迅:《竖琴·前记》,最初入 1933 年 1 月上海良友图书印刷公司出版的《竖琴》,《鲁迅全集》(第 4 卷),人民文学出版社 1981 年版,第 435 页。

上并不"进步"的"同路人"作品，鲁迅不是心血来潮或赶时髦，而是想呈现一个相对完整的苏俄文坛概况，尽可能避免译者的主观裁决所造成的遮蔽。只有这样读者才可以直接面对丰富的信息而不轻信、不盲从，做出更好的选择。所以他不仅要译法捷耶夫的《毁灭》这类革命文学作品，也要推出诸如《十月》这类"照着所能写的写"的非革命文学，以图"给读者看看那时那地的情形"①。鲁迅翻译"同路人"作品，有一石二鸟之功效。当时以新月派为代表的一些文学力量认为苏共在文艺领域施行专制、打压异己。而鲁迅则以"同路人"作品的大量存在来证明苏俄文艺政策是相当宽松的，那些非无产阶级文学的作品"在苏联先前并未禁止，现在也还在通行"②。在为苏俄文艺平反正名的同时，鲁迅也给中国左翼提了个醒，须以苏俄为榜样，宽容接纳"同路人"，"左翼作家并不是从天上掉下来的神兵，或国外杀进来的仇敌，他不但要那同走几步的'同路人'，还要招致那站在路旁看看的看客也一同前进"③。

　　鲁迅在翻译《文艺政策》时非常忠实地记录了苏俄文坛上种种代表性主张，但其个人所持的文学观念还是更接近于《文艺政策》中代表苏共中央的卢那察尔斯基。卢那察尔斯基是苏维埃首任教育人民委员，他对无产阶级文化派和岗位派的错误观点进行了深度清理，有效扼制了激进思潮的泛滥。他要求无产阶级文学在面对历史文化遗产时，不仅仅是破旧立新，更要有"承传"、"择取"和"保存"；对于"同路人"也应该有批评教育，更应有理解和团结。当太阳社、创造社将"五四"作家当作"封建余孽"大加鞭挞时，卢那察尔斯基却在苏联文坛上对托尔斯泰等老作家、"同路人"持以相当温和的态度，这让鲁迅备感亲切。可以说，鲁迅认同卢那察尔斯基，绝不仅仅是对苏俄文论权威的简单崇奉，而是深入触摸到了卢那察尔斯基文论所蕴含的马克思主

---

① 鲁迅：《〈十月〉首二节译者附记》，原载《大众文艺》1929年第1卷第5期，《鲁迅全集》（第10卷），人民文学出版社1981年版，第324页。
② 鲁迅：《〈十月〉后记》（1930年8月），最初印入《十月》单行本，《鲁迅全集》（第10卷），人民文学出版社1981年版，第319页。
③ 鲁迅：《论"第三种人"》，原载《现代》1932年第2卷第1期，《鲁迅全集》（第4卷），人民文学出版社1981年版，第439页。

义精髓和人道主义情怀,"卢那卡尔斯基并不以托尔斯泰主义为完全的正面之敌。这是因为托尔斯泰主义在否定资本主义,高唱同胞主义,主张人类平等之点,可以成为或一程度的同路人的缘故"①。卢氏学说高度契合于鲁迅既有的革命民主主义思想,但又给予了更为明确、更为系统的理论指导,使鲁迅在自我蜕变的过程中成功击退了极左思潮的围剿。正因为如此,鲁迅在翻译《文艺政策》的同一时期,又接连翻译了卢那察尔斯基的两部文集《艺术论》《文艺与批评》。这为中国左翼文学走上马克思主义正途起到了重要的引领作用。

收录有苏共决议的《文艺政策》是对苏俄文艺论战的一次系统总结和重要裁决,对苏俄文学和中国左翼文学都产生了深远影响。它不仅帮助鲁迅纠正了"左联"存在的一些问题,如关门主义、宗派主义等,也为此后改善解放区、中华人民共和国文艺生态发挥了积极作用。1944年周扬辑录马恩列斯、普列汉诺夫以及毛泽东有关文艺的论述,推出《马克思主义与文艺》一书,书末有"附录"两则,分别是《俄共(布)中央1925年的决议〈关于党在文学方面的政策〉》和1934年的《苏联作家章程》。1946年第二版又在附录中增加了《鲁迅对于左翼作家联盟的意见》。该书将《在延安文艺座谈会上的讲话》与马列文论、苏俄文艺政策、鲁迅等左翼作家的文艺思想相互参证,一方面论证了毛泽东文艺思想的合法性,将其纳入马克思主义文艺体系之内,另一方面也强化了苏俄文艺理论及方针政策对于中国文艺发展的指导性地位,《关于党在文学方面的政策》也顺理成章地成为中华人民共和国初期文艺理论与实践的指南和纲领。1951年1月28日《人民日报》按照胡乔木的指示重新发表《关于党在文学方面的政策》,并加了一个很长的按语。按语交代了"决议"的六个要点,但与决议原文相比,已有一些调整、改动。中国共产党在中华人民共和国成立初始就重新表述苏共文艺政策,可以说是意味深长。

按语略去原决议中有关无产阶级文学的性质、任务、方针等比较宏

---

① 鲁迅:《〈文艺与批评〉译者附记》(1929年10月),本篇最初印入《文艺与批评》单行本卷末,《鲁迅全集》(第10卷),人民文学出版社1981年版,第300—301页。

观抽象的理论阐述，转而首先根据决议第十条强调了善待"同路人"的基本态度，"党应当周到地和细心地对待中间作家，使他们尽可能迅速地转到共产主义思想方面来"。接着又依据决议第十一条指出，"无产阶级作家"不能骄傲自满、"摆共产党员的架子"，而要与"轻视旧文化遗产和文学专门家的错误态度"做坚决的斗争，无产阶级文学要走出车间，团结领导广大农民，把握"复杂的现象"。最后又依据决议第十二、十三、十四条明确了党对文艺的基本态度，"不特别支持某一文学派别"，鼓励各集团、各派别"自由竞赛"，对文学批评和文学活动以指导为主，避免"采取行政命令的方法"。立足于中华人民共和国成立初期新民主主义的革命语境，"按语"在概述苏联"决议"之时，对某些要点做了强化，如将"团结同路人"问题放在首位，特别强调无产阶级文学要重视传统、联合农民，积极推进文艺自由。这是中国共产党总结左翼文学、解放区文学的经验教训，反思苏俄文艺"左倾"错误而获得的重要的理论成果。

实际上，《关于党在文学方面的政策》在苏联的执行效果并不理想。决议所规定的对于"同路人"的宽容态度，并没有被"岗位派"或"拉普"完全执行，非无产阶级作家的创作空间越来越多地被工人作家挤占。"拉普"领导人阿韦尔巴赫就在1930年组织发动了"招收突击手进文学界"的运动，工人不仅要成为文学创作的主要对象，也要成长为文学创作的重要主体，"将工人突击手招收到文学界来在我们运动的历史上是一个极为重要的事实"，"生产突击手是无产阶级文学运动的中心任务"①。运动开展后，数千名专业作家被派至厂矿农村体验生活，要求在规定时间内完成有关劳动英雄、生产突击手的创作；与此同时，数千名处于半文盲状态的工人也被吸收进文学创作小组，"拉普"成员在短短一年内就暴增至一万人。但结果令人失望，专业作家大多缄口不言，而工人作家又几乎没有像样的作品，"在所有被招收的人中有少数人、个别人现在能够写作——写得好不好则是另一个问题，

---

① ［苏］斯·舍舒科夫：《苏联二十年代文学斗争史实》，冯玉律译，上海译文出版社1994年版，第333—334页。

第二章 曲解与变形

但他们正在掌握艺术创作的要领,——我重复一遍,这是个别人,而大多数则还没有显出才华,还没有定型"①。离开"同路人"支持后的苏俄文坛变得喧嚣而又荒芜。

发人深思的是,20世纪50年代中期以后的中国文学,竟然重蹈苏联30年代的旧辙,也一度偏离《关于党在文学方面的政策》,放弃与"同路人"的对话与合作。1957年11月12日,《人民日报》发表社论《要有一支强大的工人阶级文艺队伍》,认为当前的文艺队伍"还不能说已经成为真正工人阶级的文艺队伍","文艺家必须到群众中去,到火热的斗争中去,才能彻底改造自己的思想,成为工人阶级的忠实战士"。同年年底,上海市37名作家被下放锻炼,《解放日报》《文艺报》分别发表社论《贯彻社会主义文艺路线的关键问题》和《建立工人阶级作家队伍的道路》。1958年,在"大跃进"浪潮中,毛泽东提出"革命现实主义与革命浪漫主义相结合"的创作原则,催生了席卷全国的新民歌运动,工农兵开始大规模取代知识分子而成为创作主力,"工农兵的业余作者对专业作家将了一军。工农兵业余作者真是出口成章,多快好省"②,"在社会主义大跃进中,群众写了许多好诗。他们觉得现在的诗人赶不上群众的蓬蓬勃勃的社会主义气魄。有人说,群众创作比诗人的还要好"③。这些被动员起来的工农兵作家表现出远胜知识分子的创作激情,一个农民社团不到一个月就唱了7000首社会主义山歌,部队成立的诗歌连队八天写出18000多首战士诗歌,一个县半年生产诗歌51万首,各省份的诗歌产量都以千万计算。④

对照20世纪二三十年代苏联文坛,我们能够发现中苏革命文艺之所以屡屡陷入困境,一个重要原因就是过分追求绝对的无产阶级领导权而舍弃了"同路人",违背了艺术创作的基本规律。但在苏联的岗位派

---

① [苏]斯·舍舒科夫:《苏联二十年代文学斗争史实》,冯玉律译,上海译文出版社1994年版,第334页。
② 茅盾:《新形势与新任务——9月27日,中国文联主席团扩大会议上的开场白》,《新文化报》1958年11月11日。
③ 郭小川:《怎样使诗歌更快更好的发展》,《诗刊》1958年第8期。
④ 参见《东风得意诗万篇——中国民间文学工作者大会发言集锦》,《文艺报》1958年第15期。

或"拉普"那里，知识分子如能克服自己的资产阶级或小资产阶级的感情，那还是可以争取到创作权利的，所以当时尚不乏肖洛霍夫、法捷耶夫这样的专业作家。中华人民在共和国在成立初期虽然不断抬高工农兵文学创作，但也还给专业作家留有一席之地，"工农群众已经放出了文艺的卫星；现在要加上专业文艺工作者的力量，帮助群众把文艺卫星放得更多，更高一些"①，郭沫若、茅盾、周扬、邵荃麟、何其芳等专业作家或批评家仍然引人瞩目；但及至60年代中后期，特别是进入"文化大革命"之后，那些既已成名的作家被大量淘汰，或是因为阶级出身的"不纯正"，或是因为政治思想的"落后"。1966年4月，中国作家协会在专业创作座谈会上重点批评赵树理和邵荃麟，另外还特别印发两大册《毒草集》，收罗了许多知名作家在六十年代的创作。在一波接续一波的毒草批判运动中②，不仅知识分子写作几乎全部沦陷，就连一些"根红苗正"的工农兵出身的专业作家也受到攻击，梁斌的《红旗谱》被指是"地主阶级的招魂曲"，杜鹏程的《保卫延安》是"利用小说反党的活标本"，雪克的《战斗的青春》是"刘少奇叛徒哲学的黑样板"。而批判者则常常以"采矿机械工人""纺织厂工人""贫下中农革命小组""子弟兵母亲""解放军某部""驻沪空军某部一等功臣""工人业余写作组""工农兵学员评论组"等战斗在劳动生产第一线的工农群众身份出现。以工农兵创作取代知识分子创作、以业余创作来代替专业创作、以集体创作代替个人写作，都进一步提高了无产阶级革命文艺的"纯粹性"，"在要不要发展工农兵业余文艺创作的问题上，一直存在着两个阶级、两条路线的激烈斗争"，"刘少奇、周扬一类骗子，出于他们仇视革命群众的反动本性，一贯反对和破坏群众业余文艺创作运动。他们推行了一条与毛主席无产阶级文艺路线相对抗的反革命修正

---

① 华夫：《文艺放出卫星来》，华中师范学院中文系编：《建设共产主义文学》（内部资料），1958年版，第91页。
② "文化大革命"中出现大量以"毒草"为名的批判文集，影响较大的有《毒草批判：小说一》（浙江师范学院图书馆编印1968年版），《锄毒草批黑书资料汇编（第一、二、三辑）》（"锄毒草批黑书资料汇编"编辑组编印1969年版），《批判毒草小说集》（上海人民出版社1971年版），《批判毒草小说文选》（湖北省图书馆编印1971年版），《铲除毒草 反击逆流》（山东人民出版社1974年版），《批林批孔运动以来批毒草文章选编》（江苏师范学院图书馆编印1974年版）等。

主义文艺路线，为地主资产阶级服务"，"我们应当把发展群众业余文艺创作提到执行毛主席无产阶级革命路线，发展社会主义文艺，占领思想文化阵地，巩固无产阶级专政的高度来认识"①。在对创作主体做出身份血统与政治意识的双重限定以后，文学终于失去自身的重力与定力而完全为意识形态旋涡所裹挟，文艺沙漠不可避免地大面积出现。

　　回望历史，可以肯定的是，"以俄为师"的道路选择，无论政治上还是文学上都有着无可辩驳的历史合理性。但是，要在史无前例的新型社会政治环境中构造一种全新的文艺理论体系，作为先行者的苏联不可避免地遭遇了许多挫折、走了不少弯路。以"无产阶级文化派"为起始的苏俄文论不乏稚嫩、偏颇之处，有的甚至根本上与马克思列宁主义思想相违背。作为后继者的中国左翼—马克思主义文论，虽然以认真乃至虔诚的态度求教于苏俄文论中的诸种学说，且力图结合本土社会现实做出改造与重构，但仍然过分依赖苏联的文论话语及意识形态立场，以致常常忽略那些发挥着纠偏制衡作用的重要言论，不仅托洛茨基、卢那察尔斯基、沃隆斯基等文艺理论家，就连马克思、恩格斯、列宁等革命导师的某些论说都被过滤与误读，发生不同程度的走样与变形。其间虽然也有包括鲁迅在内的革命文学家做出过辩证反思及自我修正，但对纯粹无产阶级文化的臆想与曲解还是很长一段时间支配着左翼文艺、中华人民共和国文艺的发展。在持续的"提纯"过程中，无产阶级文学常常以政治标准挤压、取代艺术标准，以革命作家排斥、打击"同路人"，几经反复之后，终于将自己禁锢在一个与社会现实、历史传统、广大民众普遍隔绝的真空状态。革命文学道路上出现的许多灾难性事件，都与苏俄文论中病态基因的恶性膨胀密切相关。今日看来，中国现代文论在"以俄为师"的同时，缺乏系统而深刻的"以俄为鉴"的反思精神与批判立场。

---

① 秦言：《努力发展工农兵业余文艺创作》，《红旗》1972年第5期。

第三章 挪用与重构

一

毋庸置疑，马克思主义文论的输入对中国现代文论的发生与发展起到了至关重要的作用。迄今为止，中国现代文论新传统中最为重要的一个亚传统就是左翼—马克思主义文论。换个角度看，中国的左翼—马克思主义文论传统，就是马克思主义文论中国化的结果，在此进程中，马克思主义文论思想，被中国的学者、理论家甚至领袖人物有意进行"挪用"，转而"建构"出中国自身的左翼—马克思主义文论话语。

实际上，"挪用"与"重构"不仅仅发生在文论领域，它们是西方思想中国化进程中具有普遍性的两个重要机制。所谓"挪用"是指在引进西方思想与观念的过程中，不同程度地变更其原有的形态及功能以促其发生变异进而挪作他用；这里的他用也可以说是"重构"，根据当时的国情需要或个人理解，建立起具有中国特色的新的思想体系。从实际情况看，必要的"挪用"是前提，有效的"重建"是目的，两者可谓一体两面的关系。

一般说来，学理研究，大致有形而上的本体探索与形而下的现实诉求两种倾向。相对而言，前者是超经验的、抽象的，后者是实践的、具体的。无论是中学还是西学，对形而上与形而下之关系都有深入思考，并最终指向人的本质与生命，毕竟，再精深、再博大的学说，若不最终落实于人的本质属性及生命体验之上，恐怕也仅止于一时之间的理论辩驳，而缺乏承传广大之价值。再者，也只有在人的层面上，自"两希"

以来的西方传统,与儒道释构成的中国传统,才有实现互为观照、彼此融通的可能。因此,本章的探索之旅寄寓着我们这样的思考:虽然马克思主义文论之于西方传统,中国现代文论之于古典传统,都有不同程度的疏离,但整个文化传统仍在延续,并未完全被割裂、被消解,而且人的本质及生命依旧是中西方文化共同关注的主题。这就意味着,我们对马克思主义文论与中国现代文论之关系的具体描述与阐释,也须尽可能地联系作为历史语境存在着的中西方文化传统,并以对人的思考为贯穿始终的中心线索。

在具体描述"马列主义文论中国化"进程之前,我们需要对"马列主义思想"做出界定。一般而言,马克思主义思想是指从19世纪40年代至90年代由马克思、恩格斯奠定,在此之后由列宁、斯大林及其他学者发展起来的一套学说,其核心思想是辩证唯物主义与历史唯物主义。所谓辩证唯物主义,就是强调作为经济基础的物质生产方式,制约着社会政治意识形态以及其他精神思想等上层建筑,同时,上层建筑又反作用于经济基础。而历史唯物主义则强调以历史眼光考察精神生产与物质生产之间的辩证关系,而"要研究精神生产和物质生产之间的联系,首先必须把这种物质生产本身不是当作一般范畴来考察,而是从一定的历史的形式来考察"[1]。由于马克思、恩格斯并非专门的美学家或文艺理论家,马列主义文论都是在辩证唯物主义与历史唯物主义思想的指导下构建起来的关于文学艺术之本质与发展规律的理论,其根本目标同样也是致力于对人的本质属性的思考,以便于更好地实现人的自由而全面的发展。大体而言,马克思主义文论包括这样两个方面:第一,马列主义的文艺观。马克思、恩格斯认为,作为上层建筑,文学艺术是意识形态的一种,受经济基础决定,因而有相应的阶级属性,同时又可以反映现实。因此,在整个社会结构中,文学艺术是作为创作主体的人对这个世界的把握与实践,而在具体的社会功能中,文学也可以通过其特有的艺术美与感染力,促进人对社会的改造,消除"异化",最终实现

---

[1] 《关于生产劳动和非生产劳动的理论》,《马克思恩格斯全集》(第26卷),人民出版社1972年版,第296页。

人的全面自由与解放。第二，马列主义的文艺批评观。马克思主义文艺批评的最高标准，是"美学观点"和"历史观点"相统一的原则。"美学观点"侧重文学艺术的审美本质，而"历史观点"侧重文学艺术的社会本质，两者既相互区别又彼此关联，表明马克思主义充分意识到，文学艺术既是社会历史现象，又是审美现象，既是具有社会历史属性的审美现象，又是具有审美特征的社会历史现象。当然，以上仅是马克思主义文论的基本立场，其具体内涵十分丰富，概括起来有：（一），三大关系，即文艺与社会—历史的关系、文艺与人的关系、文艺自身的关系；（二），三大基质，即文艺的史学—社会学基质、文艺的人学基质、文艺的美学基质；（三），三大规律，即文艺与社会—历史的相关性规律、文艺与人的相关性规律、文艺自身的特殊规律；（四），三大精神，即文艺中的历史精神、文艺中的人文精神、文艺中的美学精神[①]。

说到"马列主义文论中国化"，我们首先会想到毛泽东提出的"马克思主义在中国具体化"的问题。1938年10月14日，毛泽东在中国共产党六届六中全会作《论新阶段》报告，其中第七部分《中国共产党在民族战争中的地位》第十三节"学习"指出："一切有相当研究能力的共产党员，都要研究马克思，恩格斯、列宁、斯大林的理论，都要研究我们民族的历史，都要研究当前运动的情况与趋势。""马克思、恩格斯、列宁、斯大林的理论，是'放之四海而皆准'的理论"，需要"普遍地深入地研究"，"学习我们的历史遗产，用马克思主义的方法给以批判的总结，是我们学习的另一任务"。毛泽东说："使马克思主义在中国具体化，使之在其每一表现中带着必须有的中国的特性，即是说，按照中国的特点去应用它，成为全党亟待了解并亟须解决的问题。洋八股必须废止，空洞抽象的调头必须少唱，教条主义必须休息，而代之以新鲜活泼的、为中国老百姓所喜闻乐见的中国作风和中国气派。"[②] 这些表述可谓对"马克思主义中国化"的简明阐释。需要注意的是，

[①] 陆贵山、周忠厚主编：《马克思主义文艺学概论》，中国人民大学出版社2001年版，第2页。

[②] 毛泽东：《论新阶段》，原载《解放》1938年第57期，参考《毛泽东选集》（第2卷），人民出版社1991年版，第533—534页。

毛泽东的这番话并非针对文艺问题，而是针对党内"学习"问题，但还是直接启发了抗战时期对文艺"民族形式"的探讨①。

关于"马克思主义中国化"的内涵，学界有不同说法，归纳起来，主要有以下四种认识：一是马克思主义在中国的时代化、具体化和民族化；二是马克思主义和中国化的马克思主义是源与流的关系；三是强调区分政治层面的马克思主义中国化和学术层面的马克思主义中国化；四是指马克思主义基本原理与中国具体实际相结合②。本文认为"马克思主义中国化"就是指运用马克思主义立场、观点、方法分析并解决中国问题，联系自身传统，创造出符合现实需要的中国马克思主义思想。

二

近代以来，西方文学理论逐渐被引入中国，19 世纪末，严复、林纾做了开拓性工作，此后的梁启超更是引进西方文论的观念与方法研究中国文学，开启了古代文论现代转化的征程。到了 1904 年，王国维刊载于《教育世界》的《〈红楼梦〉评论》，则是西方文论正式运用于中国文学批评的重要成果，中国现代文论的建设之路也由此展开。这种中西结合、以西格中的趋势与当时的历史语境密不可分。晚清以来，列强环伺，中华民族的命运不断衰颓，如何重振国威成为一个民族性话题。有眼光的知识分子开始引入西方思想，展开救亡图存的运动。实践证明，想要建立一个强盛的新中国，需要唤醒广大民众，全力以赴建立一个新的国家体制。梁启超提出"新民"学说，就具有如此之目的。应该说，"五四"新文化运动的影响仍然停留在知识分子阶层，并未广泛

---

① 袁盛勇：《民族—现代性："民族形式"论争中延安文学观念的现代性呈现》，《文艺理论研究》2005 年第 4 期。本文注释 6 中提到，毛泽东在做《论新阶段》报告之前，"极有可能受过"陈伯达发表在 1938 年 7 月 23 日《解放》第 46 期《论文化运动中的民族传统》一文中下面这段话的"影响"："一些文化工作者还没有具体地注意到、理解到斯大林关于苏联文化发展所提出的社会主义内容和民族形式的名论，而去根据自己民族的革命运动，根据自己民族的特点，根据自己民族所需要的文化运动，把这名论在实际中最广泛地具体运用起来。"

② 参见申小翠《"马克思主义中国化"内涵的争鸣与科学辨伪》，《中国特色社会主义研究》2010 年第 3 期。

波及社会大众之中。而且，在马克思主义思想被引入之前，中国正处于更新换代的动荡时期。在寻求理想国家的建构过程中，文学被赋予了越来越多的政治任务，担负起唤醒大众的历史重任。一些敏锐的知识分子慢慢发现，必须引入全新的思想才能彻底打破旧传统，真正实现政治、社会及文化革命。俄国十月革命的成功，激起中国思想家、政治家们新的希望，马克思、列宁主义被大规模引入，开启了它们的中国化行程。

马列文论中国化的历程自然与马克思列宁主义思想的中国化进程密切相关，对于马克思主义中国化历史的分期，学界的描述不尽相同①。这里我们采用较具代表性的五段分期说，相对而言，这种划分较为充分地揭示了此一历程的丰富性与复杂性，马列文论的中国化历程也大致同步于此。

第一，启蒙时期（1898—1919年），中国先进知识分子初识马克思列宁主义。关于马克思主义思想第一次被介绍到中国的时间，学者姜义华早在1983年就撰文指出："一八七一年巴黎公社的伟大斗争，成了世界近代历史的转折点。'自由'资本主义开始向垄断资本主义转变，世界经济与政治的深刻变化，推动国际工人运动开始了马克思主义普遍发展、社会主义政党大批建立、成长和成熟的时期。根据目前所能查阅到的资料，可以看到，也正是从十九世纪七十年代开始，中国人开始对国际无产阶级的斗争和马克思主义有了最初的、零星的了解。中国最先报导巴黎公社斗争的，是香港的《华字日报》、《中外新报》等报纸。"②到了1898年，胡贻谷翻译出版系统介绍各国社会主义学说的《泰西民法志》，该著被认为是中国人真正接触马克思学说的开始③；随着马克思主义思想与社会主义学说传入日本，中国留学日本的学生接触并翻译了不少日本社会主义论著；1917年，列宁领导的俄国布尔什维克成功

---

① 关于马列主义中国化分期的讨论，可参考梅荣政主编《马克思主义中国化史》"导言"部分第二节"马克思主义中国化史的历史进程和历史分期"，中国社会科学出版社2010年版，第9—21页。

② 姜义华：《马克思主义在中国的初期传播与近代中国启蒙运动》，《近代史研究》1983年第1期。

③ 此种说法也有学者表示怀疑，参见汪家熔《最早介绍马克思恐非胡贻谷》，《编辑学刊》1993年第1期。

第三章　挪用与重构

进行十月革命，建立了社会主义的苏维埃政权，革命发生后的第三天，中国上海的《民国日报》《申报》等从不同立场对此进行了报道，中国左翼知识分子对作为俄国革命指导思想的马克思主义也逐渐有所了解；1918年，李大钊对十月革命的世界意义及其对中国革命的启示做出高度评价①；此前，陈独秀也于1915年在上海创办《青年》杂志，宣传西方的民主与科学思想。这些都为接下来马列主义文论在中国的全面传播与接受打下了理论与群众基础。

第二，奠基时期（1919—1949年），在偏离与错位中探索与建设。这又可分为三个阶段。首先是1917年至1927年的探索期。在此期间，李大钊、陈独秀、邓中夏、茅盾等早期中国马克思主义者及文艺理论家，根据自身对马克思主义思想的理解，以及中国当时的政治现实、文艺状况，积极探讨了文艺与现实的关系、文艺创作的原则方法、现实主义的创作方法与文艺批评的政治及审美标准等问题，但都不够深入，不成体系。其次是1928年至1936年前后的争鸣期。随着第一次国共合作破裂，大革命失败，中国共产党开始自觉运用马克思主义规范文艺思想，成立"左联"组织，瞿秋白、鲁迅、冯雪峰等人加入该组织，译介了大量马列主义论著，重点探讨了文艺大众化、文艺创作方法，并与"自由人""第三种人"进行论争，但此时的文艺理论也存在着教条主义问题，未能深入联系当时的社会实际。最后是1938年至1949年的确立期。鉴于党内长期存在"左倾"教条主义错误，1938年毛泽东根据当时国际局势以及国内情况，发表《论现阶段》，明确提出"马克思主义中国化"的主张，并在1942年发表《在延安文艺座谈会上的讲话》②（以下简称《讲话》），对文艺与生活、政治、人民的关系，文艺写作的对象，文艺批评的标准等一系列问题提出指导性意见，标志着中国特色

---

① 在《法俄革命之比较观》（1918.7.1）一文中，李大钊通过与法国革命相比，探讨俄罗斯革命的价值："俄罗斯之革命，非独俄罗斯人心变动之显兆，实二十世纪全世界人类普遍心理变动之显兆。……吾人对于俄罗斯今日之事变，惟有翘首以迎其世界之曙光，倾耳以迎其建于自由、人道上之新俄罗斯之消息，而求所以适应此世界的新潮流，勿徒以其目前一时之乱象遽遽为之抱悲也。"[《李大钊文集》（上），人民出版社1984年版，第575页] 同年发表的《俄罗斯文学与革命》《Bolshevist的胜利》，也对俄国革命给予了很高的评价与期望。

② 首次刊载于1942年10月19日延安《解放日报》。

的马克思主义文论正式形成。

第三，在曲折中前进的时期（1949—1966年）。这个时期又可分为五个阶段：第一阶段是1949—1956年，即第一次文代会召开至"百花齐放、百家争鸣"方针提出之前，社会主义现实主义道路是这一时期的中心话题。第二阶段是1956—1958年，"双百"方针的提出与反右派运动。第三阶段是1958—1960年，"两结合"与文艺"大跃进"问题。第四阶段是1961—1962年，属于文艺政策的调整期。第五阶段是1962—1966年，批判修正主义和酝酿"文化大革命"。

第四，停滞与异化时期（1966—1976年）。"文化大革命"是中国社会主义事业发展的特殊历史阶段，在此十年中，"文论"领域呈现出阶级斗争扩大化、绝对化的态势，其间出现的一系列主张，虽然自称是"最马克思主义"因而也是"最革命"的，但从本质上看，却是非马克思主义甚至是反马克思主义的，有研究者指出，这一时期马列文论中国化的实践，处于停滞与异化阶段。

第五，在探索中大步前进的时期（1977年至今）。这个时期也可分为三个阶段：第一阶段，批判与反思（1978—1984年）。随着改革开放的不断深化，人们的思想束缚被逐步解除，文学领域在批判"文化大革命"的同时，也在重新思考文艺与政治的关系问题，人性及人道主义、"文学是人学"等文艺理论的基本命题被进一步探讨。第二阶段，回归与探索期（1985—1990年），学界开始呼唤文学主体性，与此相关的文学方法论、文学本体论方兴未艾，呈现出多元探索的格局，马列主义文论中国化产生系列新成果。第三阶段，综合创新期（1990年至今）。在此阶段，建构中国文论新体系的呼声越来越强烈，实践也呈多元化趋势，如何处理好古典与现代、传统与西方之关系，成为文艺理论界的热点话题，马列主义文论要更好地实现中国化，必然面临如何回应中国学界之关切的问题。[①]

---

① 以上关于马克思主义文论中国化分期及历程的描述，主要采用了朱立元等《马克思主义文艺理论中国化研究》（经济科学出版社2009年版）中的观点，但个别时段的划分略有不同；童庆炳主编的《20世纪中国马克思主义文艺理论研究》（北京大学出版社2012年版）分为四期，将朱立元第三、第四时期整合为"建国以来"的文论建设。

三

如所周知，马列文论与中国传统文论的区别非常明显，比如，关于文艺在社会生活中的地位问题、文艺是否具有阶级性的问题，两者的看法反差巨大。正因为这样，马列文论促进了中国文论的现代转换，但在此过程中，它也受到中国文化与文论的改造，两者都在重构中形成新的面貌，这也再次证实了本书始终关心的重要命题，即中国文论他国化与域外文论中国化之双向互动的关系问题。

伊格尔顿认为，两条重要的原理构成了马克思主义的核心，其中之一是"经济因素在社会生活中发挥的重要作用"，另一条是"历史上各种生产方式的不断交替"[1]，但"阶级斗争的观点仍处于马克思理论的绝对核心位置"，"马克思认为阶级斗争的重要性并不亚于那些推动人类历史前进的力量"[2]。与此相对应，马列文论对中国传统文论的冲击也主要表现在这几个方面。首先在于引导人们认识经济基础与文艺创作的关系以及文学艺术在社会生活中的地位与作用；其次，强调文艺具有阶级属性，文学创作可以引导广大民众认识自己被压迫的阶级地位，从而产生爆发革命、争取解放的思想与行动。这两方面是中国古典文论所不具备的内容，但却是马克思主义文论的核心思想，而且在很大程度上满足了当时社会变革的理论需求，于是很快被中国无产阶级理论家引入、掌握并运用于实际的文艺宣传与创作实践之中。

在中国古典传统中，"文"兼指一切天文、地文、人文，在人文领域则指一切文明与文化，诸如礼乐教化、典章制度、黻冕言辞，皆属于文[3]。在形而上方面，文本源于道，在形而下方面，文包举社会规章与劝诫、个人言辞、行为与修养等。随着"五四"新文化运动的发生

---

[1] ［英］特里·伊格尔顿：《马克思为什么是对的》，李杨、任文科、郑义译，新星出版社2011年版，第36页。

[2] ［英］特里·伊格尔顿：《马克思为什么是对的》，李杨、任文科、郑义译，新星出版社2011年版，第37页。

[3] 参考龚鹏程《中国文学批评史论》，北京大学出版社2008年版，第6—7页。

与发展，马克思主义唯物史观获得系统介绍，中国古代关于"文"的观念被逐渐打破。1919年9月、11月，李大钊在《新青年》第6卷的第5号、第6号上发表长篇论文《我的马克思主义观》，这是中国人首次系统阐述马克思主义的三大组成部分——唯物史观、政治经济学、科学社会主义的基本原理，并且认为这三个方面"都有不可分割的关系，而阶级竞争说恰如一条金线，把这三大原理从根本上联络起来"①。他在《马克思的历史哲学与理恺尔特的历史哲学》（1920）一文中，再次进行阐述："基址是经济的构造，即经济关系，马氏称之为物质的或人类的社会的存在。上层是法制、政治、宗教、艺术、哲学等，马氏称之为观念的形态，或人类的意识。从来的历史家欲单从上层上说明社会的变革即历史，而不顾基址，那样的方法，不能真正理解历史。上层的变革，全靠经济基础的变动，故历史非从经济关系上说明不可。这是马氏历史观的大体。"② 随后还发表《唯物史观在现代史学上的价值》《唯物史观在现代社会学上的价值》，赞扬唯物史观的"理想"与"伟大"。同时，李大钊还运用唯物史观，指出孔子学说之所以能支配中国人心2000余年，是因为封建社会延续不断的小农经济的存在③，从而在根本上指明了无产阶级革命的方向。

　　早期的中国共产党人也很注重征引马克思唯物论观点，为革命和革命文学寻找理论根据。比如，1924年，萧楚女在《艺术与生活》一文中指出："在我们相信唯物主义的人，自然是以为所谓艺术就是'人生底表现和批评'"，并对那种脱离现实"自私唯我的个人主义"者"为艺术而艺术"的观点大加批判，最终从唯物论立场强调："艺术，不过和那些政治、法律、宗教、道德、风俗……一样，同是一种人类社会底文化，同是建筑在社会经济组织上的表层建筑物，同是随着人类底

---

① 李大钊:《我的马克思主义观》（上），《新青年》1919年第6卷第5号。
② 李大钊:《马克思的历史哲学与理恺尔特的历史哲学》，《李大钊文集》（下），人民出版社1984年版，第346页。
③ 李大钊:《由经济上解释中国近代思想变动的原因》（1920.1.1），《李大钊文集》（下），人民出版社1984年版，第178—179页。

生活方式之变迁而变迁的东西。只可说生活创造艺术，艺术是生活的反映——艺术虽然不能范围一切，却能表现一切。只可说艺术的生活，应该表现一切的自由，却不可说艺术是创造一切的。"① 就逻辑理路而言，萧楚女的文章既兼顾到文学艺术与经济基础各自的特性，又较为深入地论述了两者的辩证关系，可以看出，当时的革命家已经能够较好地运用马克思主义理论进行文艺争鸣，也反映出唯物论文艺观进入中国的过程中所遭遇的多重语境：不仅有强大的传统文艺思想，还有同时代流行的美学观念。就其实质而言，此一时期引进的唯物主义文学观，要求真实地反映生活以进行社会批判，从而衍生出对现实主义创作观念与风格的提倡与强调。

同样，马列主义文论中的文艺阶级性及其在社会生活中的重要作用，也成为中国无产阶级文学的重要理论依据。中国自古也有"阶级"一词，《后汉书·边让传》："阶级名位，亦宜超然。"但主要指的是官职的等级。一般来说，中国古代的等级制度，内在地与儒家倡导的天地秩序，以及由此衍生出的尊卑思想密切相关，外在的划分则源于包括宗法制在内的一系列话语体系②。而在马克思主义理论中，"阶级"（class）则是考察人与生产资料之关系的一种方式，指出阶级关系是人与人之间最本质的关系，不同的阶级地位决定着不同的政治立场和意识形态，阶级对立必然导致阶级斗争，并最后导致无产阶级专政。列宁指出："所谓阶级，就是这样一些大的集团，这些集团在历史上一定的社会生产体系中所处的地位不同，同生产资料的关系（这种关系大部分是在法律上明文规定了）不同，在社会劳动组织中所起的作用不同，因而取得归自己支配的那份社会财富的方式和多寡也不同。所谓阶级，就是这样一些集团，由于它们在一定社会经济结构中所处的地位不同，其中一个集团能够占有另一个集团的劳动。"③

---

① 萧楚女：《艺术与生活》，原载《中国青年》1924年第38期，署名楚女，《萧楚女文存》，中共党史出版社1998年版，第134—136页。

② 参考施治生、徐建新主编《古代国家的等级制度》，中国社会科学出版社2003年版，第1—29页。

③ 列宁：《伟大的创举》，《列宁全集》（第37卷），人民出版社1986年版，第13页。

1925年，茅盾发表《论无产阶级艺术》，对"无产阶级艺术"这一术语的产生及其基本特征进行了梳理与阐释，认为"无产阶级艺术这个名词正式引起世界文坛的注意，简直是最近最近的事"，"无产阶级艺术既然对于资产阶级艺术而言是一种新的艺术，所以我们首先要把它（无产阶级艺术）的范畴确定下来，免得和旧世界的艺术混淆不分"。为此，茅盾从三个方面分析了无产阶级艺术和旧有文学之间的区别："第一：无产阶级艺术并非即是描写无产阶级生活的艺术之谓，所以和旧有的农民艺术是有极大的分别的"，"第二：无产阶级艺术非即所谓革命的艺术，故凡对于资产阶级表示极端之憎恨者，未必准是无产阶级艺术"，"第三，无产阶级艺术又非旧有的社会主义文学"。进而强调说："无产阶级的艺术意识须是纯粹自己的，不能渗有外来的杂质；无产阶级艺术至少须是：（一）没有农民所有的家族主义与宗教思想；（二）没有兵士所有的憎恨资产阶级个人的心理；（三）没有智识阶级所有的个人自由主义。"[①] 然后对无产阶级艺术应该具有怎样的内容和形式的问题发表了自己的看法，初步界定了无产阶级文学的内涵。

1928年8月10日，鲁迅在回复文学青年恺良的信件中，首先说自己"对于唯物史观是门外汉，不能说什么"，"大概以弄文学而又讲唯物史观的人，能从基本的书籍上一一钩剔出来的，恐怕不很多"，然后特别严谨地指出："在我自己，是以为若据性格感情等，都受'支配于经济'（也可以说根据于经济组织或依存于经济组织）之说，则这些就一定都带着阶级性。但是'都带'，而非'只有'。所以不相信有一切超乎阶级，文章如日月的永久的大文豪。也不相信住洋房，喝咖啡，却道'唯我把握住了无产阶级意识，所以我是真的无产者'的革命文学者。"在信的结尾，鲁迅还特别就唯物论思想传入中国所引起的论争发表自己的看法："有马克斯学识的人来为唯物史观打仗，在此刻，我是不赞成的。我只希望有切实的人，肯译几部世界上已有定评的关于唯物

[①] 沈雁冰：《论无产阶级艺术》，原载《文学周报》1925年第172期、第173期、第175期、第196期；李玉珍、周春东、刘裕莲等编著：《文学研究会资料》（上），知识产权出版社2010年版，第131—144页。

史观的书——至少，是一部简单浅显的，两部精密的——还要一两本反对的著作。那么，论争起来，可以省说许多话。"① 稍后，鲁迅自己由日文转译了卢那察尔斯基的《艺术与阶级》《托尔斯泰与马克思》等论文，对马克思文论的中国化做出了的贡献。

1930 年 3 月，鲁迅发表《"硬译"与"文学的阶级性"》，回应梁实秋《论鲁迅先生的"硬译"》《文学是有阶级性的吗?》两篇文章中的观点。对于梁实秋秉持人性论否认文学阶级性的看法，鲁迅首先指出其逻辑上存在的漏洞：既已承认存在资产阶级和无产者，却认为"无产者本来没有阶级的自觉"，其观念乃是源于"几个过于富有同情心而又态度偏激的领袖"的"传授"；进而，鲁迅反驳说："我以为传授者应该并非由于同情，却因了改造世界的思想。况且'本无其物'的东西，是无从自觉，无从激发，会自觉，能激发，足见那是原有的东西。"鲁迅观点中，"改造世界"的意识源于马克思主义，而"原有的东西"即指阶级性。随后，鲁迅又从文艺批评层面，对梁实秋提出的五条否定无产阶级文艺的观点逐一进行批驳。他指出："文学不用人，也无以表示'性'，一用人，而且还在阶级社会里，即断不能免掉所属的阶级性。无须加以'束缚'，实乃出于必然。"当然，清醒的鲁迅时刻保持着对喊口号者的警惕，他指出："中国的有口号而无随同的实证者，我想，那病根并不在'以文艺为阶级斗争的武器'，而在'借阶级斗争为文艺的武器'，在'无产者文学'这旗帜之下，聚集了不少忽翻筋斗的人。"② 从鲁迅的阶级论观点及其他相关论争中，我们可以看出马列主义文论中国化初期阶段的现实语境，马列主义文艺思想对固有观念的冲击，以及鲁迅本人对马列主义思想有可能被庸俗化的忧虑与批评。

1930 年 3 月 2 日，中国左翼作家联盟成立，不仅标志着中国现代文学运动实现了从"文学革命"向"革命文学"的转变，还意味着有组织的无产阶级文学运动的开启。与"五四"时期"文学革命"者之间的松

---

① 鲁迅：《文学的阶级性（并恺良来信）》，原载《语丝》1928 年第 4 卷第 34 期，原题《通信·其二》，转引自《鲁迅全集》（第 4 卷），人民文学出版社 1981 年版，第 125—127 页。

② 参见鲁迅《"硬译"与"文学的阶级性"》，原载《萌芽月刊》1930 年第 1 卷第 3 期；转引自《鲁迅全集》（第 4 卷），人民文学出版社 1981 年版，第 195—212 页。

散联盟不同,"左联"有自己的理论纲领和组织机构,并接受中国共产党的领导,主张将无产阶级的社会主义思想作为基本的价值立场:"我们的艺术是反对封建阶级的,反资产阶级的,又反对'稳固社会地位'的小资产阶级的倾向。我们不能不援助而且从事无产阶级艺术的产生。"①

除茅盾、鲁迅之外,瞿秋白也积极向中国文学界介绍马列主义文论,为此,他编译有《"现实"——马克思主义文艺论文集》《高尔基论文选集》等;当然,他也将马列主义文论观运用于中国文学的批评实践中,如在《文艺的自由和文学家的不自由》一文中,瞿秋白不仅驳斥了胡秋源、苏汶等否认文学阶级性的自由主义文学观,还充分阐述了文艺归根结底是社会生活之反映的观点,认为在有阶级存在的社会现实中,文艺必然是阶级斗争的有力武器,进而宣称:"事实上,著作家和批评家,有意的无意的反映着某一阶级的生活,因此,也就赞助着某一阶级的斗争。有阶级的社会里,没有真正的实在的自由。当无产阶级公开地要求文艺的斗争工具的时候,谁要出来大叫'勿侵略文艺',谁就无意之中做了伪善的资产阶级的艺术至上派的'留声机'。"②

这里,我们还需对以胡秋原、苏汶为代表的"第三种人"的文艺观给予简单的辨析。他们从文学艺术之自由与民主的立场,与"左联"展开论争,强调文学艺术的本质性与独立性,认为在讨论文艺与政治的关系时,应该坚持适度性原则:"我们固然不否认文艺与政治意识之结合,但是:1,那种政治主张,应该是高尚的,合乎时代最大多数民众之需要的,如朴列汗诺夫所说,'艺术之任务,其描写使社会人起趣味,使社会人昂奋的一切东西。'2,那种政治主张不可主观地过剩,破坏了艺术之形式;因为艺术不是宣传,描写不是议论。不然,都是使人厌烦的。"③ 应该说,这样的认识,对当时左翼理论家们的观点有一定的纠偏、补正作用,但胡秋原对马克思主义的引用明显地具有实用主义

---

① 《中国左翼作家联盟的成立》,载《拓荒者》1930 年第 1 卷第 3 期。
② 瞿秋白:《文艺的自由和文学家的不自由》,原载《现代》1932 年第 1 卷第 6 期,署名易嘉,《瞿秋白文集》(第 3 卷),人民文学出版社 1998 年版,第 61 页。
③ 胡秋原:《勿侵略文艺》,原载《文化评论》1932 年第 4 期;苏汶:《文艺自由论辩集》,现代书局 1933 年版,第 11—12 页。

倾向，比如，他将"恩格斯也说'向自由王国飞跃'"作为自己提倡"自由主义"的理论依据①，认为可以躲避必要的斗争以实现自由，这显然是对马克思、恩格斯通过改造世界以实现自由的思想的曲解。由此可见，"文艺具有阶级属性"的观点在中国造成了巨大冲击，为知识分子以及民众的社会改造提供了思想武器，在此后的文学批评实践中，又被理论家们根据现实需要加以改造，最终转变成适合本土实际情况的中国文学理论。

四

域外文论被移植、引进中国之后，促成了中国现代文论新传统的形成与发展，换句话说就是，中国文论在域外文论的影响与冲击之下，发生了现代转换，获得现代性因素，成为世界文论的有机组成部分。要想真正认识中国文论"现代性"与域外尤其是西方文论之间的关系，首先得对"现代主义"有所了解。按照美国学者 M. H. 艾布拉姆斯的说法，"现代主义这个术语被广泛用于表示在 20 世纪初期几十年，尤其是第一次世界大战（1914—1918 年）后，具有新颖独特的主题、形式、理念和风格的文学和其他艺术作品。对'现代主义'（或其形容词形式：现代主义的）特征的定义因使用者不同而不尽相同；但许多批评家都认为，现代主义不但有意识地与一些西方文化艺术的传统基础彻底决裂，还与整个西方文化彻底决裂。从这种意义上看，现代主义的重要文化先驱是对支撑社会结构的传统模式、宗教、道德和理解人类自身的传统方式的确定性提出质疑的思想家。这些思想家包括：弗里德里希·尼采（1844—1900）、卡尔·马克思、西格蒙德·弗洛伊德、詹姆斯·G. 弗雷泽等"②，既然马克思也被视为现代主义的先驱者，本章所关注的内容也是马克思主义文论中国化问题，所以，接下来我们将探讨马列

---

① 参见胡秋原《浪费的论争：对于批评者的若干答辩》，原载《现代》1932 年第 2 卷第 2 期；苏汶《文艺自由论辩集》，现代书局 1933 年版，第 202 页。
② [美] M. H. 艾布拉姆斯、杰弗里·高尔特·哈珀姆：《文学术语词典》（第 10 版中英对照本），吴松江、路雁等编译，北京大学出版社 2014 年版，第 451、453 页。

文论与中国文论"现代性"之间的关系。

当然，这里我们还得回到"现代性"问题。众所周知，"现代性"（modernity）的含义复杂含混，诚如伊夫·瓦岱在讲演中所说，在20世纪90年代，"'现代性'一词的使用越来越出格，这不但涉及历史、美学、文学批评领域，而且还波及经济、政治和广告领域，从而使它变成了一个集最相矛盾的词义于一体的十足的杂音异符混合体"①。对中国而言，"现代性"属于舶来品，其对传统造成的冲击与震撼必然超过西方，有论者基于中西不同语境中"现代"与"古代"之间大体相似的对抗关系指出："'古代'与'现代'构成了一种生存性的张力，这种张力首先不是一种年代学的时间对比，而是生存样式和品质的对比造成的。'现代'所蕴含的是生存性的时间，带有在体性（ontic）的意涵，表明生存品质和样式的变化，与过去的生存品质和样式构成紧张关系。"② 这种"紧张"也见于马列文论与中国文论"现代性"的关系之中，这主要体现在两个方面：一是马列文论对中国文论的现代性改造，二是马列文论在中国实践中发生的本土化变异。

第一，马列主义为中国现代文论注入了批判精神。这种精神既是来自异域文化的新特质，也是本土文化追求现代性的内在需求。自19世纪中后期，尤其是"五四"以来，国人就努力引进"民主"思想与"科学"精神，前者追求个人权利和社会平等，后者则注重理性思考和客观分析。科学与民主两相结合，成为批判传统、启蒙民智的主要途径。"五四"之后，这两种思想从左、右两个方面被继承与发展。对此，毛泽东在《反对党八股》一文中有这样的描述："五四运动的发展，分成了两个潮流。一部分人继承了五四运动的科学和民主的精神，并在马克思主义的基础上加以改造，这就是共产党人和若干党外马克思主义者所做的工作。另一部分人则走到资产阶级的道路上去，是形式主义向右的发展。"③ 我们知道，"民主"思想与"科学"精神有着内在

---

① ［法］伊夫·瓦岱：《文学与现代性》，田庆生译，北京大学出版社2001年版，第13页。
② 刘小枫：《现代性社会理论绪论——现代性与现代中国》，上海三联书店1998年版，第63页。
③ 毛泽东：《反对党八股》（1942年2月8日），《毛泽东选集》（第3卷），人民出版社1953年版，第833页。

的统一性，其终极目的都在于人的自由和解放，与马克思主义强调的通过认识改造世界，实现从必然王国到自由王国的飞跃具有高度的一致性。在马克思主义者看来，"革命"是改造旧世界、创造新世界的必然方式，将这种"世界观"移用到文艺领域，就会得出这样的结论：通过对旧文艺的批判与否定去创造革命的无产阶级的新文艺。

实际上，追求人的自由与解放，贯穿着中国现代革命与现代文艺的整个发展过程。"五四"时期，李大钊就曾提出依靠自己的力量打破牢狱获得解放，他说："真正的解放，不是央求人家'网开三面'，把我们解放出来，是要靠自己的力量，抗拒冲决，使他们不得不任我们自己解放自己；不是仰赖那权威的恩典，给我们把头上的铁锁解开，是要靠自己的努力，把他打破，从那黑暗的牢狱中，打出一道光明来。"[①] 不仅如此，他也认识到"精神解放"是一切解放的基础："现在是解放时代了！解放的声音，天天传入我们的耳鼓。但是我以为一切解放的基础，都在精神解放。我们觉得人间一切生活上的不安、不快，都是因为用了许多制度、习惯，把人间相互的好意隔绝，使社会成了一个精神孤立的社会。……这种生活，我们岂能长此忍受！所以我们的解放运动第一声，就是'精神解放'！"[②] 具有启蒙、宣传与教育功能的文学艺术，自然是实现精神解放的重要途径。

比李大钊还早，鲁迅于1907年发表《摩罗诗力说》，呼吁"立意在反抗，指归在动作"的精神界战士，冲破禁区、扫荡迷信，唤醒大众，改造国民精神。到了后期，鲁迅通过接受、翻译马列主义文论，进一步确立起唯物主义文学观。比如，1934年，鲁迅在《门外文谈》中提出"将文字交给一切人"的文艺思想，指出"不识字的文盲群里"也是有作家的：在共同劳动的过程中，"假如那时大家抬木头，都觉得吃力了，却想不到发表，其中一个叫道'杭育杭育'，那么，这就是创作；大家也要佩服，应用的，这就等于出版；倘若用什么记号留存了下来，

---

① 李大钊：《真正的解放》（1919年7月），《李大钊全集》（第3卷），河北教育出版社1999年版，第296页。
② 李大钊：《精神解放》（1920年2月），《李大钊全集》（第3卷），河北教育出版社1999年版，第475页。

这就是文学；他当然就是作家，也是文学家，是'杭育杭育派'"①。鲁迅用幽默而形象的语言讲述了文学的起源问题，突出了原初时代无名之辈的创作地位。显然，这种具有唯物史观的认识与古典文论中所谓"道沿圣以垂文，圣因文而明道""道心惟微，神理设教，……天文斯观，民胥以效"（《文心雕龙·原道》）的神秘主义文艺观大相径庭。在对待外来文化方面，鲁迅提出"拿来主义"的主张："总之，我们要拿来。我们要或使用，或存放，或毁灭。那么，主人是新主人，宅子也就会成为新宅子。然而首先要这人沉着，勇猛，有辨别，不自私。没有拿来的，人不能自成为新人，没有拿来的，文艺不能自成为新文艺。"②这既是鲁迅大力译介外来文艺的缘由，也体现了他看待中外文化关系的辩证立场。

自李大钊、鲁迅之后，基于实现人的解放与自由之目的，对传统文化及文艺持批判意识的人不断增多，他们的主张在相当程度上批判、消解了传统文论中腐朽僵化、压抑人性的特征，但若是一味打着"解放、自由"的旗号，对"个人意志"不加节制，其结果不仅会戕害古典文论中值得坚守的内容，也会对现代文艺的创作及批评给予错误的引导。

第二，马列文论中国化的另一特点在于将理论转化为实践，这无疑也是中国文论现代性的重要表征。中国传统思想并不缺少实践性，但对天地、社会及人伦秩序抱持敬畏之心，具体言行要求符合天道与伦常。相比之下，马列主义主张通过革命实践去改造旧世界、创造新世界。因此，其文艺观点也强调阶级斗争，号召人民大众参与到改造世界的革命进程之中。于是，文艺与革命实践的关系问题，成为中国现代文论重点探索的内容，具体包括三个方面："为谁写""写什么""怎么写"，分别对应文艺创作的对象、内容与形式三大基本问题。

其一，关于"为谁写"的问题，马列文论中国化进程中给出的答案可以表述为"文艺的大众化方向"或者"文艺为大众服务"。由于革命最终依靠的力量是广大民众，通过文艺作品，在思想认识、情感态度

---

① 鲁迅：《门外文谈》，原载《申报·自由谈》1934年8月24日至9月10日；转引自《鲁迅全集》（第6卷），人民文学出版社1981年版，第94页。
② 鲁迅：《拿来主义》（1934），《鲁迅全集》（第6卷），人民文学出版社1981年版，第40页。

等方面教育、武装大众，引导他们认识被压迫的事实，进而自觉参与谋求解放的革命实践，成为中国马列主义文论的首要任务。对此任务，理论家们会随着时代、语境的变化，给出不同的理解与阐释。在马列主义思想初到中国之际，李大钊等人就有相关论述。到1930年代，瞿秋白发表《普洛大众文艺的现实问题》，文章前面引用了伊里伊茨（列宁）的一段话："这将要是自由的文艺，因为这种文艺并不是给吃饱了的姑娘小姐去服务的，并不是给胖得烦闷苦恼的'几万高等人'去服务的，而是给几百万几千万劳动者去服务的，这些劳动者才是国家的精华，力量和将来呢。"① 文章一开始就指出："中国普洛大众文艺的问题，已经不是什么空谈的问题，而是现实的问题。"② 其现实性的表现在于："文艺问题里面，同样要'由无产阶级反对着资产阶级而完成资产阶级民权革命的任务'准备着，团结着群众的力量，以便'立刻进到社会主义的革命'，为着执行这个任务起见，普洛大众文艺应当在思想上意识上情绪上一般文化问题上，去武装无产阶级和劳动民众，手工工人城市贫民和农民群众。这是艰巨的伟大的长期战争！"③ 为了实行普罗大众文艺，瞿秋白认为应该解决如下几个具体问题："第一，用什么话写。第二，写什么东西。第三，为着什么而写。第四，怎样去写。第五，要干些什么。"④ 这和前面所说中国左翼文论所关注的"为谁写""写什么""怎么写"三个问题具有高度的吻合性。在"为着什么而写"一节中，瞿秋白指出："这是文艺，所以这尤其要在情绪上去统一团结阶级斗争的队伍，在意识上在思想上，在所谓人生观上去武装群众。"⑤ 具体而言，是为鼓励群众、为组织阶级斗争、为理解工农的人生，总的说来，"普洛大众文艺的斗争任务，是要在思想上武装群众，

---

① 瞿秋白：《普洛大众文艺的现实问题》，原载左联出版的《文学》半月刊1932年第1卷第1期，署名史铁儿；转引自文振庭编选《文艺大众化问题讨论资料》，上海文艺出版社1987年版，第34页。
② 文振庭编选：《文艺大众化问题讨论资料》，上海文艺出版社1987年版，第34页。
③ 文振庭编选：《文艺大众化问题讨论资料》，上海文艺出版社1987年版，第34—37页。
④ 文振庭编选：《文艺大众化问题讨论资料》，上海文艺出版社1987年版，第37页。
⑤ 文振庭编选：《文艺大众化问题讨论资料》，上海文艺出版社1987年版，第44页。

意识上无产阶级化，要开始一个极广大的反对青天白日主义的斗争"①。在同年六月的《大众文艺的问题》中，瞿秋白进一步强调："现在绝不是简单的笼统的文艺大众化的问题，而是创造革命的大众文艺的问题。这是要来一个无产阶级领导之下的文艺复兴运动，无产阶级领导之下的文化革命和文学革命，'无产阶级的五四'，——这固然有时是反对资产阶级的斗争，可是在现在的阶段上，这显然还是资产阶级民权主义的任务。问题是在这里！"②。这就意味着明确提出无产阶级对文艺运动的政治领导权的问题。瞿秋白的这些认识为中国左翼—马克思主义文论体系的建立奠定了重要的理论基石。

大约十年之后，毛泽东发表《在延安文艺座谈会上的讲话》，重点围绕"文艺的服务对象"和"如何服务"两个问题展开。在谈到第一个问题时，毛泽东如此分析："那么，什么是人民大众呢？最广大的人民，占全人口百分之九十以上的人民，是工人、农民、兵士和城市小资产阶级。所以我们的文艺，第一是为工人的，这是领导革命的阶级。第二是为农民的，他们是革命中最广大最坚决的同盟军。第三是为武装起来了的工人农民即八路军、新四军和其他人民武装队伍的，这是革命战争的主力。第四是为城市小资产阶级劳动群众和知识分子的，他们也是革命的同盟者，他们是能够长期地和我们合作的。这四种人，就是中华民族的最大部分，就是最广大的人民大众。"③ 这样的理解成为此后相当长时期内中国文艺创作的指导思想。其实，这也可以说是马列文论中国化的结果，《讲话》中谈到此一问题时，毛泽东就明确说道："这个问题，本来是马克思主义者特别是列宁所早已解决了的。列宁还在一九〇五年就已着重指出过，我们的文艺应当'为千千万万劳动人民服务'。"④ 之所以在中国还有讨论的必要，是因为我们许多的文艺工作，"在他们

---

① 文振庭编选：《文艺大众化问题讨论资料》，上海文艺出版社1987年版，第46—47页。
② 瞿秋白：《大众文艺的问题》，原载《文学月报》1932年6月10日创刊号，署名宋阳；转引自文振庭编选《文艺大众化问题讨论资料》，上海文艺出版社1987年版，第55页。
③ 毛泽东：《在延安文艺座谈会上的讲话》（1942年5月），《毛泽东选集》，人民出版社1966年版，第857—858页。
④ 毛泽东：《在延安文艺座谈会上的讲话》（1942年5月），《毛泽东选集》，人民出版社1966年版，第856页。

的情绪中，在他们的作品中，在他们的行动中，在他们对于文艺方针问题的意见中，就不免或多或少地发生和群众的需要不相符合，和实际斗争的需要不相符合的情形"①。这也表明，已经被列宁等马克思主义者解决了的问题，传入中国之后，还需发生转变，以便于和中国革命的实际情况相结合。

党的十一届三中全会后，邓小平在第四次全国文代会上发表祝词，一方面声称"我们要继续坚持毛泽东同志提出的文艺为最广大的人民群众、首先为工农兵服务的方向"，另一方面提出，围绕着"实现四个现代化的共同目标"，文艺的路子要越走越宽，要为实现四个现代化这个"压倒一切的中心任务"服务②。这一表述，在坚持文艺为人民服务的同时，发展出文艺为社会主义服务的重要思想。1980年7月26日，《人民日报》根据邓小平的这一思想，发表题为《文艺为人民服务、为社会主义服务》的社论，自此以后，中国文艺工作的总的口号被表述成"为人民服务、为社会主义服务"的"二为方向"，将为阶级斗争服务的思想转变为符合当时实际的为社会主义服务，而为人民服务则承续了马列文论一贯的人民立场。

其二，围绕"写什么"和"怎么写"的问题，中国马列主义文论家经过艰辛探索，最终凝练出"现实主义"和"典型论"的创作原则。一般而言，马克思主义的唯物史观决定了其现实主义的文学观。1920年1月，李大钊在《什么是新文学》一文中提出："我们所要求的新文学，是为社会写实的文学，不是为个人造名的文学；是以博爱心为基础的文学，不是以好名心为基础的文学；是为文学而创作的文学，不是为文学本身以外的什么东西而创作的文学。"③ 这里表达的文学观虽然比较驳杂，但将"社会写实"视为新文学的第一属性，可谓抓住了新文学最重要也是最根本的特征。

---

① 毛泽东：《在延安文艺座谈会上的讲话》（1942年5月），《毛泽东选集》，人民出版社1966年版，第856页。
② 参见邓小平《在中国文学艺术工作者第四次代表大会上的祝辞》（1979年10月30日），《邓小平文选（一九七五——一九八二）》，人民出版社1983年版，第179—186页。
③ 李大钊：《什么是新文学》，原载《星期日》1920年周刊"社会问题号"；转引自《李大钊全集》（第3卷），河北教育出版社1999年版，第445页。

现实主义（Realism），旧译"写实主义"，瞿秋白将其译作"现实主义"，并指出马克思和恩格斯非常看重文学上的"现实主义"。他在作家如何反映现实的问题上，比之前的中国理论家思考得更加深入，他认为现实主义要求作家本人有鲜明的立场："文艺上反映现实的时候，作家没有可能不表示某种立场的某种态度。他的每一个字眼里，都会包含着憎恶或是玩赏，冷淡或是热烈的态度……他是在可惜，是在感动，是在号召，是在责备，总之，他必然的抱着一种态度。"① 所以，他不满意将 Realism 译作"写实主义"，认为这样容易产生望文生义的理解，"写实——这仿佛只要把现实的事情写下来，或者'纯粹客观地'分析事实的原因结果，——就够了。这其实至多也不过是自欺欺人的'客观主义'，或者还是明知故犯的假装的客观主义"②。在他看来，"真正的现实主义——不做资产阶级'科学'底俘虏的现实主义，应当反映到这现实世界之中的伟大的英勇的斗争，为着光明理想而牺牲的精神，革命战斗的热情，超越庸俗的尖锐的思想，以及这现实的丑恶所激发的要求改革，要求光明的'幻想'远大的目的"③。瞿秋白对现实主义的界定无疑对创作主体提出了更高的要求：在文艺创作中，作家、艺术家需要更好地认识生活、理解生活，将自己的真情实感、革命理想灌注到作品之中，引起民众共鸣，引导他们认清社会现实。

在作者问题上，鲁迅也持与瞿秋白相类似的看法："我以为根本问题是在作者可是一个'革命人'，倘是的，则无论写的是什么事件，用的是什么材料，即都是'革命文学'。从喷泉里出来的都是水，从血管里出来的都是血。'赋得革命，五言八韵'，是只能骗骗盲试官的。"④ 在如何为大众写作的问题上，鲁迅也有独特的见解。第一，在内容上，

---

① 瞿秋白：《〈高尔基论文选集〉·写在前面》，《瞿秋白文集》（文学编·第5卷），人民文学出版社1998年版，第324页。
② 瞿秋白：《〈高尔基论文选集〉·写在前面》，《瞿秋白文集》（文学编·第5卷），人民文学出版社1998年版，第324页。
③ 瞿秋白：《马克思文艺论底断篇后记》，《瞿秋白文集》（文学编·第3卷），人民文学出版社1998年版，第130页。
④ 鲁迅：《革命文学》，原载《民众旬刊》1927年第5期；转引自《鲁迅全集》（第3卷），人民文学出版社1981年版，第544页。

要从大众的欣赏兴趣出发,"挤掉一些陈腐的劳什子",创造出"浅显易解的作品","使大家能懂,爱看"①。第二,在形式上,也应是大众喜闻乐见的东西。鲁迅在《"连环图画"辩护》中,例举古今中外美术史上的大量事实证明,连环图画并非不能登大雅之堂,鼓励青年艺术学徒,不要"蔑弃"连环画,因为"大众是要看的,大众是感激的"②!在《论"旧形式的采用"》中,他再次以连环图画为例,指出"前进的艺术家"应当承担的任务:"现在社会上的流行连环图画,即因为它有流行的可能,且有流行的必要,着眼于此,因而加以导引,正是前进的艺术家的正确的任务;为了大众,力求易懂,也正是前进的艺术家正确的努力。"③

在"写什么"的问题上,毛泽东提出:"作为观念形态的文艺作品,都是一定的社会生活在人类头脑中的反映的产物。革命的文艺,则是人民生活在革命作家头脑中的反映的产物。人民生活中本来存在着文学艺术原料的矿藏,这是自然形态的东西;在这点上说,他们使一切文学艺术相形见绌,它们是一切文学艺术的取之不尽、用之不竭的唯一的源泉。"④ 在"怎么写"的问题上,或者说创作态度和方向问题上,毛泽东在《讲话》中强调必须坚持人民性,也就是向工农兵普及、从工农兵提高。究竟怎样普及与提高呢?毛泽东是这样回答的:"用什么东西向他们普及呢?用封建地主阶级所需要、所便于接受的东西吗?用资产阶级所需要、所便于接受的东西吗?用小资产阶级知识分子所需要、所便于接受的东西吗?都不行,只有用工农兵自己所需要、所便于接受的东西。"同样,"是从什么基础上去提高呢?从封建阶级的基础吗?从资产阶级的基础吗?从小资产阶级知识分子的基础吗?都不是,只

---

① 鲁迅:《文艺的大众化》,原载《大众文艺》1930年第2卷第3期;转引自《鲁迅全集》(第7卷),人民文学出版社1981年版,第349页。
② 鲁迅:《"连环图画"辩护》,原载于《文学月报》1932年第1卷第4期;转引自《鲁迅全集》(第4卷),人民文学出版社1981年版,第449页。
③ 鲁迅:《论"旧形式的采用"》,原载《中华日报·动向》1934年5月,署名常庚;转引自《鲁迅全集》(第6卷),人民文学出版社1981年版,第24页。
④ 毛泽东:《在延安文艺座谈会上的讲话》(1942年5月),《毛泽东选集》,人民出版社1966年版,第862页。

能是从工农兵群众的基础上去提高。也不是把工农兵提到封建阶级、资产阶级、小资产阶级知识分子的'高度'去，而是沿着工农兵自己前进的方向去提高，沿着无产阶级的方向去提高"①。如此强调"工农兵群众、无产阶级前进的方向"，也是基于中国革命实践的现实需要而考虑的。

"怎么写"的问题在中国现代文论中还被凝练成"典型化"理论（简称"典型论"），其理论来源也是马克思主义文论，它要求创作主体"根据实际生活创造出各种各样的人物来，帮助群众推动历史的前进"，"把这种日常的现象集中起来，把其中的矛盾和斗争典型化，造成文学作品或艺术作品，就能是人民群众警醒飞起来，感奋起来，推动人民群众走向团结和斗争，实行改造自己的环境"②。典型化理论是一个相对复杂的话题，我们在下一节加以专门讨论。

五

在西方传统中，"典型论"源自"摹仿说"。按照朱光潜的梳理，"'典型'（Tupos）这个名词在希腊文里原义是铸造用的模子，用同一个模子托出来的东西就是一模一样。这个名词在希腊文中与 Idea 为同义词。Idea 本来也是模子或原型，有'形式'和'种类'的涵义，引申为'印象'，'观念'或'思想'。由这个词派生出来的 Ideal 就是'理想'。所以从字源看，'典型'与'理想'是密切相关的"③。马克思主义典型学说批判地继承了德国古典文艺美学中的合理成分，莱辛、歌德的典型论和黑格尔《美学》中关于艺术理想与理想性格的理论，可谓是马克思、恩格斯典型学说最直接、最主要的理论前提④。

有研究者将马克思主义典型论的基本观点概括为五方面：一，歌颂

---

① 毛泽东：《在延安文艺座谈会上的讲话》（1942 年 5 月），《毛泽东选集》，人民出版社 1966 年版，第 861 页。
② 毛泽东：《在延安文艺座谈会上的讲话》（1942 年 5 月），《毛泽东选集》，人民出版社 1966 年版，第 863 页。
③ 朱光潜：《西方美学史》，人民文学出版社 1979 年版，第 695 页。
④ 李衍柱：《马克思主义典型学说史纲》，山东文艺出版社 1989 年版，第 172—173 页。

倔强的、叱咤风云的和革命的无产者；二，典型与个性有机统一的艺术整体；三，真实地再现典型环境中的典型人物；四，艺术家个人的生命表现的物化形式；五，按照"美的规律"塑造共产主义新人形象。"第一点说明了马克思主义典型论的社会性质；第二点指出了典型人物的基本特征；第三点总结了现实主义作家塑造典型的历史经验，指明了作家应遵循的创作原则；第四点阐明了审美主体与典型创造的关系；第五点提出了共产主义新人形象的问题。这几点相互之间，也不是彼此孤立的，我们应从整体上去把握马克思主义典型理论的基本点。"[1] 更为概括地讲，马克思主义典型学说主要包含两个原则：一是典型与个性的统一；二是典型性格与典型环境的内在联系[2]。这两条原则对应的是前文五方面中的第二、第三点。很显然，这两个原则与文艺创作直接相关，更容易为中国马列主义文艺理论家所关注。但从整体上看，这两条原则还不足以涵括马克思与恩格斯典型论的全部内涵[3]，毕竟其他几个方面分别立足社会性质、主体与创造之关系、写作目标，它们都与马克思主义思想的终极目的密切相关。即以此二原则来说，也充分体现了马克思主义的辩证精神与唯物主义思想，毕竟强调"典型""共性"容易忽略对个性与偶然的尊重，造成形而上与形而下关系的失调，让艺术所再现的世界显得不充分、不完整。明白这一点将有助于我们理解中国马列主义文艺理论家在译介与传播典型学说时所发生的变异与重建：不仅在译介时挑选篇目，导致理解上的偏差，在具体运用中产生过于看重"共性"与"必然"的倾向。

中国自古也有"典型"这个词，它与"典刑"相通，主要含义是模型、规范、"常是故法"。比如，《诗经·大雅·荡》"虽无老成人，尚有典刑"，指的是旧法、成法；《孟子·万章上》"太甲颠覆汤之典刑，伊尹放之于桐"，指的是常法；文天祥《正气歌》"哲人日已远，

---

[1] 李衍柱：《马克思主义典型学说史纲》，山东文艺出版社1989年版，第193页。
[2] 朱光潜：《西方美学史》，人民文学出版社1979年版，第690—703页。
[3] 李衍柱在论述上文提及的五个方面之后引述了朱光潜的这两点原则，称"这两条自然是正确的，也是主要的。但我认为仅仅这两点又不能包括马克思恩格斯关于文学典型理论的其他重要观点。"参见李衍柱《马克思主义典型学说史纲》，山东文艺出版社1989年版，第299页。

典刑在夙昔",指的是榜样、模范。《说文解字》解释说:"典,五帝之书也","型,铸器之法也"。段玉裁注:"以木为之曰模,以竹曰范,以土曰型,引申之为典型。"① 可以看出,就字面意义而言,汉语的"典型"与希腊文的"典型"(Tupos)在本原意义上有相似之处,但从后世发展及本质上看,中国传统文化中的"典型"具有原道、征圣的教化色彩,对言行、修养提出了较高的要求。

1921年,鲁迅在《译了〈工人绥惠略夫〉之后》一文中,首次译出了"典型"并使用了"典型人物"的概念:"批评家的攻击,是以为他这书诱惑青年。而阿尔志跋绥夫的解辩,则以为'这一种典型,在纯粹的形态上虽然还新鲜而且希有,但这精神却寄宿在新俄国的各个新的,勇的,强的代表者之中。'"② "阿尔志跋绥夫是诗人,所以在一九〇五年之前,已经写出一个以性欲为第一义的典型人物。"③ 1924年,成仿吾在《〈呐喊〉的评论》一文中使用"典型的性格""典型"等范畴,并以此对鲁迅早期小说"再现的记述"进行批判性评价:"前期的作品有一种共通的颜色,那便是再现的记述。……这些记述的目的,差不多全部在筑成 build up 各样典型的性格 typical character;作者的努力似乎不在他所记述的世界,而在这世界的住民的典型。所以这一个个的典型筑成了,而他们所居住的世界反是很模糊的。世人盛称作者的成功的原因,是因为他的典型筑成了,然而不知作者的失败,也便是在此处。作者太急了,太急于再现他的典型了;我以为作者若能不这样急于追求'典型的',他总还可以寻到一点'普遍的'(allgemein)出来。"④ 1926年,郁达夫在《小说论》第五章《小说的人物》中说:"因为作中的人物,大抵是典型的人物,所以较之实际社会的人物更为有趣。这'典型的'(Typical)三个字,在小说的人物创造上,最要留意。大抵作家的人

---

① 参考李衍柱《马克思主义典型学说史纲》,山东文艺出版社1989年版,第388—389页;《古代汉语词典》编写组编《古代汉语词典》,商务印书馆2003年版,第34页。
② 鲁迅:《译了〈工人绥惠略夫〉之后》,原载《小说月报》1921年第12卷第7号;转引自《鲁迅全集》(第10卷),人民文学出版社1981年版,第167页。
③ 《鲁迅全集》(第10卷),人民文学出版社1981年版,第167页。
④ 成仿吾:《〈呐喊〉的评论》,原载《创造季刊》1924年第2卷第2期;转引自《成仿吾文集》,山东大学出版社1985年版,第147—148页。

物,总系具有一阶级或一社会的特性居多。……作家的人物,正因为具有这一种 Typical Traits of Characteristics 的原因,才能使大多数的读者对作中的人物感着趣味。但这一种代表特性的抽象化,化得太厉害的时候,容易使人物的个性(Individuality)失掉,变成寓话中的人物,如盘洋的《天路历程》里的 Christian,Hypocrite 之类,或变成一种 caricature,使读者感不出满溢的现实味来,这一层是小说家创造人物最难之点,也是成功失败的最大关头。"① 显然,郁达夫认为小说家在创造典型人物的时候,要兼顾抽象化的一般与现实味的个性,达成两者的平衡与统一。遗憾的是,这种观点在后来有关典型问题的争论中并未引起应有的重视。

通过以上描述,我们发现马克思主义典型论传入中国之前,创作界、评论界都已注意到这个问题,但严格说来,还属于自发性的讨论,尚未形成有影响的研究氛围和批评实践,当然也未引起广泛关注。

几年之后,瞿秋白将自己的撰述和相关译文编成《"现实"——马克斯主义文艺论文集》一书,其中全文翻译了恩格斯致玛·哈克奈斯、保·恩斯特的两封书信,并撰写了《马克思恩格斯和文学上的现实主义》《恩格斯和文学上的机械论》等文章,由此将马列文论关于"典型环境中的典型性格"的经典论述介绍到国内。在《马克思恩格斯和文学上的现实主义》一文中,瞿秋白通过对比恩格斯赞赏的巴尔扎克与批评的哈克奈斯两人的作品,重点阐述了恩格斯"典型的环境之中的典型性格"的内涵:"他(引注:指巴尔扎克)是在发露这部'历史'的原因,而写出'典型化的个性'和'个性化的典型'。他所以能够暴露资产阶级和贵族的真相。……这就是恩格斯说的:'除开详细情节的真实性,还要表现典型的环境之中的典型性格。'——这里的典型环境是围绕着他们而驱使他们的行动的。巴勒扎克表现自己小说里的英雄的方法,正是恩格斯写给拉萨尔的信里面所说的:'人的性格不但表现在他做的是什么,而且表现在他怎样做。'巴勒扎克在事实以外,在所谓'到处都发生着的事情'之外,还能够揭开内幕,暴露社会生活的机械

---

① 郁达夫:《小说论》,光华书局1926年版;转引自《郁达夫全集》(第10卷),浙江大学出版社2007年版,第155—156页。

体。"① 这里瞿秋白先后提到"原因""真相""内幕""机械体",目的在于强调现实主义方法并非仅仅如哈克奈斯那样采取"旁观者的客观态度"描摹"事实",还应深入事实内部,探求其原因,以科学、辩证的方式揭露事实、历史的真相。瞿秋白对马克思、恩格斯"典型"学说的译介与阐释具有开拓性质,他对典型论的选择性引介与理解,对后来的理论家、批评家产生了重要影响。

鲁迅在"典型论"方面的贡献在于,对如何从个别到一般的问题进行了归纳、升华,对艺术的真实性问题进行了论述与辨析。鲁迅在这两个方面都强调采用现实主义创作手法,力求通过历史真实或现实真实上升到艺术真实,最终实现个性与典型的统一。在《我怎么做起小说来》(1933)一文中,鲁迅说:"所写的事迹,大抵有一点见过或听到过的缘由,但决不全用这事实,只是采取一端,加以改造,或生发开去,到足以几乎完全发表我的意思为止。"这里特别强调对现实的真实事件进行改造,以实现艺术真实;在人物形象的塑造上也是如此:"人物的模特儿也一样,没有专用过一个人,往往嘴在浙江,脸在北京,衣服在山西,是一个拼凑起来的脚色。"② 对于"艺术真实"的问题,鲁迅也有非常深刻的见解,他曾说:"艺术的真实非即历史上的真实,我们是听到过的,因为后者须有其事,而创作则可以缀合,抒写,只要逼真,不必实有其事也。然而他所据以缀合,抒写者,何一非社会上的存在,从这些目前的人,的事,加以推断,使之发展下去,这便好像豫言,因为后来此人,此事,确也正如所写。"③ 由此可见,鲁迅的典型论已经与所谓"补史之阙""言出有据"的古典史部小说观划清了界限,他凭借对西方典型学说的认识与理解,加之丰富的生命体验与创作经验,对文学创作中至关重要的"怎样写"的问题给予了形象而独到的阐释。

20世纪30年代中后期,胡风与周扬围绕典型论中普遍性与特殊性或者说共性与个性之关系问题进行过一场辩论。该辩论的背景颇为复

---

① 瞿秋白:《马克思恩格斯和文学上的现实主义》,《现代》1933年第2卷第6期,署名静华。
② 鲁迅:《我怎么做起小说来》,原载1933年6月上海天马书店出版的《创作的经验》一书;转引自《鲁迅全集》(第4卷),人民文学出版社1981年版,第513页。
③ 《1933年12月20日致徐懋庸》,《鲁迅全集》(第12卷),人民文学出版社1981年版,第526页。

杂，影响也较深远①，就争论焦点而言，无疑集中于对"典型"与"个性"的界定，以及运用典型理论去指导具体的文学创作上。1935年5月胡风发表《什么是"典型"和"类型"——答文学社问》，他说："作者为了写出一个特征的人物，得先从那个人物所属的社会的群体里面取出各样人物底个别的特点——本质的阶层的特征，习惯，趣味，体态，信仰，行动，言语等，把这些特点抽象出来，再具体化在一个人物里面，这就成为一个典型了。……一个典型，是一个具体的活生生的人物，然而却又是本质上具有某一群体底特征，代表了那个群体的。"②胡风还借阿Q这个形象阐释了典型所体现的普遍性与特殊性的关系："所谓普遍的，是对于那人物所属的社会群里的各个个体而说的；所谓特殊的，是对于别的社会群或别的社会群里的各个个体而说的。就辛亥前后以及现在的少数落后地方的农村无产者说，阿Q这个人物底性格是普遍的；对于商人群地主群工人群或各个商人各个地主各个工人以及现在的在不同的社会关系里的农民而说，那他的性格就是特殊的了。"③在差不多同一时间写成的长篇论文《张天翼论》中，胡风也说："艺术活动底最高目标是把捉人底真实，创造综合的典型。这需要在作家本人和现实生活的肉搏过程中才可以达到，需要作家本人用真实的爱憎去看进生活底层才可以达到；如果只是带着素朴唯物主义观点在表面的社会现象中间随喜地遨游，我想，他的认识就很难深化，他的才能就很难发展的罢。"④从这些表述中，我们可以看出胡风对写作主体的创造能力有着较高的要求，这与他此后逐步建构起来的"主观战斗精神"理论具有高度的一致性。但胡风将人物所属某个群体的特征作为判断典型之

---

① 有学者指出："这一场辩论又和关于'国防文学'与'民族革命战争的文学'这两个口号的争论交织着。它的背后，还有着更深的自20年代形成的文学界的人事纷争，即鲁迅与郭沫若一派以及周扬等人之间的矛盾。胡风与周扬30年代这一场矛盾的延伸，在40年代中、后期更形成为对胡风'主观战斗精神'以及写人民精神奴役的创伤之主张的批判。"王锺陵：《典型论在中国二十世纪三四十年代的内涵、争论与运用》，《学术交流》2009年第1期。

② 胡风：《什么是"典型"和"类型"——答文学社问》，原载《文学》1935年第4卷第6期；转引自《胡风评论集》（上），人民文学出版社1984年版，第96页。

③ 《胡风评论集》（上），人民文学出版社1984年版，第97页。

④ 胡风：《张天翼论》，原载《文学季刊》1935年第2卷第3期，署名胡丰；转引自《胡风评论集》（上），人民文学出版社1984年版，第36—37页。

普遍性的标准，却是对马克思主义典型学说的误读，属于他个人的理解，毕竟任何单个群体的特征都只具有一定程度的普遍性。对于典型的问题，周扬在《现实主义试论》（1936）一文中也有论说："典型的创造是由某一社会群里面抽出最性格的特征，习惯，趣味，欲望，行动，语言等，将这些抽出来的体现在一个人物身上，使这个人物并不丧失独有的性格。所以典型具有某一特定的时代，某一特定的社会群所共有的特性，同时又具有异于他所代表的社会群的个别的风貌。借一位思想家的说法，就是：'每个人物都是典型，而同时又是全然独特的个性——这个人（This one），如老赫格尔所说的那样。'"[1] 这些与胡风的看法并无多大冲突，但周扬批评了胡风对阿Q形象之典型性的认识，他说："阿Q的性格就辛亥前后以及现在落后的农民而言是普遍的，但是他的特殊却并不在于他所代表的农民以外的人群而言，而是就在他所代表的农民中，他也是一个特殊的存在，他有他自己独特的经历，独特的生活样式，自己独特的心理的容貌，习惯，姿势，语调等，一句话，阿Q真是一个阿Q，那所谓'This one'了。如果阿Q的性格单单是不同于商人或地主，那末他就不会以这么活跃生动的姿态而深印在人们的脑里吧。"此后两人还有辩驳，但总的观点可谓大同小异，有学者细读两人的文章后这样说："今天我们即使反复阅读胡风与周扬当年关于典型的争论，往往很难抓住要领，就是因为，他们二人在共性和个性的对立统一上，并没有根本的冲突，胡风也并不想突破这一对经典理论的框框。只是周扬把重点放在社会的、阶级的共性上，胡风把重点放在个体的个性上。周扬说，典型就是阶级的群体性和个性的结合，根本感觉不到二者之间有什么矛盾；而把个体看得更重要的胡风却强烈地感到，不存在任何抽象的阶级和群体，他强调共性只能是单个个体的共通性。在这个意义上，他说，社会的群体的共性与个性不能相容。"[2] 在此后的半个世纪之中，大多数论者谈及典型问题时都偏向于强调必然性、普遍性的优势地位，个人性、偶然性就成为

---

[1] 周扬：《现实主义试论》，原载《文学》1936年第6卷第1期；转引自《周扬文集》（第1卷），人民文学出版社1984年版，第160页。
[2] 孙绍振：《西方文论的引进和我国文学经典的解读》，《文学评论》1999年第5期。

"外加的亦即是并非有机的成分，这就是小说创作中长时期存在、并愈趋严重的观念化弊病的理论根源之所在"①。

1942年，毛泽东《在延安文艺座谈会上的讲话》也结合当时中国的实际情况论及典型问题，较为科学地分析了生活美与艺术美、文艺的真实性与典型性之间的辩证关系。毛泽东指出："人类的社会生活虽是文学艺术的唯一源泉，虽是较之后者有不可比拟的生动丰富的内容，但是人民还是不满足于前者而要求后者。这是为什么呢？因为虽然两者都是美，但是文艺作品中反映出来的生活却可以而且应该比普通的实际生活更高，更强烈，更有集中性，更典型，更理想，因此就更带普遍性。"② 这里强调文艺作品的普遍性高于生活本身，其目的就是期望通过这种"典型化"的艺术手段，最大程度地唤醒人民群众，参加革命斗争，改善生存环境："革命的文艺，应当根据实际生活创造出各种各样的人物来，帮助群众推动历史的前进。例如一方面是人们受饿、受冻、受压迫，一方面是人剥削人、人压迫人，这个事实到处存在着。人们也看得很平淡；文艺就把这种日常的现象集中起来，把其中的矛盾和斗争典型化，造成文学作品或艺术作品，就能使人民群众惊醒起来，感奋起来，推动人民群众走向团结和斗争，实行改造自己的环境。如果没有这样的文艺，那么这个任务就不能完成，或者不能有力地迅速地完成。"③ 当然，毛泽东的典型论也有着过于强调阶级对立、阶级斗争的意识形态倾向，虽然这种倾向适用于革命战争的需要，但在中华人民共和国成立后其影响力还是持续不减，因此有研究者指出："20世纪50年代中期至60年代初的论争，虽然典型的某些文学本体的内涵得以不同程度地诠释，显示了理论讨论的活力，但是在当时的历史语境下，政治意识形态不可能从文学圣殿中退场。"④

---

① 王锺陵：《典型论在中国二十世纪三四十年代的内涵、争论与运用》，《学术交流》2009年第1期。
② 毛泽东：《在延安文艺座谈会上的讲话》，《毛泽东选集》（1942年5月），人民出版社1966年版，第863页。
③ 毛泽东：《在延安文艺座谈会上的讲话》，《毛泽东选集》（1942年5月），人民出版社1966年版，第863页。
④ 叶虎：《20世纪中国文学典型论局限分析》，《沈阳师范学院学报》（社会科学版）2002年第5期。

经由以上简单回顾，我们大体能够感知马列文论中的典型学说在1930年代初被引入中国之后发生的变异情况：从原本相对完整的理论体系转变为主要关注"典型环境中的典型人物"，以及"典型人物"所体现的普遍性特征，进而将政治意识形态、革命实践品格灌注其中，构建成具有鲜明中国特色的新的理论体系。尽管我们的回顾使用的是不完全归纳法，但从这些代表性观点里面，我们仍然可以看出，作为马列文论的重要部分，典型论在中国化进程中所面临的多重境遇，有译介者的个人性选择，有阐释者的倾向性理解，有实践者的创造性运用，更有领袖人物的权威性总结，彼此之间或呼应，或补充，或辩驳，或引领，最终建构起中国自己的典型理论，对中国现代文论及文学创作产生了巨大影响，直到新时期之后，随着更多西方现代文论观念的涌入，新的学说如雨后春笋般生长起来，典型论才逐渐退出中心，走下神坛，成为众多文论范畴中的一种。

六

当某一观念、某个理论甚至某种文化进入新的语境，获得阐释、运用时，难免被误读，其形态自然也会发生变异。在分析马列文论中国化的时候，我们需要借鉴比较文学的"发生学"与"变异学"理论，前者着重考察对象的外部"语境"因素，也就是"马列文论中国化"之"中国"的实际情况，后者注重探究文本自身在传播与接受、吸收与改造的过程中，所发生的一系列演变，也就是"化"的过程与机制。后一方面的情况，前文已经有所描述与阐释，下面我们对前者略作一些具体分析。

从文学发生学立场上说，"文化语境"是文学文本生成的本源，指的是在特定的时空中由特定的文化积累与文化现状构成的"文化场"（the field of culture）。这一范畴包括与文学文本相关联的特定"文化氛围"（如生存状态、生活习俗、心理形态、伦理价值等）以及文学创作者的"认知形态"（包括在特定"文化场"中的生存方式、生存取向、认知能力、认知途径与认知心理，以及由此而达到的认知程度）。而构成"文学的发生学"的"文化语境"，则存在着三个层面：一是"显现本民族文化沉积与文化特征的文化语境"；二是"显现与异民族文化相抗衡与相融合的文化语境"；三是"显现人类思维与认知的共性的文化语境"。每一层"文化语境"都是一个多元的组合①。如此说来，我们考察马列文论中国化的文化语境时，可以大体做出如下三方面的归纳：一是中国传统文化的语境，除了相关的文论观念，还包括相应的文化背景；二是复杂的近现代转型时期的文化语境，这是一个杂语共生的时代，包括马列主义在内的众多思想观念，都被引入，它们不仅与中国传统文化甚至彼此之间都发生着冲突与融合；三是对普遍人性以及人的自由与解放的特别关注，这可谓是具有普世性、现代性特征的文化语境。

马列文论中国化首先面临的文化语境当然是中国传统文化。实际上，作为来自异质文化的马列文论，之所以能够在中国大地上生根并蓬勃生长，必然与中国古典文论和传统文化存在诸多契合之处，对此，李泽厚有这样的阐释："马克思主义到底是如何扎根于中国的土壤，并同时创造出一种新的中国式马克思主义，这是一种复杂而漫长的过程。关键在于马克思主义与中国文化的内在价值形成了某种融合，例如中国'文化心理结构'中对实用理性的依赖以及具有普遍意义的乌托邦远景的追求。"② 当然，除此之外还有其他方面的相通之处，比如，在终极目标上对人的生命的关注、对个人自由与解放的追求等；又比如，中国有"重史尚实"的"史传"传统，这使得西方现实主义文学创作及理论容易被国人接受。此外，为了更好地向广大群众宣传革命思想，民间流行的传统文艺形式也越来越得到重视，也是马克思主义文论进入中国的一种文化语境。鲁迅、瞿秋白、毛泽东，都从不同角度提倡活用传统的、民间的艺术形式，以便于革命思想更通俗易懂，为民众所喜闻乐见，从而达到更好的宣传效果。

其次，马克思主义文论进入中国的现实遭际就是中国近现代转型时期的文化语境，如果要具体分辨的话，又可以分成三个方面：正在发生思想及政治变革的社会现实语境；保守、激进与自由主义立场相互激荡

---

① 参见严绍璗《"文化语境"与"变异体"以及文学的发生学》，《中国比较文学》2000年第3期。

② 李泽厚：《探寻语碎》，上海文艺出版社2000年版，第70—71页。

的"五四"时期的思想语境；中国左翼——马克思主义内部不同倾向的政治语境。前两者可谓是马克思主义之所以能够进入中国的重要契机，后者则是马克思主义在中国化过程中不断发生裂变的根本原因。当然，除了语境之外，马克思主义文论中国化最直接的推动者是一个个鲜活的接受者、宣传者、实践者，他们的言行构成了马克思主义文论在中国最为生动的文化语境。

众所周知，马列文论中国化的首要环节，是介绍与翻译（合称"译介"）。从传播学角度看，这一环节牵涉信息的发布与接收。由于涉及至少两种不同的语言及文化系统，译介工作，包括原作的选择，内容的理解，范畴的提炼，语言的表达，等等，都与译者的思想立场、外语水平、知识储备、理论修养密切相关。一个无法否认的事实是，中国现代绝大多数马克思主义理论家不能直接阅读马克思、恩格斯的原著，他们对马克思、恩格斯文艺思想的接受基本上是经由俄国、日本学者的翻译与研究而获得，他们的汉语译本也大多属于转译之作。在早期阶段，马克思主义在中国的传播，始于留日学生在日本创办杂志并翻译日本学者研究马克思主义政治与经济思想的论著[①]。这主要是因为日本在近现代迅速崛起，与中国关系发生逆转，从而对留日学生产生很大冲击，促使他们探索祖国强胜的道路，马克思、恩格斯的社会主义革命思想成为他们的选择与信念。稍后，对马克思主义文论的译介也大多从日文转译而来，比如成仿吾、李初梨等人的翻译，当然，最具代表性的例子还是鲁迅。鲁迅精通日文，熟悉德文，略懂英文与俄文，为了应付论敌及无产阶级阵营内部有关政治与文学之关系的论争，自1928年翻译《苏俄的文艺政策》开始，鲁迅就选择由日文本转译马列主义文论，此后，翻译卢那察尔斯基的《艺术论》《文艺与批评》，也是希望弄清此前文学史家、批评家纠缠不清的一些问题，包括艺术的本质和起源、艺术功利性和愉悦性的辩证关系，以及如何以唯物史观研究文学发展史等问题。虽然鲁迅的"转译"和"直译"未必尽善尽美，从德文、俄文到日文，再到汉语，其

[①] 周棉：《留学生与马克思主义文艺理论在中国的传播》，《江苏社会科学》2010年第3期。

中自然会发生不同程度的"误读",存在着如梁实秋所批评的"三道贩子"① 现象,文字上也有晦涩难懂之处,但这些译本无疑对中国左翼文学运动的理论和创作产生了积极而巨大的影响②。当然,在此过程中,还出现颠倒马克思主义经典文本与阐释文本之地位,甚至将一些非马克思主义的文艺观也加以隆重推介的问题。比如,1930年10月刘呐鸥翻译出版弗理契的《艺术社会学》,在《译者后记》中说:"《艺术社会学》是他(按:指弗理契)以其艺术上的渊博的智识及其严正的马克思主义的方法,将最初的系统给予了马克思主义艺术学的空前的著作。"③ 实际上,弗里契是庸俗社会学的代表性人物,时常对马克思主义理论加以机械生硬的套用,他的《艺术社会学》对艺术与社会形态和经济结构的关系予以简单化的线性解释,把艺术仅仅视为"将占统治地位的生活风格翻译成艺术语言",没有意识到社会形态和经济结构本身都是由复杂的社会阶级、经济要素的相互关系构成的,忽略了艺术的不同思想倾向性、艺术本质上的复杂性。这在当时并未被译介者充分认识,反而加以赞赏性推广,这种挪用甚至误用的行为,对中国现代文艺理论及文学创作造成了较长期都难以消除的不良影响。

在1930年代之后,苏俄文论逐渐成为中国革命文学创作及批评的主要理论资源,并在四十年代至七十年代,促成了中国革命现实主义文论体系的形成与发展。周作人早就作过这种预言性质的论断:"中国的特别国情与西欧稍异,与俄国却多相同的地方,所以我们相信中国将来的新兴文学当然的又自然的也是社会的、为人生的文学。"④ 苏俄文论的引入,有助于中国更好地吸纳马列主义文论的经典原理,而非那些阐释性言论,从而为马列文论中国化的"重构"奠定了坚实的基础。在

---

① 参见梁实秋《论翻译的一封信》,《新月》1932年12月1日第4卷第5期。
② 宋嘉扬、靳明全:《试析鲁迅译介马列文论的二度变形》,《四川外语学院学报》2007年第3期。
③ 刘呐鸥:《译者后记》,[苏联]弗里契:《艺术社会学》,刘呐鸥译,水沫书店1930年版,第367页。
④ 周作人:《文学上的俄国与中国——一九二〇年十一月在北京师范学校及协和医学校所讲》,原载于《新青年》1921年1月1日第8卷第5号,《晨报·副镌》;转引自钟叔河编《周作人文类编》(第8卷),湖南文艺出版社1998年版,第425页。

此进程中，贡献卓著的首推精通俄文、拥有较为深厚的马克思主义理论修养的瞿秋白。出于对马克思主义文论阶级性、革命性以及政治性立场的坚守，在译介过程中，瞿秋白不仅有倾向地选择翻译对象，还有意使译文偏离原作，以实现更加理想的宣传效果。比如，对普列汉诺夫的著作，鲁迅选译《艺术论》《艺术与生活》，关注的重点是艺术起源、艺术作用等问题，而瞿秋白则通过翻译《易卜生的成功》、《别林斯基的百年纪念》以及《唯物史观的艺术论》，强调在文学研究中如何运用马克思主义思想，以及政治正确与否等问题。瞿秋白这样做的结果，自然是凸显了马克思主义文艺理论中关于文学的阶级性、党性、意识形态等方面的论述，弱化了对艺术的审美属性、艺术与人之关系等重要命题的探讨。一个较为明显的例子是，瞿秋白在节译列宁《党的组织和党的出版物》时，不仅将"出版物"译成"文学"，借此忽视、混淆"政治出版物"与"文学出版物"的区别，还有意无意之间漏译了该文中列宁对创作自由问题的辨析："无可争论，写作事业最不能机械划一，强求一律，少数服从多数。无可争论，在这个事业中，绝对必须保证有个人的创造和爱好的广阔天地，有思想和幻想、形式和内容的广阔天地。这一切都是无可争论的，可是这一切只证明，无产阶级的党的事业中写作事业这一部分，不能同无产阶级的党的事业的其他部分刻板地等同起来。"[1] 仅此事例，我们就不难看出，瞿秋白注重党的群众工作和政治斗争的实用主义立场[2]。这些情况再次证明，中国早期左翼——马克思主义者所具有的不同的文艺理论倾向，以及部分革命者、政治家对马克思主义文艺思想无意甚或有意地"挪用"，其目的在于重新"建构"适合中国现实状况、革命需要的新的文艺理论体系。

最后，马列文论中国化过程中面临的另一个文化语境就是，中国现代文学甚至现代文化对人性的普遍关注，对人的自由与解放的终极追

---

[1] ［苏联］列宁：《党的组织和党的出版物》，瞿秋白译，赖先德主编：《马克思主义文艺论著选读》，河海大学出版社1988年版，第151页。关于"文学"与"出版物"翻译的辨析，参看该文尾注①。

[2] 参考郗智毅《中国马克思主义文艺理论传播史中的一次关键的转折——评瞿秋白对马列文论的译介》，《河北大学学报》（哲学社会科学版）2007年第6期；刘中望《文学与政治的博弈：瞿秋白译介俄国马克思主义文学理论的纠结》，《文史哲》2012年第6期。

求。实际上，我们都很清楚，"五四"新文学革命所追求的目标，一是"白话文学"，二是"人的文学"，两者的结合赋予新文学以现代性内涵及特征。所以，在相当程度上，我们可以说，"白话"和"人性"是中国现代文学批评及理论得以展开的两个重要基点，而且，相比之下，围绕"人性"问题的辩驳、争斗，显得更加波澜壮阔，也更为惊心动魄！比如，文学的人性与阶级性问题，文学的党性与人民性问题，革命现实主义与革命浪漫主义的问题，文学即人学的问题，文学的人道主义问题，文学的自律与他律问题，文学的主体性问题，都在中国现代文论发展进程中引起过激烈辩论甚至尖锐冲突，从本质上讲，它们或多或少都是"人的文学"这一基本命题的不同面相。上述这些命题之所以引起非同一般的讨论，与马克思、列宁主义文艺观的引入密切相关。本来，在马克思、恩格斯甚至列宁的经典文献里边，有关人性与阶级性、党性与文学性、人道主义、现实主义、批判现实主义等问题，都有非常辩证的分析，但正如我们在前面描述过的那样，出于种种原因，最先被中国学者、思想家关注并积极译介的并非马克思主义文论的经典文献，而是阐释与研究性论著，况且大多还是被其他语言文化过滤、挪用过的文献的转译或转介，在此过程中，马克思主义文艺思想已经发生改变，即便是经典文献的直接译介，出于中国社会民主革命的需要，也使得阶级性、革命性、党性、"三突出"等政治正确的标准逐步得以提升，而审美性、个人性、情感性、主体性、人道主义等文学正义的呼声日渐衰弱，很长时间忽视了新文学最初设定的"人的文学"这一现代性目标。直到新时期之后，中国学界才开始对马克思主义及马列文论进行正本清源的工作，充分认识到马列文论对人的重视、对人道主义精神的尊崇、对人的自由与解放的憧憬，加之西方马克思主义文艺思想及其他现代文论观念的引入，中国现代文论开启了一个新的多元共进的探索历程，既往那种经由"挪用"转而"建构"的现象，虽不一定能够完全避免，但肯定会有所反拨与削弱。

第四章 移植与变异

　　20世纪中国文论除了零散单篇的文学批评之外，还有数量颇多的具有知识体系的文学概论、中国文学史、中国文学批评史著作。据《民国时期总书目·文学理论》统计，从1917年至1937年，国人编著的"文学概论"著作有40余种，而据《中国文学史要目》记载，从20世纪初至1949年，仅"中国文学史"通史类著作就有110余种，"中国文学批评史"著作也有10余种。20世纪后半叶，由于大学学科逐步纳入官方体制之内，教育部组织专家力量集中策划编撰高校统一教材，这三类著作的数量与民国时期相比有大幅减少，但种类仍然繁多，既有统编教材，也有学者专著。可以说，20世纪每一阶段的中国文论的话语立场、理路、形态与这些著作如何讲述文学的本质与特性、如何讲述中国文学与批评的历史有着密切联系，因此研究域外文论本土化的过程与机制也就绕不开这些著作。文学理论、中国文学史、中国文学批评史在漫长的20世纪是如何发生与演进的，在这一过程之中如何借鉴和移植域外文论的有关知识来构建自身的学科体系和话语，而在借鉴和移植的同时，又是如何对域外文论进行有选择性地接受和误读，以及用变异了的域外文论阐释中国文学、文论时，又造成自身哪些方面的压抑和掩藏，这些问题都是本章所探讨的对象。

一

　　陈平原指出，"'文学史'之迅速崛起，主要得益于教育改革"，

"晚清学部（以及民初的教育部）对于课程设置、教科书编写和学生考试方法的规定，乃'文学史'神话得以成立的决定性因素"①。不仅文学史，文学概论、文学批评史学科的建立和发展都与晚清的教育体制改革有关，而这三门学科作为高等教育课程（还有少数的中等教育）的确立，又带动着文学概论、文学史、文学批评史作为一种著作体例和知识体系的兴起和普及。

1904年1月，张之洞在《筹议京师大学堂章程》（1898）、《钦定京师大学堂章程》（1902）的基础上重订大学堂章程，借鉴日本学制，分为八科，"文学科"是其中之一，其下又分为九门，其中之一是"中国文学门"。"中国文学门"须修"主课"七类，包括"文学研究法""历代文章流别""古文论文要言"等。"文学研究法"一科的总纲说明是"研究文学之要义"，又有41条细则，包括字的形音义、文之致用及要求、辨体、文学与外在环境的关系、中国文学与外国文学的对比参考等方面②。这是时人在传统的知识谱系中对于"文学"的整体定位，可看作具有知识体系的"文学理论"。"历代文章流别"观念虽然源自挚虞的《文章流别论》，但通过《章程》说明——"日本有《中国文学史》，可仿其意自行编纂讲授"——可知，其与文学史等同。"古人论文要言"的说明则是："如《文心雕龙》之类，凡散见子、史、集部者，由教员搜集编为讲义"③，可见其相当于文学批评史。

由此可知，自晚清京师大学堂学习日本学制开始，中国文学门的学科设置就含有文学理论、文学史、文学批评史的雏形，此后这三门学科也逐渐成为民国大学国文系（中国文学系）的主要课程，一直延续至今天，尽管学科内涵和外延与早期有所变化。文学理论、文学史、文学批评史一旦成为具备知识生产的学科进入教育体制，也就预示着一大批身在大学讲堂进行文学教育的专家学者需要编著/撰写文学理论、文学史、文学批评史讲义。可以说，自大学堂章程诞生之日起，随之而产生的教育体制就带有明显的域外色彩，而这一教育体制催生的文学理论、

---

① 陈平原：《文学史的形成与建构》，广西教育出版社1999年版，第4页。
② 参见舒新城编《中国近代教育史资料》（中），人民教育出版社1981年版，第588页。
③ 舒新城：《中国近代教育史资料》（中），人民教育出版社1981年版，第589页。

文学史、文学批评史学科当然也摆脱不了域外文论的影响，简单地说，中学与西学并存、旧识与新知杂糅，而在西学新知输入的过程中，日本又往往起到桥梁的作用。随着"想象""审美"的"纯文学"观念、马克思主义文学理论等话语模式的输入，传统文论的痕迹越来越淡薄，充斥其中的域外文论的成分越来越多。不过，早期大学堂章程的制定者章百熙、张之洞等人固守"中学为体，西学为用"的观念，从"说明"就可看出，课程仍然依循传统学术的脉络展开，经由大学堂章程催生的晚清民初的一些著作域外色彩并不太浓烈，就话语方式而言，传统学术仍占主导地位。

姚永朴在北京大学任教的讲义《文学研究法》（1914）4卷，每卷6讲，卷一是起源、根本、范围、纲领、门类、功效；卷二是运会、派别、著述、高语、记载、诗歌；卷三是性情、状态、神理、气味、格律、声色；卷四是刚柔、奇正、雅俗、繁简、瑕疵、工夫，分别相当于"文学本质论和文学特征论"、"文学发展论和文学体裁论"及"文学作品论和文学批评论"、"文学风格论"[①]。关于文体论，姚氏分为著述（论辩、箴铭、序跋、词赋）、告语（诏令、奏议、书牍/书说、赠序、哀祭）、记载（典志、叙记、杂记、纪传、碑志、赞颂）、诗歌，4大类16小类，不仅采用传统意义上的"文"之概念，而且与姚鼐、曾国藩的"文"之分类一脉相承。以刚柔、奇正、雅俗、繁简来铺叙文学风格，更是体现了自《易经》而始的中国古代二元辩证互补的思维方式和美学观念。因此，无论从篇章体制、文体分类还是话语方式而言，姚氏《文学研究法》深深地渗透着传统的文论观念和话语方式，特别是桐城派文论的影子。

很多论者以为黄侃在北京大学讲授《文心雕龙》及其著作《文心雕龙札记》是古代文论进入大学体制的标志。不过，自1914年始，黄侃在北京大学讲授的其实是"文学概论"课程，只不过以《文心雕龙》为本。据《1918年北京大学文科法科改定课程一览》记载，"文学概

---

① 许结：《姚永朴与〈文学研究法〉》，姚永朴：《文学研究法》，凤凰出版社2009年版，第4—5页。

论"的课程说明是："略如《文心雕龙》、《文史通义》等类。"当时国文门学生杨良功回忆称："黄季刚先生教文学概论，以《文心雕龙》为本，著有《文心雕龙札记》。"① 黄氏早年跟随章太炎学习文字学，后因自认经学不如刘师培而执弟子礼，因固守传统学术观念而与胡适等新文化人针锋相对。在北京大学"文选派"与"桐城派"的学术纷争背景下，黄侃讲授文学概论课程，选择集大成的《文心雕龙》理所应当。对于章太炎、刘师培的文学观念，他"折衷师说，以为言各有当"②，"对文学特点的看法与刘勰相合，对文学领域的区划也与刘勰切合"③。

马宗霍少时曾受业于晚清经学大家王闿运，以治音韵学起家，后又完成《中国经学史》，因此他的《文学概论》（1925）明显地受到传统学术（经学、小学）的影响。他不仅专设两章"文学与语言""文学与文字"，阐述语言的起源、言与文之关系、汉字的构造和组织等，而且界定"凡构思结想，累字结句者，皆可称文"，并认同章学诚的文之定义。此外，"本论"篇中，有"文学之内相"和"文学之外象"两章，前者论及神、趣、气、势，后者探讨声、色、格、律，很明显是姚鼐等桐城派传统文论话语的延续。不过，马氏虽然称得上是传统意义上的士子，但毕竟身处中西思潮碰撞的现代中国，不可能规避时代大浪潮中的西学东渐。因此，书中的西学痕迹也十分明显。比如，书中还叙述"西人论文"、"西洋文学之分类"、"西洋文学之分体"及"西洋文学之派别"等内容。不过，中学、西学在他的书中像是平行不相交的两条线，各说各话，作者并没有尝试进行融合与沟通。

相比较而言，刘永济的《文学论》（1922）则开始尝试中西文学观念的交融与互通。作者以毛尔登（Moulton）的文学原质说（描写、表演、反射）和狄昆西（De Quincey）的文学分类（学识之文、感化之文）为理论框架，来整合中国传统文学的文体，比如同时属于表演和感化之文的是舞曲、戏剧、传奇。而且，他还以梁元帝之"笔"与

---

① 杨亮功：《早期三十年的教学生活》，台北：传记文学出版社1980年版，第20页。
② 周勋初：《黄季刚先生〈文心雕龙札记〉的学术渊源》，《文心雕龙札记》，黄侃撰，周勋初导读，上海古籍出版社2000年版，第6页。
③ 《文心雕龙札记》，黄侃撰，周勋初导读，上海古籍出版社2000年版，第8页。

"文"、曾国藩之"理"与"情"来呼应狄昆西之"学识之文"与"感化之文"的划分。尽管作者在"文学与他种学术之异同"一节中，辨认文学与宗教、哲学、科学等其他学术类别的区别，甚至给文学下了一个接近纯文学的定义："文学者，乃作者具先觉之才，慨然于人类之幸福有所贡献，而以精妙之法表现之，使人类自入于温柔敦厚之域之事也"①，但要求文学对于人生之作用及"温柔敦厚"之文教又深深烙印着传统文论的影子，而且书中所述文体更接近于广义"文"之概念。然而，不可否认的是，西方诗学的观念和话语在该书中已经有所抬头。

中国人撰写的第一部中国文学史最初以讲义形式印行于1904年，由京师大学堂国文教习林传甲根据《奏定大学堂章程》的指导说明编写。上文已述，章程说明有"日本有《中国文学史》，可仿其意自行编纂讲授"之意，林传甲也曾自白道："传甲斯编，将仿日本笹川种郎中国文学史之意，以成书焉"②。然而，林氏《中国文学史》果真是对笹川种郎《中国文学史》③的移植吗？或者说，笹川种郎著作在多大程度上影响着林氏的撰述呢？林氏全书有三处引用笹川种郎《中国文学史》的论述，但据陈国球分析，这三处二人的立足点不同，林氏注重"'共时'（synchronic）意味的分析描述"，笹川种郎则意在"探究'历时'（diachronic）轨迹上的变化承传"。最重要的是，二者的著述体例和所使用的"文学"概念差别甚大④。笹川种郎《中国文学史》（1898）把中国文学分为九期，分别是春秋以前的文学、春秋战国时代之文学、两汉文学、魏晋及南北朝之文学、唐朝文学、宋朝文学、金元之文学、明朝文学、清朝文学，以线性的历史发展叙述文学史，以诗、文、戏曲、小说四种文体为主要叙述对象，与二三十年代的中国文学史观相差无几。而林传甲"查大学堂章程，中国文学专门科目，所列研究中国文

---

① 刘永济：《文学论》，商务印书馆1924年第3版，第21页。
② 林传甲：《自序一》，《中国文学史》，吉林人民出版社2013年版，第1页。
③ 最早的译本是上海中西书局的翻译译本，1903年中西书局印刷，32开本，油光纸铅印线装四册，共147页，约11万字。参见陈玉堂《中国文学史书目提要》，黄山出版社1986年版，第125页。
④ 陈国球：《"国文讲义"与"文学史"之间——林传甲〈中国文学史〉考论》，朱栋霖、范培松主编：《中国雅俗文学研究》（第1辑），上海三联书店2007年版。

学要义,大端毕备,即取以为讲义目次,又采诸科关系文学者为子目"①,从"字"的形音义出发,注重在各种层面区分文体,而在文体方面,包括经、史、诸子以及"词章",而排斥戏曲小说。由于囿于传统的文学观念,郑振铎讥讽这部书"名目虽是'中国文学史',内容却不知道是什么东西",林氏"连文学史是什么体裁,他也不曾懂得呢"②。

稍后的谢无量《中国大文学史》(1918)在"文学之定义"一章中开始分头叙说,"中国古代文学之定义"一节,从《周易》《说文》《释名》《文心雕龙》讲到阮元;"外国学者论文学之定义"一节,从由柏拉图、亚里士多德、黑格尔讲到戴昆西。可贵的是作者借鉴庞克士(Pancoast)的《英国文学史》中的文学分类,开始对广义的文学和狭义的文学有所区分,并指出中国文学自古也有包括万物之象与专讲声律形式之美的广、狭两种。但涉及叙述对象——中国文学的历史时,作者所使用的文学概念仍是无所不包,不仅涵盖现代意义上的文学,而且囊括经学、文字学、诸子,乃至史学及理学等。

戴燕说,林传甲"对这门新兴学科的范围、内容和手段的认识,多少有些介乎中西、古今之间的摇摆和含糊:既要照顾被模仿被吸收的西方学理,又要迁就传统的中国学术思维的定势"③。这个评价也适用于姚永朴、黄侃、马宗霍、刘永济、谢无量等一批最早尝试撰著文学概论和中国文学史的知识分子。尽管和陈独秀、鲁迅、钱玄同等新文化运动的开创者同代,但他们大都没有留洋生涯,西学、东学④对于他们的直接熏陶和冲击也就微乎其微,而且自幼接受的传统教育又根深蒂固,他们即便讲授沿袭西方教育体制而设立的文学概论、文学史课程,以及编撰就体例而言是"舶来品"的"文学概论""文学史"著作,自始至终也都无法摆脱传统的言说方式,所采用的文学概念仍兼有文章与学术二义,对于戏曲小说大多弃之不顾。当然,时间稍微延后的刘永济、谢

---

① 林传甲:《自序一》,《中国文学史》,吉林人民出版社2013年版,第1页。
② 郑振铎:《郑振铎古典文学论文集》,上海古籍出版社1984年版,第36、37页。
③ 戴燕:《文学史的权力》,北京大学出版社2002年版,第7页。
④ 向天渊在分析现代汉语诗学话语主体的知识结构时认为,"在'中学'与'西学'之间或之外,还有有关日本尤其是来自日本的学问",可称之为"东学"。在这里,借用之。参见《现代汉语诗学话语(1917—1937)》,西南师范大学出版社2002年版,第11页。

无量比之姚永朴、林传甲等人，已经开始接受西方思潮和观念，尝试进行中外诗学的杂糅乃至交融，只不过域外诗学尚未占据主导地位，但已经显示出逐渐加强的趋势。

二

"五四"文学革命时期，西方浪漫主义、自然主义、唯美主义等各种主义、思潮席卷而入。虽然"五四文学革命论者要求文学成为宣传新思想的工具，但这种新思想（个体自由主义）却鼓励作者和读者反对任何工具性要求，因此，一旦将这种思想贯彻到底就必然走向文学自主和个体自由"[①]。文学自主论的表现就是"纯文学"观念的确立。1920年，胡适致钱玄同的信中谈到，文学须具备三个条件："第一要明白清楚，第二要有力能动人，第三要美"，核心是"表情达意"[②]。郑振铎在《新文学观的建设》一文中把传统的文学观概括为"载道论"和"娱乐论"[③]，对之进行无情的批判，并在《什么是文学》一文中把"想象""表现人们的思想与情绪"定义为文学的要素[④]。

除了新文学作家们对于文艺自主论近乎宣言式的表达，对"纯文学"观念更理论化地论述体现在文学概论、文学史、文学批评史著作中，其中欧美及日本的同类理论著作起到了关键作用。郁达夫曾在《英文文艺批评书目举要》一文中列举有关文学理论、文学批评的英文书目。这些著作被翻译成中文的虽是少数，但却普遍流传在当时的学人中间。特别是第四部分的"文学概论"著作——Winchester：Some Principle of Literary Criticism；Moulton：The Modern Study of Literature；Hudson：An Introduction to the Study of Literature；Dudley：The Study of Litera-

---

[①] 余虹：《革命·审美·解构——20世纪中国文学理论的现代性与后现代性》，广西师范大学出版社2001年版，第12页。

[②] 胡适：《什么是文学（答钱玄同）》，《胡适文集》（第2卷），北京大学出版社1998年版，第149页。

[③] 郑振铎：《新文学观的建设》，《郑振铎文集》（第3卷），花山文集出版社1998年版，第434页。

[④] 郑振铎：《什么是文学》，《郑振铎文集》（第3卷），花山文集出版社1998年版，第392页。

ture，对于当时中国学者编著《文学概论》之类的教材和著作影响甚大，其中的观点和材料被引用、被移植者比比皆是。比如，温彻斯特（Winchester）的《文学批评之原理》把文学的四要素规定为情绪、想象、思想、形式。胡行之的《文学概论》第四章"文学底要素"直接"移植"温彻斯特《文学批评之原理》中的四要素①，而没有做改动。赵景深在《文学概论》中从文字、感情、想象、思想、艺术五个方面定义文学②，之后又分"文学与想象"、"文学与情感"、"文学与思想"及"文学与语言"四章对其进行专门论述。田汉所著《文学概论》的第四章"文学的要素"，从三个方面加以展开："美的情绪""想象"、"思想"③，虽然没有涉及"形式"这一要素，但后面又单设"文学与形式"一章。潘梓年的《文学概论》把文学分为内质和形式两大核心，内质又分为情绪、想象和智慧④三个方面。这些都可视为温彻斯特之文学四要素的拆分与重组，在"移植"中又有所"变异"。

杜德莱（Louise Dudley）的《文学之研究》（The Study of Literature）认为，文学的特性包括永久性（Permanence）、个性（Individual）、普遍性（Universality）三个方面。田汉的《文学概论》单列"文学的特性"一章，直接移植杜德莱的说法。赵景深的《文学概论》也单列"文学的特质"一章，论述文学的普遍性、永久性两方面，虽然此处略去"个性"这一特性，但后又专设"文学与个性"一章。赵氏不仅接受杜德莱的观点，而且在具体论述时大段引用作者的原文，说是对原书的直接翻译也不为过⑤。孙俍工的《文学概论》也有"文学的性质"一节，把文学的性质概括为永远性、普遍性、个性、了解性、同化性，前三种只是对杜德莱观点的"移植"，后两种是对胡适之"懂得"和梁启超之"薰、浸、刺、提"说法的嫁接。胡行之的《文学概论》第三章"文学底特质"也包括永久性、普遍性，只不过在此之外又添

---

① 参见胡行之《文学概论》，乐华图书公司1933年版，第14—18页。
② 参见赵景深《文学概论》，世界书局1932年版，第5—9页。
③ 参见田汉《文学概论》，中华书局1927年版，第15—25页。
④ 潘梓年：《文学概论》，北新书局1928年版，第49页。
⑤ 参见赵景深《文学概论》，世界书局1932年版，第11—20页。

加了"暗示的艺术"。

　　以上选取"文学的要素"和"文学的特性"两个基点加以考察，尽管只是管窥蠡测，但仍然可以了解当时中国学者在编撰文论教材和著作时，是如何借鉴或移植域外相关论著之观点和思想的，他们或取法欧美，或借鉴日本。就日本而言，在西学中国化过程中，往往扮演"中介"的角色。比如，本间久雄的《文学概论》受到温彻斯特《文学评论之原理》与哈德森《文学研究之入门》二书的影响[①]。而且，有时候不仅是观点或材料方面的移植，甚至是直接照搬域外著作。1925年，郁达夫的《生活与艺术》一文曾分上、下两篇先后发表于《晨报副镌》。作者承认，文章所依据的是有岛武郎《生活与艺术》一书的前几章，甚至称为"编译"[②]，后来此篇成为《文学概说》（1927）一书的第一章。更有甚者，全书的论述框架皆借鉴域外著作。我们只要将赵景深《文学概论》与本间久雄《新文学概论》（章锡琛译本）二书的目录进行对比，即可发现，前者共分十四章，依次是绪论、文学的定义、文学的特质、文学与想象、文学与情感、文学与思想、文学与个性、文学与语言、文学的分类、文学与鉴赏、文学的起源、文学与时代、文学与国民性、文学与道德；后者分为两编，前编共十章，分别是文学的定义、文学的特质、文学的起源、文学的要素、文学与形式、文学与语言、文学与个性、文学与国民性、文学与时代、文学与道德，后编是文学批评论，两者的框架何其相似！

　　当然，我们还需注意的是，国内编著者在移植或译介域外文学理论著作时，很难做到还原其真实面貌，出于自身的文化立场和现实选择，在此过程中往往发生以中国文学经验去校正、填充外来理论的情况，即"以中格西"，或者说域外文论"本土化"的现象。1920年，梅光迪以温彻斯特《文学评论之原理》作为南京高等师范大学暑期学校文学理论课程的教材，修习该课程的学生景昌极、钱堃新以文言翻译该书，并于1923年由商务印书馆出版。但据研究者指出，译本并非原著的忠实

[①] 参见张旭春《文学理论的西学东渐——本间久雄〈文学概论〉的西学渊源考》，《中国比较文学》2009年第4期。
[②] 参见郁达夫《生活与艺术》文末附语，《晨报·副镌》1925年4月10日。

翻译，不仅删去论诗歌的那一章，附录吴宓《诗学总论》加以替代，而且以中国文学作品大量置换原著中的例证，而这种意义置换不仅"用于对文化激进主义的批评和证伪"，而且"通过中国文学经验来理解西方理论，为外来资源打上了中国烙印"①。再看一个细节，译者用"有启示道德之力，仁者乐山，智者乐水，观夫茅舍炊烟而忆室家之乐"来翻译温彻斯特阐释文学赋予自然景物以道德暗示的观点，"这种简化的处理方式删减了原著中西方人对自然景物的审美体验，使中国读者无法与异质文化构成感性的沟通；这种简化也以中国式的'山水之乐'改写了原著中'道德暗示'的具体内涵，使中国读者难以真正了然西方文学的伦理维度"②。这种内容置换或意义错置的案例在当时并不鲜见，其原因在于，译者为便于国内读者的理解与接受，常常忽视中西文学现象或理论中的不可通约性元素，强行实施"本土化"，不可避免地促使域外文论发生增殖与变异。除了早期姚永朴、黄侃、马宗霍等人的几本著作，"五四"之后的文学概论无论是理论框架还是话语方式都是取自域外，以便于输入文学观念和文学知识为主，但又大多采取以中国文学或文论的本土经验来理解、阐释域外文论的译介或编撰策略，造成域外文论本土化过程中出现"移植"与"变异"双重共生的现象。

而在中学与西学及东学冲突和交融的过程中，以讲述中国文学和文论为主要内容的中国文学史、文学批评史，同样也是借鉴外来的理论框架、文学观和文学史观，以"西学""东学"来框套、宰制"中学"，形成域外文论"化中国"的景观。以下我们主要从文学定义和文学史观两个方面进行描述与阐释。

和文学概论类著作一样，中国文学史著作也大都在篇首单列"文学的定义"一节，首先界定什么是文学。"五四"时期，经由西方各种文学思潮轮番轰炸之后，"纯文学"观念逐渐统治文坛。1920年，朱希祖将自己四年前（民国五年）在北京大学的讲义整理成《中国文学史

---

① 马睿：《作为文化选择与立场表达的西学中译——温彻斯特〈文学评论之原理〉中译本解析》，《中山大学学报》2013年第1期。
② 马睿：《作为文化选择与立场表达的西学中译——温彻斯特〈文学评论之原理〉中译本解析》，《中山大学学报》2013年第1期。

要略》予以出版,在《叙》中,他发表了这样的认识:"盖此编所讲,乃广义之文学,今则主张狭义之文学矣,以为文学必须独立,与哲学、史学及其他科学可以并立,所谓纯文学也。此编所讲,但述广义文学之沿革与兴废,今则以为文学史必须述文学中之思想及艺术之变迁。其他不同之点尚多,颇难缕陈。"① 随着"纯文学"的普及和深入人心,广义的文学观念逐渐退出历史舞台。比如,谭正璧的《中国文学进化史》就直接定义了文学的三个要素:"文学的本质是美的情感""高妙的想象是她的意境""人生的映像是她的资料"②。刘经庵的文学史著作更是直接以《中国纯文学史》为名。文学批评史也不例外。陈钟凡在《中国文学批评史》中列举"历代文学之义界"后,"以远西学说,持较诸夏",定义文学曰:"文学者,抒写人类之想象,感情,思想,整之以辞藻,声律,使读者感其兴趣洋溢之作品也。"③ 但也有先标明有广义、狭义二分之法,然后按狭义文学观去描述中国文学的发展历程,比如,刘麟生编著的《中国文学史》一开篇即追问"文学是什么东西"?认为"要回答这句话,不得不分文学为广义的和狭义的两种。广义的文学,是指一切文字上的著述而言。狭义的文学,是指有美感的重情绪的纯文学"④。

到了1930年代初,诚如朱自清所说:"现在学术界的趋势,往往以西方观念(如'文学批评')为范围去选择中国的问题;姑且无论将来是好是坏,这已经是不可避免的事情。"⑤ 时至今日,我们当然可以对这种以"西方观念"选择"中国问题"的叙述模式进行学理反思甚至价值评判了。囿于"纯文学"的定义,谭正璧在《中国文学进化史》中,先秦时期只叙述诗三百篇、楚辞与神话文学。陈钟凡在《中国文学批评史》中,对周秦文学批评只论及孔丘、卜商、孟轲的"诗"说,对其时"文"之见解只字不提,对《文心雕龙》只论及尚自然、重情

---

① 朱希祖:《中国文学史要略叙》,《朱希祖先生文集》(一),九思出版有限公司1979年版,第301页。
② 谭正璧:《中国文学进化史》,光明书局1929年版,第9页。
③ 陈钟凡:《中国文学批评史》,商务印书馆1927年版,第6页。
④ 刘麟生:《中国文学史》,世界书局1932年版,第1页。
⑤ 朱自清:《评郭绍虞〈中国文学批评史〉上卷》(1934),《朱自清全集》(第8卷),江苏教育出版社1997年版,第197页。

性、尚声律、论骈偶的文学标准，对其征圣宗经的文学观念以及文体论避而不谈。如此筛选必定遗漏许多材料，可见用所谓"纯文学观念"框套中国文学史或批评史，难免方枘圆凿、削足适履的结局。既然如此，为何众多学者会前赴后继地落入这种"以西格中"的陷阱呢？朱光潜曾一语道破天机：

> 现制中国文学系必修科目表，与吾国传统的治学程序，实根本异致。……历来荟大学中国文学系课程者，或误于"文学"一词，以为文学在西方各国，均有独立地位，而西方所谓"文学"一词，悉包含诗文戏剧小说诸类，吾国文学如欲独立，必使其脱离经史子之研究而后可。此为误解，其说有二：吾国以后文学应否独立为一事，吾国以往文学是否独立又另为一事，二者不容相混。现所研究者为以往文学，而以往文学固未尝独立，以独立科目视本未独立之科目，是犹从全体割裂脏肺，徒得其形体而失其生命也。①

不仅制定中文系课程者，文学史撰述者也同样存在这种弊病。"以独立科目视本未独立之科目"，囿于对子、史门类之偏见，把滔滔雄辩的《孟子》、汪洋恣肆的《庄子》与叙事精彩绝伦的《史记》弃于文学门户之外，以先入为主的叙述框架去宰割丰富多彩的历史事实，实属不妥。

的确，当时不少学人都采用纯文学、杂文学的二分法去打量、审视中国古代文学。比如，郭绍虞就说，魏晋南北朝时期，"'文学'一名之含义，始与近人所用者相同"，文笔之分"与近人所云纯文学、杂文学之分，其意义亦相似"②。朱自清则指出这种做法值得商榷："'纯文学'、'杂文学'是日本的名词，大约从 De Quincey 的'力的文学'与'知的文学'而来，前者的作用在'感'，后者的作用在'教'。这种分法，将'知'的作用看得太简单（知与情往往不能相离），未必符合实际情形。况所谓纯文学包括诗歌、小说、戏剧而言。中国小说、戏剧发

---

① 朱光潜：《文学院课程之检讨》（1941），《朱光潜全集》（第9卷），安徽教育出版社1993年版，第79页。
② 郭绍虞：《中国文学批评史》（上），商务印书馆1934年版，第3页。

达得很晚；宋以前得称为纯文学的只有诗歌，幅员未免过窄。"① 此外，还有不少撰著者把齐梁时期的"文学"观念等同于"纯文学"，这其实也值得商榷。宋文帝立四学，"文学"与"儒学"、"玄学"、"史学"并列，只能表明文学独立于经史之外，其时文学之范围仍然极其宽广。萧统的《文选》虽然摈弃"以立意为宗，不以能文为本"的子史，却又以"事出于沉思，义归于翰藻"为由收录史之赞论序述，其《文选》所区分、收录的38类文体中，属于"笔"者仍然不少，如诏、表、书、启、论、赞等。正因为如此，章学诚、钱钟书先后讥其自乱体例②。这说明当时"笔"类之中，仍有可称之为"文学"者。这就是说，"文""笔"区分以后，将"文"等同于"纯文学"也不恰当。刘勰《文心雕龙》所论之"文"包括诗、乐府、赋、颂赞、祝盟、铭箴、诔碑、哀吊、杂文、谐隐，属于今日所谓"纯文学"者也只有诗、乐府、赋，因此从文体而论其时最为狭义的"文"也比今日之"纯文学"宽广得多，两相比附不太恰当。故此，钱钟书声明："彦和《雕龙》则《原道》、《征圣》，已著远瞩；《宗经》一篇，专主修辞；《史传》、《诸子》，均归论述；虽不必应无尽无，而实已应有尽有，综概一切载籍以为'文'，与昭明之以一隅自封者，适得其反，岂可并称乎？近论多与萧统相合，鄙见独为刘勰张目。"③

鲁迅曾说："中国之小说自来无史；有之，则先见于外国人所作之中国文学史中。"④ 可见"文学史"概念也是一种"舶来品"。撰著合乎现代学术规范的中国文学史，不仅要借鉴域外的"文学"观念、学科方法、篇章体制等，更重要的是采纳一种言之成理的历史观，以作为中国文学历史叙述的基本线索，否则文学史只能成为众多作家作品的

---

① 朱自清：《评郭绍虞〈中国文学批评史〉上卷》（1934），《朱自清全集》（第8卷），江苏教育出版社1997年版，第197页。
② 参见章学诚《文史通义·诗教篇下》，中华书局1985年版，第81页；钱钟书《中国文学小史序论》，《写在人生边上·人生边上的边上·石语》，生活·读书·新知三联书店2002年版，第101页。
③ 钱钟书：《中国文学小史序论》（1933），《写在人生边上·人生边上的边上·石语》，生活·读书·新知三联书店2002年版，第101—102页。
④ 鲁迅：《中国小说史·序言》，《鲁迅全集》（第9卷），人民文学出版社2005年版，第4页。

第四章　移植与变异

"点名簿"。毋庸置疑，自晚清以降，进化史观是国人撰写文学史著作的重要思想资源，直至"革命文学"兴起之后，唯物史观才逐渐取而代之占据主流地位。严复介绍翻译赫胥黎的进化论学说后，梁启超开始将其应用到文学发展的解释之中："文学之进化，有一大关键，即由古语之文学，变为俗语之文学是也，各国文学史之开展，靡不循此轨道。"① 其后将之发扬光大的是胡适，他在《文学改良刍议》中认为"文学者，随时代而变迁"乃"文明进化之公理"，"不可谓古人之文学皆胜于今人"，故而提出"不摹仿古人"之说②。在《历史的文学观念论》《建设的文学革命论》中，他逐渐深化关于"活文学""死文学"的思考，并在《中国新文学大系·建设理论集·导言》中把历史进化的文学观称为"哥白尼革命"，认为它是"活文学"代替"死文学"的核心："历史进化的文学观用白话正统代替了古文正统，就使那'宇宙古今之至美'从那七层宝座上倒撞下来，变成了'选学妖孽，桐城谬种'！"③ 再后来，他在《白话文学史》（1928）中以白话文学和古文文学的对抗来叙述2000年中国文学的发展演变，并预设了一条古文文学没落、白话文学兴起的发展逻辑。

撰写中国文学史、文学批评史著作时，以进化观念去组织材料、展开叙述的并不止胡适一人。1926年，郑振铎在《研究中国文学的新途径》一文中，感叹"自《文赋》起，到了最近止，中国文学的研究，简直没有上过研究的正轨"④，并提出两条"研究的新途径"："归纳的考察"与"进化的观念"。自然，这两条路都是自西方而来的"阳关大道"，在当时学人心中犹如金科玉律，具有普遍意义。郭绍虞的《中国文学批评史》也是以进化史观来构建全书框架的，他以文学观念之复古与演进为中心线索，把中国批评的历史分为演进、复古、完成三期：周秦至南北朝是文学观念演进期，隋唐、北宋是文学观念复古期，南宋至现

---

① 梁启超：《小说丛话》，《新小说》1903年第7号。
② 胡适：《文学改良刍议》，《胡适文集》（第2卷），北京大学出版社1998年版，第7页。
③ 胡适：《中国新文学大系·建设理论集·导言》，《胡适文集》（第1卷），北京大学出版社1998年版，第128页。
④ 郑振铎：《研究中国文学的新途径》（1926），《郑振铎全集》（第5卷），花山文艺出版社1998年版，第288页。

代是文学批评完成期。而且作者还以从低级到高级的进化论模式进行价值评判，认为文学批评之完成期，"一方面完成一种极端偏向的理论，一方面又能善于调剂融合种种不同的理论而汇于一以集其大成。由质言，较以前为准确为完备；由量言，亦较以前为丰富为普遍"[①]。

以进化的观念来解释中国文学、文学批评的历史，和对"纯文学"观念的移植与运用一样，如朱自清所说，乃是以西方观念来选择中国的问题，忽视两种文化和文学的异质性，自然会对中国文学、文学批评有所误读。对于胡适以一己之文学主张剪裁历史叙述的路数，当时就有学者提出异议，胡先骕的《评胡适〈五十年来中国之文学〉》（载《学衡》第18期）、张荫麟《评胡适〈白话文学史〉上卷》（载《大公报·文学副刊》第48期）都算是有的放矢。当代学人陈平原也做过这样的评述："从一个文学革命倡导者转为文学史家，胡适的优点是有成见，缺点则是太有成见。……作为一个史家，胡适抱定'白话正宗'说，闲置其终生信仰的'历史的眼光'，将一部中国文学史简化为'古文文学的末路史'和'白话文学的发达史'，其牵强附会之处，甚至远比《中国哲学史大纲》为多。"具体而言，"胡适的功绩在于其对'白话文学'的发现"，"其缺陷则在于为重建'文学正统'而故意贬低乃至抹煞二千年的'古文传统'"[②]。而郭绍虞以复古运动来概括隋唐五代的诗文评论，且细分出酝酿期、高潮期、消沉期，甚至认为，"太白为人，本偏于浪漫的气氛，故其论诗亦崇尚自然，破弃格律，近于浪漫的主张。他欲以浪漫的作风变更古典的作风，本极正当，李白之所以能成为唐代伟大诗人者在此；唐诗之所以能成功而不朽者亦在此。只可惜他因古诗之自然而高倡复古则未免有昧于文学进化之意义，试看他谓：'兴寄深微，五言不如四言，七言又其靡也。'（《本事诗》引）则可知不免为复古一念所误了"[③]。这里不仅显现出"以西格中"的时代风气，也暴露了以今人之进化论强制阐释古人之思想的弊端。

[①] 郭绍虞：《中国文学批评史》（上册），商务印书馆1934年版，第2页。
[②] 陈平原：《胡适的文学史研究》，王瑶主编：《中国文学研究现代化进程》，北京大学出版社1996年版，第22页。
[③] 郭绍虞：《中国文学批评史》，商务印书馆1934年版，第196页。

第四章　移植与变异

不同于"文""文学","文学批评"纯粹是外来术语,文学批评史的书写除了要面对上述从异域输入的"纯文学"观、进化论史观之外,还要面对从"诗文评"到西方文学批评观念的转换。朱自清曾说:"若没有'文学批评'这个新意念、新名字输入,若不是一般人已经能够郑重的接受这个新意念,目下还谈不到任何中国文学批评史的。"[①] 所谓中国文学批评史的撰写无非就是以西方的文学批评观念来筛选传统的诗文评材料,这就意味着戴上"文学批评"这副有色眼镜去过滤传统诗文评材料,在将"文学批评""本土化"的过程中,不可避免地会对"诗文评"传统造成误读乃至压抑。诗文评中有大量感悟式、鉴赏式的诗话、词话,它们彰显了中国古代文论的特色。在郭绍虞看来,诗话不符合文学批评体例,其所著批评史基本不予叙录。罗根泽虽然稍显宽容,把诗话分为记事和评诗二种,但认为记事闲谈类诗话的文学批评色彩太淡,也基本上不予重视,只在叙述相关诗人的诗论时,提及《六一诗话》《后山诗话》《诚斋诗话》《后村诗话》等,即使专门选出六种诗话(《潜溪诗眼》、《许彦周诗话》、《岁寒堂诗话》、《白石道人诗说》、《沧浪诗话》及《林下偶谈》)加以叙述,也因囿于文学批评的观念,并未深究其中有关具体诗人诗作的精彩言论。

此外,诗文评材料还包括选本、注释等,但众多的文学批评史著作都很少涉及。朱自清在评论郭绍虞著批评史时,指出其不够重视选集:"唐人选唐诗中如《河岳英灵》、《中兴闲气》诸集,多有叙文或评语,足供钩稽。这些人论诗、选诗,自成一派,似当列一专章论之。"[②] 训诂、考订、笺注算不算文学批评?不少批评家都给出了肯定的回答。郁达夫指出:"唐代的文艺批评,反而在颜师古的训诂考订,及刘知几的评史稽古上,别开了生面。"[③] 朱自清也说,笺注"里面也偶有批评"[④]。

[①] 朱自清:《诗文评的发展》,《朱自清全集》(第3卷),江苏教育出版社1996年版,第23—24页。

[②] 朱自清:《评郭绍虞〈中国文学批评史〉上卷》(1934),《朱自清全集》(第8卷),江苏教育出版社1997年版,第198页。

[③] 郁达夫:《略举关于文艺批评的中国书籍》,《郁达夫全集》(第11卷),浙江大学出版社2007年版,第60页。

[④] 朱自清:《诗文评的发展》,《朱自清全集》(第3卷),江苏教育出版社1996年版,第28页。

思明的观点更为鲜明:"训诂和注释,却也是一种批评学,对于前代作品的理解上,有着非常重大的意义。"① 但是,在西方文学批评的视野中,这些带有鲜明本土特色的训诂、笺注等,都算不得真正意义上的文学批评,被众多文学批评史著作弃之不顾。这应该是"移植"域外"批评史"观念的过程中,未经变通所遭遇到的尴尬处境。

三

1928年,后期创造社、太阳社成员,开始运用从日本贩来的"革命文学"理论攻击"五四"新文学作家,连鲁迅、茅盾等人也未曾幸免。他们把"五四"新文学定性为小资产阶级意识形态的代表,郭沫若甚至把鲁迅批判为"资本主义以前的一个封建余孽"②。成仿吾在《从文学革命到革命文学》一文中指出,"在这个无产阶级对资产阶级进行革命的时代","我们要努力获得阶级意识,我们要使我们的媒质接近农工大众的用语,我们要以农工大众为我们的对象"③。李初梨在《怎样地建设革命文学》中,借鉴马克思主义有关意识形态与经济基础的理论主张,论证无产阶级文学取代"五四"新文学的必然性与正当性。运用这种从域外"拿来"的革命文学理论分析中国的社会现实和文学创作,不可避免地会简单化和模式化,以致压抑文学的多样性和丰富性,进而可能把文坛推向专制和独裁的境地。论争之初,茅盾就发表《从牯岭到东京》一文,指出革命文艺所存在的问题:不仅忽视文艺的本质,排斥小资产阶级于劳苦群众之外,而且质疑"新写实主义"在中国现阶段的适应性。不过,在"革命文学"疾风暴雨的口号式宣传下,茅盾不久转向,在30年代初写出《"五四"运动的检讨》一文,承认"时代走上了新的机运,'五四'埋葬在历史的坟墓里了"④。即使

---

① 思明:《文艺批评论》,神州国光社1931年版,第8页。
② 郭沫若:《文艺战线上的封建余孽——批评鲁迅的〈我的态度气量年纪〉》,《创造月刊》1928年第2卷第1期。
③ 成仿吾:《从文学革命到革命文学》,《创造月刊》1928年第1卷第9期。
④ 茅盾:《"五四"运动的检讨》,《文学导报》1931年第1卷第2期。

第四章 移植与变异

"斗士"鲁迅在写《三闲集》序言时也承认:"我有一件事要感谢创造社的,是他们'挤'我看了几种科学底文艺论,明白了先前的文学史学家们说了一大堆,还是纠缠不清的疑问。并且因此译了一本普力汉诺夫的《艺术论》,以救正我——还因我而及于别人——的只信进化论的偏颇。"① 他也认为,马克思文艺理论是"科学底文艺论",而之前独尊进化论是一种"偏颇"。很快地,进化论不再占据思想界的主导地位,而唯物史观被越来越多的人认同和接受。

在革命文学理论传播的过程之中,先后有两次大规模的译介工作。30 年代初,上海水沫书店就计划出版 14 种"科学的艺术论丛书"②,译者有鲁迅、冯雪峰、冯乃超、沈端先等人,译介对象大部分是苏俄理论家,包括普力汉诺夫、卢那察尔斯基、梅林格等。1928 年到 1932 年,陈望道在大江书铺也主持出版《文艺理论小丛书》,译介对象大部分是日本左翼理论家的著作,包括影响颇大的藏原惟人《新写实主义论文集》等。这两种丛书是国内读者学习和接受马克思主义文艺理论的系统读本,同时也成为不少著作的参考书目。

尽管文学概论、文学史、文学批评史著作不像具体的文学批评一样接受域外文论具有时效性,也不像后者那样容易陷入社团间文学论争的旋涡之中,但也会不可避免地受到时代思潮的影响。"革命文学"理论兴起之后,具备想象、情感、审美等要素的文学属性以及以进化论解释文学发展的学术思路不再占据中心地位,逐渐呈现分崩离析之势,文学的意识形态属性被强调,同时出现不少在阶级论框架内论述文学性质以及用唯物史观阐释中国文学历史发展的著作。

顾凤城的《新兴文学概论》除附录之外,分为上中下三篇,分别是"什么是普罗列塔利亚文学""普罗列塔利亚文学的内容和形式""普罗列塔利亚文学批评的基准"。作者不仅从艺术起源方面谈及文学的发展取决于社会生产力,同时指出,文学在本质上是有阶级属性的,

---

① 鲁迅:《三闲集·序言》,《鲁迅全集》(第 4 卷),人民文学出版社 1981 年版,第 6 页。
② 包括普力汉诺夫《艺术论》《艺术与社会生活》《艺术与文学》,波格达诺夫《新艺术论》,卢那察尔斯基《艺术之社会的基础》《艺术与批评》,列什涅夫《文艺批评论》,梅林格《文学评论》等。不过,由于很快地遭到当局查禁,14 种并未出全,仅出 8 种。

是一种意识形态,并把徐志摩看作资产阶级文学的代言人,而殷夫的诗则代表着无产阶级的呼喊。具体到普罗列塔利亚文学而言,作者指出,其要素则是集团的文学、战斗的文学。而普罗列塔利亚写实主义与旧写实主义之区别在于,前者"站在前卫阶级的,群众的,集体的见地上,是配合着普罗列塔利亚的革命战争,是向着新时代的全人类解放的路上走的"①。可以看出,这本著作深深地刻着无产阶级文学理论的烙印,其源头则是藏原惟人的新写实主义理论,全书自始至终引用藏原的观点,而作者自己的论述只相当于藏原文学观的注释。谭丕模的《新兴文学概论》第一章题为"文学的两大理论",目的在于辨析"唯心论"和"唯物论"两种关于文学的理论,其结论是:"知道了唯心论的理论是如何的没有根据,而文学之最正确的解释,当向唯物论的理论以求之。本书即站在这个立场,来研究文学。"② 该书还运用大量篇章批驳文学具有永久性与普遍性、天才表现说、文学个性说、国民性影响文学等学说,相对应的是,提出文学是现实生活的反映、受经济支配、有时代性和阶级性、能够指导阶级斗争等观点。从该书所附的参考书目可以看出,作者参阅了大量来自苏俄和日本的无产阶级文学理论著作。

谭丕模的《中国文学史纲》和通行的文学史一样开篇叙述文学的定义,但却抛开了纯文学观念,认为"文学是社会经济生活所反映出来的意识形态之一",因此"文学史就是关于这类意识形态的历时叙述"③。他对之前的诸多文学史著作皆有不满,指出有以下几种错误:断代的错误、过于相信作家的错误、强分语文的错误、超越文学范围的错误,于是倡导编著文学史要采取科学的方法,即"唯物论的辩证法",既然"经济的变迁,是文学进展的动力",也就是说"社会经济基础一有变动,则文学内容亦随之而变动"④,那么社会经济因素自然是文学史写作的重心。作者把中国文学分为"原始封建制度时代的文学"和"原始封建制度崩溃时代的文学"、"封建制度复兴时代的文

---

① 顾凤城:《新兴文学概论》,光明书局1930年版,第137页。
② 谭丕模:《新兴文学概论》,北平文化学社1932年版,第8页。
③ 谭丕模:《中国文学史纲》,北新书局1933年版,第1页。
④ 谭丕模:《中国文学史纲》,北新书局1933年版,第6页。

学"、"封建制度破坏时代的文学"、"封建制度稳定时代的文学"、"封建制度危急时代的文学"、"封建制度表层稳定时代的文学"、"畜牧民族侵略下的文学"、"畜牧民族统治下的文学"、"新封建化时代的文学"、"封建制度回光返照时代的文学"、"民族资产阶级意识萌芽时期的文学"、"封建残余与民族资产阶级混合统治时代的文学"和"劳苦大众觉醒时期的文学"等 14 个阶段,每一阶段首先叙述当时的经济状况、社会现象和阶层划分,然后再分析作家和作品。很显然,著者深受唯物史观的影响。

作为一种哲学方法论,唯物史观在罗根泽的文学批评史著作中也有明显的体现。1934 年,他在为郑宾于《中国文学流变史》所作的书评中,就以社会意识形态为基准描述文学史著述观念的演变:"'五四'以前泰半是用观念论的退化史观与载道的文学观来从事著述,例如谢无量的《中圆大文学史》和曾毅的《中国文学史》;'五四'以后则泰半是用观念论的进化史观与缘情的文学观来从事著述,例如陆侃如和冯沅君合编的《中国诗史》,郑振铎的《插图本中国文学史》,以及本书。最近大出风头的是辩证的唯物史观与普罗文学观,本此以写成的有贺凯的《中国文学史纲要》和谭洪的《中国文学史纲》。"① 而在自己所撰著的研究计划和学术方法论中,他始终关注社会发展的政治经济因素。他在《研究中国文学史的计划》一文中指出,"文学是社会的以部门,社会变迁,文学也随之变迁,以故必先了解中国社会史,才能进而了解中国文学史。"② 在《学艺史的叙解方法》一文中,这种认识更加深入和具体。该文称研究学术与艺术有两种通用的方法"叙述和解释",解释又细分为"释义""释因""释果"。所谓"释因"就是解释"为什么某时某人有某种学说",就学艺批评(包括中国文学批评史)而言,他给出了"物"+"人"+"学"的公式,所谓"物"就是"基于各时代的社会,经济,政治,学艺,及其所背负的历史"所形成的"时

---

① 罗根泽:《郑宾于著中国文学流变史》,《图书评论》1934 年第 2 卷第 10 期;转引自《罗根泽古典文学论文集》,上海古籍出版社 1985 年版,第 54 页。
② 罗根泽:《研究中国文学史的计划》,原载安徽大学《文史丛刊》1935 年第 1 卷第 1 期;转引自《罗根泽古典文学论文集》,上海古籍出版社 1985 年版,第 30 页。

代意识"①。在评析具体文学及文学批评之变迁时,他往往从社会政治及经济方面寻找原因。比如,在《隋唐文学批评史》第四章"元稹白居易的社会诗论"中,他这样描述:"因了社会的转变和陈子昂、杜甫以来的鼓吹,使诗由艺术之宫,逐渐地移植在人间世上,由歌咏各人的悲欢离合,逐渐地改变为歌咏社会的流离丧乱。但社会诗和社会诗论的完成者,仍然要推举元稹和白居易。"② 其原因在于:"至元白的时候,安史之乱已平,而中兴之梦却断,豪族与农民的悬殊益甚,一方面促成农村经济的凋敝没落,另一方面又促成朝廷士大夫的骄奢荒惰,再加以藩镇跋扈,臣庶苟且,致使天下攘攘炰炰,不可终日。……元白的所以成功社会诗人与社会诗论家,据此可知是当时社会的驱之使然了。"③ 同样,论及两宋文学批评史时,罗根泽依据程颢、陈善的说法,把北宋学术文章分为三派,分别是以苏东坡为首的文士之议论派、以王安石为首的讲师之经术派以及以二程为首的儒者之性理派,这本无可厚非,但接下来却分析说,如此分派的原因,是由于代表的阶级阶层不同,议论派、经术派、性理派分别代表工商业者及城市市民、中小地主、大地主封建贵族的意识,这不仅有曲解古人的嫌疑,也是一种典型的以从域外"移植"过来的"阶级论"观念、"唯物论"史观来阐释中国古代文学批评的研究思路。

如果说,1930年代的革命文学理论,还仅仅是采取斗争者的姿态在文坛扩大革命文学生存空间的话,那么,1942年毛泽东《在延安文艺座谈会上的讲话》,特别是1952年第二次全国文艺工作者代表大会,指定"社会主义现实主义"为文艺创作和批评的最高准则之后,"社会主义现实主义"这一源自苏联的文艺思潮被赋予神圣独尊的地位,彼时文学概论、文学史、文学批评史著作都染上此种理论的浓厚色彩。

随着苏联文论的输入及其"中国化","文艺学"这一学科名称也

---

① 参见罗根泽《学艺史的叙解方法》,原载《读书通讯》1940年第12期、1942年第36期,《罗根泽古典文学论文集》,上海古籍出版社1985年版,第36—50页。
② 罗根泽:《隋唐文学批评史》,商务印书馆1943年版,第61页。
③ 罗根泽:《隋唐文学批评史》,商务印书馆1943年版,第62—64页。

被"移植"进入中国,逐渐取代延用三十来年的"文学概论""文学理论"。1950年代中期,苏联文艺家季摩菲耶夫(Л. И. Тимофеев,又译季莫菲耶夫)的弟子毕达可夫、柯尔尊先后在北京大学和北京师范大学授课,他们的讲稿《文艺学引论》《文艺学概论》先后出版[1],再加上谢皮洛娃《文艺学概论》的出版,苏联文艺学模式在中国大行其道,"文艺学"这一学科名称开始进入教育部的学科体制,并一直沿袭至今。但需注意的是,移入中国的"文艺学"与当初苏联所使用的含义并不完全对等,在"中国化"的过程中发生了较为明显的"变异"。

早在1950年代初,季摩菲耶夫的《文学原理》(1948)就由查良铮分成三部翻译出版:《文学概论》(1953)、《怎样分析文学作品》(1953,有所节略)、《文学发展过程》(1954)。季摩菲耶夫虽然并未使用"文艺学"这一称谓,但他认为"文学科学的内容,也就是它的基本的部门"包括"文学原理,文学史,文学批评","怎样完满地,尽量切实地解答这三个部门的问题,便是文学研究"[2]。之后,作为季摩菲耶夫学生的毕达可夫延续老师的这一说法,并且指出:"研究文学的科学,叫做文艺学"[3],"在科学发展的现阶段上,文艺学包括文学研究各领域的三门独立的科学,即文学理论、文学史和文学批评"[4]。柯尔尊、谢皮洛娃皆认同这一界定。但中国沿用至今的"文艺学"概念则发生了明显的"变异",一方面并不涵盖文学理论、文学史、文学批评等所有的研究文学的学科,主要指文学理论,也涉及文学批评,另一方面,又有意或无意地溢出文学研究的范围,延伸至其他艺术门类的研究。

---

[1] 前者是苏联专家毕达可夫1954年春至1955年夏在北京大学中国语言文学系为文艺理论研究生讲授"文艺学引论"的讲稿,由高等教育出版社1958年9月出版,在此之前,北京大学出版社于1956年分上下册出版过记录整理稿;后者是苏联专家柯尔尊1956—1957年为北京师范大学中文系俄罗斯苏维埃文学研究生和进修教师讲授的讲稿,由高等教育出版社1959年12月出版。

[2] [苏联]季摩菲耶夫:《文学原理·第一部·文学概论》,查良铮译,平明出版社1953年版,第4页。

[3] [苏联]毕达可夫:《文艺学引论》,北京大学中文系文艺理论教研室译,高等教育出版社1958年版,第1页。

[4] [苏联]毕达可夫:《文艺学引论》,北京大学中文系文艺理论教研室译,高等教育出版社1958年版,第3页。

1956年8月，教育部编订的《师范学院中国语言文学系文学概论试行教学大纲》发行，课程预定讲授时间为一年，其编写方针是："在党的正确的总的政治方针领导下，通过本课的讲授，进行爱国主义、共产主义的教育，发扬文学为人民服务、为社会主义服务的精神；反对各色各样的资产阶级的反动的文艺思想，贯彻马克思列宁主义和马克思列宁主义与中国实际相结合的文艺方针。"[①] 内容除绪论外，分成三个单位："文学和生活"、"文学作品的分析"及"文学发展的过程"，每个单元又设若干章节。如若将其与毕达可夫的《文艺学引论》进行对比，就会发现这个教学大纲相当程度上是对毕达可夫文艺学模式的"移植"，主要观念和基本框架大体一致，具体章节也与毕氏著作的相关内容有较多相似之处，但也有诸多调整之处，比如删减了与苏俄文学有关的部分，相应地增加了中国文学的内容，也适当地加入了毛泽东的文艺观点，还有将某些内容从节次地位提升到章的层次，此外第一单元增设"文学的民族性"一章，第二单元增加"文学作品的评价"一章，第三单元专设"文学的种类"一章，只不过由于毕达可夫授课期满回国，文学的种类和体裁问题未及讲授完毕[②]，该章又参考了季摩菲耶夫《文学原理·第三部·文学的发展过程》中第二章"文学的类型（类和型）"。

在此之后编写的文艺学概论教材有李树谦、李景隆《文学概论》[③]，冉欲达等《文艺学概论》[④]，霍松林《文艺学概论》[⑤]，刘延文《文学概论》[⑥] 等。李树谦、李景隆的《文学概论》主要内容包括三个部分："关于文学的一般学说"、"关于文学作品构成的学说"及"关于文学过程的学说"，可以看出也是对季摩菲耶夫和毕达可夫文艺学学科模式的移植。冉欲达等的《文艺学概论》是"依据1956年暑假高等师范院校教学大纲讨论会上确定的大纲编写的"，分为三编："文学与生活"、"文学作品分析"及"文学的发展过程"，完全照搬教学大纲，甚至章

---

① 《师范学院中国语言文学系文学概论试行教学大纲》，高等教育出版社1957年版，第2页。
② 参见毕达可夫《文艺学引论》中文版"出版说明"。
③ 李景隆：《文学概论》，吉林人民出版社1957年版，东北师范大学函授班的讲义。
④ 冉欲达等：《文艺学概论》，辽宁人民出版社1957年版，沈阳师范学院的讲义。
⑤ 霍松林：《文艺学概论》，陕西人民出版社1957年版，西安师范学院的讲义。
⑥ 刘延文：《文学概论》，新文艺出版社1957年版，上海市师范专科学校的讲义。

节也完全一致。霍松林称,《文艺学概论》"这部稿子因为原来是讲课用的讲稿,所以基本上是吸取大家的研究成果'编'成的"①,所谓"大家的研究成果"自然也是指苏联的文艺学理论及教育部编订的教学大纲,前两编"文学和生活""文学作品的分析"基本上照搬教学大纲中的第一、二单元,只不过把教学大纲中第三单元"文学的发展过程"分为"文学的种类""创作方法"两编。刘延文的《文学概论》分为文学的任务、文学的特征、文学的思想性和艺术性、创作方法、文学的种类五编,但具体章节也和教学大纲高度吻合。这些教材著作虽然有各自的叙述方式,但核心观念却高度一致,比如文学的阶级性、党性、人民性;文学的特征是形象和典型;文学作品是内容(主题、思想和情节)和形式(结构、语言和体裁)的统一;提倡社会主义现实主义的创作方法;文学的种类包括诗歌、小说、戏剧和散文;等等,直至以群主编的《文学的基本原理》(1964)②,还是如此,只不过比之前的教材更加重视文学批评,单列第三编,包括文学鉴赏和文学评论两章。

　　值得注意的是,蒋孔阳在北京大学聆听毕达可夫授课之后,撰写了《文学的基本知识》一书,由中国青年出版社于1957年5月出版。该书分成28个小标题,从"内容提要"可以看出:"本书较系统地说明文学上的各种基本知识,内容分三部分:第一部分说明文学上的原理,如文学的本质、形象、典型等等;第二部分说明文学作品分析中的问题,如内容与形式、主题思想、情节、结构等等;第三部分是创作方法和文学样式,如说明什么是浪漫主义、现实主义以及诗、小说、戏剧等等。"在相当于"前言"的《致读者》中,蒋孔阳说:"本书是按照一个一个的题目来写的。题目与题目之间,有相对的独立性,也有相互的联系。相互联系的顺序,也就是本书结构的顺序,主要是参考季摩菲耶夫的'文学原理'。但这只是就结构的顺序说,至于具体的内容,则有很多问题,作者的看法都和季摩菲耶夫不同。同时,在结合中国文学的

---

　　① 霍松林:《后记》,《文艺学概论》,陕西人民出版社1957年版,第314页。
　　② 以群主编,参编者八人及其单位分别是王永生(复旦大学)、叶子铭(南京大学)、刘叔成(上海师范学院)、应启后(江苏师范学院)、徐辑熙(上海师范学院)、袁震宇(复旦大学)、黄世瑜(华东师范大学)、曾文渊(上海文学研究所)。

具体情况上面，作者也曾经在主观上作了很大的努力。作者认为，文艺理论应当尽可能民族化。"① 这种力图让文艺学学科实现民族化的意识及实践难能可贵，但也是苏联文艺学思想发生中国变异的重要原因。

毕达可夫在《文艺学引论》中指出，文学史上存在彼此对立的两种创作方法：现实主义和形式主义，前者"是艺术把现实作为第一性，力求在历史真实性的一定程度上反映现实的本质方面"，后者"是把艺术与现实脱离，使艺术成为独立的与生活无关的东西"，因此"艺术上的这两种方法是和哲学上的两个主要方向——唯物论和唯心论——有关系的"②。既然现实主义和形式主义是文学史上的两种主要倾向，而且被戴上了唯物论和唯心论的"帽子"，那么文学史著作就是在自古以来的文学作品中寻觅这两股潮流，使之相互对立并以之为基本线索，同时给出现实主义是精华、形式主义是毒草的价值判断，五六十年代的文学史著作基本上都是按照这一模式进行撰写的，即中国文学史就是现实主义与反现实主义（形式主义）斗争的历史。

1956年11月，中国文学史教科书编辑委员会第一次扩大会议讨论通过《中国文学史教学大纲》。作为中国文学史教科书编写的依据，该大纲要求"导论"部分的教学要点有，认识中国文学的伟大成就和优良传统，中国文学史的目的和任务，研究文学史的态度和方法，过去在文学史研究工作中的成就与错误，等等。优良传统主要指：现实主义与积极的浪漫主义，人民性、爱国主义与人道主义，现实主义与社会主义现实主义，丰富多彩的民族形式和艺术风格。态度和方法中，强调"掌握马克思列宁主义立场、观点和方法的必要性"，"确认文学是社会意识的一种形态，它的阶级性和教育意义"等，而过去研究工作的错误，则包括资产阶级唯心主义与形式主义的错误，胡适、胡风的反动理论，庸俗社会学倾向，等等。在此之后的相当长一段时间，文学史著作的编写都以这份教学大纲为指导纲领，无论是旧著翻新还是新著编撰都是如此，前者如刘大杰的《中国文学发展史》，后者如游国恩主编的四

---

① 蒋孔阳：《致读者》，《文学的基本知识》，中国青年出版社1957年版，第5页。
② ［苏联］毕达可夫：《文艺学引论》，北京大学中文系文艺理论教研室译，高等教育出版社1958年版，第447页。

卷本《中国文学史》。

1940年代，刘大杰借鉴泰纳的《艺术哲学》《英国文学史》、郎宋的《文学史方法论》、弗里契的《艺术社会学》《欧洲文学发达史》、勃兰兑斯的《十九世纪文学主潮》等有关著作，编写出颇具现代性与体系性的《中国文学发展史》，代表了当时中国文学史研究与写作的最高水平。中华人民共和国成立之后，政治格局、社会风气、时代思潮都发生了巨大而根本的改变，为了适应新的要求，和其他学者一样，刘大杰也开始对此书进行修改，并于1957年出版修改本。与旧著相比，此次修改不仅增补了一些章节，更重要的是运用当时流行的文艺观点加强了对作家对作品的分析，例如，认为关汉卿在杂剧上的巨大成就，"是通过现实主义的艺术手法，广泛而又深入地反映出元蒙统治下的极端黑暗混乱的典型历史环境和不合理的社会制度，塑造了许多有典型性格的人物形象，反映出人民的生活和思想感情。现实主义的创作方法，在他的杂剧里，达到了很高的成就"[1]。从中可以看出，现实主义、反映论、典型人物、典型环境、人民性等马列主义文论的核心观念都开始诉诸笔端。但在接下来的"拔白旗，插红旗"的资产阶级唯心主义学术批判运动中，刘大杰仍然被当作资产阶级典型而受到批判，巨大的压力下他不得不检查自己资产阶级学术思想的历史根源，交代自己所犯的主要错误：庸俗进化论、不承认"现实主义和反现实主义"是文学发展的基本规律、人性论、未用"政治第一、艺术第二"标准评价古代作家作品[2]。接着又进行修改，并于1962年出版第二次修改本，但随着阶级斗争运动的加剧以及"文化大革命"的发生，知识分子受到更大的冲击，刘大杰第三次对自己的著作进行了修改，并于1973年、1976年先后出版第一册和第二册，但这次修改完全被时代裹挟，"可惜的是方向错误，犹如南辕北辙，越是努力反而离真理和事实越远。这实在是很具悲剧意味"[3]。

---

[1] 刘大杰：《中国文学发展史》（下），古典文学出版社1958年版，第61页。
[2] 参见董乃斌《刘大杰文学史研究的成就与教训》，陈平原主编《中国文学研究现代化进程二编》，北京大学出版社2002年版，第276页。
[3] 陈平原主编：《中国文学研究现代化进程二编》，北京大学出版社2002年版，第282页。

1961—1963年间，受中宣部、高教部委托，游国恩领衔主编高等学校文科教材《中国文学史》（一册）和《中国文学史》（四卷），后者多次再版、修订，在高校延用二十多年。该著"力图遵循马克思列宁主义、毛泽东思想的原则来叙述和探究我国文学历史发展的过程及其规律，给各时代的作家和作品以应有的历史地位和恰当的评价"①。但出于种种原因，这部文学史教材仍存在诸多不足，比如，过分强调文学与社会政治的关系，用"阶级分析"的方法阐释所有作品，难免削足适履；过分注重现实性和思想性，过分强调作品的人民性，对那些艺术性较强的作家作品重视不够；用西方文艺理论中"现实主义"和"浪漫主义"的概念分析中国古代作家的创作方法，"以西格中"的色彩非常突出；形成由"时代背景—作家生平—思想内容—艺术特色"四大板块构成的文学史叙述结构，公式化、模式化痕迹明显。②

1955年，郭绍虞也出版了旧作新改之后的《中国文学批评史》（上海新文艺出版社），从中可以看出"他运用政治标准以论人、衡文、评判理论是非的努力。同时他开始运用历史唯物主义和社会历史分析的方法。……进一步考虑到社会现实，特别是政治变动对文学及批评的影响，视野更加开阔了"③。不过，到了1958年，为表明自己"心头旗帜从此变，永得新红易旧白"，郭绍虞对旧著再次修改，更名为《中国古典文学理论批评史》，由人民文学出版社出版上册，书中贯穿"现实主义"和"反现实主义"的斗争线索，甚至把建安文学看作"走上形式主义的开端"，把齐梁宫廷文学看作"黄色文学"、齐梁文论看作"黄色文学的理论"，今日看来，"这些当时流行的理论，离开了文学发展的实际，用来或是半生不熟，或是窒碍难通"④。同样的情况，也发生在其他批评史专家的论著中，比如，罗根泽发表有《现实主义在中国

---

① 游国恩、王起、萧涤非、季镇淮、费振刚：《中国文学史·说明》，人民出版社1963年版。

② 参见刘敬主编《20世纪中国古典文学学科通志》，山东教育出版社2012年版，第724—727页。

③ 董乃斌：《郭绍虞中国文学批评史研究的成就与贡献》，王瑶主编：《中国文学研究现代化进程》，北京大学出版社1996年版，第342—343页。

④ 蒋凡：《导言》，《郭绍虞说文论》，上海古籍出版社2000年版，第3页。

古典文学及理论批评中的发生和发展》一文,开篇即根据恩格斯与高尔基的观点把现实主义分为一般的现实主义、充分的现实主义、社会主义现实主义等三种,然后依次考察中国古典文学及其理论批评,找出现实主义在中国发生和发展的三个阶段:不自觉的真实的描写阶段、自觉的真实的描写阶段、正确地表现出典型环境中的典型性格阶段①。周勋初指出,尽管"罗先生在写作此文时,很花一番心血,也提出了一些可供参考的论点,但因这种理论与中国的实际差距颇远,削足就履,强相捏合,仍然未能做到妥帖精当"②。

  20 世纪五六十年代,中国学界大规模"移植"季摩菲耶夫、毕达可夫师徒的文艺学模式,文学史、文学批评史也贯穿现实主义和反现实主义的斗争线索,不仅在框架、观念上千篇一律,而且将外来理论强加在本土现象之上,相互迁就,彼此都发生了巨大的"变异",今日看来,自然觉得荒谬可笑。但是,这里仍然存在一个值得思索的问题,那就是苏联文论是如何披着马克思文艺理论的外衣以"科学"方法论的名义进入中国并走向独尊的呢?实际上,已经有学者对此问题做出了回答,比如,夏中义就以"学案"研究的方式对毕达可夫的"反映论"进行过源流考辨,他发现,毕达可夫文学反映论只是将列宁哲学反映论"腾挪""硬拗"到文艺学方法论的一项"转基因""变异"工程:"列宁反映论内涵结构因被注入外源性的斯大林权力语素,而致使一种古典哲学方法变异为另种润色现实的虚妄性的阐释道具。"③ 这一工程存在着对马克思经典美学的挑战,具体表现为:"限制"其影响范围、"利用"之以涉足"文学功能"论域、"改造"其学理以及确立"马列文论"之名号。这些都由毕达可夫带入中国,经过近十年的渗透与蔓延,最后凝定在周扬挂帅、以群主编的《文学的基本原理》中,形成了"以反映论来钦定'文学本质'、用马克思美学来点缀'文学功能'"的

---

  ① 参见罗根泽《现实主义在中国古典文学及理论批评中的发生和发展》,《文学评论》1959年第4期。
  ② 周勋初:《罗根泽在三大学术领域中的开拓》,《中国文学研究现代化进程二编》,北京大学出版社1996年版,第174页。
  ③ 夏中义:《反映论与毕达可夫〈文艺学引论〉——中国文论学科的方法论源流考辨》,《学术月刊》2015年第1期。

基本格局①，这一格局统治了中国文学理论界近30年，文学批评、文学史、文学批评史等学科，都受到它的深刻影响。由此说来，毕达可夫的现实主义和反映论是对马克思、列宁有关美学思想的误读，而我们对于马克思主义文艺美学的接受则经过了两次转换：马克思主义文艺美学的"苏联化"和苏联文论的"中国化"，经过这两次"移植"与"变异"，马克思文艺思想的模样已经面目全非。

四

随着"文化大革命"的结束以及十一届三中全会的召开，执政党把工作重心逐渐转移到经济建设方面，文学也不再是对大众进行意识形态教育的工具，随之而来的是工具论、阶级论、反映论等理论话语失去魅力，人性—人道主义文论话语大放光彩，革命文学理论开始沉寂，审美文学理论逐步抬头，并很快在学术界、思想界占据重要地位。经过"朦胧诗"、"人性"论、人道主义等问题的讨论，"文学表现自我""文学是人学"成为学界大多数人的新认识。1980年5月7日，谢冕在《光明日报》发表《在新的崛起面前》，借助"五四"新诗传统来为朦胧诗的合法性进行辩护。此后，孙绍振发表《新的美学原则在崛起》，正面宣传"表现自我"的诗歌主张，在他看来，真正的诗人"不屑于做时代精神的号筒，也不屑于表现自我感情世界以外的丰功伟绩"②，传统美学的失误在于以政治实用性来衡量艺术从而取消艺术自身的价值。徐敬亚充分肯定了一些当代诗人对"人的权利，人的意志，人的一切正常要求"的信仰和"诗人首先是人"的主张，他发现"人，这个包罗万象的字，成了相当多中、青年诗人的主题宗旨。他们的'自我'，是一个个普普通通的中国现代公民"③。1985年，刘再复发表全面阐释文学"主体性"原则的《论文学的主体性》，充分论述了人物形象

---

① 夏中义：《反映论与毕达可夫〈文艺学引论〉——中国文论学科的方法论源流考辨》，《学术月刊》2015年第1期。
② 孙绍振：《新的美学原则在崛起》，《诗刊》1981年第3期。
③ 徐敬亚：《崛起的诗群——评我国诗歌的现代倾向》，《当代文艺思潮》1983年第1期。

的主体性、作家的主体性、读者和批评家的主体性问题，批判了文学观念上的"机械反映论"，呼吁"构筑一个以人为思维中心的文学理论与文学史的研究系统"，以取代旧的文学理论体系①。如此一来，创建一个崭新的中国文论体系的呼声越来越强烈！

需要注意的是，文学观念的演变容易受政治形势、时代精神甚至是域外思潮的影响，而文学理论、文学史、文学批评史写作模式的改变，则有所不同，相比之下，有一定的滞后性。1980 年代初，中国文学概论著作基本上还是沿袭毕达可夫的框架，蔡仪主编的《文学概论》（人民文学出版社 1979 年版）、刘德重的《文学概论》（四川人民出版社 1981 年版）、李衍柱的《文学概论》（山东教育出版社 1983 年版）等，都是如此，文学反映论、文学的阶级性和党性、形象和典型等理论标签仍然显著。直到 1984 年，红旗出版社出版童庆炳为党政干部编写的自学辅导教材《文学概论》，情况才有所改变，开始纠正"文学是现实的形象反映"这一基本观念，把审美元素重新纳入文学的本质之中，提出文学是"社会生活的审美反映"，强调"审美是文学的特质"，文学的表现对象是"整体的、具有审美属性的社会生活"②。曲本陆、郭育新编著的《文学概论教程》（东北师范大学出版社 1985 年版），将文学的本质表述为："文学是社会生活的能动的反映"，新增"能动"一词，突出了创作者的主体性，并赞同"文学是人学"的主张；虽然文学仍然是反映社会生活，但作者认为，文学反映社会生活有自己的特殊途径，即审美性、形象性、情感性、想象性，被长时间遗弃、压抑的审美、情感、想象等要素重新回到文学研究者的视野；关于文学的功能问题，除了认同教育功能之外，作者还强调了认识功能、美育意义与娱乐意义，这意味着政治对文学的束缚开始松绑消褪。几年之后，高等教育出版社出版童庆炳主编的自学考试教材《文学理论导引》，该著将马克思主义批评话语和文学审美主义话语结合起来，给"文学"下了一个新的较为经典的定义："文学是一种审美意识形态。"而且，受西方接受美学的影响，著者把文学看成一个动

---

① 刘再复：《论文学的主体性》，《文学评论》1985 年第 6 期。
② 童庆炳：《文学概论》，红旗出版社 1984 年版，第 47 页。

态系统，包括生活、作家、作品、读者四大要素，并且特别重视"读者"要素，所谓"作品也不等于就是文学，如果把作品束之高阁、藏于密室，它就是死的"①，因此单设第四编"批评鉴赏论"。此外，在文学功能方面，著者批判了之前以政治标准代替艺术标准的单纯功利主义倾向，指出文学的主要功能在于审美教育功能，具有寓教于乐、动人以情、潜移默化等特点。应该说，这部自考教材为童庆炳主编《文学理论教程》（高等教育出版社 1992 年版）奠定了基础，后者被学界称为"'换代'的教材""'接着讲'的教材"②，使用范围广泛，影响非常深远。到了 1993 年，国家教委社科司编定的《文学概论教学大纲》认为，"文学是意识形态"，"是一种艺术的掌握世界的方式"，"文学（包括一切艺术）作为作家创造的一种艺术美不同于一般社会意识形态的最基本的特点在于，它是以审美情感为心理中介来反映生活的。情感与认识不同，它所反映的不是与主体处于一定关系中的客体，即事物的实体属性，而是客体与主体之间的某种关系，即事物的价值属性（对于文学艺术来说就是事物的审美属性）。就其性质来说是以态度和体验的形式所显示的作家对于意义世界的一种评价。评价不同于认识，但却以认识为基础"③。这样的表述，似乎意味着，文艺学中至关重要的命题——文学的审美意识形态属性，终于在相当程度上受到国家权威部门的认可。

1988 年，陈思和、陈晓明在《上海文论》开辟"重写文学史"专栏。在"主持人的话"中，他们提出，"从新文学史研究来看，它决非仅仅是单纯编年式'史'的材料罗列，也包含了审美层次上对文学作品的阐发评判，渗入了批评家的主体性，研究者精神世界的无限丰富性，必然导致文学史研究的多元化态势"④。由此展开的从审美观念和人道主义立场重新评价文学史上的作家作品，以纠正过去以政治标准衡量一切的非艺术模式，同时发挥文学史研究者之主体性和创造性的研究范式，不仅是新文学史研究者的呼吁，也代表着古代文学史研究者的心声。

---

① 童庆炳：《文学理论导引》，高等教育出版社 1988 年版，第 3 页。
② 参见王家发《一部"接着讲"的优秀的文学理论教材》，《长春大学学报》2002 年第 5 期。
③ 国家教委社科司编：《文学概论教学大纲》，高等教育出版社 1993 年版，第 8 页。
④ 陈思和、陈晓明：《重写文学史·主持人的话》，《上海文论》1988 年第 4 期。

第四章　移植与变异

　　章培恒、骆玉明主编的《中国文学史》，虽然迟至 1996 年才正式出版，但实际上在 1980 年代末，他们就开始策划，书稿完成于 1993 年。在《导论》中，编者用较大篇幅论证文学与人性之间的关系，认为"文学既必须体现人性，又必须具有鲜明的个人性；而后者实际上也正是人性的要求。不过，人性本身是处在长期的发展过程之中，这也就带动了文学的发展"[①]，而且文学内容和形式的发展、演进都与人性的发展、演进有着密切关联，"文学的演进不仅有赖于人性的发展，也有赖于艺术成就的不断提高"，"因此，一部文学史所应该显示的，乃是文学的简明而具体的历程：它是在怎么样地朝人性指引的方向前进，有过怎样的曲折，在各个发展阶段之间通过怎么样的扬弃而衔接起来并使文学越来越走向丰富和深入，在艺术上怎样创新和更迭，怎样从其他民族的文艺乃至文化的其他领域吸取养料，在不同地区的文学之间有何异同并怎样互相影响，等等"[②]。正如研究者所指出的那样，这部著作紧紧抓住"人性""审美"两大文学要素，"相对于以往文学史对社会政治、对阶级斗争的强调，章编文学史对人性的重视开创了文学史研究的新境界，它的出版标志着古典文学研究打破了旧的思维定势，完全走出了政治因素干扰的时代，使文学研究进入了自由的新天地"[③]。

　　这一时期文学批评史的撰著也不再以政治朝代的更迭为分期标准，开始注重文学批评自身的演变规律。早在 1988 年，陈良运就发表《宏观·共时·文学观念——关于中国文学批评史分期的思考》一文，对文学批评史的分期问题提出新的见地："文学创作在不同的发展阶段上会呈现这样或那样的规律性现象，批评史则应对此在不同的层次上实现理论的把握……批评史的分期，实质上是体现文学理论不断发展、不断积淀的层次性，最终显示出一个民族、一个国家在文学理论方面积淀的深度与厚度。"[④] 后来，陈良运撰写《中国诗学批评史》一书，把中国

[①]　章培恒、骆玉明主编：《中国文学史》，复旦大学出版社 1996 年版，第 26—27 页。
[②]　章培恒、骆玉明主编：《中国文学史》，复旦大学出版社 1996 年版，第 61 页。
[③]　孙明君：《追寻遥远的理想——关于 20 世纪〈中国文学史〉的回顾与瞻望》，《北京大学学报》（哲学社会科学版）1997 年第 1 期。
[④]　陈良运：《宏观·共时·文学观念——关于中国文学批评史分期的思考》，《争鸣》1988 年第 3 期。

诗学批评史的历史分为四个时期，分别对应于四个层次和四种形态：先秦两汉，是诗歌观念演进的基础性层次，主要是功利批评；魏晋南北朝，注重诗歌本体的重构，主要是文体批评与风格批评；隋唐两宋金元，注重诗歌精神的升华，主要美学批评；明清至近代，关注诗学本体的深化，主要是流派批评①。

在1980年代的"美学热"和思想史研究热潮的背景下，文学批评史研究开始发生美学和思想史的转向。李泽厚的《美的历程》尽管对一些问题的论说比较宏阔，但"在美的哲学的层面透视中国传统文艺理论的精神本质方面，他的分析论述确实有着不容忽视的学术推动作用。一时间，与古代文论的美学阐释相同步，司空图、严羽等，成了人们关注的热点"②。在此之后的1983年，复旦大学出版社推出由该校学报编辑部编选的《中国古代美学史研究》，收录30篇中国古代美学思想研究方面的文章，一些美学史专著也开始出现，比如，李泽厚、刘纲纪主编的《中国美学史》（1984—1987）、叶朗的《中国美学史大纲》（1985）等，各文体美学方面的著作也陆续出版，比如，叶朗的《中国小说美学》（1982）、萧驰的《中国诗歌美学》（1986）等。蔡锺翔自1987年始策划"中国古典美学范畴丛书"（后改名"中国美学范畴丛书"，由蔡锺翔、邓光东主编），先后出版《和：中国古典审美理想》（袁济喜，1989）、《势与中国艺术》（涂光社，1990）、《文与质、艺与道》（陈良运，1992）、《中国古典美学风骨论》（汪勇豪，1994），等等。文学思想史研究的代表人物是罗宗强，他主编有"中国文学思想史"系列丛书，先后出版《隋唐五代文学思想史》（罗宗强，1986）、《汉代文学思想史》（许结，1990）、《宋代文学思想史》（张毅，1995）、《魏晋南北朝文学思想史》（罗宗强，1996）等。这种新的研究模式也得到学界的充分认可："宗强先生开创的中国文学思想史学科，学术理念和目标明确、清晰，研究对象和范围、研究方法和路径都独具特色并且逻辑谨严，自成体系。"③

---

① 参见陈良运《中国诗学批评史》，江西人民出版社1995年版，第4—11页。
② 韩经太：《中国文学批评史研究》，福建人民出版社2006年版，第317页。
③ 张峰屹：《中国文学思想史学科的开创者——罗宗强先生》，《国学茶座》第9期，山东人民出版社2015年版，第171页。

1980 年代以来，审美主义和人性论先后渗入文学理论、文学史、批评史的撰著中，这与改革开放及"思想解放"运动密不可分。在新的文化政策引导下，理论批评家开始对中华人民共和国成立后长期以来的文学工具论进行反拨，要求淡化文学的功利性、政治性与意识形态性，如此一来，文学自律论以及对文学的审美属性和人道主义精神的诉求变得顺理成章。在此过程之中，文学工具论的批评者运用了两大思想武器："五四"新文学的传统和西方自康德以来审美无功利性的主张。而"五四"新文学，从某种意义上讲，正如梁实秋所说，"就是外国式的文学"[①]。所以，归根结底，新时期文论主要仍是西方审美主义影响的结果，其确立的文学评价标准仍是西方标准，以此衡量，"文以载道""兴观群怨"等颇具民族特色的古代文论观点，仍被认为具有功利主义的色彩，无缘所谓"真理性"的文学理论。可见，域外文论本土化的过程，在改革开放之后的新时期里仍在持续进行，包括对域外尤其是西方文艺观念、思维方式、研究方法等各个方面的移植与借鉴，其结果当然也发生了对域外和本土两个方面的种种误读与变异。

五

进入 1990 年代尤其是 21 世纪之后，西方的"文化研究"和以福柯、德里达、利奥塔等为代表人物的西方后现代主义思潮大规模传入中国，一时之间"反'本质主义'"[②]的思维方式渗透进文学研究领域，

[①] 梁实秋：《现代中国文学之浪漫的趋势》，徐静波：《梁实秋批评文集》，珠海出版社 1998 年版，第 51 页。

[②] 所谓"本质主义"，就是在本体论上"假定事物具有超历史的、普遍的永恒本质"，而且"这个本质不因时空条件的变化而变化"，在知识论上"设置了以现象/本质为核心的一些列二元对立，坚信绝对的真理"；而"反本质主义"就是对这种观念与认识的反拨；由于反本质主义的后现代主义与兴起于 20 世纪后半期、至今仍然盛行不衰的文化研究（Cultural Studies）的影响，"当代西方的一些文学理论家早已开始对'文学'以及文学的'本质'采取一种历史的、非本质主义的开放态度，而且强调'文学本质'各种界定的具体社会文化语境而不是寻找一种普遍有效的'文学'定义。他们不把'文学'视作一种可以一劳永逸地解决的概念，而是转向把'文学'视作一种话语建构"。伊格尔顿的《20 世纪西方文学理论》、乔纳森·卡勒的《文学理论：一个非常简短的导论》都首先就"什么是文学"进行了思辨，二者都否认存在永恒的固定不变的文学定义。参见陶东风主编《文学理论基本问题》，北京大学出版社 2004 年版，第 3 页。

并产生巨大影响。在此影响下，国内一些理论家意识到旧有文艺学模式的重大弊端在于本质主义思维方式，这种"以各种关于'文学本质'的元叙事或宏大叙述为特征的、非历史的本质主义思维方式严重地束缚了文艺学研究的自我反思能力与知识创新能力，使之无法随着文艺活动的具体时空语境的变化来更新自己"[1]。《文艺争鸣》在 2009 年开设"关于文艺学的建构论与本质论的讨论"专栏，刊发了大量文章，引起"本质主义"与"反本质主义"之争。在反思的同时，文艺学重建工作也进入尝试阶段。21 世纪以后，南帆主编的《文学理论新读本》（2002）、王一川著《文学理论》（2003）、陶东风主编的《文学理论基本问题》（2004）三本著作，皆表达了对旧有文艺学模式的不满，试图以西方后现代思维方式来重构文学理论新体系。以下我们就以《文学理论基本问题》为例，说明中国当代文艺学学科，是如何凭借后现代主义的启示来进行自我革新的。

  陶东风主编的《文学理论基本问题》放弃以往把文艺学分为"本质论""创作论""作品论""发展论"及"鉴赏批评论"的通行体例，注重文学理论知识的历史具体性、差异性以及地方性（民族具体性和差异性），选取、提炼不同国家与民族的文学理论共同关注的基本问题和重要概论，揭示其知识生产的社会历史条件。比如，在"什么是文学"一章中，作者历史性地叙述了"文学"这一概念在中西文学理论中的形成、成熟及发展变化的情况。民国时期的文学理论著作在界定什么是文学时，也常常列举中外不同时期对于文学的定义，但只是简单地排比，并没有将之语境化，而且之后往往总结出一个永恒的文学定义。而本书拒绝做出总结，拒绝给文学下一个普适性定义，也就未能给出一个超越时空具有普遍意义的答案，而是告诉我们某一国别、某一时期的文学是什么。其他章次，如"思维方式""文学与世界""传统与创新"等的编写体例也是如此。很明显，该书的思想资源主要取自西方，对此，编者是这样说的："以当代西方的知识社会学为基本武器重建文艺学知识的社会历史语境，有条件地吸收包括'后'学在内的西方反本

---

[1] 陶东风主编：《文学理论基本问题》，北京大学出版社 2004 年版，第 1 页。

质主义的某些合理因素,以发挥其建设性的解构功能(重新建构前的解构功能)。知识社会学的视角要求我们摆脱非历史的、非语境化的知识生产模式,强调文化生产与知识生产的历史性、地方性、实践性与语境性。"① 这样的研究思路,受到福柯历史学研究"事件化"方法以及布尔迪厄"重建被遗忘的或被抑止的历史"之观念的影响②。

西方后现代思潮对于世纪交替之际中国文学史撰著的影响不如文学理论那么明显和集中,相对而言比较分散。这一时期的文学史著作以袁行霈受教育部委托主编的《中国文学史》为代表,这部书既是"面向二十一世"的教材,也具有学术专著性质,反映出学界最新成果,也提出了自己的新见解。该著在文化研究、新历史主义等思潮的影响下,也呈现出与之前文学史著作不同的面貌。首先,开始注重"文学传媒"在文学创作和传播过程中所起到的作用:"文学作品靠了媒体才能在读者中起作用,不同的媒体对文学创作有不同的要求,创作不得不适应甚至迁就这些要求,在一定程度上可以说文学创作的状况是取决于传媒的。"其次,受文化研究热潮的影响,编写者提出:"从广阔的文化学的角度考察文学","借助哲学、考古学、社会学、宗教学、艺术学、心理学等临近学科的成果,参考它们的方法,会给文学史研究带来新的面貌,在学科的交叉点上,取得突破性的进展"。最后,承认文学史研究的主观性:"我们当代人写文学史,既是当代人写的,又是为当代人写的,必定具有当代性。这当代性表现为:当代的价值判断、当代的审美趣味以及对当代文学创作的关注。"③

在接受美学的影响下,学界开始出现一种文学史研究的新范式——文学接受史研究。陈文忠《中国古典诗歌接受史研究》主要借鉴尧斯的宏观接受理论和伊泽尔的微观接受理论,"以作为接受史料的历代诗话为学术基础,考察经典作品的接受史及其诗学意义"④。而且著者对于研究史与接受史有着自觉区分,后者"以审美经验为中心,集中考

---

① 陶东风主编:《文学理论基本问题》,北京大学出版社2004年版,第8页。
② 参见徐一周《文学理论教学论》,接力出版社2006年版,第163—164页。
③ 袁行霈主编:《中国文学史》,高等教育出版社1999年版,第5、6页。
④ 陈文忠:《中国古典诗歌接受史研究》,安徽大学出版社1998年版,第1页。

察历代读者对文学作品的审美反映",同时"强调主观能动的阐释"①。一时间,文学接受史成为研究热点,众多的著作相继出版,既有分体文学接受史,也有断代文学接受史,以及作家个案接受史,比如尚永亮《庄骚传播接受史综论》(2000)、杨文雄《李白诗歌接受史》(2000)、李剑锋《元前陶渊明接受史》(2002)、李冬红《〈花间集〉接受史论稿》(2006)、陈水云《唐宋词在明末清初的传播与接受》(2010)等等。

自1996年"中国古代文论的现代转换"学术研讨会在陕西师范大学召开以来,"古代文论的现代转换"伴随着中国文论"失语症"的论断几乎成为近二十年文学批评史研究界众口一声的学术话题。近百年来,受西方文论影响的文学理论研究的模式开始得到反拨,同时强调"古为今用"。中华人民共和国成立前,罗根泽、郭绍虞、朱自清等一批研究文学批评史的学者皆注重原始资料的搜集,以还原中国文学批评史的"本来面目"为最终追求。而如今,当代文论的建设成为古代文论研究的最重要目的,"求是"沦落到次要的位置,"致用"被给予压倒性的地位,如有的学者所说:"要求古代文论研究者都能参与到当代文学理论与批评的建设中去是不现实的,但要求他们更多地关注当代文学创作与批评,并能从当代文学理论的建设与发展的角度去从事古代文论的研究并不算苛求。因为做到这一点,古代文论研究才更具现实意义,更具建设价值"②;"研究中国文学批评史的目的不仅仅是为了弄清过去,而更重要的是为建设具有当代中国民族特色的文学理论服务"③。固然,古代文论研究模式从"求是"到"致用"的转变,既与学科内部的发展需求有关,也与提高民族自信心、抵抗西方文论话语的目的有关,但背后思维方式的转变仍离不开西方后现代主义的影响。之所以不再如前辈学者重视还原古代文论的真实面目,是因为受新历史主义等思潮影响,研究者意识到,完全真实客观的历史是不存在的,所谓历史只是书写者的主体建构。既然如此,研究者自然不再以追求历史真实为绝

---

① 陈文忠:《中国古典诗歌接受史研究》,安徽大学出版社1998年版,第6页。
② 蒋述卓:《论当代文论与中国古代文论的融合》,《文学评论》1997年第5期。
③ 陈伯海、黄霖、曹旭:《中国古代文论研究的民族性与现代转换问题——二十世纪中国古代文论研究三人谈》,《文学遗产》1998年第3期。

对的研究目标。同时，后殖民主义在"中国文论失语症""古代文论的现代转换"的呼吁中也起到重要作用。简单言之，两种口号的实质即是反抗西方文论的霸权横行，"以中国传统文论为主，以中国的话语规则为基础，创造出新的有中国特色和中国气派的文学理论"①。反抗西方霸权、以民族特色为主的思维模式莫不渗透着后殖民主义的因子。

纵观近百年来中国的文学理论、文学史、文学批评史，我们发现，每一阶段的话语方式、理路与规则的背后都有域外文论话语的巨大影响，以至于我们可以说，中国现代文论的发展与演进，就是移植域外文论所产生的结果，只不过不同阶段引入的域外文论，其主题内容有所不同而已，加之在这种"西学东渐"的输入过程中，由于自身的文化需要以及翻译过程中的创造性叛逆，域外文论在中国的面目大多出现不同程度的变异，50、60年代马克思经典美学思想通过毕达可夫的"反映论"在中国影响深远就是典型案例。同时，"当异质理论原型被转型为研究文学的方法，它未必已准备好自行微调以契合对象的本体需求，恰恰相反，他往往会'削足适履'，不惜轻侮对象的独特性与丰富性"②。这种"削足适履"就是以西方话语标准衡量中国文学和文论，以致压抑、遮蔽甚至扭曲中国文学和文论的本土性和民族性特征，五六十年代中国文学史著作皆以现实主义与形式主义的斗争为贯穿线索同样是典型案例。域外文论"中国化"和"化中国"这同一进程的两面，构成了中国20世纪文学理论、文学史、文学批评史时而丰富复杂、时而简单纯粹的一幅幅图景。

---

① 曹顺庆、付飞亮：《变异学与他国化》，《甘肃社会科学》2012年第4期。
② 夏中义：《反映论与毕达可夫〈文艺学引论〉——中国文论学科的方法论源流考辨》，《学术月刊》2015年第1期。

第五章　言说与抗拒

　　域外文论进入中国之后不可能一成不变，换言之，理论在"跨语际旅行"过程中必定经过一个选择、过滤、变异、生成的复杂过程。19世纪末20世纪初的中国，出现一批具有异域生活经验的文化传播者，他们将域外文化、文学及文论介绍到中国，且对之进行了有效的阐释与实践。然而，吊诡的是，这些跨语际、跨文化的传播者，即便是早年，在言说、宣讲域外文化的同时，也并未放弃对本土立场的坚守，晚年则大多转变成文化守成主义者，而且与"五四"时期反对新文化、新文学运动的一批人形成代际之间的呼应与传承关系。他们数量可观，声势显赫，具体到文学理论、文学批评领域，主要以梁启超（1873—1929）、王国维（1877—1927）、吴宓（1894—1978）、梁实秋（1903—1987）等为典型代表，他们在借镜、言说域外文论尤其是西方文论的过程中，自觉或不自觉地加以选择与过滤，甚至给予改造与重构。汲取域外文艺观念，借用域外文论术语，关注中国文学及社会现实，这是他们"言说域外"的方式与目的。但还需注意的是，由于文化背景的差异、现实语境的变迁，他们在言说域外的同时，又对域外思想、观念乃至于范畴、术语采取某种调整，甚至抵制，这就形成了他们"抗拒西方"的理论归宿。但若追根究底的话，这种"言说与抗拒"话语机制的形成，最终仍然取决于具体的文化氛围、社会环境、政治境遇以及文学生态。

第五章 言说与抗拒

一

1901年，梁启超作《过渡时代论》一文，将当时的中国定义为"过渡时代之中国"，"虽然，为五大洋惊涛骇浪之所冲激，为19世纪狂飙飞沙之所驱突，于穹古以来，祖宗遗传、深顽厚锢之根据地，遂渐渐摧落失陷，而全国民族，亦遂不得不经营惨淡，跋涉苦辛，相率而就于过渡之道。故今日中国之现状，实如驾一扁舟，初离海岸线，而放于中流，即俗语所谓两头不到岸之时也"①。今日看来，这一过渡时代，就是从传统走向现代、从落后走向先进、从积贫积弱走向繁荣富强的转型时期，身处其中的知识分子，必定首当其冲地感受到破茧重生般的痛苦与希望。

处于过渡时代的文学尽管显得混沌、朦胧，但仍具有一个显著特征：旨在唤醒东方巨人，完成现代人格塑造的"启蒙"属性。梁启超曾写《新民说》，认为现代人要有国家思想，要有权利思想、自由思想，要敢于冒险、勇于进取，不断进步。为了启蒙民众，梁启超创办《时务报》《清议报》《新民丛报》，引进西方先进思想，发动"文学革命"，提出"诗界革命"、"文界革命"和"小说界革命"的响亮口号。三大革命都主张将文学视为启蒙宣教的工具，便于培养国民的公民意识，养成爱国主义、民族主义之思想，促使中国完成现代转型，最终屹立于世界民族之林。

早至1897年，梁启超就在《论幼学》中指出："古人文字与语言合，今人文字与语言离，……今人出话，皆用今语，而下笔必效古言，故妇孺农甿，靡不以读书为难事"②，"今宜专用俚语，广著群书，上之可以借阐圣教，下之可以杂述史事，近之可以激发国耻，远之可以旁及彝情，乃至宦途丑态，试场恶趣，鸦片顽癖，缠足虐刑，皆可穷极异

---

① 梁启超：《过渡时代论》，易鑫鼎编：《梁启超选集》，中国文联出版社2006年版，第530页。

② 梁启超：《论幼学》，陈元晖主编，汤志钧、陈祖恩、汤仁泽编：《中国近代教育史资料汇编·戊戌时期教育》，上海教育出版社2007年版，第92页。

形，振厉末俗，其为补益，岂可量耶"①！这样的认识正是他提倡诗文及小说革命的思想基础。

  1899年，梁启超在《夏威夷游记》中提出"诗界革命"的主张："故今日不作诗则已，若作诗，必为诗界之哥伦布、玛赛郎然后可。犹欧洲之地力已尽，生产过度，不能不求新地于阿米利加及太平洋沿岸也。欲为诗界之哥伦布、玛赛郎，不可不备三长：第一要新意境，第二要新语句，而又须以古人之风格入之，然后成其为诗。不然，如移木星金星之动物以实美洲，瑰伟则瑰伟矣，其如不类何？若三者具备，则可以为二十世纪支那之诗王矣。"②"要之，支那非有诗界革命，则诗运殆将绝。虽然诗运无绝之时，今日者革命之机渐熟，而哥伦布、玛赛郎之出世，必不远矣。"③ "新意境"和"新语句"，主要指西方的思想和词汇，梁启超说："宋明人善以印度之意境语句入诗，……真觉可爱。然此境至今日，又已成旧世界，今欲易之，不可不求之于欧洲。欧洲之意境语句，甚繁富而玮异，得之可以陵轹千古，涵盖一切。"④ 这就是说，"新意境"已非中国传统诗歌之"意境"，而是取自欧洲之新思想。按照舒芜先生的说法，梁启超提倡的"新理想新意境"包含五个方面的内容："进化论的哲学思想和近代自然科学知识"、"爱国主义思想与为保卫祖国而战的尚武精神"、"崇高的抱负和雄伟的气魄"、"关心政治、参预政治的政治态度和反映时局、保存诗史的创作态度"及"对于科学技术的进步及其所带来的生活中的新事物的敏感"，而且"所有这些，显然都是资产阶级民主主义思想武库中的东西，是为当时的反封建斗争服务的"⑤。"新语句"和"新思想"有着必然的联系，没有新语句的引入，新思想的产生实为无根之木。王国维在《论新学语之输入》中说："言语者，思想之代表也，故新思想之输入，即新言

---

① 陈元晖主编，汤志钧、陈祖恩、汤仁泽编：《中国近代教育史资料汇编·戊戌时期教育》，上海教育出版社2007年版，第93页。
② 梁启超：《夏威夷游记》，易鑫鼎编：《梁启超选集》，中国文联出版社2006年版，第324页。
③ 易鑫鼎编：《梁启超选集》，中国文联出版社2006年版，第326页。
④ 易鑫鼎编：《梁启超选集》，中国文联出版社2006年版，第324—325页。
⑤ 舒芜：《谈〈饮冰室诗话〉》，《舒芜文学评论选》，安徽教育出版社1994年版，第160页。

第五章　言说与抗拒

语输入之意味也。"① "新语句"旨在输入西方新名词、新思想，但是，并非所有西方新名词都堪称"新语句"。夏曾佑、谭嗣同等创作"新学诗"的诗人，喜欢"挦扯新名词以自表异"，但在梁启超看来"已不备诗家之资格"。梁启超认为"新语句"要和欧洲启蒙精神相融合，而偏僻生涩的所谓"新名词"如巴力门（Parliament）、巴别塔等是不能算作"新语句"的。

梁启超主张以"古人风格"入诗，但学术界对其"古人风格"的理解却颇不相同。鉴于梁启超在《饮冰室诗话》中明确提出"革其精神，而非革其形式"，我们可以认为"古人风格"指旧诗的形式风格。"以古人风格入诗"成为诗界革命的一条裹脚布，阻碍了西方自由诗在中国的落地生根，从中可以看出中国古典诗歌传统的巨大惯性势能。梁启超非常欣赏郑西乡的诗，比如评价其《奉题星洲寓公风月琴樽图》时说："读之不觉拍案叫绝。全首用日本译西书之语句，如共和、代表、自由、平权、团体、归纳、无机著语皆是也。吾近好以日本语句入文，见者已诧赞其新异，而西乡乃更以入诗，如天衣无缝，'天人团体一孤舟'，亦几于诗人之诗矣。吾于是乃知西乡之有诗才也。吾论诗宗旨大略如此。"② 在梁启超看来，在诗歌中植入新名词如"共和""民主"等并不难，难得是如此中西结合，天衣无缝。但如此这般的旧瓶装新酒，仍然显得似是而非、不伦不类。梁启超本人为了遵从旧形式，不惜割裂西文以入诗，比如他的"新派诗"中就有这样的句子："患难相从我，恩情骨肉亲。变名怜玛志（尼），亡邸想藤寅"，把意大利三杰之一玛志尼和日本明治维新的先驱吉田松阴（藤寅即吉田松阴）对举，为满足五言的形式要求，"玛志尼"被删成了"玛志"。

梁启超并非没有注意到形式与内容之间存在着紧张的对峙关系，但为了实现启蒙大众的理想，他不得不重内容而轻形式。或者说，诗歌的审美价值被他忽略了。比如，在小说《新中国未来记》中，梁启超用

---

① 王国维：《论新学语之输入》，姚淦铭、王燕主编：《王国维文集》（下部），中国文史出版社2007年版，第23页。
② 梁启超：《夏威夷游记》，易鑫鼎编：《梁启超选集》，中国文联出版社2006年版，第326页。

"曲本"体裁翻译拜伦《唐璜》中的《哀希腊》,无视原诗形式,将其译为:"(沉醉东风)咳!希腊啊!希腊啊!你本是和平时代的爱娇,你本是战争时代的天骄。撒芷波歌声高,女诗人热情好,更有那德罗士、菲波士(两神名)荣光常照。此地是艺文旧垒,技术中潮。即今在否?算除却太阳光线,万般没了!"① 正如学者分析的那样:"由于梁氏受传统审美观的制约,也由于古典诗歌形式规范所潜在的艺术魅力,他还是看重了'旧风格',这是梁启超为代表的'诗界革命'派共同的局限。"②

1903 年,梁启超提出诗有广狭二义之分:"诗何以有狭义、有广义?彼西人之诗不一体,吾侪译其名词,则皆曰'诗'而已。若吾中国之骚、之乐府、之词、之曲,皆诗属也,而寻常不名曰'诗',于是乎诗之技乃有所限。吾以为若取最狭义,则惟'三百篇'可谓之'诗';若取其最广义,则凡词曲之类,皆应谓之'诗'。"③ 也就是说,他扩大了诗歌体裁的外延,拓展了诗的表现视域,当民歌、乐府诗、军歌、弹词等俗文学都被纳入诗歌范围时,梁启超提供了一根可能撬动整个汉诗的杠杆,并以此与西人之诗相抗衡,这体现了他的开阔胸襟,也彰显了他非凡的民族自信精神。他还在《清议报》和《新民丛报》上开辟诗歌专栏"诗文辞随录"和"诗界潮音集",其中收录的诗歌,语言通俗,有着明显的散文化特点,而且注重向民歌学习,实为"五四"白话新诗的先声。确如郭延礼所说:"'诗界革命'是中国古典诗歌由封闭走向开放、由传统走向现代的尝试,它第一次提出诗歌向西方学习以及面对大众和通俗化的问题,表达了近代中国先进分子勇于进取,大胆探索的精神风貌和先进的美学理想,它的进步意义是不言而喻的。"④

当然,梁启超并不主张全盘西化,他要用西方的新思想、新思维改造中国诗歌,并不是把欧洲诗歌当作中国诗歌革命的样板。换句话说就是,域外的文学新观念、新思想并未能全盘照搬、畅通无阻地进入中

---

① 梁启超:《新中国未来记》,阿英编:《晚清文学丛钞·小说一卷》(上),中华书局 1960 年版,第 49 页。
② 郭延礼:《"诗界革命"的起点、发展及其评价》,《文史哲》2000 年第 2 期。
③ 梁启超:《小说丛话》,阿英编:《晚清文学丛钞·小说戏剧研究卷》,中华书局 1960 年版,第 311 页。
④ 郭延礼:《"诗界革命"的起点、发展及其评价》,《文史哲》2000 年第 2 期。

国，它们必定遭到接受主体的改造，被中国文化选择与过滤，进而转换成具有"本土化"特征的中国文论。作为"维新派"代表人物，梁启超深知中国必须全面向西方学习，全面引进西方启蒙思想，以新民主为中心，以进化论为内核，不断唤醒中国人。因此他的"诗界革命"旨在用诗歌为载体全面输入西方启蒙思想。救国启蒙的任务使得梁启超并没有认识到文学的独立价值，所谓"哥伦布、马赛郎之出世，必不远矣"之类的预言，实际上"皆其革命军月晕础润之征也，夫诗又其小焉者也"①。

由梁启超提倡，夏曾佑、谭嗣同、黄遵宪等人参与实践的诗界革命毕竟是中国诗歌史上的一次重大变革，"新意境"和"新语句"的引入的确使中国诗歌的面貌焕然一新，也为"五四"时期的新诗运动埋下了伏笔。三十来年之后，朱自清在《中国新文学大系·诗集·导言》中对"诗界革命"给予了非常中肯的评价："这回'革命'虽然失败了，但对于民七的新诗运动，在观念上，不在方法上，却给予很大的影响。"②

梁启超所倡导的"文界革命"之"文"，不是欧洲纯文学意义上的文，而是广义的"文章"之文。他以启蒙为使命，将"文"当作"鼓民力""开民智""新民德"的工具，在他看来，文章可分为两类："传世之文"和"觉世之文"。"传世之文，或务渊懿古茂，或务沈博绝丽，或务瑰奇奥诡，无之不可。觉世之文，则辞达而已矣。当以条理细备，词笔锐达为上，不必求工也。温公曰：一自命为文人，无足观矣。"③虽然两者并举，却以不必求工的"觉世之文"为当务之急。其"文界革命"所呼唤的正是这种通俗易懂的"觉世之文"。

梁启超第一次提出"文界革命"是在1899年。当年12月28日，梁启超从日本赴檀香山，"读德富苏峰所著《将来之日本》及《国民丛书》数种"，认为德富苏峰擅长用日文传达西欧的思想，别开生面，非

---

① 梁启超：《夏威夷游记》，易鑫鼎编：《梁启超选集》，中国文联出版社2006年版，第326页。
② 朱自清：《导言》，《中国新文学大系·诗集》，上海良友图书印刷公司1935年版，第1页。
③ 梁启超：《湖南时务学堂学约》（1897），《中国近代教育史资料汇编·戊戌时期教育》，上海教育出版社2007年版，第340页。

常欣赏，并认为中国的文界革命也应以此为起点，要求文章内容上有欧西思想，风格上隽快感人，以达到通俗流畅易于传播之目的。到1920年，在《清代学术概论》中，梁启超又以"新文体"定义文界革命之文。新文体始于1898年梁启超所办的《清议报》，也就是说，它是一种"报章文体"，该报停刊后，梁启超又创办《新民丛报》，此两种报刊系新文体得以广泛传播的主要媒介，梁启超也成为新文体的代表作家。

我们知道，梁启超的文化启蒙思想深受日本明治维新时期民权思想家福泽谕吉的影响。福泽谕吉大力提倡文体通俗化，以便于启蒙国民，他在《文字教育》一书中，提倡文言一致，自己写文章要修改到婢女能够读懂为止。梁启超评价福泽谕吉："以独力创一学校，名曰庆应义塾，创一报馆，曰《时事新报》，至今日本私立学校、报馆之巨擘焉。著书数十种，专以输入泰西文明思想为主义，日本人知之有西学，自福泽始也；其维新改革之事业，亦顾问于福泽者十而六七也。"① 受此启发，梁启超创办《新民丛报》，引进"泰西"理论，推崇福泽谕吉新文体，即便它有"委蛇沓复之病"，也要加以效仿。当然，前面提及的德富苏峰也对梁启超的新文体产生了巨大影响。德富苏峰是著名的文化批评家，日本明治时期"三大新闻主笔"之一，主张激进的平民主义，呼唤国民独立自主之精神，对风靡日本上层文界的"欧化"现象十分不满。他自己的文章则能切中时弊，意气风发，为当时一批先进作者所推崇与效仿，中国留日学生纷纷拜读其《国民小书》。梁启超也被他的文化启蒙精神折服，进而从日本向中国输入柏拉图、亚里士多德、笛卡儿、孟德斯鸠、卢梭、达尔文、斯宾塞等西方思想家的学说，对于中国的现代化进程起了导引作用，启蒙宣教之功不可磨灭。

从文学上讲，梁启超提倡并实践的"新文体"是中国散文的一次重大革命，它打破了载封建之道、代圣人立言的古老传统，成为表达一己之思想、反映社会之现实的镜子，清爽、泼辣、直抒胸臆式的现代报刊文章由此而生，青年时期的鲁迅、郭沫若、胡适、陈独秀、毛泽东无

---

① 梁启超：《论学术之势力左右世界》（1902），易鑫鼎编：《梁启超选集》，中国文联出版社2006年版，第296页。

第五章 言说与抗拒

不受其影响、得其浸润。正因为新文体的理论与实践大大冲击了古文的正统地位，提升了白话文的价值与意义，梁启超也因此成为"五四"白话文运动的先驱者。早在1917年，钱玄同就曾指出："梁任公实为创造新文学之一人。虽其政论诸作，因时变迁，不能得国人全体之赞同。即其文章，亦未能尽脱帖括蹊径。然输入日本新体文学，以新名词及俗语入文，视戏曲小说与论记之文平等（梁君之作《新民说》《新罗马传奇》《新中国未来记》，皆用全力为之，未尝分轻重于其间也），此皆其识力过人处。鄙意论现代文学之革新，必数梁君。"[①]

小说在中国传统文学中地位低下，大都是失意文人宣泄情感的产物。"小说"一词最早出现在《庄子·外物》篇："饰小说以干县令，其于大达亦远矣。"此处的小说，当指细小的道理，与今日所言之文体了无干涉。《汉书·艺文志》将"小说家"列于诸子十家的末位："小说家者流，盖出于稗官，街谈巷语、道听途说者之所造也。"即便后来，小说创作多了起来，仍未能改变其非正统文学体裁的身份。

到了梁启超手中，小说的地位得到大大的提升。1902年11月，他在《新小说》第一号上发表《论小说与群治之关系》《新中国未来记·绪言》等文章，明确提出"小说界革命"的口号。《论小说与群治之关系》开门见山地指出："欲新一国之民，不可不先新一国之小说。故欲新道德，必新小说；欲新宗教，必新小说；欲新政治，必新小说；欲新风俗，必新小说；欲新学艺，必新小说；乃至欲新人心、欲新人格，必新小说。何以故？小说有不可思议之力支配人道故。"[②] 当然，梁启超对小说政治功能的提倡与重视也绝非戛戛独造，实乃渊源有自，主要的影响还是来自日本。1897年梁启超写下这样的文字："故日本之变法，赖俚歌与小说之力，盖以悦童子，以导愚氓，未有善于是者也。"[③] 而日本小说地位之提高又源自西方的政治小说，梁启超在《译印政治小

[①] 钱玄同：《钱玄同致陈独秀》（1917年2月25日），周月峰编：《〈新青年〉通信集》，福建教育出版社2016年版，第97页。

[②] 梁启超：《论小说与群治之关系》，易鑫鼎编：《梁启超选集》，中国文联出版社2006年版，第316页。

[③] 梁启超：《〈蒙学报〉〈演义报〉合序》，《中国近代报刊史参考资料》（上），中国人民大学新闻系1982年版，第289页。

· 205 ·

说序》中也认为:"彼美、英、德、法、奥、意、日本各国政界之日进,则政治小说为功最高焉。英名士某君曰:'小说为国民之魂。'岂不然哉!岂不然哉!"①

当时的日本正处于"脱亚入欧"的明治维新时期,日本文坛引进西方政治小说旨在鼓吹社会变革,柴四郎的《佳人偶遇》、矢野龙溪的《经国美谈》、末广重恭(铁肠)的《二十三年未来记》等都曾在日本文坛风靡一时。与此同时,乌乌道人的《政治小说之效力》、坪内逍遥的《小说精髓》等著作也认为现代小说关系到"人心之兴败,社会之兴衰",并贬低传统小说的价值,认为旧小说已经落伍。梁启超在《论小说与群治之关系》中对传统小说大张挞伐,认为"今我国民之轻信弃义、权谋诡诈、云翻雨覆、苛刻凉薄,驯至尽人皆机心,举国皆荆棘者,曰惟小说之故"②。这样的认识显然受到日本学者的影响。由此,我们不难看出梁启超的"新小说"观念自诞生之日起就面临启蒙与审美的两难抉择。一方面,他认识到小说所具有的审美特质,认为"其乐多趣","以赏心乐事为目的",所以他才从"熏""浸""刺""提"四个方面论述小说能引起情感共鸣的魔力;另一方面,他又对这种艺术感染力深怀疑惧,认为中国群治腐败的根源在于传统小说,因此要用西方政治小说来完成启蒙民众之大业。在他看来,政治小说有两点为中国传统小说所不具有的,其一,写政治小说的人身份比传统小说家高贵,传统小说家多为市井之民,而政治小说家皆为政治家。其二,政治小说的内容比中国传统小说高端,中国传统小说多"诲盗诲淫",而政治小说表现的多是政治抱负、家国情怀。

当然,梁启超对日本政治小说的功用也有所误读,"事实上,并不是日本政治小说的兴盛决定了明治维新的成功,恰恰是明治维新所带来的自由民权运动催生了日本的政治小说创作"③。即便在西方,政治小

---

① 梁启超:《译印政治小说序》,黄霖、韩同文选注:《中国历代小说论著选(修订本)》(下),江西人民出版社2000年版,第27页。

② 梁启超:《论小说与群治之关系》,易鑫鼎编:《梁启超选集》,中国文联出版社2006年版,第320页。

③ 李怡:《日本生存体验与清末"小说界革命"》,《西南师范大学学报》(人文社会科学版)2003年第6期。

说也并非主流文学体裁，只是在19世纪昙花一现。英国政治小说代表作家白杰明·狄斯雷里（Benjamin Disraeli，1804—1881）、李顿（Lord Bulwer-Lytton，1803—1873）等人，与其说是文学家，毋宁说是政治家。同样，梁启超对西方的政治小说也没有什么深刻的认识，"并没有完全了解西方小说的实际情况，以致错误地把西方各国'政界之日进'完全归功于小说尤其是西方政治小说"①。

梁启超处于"过渡之时代"，社会变革的现实需要使他对文学的工具性作用情有独钟。在《译印政治小说序》中，他把小说的文学性和审美性降低成通俗化的手段，目的在于完成"六经不能教""正史不能入""语录不能输"的教化宣传任务。作为文学家的梁启超让位给政治家的梁启超。从这一点上说，梁启超的文学观念仍然属于古已有之的"载道"一派，只不过是从载封建正统之道转化为载现代启蒙之道。诚如叶诚生所言："虽然新小说理念中确实包含了某些文体本身的因素，但理论家们的用意显然主要在于文化问题甚至政治意图。所以'新小说'的首要指向在于历史而非审美。"②换句话说就是，社会及现实诉求迫使梁启超在引入西方文学及理论时，采用了取其一点、不及其余的做法。由此可见，西方文艺理论进入中国，必然受制于本土实际情况，进而衍变成新的话语形态，本土理论家在接受与言说西方的同时，也在选择与抗拒着西方。

在《欧游心影录》中，梁启超以"浪漫忒派"（浪漫主义）和"自然派"（包括自然主义和现实主义）来指涉19世纪的欧洲文学，比照此前出现的偏于乐观、多春气的文艺复兴文学，他的评价是"偏于悲观"，"多秋气"。当新文化运动的倡导者将西方写实主义、自然主义文学引进中国时，梁启超自然持批判态度，他认为"自然派"的文学："把人类丑的方面兽性的方面，赤条条和盘托出，写得个淋漓尽致，真固然是真，但照这样看来，人类的价值差不多到了零度了。总之，自从自然派文学盛行之后，越发令人觉得人类是从下等

---

① 王姗萍：《政治话语下的近代"小说界革命"研究》，《理论月刊》2012年第6期。
② 叶诚生：《现代叙事与文学想象》，人民文学出版社2009年版，第26页。

动物变来，和那猛兽弱虫没多大区别，越发令人觉得人类没有意志自由。"① 相反，陈独秀则认为："欧洲自然派文学家，其目光惟在实写自然现象，绝无美丑善恶邪正惩劝之念存于胸中"②，胡适也极力称许易卜生的写实精神，他说："易卜生的长处，只在他肯说老实话，只在他能把社会种种腐败龌龊的实在情形写出来叫大家仔细看。"③ 陈独秀和胡适都极力推崇写实主义，认为它能反映现实，而梁启超却看到写实主义对人性的残酷暴露，让人惨不忍睹。这意味着，欧游之后的梁启超不仅认为"欧美现代的文学，完全是刺激品，不过叫人稍醒麻木"④，而且赞赏中国传统文学，所谓"我国文学美术，根柢极深厚，气象皆雄伟"⑤，"我们有极优美的文学美术作品，我们应该认识他的价值，而且将赏鉴的方法传授给多数人，令国民成为'美化'"⑥。这与早期启蒙宣教的文学观形成了非常鲜明的对照。

大致而言，"五四"时期的梁启超对早期的"文学革命"从两个方面进行了反思。一是立足于中国现实，破除迷信西方的偏见。他认为："就学问而论，总要拿'不许一毫先入为主的意见束缚自己'这句话做个原则。中国旧思想的束缚固然不受，西洋新思想的束缚也是不受。"⑦ 梁启超批评新文化运动对西方现代化的盲目崇拜，他认为束缚新思想的主要是西方唯物主义、实证主义以及科学万能主义，而这正是胡适、陈独秀们所信奉的圭臬。当然，梁启超早期的"文学革命"思想实际上也是西方现代性影响下的产物，处处体现出"启蒙的焦虑"。

---

① 梁启超：《欧游心影录》，易鑫鼎编：《梁启超选集》，中国文联出版社2006年版，第425页。
② 陈独秀：《答曾毅》（1917年4月1日），周月峰编：《〈新青年〉通信集》，福建教育出版社2016年版，第127页。
③ 胡适：《易卜生主义》（1918年5月），《容忍与自由》，中国工人出版社2016年版，第40页。
④ 梁启超：《东南大学课毕告别辞》（1923），易鑫鼎编：《梁启超选集》，中国文联出版社2006年版，第1082页。
⑤ 梁启超：《清代学术概论》，上海古籍出版社1998年版，第107页。
⑥ 梁启超：《治国学的两条大路》（1923），易鑫鼎编：《梁启超选集》，中国文联出版社2006年版，第1097页。
⑦ 梁启超：《欧游心影录》（1918），易鑫鼎编：《梁启超选集》，中国文联出版社2006年版，第439页。

二是认识到文学审美作用的重要性。"五四"运动时,作为政治家的梁启超逐步退出,而作为文学家、学术家的梁启超逐步凸显,他开始把文学和生活结合起来,探讨文学的审美性、愉悦性和趣味性。例如,他在《中国韵味里头所表现的情感》一文中探究文学的内部规律,和王国维的文学观念产生共鸣,试图以西方浪漫主义文学、写实派、象征派等艺术理念来阐释中国文学之精髓,认为"天下最神圣的莫过于情感,……情感这样东西,可以说是一种催眠术,是人类一切动作的原动力"[1]。在《晚清两大家诗钞题辞》里,梁启超认为"文学的本质和作用,最主要的就是'趣味'。趣味这件东西,是由内发的情感和外受的环境交媾发生出来。就社会全体论,各个时代趣味不同;就一个人论,趣味亦刻刻变化"[2]。显然,梁启超已经认识到情感、趣味、美感对于文学的重要性。

总的说来,梁启超的"文学革命"主张,提升了白话诗、文、小说的地位,很大程度上可谓是"五四"新文化运动的先声。颇有意思的是,大多数新文化运动的提倡者并未将梁启超视为同道中人,反而将他和严复、林纾等人一样视为新文学的反对者。其原因在于,当新文化运动发生时,"不惜以今日之我,难昨日之我"的梁启超却逆势而动,重新扎到了传统文化的故纸堆里。1915年梁启超在《大中华》创刊号上发表《吾今后所以报国者》,检讨自己以前的学术生涯,所谓"吾二十年来之生涯,皆政治生涯也"[3]。1918年到1920年,梁启超随同蒋百里、张君劢赴欧进行考察,观察到一战之后欧洲凋敝的社会现实,真切地感受到西方的先进文明也不乏种种罪恶,蕴藏着巨大危机:"自从机器发明工业革命以还,生计组织起一大变动,从新生出个富族阶级,科学愈昌,工厂愈多,社会偏枯亦愈甚,富者益富,贫者益贫,物价一日一日腾贵,生活一

---

[1] 梁启超:《中国韵味里头所表现的情感》(1922),《梁启超选集》,中国文联出版社2006年版,第342页。

[2] 梁启超:《晚清两大家诗钞题辞》,易鑫鼎编:《梁启超选集》,中国文联出版社2006年版,第330—331页。

[3] 梁启超:《吾今后所以报国者》,易鑫鼎编:《梁启超选集》,中国文联出版社2006年版,第177页。

日一日困难，……"① "一百年物质的进步，比从前三千年所得还加几倍，我们人类不惟没有得着幸福，倒反带来许多灾难。"② 于是，他认为东方世界的"固有文明"是拯救西方世界的一剂良药，其政治、文化思想日趋保守，文艺思想也与新文化运动的倡导者们形成落差与错位。换句话说，当新文化运动者们沿着梁启超"文学革命"开辟的道路高歌猛进之时，他自己却将目光转向了遥远悠久的古典传统。今日看来，两者之间的矛盾，或许正体现出启蒙现代性与审美现代性之间的巨大张力。

二

受益于康德、叔本华的文艺美学思想，王国维成为中国现代第一个融会中西文艺理论、创造现代诗学话语的理论家。出生于浙江海宁书香世家的王国维，童年接受传统文化教育，少年时期接触并醉心于西学，青年时期曾留学日本，这样的经历使得王国维拥有广阔的学术视野和开明的学术立场，他曾预言："异日发明光大我国之学术者，必在兼通世界学术之人，而不在一孔之见的陋儒，固可决也。"③ 在《〈国学丛刊〉序》中，他更是明确指出："学无新旧也，无中西也，无有用无用也"④，那种狭隘的"虑西学之盛之妨中学，与虑中学之盛之妨西学者，均不根之说也"⑤，"中西二学，盛则俱盛，衰则俱衰，风气既开，互相推助。且居今日之世，讲今日之学，未有西学不兴而中学能兴者，亦未有中学不兴而西学能兴者"⑥。不仅如此，王国维还是中国文艺思想史上第一个主张审美独立性、承认形式美之价值的理论

---

① 梁启超：《欧游心影录》（1918），易鑫鼎编：《梁启超选集》，中国文联出版社2006年版，第419页。
② 易鑫鼎编：《梁启超选集》，中国文联出版社2006年版，第423页。
③ 王国维：《奏定经学科大学文学科大学章程书后》（1906），姚淦铭、王燕主编：《王国维文集》（下部），中国文史出版社2007年版，第39—40页。
④ 王国维：《〈国学丛刊〉序》（1911），姚淦铭、王燕主编：《王国维文集》（下部），中国文史出版社2007年版，第516页。
⑤ 姚淦铭、王燕主编：《王国维文集》（下部），中国文史出版社2007年版，第517页。
⑥ 姚淦铭、王燕主编：《王国维文集》（下部），中国文史出版社2007年版。

家,打破了政治化、功利化文艺理论一家独大的局面,这在《文学小言》(1906)、《古雅之在美学上之位置》(1907)等文章中有充分论述。正因为有这样的认识,他才大胆肯定艺术家、哲学家的贡献与地位:"夫人之所以异于禽兽者,岂不以其有纯粹之知识与微妙之感情哉?至于生活之欲,人与禽兽无以或异。后者政治家及实业家之所供给,前者之慰藉满足非求诸哲学及美术不可。就其所贡献于人之事业言之,其性质之贵贱,固以殊矣。至就其功效之所及言之,则哲学家与美术家之事业,虽千载以下,四海以外,苟其所发明之真理,与其所表之之记号之尚存,则人类之知识感情由此而得其满足慰藉者,曾无以异于昔。而政治家及实业家之事业,其及于五世十世者稀矣。此又久暂之别也。然则人而无所贡献于哲学、美术,斯亦已耳,苟为真正之哲学家、美术家,又何慊乎政治家哉。"① 大体而言,我们可以说,王国维是中国主张审美现代性的第一人,其思想认识远超于当时学界之同仁。

当然,王国维深受康德、叔本华、席勒等西方思想家的影响,已是不争之事实。在《静庵文集自序》中,他讲述学术历程时说:"余之研究哲学,始于辛、壬之间。癸卯春,始读汗德之《纯理批评》,苦其不可解,读几半而辍。嗣读叔本华之书而大好之。自癸卯之夏以至甲辰之冬,皆与叔本华之书为伴侣之时代也。其所尤慊心者则在叔本华之知识论,汗德之说得因之以上窥。然于其人生哲学观,其观察之精锐与议论之犀利,亦未尝不心怡神释也。"② 1898年,22岁的王国维入"东文学社"学习,教师藤田丰八和田冈佐代治对西方哲学颇有研究,他偶然从田冈文集中发现康德、叔本华的哲学思想,非常喜欢,两相比较,他更喜欢叔本华,在学习英文、日文的同时,又自修德文,最终通过工具书参照日文能够读懂叔本华的著作。

在叔本华的影响下,王国维认识到美术(文艺)"使吾人超然于利

---

① 王国维:《论哲学家与美术家之天职》,姚淦铭、王燕主编:《王国维文集》(下部),中国文史出版社2007年版,第3页。
② 王国维:《静庵文集自序》(1905),姚淦铭、王燕主编:《王国维文集》(下部),中国文史出版社2007年版,第282页。

害之外，而忘物与我之关系"①的本质特征。正因为文艺的非功利性，才使"吾人之心无希望，无恐怖，非复欲之我，而但知之我也。此犹积阴弥月，而旭日呆呆也；犹覆舟大海之中，浮沉上下，而飘著于故乡海岸也；犹阵云惨淡，而插翅之天使，赍平和之福音而来者也；犹鱼之脱罾网，鸟之自樊笼出，而游于山林江海也"②。

经由叔本华，王国维在文艺美学思想上与康德取得联系。康德在《判断力批判》中认为，审美判断与知识判断不同，后者依靠逻辑在判断中求得知识，而前者是情感的，是无利害关系的愉悦。我们对事物进行审美判断时，不应去管事物对我们是否重要，只需要在"纯粹的观照"中去判断它。康德和叔本华都把世界分为现象世界和自在之物的世界。不同的是，叔本华认为，自在之物的世界并非物质，而是生活意志，它是非理性的、盲目的。叔本华反对把理性看作事物的本质，而把人的意志——欲望和情感——当作本质。意志高于理性，支配理性，因为意志赋予认识主体"一把揭明自己的存在的钥匙，使它领会了自己的本质、自己的行为、自己的活动的意义，向它指明了这一切的内在结构"③。与理性乐观主义不同，叔本华的悲观主义哲学认为欲望和意志是人的痛苦之源。王国维对叔本华哲学的精神特征有较为充分的认识和肯定性评价："至叔氏哲学全体之特质，亦有可言者。其最重要者，叔氏之出发点在直观（即知觉），而不在概念是也。……故吾人欲深知一概念，必实现之于直观，而以直观代表之而后可。若直观之知识，乃最确实之知识，而概念者，仅为知识之记忆传达之用，不能由此而得新知识。真正之新知识，必不可不由直观之知识，即经验之知识中得知。然古今之哲学家往往由概念立论，汗德且不免此，况他人乎！"④

---

① 王国维：《〈红楼梦〉评论》（1904），姚淦铭、王燕主编：《王国维文集》（上部），中国文史出版社2007年版，第2页。
② 王国维：《〈红楼梦〉评论》（1904），姚淦铭、王燕主编：《王国维文集》（上部），中国文史出版社2007年版，第2页。
③ 叔本华：《世界之为意志与表象》，洪谦主编：《现代西方哲学论著选辑》（上），商务印书馆2003年版，第5页。
④ 王国维：《叔本华之哲学及其教育学说》（1904），姚淦铭、王燕主编：《王国维文集》（下部），中国文史出版社2007年版，第194页。

第五章　言说与抗拒

沉浸于叔本华哲学、美学思想的王国维，对《红楼梦》有了新的理解，写出《〈红楼梦〉评论》一文，这是中国现代学术史上第一次运用西方现代文艺理论来研究中国文学的文章，在域外文论本土化的历程和中国比较文学的发展史上都具有非常重要的地位。根据佛雏的分析，《〈红楼梦〉评论》至少在两个方面受到叔本华的影响："一是'原罪—解脱'说，包括'男女之爱的形而上学'；二是'第三种悲剧说'，包括'壮美性格'的理论。"[1] 原罪本身属于基督教范畴，叔本华曾引用加尔德伦的话："一个人最大的罪，就在他被生了出来。"[2] 生命降临也就意味着个体意志的诞生，意志的本质则在于欲望，"欲望"被王国维视为"生活的本质"，所谓："生活之本质何？'欲'而已矣。欲之为性无厌，而其原生于不足。不足之状态，苦痛是也。既偿一欲，则此欲以终。然欲之被偿者一，而不偿者什百。一欲既终，他欲随之，故究竟之慰藉，终不可得也。……故人生者如钟表之摆，实往复欲苦痛与厌倦之间者也，夫倦厌固可视为苦痛之一种。"[3] 在诸多欲望之中，最痛苦、最令人困惑的当属"性欲"。这就涉及叔本华"男女之爱的形而上学"问题。叔氏认为男女之爱是"意志"的焦点，恋爱本质上是本能的幻觉表现，其根本目的在于传宗接代，人们不应受爱情的诱惑，以此消灭原罪。受此影响，王国维在《〈红楼梦〉评论》中说："世界人生之所以存在，实由吾人类之祖先一时之谬误。"[4]

在王国维看来，"解脱"欲望之苦痛只能"拒绝意志"，"拒绝一切生活之欲"，"解脱之道，存于出世，而不存于自杀"，出世意味着拒绝欲望，而自杀只是逃避欲望，因此，金钏、司棋、尤三姐、潘又安等人之自尽，不能算是解脱。至于解脱之具体途径又有两种："一存于观他人之苦痛，一存于觉自己之苦痛。然前者之解脱，唯非常之人为能，其

---

[1] 佛雏：《王国维诗学研究》，北京大学出版社1999年版，第62页。
[2] 佛雏：《王国维诗学研究》，北京大学出版社1999年版，第63页。
[3] 王国维：《〈红楼梦〉评论》，姚淦铭、王燕主编：《王国维文集》（上部），中国文史出版社2007年版，第1页。
[4] 王国维：《论哲学家与美术家之天职》，姚淦铭、王燕主编：《王国维文集》（下部），中国文史出版社2007年版，第10页。

高百倍于后者，而其难亦百倍。"① 真正解脱的只有贾宝玉、惜春、紫鹃三人。惜春、紫鹃乃"非常之人，由非常之知力，而洞观宇宙人生之本质，始知生活与痛苦之不能相离，由是求绝其生活之欲，而得解脱之道"；而贾宝玉是通常之人，其解脱"存于自己之苦痛"，"以生活为炉、苦痛为炭，而铸其解脱之鼎"。二者之区别在于"前者之解脱，超自然的也，神秘的也；后者之解脱，自然的也，人类的也。前者之解脱，宗教的也；后者美术的也。前者平和的也；后者悲感的也，壮美的也，故文学的也，诗歌的也，小说的也"②。在叔本华看来，"诗的艺术的顶峰"就是"悲剧"。王国维根据叔氏的观点，将悲剧分为三种："第一种之悲剧，由极恶之人，极其所有之能力以交构之者。第二种，由于盲目的运命者。第三种之悲剧，由于剧中之人物之位置及关系而不得不然者；非必有蛇蝎之性质与意外之变故也，但由普通之人物、普通之境遇，逼之不得不如是；彼等明知其害，交施之而交受之，各加以力而不任其咎。"③ "第三种悲剧"艺术地再现了"原罪"的苦痛，昭示我们"人生最大之不幸，非例外之事，而人生之所固有"。《红楼梦》就是这样的悲剧，而且还是悲剧中的悲剧。

除了叔本华，王国维的文艺思想还受到席勒（希尔列尔）的影响。王国维应该是中国近代第一个介绍席勒美育思想的学者，在《孔子之美育主义》（1904）一文中，他说，泰西自亚里士多德以后，"皆以美育为德育之助"，"德意志之大诗人希尔列尔出，而大成其说，谓人日与美相接，则其感情日益高，而暴慢鄙倍之心自益远。故美术者科学与道德之生产地也。又谓审美之境界乃不关利害之境界，故气质之欲灭，而道德之欲得由之以生。故审美之境界乃物质之境界与道德之境界之津梁也。于物质之境界中，人受制于天然之势力；于审美之境界则远离之；于道德之境界则统御之（希氏《论人类美育之

---

① 王国维：《论哲学家与美术家之天职》，姚淦铭、王燕主编：《王国维文集》（下部），中国文史出版社2007年版，第5页。

② 王国维：《〈红楼梦〉评论》，姚淦铭、王燕主编：《王国维文集》（上部），中国文史出版社2007年版，第6页。

③ 王国维：《〈红楼梦〉评论》，姚淦铭、王燕主编：《王国维文集》（上部），中国文史出版社2007年版，第7页。

书简》)"①。除此之外，他还专门撰写《教育家之希尔列尔》（1904）一文，认同席勒可以和歌德相提并论的说法，堪称"教育史上之伟人"。王国维对席勒的"游戏说"也颇有研究。众所周知，席勒的"游戏说"在其美学思想中占有重要地位，他认为："人同美只应是游戏，人只应同美游戏"②，"只有当人是完全意义上的人，他才游戏；只有当人游戏时，他才完全是人"③。这中间的道理，席勒从生理学上进行解释："狮子在不为饥饿所迫、又没有别的野兽向它挑战的时候，它闲着不用的精力就要给自己创造一个对象；它那雄壮的吼声响彻沙漠，在这无目的消耗中，它那旺盛的精力在自我享受。昆虫在太阳光下飞来飞去，自得其乐；就是我们听到的鸟儿发出的悦耳的啼鸣，也肯定不是欲求的呼声。无可否认，在这些动作中有自由，但不是摆脱了所有需求的自由，而是摆脱了某种特定的、某种外在的需要的自由。如果动物活动的推动力是缺乏的，它就是在工作；如果这种推动力是力的丰富，就是说，是剩余的生命刺激它行动，它就是在游戏。"④ 王国维对此观点非常熟悉，其《人间嗜好之研究》（1907）一文，受席勒"游戏说"的影响尤其明显，文中直接指出："希尔列尔既谓儿童之游戏存于用剩余之势力矣，文学美术亦不过成人之精神的游戏。故其渊源之存于剩余之势力，无可疑也。"⑤ 此外，他还宣称："诗人视一切外物，皆游戏之材料也"⑥，"文学者，游戏的事业也。……故民族文化之发达，非达一定之程度，则不能有文学；而个人之汲汲于争存者，决无文学家

---

① 王国维：《孔子之美育主义》（1904），姚淦铭、王燕主编：《王国维文集》（下部），中国文史出版社 2007 年版，第 93—94 页。
② ［德］弗里德里希·席勒：《审美教育书简》，冯至、范大灿译，上海人民出版社 2003 年版，第 123 页。
③ ［德］弗里德里希·席勒：《审美教育书简》，冯至、范大灿译，上海人民出版社 2003 年版，第 124 页。
④ ［德］弗里德里希·席勒：《审美教育书简》，冯至、范大灿译，上海人民出版社 2003 年版，第 229 页。
⑤ 王国维：《人间嗜好之研究》，姚淦铭、王燕主编：《王国维文集》（下部），中国文史出版社 2007 年版，第 16 页。
⑥ 王国维：《〈人间词话〉删稿·四十九》，姚淦铭、王燕主编：《王国维文集》（上部），中国文史出版社 2007 年版，第 92 页。

之资格也"①。

  然而，王国维借鉴西方理论阐释本土文学，提出自己的诗学主张，并不意味着与中国传统文论之关系的疏离。西方文论在中国的旅行，尤其是在早期阶段，必须附着在中国文论的列车之上。中国传统文论话语的强大惯性势力决定了中国学者在"言说"西方的同时，必然要"抗拒"着西方，这种抗拒在王国维身上，首先体现在话语方式上。《人间词话》在观念上虽然深受叔本华等西方学者的影响，但"词话"形式却是中国古已有之的，比如宋代的《碧鸡漫志》《乐府指迷》，明代的《渚山堂词话》《词品》，清代的《西河词话》《蕙风词话》，等等；再则，在术语使用上，《人间词话》仍然与传统诗学一脉相承，正如叶嘉莹所说："静安先生之好用印象式的批评术语乃是显然可见的，而他所使用的术语，我们又可按其性质之不同将之大概区分为两类：一种是属于名词性质的，……'气象'、'骨'、'神'、'格调'、'格'、'情'、'气韵'等属之；又一种则是属于形容词性质的，……'洒落'、'悲壮'、'豪放'、'沉着'、'凄婉'、'凄厉'等属之。这两种性质的批评术语，原都为中国传统批评著述之所常用。"② 既然言说方式、术语范畴都与本土传统密切相关，《人间词话》必然会与来自域外的诗学传统及观念发生对抗性质的交流与融合，新观点、新体系也就随之而诞生。

  正因为王国维是近代得西方风气之先的代表性人物，其《人间词话》提出的"境界说"，也就成为中国现代文论新传统的一块重要基石，他自己对这一创造给予了很高的评价："严沧浪《诗话》谓：'盛唐诸公，唯在兴趣。羚羊挂角，无迹可求。故其妙处，透澈玲珑，不可凑泊。如空中之音、相中之色、水中之影、镜中之象，言有尽而意无穷。'余谓：北宋以前之词，亦复如是。然沧浪所谓兴趣，阮亭所谓神韵，犹不过道其面目；不若鄙人拈出'境界'二字，为探其本也。"③

---

 ① 王国维：《文学小言》，姚淦铭、王燕主编：《王国维文集》（上部），中国文史出版社2007年版，第16页。
 ② 叶嘉莹：《王国维及其文学批评》，河北教育出版社1997年版，第210页。
 ③ 王国维：《〈人间词话〉定稿·九》，姚淦铭、王燕主编：《王国维文集》（上部），中国文史出版社2007年版，第77页。

"言气质,言神韵,不如言境界。有境界,本也。气质、神韵,末也。有境界二者随之矣。"① 如此自我表白,已经揭示出境界说与传统文论之间的内在关联:"王国维的'境界',是一个标示文艺特性的美学范畴。因此,过去诗论词论中,凡涉及文艺特性的,都可视作王氏境界说的先河。……严羽的'兴趣',王士祯的'神韵',王国维的'境界',都是概括文艺特性的范畴,他们是一线下来的。"② 境界说所包含的"有我之境""无我之境"等具体观点,都能在传统文论中找到蛛丝马迹,对此,佛雏、叶嘉莹、罗钢等学者已经做过深入探析。

  同样是受康德、叔本华的影响,王国维就"天才"问题展开过新的言说。叔本华认为天才是先天的,不是通过学习、培养所能造就的:"天才的德行几乎是不可教育的,正像对于艺术来说,概念也是很少帮助的。……如果期望我们的道德体系和伦理学能够培养出具有崇高品德的谦谦君子,就如同指望我们的美学能产生诗人、画家和音乐家一样,都是不现实的。"③ 但王国维却认为"天才"的出现与学问、德性具有关联性:"天才者,或数十年而一出,或数百年而一出,而又须济之以学问,助之以德性,始能产真正之大文学。此屈子、渊明、子美、子瞻等所以旷世而不一遇也。"④ 这应该与中国古代"君子尊德性而道问学"(《礼记·中庸》)的文化传统密切相关,中国传统诗学也强调格物致知、读书穷理的重要性,比如严羽在《沧浪书话》中就说:"夫诗有别材,非关书也;诗有别趣,非关理也。然非多读书,多穷理,则不能极其至。"

  同样的情况也体现在王国维对"古雅"这一美学范畴的阐释之中。"古雅说"表面上是王国维借助康德美学思想建构出来的,实质上却是对

---

  ① 王国维:《〈人间词话〉删稿·十三》,姚淦铭、王燕主编:《王国维文集》(上部),中国文史出版社2007年版,第87页。

  ② 叶朗:《论王国维境界说与严羽兴趣说、叶燮境界说的同异》,姚柯夫编:《〈人间词话〉及评论汇编》,书目文献出版社1983年版,第274页。

  ③ 转引自罗钢《传统的幻象:跨文化语境中的王国维诗学》,人民文学出版社2014年版,第180页。

  ④ 王国维:《文学小言》,姚淦铭、王燕主编:《王国维文集》(上部),中国文史出版社2007年版,第17页。

传统词学做出的一个新评判,当然也是对康德、叔本华"天才说"的一种补充或校正。众所周知,王国维热爱北宋词,不喜欢南宋词(辛弃疾除外),"予于词,五代喜李后主、冯正中而不喜《花间》。宋喜同叔、永叔、子瞻、少游而不喜美成。南宋只爱稼轩一人,而最恶梦窗、玉田"①。《人间词话》开篇即说:"词以境界为最上。有境界则自成高格,自有名句。五代、北宋之词所以独绝者在此。"② 这种论断与当时及之前的主流看法大相径庭。清代执词坛牛耳的浙西词派、常州词派,都推崇南宋词,正如陈匪石(1884—1959)所说:"有清一代词学,驾有明之上,且骎骎而入于宋。然究其指归,则宋末二字足以尽之。何则?清代之词派,浙西、常州而已。浙西倡自竹垞,实衍玉田之绪;常州起于茗柯,实宗碧山之作。迭相流衍,垂三百年。世之学者,非朱即张,实则玉田、碧山两家而已。"③ 南宋词人主张词作文雅,以打破"诗庄词媚"的世俗偏见,张炎《词源》、沈义父《乐府指迷》建构起"雅正"词学,姜夔、吴文英则在创作上进行探索,形成了含蓄、典雅、朦胧、秀美的风格,由此而形成典雅词派,数百年之后,成为清代词人学习的榜样。但在王国维的美学主张中,古雅美的地位不及优美和宏壮,后二者需要天才去捕捉和表现,而"艺术中古雅之部分,不必尽俟天才,而亦得以人力致之。……虽中智以下之人,不能创造优美及宏壮之物者,亦得由修养而有古雅之创造力"④。或许正是基于此种判断,王国维才说:"姜夔之于词,且远逊于欧、秦,而后人亦嗜之者,以雅故也。"⑤ 这自然也可视为对"典雅词派"的重新评估。

王国维一生治学多变,吴其昌将其划分为初、中、晚三期:第一期专门研究哲学、文学、文艺理论;第二期古史、古文字学;第三期西北

---

① 王国维:《〈人间词话〉附录·二十九》,姚淦铭、王燕主编:《王国维文集》(上部),中国文史出版社2007年版,第98页。
② 王国维:《〈人间词话〉定稿·一》,姚淦铭、王燕主编:《王国维文集》(上部),中国文史出版社2007年版,第76页。
③ 孙克强、杨传庆、裴喆编著:《清人词话》(上),南开大学出版社2012年版,第342页。
④ 王国维:《古雅之在美学上之位置》,姚淦铭、王燕主编:《王国维文集》(下部),中国文史出版社2007年版,第19页。
⑤ 姚淦铭、王燕主编:《王国维文集》(下部),中国文史出版社2007年版,第18页。

第五章　言说与抗拒

地理、辽金蒙古史①。这样的演进历程，可以说是与西学渐行渐远。究其原因，有个人性格方面的因素，也与他对西学的认识发生改变有关。辛亥革命以后，王国维旅居日本，在给清朝遗老沈曾植的回信中说："维于吾国学术，从事稍晚。往者十年之力，耗于西方哲学，虚往实归，殆无此语。然因此颇知西人数千年思索之结果，与我国三千年前圣贤之说大略相同，由是扫除空想，求诸平实。近因蕴公于商周文字发现多，因此得多见三代材料，遂拟根据遗物以研究古代之文化、制度、风俗，旁及国土、姓氏，颇与汉人所解六艺不能尽同。此后岁月，拟委于此。至西域之事，葱岭以东诸国，力或尚能及之；自是以西，则恐不逮。"②从这些由衷之言，我们可以看出，王国维对早年醉心西方哲学之行为的反思，在他看来，西学并无独特之处，与中国古圣先贤之说大略相同，此后他将开始国学研究的全新之路。

"五四"新文化运动期间，胡适、陈独秀等人主张全面学习西方以清算中国传统文化，王国维则站在时代新潮的对立面，在捍卫传统的同时开始抗拒、批驳西方。实际上，对西方文化产生绝望而求助于东方文化，是20世纪初弥漫整个国际社会的一种思想潮流。第一次世界大战让欧洲知识分子开始反思西方文化，斯宾格勒的《西方的没落》一书曾风靡一时；有些西方知识分子则认为"东方文化"可以拯救世界，比如，罗素于1919—1921年访问中国，就是期望找到解决西方危机的办法："苟西洋之文化采求东方之经验仍不能补其缺点，恐去灭亡也不远矣。此予之所以远游东方，而大有望于中国也。"③在国内，受"东方文化救世主义"思想的影响，一股文化保守势力开始形成，梁启超、杜亚泉、梁漱溟、张君劢等是代表性人物。王国维也加入文化守成主义阵营，与严复、林纾、梁启超等人一样，由热衷西学转而对西方进行批判与反思，从言说西方到抗拒西方，不仅如此，他还走得更远，接受逊

---

① 吴其昌：《王国维先生生平及其学说》，陈平原、王风编：《追忆王国维》，生活·读书·新知三联书店2009年版，第221页。
② 王国维：《致沈曾植（一九一四年八月二日）》，房鑫亮编：《王国维书信日记》，浙江教育出版社2015年版，第62页。
③ [英]罗素：《中国之问题》，赵文锐译，中华书局1924年版，第11页。

帝溥仪之命，入值南书房，成为清朝遗老，拥护君主专制。

尽管如此，学术界还是注意到这样一个问题：当王国维告别康德、叔本华、席勒等西方大哲转而埋首传统国学之后，他是否真的抛弃了西学的观念与方法？日本学者狩野直喜曾说："他对西洋科学研究法理解很深，并把它利用来研究中国的学问，这是作为学者的王君的卓越之处。"[①]刘东在《重估王国维的"尽弃西学"》中谈道："必须警觉地看到，即使在他被说成是尽弃所学之后，由于他心里还是认定学术不分中西，所以他那种针对中国过往文化经验所提的问题，还主要是从西学的基点上发球的，还受到了西方话语的强有力制约。也必须警觉地看到，他的国学并非传统文化的原义，而乃以西格中的产物。如果不能时时牢记到这一点，而径直把他的某些判定——那些被发明的传统——看成是原汁原味的中国传统，那么就会陷入迷宫。"[②]罗钢在细读王国维《殷周制度论》(1917)时也发现，统摄该文之精髓的是"整体性"方法，而"这种'整体性'的方法是德国古典哲学留下的最有价值的遗产之一"[③]。这些论述都提醒我们，中国学者一旦言说西方学术话语，即便此后做出有意识的拒绝与反抗，也不能彻底洗刷其影响所留下的踪迹，西方的观念与方法已经内化到中国学者的皮肉、筋骨甚至神髓之中。梁启超如此，王国维大抵也如此。

三

20 世纪初期，所谓"国际主义"的崩溃将西方各国拖进世界大战的泥淖，经历过产业革命、文艺复兴之后的西方文明，迅疾跌入低谷，有识之士开始对科学主义及理性思潮进行反思与批判。美国新人文主义运动的出现正是这种时代特征的表征，其主要代表人物是白璧德（Ir-

---

① ［日］狩野直喜：《回忆王静安君》，滨田麻矢译，陈平原、王风编：《追忆王国维》，生活·读书·新知三联书店 2009 年版，第 295 页。
② 刘东：《重估王国维的"尽弃西学"》（未刊稿，2010 年 5 月 28 日于华东师范大学学术交流中心发言提纲）；转引自方麟《王国维文存·导言》，江苏人民出版社 2014 年版，第 33 页。
③ 罗钢：《传统的幻象：跨文化语境中的王国维诗学》，人民文学出版社 2014 年版，第 52 页。

ving Babbitt，1865—1933），此外还有穆尔（Paul Elmer More，1864—1937）、薛尔曼（Stuart P. Sherman，1881—1926）等。1920年代，白璧德担任哈佛大学法国文学教授，他以《文学与美国的大学》（1908）、《新拉奥孔》（1912）、《卢梭与浪漫主义》（1919）三部专著奠定了"新人文主义"的思想基础，1924年，他出版《民主与领袖》，进一步完善了新人文主义学说。

白璧德的新人文主义与人文主义大相径庭。"人文主义"（humanism）起源于文艺复兴，肯定人的欲望，主张用人性替代神性、用科学理性来代替宗教信仰。白璧德则通过追问"humanism"之拉丁语词源humanus、humanitas的本义，认同后期拉丁作家奥鲁斯·格琉斯（Aulus Gellius）的看法："这个词意味着信条与纪律，它并不适合于芸芸大众，而只适合于经挑选出的一小部分人——简单说，它的含义是贵族式的而非平民式的。"[①] "新"人文主义的"新"就是对"人文主义"的反拨与批判，企盼用古典的道德原则来规范、整肃人欲横流的现实世界。

1922年1月，梅光迪、吴宓、胡先骕、刘伯明、柳诒徵等，在国立东南大学创办《学衡》杂志，标志着学衡派的诞生。学衡派的核心成员吴宓、梅光迪、胡先骕均为白璧德的学生，外围成员汤用彤、陈寅恪虽未入白璧德门下，但他们弘扬传统文化的主张倒也与白璧德政治及教育上的古典主义路径异曲同工。此外，《学衡》杂志还有柳诒徵、王国维、景昌极、缪凤林、张荫麟、郭斌龢、刘永济、吴芳吉等一大批撰稿人。他们大多在高校任教，熟稔儒家思想，尊奉传统道德，确实是新人文主义最为理想的接受者与最为忠实的传播者。正因为这样，《学衡》刊载了不少涉及新人文主义的文章，它们大致可分为两类：一是对白璧德思想的翻译介绍；二是对相关思潮、作家作品的译介。但在中国被普遍接受和影响最大的仍是白璧德。

和白璧德一样，学衡派也把道德体验及人生修养作为拯救世道人

[①] ［美］欧文·白璧德：《什么是人文主义?》，王琛译，美国《人文》杂志社、三联书店编辑部编：《人文主义：全盘反思》，多人译，生活·读书·新知三联书店2003年版，第4页。

心的关键。从吴宓译述之法国学者马西尔的《白璧德之人文主义》一文可以发现,白璧德认为"十九世纪之自然主义,逼人类为'物质之律'之奴隶,丧失人性。今欲使之返本为人,则当复昌明'人事之律',此二十世纪应尽之天职也。此白璧德所拟救世救人之办法也"①。"所谓'人事之律'者,即收敛精约之原理,而使人精神上循规蹈矩、中节合度是也。此原理可由宗教中得之,亦可于宗教以外得之。"② 吴宓自己则将克己复礼、行忠恕、守中庸视为实践道德之方法,所谓"能以理制欲即为能克己,(Exercise of the Inner Check)故克己又为实践凡百道德之第一步矣"③。"复礼者,就一己此时之身份地位,而为其所当为者是也"④。而"忠恕者,严于律己而宽于责人之谓也"⑤,"中庸者,中道也,常道也。有节制之谓也,求适当之谓也"⑥。显然,吴宓的这种认识,既是对儒家思想的传承,也是对白璧德主张的呼应。

学衡派将此种道德观念及实践运用于文学批评之中,形成表现人生、训练道德、培养人格的文学观念。吴宓主张"文学是人生的精髓""文学是人生的表现"⑦,"文学以人生为材料,人生借文学而表现。二者之关系至为密切。每一作者悉就己身在社会中之所感受,并其读书理解之所得,选取其中最重要之部分,即彼所视为人生经验之精华者,乃凭艺术之方法及原则,整理制作,借文字以表达之,即成为文学作品"⑧。在吴宓所概括的十种"文学之功用"中,排名前四者依次是"涵养心性""培植道德""通晓人情""谙悉世事"。⑨ 胡先骕在《文学

---

① [法]马西尔:《白璧德之人文主义》,吴宓译述,原载《学衡》1923年第19期;引自徐葆耕编选《会通派如是说——吴宓集》,上海文艺出版社1998年版,第81页。
② [法]马西尔:《白璧德之人文主义》,吴宓译述,原载《学衡》1923年第19期;引自徐葆耕编选《会通派如是说——吴宓集》,上海文艺出版社1998年版,第80页。
③ 吴宓:《我之人生观》,原载《学衡》1923年第16期;引自徐葆耕编选《会通派如是说——吴宓集》,上海文艺出版社1998年版,第97页。
④ 徐葆耕编选:《会通派如是说——吴宓集》,上海文艺出版社1998年版,第98页。
⑤ 徐葆耕编选:《会通派如是说——吴宓集》,上海文艺出版社1998年版,第99页。
⑥ 徐葆耕编选:《会通派如是说——吴宓集》,上海文艺出版社1998年版,第101页。
⑦ 吴宓:《文学与人生》,清华大学出版社1993年版,第16页。
⑧ 吴宓:《文学与人生(一)》,天津《大公报·文学副刊》1928年第2期第九版。
⑨ 参见吴宓《文学与人生》,清华大学出版社1993年版,第59—68页。

之标准》一文中说:"文学之宗旨有二。一为供娱乐之用。一为表现高超卓越之理想、想象与情感。前者之格虽较卑,而自有其功用,其标准亦较宽,所用以遣闲情,以供茶余酒后之谈助者也。人类不能永日工作,必有其娱乐之候,此类文学乃所以愉快其精神者。后者则格高而标准亦严,必求有修养精神、增进人格之能力,而能为人类上进之助者。"① 吴芳吉在《再论吾人眼中之新旧文学观》中这样论述文学与道德之关系:"文学作品譬如园中之花,道德譬如花下之土,彼游园者固意在赏花而非以赏土,然使无膏土,则不足以滋养名花。土虽不足供赏,而花所托之根,在于土也。道德之在于文学,虽不必昭示于外,而作品所寄,仍道德也。"②

由此可以看出,因为与中国传统思想颇多相通之处,新人文主义容易在中国的旅行中生根发芽,但与此同时,也会受到中国文化及社会现实的诸多影响,冲突、化合与新变自然在所难免。比如,吴宓认为:"今之文学批评,实即古人所谓义理之学也。其职务,在分析各种思想观念,而确定其意义。更以古今东西各国各时代之文章著作为材料,而研究此等思想观念如何支配人生,影响实事,终乃造成一种普遍的、理想的、绝对的、客观的真善美之标准。不特为文学艺术赏鉴选择之准衡,抑且为人生道德行为立事之正轨。"③ 这里既可以看出马修·阿诺德、欧文·白璧德等人的文学观、文学批评观对吴宓的影响,也可以发现,吴宓基于当时社会及文化现实的需要,对文学及文学批评之伦理、道德功用予以提拔,擢升到与"义理之学"相提并论的高度。"义理之学"是中国古代尤其是北宋以后研究儒家经书义理、探究宇宙、心性以及万物之本源的道德形而上学。如此说来,这样的主张可谓是一种道德本位主义的文学观念,这大概并非白璧德新人文主义文学观的题中应有之义。再者,我们都知道,吴宓虽然信奉新人文主义思想,其文学主张属于古典主义文论范畴,但其骨子里却充满浪漫主义的诗人气质,这

---

① 胡先骕:《文学之标准》,《胡先骕文存》(上卷),江西高校出版社1995年版,第251页。
② 吴芳吉:《再论吾人眼中之新旧文学观》(1923年9月),白屋诗人吴芳吉研究课题组选编:《吴芳吉诗文选》,三秦出版社2009年版,第186—187页。
③ 吴宓:《浪漫的与古典的》,《大公报》1927年9月18日。

就使他在文学趣味、创作实践乃至人生态度上比较典型地表现出在"言说"西方的同时又对西方产生"抗拒"的矛盾现象。

除学衡派以外，白璧德衣钵的中国传人还有梁实秋。虽说梁实秋（1903—1987）比吴宓小九岁，但就某种意义而言，他们仍然算是同代人，"五四"新文化运动轰轰烈烈开展之时，在哈佛大学读书（1918—1921）的吴宓正全身心地沐浴着白璧德的精神光辉，在清华求学（1915—1923）的梁实秋，则接受着新文化运动的洗礼，成为文学革命论者的同路人。这段经历决定了梁实秋一开始不可能成为白璧德学说的信徒。1923年12月，已经留学美国科罗拉多大学的梁实秋写下《拜伦与浪漫主义》一文，对拜伦及浪漫主义思潮给予肯定性评价。转到哈佛大学后，梁实秋抱着挑战者的姿态选修白璧德所讲的课程——《16世纪以后之文学批评》，结果却被白璧德的博学深深折服，晚年的梁实秋还回忆说："哈佛大学的白璧德教授，使我从青春的浪漫转到严肃的古典，一部分由于他的学识精湛，一部分由于他精通梵典与儒家经籍，融合中西思潮而成为新人文主义，使我衷心赞仰。"[①] 正是由于接受白璧德的影响，梁实秋的文艺思想从浪漫主义、唯美主义转向多少近于古典主义的立场[②]，此后一系列论文都是见证，他自己也承认："我在学生时代写的第一篇批评文字《中国现代文学之浪漫的趋势》就是在这个时候写的。随后我写的《文学的纪律》、《文人有行》，以至于较后对于辛克莱《拜金艺术》的评论，都可以说是受了白璧德的影响。"[③]

具体说来，白璧德的人性论对梁实秋文学观的形成影响较大。白璧德在《民主与领袖》一书中认为人性有善恶二元之分，在《文学与美国的大学》一书中，白璧德进一步梳理论析了西方自希腊以来的避免过度、节制和均衡的人文主义生活原则，对此梁实秋并不陌生，1929年，他"把《学衡》上有关白璧德先生的文字（托吴宓先生搜集）编

[①] 梁实秋：《"岂有文章惊海内"——答丘彦明女士问》，原载台北《联合文学》1987年第31期；引自《梁实秋文集》（第5卷），鹭江出版社2002年版，第528页。

[②] 参见梁实秋《关于白璧德先生及其思想》，《梁实秋文集》（第1卷），鹭江出版社2002年版，第548页。

[③] 梁实秋：《影响我的几本书》，《梁实秋文集》（第5卷），鹭江出版社2002年版，第200页。

为一册,题名《白璧德与人文主义》,在新月书店出版"①。1934 年,梁实秋受《现代》杂志编辑施蛰存邀请,撰写《白璧德及其人文主义》,依据 Norman Foerester 的看法,将人文主义的内容概括为八个方面,其一至四条均为"人性"问题:"(一)标准的人性是完整的,需要各各部分的涵养,不要压制任何部分。(二)但人性各各部分的发展需要均衡,要各各部分都是和谐的。不无条件的'承认人生',而要有价值的衡量。(三)完整的均衡的人性要在常态的人生里去寻求。常态的人生是固定的、普遍的。(四)完整均衡的标准人性也许是从来没有存在过,但是在过去有些时代曾经做到差不多的地步。例如希腊的人生观、基督教的传统精神、东方的孔子和佛教等等,这里面都含着足以令后人效法的东西。"② 到了 1957 年,梁实秋有感于白璧德学说在中国没有引起足够重视,再次撰写《关于白璧德先生及其思想》一文,其中明确指出:"白璧德的思想有两个基本观念:一个是人与物有别,一个是人性二元论。"③ 在具体阐释时,他说:"白璧德永远的在强调人性的二元,那即是说,人性包含着欲念和理智。这二者虽然不一定是冰炭不相容,至少是互相牵制的。欲念与理智的冲突,他名之曰'civil war in the cave'('窟穴里的内战'),意为与生俱来的原始的内心中的矛盾。人之所以为人,即在以理智控制欲念。理智便是所谓'内在的控制力'(inner check)。……做一件事需要力量,节制一件事需要更大的力量。这种态度似乎是很合于我们的儒家之所谓'克己复礼'。"④ 了解这些情况之后,我们就会发现梁实秋所谓"文学发于人性,基于人性,亦止于人性"的人性论文学主张,以及"文学的纪律是内在的节制,并不是外来的权威。文学之所以重纪律,为的是要求文学的健康"的庄重的文学批评观⑤,都与西方古典主义和白璧德新人文主义思想如出一辙。

---

① 梁实秋:《影响我的几本书》,《梁实秋文集》(第 5 卷),鹭江出版社 2002 年版,第 200 页。
② 梁实秋:《白璧德及其人文主义》,原载《现代》杂志 1934 年第 5 卷第 6 期;引自《梁实秋文集》(第 7 卷),鹭江出版社 2002 年版,第 290 页。
③ 梁实秋:《关于白璧德先生及其思想》,原载香港《人生》1957 年第 148 期;引自《梁实秋文集》(第 1 卷),鹭江出版社 2002 年版,第 550 页。
④ 《梁实秋文集》(第 1 卷),鹭江出版社 2002 年版,第 551 页。
⑤ 参见梁实秋《文学的纪律》,《梁实秋文集》(第 1 卷),鹭江出版社 2002 年版,第 143、147 页。

鉴于革命文学风起云涌之际，梁实秋将人性论当作批判阶级论的有力武器，这应该算是对白璧德学说的创造性发展与运用。他曾撰写《文学是有阶级性的吗?》一文，明确指出："文学的国土是最宽泛的，在根本上和在理论上没有国界，更没阶级的界限。一个资本家和一个劳动者，他们的不同的地方是的，遗传不同，教育不同，经济的环境不同，因之生活状态也不同，但是他们还有同的地方。他们的人性并没有两样，他们都感到生老病死的无常，他们都有爱的要求，他们都有怜悯与恐怖的情绪，他们都有伦常的观念，他们都企求身心的愉快。文学就是表现这最基本的人性的艺术。"① 在结尾处，他重申自己的立场："我的意思是：文学就没有阶级的区别，'资产阶级文学'、'无产阶级文学'都是实际革命家造出来的口号标语，文学并没有这种区别，近年来所谓的'无产阶级文学的运动'，就我考查，在理论上尚不能成立，在实际上也并未成功。"② 由于文章的针对性过于明显，因此引起鲁迅的反感和还击："文学不借人，也无以表示'性'，一用人，而且还在阶级社会里，即断不能免掉所属的阶级性，无需加以'束缚'，实乃出于必然。自然，'喜怒哀乐，人之情也'，然而穷人决无开交易所折本的懊恼，煤油大王那会知道北京捡煤渣老婆子身受的酸辛，饥区的灾民，大约总不去种兰花，像阔人的老太爷一样，贾府上的焦大，也不爱林妹妹的。……倘以表现最普通的人性的文学为至高，则表现最普遍的动物性——营养，呼吸，运动，生殖——的文学，或者除去'运动'，表现生物性的文学，必当更在其上。倘说，因为我们是人，所以以表现人性为限，那么，无产者就因为是无产阶级，所以要做无产文学。"③ 鲁迅的尖锐批评，让我们明白，梁实秋忽视阶级差别的抽象的人性论文学观，很容易沦为替统治阶级辩护的帮闲话语及手段。

除了人性论之外，梁实秋的"天才观"也受到白璧德思想的影响。

---

① 梁实秋：《文学是有阶级性的吗?》，原载《新月》1929年第2卷第6、7期合刊；引自《梁实秋文集》（第1卷），鹭江出版社2002年版，第322页。
② 《梁实秋文集》（第1卷），鹭江出版社2002年版，第330页。
③ 鲁迅：《"硬译"与"文学的阶级性"》，原载1930年3月《萌芽月刊》；引自《鲁迅杂文全集》（上），群言出版社2016年版，第335页。

白璧德认为只有少数的人，才具有真知灼见、具有理性思想，因而对于卢梭提出的人人平等的观点给予猛烈批判，认为人与人之间的洞察力大不相同，具有强大洞察力的人，才能够领悟绝对存在的真理，他们是天才，类似于柏拉图《理想国》中具有最高才智、品德完美、永远不会做出错误判断的哲学王。梁实秋也说："一切的文明，都是极少数的天才的创造。科学、艺术、文学、宗教、哲学、文字以及政治思想，社会制度，都是少数的聪明才智过人的人所产生出来的。当然天才不是含有丝毫神圣的意味，天才也是基于人性的。天才之所以成为天才不过是因为他的天赋特别的厚些，眼光特别的远些，理智特别的强些，感觉特别的敏些，一般民众所不能感觉，所不能透视，所不能思解，所不能领悟的，天才偏偏的能。"① "凡是'真'的文学，便有普遍的质素，而这普遍的质素怎样才能相当地加以确实的认识，便是文学家个人的天才与夙养的问题。"② "天才论"属于贵族式的思想，在民主思潮风起云涌的时代，显得格格不入，受到抵触与批评在所难免。

　　前面我们已经提及，梁实秋在水木清华求学的八年时间，正是"五四"新文化运动兴起之际，注重科学、理性的启蒙思想对他影响巨大，尽管他去美国之后转而服膺白璧德的新人文主义，但毕竟与吴宓、梅光迪等人虔诚般的信奉有所不同，形象一点的说法是，在接触白璧德学说之前，他已经注射了一支免疫针剂，这就使得梁实秋不像"学衡派"那样成为新文化运动、新文学革命的劲敌与对头。在20世纪初的美国思想界，白璧德和杜威是劲敌，他们的早期中国弟子在留学期间和回国之后，围绕新文化和白话文展开针锋相对的辩驳与冲突。梁实秋比胡适、吴宓年轻，他接受新人文主义并开始文学批评与研究时，新文学革命已经成功，所以他对白璧德古典色彩浓厚的思想与学说保持着较为清醒的认识，进而能够与胡适、闻一多、徐志摩等人交好，成为新月派的重要成员，在白璧德、学衡派和新文化、新文学之间起到一定的调和作用，这也可以看成"言说"西方与"抗拒"西方的另一种表现形态。

---

① 梁实秋：《文学与革命》，原载《新月》1928年第1卷第4期；引自《梁实秋文集》（第1卷），鹭江出版社2002年版，第309页。
② 《梁实秋文集》（第1卷），鹭江出版社2002年版，第314页。

20世纪初，由于欧战的影响，整个西方都弥漫着世纪末的悲观氛围，敏锐的知识分子纷纷反思近三百年的现代化道路，开始向东方寻找救世良方。这种反思西方现代化的思潮无形中也影响到中国知识分子，出现一批"现代文化保守主义者"（文化守成主义者），梁启超、王国维、吴宓和梁实秋等可谓是代表性人物。当然，之所以称为"现代文化保守主义者"，是因为他们都有深厚的中西文化修养，都有国外游历或者求学的经历，都对西方现代化与中国当下的社会现实拥有清醒的认识，这些经历、见解使得他们与那些类似"原教旨主义者"的传统文化本位主义者区别开来。梁启超、王国维与吴宓、梁实秋属于两代人，梁、王二人在中西文化的选择中都有一个"由中向西"再"由西返中"的过程，他们都曾沉浸西方文化，只不过梁氏旨在启蒙，王氏意在审美；梁氏主要是为政治而学术，王氏更多的是为学术而学术；梁氏广博，王氏精深。进入民国之后，他们的思想立场都趋于保守，逐渐走上回归传统的学术之路。吴宓、梁实秋对于西方文化的认识及反思主要源自白璧德，与王国维、梁启超不同的是，由于有在清华和美国求学的经历，他们对西方文化的体认更加直接，对传统文化的依恋也相对薄弱，加之两人都称得上是作家、诗人，对白璧德学说的理性认知与自身的感性气质之间存在着明显的矛盾之处，只不过吴宓长期处在分裂之中，十分痛苦，梁实秋则以灵活、变通的方式相当程度地化解了这种矛盾，也消弭了内心的苦痛。当然，由于代际差异，梁启超、王国维与"五四"新文化运动相对比较疏远，而吴宓、梁实秋都积极、主动地参与其中，成为中国现代文学史上的古典主义者。

就我们所关注的西方文论本土化议题而言，梁启超、王国维都有一个较为相对明显的从"言说"西方到"抗拒"西方的转变，而吴宓、梁实秋这些白璧德的中国弟子们，从一开始就对现代化有所疑虑，这才接受并引进白璧德的人文主义以批判新文化、新文学，期望建构出适合中国道路的文学创作及批评理论，与此同时，他们也必然受到传统文化、社会现实乃至个人气质的影响，对白璧德的思想产生误读、扬弃，甚至改写、创造，更多的是在"言说"的同时就表现出某种"抗拒"。抛开这些差异，我们会发现，他们的理论建构与批评实践，都体现出域外文论本土化过程中的某些共同的规律,那就是:"一种文学理论一旦被引入另一国家的文学进程,就必然要给以鉴别,科学地判断它的得失,确定它的价值取向。有鉴别,就有真伪的辨析与判断;有分析,就有偏颇与创新的识别;有取舍,就有侧重与扬弃;有创新,就要有不同程度的改造,就要有必要的'误差'。一种理论只有经过一定的转化,以适应新的文学潮流的需要,才能更加切近和干预新的文学潮流。在这种情况下,文学理论研究才有可能成为独立的科学探索,卓有成效的研究。"①

---

① 钱中文:《误解要避免,误差却是必要的》,《外国文学评论》1989 年第 4 期。

第六章 调和与会通

20 世纪的中国，西学有如激流飞瀑，疯狂冲刷着广袤但质地松软的东方传统，留下一道道不断加深扩大的沟壑。面对如此情形，国人中那些得风气之先者的表现不尽相同。他们或致力于新学引进，冀望借助欧风美雨荡涤老迈之传统；或全力加筑堤坝，希望遏制泛滥之西潮；或广采古今，博取中外，期盼培植强健之民族。就文论领域而言，在接受与抗拒西方的两极态度之间，不少学者努力挣脱孰优孰劣、何体何用的二元思维方式，力图站在中西文艺交会之处，创建沟通彼此的对话通道、交流平台，实现"化冲突为调和"的理想。"调和"包含了"和而不同""求同存异"的价值诉求，它是中国传统文化的重要思想，亦可视作中庸之道的具体实践。即便是在"五四"的反传统浪潮中，"调和"之法在文论领域也未被遗弃；相反，在很多时候，它隐隐然以更高层级的思维方式、理论方法指导着中西文论的交流实践、推动着新的文论形态的建构。早在民国时期，张东荪就曾如此辨析："我们可以说没有一个主义是如其量实现的，但亦没有一种思想不可于几分之几见于实行。明白了这个道理，则可知思想自思想，实行自实行，思想只须求其合理就行了，激烈一些，褊狭一些，不要紧。而实行，则必须与人家调和折衷。此调和（compromise）所以为立国之要道，因为没有调和就不复有平和与秩序。破坏了平和与秩序以求贯彻其主义，而其结果依然不过至多实现一半。可见无论取那一种方法，而最后还是不能避去调和。"① 许多传统的诗学范畴、诗学主张，如"诗言志""心性""情本位"等，经由改造后都成为会通中西的重要桥梁。需要注意的是，"调和"不是异质成分的简单混合，也不是交由时间去完成的自然化合，它需要文论主体按照特定机制去积极促成：一要承认中西文论的差异性共存，赋予二者平等对话的权利，不能助长一方、压抑一方；二是寻找双方的相似处和结合点；三是彼此都要有让步、有折中，在持续的磨合中求取会通与创新。

一 "诗言志"与中西文脉的贯通

无论中西，对于"文学"概念的界定及阐释都是文论建设的逻辑起点和重要组成部分，同时也是中西文论以相近口径展开对话交流的前提。只是"文学"这一似乎望而知之的概念，在中西异质文化体系内却有着迥然相异的演进轨迹、意义所指。这种差异在西学东渐的晚近时代得以凸显，并成为制约中西融通的瓶颈之一。这为周作人远在新文学运动发生之前就以文论家身份出场提供了重要契机。他以现代文学观念烛照古典诗学的核心范畴"诗言志"，并做出新的阐释，不仅有效梳理了中国文学发展的主要脉络，还推进了中西文学观念的化合，为西方文论本土化、传统文论现代化提供了经典案例。

（一）名同实异的"文学"概念

在西方，以古希腊为缘起，"文学"即以史诗（Epic）、悲剧（Tragedy）、抒情诗（Lyric）等韵文文体为正宗，而关于文学的理论则被称作诗学（poetry）。后经亚里士多德、贺拉斯，及至黑格尔的一路强化，"诗学"最终突破文体界域，在广义上等同于"文论"，被沿用至今。与"诗学"的强劲生命力形成对照的是，一度以文学总名而居的"诗"在进入文艺复兴后遭遇严峻挑战。直接原因就是，更能体现市民生活趣味、满足时代精神需求的小说渐成文坛新贵，但其在语言样式等诸多方

---

① 张东荪：《思想自由与文化》（1946），田晓青主编：《民国思潮读本》（第3卷），作家出版社2013年版，第327页。

面已越出"诗"(韵文)之界域。于是由"文字"(liter)演进而来的"文学"(literature,原意为"由文字而来的著作")就临危受命,开始代指以文字为载体的诗、小说及其他文体创作,渐而取代"诗"成为新的文学总名,专指那些"由文字完成的美的艺术作品"。

在中国,"文学"很早就被启用。早在《论语·先进》中,"文学"即与"德行"、"言语"、"政事"并列,成为后世所谓的孔门"四科"。"文"本源为"纹",两纹交错之形,重外观之美;后因仿自然之纹而造书契,故又指"文字"。"学"本作"斆",意为觉悟、察知。孔子所言"文学",取义"文章博学",偏于"学",重知识教化。"文学"后随孔孟学说的流布,不断强化"学"之一端,渐以学问和经学为宗;"文"之一端也有发展,渐次涵盖包括历史、传记、诗在内的"文章",还延及传奇、小说、戏曲等,但始终位卑于前者。

两相比照不难发现,"文学"概念在中西世界都随时间推进,包容了愈加丰富的文体;但又有着根本不同:西方之"文学"不断缩小且又不断明晰着自己的领地,渐以审美而自立于学问、人文之外。中国之"文学"则不断扩张,同时也不断模糊自己的版图,最终包囊一切文字著作。当然,除却"文学",中国传统中还有"文"、"文章"及"诗"等概念是覆盖或粘连于现代意义的"文学"的;但在指称对象上均与西方"文学"有较大差异。总的来说,"文学"在中国日渐模糊混沌,在西方日益精细纯粹。这也意味着,西方所言之"文学"在中国被掺入过量杂质,越界承担过多非文学的功能和意义。在晚近时代西强中弱的格局下,此缺失渐被视作中国文学精神衰靡、不能独立健全发展的根因。如何深层体认西方的"文学"概念及其内蕴的思维模式、精神指向,并以其为参照重造中国文学,推动传统文学的现代转化,这是贯穿 20 世纪中国文论建设的重大论题。而独应(周作人)于 1908 年发表于《河南》杂志上的长篇论文《论文章之意义暨其使命因及中国近时论文之失》(简称为《论文章之意义》),则有力推动了这一论题的解答。该文借美国社会历史学派文论家宏德(Theodore W. Hunt,1844—1930)的《文章论》来阐发中国文论主脉"诗言志",从中抽绎出"情感""审美"二义,为"文学"概念做出系统的现代界说,"这在整个近代文学理论批评中是独一无二的"①。此后"诗言志"不仅凝聚为周作人文学观的核心,更成为中西文论会通融合的重要枢纽。

(二)依"诗言志"重绘"文学"版图

周作人清末留学日本,视野大开,对西方文艺有了广泛接触。借镜西方,他敏锐察觉到中国正统文学和国民灵魂的畸态,并指出"载道"乃病灶之所在。为此,他努力正本清源,重新打捞"诗言志"的隐没灵魂,借以清除载道遗毒,匡正中国文学传统之主脉。

作为中国文论最古老的命题之一,"诗言志"早见于《尚书·尧典》及《左传·襄公二十七年》。此后经春秋两汉儒者的理论阐发和具体实践,它已成为中国文论的开山纲领,统贯文坛2000余载。需要注意的是,在漫长的经典化过程中,"诗言志"的"志"被多重解读,主要训为三义:一是"志"与"情"通,"在己为情,情动为志,情志一也"(孔颖达语),"诗缘情"即根生于此;二是将"志"解释为个人志向、抱负、思想;三是理解成圣贤之思。不过伴随儒学独尊地位的确立,道德仁义逐渐内化为个人意愿,第二义最终泯于第三义,汇流至"文以载道"一脉。

在周作人看来,自孔子删诗以降,中国文学便以"载道"而代"言志",折情而就理,以名教束缚人心,沦为灵魂的桎梏。当下唯有重归言志一路,方可纠偏补弊,以昌文运国运:"吾国昔称诗言志。夫志者,心之所希,根于至情,自然而流露,不可或遏,人间之天籁也。"② 此定义不仅明确了"志"的情感属性,而且以"人间天籁"为之增补"美"之新义。以"情""美"为矩,周作人初步勘定了中国文学的现代界域,"文章中有不可缺者三状,其神思能感兴有美致也"。此三状,正是对宏德文学主张的应和:"文章者,人生思想之形现,出自意象、感情、风味。"③ 其中,"美致"对应"意象",归属形式审美;

---

① 黄曼君:《中国近百年文学理论批评史》,湖北教育出版社1996年版,第193页。
② 周作人:《论文章之意义暨其使命因及中国近时论文之失》,《周作人批评文集》,珠海出版社1998年版,第5页。
③ 《周作人批评文集》,珠海出版社1998年版,第10页。

"感兴"对应"感情",同为情感范畴;"神思"对应"风味",与情感毗邻,更主审美。如是,中国之"文学"就与西方之"文学"在指称对象上基本统一,划定了大致相似、相合的界域。

需要说明的是,在耦合西方文学的过程中,因"文学"概念在西方亦有多解,且多有偏颇,周作人是在辨析西方百家言论之后,方才选定宏德的《文章论》。他认为宏德"义主折中而说似",较好地调和了西方各家意见,较全面地描述了文学概貌。但更为重要的,还是宏德的见解与"诗言志"彼此相通,能够兼及情志与美致,既契合于民族传统,又能阐发出现代新意。由此可见,从接纳西方初始,周作人就不再将"西方"视作统一整体、绝对权威,而是从中择选能与中国文论有机融合、相互阐发的论说为参照。他一方面积极为血脉凝滞的传统文论注入与之血质相近、能够相融的西方血液,促其流转的同时又尽可能避免血型排斥;另一方面,又积极激活、恢复、强化本民族的文化造血功能,绝不以输血代替造血。在20世纪初期西风渐盛、复古与西化两潮并涌的时代背景下,周作人会通中西的努力显得稳健有效且意义深远。

(三)"诗言志"与文学现代性的确认

周作人在西学烛照下重释"诗言志",但所用术语仍借重古代文论,似乎现代色彩不够鲜明。毕竟术语往往与思维方式、审美方式等有着表里同构的关系。但我们对术语创新的理解,不应停留在字面表层,更应关注其意义内涵的更变。即如周作人的《论文章之意义》,就赋予"言志""神思"等传统术语以充分的现代意味,并在此基础上确立了文学现代转化的两大支点:情感与审美。

1. 情感的出场。直至20世纪初期,"文学"在中国仍泛指一切文字创造。即便是章太炎这样的博学智者,也坚持认为文学须"以文字为准"。这种认识的弊害就在于将现代意义的"文学"与学问知识、道德伦理、史传文献等混同起来,为文者的情感意志受压于外物,难得舒张;长此以往,国民精神必然"拘囚蜷屈,莫得自展"。秉此识见,周作人重返"诗言志"原点,立"情"为言志的中心,将所有无涉情感者都逐出文学地界。如此,"文"与"学"便以"情"之有无而分立:

"凡学术专业之词，皆足为文章之颣耳"①，"学以益智，文以移情，能移人情，文责以尽，他有所益，客而已"②。周作人在宏德的启发下作此界说，看似简单分类，实则已从观念深层将中国文论推向现代轨道。

首先，中国传统思维以综合见长，由散而聚，由部分到整体，所观对象亦因此缺乏明确的命名、本质的标识，渐而玄虚空泛。这从"文学"在中国传统中的不断扩张即可看出。与此相反，西方注重分析与思辨，不仅要将人与物分离，还要依主体认知，将世界分割为不同领域，以命名的方式明确对象之本质，以体系的建构把握对象间的联系。即便是文学，也是在拥有稳定的客观属性，如主观情感、审美属性之后，才得以自立，渐而有资格参与现代知识体系的建构。对此，梁漱溟在《东西文化及其哲学》中就谈道："大约在西方便是艺术也是科学化；而在东方便是科学也是艺术化。"③ 由此不难看出，周作人对"文学"的划界提纯，是沿西方分析思辨一路完成的，如无理性思维、科学思想作指导，这一步着实很难迈出。这从一个侧面反映出近代西方分科式学科体系和知识系统对中国传统知识结构的改造，内中包含着中国传统思维向西方现代思维的转化。

其次，中国传统文学虽以诗文为主，有极强的抒情气质；但周作人于20世纪初再度强调"诗言志"的情感本质，却有着鲜明的反传统指向。原因在于，传统抒情的根基是伦理的、道德的、集体的，是附着于道的。周作人则要实现"诗言志"与"文载道"的分流，可以发乎情，但无须止于礼。这是对数千年诗教传统的反动："孔子以儒教之宗，承帝王教法，割取而制定之，曰：'诗三百，一言以蔽之，曰思无邪。'夫邪正之谓，本亦何常？""删诗定理，夭阏国民思想之春华。"④ 在进入"五四"后，周作人更是不断煽动"以志逆道"的风潮：鼓吹"人的文学"，推崇公安、竟陵，为《沉沦》辩护，为湖畔派正名，深耕

---

① 周作人：《论文章之意义暨其使命因及中国近时论文之失》，《周作人批评文集》，珠海出版社1998年版，第11页。
② 周作人：《知堂序跋》，岳麓书社1987年版，第306页。
③ 梁漱溟：《东西文化及其哲学》，商务印书馆1999年版，第35页。
④ 周作人：《论文章之意义暨其使命因及中国近时论文之失》，《周作人批评文集》，珠海出版社1998年版，第6页。

"自己的园地",以上种种无一不以"志"为旗帜。此种之"志",虽然与周作人推举的晚明性灵存有内在关联,但追根究底,所体现的还是发达于西方的现代人本意识和个人主义精神。如无现代光芒照耀,为传统雪藏久矣的性灵也是难以发光发亮的。

2. 审美的确认。在20世纪中国文论中,唯美学说在国族危机背景下终究未能繁荣昌盛。即如周作人也对唯美主张保持警惕。于古,他不喜好六朝的尚文重彩,于西,他不认同"文章一语合于美文"的论断。他虽将"美致"列入文学不可或缺的"三状",但又坚持美致"仅为文章这一枝,未可即该全体"。以此观之,很容易认为周作人是不太看重审美的。但事实恰恰相反,周作人的文学观从一开始就是建基于审美的。只是他认为"美致",即章句、声律、藻饰、镕裁等,只是"审美"的外化形式,而更为重要的是作为审美内质的"神思"。

"神思"是中国古代文论的重要术语,通常用来描述虚静状态下心思的放纵、驰骋,所谓"寂然凝虑,思接千载,悄焉动容,视通万里"(《文心雕龙·神思》)。周作人借用"神思",保留了精神自由的意味,但又进一步将它从创作论范畴提升至本体论的高度。他指出,文学自当隔绝外尘,在神思中充分释放性情灵性,"特文章为物,独隔外尘,托质至微,与心灵直接,故其用至神"[①]。也就是说,文学应当无涉于任何世俗功利,以"无用"而居。经由周作人阐释,作为古代文论核心术语的"神思"被改造为攻克传统文论的利器,直指其"趋时崇实"的积习。

在周作人的理解中,文学是不应兼容实用的,因为就文学缘起而言,它是人类文明在渡过求存阶段后而生发的精神产物,是灵明在摆脱功利束缚后的自由涌现,"迨文明渐进,养生既全,而神明之地坎然觉不足,则美术兴焉"[②],唯其无用,方得审美真谛。然而在中国传统中,文学以审美而获独立的诉求却被长期拒绝,"欲言一物而不立其义,则

[①] 周作人:《论文章之意义暨其使命因及中国近时论文之失》,《周作人批评文集》,珠海出版社1998年版,第5页。

[②] 周作人:《论文章之意义暨其使命因及中国近时论文之失》,《周作人批评文集》,珠海出版社1998年版,第5页。

第六章 调和与会通

论者或疑之曰：文章，小道也"①。无论被斥为壮夫不为的雕虫小技，还是被夸饰为经国大业、不朽盛事，文学都以其对外部世界的实用性来衡定自身价值。文学对于世俗的依附，对审美本体属性的否定，从深层反映出人之精神对外部世界的依顺。其与主张克己复礼、经世致用的中国传统价值观是相宜的，但与由西方主导的现代文明却相悖立。因为在西方近现代历史上，人的主体意识伴随启蒙运动和工业革命的持续推进，得到前所未有的高扬，"他们寻求他们自己的主体性自律，并拒绝历史、传统和文化的钳制"②。这种强烈的主体性诉求体现在艺术领域就是完全由主体精神支配的"审美"活动，"审美现代性的一个基本标志是艺术的自主性，艺术的自主性完全是一个现代的观念"③。文学的独立、审美的本体化，隐含着对人的主体性的确认。

周作人所言"神思"，虽取自传统文论，但以其对"无用"的强调，所谓"神思发现，以别异于功利有形之物事耳"④，而与西哲康德、叔本华不涉利害、"无目的的合目的性"的审美原则相契合；当然也与师法康德、被普遍视作中国现代美学第一人的王国维的艺术纯粹论——"美之性质，一言以蔽之曰：可爱玩而不可利用者是已"⑤，产生了共鸣。"以虚灵为上古之方舟"，周作人不仅确认了文学的独立权利，同时也肯定了国民精神的自由权利；因为"所谓艺术和文学的'纯粹'独立的观念，只能是在思考人的存在时视'精神'为绝对内在性的西方思想带来的观念"⑥。文学之独立与精神之自由实为表里，它们共同标示着现代性在中国的蓬勃生长，共同呼唤有主体意识的"人"对宣扬道德教化之"仁"的取代。

周作人以"诗言志"为主干，派生"情感""审美"两脉，厘定了

---

① 周作人：《论文章之意义暨其使命因及中国近时论文之失》，《周作人批评文集》，珠海出版社1998年版，第8页。
② ［英］尼古拉斯·布宁、余纪元编著：《西方哲学英汉对照辞典》，王柯平等译，人民出版社2001年版，第630页。
③ 周宪：《审美现代性批判》，商务印书馆2005年版，第150页。
④ 《周作人批评文集》，珠海出版社1998年版，第18页。
⑤ 王国维：《王国维文选》，远东出版社2011年版，第186页。
⑥ ［日］木山英雄：《文学复古与文学革命》，赵京华编译，北京大学出版社2004年版，第226页。

文学的界域，明确了文学的质地，以精神再造为根本激活了中国辉煌千年的文学传统。尊崇"情感"，文学挣脱"文与政通"的枷锁，国民亦走出"存天理灭人欲"之牢狱；执守审美，文学不拘训诂典章，国民也不安做顺民良臣。归位于个体、向内心掘进，"诗言志"传统在西方美学参照下所生发出的现代美学意蕴和精神指向，为"五四"时代的降临奏响了序曲。此中更为可贵的是，周作人虽取法西方，但拒绝以西方景观来置换中国景致，而是在西方文明烛照下，小心翼翼地去发掘、去培植那些潜藏在民族肌体的现代基因，寻求古代文论的现代复活。他虽涉渡西岸美学，但始终不弃"言志"之舟。在古与今、东与西、传统与现代的艰难探行中，如哥伦布、麦哲伦一般，率先在浩瀚的世界文学版图上为中西文论之会通规划出理想的航线。而在他身后成长起来的文论家，大多会聚在京派旗下，继续完善着中西交流的航行图。无论是李健吾的"印象论"，还是李长之的"人格论"，又或是梁宗岱的"象征说"、朱光潜的"人生艺术化"主张，都以"诗言志"为航标游弋远洋。

二 "心性"熔炉内的诗学重铸

朱光潜是京派的理论旗手，也是中国现代美学史上里程碑式的人物，与宗白华并称"美学双峰"。早在20世纪三十年代，在香港及欧洲学习教育学、心理学及哲学之时，朱光潜就已开始融合多种学科知识，潜心开凿一条抵达中西文艺堂奥的隐秘通道——审美心理学。1936年，他正式推出堪称美学大书的《文艺心理学》。著作吸纳克罗齐、布洛、立普斯、谷鲁斯、康德、尼采等名家大师的理论成果，对"审美经验"展开深入分析，串联起以"直觉说"为脊骨的审美心理链条："距离—移情—直觉—审美意象—符号传达—形式—道德"，建立起气势宏阔、结构严谨而又富丽堂皇的美学大厦。尽管大厦是以西学为支柱，且并未完全消除体系内各类学说范畴间的裂隙，也还存在一些有意无意的误读，但就整体而言，还是体现了当时美学建设、文论创造的全新高度。著作中，朱光潜看似专注于西方新学的采撷，但在暗中却坚持以东方古典美学为隐线、以中国思想文化为奠基性结构,去开掘、贯通、整合各派主张,同时不断以中国诗学范畴、文艺作品来参证西方学说,将感悟的、吉光片羽的中国文论嵌入严密逻辑的西学体系内,以折中调和、批判创新的态度推进了中西文艺在理论层面、精神层面的体认和会通。在此意义上,朱光潜已由"照着讲"走向"接着讲",显示出中国本土文论建设的一大飞跃。

(一)将"直觉"导入心物场域

《文艺心理学》开篇就援引克罗齐学说,指出美源于美感经验,而美感经验是一种有别于知觉和概念的"直觉",只有在凝神静观、无涉实利的心灵状态下才能为人捕捉。从表面看,朱光潜几乎完全接纳了克罗齐的"直觉论",坚持审美应当剔除名理实用,不为欲念、利害所扰。但及至以"物我两忘"来诠释"直觉"时,他又悄然改变了"直觉"的原有结构。在克罗齐的解释中,"直觉"乃照亮美感经验的光源,它是心灵的先验综合,不受审美对象的限制;是无对象的纯粹的主体心灵创造。而在朱光潜所作的东方注解中,无论是"物我同一"还是"静观自得",都发生在心物交互的二元场域。美感经验不再由审美主体独立完成,而是主体与对象相得无间的产物。在中国古典美学当中,"物我两忘"是艺术创造的最高境界;在此状态下,主客泯然而出神入化,为文者以心触道,灵机妙发、思如泉涌,"思入杳冥,则无我无物,诗之造玄矣哉!"(谢榛《四溟诗话》)。不难看出,自称克罗齐信徒的朱光潜却对克罗齐的"直觉"进行了改造。虽然是以中国诗学来阐释西方学说,但他并未将前者视作静态注脚,而是积极用它来扩展后者、重构后者,最终以东方的"心—物"关联置换了"康德—克罗齐"一线的形式主义美学。

通过对"直觉"的中国化改造,朱光潜将美感体验从封闭、神秘的主体感知转向心物交构的开阔场域。整个审美经验链条也随之被置放在中国文化的精神结构中。这也为各类心理学说的介入提供了空间。那些原本自成一派、天各一方的学说,经由"心—物"磁场改造之后,不同程度地沾染了中国"心性"色彩,进而贯通一气。此后朱光潜对"心理距离说""移情说""内摹仿说"的贯通整合,都循此思路而展开。

(二) 以中庸之道注解"距离"

为进一步说明"直觉"生成的心理机制,朱光潜又向布洛的"心理距离说"求助。布洛认为,艺术的欣赏者和创造者都要与艺术对象保持必要的"差距",以消除实用动机对审美的干扰;但又不能"超距",否则主客体缺乏呼应,会陷于造作、空洞和荒谬。艺术活动要在"差距"与"超距"之间寻找适度的"距离"。应当说,与克罗齐一样,布洛同样坚持了康德的"纯粹美",讲求审美的无功利性,但他又突破了克罗齐的封闭主体心灵,特别强调主客二元的相互依存。这让"距离说"拥有更多契合中国传统文化的可能。在朱光潜看来,"距离说"中的主客体完全可用心物范畴对解,二者的辩证关系也可借中庸之道阐发。主客保持"差距",就是追求超脱境界,挣脱"名缰利锁","不为物役","超然物表"而"脱尽烟火气"。至于限制"超距",则是为保持心对物的亲近观照,因为"艺术是'切身'的,表现情感的,所以不能完全和人生绝缘"[①],社会人生有资格参与艺术活动。经此阐释,对主客关系的适度把握就与中国文化的中庸德性、东方艺术所追求的圆融静穆息息相通,"中庸者,不偏不倚,无过不及,而常行之理,乃天命所当然,精微之极致也"[②],有力推进了中西学说在精神文化结构与艺术审美层面上的互补、互照、互释、互融。

但有一点需要特别注意,朱光潜在以中庸之道注解主客距离时,已悄然调整了"距离说"的适用范围,将它从艺术领域延展至艺术与人生、审美与道德关系上来,反对艺术与人生的分而治之。但此举又引发了新问题,那就是与由康德设定的、朱光潜也引以为据的"无涉利害""无关善恶"的美感经验边界发生摩擦。为调解这一矛盾,朱光潜再次借力"中庸",对审美和艺术活动作了区分。他坚持,审美是直觉的,除却审美对象,它应绝缘于任何外物,人生、道德都不为包纳;但是,审美并不等同于全部艺术活动,它只是后者的一个片段或环节。在具体

[①] 朱光潜:《文艺心理学》,安徽教育出版社1996年版,第28页。
[②] 朱熹:《四书章句集注》,上海古籍出版社2006年版,第25页。

的艺术实践中，美感的人与科学的人、伦理的人是无法完全剥离的，艺术的创造与欣赏都离不开人生道德在"审美"外围的支持。艺术活动在尊重审美独立的同时，又要善待人生、道德，与之保持"不即不离"的关系，"'不即不离'是艺术的一个最好的理想"[①]，"诗与实际的人生世相之有关系，妙处唯在不即不离"。[②] "不即"主要施用于审美环节，强调心对物的超远，重视神思冥想，以心性的绝对自由为中心，偏向出世，近于道家。"不离"则普遍运用于文艺活动中，坚持心对物的观照，注重教化功效，强调心性的现世功用，偏于入世，近于儒家。将"不即"之审美置放在"不离"之艺术活动中，体现出儒道互济的传统文化对朱光潜精神结构的根本规定。能将出世与入世两相悖立的精神指向相综合，根本上还是中庸之道在发挥作用。它反对行事偏于一端，既不能"不及"，也不能"过"，而应"尚和去同""执两用中"，求取方正公允之道。在中庸之道的整体观照和积极导引下，朱光潜不仅突破学科界限，将"心理距离说"从心理学领域移植到美学领域，而且跨越纯粹的审美边界，深入发掘了艺术与人生的有机联系。这于中西美学而言都是一大进步。

（三）借心性之学扩展"移情"

借"距离说"将主与客、心与物适度分离后，朱光潜又继续以立普斯的"移情说"和谷鲁斯的"内摹仿说"来阐明主客交互、心物交转的方式。"移情说"的主要观点是，艺术主体会将知觉、情感外射于物，使物"人格化""生命化"。"内摹仿说"则指出，人在观赏物时，会以内心意念来摹仿物的姿势或节奏，从中感受快感。综而观之，朱光潜认为，前者由己及物，后者由物及己，双方各执一端，割裂了彼此的交互影响。他主张兼收双方合理内核，用"移情"兼容"内摹仿说"，进而扩展为"我的情趣和物的情趣往复回流"。这就再次返回到心性学说的轨道。

中国哲学从根本上说是一种以天人交感为根基的心性之学，主张以"虚静其心"而感知天地大道、自然之美，这在形式上与"康德—克罗

---

① 朱光潜：《文艺心理学》，安徽教育出版社1996年版，第25页。
② 朱光潜：《诗论》，安徽教育出版社2006年版，第41页。

齐"所坚持的纯粹心灵是颇为相近的。但中国的心性生成于物我冥合状态,"我"与"物"并不存在主从关系;心性生于物性又超然物性,随宇宙大化而自然流转。也就是说,心性非但不是主体自立于自然之外的依据,反要求人类混同万物、泯然天地间,"是以涉有物之域,虽复罔两,未有不独化于玄冥之境者也"(郭象《庄子·齐物论注》)[①]。

反观"康德—克罗齐"一线,包括布洛、立普斯、谷鲁斯等,他们的主张恰恰是以主客二分为根基的西方现代性演进的副产品。近代西方在经历工业革命和启蒙运动洗礼后,人的主体意识空前膨胀。他们以分析理性为主导,力图对整个世界进行分类、剖析和归纳,将其改造为完全由理性掌控的数理模式。此模式不仅被广泛运用于自然界,还被逐渐推及人类社会,人与物一样沦为逻格斯的编码对象,人类精心构筑的主体世界最终畸变为由抽象符码编写的程序软件。为缓解这重危机,西方近现代哲学竭力限制理性原则在主体世界的扩张,以护守心灵特区免遭物化灾难。美学学科的建立、非理性思潮的兴起都是这一努力的表现,康德于此厥功至伟。

康德将美感经验划归到与知性、道德相绝缘的感性领域,在充分肯定美感经验的模糊性、不确定性的同时,又将它牢牢置于理性分析可理解的范围内。不过他又坚持,以直觉为内核的审美原则是美学王国的唯一宪法,它不应受到任何概念、利害、欲念、日用人伦的干扰,其他领域的任何法亦无权侵犯。康德美学正是在这种矛盾中展开,一面将美学纳入以理性为基石、以逻辑为框架的现代知识体系内,一面强化审美主体的独立性,强调审美经验于直觉、灵感等的依附,以美来捍卫心灵的独立。前者延续了西方文化的一贯特色,注重实证和理性,用概念、命题、逻辑不断细分、阐明世界。后者则以对心灵世界的深层采掘、对逻格斯中心的拒斥,开启了以叔本华、尼采、柏格森等为代表的非理性潮流,引发西方文化的大转向。所以说,康德既是西方近代古典美学的集大成者,更是西方既有文化的反叛者。以审美独立对抗工具理性,康德美学与其身后的西方非理性思潮转向反传统道路;在心灵大旗的导引下,

---

① 方克立、李兰芝:《中国哲学名著选读》,南开大学出版社1996年版,第244页。

与东方传统文化，特别是"心性"之学、道禅之说发生越来越多的交合。

道家推崇道法自然、绝圣弃智，主张摒弃本质界定、概念描述和理性判断。《老子》以"道之为物，惟恍惟惚"，将宇宙本体推至超出智性认知的混沌迷蒙状态；庄子在《逍遥游》中以"游"将人类推入无智无识的大化洪流。而禅学更以"不立文字，直见心性"而参透人生本相。

以"心"为界点，中西文化长河在康德处发生交会。这为中西美学、中西文论的会通提供了契机。不难理解，朱光潜和他的前辈王国维、周作人等，将康德作为西学第一参照，绝非偶然。只是中国学者在借西学更新或批判传统时，实则又在极为隐蔽的层面，程度不同地接受了中国传统文化的强力支配，往往更亲近于与本民族文化相交合的异域学说，并努力用本民族的精神光芒去照亮它们，"我们赞美一种外来的思想的各种原则愈热烈，我们实际上对于这种外来思想的性质的改变也愈根本"[①]。对于有着深厚国学根基和良好古典文学素养的朱光潜而言，这一点就更加突出了。他虽然心向西洋，但根系华夏，无论"直觉""距离"还是"移情""内模仿"都逃不脱传统"心性"的地心引力，"他要深入钻研克罗齐美的内容，显然是他在其中发现了它有一些问题和提法在他本国的文化背景中有相似的部分"[②]。

（四）在化合中寻求创造

朱光潜严格按照逻辑思辨、归纳演绎的西式思维来构筑美学大厦，就连建筑材料也主要取自西学中的不同派别。只是那些原本互不关联的学说，在经中国传统文化的改造打磨后，其结构、功能大为拓展；加之朱光潜的精微点化，更显出彼此呼应的性灵。它们环环相扣、相互粘连组合，共同筑就了扎根中国本土的、充满东方风情的西式楼宇。借助"物我两忘"的东方美学，朱光潜将克罗齐的"直觉"拉回到审美主体与审美对象之间，接着又以布洛的"距离说"为其发生寻找到科学依据、实证支持。艺术审美从少数天才、贵族手中解放出来，每颗纯净之心在"无涉利害"时都可自由潜入美的世界。犹如佛教经格义而蘖生

---

① ［德］斯宾格勒：《西方的没落》，齐世荣等译，商务印书馆1963年版，第155页。
② 申奥：《外国学者论朱光潜与克罗齐美学》，《读书》1981年第3期。

禅宗，人人皆得慧根一般，朱光潜在维护文学纯正的前提下，也将艺术审美交还平民大众，推动了京派所追求的"带有贵族气的平民文学"的发展，"文艺当以平民的精神为基调，再加以贵族的洗礼，这才能够造成真正的人的文学"①。

此外，朱光潜还将"距离说"扩展运用到处理艺术与人生的关系上，主张合理调度二者间距，创造"严肃而充满趣味的纯正的文学"，内不失审美之雅致、外不失人生之关怀，在充满情趣的艺术人生中培植健康完美的人性。这又与周作人所坚持的"文章虽非实用，而有远功者也"是一脉相承的。将科学实证与审美体悟相化合、将心理学与文艺学相化合、将主客二分与心性学说相化合、将人生与艺术相化合、将道德与审美相化合、将儒家与道家相化合，朱光潜以中庸为根基而练就的化合之功，如今已得到学界的普遍认可，但也不排除一些相左意见，认为朱光潜在理论体系上缺乏原创性和突破性，并不相称于他在中国美学史上的地位。对此，倒不妨引朱光潜的一段话作一辩护："推动学术的发展可以通过发现过去未知的东西来实现，也可以通过把已经说过的话加以检验，重新评价和综合来实现……后一种方法和前一种方法同样重要。"② 朱光潜即属于后一种，他的调和、综合本身就含有强烈的创造意味，他在综百家之说而"照着讲"的过程中，又在不断推进文化的沟通、学科的交界、人生与艺术的对话，尽管确未实现体系上的全新创造，但显然已为中西美学、文论的对话沟通提供了典型范式：西学为显，中学为隐；西学为主体，中学为根基；西学为骨架，中学为血脉；无可置疑地进入了"接着讲"的段落。

三 回归"情本位"的"纯诗"

"纯诗"是象征主义诗学的重要范畴，梁宗岱在《诗与真二集》中指出，"这纯诗运动，其实就是象征主义底后身，滥觞于法国底波特莱

---

① 周作人：《贵族的与平民的》（1922），《周作人散文全集》（第2卷），广西师范大学出版社2009年版，第520页。
② 朱光潜：《悲剧心理学》，安徽教育出版社1989年版，第21页。

第六章 调和与会通

尔，奠基于马拉美，到梵尔希（注：今通译为瓦雷里）而造极"[1]。不过"纯诗"理想在爱伦·坡那里已有体现，所谓"文字的诗可以简单界说为美的有韵律的创造"，真正的艺术家"只服从于诗的气氛和真正要素——美"，而不应受到"智力""良心""道义"等智性、道德性因素的牵连[2]。到了1920年，在为柳西恩·法布尔的诗集《认识女神》所写的序言中，法国象征派诗人瓦雷里首次正式提出"纯诗"概念。尔后他又在《论纯诗》等一系列演讲、论文中具体阐述了"纯诗"理论，从表现对象、思维方式、表现手段等方面划定了诗歌与散文等艺术样式的分界，试图寻找一种类似于物理学家所说的"纯水"一般的"纯诗"，"一部没有任何非诗歌杂质的纯粹的诗作"。

（一）"纯诗"理论的东方回响

瓦雷里指出，"纯诗"首要表现的是独特的"诗歌情绪"，"它趋向于赋予我们一种幻觉的情感或一个世界的幻觉"。这种情绪内在于自我生命，但不会时时涌现，它脆弱、任性，很难与人们改造外部世界的强大影响共存。更多时候，它只在梦幻状态中时隐时显。优秀的诗人总是设法营造幻境，人工培养这些状态极不稳定的情绪产物，继而用文字捕捉它们，"人为地将这些由其感觉存在而创造的产品加以发展"[3]。

对于"纯诗"的思维方式，瓦雷里以散文为对立项，强调它的独特存在。散文讲求务实，要求符合于日常生活逻辑和普通情感状态，它可以完整表达、准确陈述。在将人们送抵"目的王国"后，散文就完成了使命，其语言也就凋零了。而诗歌则需要远离散文才能确认自身的情状。它借助暗示、比喻等手段构筑起一片浑然一体的幻境，其中的事物景致看似与日常生活无异，但实则贯通于人们的感觉，相互串联编织起某种隐秘的关系，"彼此相互振响着，仿佛与我们的感觉性相默契"[4]。纯诗中万物共鸣的景观，是注重逻辑因果关系的散文所无法表现的。诗歌绝然不是散文的另

---

[1] 梁宗岱：《谈诗》，《诗与真二集》，商务印书馆1936年版，第7页。
[2] ［美］爱伦·坡：《诗的原理》，杨烈译，潞潞主编：《准则与尺度：外国著名诗人文论》，北京出版社2003年版，第20—21页。
[3] ［法］瓦雷里：《论纯诗》（一），《瓦雷里诗歌全集》，葛雷、梁栋译，中国文学出版社1996年版，第306—307页。
[4] 《瓦雷里诗歌全集》，葛雷、梁栋译，中国文学出版社1996年版，第306页。

类形式,而是迥异于散文的独立形态。想要借散文去解释诗歌,必定劳而无功,除非这首诗根本就是散文的改写,并不含什么诗歌的成分。

在表现手段上,"纯诗"牢牢立足于"语言"本身,"在创造一个诗意的世界的诸多方式中,在将其再创造、丰富的方式中最古老的、可能也是最受尊崇,但也是最为复杂、最难以利用的方式便是语言"①。任何创作材料、艺术手段都必须经由语言才能在诗歌世界中产生效果,诗意有赖语言而去呈现。为此瓦雷里特意重述了马拉美与画家埃德加·德加之间的逸闻,德加曾抱怨自己充满思想却不能写诗,马拉美回答说:"亲爱的德加,诗歌并非用思想写成。诗歌用文字制作"②。但瓦雷里也注意到,语言本身是日常实践的产物,粗糙且带有强烈的目的性,诗人很难将它直接运用在与现实生活秩序迥然相异的幻觉世界和诗歌情绪当中。仅就这点来说,诗人的艺术创造要比音乐家更为困难。音乐拥有明确的音素,它们区别于噪音,且可以借助乐器这一有着精准度量的器具去制造出接近内心感觉的节拍。而诗人所使用的材料和工具,却只是那流转于日常生活的语言,"在他面前摊开着的是通常的语言,这些方式与其意图是完全格格不入的"③。因此诗人需要洗脱词语的日常属性,从语言这种实用性工具中提取非实用功能,努力在快速而准确的文字调配中酝酿诗情。但语言与诗情、音与义都是独立变量,要想完美协调它们几乎是不可能的事。太多时候,它们的合作须以妥协为前提,这又不可避免地会影响到诗歌的和谐与纯粹,使得"纯诗"成为永远无法完成的想象。但即便如此,"纯诗"作为一个完美设想,仍可作为衡定诗歌价值的重要参照,所有的诗都应努力向它迈进,"一首诗的价值大小,取决于包含多少纯诗"④。

---

① [法]瓦雷里:《论纯诗》(一),《瓦雷里诗歌全集》,葛雷、梁栋译,中国文学出版社1996年版,第307页。
② 转引自[美]雷纳·韦勒克《近代文学批评史》(第8卷),杨自伍译,上海译文出版社2009年版,第288页。
③ [法]瓦雷里:《论纯诗》(一),《瓦雷里诗歌全集》,葛雷、梁栋译,中国文学出版社1996年版,第309页。
④ 转引自[美]雷纳·韦勒克《近代文学批评史》(第8卷),杨自伍译,上海译文出版社2009年版,第286页。

第六章 调和与会通

瓦雷里的"纯诗"理论不仅接续了象征主义奠基人波德莱尔的"应和"主张,还做出了更为细致清晰、更具哲学色彩的表述,有力推动了西方象征主义的发展。在波德莱尔那里,诗人能够凭借特有的想象力而感知到宇宙的整体性和内在关联。他们不满足于摹写自然、描绘现实或直抒胸臆,而是像通灵者那样经由"暗示""隐喻"的秘道直抵由上帝创造的彼岸世界,获取更加真实、更加本质的东西,"想象力是一种近乎神的能力,它不用思辨的方法而首先觉察出事物之间内在的、隐秘的关系,应和关系,相似的关系"①。在此基础上,瓦雷里进一步指出,"纯诗"就是一个不受现实世界拘牵的"感应、改造和象征的系统",它向外感应着彼岸世界的幽远,向内体验着自由生命的纯净。万物变幻与情感涌动交相呼应,构成直接诉诸灵魂的音乐节律,"那被命名为象征主义的东西,可以很简单地总括在好几组诗人想从音乐收回他们的财产的那个共同的意象中……"②贯通宇宙与生命的"诗歌情绪"自当拥有强烈的音乐性,而承载"诗歌情绪"的语言也应注重音律声响的和谐。

1926年初,中国诗人穆木天参照瓦雷里的主张,发表著名诗论《谭诗——寄沫若的一封信》,首次在中国现代诗坛提出"纯粹诗歌"的构想。师法瓦雷里,与穆木天留学日本的经历不无关系。从1919年夏进入东京第一高等学校特别预科到1926年3月从东京帝国大学法国文学部毕业,穆木天在日本生活学习近七年之久。在此期间,象征主义正风靡日本诗坛,上田敏的译诗集《海潮音》译介了法国帕尔纳斯派和象征派诗歌,堀口大学的译诗集《月下的一群》收录大量波德莱尔的作品,大手拓次翻译了波德莱尔的代表性诗集《恶之花》。与此同时,日本本土的象征诗创作也非常繁盛,蒲原有明的《春鸟集》(1905)、北原白秋的《邪教》(1909)、荻原太郎的《吠月》(1917)、川路柳虹的《路旁之花》(1919),以及由三木露风等编的《日本象征诗集》(1919)都

---

① [法]夏尔·波德莱尔:《再论埃德加·爱伦·坡》,《浪漫派的艺术》,郭宏安译,译林出版社2012年版,第275页。
② [法]梵尔希(瓦雷里):《波特莱尔的位置》,戴望舒译,《戴望舒译诗集》,湖南人民出版社1983年版,第117页。

有明显的象征主义倾向。出于身体原因放弃数学专业而转向文科学习，后又专攻法国文学的穆木天，很快就沉浸在象征主义的世界，对此，他自述说："我耽读古尔孟，莎曼，鲁丹巴哈，万·列尔贝尔克，魏尔林，莫里亚斯，梅特林，魏尔哈林，路易，波多莱尔诸家的诗作。我热烈地爱好着那些象征派，颓废派的诗人"①。

穆木天深得瓦雷里的诗学精髓，《谭诗——寄沫若的一封信》②（以下简称《谭诗》）一开始就将"纯诗"置放在"先验世界"这一哲学大背景上，进而从内容的统一性、形式的持续性、手段的暗示性三方面将诗歌与散文隔离开来。穆木天认为，与表现人间生活的散文不同，诗歌生长在先验世界里，"一首诗是一个先验状态的持续的律动"。在基督教文化中，先验世界与经验世界对立而生。它由上帝创造，有着绝对统一的法则律令、绝对完满的秩序体系。相应的，置身先验世界的"纯诗"也应该保持"统一性"，"如几何有一个有统一性的题，有一个有统一性的证法，诗亦应有一个有统一性的题，而有一个有统一性的作法"。自我生命其实就是先验世界在世俗人间的投射，诗人在开掘自我生命之时更要敏锐感知先验之召唤，表现出"一般人找不着的不可知的远的世界，深的大的最高的生命"。对一般人来说，其内在生命已为世俗经验层层包裹，很难表露；但诗人却可以打破各种理念、道德、学说的束缚而返归内心，在借助直觉、情绪、感官体验去表现"内生活的真实的象征"的同时，也呈现出彼岸世界的静穆和谐。

面对诗歌所要表现的"潜在意识世界"，一切适用于散文和日常生活的论说手段都统统失效。要想表现出"内生命的深秘"和"潜在的能"，诗歌就不得不放弃"说明"的欲念，而改用"暗示"的手法，"用有限的律动的字句启示出无限的世界"。如果说散文讲究的是清楚明白，那么诗歌追求就是晦涩朦胧。与瓦雷里一样，穆木天也透过形式表层，指出诗歌与散文在表现对象、思维方式等方面的根本差异。

---

① 穆木天：《我的诗歌创作之回忆——诗集〈流亡者之歌〉代序》，《穆木天文学评论选集》，北京师范大学出版社2000年版，第418页。

② 穆木天：《谭诗——寄沫若的一封信》，《创造月刊》1926年第1卷第1期。

内容与形式是一体两面的关系。诗歌内容的"统一性"又对诗歌形式提出了"连续性"的要求："诗是——在形式方面上说——一个有统一性有持续性的时空间的律动"①。要想抵达先验彼岸，诗人就得潜入自己的内心世界，"心情流动的内生活是动转的，而它们的流动动转是有秩序的，是有持续的，所以它们的象征也应有持续的。一首诗是一个先验状态的持续的律动"②。借用柏格森的"生命绵延"学说来看，人的内心就是变动不居而又源源不断的河川，它那奔流不息的状态只能用直觉去感知，而不能为外部的物理时空机械切割，"严格属于心灵的是一种不可分割的过程"③，"我们在意识内发现种种状态，它们陆续出现，而不彼此有别"④。穆木天也特别强调，诗歌韵律是绵延生命的外现，它"可以有沉默，但不可是截断"，如同"在人们神经上振动的可见而不可见、可感而不可感的旋律的波"⑤。先验世界将诗歌推入有着统一性的内在生命，而对生命节律的倾听又转化为自觉的音乐意识。此后穆木天的好友王独清在《再谭诗——寄给木天、伯奇》一文中更以"音画""色的听觉"等概念进一步阐发了"纯诗"的音乐性特征。

（二）"情本位"与"纯诗"的变异

《谭诗》与瓦雷里的《论纯诗》多有相似，都将诗歌视作自我生命通向超验彼岸的通道，将音乐性视作承载诗情、对抗日常语言的重要手段。但穆木天没有完全停留在转述阶段，其《谭诗》不仅结合自己的阅读体验和创作经验，还独立使用了"先验世界"等一批概念。就指涉对象来说，"先验世界"类同于瓦雷里的"幻觉世界"，但与"幻觉"所偏重的狂迷错乱状态相比，"先验"更具肃穆庄严的宗教意味，更适于承载形而上的绝对理念和完美秩序。"幻觉"如同"酒神"，情绪亢奋、生命力勃发，而"先验"则进阶为"日神"，凸显生命在极尽狂欢

---

① 穆木天：《谭诗——寄沫若的一封信》，《创造月刊》1926年第1卷第1期。
② 穆木天：《谭诗——寄沫若的一封信》，《创造月刊》1926年第1卷第1期。
③ ［法］柏格森：《时间与自由意志》，吴士栋译，商务印书馆2009年版，第62页。
④ ［法］柏格森：《时间与自由意志》，吴士栋译，商务印书馆2009年版，第170页。
⑤ 穆木天：《谭诗——寄沫若的一封信》，《创造月刊》1926年第1卷第1期。

之后对神性的虔恪。照理说，与兰波等早期象征派诗人深得酒神宠爱不同，在瓦雷里这里大行其道的是日神，"瓦雷里试图在艺术领域保持或恢复所有他在思想领域失去的东西……维护传统价值，如永恒与稳定、谨严与完美……旨在创造稳定与持久的价值，一种受命不迁、自足自在的实体……努力创造一种纯粹的境界"[①]。但他在论述"纯诗"时所使用的"梦幻""幻觉"等字眼，还是更多停留在"酒神"阶段。反倒是穆木天更准确的使用了"先验"一词。由此也能看出，对于西方象征主义在美学精神上的转变，穆木天有着非常透彻的了解。

不过最具创造性的还是穆木天欲以"纯诗"来纠偏"五四"以来中国新诗不断加剧的"散文化"倾向，与此同时也修正中国象征主义诗歌所呈现的一些病态现象。在《谭诗》里，穆木天言语激烈，指责胡适所倡导的"散文化"正将中国新诗引入绝路，"中国的新诗的运动，我以为胡适是最大的罪人。胡适说：作诗如作文，那是他的大错"[②]。几个月后，穆木天撰文《道上的话》再次声讨胡适："'作诗如作文'的'胡适主义'，别让他把中国诗坛害得断子绝孙啊！实在说：中国现在，作诗易于作文。总而言之，在现在中国里分行写出来，什么都是新诗啊！想作诗的青年啊，你们各各回到你们的象牙塔里罢！你们天天作散文的生活，怎能作出诗来呢？你们的生命力得动！动！动！真的生命的流才是真正的诗啊！你们没有内意识，怎么攻文艺，诗更不消说了。"[③]

白话新诗的理论起点是胡适领导的"新诗运动"。胡适所提出的"作诗如作文""诗体大解体"一方面有力摧毁了古典诗歌的格律枷锁，为白话新诗的成长开辟了独立空间，但另一方面又混淆了诗歌与散文的边界，遭遇了"有白话而无诗"的身份危机。在渐然具备诸多迥异于古典诗歌的质地与风貌之时，"五四"新诗之弊病显露无遗，语言浅白、表意浮泛、形式松散、偏重说理写实等等。此后新月诗派一度激活古典诗学，力图以"三美"来规范诗歌体式与审美形态，但注意力主

[①] 陈力川：《瓦雷里：思想家与诗人的冲突和谐调》，周国平编：《诗人哲学家》，上海人民出版社2005年版，第310页。

[②] 穆木天：《谭诗——寄沫若的一封信》，《创造月刊》1926年第1卷第1号。

[③] 木天（穆木天）：《道上的话》，《洪水》1926年第2卷第18号。

要集中在形式层面,而没有意识到诗歌与散文原本就生长在不同的领域。周作人在《扬鞭集·序》对此表达了不满,"一切作品都像是一个玻璃球,晶莹透彻得太厉害了,没有一点儿朦胧,因此也似乎缺少了一种余香与回味"①。接着他又指出,"正当的道路恐怕还是浪漫主义,——凡诗差不多无不是浪漫主义的,而象征实在是其精意"②。将"象征"理解为"浪漫主义"之"精意",周作人一语道破了象征主义的艺术实质——潜入内心世界,挖掘更加深刻隐秘的生命状态。周作人的提议与穆木天对"五四"新诗的批评不谋而合,"诗有诗的文法,诗有诗的逻辑,诗有诗的绝对的存在。诗是内生活的象征啊!攻新诗的青年们呀!请回到自我的国里,到你们的唯一的爱,——藏在你们心中的唯一的爱的里头,作你们诗的生活,作你们的诗的意识,在沉默 Silence 里歌唱出来,那才是你的诗"③。

  穆木天的"纯诗"学说推动了诗歌与散文的分治,为中国象征派诗歌立下了重要准则。但穆木天对于当时的象征诗派的写作并不满意,特别是对李金发颇有微词,"不客气说,我读不懂李金发的诗。长了二十七岁,还没听见这一类的中国话"④。类似的批评在当时并不鲜见,像李健吾就认为,"李金发先生却太不能把握中国的语言文字,有时甚至于意象隔着一层令人感到过分浓厚的法国象征派诗人的气息,渐渐为人厌弃"⑤。不过同室操戈,由穆木天出面责难李金发,还是出人意料。因为朦胧晦涩几乎是所有象征派诗人的美学追求,不仅李金发坚持,"诗是个人精神与心灵的升华,多少是带着贵族气息的。故一个诗人的诗,不一定人人看了能懂,才是好诗,或者只有一部分人,或有相当训练的人才能领略其好处"⑥,穆木天在《谭诗》中也宣称,"诗越不明白越好。明白是概念的世界,诗是最忌概念的"。冯乃超的《再谭诗》表

---

① 周作人:《扬鞭集·序》,刘半农:《扬鞭集》(上),北新书局1926年版,第7页。
② 刘半农:《扬鞭集》(上),北新书局1926年版,第8页。
③ 木天(穆木天):《道上的话》,《洪水》1926年第2卷第18期。
④ 木天(穆木天):《无聊人的无聊话》,《A·11》(周刊)1926年第4期。
⑤ 刘西渭(李健吾):《鱼目集——卞之琳先生》,《咀华集》,文化生活出版社1936年版,第129页。
⑥ 金发(李金发):《〈疗〉序》,卢森:《疗》,诗时代出版社1941年版,第1页。

示,"不但诗是最忌说明,诗人也是最忌求人了解!求人了解的诗人,只是一种迎合妇孺的卖唱者,不能算是纯粹的诗人"!由此可以推测,穆木天所说的"读不懂"当是不满于李金发越出了"纯诗"的边界,"李金发主张象征诗应随心所欲地记录个体的感受,任其意念流淌,对诗歌的统一性和完整性则漠不关心"①。

朱自清曾以李金发为象征诗派的代表,并为其晦涩风格辩护,认为李金发的诗歌原本具有完整统一的艺术结构,只是因运用"最经验的组织方式"才隐没了部分联结,读者需要耐心发掘、巧妙修补这些空白和断裂,"所谓'最经济的'意是将一些联络的字句省掉,让读者运用自己的想象力搭起桥来。没有看惯的只觉得一盘散沙,但实在不是沙,是有机体"②。但穆木天却要求,诗歌在向读者开放之前,就应是一个自足完美的审美世界,兼备"统一性"、"连续性"以及"暗示性"。以此为标准,李金发对"纯诗"显然多有僭越。他主要用力于"暗示性"的单一维度,而未太多顾及"统一性"和"暗示性",所以艺术景观也相对散漫零乱:语词扭结、语义跳跃、章法杂乱、意象零落、情感破碎、思维断裂。但需注意的是,李金发所违逆的与其说是瓦雷里的"纯诗",不如说是穆木天的"纯诗"。因为"统一性"和"连续性"本是穆木天会通更为丰富的诗学资源而做出的阐述,对瓦雷里的学说已有不少改造。

穆木天与王独清都是创造社成员,又同在日本学习,对法国前、后期象征主义都有接触,拥有相似的诗学观念。从艺术风格来看,他俩不像波德莱尔、魏尔伦那样追逐智性的闪光,亦与瓦雷里、里尔克等推崇哲理性、思辨性的后期象征派诗人存较大距离;相比之下还是更亲近于前期象征主义中带有唯美倾向的、抒情气息较浓的兰波、马拉美。兰波、马拉美在对抗帕尔纳斯派的浪漫激情之时,仍坚持以更具暗示性的

---

① 参见黄雪敏《缥缈的浮生:创造社诗歌新论》,暨南大学出版社2014年版,第98页。学者沈用大也认为,《谭诗》强调"诗的统一性""诗的连续性",主要针对的就是李金发。参见《中国新诗史》(1918—1949),福建人民出版社2006年版,第285页。

② 佩弦(朱自清):《新诗杂话》,《中国新文学大系(1927—1937)》(第11集:文学理论集一)(影印本),上海文艺出版社1987年版,第506页。

第六章 调和与会通

方式来传达神秘而又丰富的情感。马拉美声称,诗歌就是"把心灵状态、心灵的闪光很好地加以歌唱,使之放出光辉来"[1],兰波同样要"赋予诗歌一种新的力量和直率,这种力量和直率使诗歌成为一种更加适于唤起情感和想象的工具"[2]。与他们相一致,穆木天也把"内生命"理解为"心情的流动"。王独清在为"纯诗"开列公式时,更把"情"放在了首位,"(情+力)+(音+色)=诗"[3]。

投缘马拉美、兰波,自然与诗人个人的性格情趣有很大关系,但也离不开大的社会背景和文化环境。穆木天、冯乃超留学日本时,后期象征主义在欧洲已趋向鼎盛,但尚未在东亚地区广泛传播,相关译介还是集中在前期象征派。这一方面说明人们对象征主义的接受、吸纳遵照了艺术演进的基本次序,另一方面也反映出文学在跨地域、跨民族交流过程中所存在的滞后、错位现象。不过,进一步拉近穆木天、冯乃超与前期象征主义中抒情一派关系的,还有他们的创造社身份。创造社推崇自我表现和主体抒情,有浓重的浪漫主义色彩。创造社元老郭沫若就认为,"诗只要是我们心中的诗意诗境底纯真的表现","诗=(直觉+情调+想象)+(适当的文字)"[4]。对于郭沫若的"情绪流泻说",穆木天、冯乃超并不完全认同。在经历象征主义的洗礼后,他们对艺术技法有了特别的重视,像王独清就在"情""力"之外,强调了"音"与"色"的结合,以更好地化合自我生命与宇宙大哲学。但即便如此,他们还是在创造社的"情本位"基础上去接纳象征主义的,这从朱自清的点评中可见一斑,"王独清氏所作,还是拜伦式的雨果式的为多;就是他自认为仿象征派的诗,也似乎豪胜于幽,显胜于晦。穆木天氏托情于幽微远渺之中,音节也颇求整齐,却不致力于表现色彩感。冯乃超氏利用铿锵的音节,得到催眠一般的力量,歌咏的是颓废,阴影,梦幻,

---

[1] [法]马拉美:《关于文学的发展》,王道乾译,伍蠡甫等编:《西方文论选》(下卷)(第2版),上海译文出版社1988年版,第260页。

[2] [英]查尔斯·查德威克:《象征主义》,柳扬编译:《花非花:象征主义诗学》,旅游教育出版社1991年版,第29页。

[3] 王独清:《再谭诗——寄给木天、伯奇》,《创造月刊》1926年第1卷第1期。

[4] 引自1920年1月18日郭沫若写给过白华的信。参见郭沫若《致宗白华》,魏建编《青春与感伤:创造社与主情文学文献史料辑》,人民出版社2013年版,第3—4页。

仙乡。他诗中的色彩感是丰富的"①。这里提到的冯乃超，亦是创造社出身的象征派诗人。三人风格殊异，却无一例外地扎根于情感、情绪。他们在接受彼岸世界的"形而上学"的统领之时，又暗合于兰波、马拉美的抒情一派，进一步夯实了诗歌的情感基础。当他们涉渡彼岸，要用神圣庄严的"先验世界"来保障情感的"统一性"、音乐的"连续性"时，作品竟与东方古典诗歌构成深层呼应，常常表现出主客相融、情理和谐的美学风格。古人作诗讲求咏物自然和谐、理趣绘景浑然一体、天道人心交相感应。陈师道云："渊明不为诗，写其胸中之妙耳。"（《后山诗话》）王昌龄有言："诗有三格。一曰得趣，谓理得其趣，咏物如合砌，为之上也。"（《诗中密旨》）声律和谐乃是静穆情感的外显，而情感得以静穆又须遵守超然之天理。穆木天等人追逐西潮，努力开创有别于传统的另一路向，却再次与古典传统相遇。《谭诗》在介绍"纯诗"背后的"先验世界"和"大哲学"时，正是以中国古典诗歌为例证，"杜牧之的《夜泊秦淮》里确实暗示出无限的形而上学的感——因其背后有大的哲学——但他绝不是说明为形而上的感"。

　　穆木天一方面参照瓦雷里搭建中国的"纯诗"理论体系，强调诗歌应当借助"暗示"的手段而潜入"先验世界"，另一方面又受中国古典诗歌的抒情传统、"五四"时期创造社的浪漫主义以及马拉美、兰波的抒情倾向的影响，仍以"情感"作为"纯诗"的基座。他将"先验"与"情感"有机融合，趋近中国古典诗歌的审美取向：主客契合、情理同一。可以说，穆木天的"纯诗"是西方"纯诗"观念与东方古典"大传统"以及"五四"小传统的化合物，除了象征主义的血脉外，还有丰富的浪漫主义、古典主义因子。在这种东方化的"纯诗"理论观照下，饱吸"异国熏香"的李金发反倒显得"杂质"多多。

　　（三）调和中西与情理相悖

　　李金发出生在地处偏远的客家山区广东梅县梅南镇。1919年春他赴香港补习英文，稍后转入香港圣约瑟教会学校，不久又考入上海南洋中

---

① 朱自清：《〈中国新文学大系·诗集〉导言》，刘福春主编：《中国新诗总系·第10卷：史料卷》，人民文学出版社2010年版，第22页。

第六章 调和与会通

学留学预备班，同年11月赴法勤工俭学。他曾先后在枫丹白露市进修法文，在法国第戎国立美术专科学校和巴黎帝国美术学校学习雕塑，其间深受法国象征派诗歌的影响。李金发最早接触到的也是前期象征主义诗作，但与穆木天、冯乃超不同，他更偏爱魏尔伦和波德莱尔，"那时因多看人道主义及左倾的读物，渐渐感到人类社会罪恶太多，不免有愤世嫉俗的气味，渐渐地喜欢颓废派的作品，鲍德莱（注：即波德莱尔）的《罪恶之花》，以及Verlaine（魏尔仑）的诗集，看得手不释卷，于是逐渐醉心象征派的作风"。① 身处巴黎，且沿袭波德莱尔、魏尔伦一路，李金发能够早于穆木天等留日学生，更及时地感知欧洲诗坛的前沿动态，更容易受到当时风头正盛的后期象征主义的感召。

后期象征主义继承、深化了前期象征主义的基本主张，如语言的音乐性、意义的暗示性、生命与宇宙的应和等，但更加注重智性、抽象思维在诗歌中的作用，甚至认为理性比激情、灵感更为重要。瓦雷里就提出"诗人—逻辑学家""哲学家诗人"的观点，他有一个看似矛盾的说法："如果逻辑学家永远只能是逻辑学家，他就不会也不能成为逻辑学家；如果另一位永远只能是诗人，而没有一点点抽象和推理的能力，他就不会在其身后留下任何诗的痕迹。"② 如果不以智力和思想为依托，所谓的"诗意"将四处散落，"如果一首诗只含有诗意，那它就不是一首诗，就不能说已完成"③。关于诗歌的哲学意识，穆木天参照瓦雷里的纯诗理论在《谭诗》中多有倡导，但在创作实践上，他还是以"情"为本，显现出理论与创作的某些错位。相对来讲，哲思深刻、智性意识突出，更接近后期象征主义的还是李金发的作品。

李金发没有完整的诗学体系，但在并不丰富的诗论短文里，他数次提到，"诗人是富于哲学意识，自以为了解宇宙人生的人"④，"美是蕴

---

① 李金发：《文艺生活的回忆》，转引自陈厚诚《死神唇边的笑——李金发传》，上海文艺出版社1996年版，第68页。李金发所提及的"鲍德莱"或"鲍特莱"，即法国象征主义诗人波德莱尔，有时也译作波特莱尔。
② ［法］瓦雷里：《诗与抽象思维》，《文艺杂谈》，段映虹译，百花文艺出版社2002年版，第283页。
③ 瓦雷里语，转引自陈力川《瓦雷里诗论简述》，《国外文学》1983年第3期。
④ 杜格灵、李金发：《诗问答》，《文艺画报》1935年第1卷第3号。

藏在想象中，象征中，抽象的推敲中"①。其作品常常运用抽象思维而略掉一些具体的、连续的情感流动状态，词句之间出现大跨度的意义跳跃。如果读者不能调用抽象思维来链接这些语义片段，就极有可能将魅力无穷的"语言魔方"误作无从可解的"笨谜"。深谙解诗之学的朱自清在《新文学大系·诗集·导言》中就指出，"他（李金发）的诗没有寻常的章法，一部分一部分可以懂，合起来却没有意思。他要表现的不是意思而是感觉或情感，仿佛大大小小红红绿绿一串珠子，他却藏起那串儿，你得自己穿着瞧"②。这里的"串儿"可以理解为超越一般语法秩序和日常生活体验的抽象思维。经由它的补缀、串连，"诗意"才能完整呈现。朱自清的话，很容易让人联想到西方现代诗坛上紧续后期象征主义而崛起的英美"新批评"派。当人们纷纷指责新批评主将艾略特的长诗《荒原》晦涩难解时，瑞恰慈为之力辩："大量的优秀诗歌就其直接效果而言必然是晦涩的。即使细致入微，反应敏锐的读者也要反复阅读而且用心钻研，然后全诗才在头脑里形神毕现，清清楚楚，毫不隐晦。一首匠心独具的诗篇，可谓犹如数学中一门新的分科，迫使接受它的头脑由表及里，这就要假以时日。"他还就有关《荒原》缺少音乐性的批评做出说明，"不妨将他的诗歌称之为'思想的音乐'。各式各样的思想，抽象的和具体的，普通的和特殊的，如同音乐家的乐句，编排这些思想不是为了它们可能向我们有所昭示，而是为了它们对我们产生的效果可能结合起来化为一种连贯成整体的感情和态度，并且促成意志的一种独特解放"③。这番辩词用到李金发身上亦是非常合适的。它不仅揭示了"晦涩"与"诗意"悖立而生的关系，还描述了"音乐性"在思想维度上的体现。

李金发不太注重韵律。在一次访谈中，当被问及"你的诗为什么总没有露骨的韵脚"时，他回答："我做诗全不注意韵；全看在章法，造句，意象的内容。"④ 这是不符合穆木天对"纯诗"音乐性的要求的。

---

① 李金发：《序文两篇·序林英强〈凄凉之街〉》，《橄榄月刊》1933年第35期。
② 朱自清的评价袭用了苏雪林的一些说法。苏雪林在《论李金发的诗》（载《现代》1933年第3卷第3号）中就表示：李金发的诗"分开来看句句可懂，合拢来看则有些莫名其妙"。
③ ［英］瑞恰慈：《文学批评原理》，杨自伍译，百花洲文艺出版社1992年版，第266—267页。
④ 杜格灵、李金发：《诗问答》，《文艺画报》1935年第1卷第3号。

第六章 调和与会通

穆木天是从"情本位"基础上去理解"音乐性"的，持续的情感流动自然会产生连续的声响节律，如果诗歌缺少韵律，那不仅仅意味着"音乐性"的丧失，同时反映出情感的断裂与内生命的破碎。但李金发则更多追随后期象征主义，力求在智性哲思中寻求音乐性，如果文字能为某种抽象思维牵动，在众多的情感片段间穿梭跳跃，即便没有节拍，也同样可以创造出"无拍之唱""无音之乐"："我爱无拍之唱，或诗句之背诵"（李金发《残道》），"我们的心充满无音之乐，如空间轻气的颤动"（《爱憎》）。是故，批评家苏雪林一面抱怨李金发的诗歌没有一首可以读懂，一面又认为"音调则甚和谐，有训练的耳朵可以觉出它的好处"①。这里的音调，不是"情感的音乐"，而是"思想的音乐"。

李金发对后期象征主义"哲学意识"的刻意追求，大大降低了其作品的情感浓度，语义伴随抽象思维的跃动而混杂无序。读者抱怨"看不懂"，主要针对的就是这类创作。表面来看，人们指责其诗风晦涩、过于欧化时，李金发不以为然，"我满不在乎，只认为他们浅薄而已。每一个时代凡创始之事业，必有人反对或讥讽，到头来必得大白于天下"②。但事实上，李金发也有部分作品算不得晦涩，它们文辞畅达、意境朦胧、表意含蓄，如《微雨》中的《上帝》《沉寂》，《为幸福而歌》中的《美人》《前后》《晚上》《日光》，《食客与凶年》中的《闺情》《夜雨》《小病》，等等。在诗集《食客与凶年》中，他还特别对食洋不化的新诗创作展开批评，"余每怪异何以数年来，关于中国古代诗人之作品，既无人过问，而一意向外探辑，一唱百和，以为文学革命后，他们是荒唐极了的，但从无人着实批评过，其实东西作家随处有同一之思想、气息、眼光和取材，稍有留意，便不敢否认。余于他们的根本处，都不敢有所轻重，惟每欲把两家所有，试为沟通，或即调和之意"③。

应当说，李金发本就是"西化"的推波助澜者，不然当年黄参岛

---

① 苏雪林：《论李金发的诗》，《现代》1933年第3卷第3期。
② 李金发：《答痖弦先生二十问》，《诗探索》（理论卷）2001年第1期。该文初刊台湾《创世纪》1975年第39期。后收入《诗画双馨：林风眠、李金发诞辰一百周年纪念文集》，花城出版社2001年版。
③ 李金发：《食客与凶年·自跋》，《食客与凶年》，北新书局1927年版，第235页。

也不会说"他的诗体风格,可以说全是法兰西化","他的诗才是上了西洋轨道的诗"①,而今他又提出调和中西的设想,已有自我批评的意味。与首部诗集《微雨》相比,他的后两部诗集的晦涩程度明显降低,且不时散溢出一些东方古典气息。诗作《闺情》中那接续不断的幽怨呻吟,与其说接近于里尔克、瓦雷里面向天际而发出的生命哀思,倒不如说更合乎中国士大夫那内敛的、情感型的伤物感怀,"生怕别离,/那惯晚烟疏柳的情绪,/流水无言,/独到江头去,/那解带这一点愁"。除却感伤哀怨的东方意绪、迷蒙哀婉的传统意象,作品还化用了大量古典诗词,如"风与雨打着窗,/正像黄梅天气"之于贺铸的"梅子黄时雨","人说夫婿归来了,/奈猿声又绊着行舟"之于李白的"两岸猿声啼不住,轻舟已过万重山"②。

从《微雨》到《食客与凶年》再到《为幸福而歌》③,李金发努力调整着各种诗学要素的比重和相互关系,在西方象征主义与东方古典美学之间、在艰深晦涩与朦胧含蓄之间、在主智与抒情之间寻找平衡点。但出于母语生疏④、古典文化根基孱弱⑤等原因,李金发的创作非但没

---

① 黄参岛:《微雨及其作者》,《美育》1928 年第 2 期。

② 已有不少学者谈论过李金发与古典诗歌或传统文化的关系。但在李怡看来,李金发对传统的吸收,并不是圆熟的技艺与品质,而是中国知识分子特有的心理结构、处世态度、人格模式。参见《中国现代新诗与古典诗歌传统》(增订 3 版),中国人民大学出版社 2015 年版,第 197 页。

③ 第一本诗集《微雨》于 1923 年 2 月编定,1925 年 11 月出版,除 1920 年和 1921 年少数几首诗外,主要收录了 1922 年下半年和 1923 年初的创作。第二本诗集《食客与凶年》于 1923 年 5 月编定,但迟至 1927 年 5 月出版。这两本都由北新书局出版,属"新潮文艺丛书"。第三本诗集《为幸福而歌》于 1924 年 12 月编定,1926 年 11 月由商务印书馆出版,属"文学研究会丛书"。

④ 李金发对于中西语言的驾驭能力非常有限。诚如卞之琳的批评,"(李金发)对于本国语言几乎没有一点感觉力,对于白话如此,对于文言也如此,而对于法文连一些基本语法都不懂"。(参见卞之琳《新诗和西方诗》,《卞之琳文集》中卷,安徽教育出版社 2002 年版,第 501—502 页)与李金发相识的孙席珍也谈到,"李金发原来学美术,在德国学的,法文不大行。他是广东人,是华侨,在南洋群岛生活,中国话不大会说,不大会表达。文言书也读了一点。杂七杂八,语言的纯洁性就没有了"。(参见卞之琳《新诗和西方诗》,《卞之琳文集》中卷,安徽教育出版社 2002 年版,第 502 页)

⑤ 有论者认为李金发并不乏古典文学的素养,"李金发已在家乡读过六年的旧式私塾、三年的小学和三年的高小(相当于以后的初中),又在香港受过一年的英吉利式的教育。前十二年,主要是阅读了大量的古文和古代诗歌,打下了较好的古文基础"。(陈厚诚:《死神唇边的笑——李金发传》,上海文艺出版社 1996 年版,第 41 页)但与同时代的诗人作家相比,李金发的传统根基算不得深厚,从香港到上海到法国及德国,他更多接触的是西洋文字。在《从周作人谈到"文人无行"》一文中,李金发坦承:"我这半路出家的小伙子","十九岁就离开中国学校,以后便没机会读中国书籍"。参见李金发《异国情调》,商务印书馆(渝版)1942 年版,第 35 页。

第六章 调和与会通

有实现"调和中西"的目标，反而常常陷入"情理相悖"的困境。李金发一再声称以波德莱尔、魏尔伦为师，可在1935年的一次访谈中又坦承，"我虽然是受鲍特莱与魏尔伦的影响做诗，但我还是喜欢拉马丁、谬塞、沙庞（Aebert Samain）等的诗，这也许因为与我的性格合适些。我不喜欢魏尔伦的诗咧"，"以前受鲍特莱的影响，很有这趋向，但还不能用美丽的笔调。以后所写，如《为幸福而歌》等，去此已远"[①]。这里提到的"沙庞"即法国诗人沙曼，他虽师从波德莱尔、魏尔伦，但风格偏向抒情一路。拉马丁与谬塞则是典型的浪漫派诗人，他们为法国浪漫主义写作开辟了新天地。从这段叙述可以看出，李金发在创作初期确实接受了波德莱尔与魏尔伦的影响，但主要是一种知识性的引导，此后则更多接受情感的召唤，越来越倾向于拉马丁、谬塞、沙庞等人的浪漫抒情写作。当为前者所牵引时，其创作更像是西方新奇诗艺的汉语实验，虽洋味十足，却难获得自我情感的充分支撑，留给读者的主要是抽象思维的跳跃，晦涩之作大多属于此类；只有贴近后者时，创作才得以与个人性情相合，能够深入情感内层汲取丰富延绵的生命体验，那些为数不多的朦胧之作往往由此而生。整体来看，李金发的写作正是从知识性引导逐渐走向情感式引导，《为幸福而歌》的象征色彩已淡了许多，朦胧含蓄之作多了不少，自我感情得到更真实的表露，"这集多半是情诗，及个人牢骚之言情诗的'卿卿我我'"[②]。所以文学史上极力以《微雨》为中国象征派力作时，李金发却表示："自己的诗集中，我还是喜欢《为幸福而歌》，那里少野马似的幻想，多缠绵悱恻的情话，较近浪漫派的作风，令人神往。"[③]

李金发推重抒情的"自我性格"，实际上离不开民族传统与时代语境的强力推动。中国诗歌以抒情为正宗，即便是反传统的"五四"诗人，在学步西方时也多是从抒情诗歌的创作入手。鲁迅请来的"摩罗诗人"拜伦、雪莱均为浪漫主义诗人，郭沫若崇奉的美国诗人惠特曼、印度诗人泰戈尔同样以抒情而闻名。李金发之所以心仪于拉马丁、谬塞

[①] 杜格灵、李金发：《诗问答》，《文艺画报》1935年第1卷第3号。
[②] 李金发：《为幸福而歌·前言》，《为幸福而歌》，商务印书馆1926年版，第1页。
[③] 陈厚诚编：《李金发回忆录》，东方出版社1998年版，第68页。

等，不能不说有民族传统的巨大引力在发挥作用。此外，弱国子民的身份、漂泊他乡的经历，使得诗人容易感伤时乱、感怀身世，吟唱些迷离恍惚的曲调，在引进西方现代主义颓废书写的同时，注入一些类似晚唐五代诗作的衰靡情绪[1]。共有的社会历史幕景、相近的漂泊人生，让中国象征派诗人最终都先后回归于"情本位"的立场，李金发所钟情的抒情诗人也正是穆木天、王独清的所爱，"在过去同贵族的浪漫诗人相结，（缪塞、拜伦），而现在同颓废象征派诗人起了亲密的联系"[2]。穆木天在《谭诗》中表示自己在思考诗的"统一性"时正"嗜读沙曼"，后来，他在东京帝国大学的毕业论文也以沙曼诗歌研究为选题[3]。再看王独清，他的《再谭诗》对拉马丁作品中的"情"赞不绝口，认为足以为"纯诗"典范，"他底诗才是有统一性与持续性的作品——他是最高的力之表现的诗人"[4]。

但不能不说的是，作为中国象征主义诗歌的先行者，李金发在具体创作中还很难兼顾东方抒情与西方象征。结合前边分析到的《闺情》一诗，就可以看出，李金发那些朦胧含蓄的调和之作，在归位抒情后确实一定程度地保持了内容的完整性和音乐的连续性，但在艺术形式上却更像古典诗歌的仿作，其情感属性亦接近于传统文人士大夫身处穷困时的悲叹哀怨，缺少西方象征派诗人眺望彼岸世界的宏远与虔诚，"大哲学"的味道平淡许多。虽然距离"调和中西"的目标还很遥远，但李金发能够在西化道路上回首古典、在智性旅途中捡拾抒情，还表现出强烈的自省意识、自我纠偏能力，也生动展现了本土资源、传统文化对于异域诗学的规训与整合能力。在他身后崛起的现代主义诗群，以戴望舒为代表的现代诗派、以穆旦为代表的九叶诗派，都不断深化着"调和中西"的主题。

---

[1] 蓝棣之认为，中国象征派和现代派诗歌"都从西方象征主义和中国晚唐温庭筠、李商隐的诗风汲取一些共同的东西"。参见《现代诗的情感与形式》，华夏出版社1994年版，第257页。

[2] 穆木天：《王独清及其诗歌》，《现代》1934年第5卷第1号。

[3] 穆木天的毕业论文题目为：《阿尔贝·萨曼的诗歌》，原稿由法文写就，1926年在日本《东亚之光》杂志第21卷第3号刊发。后由吴岳添翻译为中文，在《吉林师范学院学报》1994年第3、4期连载。

[4] 王独清：《再谭诗——寄给木天、伯奇》，《创造月刊》1926年第1卷第1期。

第六章 调和与会通

　　调和中西的论调，在 20 世纪前期非常流行。1919—1920 年杜威在华讲学时就表示，不应将新与旧、现代与传统、西方与东方一刀切开，它们不是截然对立、互不相融的模型，"大抵一种改革，一定要拿旧文明作根据，渐渐地吸收融化新文明，使老的发展成新的。要是我们不问它能否帮助发展，只是新就学，恐怕没有好结果"①。作为"文学革命"发起人之一的周作人，在以新学示人之前，已牢牢扎根传统诗学，将"诗言志"设定为中西文化的结合基点，大体统一了"文学"在中西世界的指称对象。他在护守民族精神主脉的同时，又赋予中国文学以极具现代意味的美学意蕴和精神指向。如果说中西文论经由"诗言志"而获得了最初的对话平台，那么此后京派理论家则借助"心性"等传统诗学范畴进一步扩大彼此的触点和感应面积，更好地化合了东方美学精神与西方理论框架。某种意义上讲，"调和"乃异质文化相遇时的本能冲动，但要让双方在保持独立圆心之时又能不断扩大自己的辐射面积，实现更多、更好的交集，还需对自我和他者都有清醒的认知，在充分了解彼此的优劣长短之后，才能如鲁迅所说："外之不后于世界之思潮，内之仍弗失固有之血脉，取今复古，别立新宗。"（《文化偏至论》）只是在创作实践中，调和中西的理论设想很难一步到位、完全兑现。譬如李金发的大多数创作，就因过分贴近西方中心而失去了生命体验和民族传统的支撑，文法语句严重欧化，"现代气息"无法附着于具体情感而显得散漫杂乱。出于调和之目的，稍后他开始努力向传统靠拢，但又时常在古典的地界打转，一些作品从意象到情感都缺乏现代质地，仿古气息浓重。相对来说，穆木天、王独清倒是在"情本位"基础上较好地融会了中国诗歌传统与西方象征主义，但结合对象主要还是看重感情的前期象征主义，而非注重理智的后期象征主义，其折中之法又一定程度地限制了中西化合的力度与深度。

---

① ［美］杜威：《伦理演纪略》，《杜威教育文集》（第 3 卷），胡适译，人民教育出版社 2008 年版，第 249 页。

第七章　融突和合(上)

晚清以降，中国遭逢"数千年未遇之强敌"，面临"数千年未有之变局"。生死存亡之际，社会裂变、文化转型，帝制轰然倒塌，西风浩然东渐，新学勃然而起，一切的一切都以不可思议却又合乎情理的方式急剧地发生与演进。在此过程中，域外尤其是欧美文论也开始入驻中国，从细流涓涓到波涛汹涌，从潜滋暗长到喧宾夺主。受此冲击，中国传统文论也被迫脱胎换骨，走上艰难曲折的现代化路途。正是在域外文论本土化与传统文论现代化的双向互动、彼此型构之中，中国现代文论走过了百年风雨历程，其结果可谓喜忧参半，一方面收获异常丰富，另一方面教训也特别深刻。但总的来说，学术界大致达成了这样的共识：中国现代已经形成了既区别于古代又不同于西方的文论新传统，其未来成熟体系之建构所依靠的知识及思想资源，除了西方文论、古代文论之外，还必须包括此种新传统，三者的博弈，决定着未来中国文论的发展方向与基本面貌。既然这个新传统如此重要，在"五四"新文化运动已满百年，新的文化世纪已经开始的关键时刻，我们有必要对这一传统的基本内容、发展趋势、经验教训等进行梳理与阐释，进一步揭示域外文论本土化的演进机制。

一　域外文论本土化与中国左翼——马克思主义文论传统的形成与发展

尽管早在1899年，马克思、恩格斯的大名就被传教士李提摩太介绍到中国①，马克思主义在新文化运动中开始传播，俄国十月革命的成功更是提升了马克思列宁主义在中国社会各阶层的影响力，但马克思主义与中国革命实践相结合却在"五卅"运动之后。因此，相比新文化运动中出现的"白话文学""人的文学"等，"左翼—马克思主义文论"不能算是中国现代文论新传统的滥觞者。但由于马克思主义的革命学说不仅与中国社会现实相吻合，其激烈的批判思想，从文化上看也"比较契合以'实质合理性'为内容的儒学社会主义的精神传统，又能使受到强力压迫的文化民族主义得到满足"②，所以一旦被接受就爆发出巨大能量，随着中国革命的深入发展而逐步壮大，最终成为主流意识形态。伴随此一进程，左翼—马克思主义文论也后来居上，长时间掌控着文论话语权，在中国现代文论新传统的建构中扮演着十分重要的角色，其发生及演进的历程与机制，可谓是域外文论本土化最经典的范例。

近百年来，中国左翼—马克思主义文论的内容十分丰富，限于篇幅，我们只能选取几个主要方面予以描述并就其与域外文论之关系略作阐释和评价。

（一）反映论：社会现实的文学

早在1919年5月，李大钊就从河上肇的日文译本摘译了马克思有关唯物史观的经典言论，包括《〈政治经济学批判〉序言》中关于艺术是"社会的意识形态"（"社会意识形式"）这一重要观点③。此后的"1923年到1926年期间，早期共产党人瞿秋白、邓中夏、恽代英、萧楚女、沈泽民、蒋光慈、李求实等，在《新青年》、《中国青年》、《民国日报》副刊《觉悟》等报刊发表了一系列马克思主义艺术理论的文章，探讨了一系列重要的艺术理论问题"④。这些问题中非常重要的一

---

① 参见丁守和《马克思主义在中国的传播及其对文学的影响》，马良春、张大明、李葆琰编《中国现代文学思潮流派讨论集》，人民文学出版社1984年版，第177页。
② 陈来：《传统与现代——人文主义的视界》，生活·读书·新知三联书店2009年版，第17页。郭沫若1925年发表文章《马克思进文庙》，让马克思认孔子为同志。
③ 参见宋建林、陈飞龙主编《中国马克思主义艺术理论发展史》，生活·读书·新知三联书店2011年版，第10—11页。
④ 参见宋建林、陈飞龙主编《中国马克思主义艺术理论发展史》，生活·读书·新知三联书店2011年版，第15页。

个就是强调文学与社会生活的密切关联。比如，熟悉俄国文学精神的瞿秋白就曾指出："文学是民族精神及其社会生活之映影；……文学家的心灵，若是真能融洽于社会生活或其所处环境，若是真能陶铸锻炼此生活里的'美'而真实的诚意的无所偏袒的尽量描画出来，——他必能代表'时代精神'，客观的就已经尽他警省促进社会的责任，因为他既能如此忠实，必定已经沉浸于当代的'社会情绪'，至少亦有一部分。"① 萧楚女的看法更是明显受到马克思主义的影响："艺术，不过是和那些政治、法律、宗教、道德、风俗……一样，同是一种人类社会底文化，同是建筑在社会经济组织上的表层建筑物，同是随着人类底生活方式之变迁而变迁的东西。只可说生活创造艺术，艺术是生活的反映——艺术虽不能范围一切，却能表现一切。"② 沈泽民的观点则简洁明了："无论我们怎样夸称天才的创造力，文学始终只是生活的反映。"③ 从苏联留学归来的蒋光慈的见解则更加鲜明也更为辩证："文学是社会生活的反映，一个文学家在消极方面表现社会的生活，在积极方面可以鼓动，提高，兴奋社会的情绪。"④

　　1925 年的"五卅"运动掀起国民革命新高潮，中国社会矛盾加剧，时局更为动荡，文艺界普遍左转，左翼文学运动由此开始且持续近十年，标志着"文学革命"向"革命文学"的转变，左翼—马克思主义文论开始流行并壮大起来。注重文学与社会现实的联系，视文学为现实生活的反映，也得到更多左翼文论家的认同和宣扬。比如，郭沫若曾形象化地提出"当一个留声机器——这是文艺青年们的最好的信条"⑤，并进一步解释说："留声机器所发的声音是从客观来的，客观上有这

---

① 瞿秋白：《〈灰色马〉与俄国社会运动》（1923 年 11 月，又名《郑译〈灰色马〉序》），《瞿秋白文集·文学篇》（第 1 卷），人民文学出版社 1998 年版，第 255 页。

② 楚女：《艺术与生活》（1924 年 7 月），北京大学、北京师范大学等编：《中国现代文学史参考资料·文学运动史料选》（第一册），上海教育出版 1979 年版，第 402 页。

③ 沈泽民：《文学与革命的文学》（1924 年 11 月），贾植芳等编：《文学研究会资料》（上），知识产权出版社 2010 年版，第 129 页。

④ 蒋光慈：《现代中国社会与革命文学》（1925 年 1 月），北京大学、北京师范大学等编：《中国现代文学史参考资料·文学运动史料选》（一），上海教育出版 1979 年版，第 409 页。

⑤ 麦克昂：《英雄树》（1928 年 1 月），中国社会科学院文学研究所现代文学研究室编：《"革命文学"论争资料选编》（上），人民文学出版社 1981 年版，第 76 页。

种声音，它和它接近了，便发出这种声音。有这种客观才有这种反映。"①郭沫若的这个观点获得创造社、太阳社多人的回应，冯乃超、傅克兴、钱杏邨、李初梨等都对此发表了或赞赏或质疑看法②。与此同时，冯乃超发表《艺术与社会生活》，试图通过分析中国社会现状来揭示艺术与社会的关系问题，尽管他对自己没有给出明确答案而感到不满，但在他对那些"把问题拘束在艺术的分野内，不在文艺的根本的性质与川流不息地变化的社会生活的关系分析起来，求他们的解答"③的种种议论的批判中，已经透露出文艺要紧随社会生活之变化而改变的见解。

1930年代初，中国文论界对苏俄文艺理论家弗里契的《文艺社会学》（1926）颇为关注，冯雪峰、刘呐鸥、胡秋原等都曾翻译该著④。在这本书中，弗里契将艺术的机能与社会经济发展阶段及不同阶级直接联系起来，设定出艺术的十三个社会学法则。瞿秋白认识到"弗理契是唯物论文艺科学的开创人"，大概也发现其在中国的不同反响，专门撰写《论弗理契》一文，全面辨析其理论上的功绩与错误。他一方面指出《文艺社会学》的最大失误在于企图建立一种"规定社会的发展和实质的一般公律的""社会学"，另一方面又充分肯定了弗里契在最后一篇文章《艺术是什么》中关于艺术的定义："意识反映实质，然而意识反映着实质，同时还在影响实质。……自然，一个阶级有着上层建筑，可以去认识自己阶级的某些方面，可以去认识别的阶级'的我'，然而，这仅仅是一种附带的作用；——阶级在社会之中行动着，首先就在为着自己的生存和政权而斗争，而不是在做旁观者，只处于认识的状

---

① 麦克昂：《留声机器的回音》（1928年3月），中国社会科学院文学研究所现代文学研究室编：《"革命文学"论争资料选编》（上），人民文学出版社1981年版，第215页。

② 参见陈雪虎编《中国现代文论新编》，北京师范大学出版社2010年版，第186—188页。值得注意的是瞿秋白的说法："文艺也永远是，到处是政治的'留声机'。问题在于做哪一个阶级的'留声机'，并且做得巧妙不巧妙。"［《文艺的自由和文学家的不自由》，《现代》1932年第1卷第6期，《瞿秋白文集·文学编》（第3卷），人民出版社1998年版，第67页］这一微妙的改变，则将郭氏的"留声机"由"反映论"转变成了"工具论"。

③ 冯乃超：《艺术与社会生活》（1928年1月），《"革命文学"论争资料选编》（上），人民文学出版社1981年版，第124页。

④ 参见董学文主编《西方文学理论名著提要》，江西人民出版社2013年版，第247页。

态之中。"① 这段话关涉到反映的能动性问题，也隐含着意识与实质、认识与实践的关系问题，这些都是此后左翼—马克思主义文论的理论生长点。

正因为对弗里契的"文艺社会学"有清醒的认识，瞿秋白才能在文艺与生活之关系的问题上提出更加全面与合理的看法："一切阶级的文艺却不但反映着生活，并且还在影响着生活；文艺现象是和一切社会现象联系着的，它虽然是所谓意识形态的表现，是上层建筑之中最高的一层，它虽然不能够决定社会制度的变更，他虽然结算起来始终也是被生产力的状态和阶级关系所规定的，——可是，艺术能够回转去影响社会生活，在相当的程度之内促进或者阻碍阶级斗争的发展，稍微变动这种斗争的形势，加强或者削弱某一阶级的力量。"② 毫无疑问，瞿秋白的观点代表了1930年代初期文艺反映论的最高认识水平，但我们也能从他的论述中发现反映论的政治色彩越来越浓，阶级论、斗争论意味非常明显，这应该与他党的领导人身份密切相关。自此以后，经过周扬、茅盾、胡风等人的进一步阐释与论辩，"到了30年后半期，反映论文艺观把意识形态论与反映生活论、倾向性与真实性这两个方面较为辩证地统一起来了。这标志着（能动）反映论文艺观基本形成"③。

众所周知，1942年5月，中国共产党在延安举行文艺座谈会，将其作为整风运动的一部分。毛泽东分两次发表讲话④，深入剖析文艺尤其是无产阶级革命文艺的一系列"根本方向问题"，试图"找出方针、政策、办法来"。其中将"反映论"视为"文学艺术的源泉究竟是从何而来"的解答，纳入"如何去（为人民大众）服务"的问题中予以论述："作为观念形态的文艺作品，都是一定的社会生活在人

---

① 瞿秋白：《论弗理契》（1932年9月），《瞿秋白文集·文学编》（第2卷），人民文学出版社1998年版，第275、269—270页。

② 瞿秋白：《文艺的自由和文学家的不自由》（1932年10月），《瞿秋白文集·文学编》（第3卷），人民文学出版社1998年版，第58—59页。

③ 朱立元：《对反映论艺术观的历史反思》，《马克思主义美学研究》（第2辑），广西师范大学出版社1999年版，第33页。

④ 两次讲话后以《在延安文艺座谈会上的讲话》为题于1943年10月19日在延安《解放日报》正式发表，简称《讲话》。

类头脑中的反映的产物。革命的文艺,则是人民生活在革命作家头脑中的反映的产物。人民生活中本来存在着文学艺术原料的矿藏,这是自然形态的东西,是粗糙的东西,但也是最生动、最丰富、最基本的东西;在这点上说,它们使一切文学艺术相形见绌,它们是一切文学艺术的取之不尽、用之不竭的唯一的源泉。这是唯一的源泉,因为只能有这样的源泉,此外不能有第二个源泉。……过去的文艺作品不是源而是流,是古人和外国人根据他们彼时彼地所得到的人民生活中的文学艺术原料创造出来的东西。"[1] 由于《讲话》成为此后数十年指导中国文学艺术发展的纲领性文献,反映论也长期受到革命的政治意识形态支配,到"文化大革命"期间甚至被全面政治化,其结果是"从反映论走向唯意志论,其哲学基础也从历史唯物主义蜕变为主观唯心主义"[2]。

新时期以后,理论界对"左"的文艺思想进行清理与批判,"反映论"也因其机械性、直观性、决定论等特征而首当其冲。李泽厚、刘再复等人的文学主体性,钱中文、童庆炳等人的审美反映论,王元骧的情感反映论,刘纲纪、周来祥、朱立元、杨春时等人的实践论—后实践论文艺美学等一系列受到普遍关注并引发激烈讨论的新观点,都对反映论的弊端进行了批判性反思。当然,这些新的观念还处于发展探索阶段,并未定型,尚需时日才能沉淀到中国现代文论新传统之中。

"反映论"之所以能够成为中国现代左翼—马克思主义文论的重要内容,是因为它所关涉的文学与生活之关系属于文学的本质性问题,除此之外,还由于它同中国古代缘事而发、感时忧国的诗学传统一脉相承,当然更为主要的原因则是受到马列主义文论思想的巨大影响。马列文论影响中国现代文论的方式有直接与间接之分别,而且后者还往往先于前者。比如,先有李大钊以日本为中介、瞿秋白以苏联为中介接受马克思主义理论,文学研究会及创造社成员、鲁迅及"左联"的部分作家以日本为中介受到普列汉诺夫、高尔基、卢那察尔斯基、波格丹诺

---

[1] 《毛泽东选集》(一卷本),人民出版社 1966 年版,第 862 页。
[2] 朱立元:《对反映论艺术观的历史反思》,《马克思主义美学研究》(第 2 辑),广西师范大学出版社 1999 年版,第 38 页。

夫、梅林等马克思主义文艺理论家们的影响，再有毛泽东、周扬等经由李大钊、瞿秋白、鲁迅等人的翻译与介绍受到马克思、恩格斯、列宁、斯大林等人的影响，即便是中华人民共和国成立后由官方组织出版的中文版《马克思恩格斯全集》也主要是以俄文第 2 版为原本进行翻译的，直到 1986 开始出版中文第 2 版时，才根据马恩原著进行重新校订。这样的接受历程表明，"反映论"及其他马克思主义文论观点中国化的过程与机制十分复杂，在转借、挪用中为我所用的现象非常普遍。

（二）工具论：革命文学—无产阶级文学—党的文学—为人民大众的文学

尽管文学与社会生活及其他上层建筑具有千丝万缕的联系，但和别的艺术门类一样，文学也有成其为文学的根本属性，简称"文学性"。然而，在某些时期，文学却无法守住这一属性，"文学性"不仅不能成为终极目的，反而被视为达成诸如宗教信仰、哲理阐释、政治宣传、社会革命、经济建设等其他目的的工具和手段。这种"工具论"文学观在世界文论发展史上并不少见，但在中国左翼—马克思文论发展史上却表现得特别鲜明。

众所周知，新文学的发生并非单纯的文学事件，它是新文化运动之思想革命的重要部分，除了"白话""国语的文学""文学的国语"等语言形式上的呼吁之外，还有"人的文学"、"平民的文学"以及救治国民劣根性等启蒙性质的精神诉求。但整体说来，新文学发展初期，"白话"成为各方关注的焦点，文论也集中于"白话是否文学""白话怎样文学"等问题的探讨和辩论。归功于文学革命家的努力奋斗，文学革命数年之后的 20 世纪 20 年代初，以"白话"为标志的新文学得以确立，"五四"文化运动也告一段落。随着社会经济的发展，各阶层尤其是工人、农民和资本家、地主之间的矛盾冲突日益尖锐。"二七"工人大罢工、"五卅"反帝爱国运动的相继发生，不仅唤醒了广大无产阶级的革命意识，中国共产党也得到了锻炼和发展，马克思主义获得更加广泛的传播并与中国革命实践相结合。在这样的背景下，广大知识分子、作家、艺术家纷纷走出象牙塔，走上十字街头，投入政治斗争。以郭沫若、郁达夫、郑振铎、叶圣陶、沈雁冰等为代表的一批著名作家，为了声援工人运动、抗议血腥屠杀，纷纷创办刊物，发表文章，鼓吹阶级斗争，呼唤无产文艺、革命文学。从"文学革命"开始的新文学至此转向为"革命文学"，这种转变在理论倡导上的影响一度超过具体的文学创作，中国左翼—马克思主义文论也由此开启了强大的文学"工具论"传统。在大约二十年的时间内，经过"革命文学"、"无产阶级文学"到"党的文学"再到"为人民大众的文学"，这一传统得以确立。

据考察，中国现代"革命文学"的观念萌生于"五四"运动前后，其影响源自俄国高尔基、布洛克、弗里契、安德烈耶夫等的文艺创作与主张[①]。的确，俄国"十月革命"对中国革命文学的兴起与发展起到了巨大的促进作用。这一点在西谛（郑振铎）发表《文学与革命》[②]，费觉天、菊农、周长宪等人在《评论之评论》上开辟"革命的文学讨论"专栏[③]，郑振铎、李之常、茅盾、华秉丞（叶圣陶）等人在《文学旬刊》《文学周刊》《文学周报》上展开"文学与革命"的讨论[④]，馥泉翻译日本学者升曙梦的《革命俄罗斯底文学》[⑤]，沈雁冰发表《俄国文学与革命》[⑥]等一系列事件中得到了充分的印证。这些作家对"革命的文学"的作用、性质、作家等问题进行了多层面的思考，触及了一些基本的理论问题，但整体而言，他们"泛化了革命文学的性质，即革命文学不是表现攻击现存社会、政治的政党文学，而是表现不满现实的进取、革新意识的普通文学"。他们的"革命文学观念还不具有明确的阶级与政治的性质，蕴涵的仅是五四'国民革

---

① 参见张大明《中国左翼文学编年史》，社会科学文献出版社2013年版，第11—54页。也有学者认为"'革命文学'的概念至迟在1905年《民报》与《新民丛报》进行革命论争的时候已经出现"。董炳月《"同文"的现代转换——日语借词中的思想与文学》，昆仑出版社2012年版，第266页。

② 载《时事新报·文学旬刊》1921年7月30日。

③ 《评论之评论》1921年第1卷第4期，发表费觉天的《从文学革命与社会革命上所见的革命的文学》、菊农的《文学与革命的讨论》、周长宪的《感情的生活与革命的文学》。

④ 参见王烨《文学研究会与初期革命文学的倡导》，《厦门大学学报》2006年第3期。

⑤ 载1922年8月18日、20日、21日、22日《民国日报》附刊《觉悟》。

⑥ 载《时事新报·文学》1923年第96期。

命'的时代情绪"①。

随着工人阶级革命运动的加速发展,加之恽代英、邓中夏、蒋光慈等中国共产党早期领导人的有意倡导,"革命文学"的斗争精神与工具属性得以确立并日渐加强。有学者指出:"中国最早提出'革命文学'口号的作者"是"恽代英和邓中夏"②。就时间先后而言,准确地说应该是"邓中夏和恽代英"。1923年12月22日,邓中夏在《中国青年》第10期上发表《贡献于新诗人之前》,向新诗人提出三条建议:一是"须多做表现民族伟大精神的作品",二是"须多做描写社会实际生活的作品",三是"新诗人须从事革命的实际活动",在该文结尾处,他说:"我上边向新诗人贡献的三条意见,或者为高明的新诗人付之一笑亦未可知。因为高明的新诗人,认为文学就是目的,文学家尽有他'艺术之宫'的领域,是至高无上的;他们必以为我这种以文学为工具的贡献,真是浅薄而且卑陋极了,和他们的'新浪漫主义''为艺术而求艺术'的高尚信条,绝对不相容。虽然,不论他们如何鄙视我的贡献,但是我却仍然是诚诚恳恳的希望他们接受我的贡献呢。"③ 不难看出,邓中夏对自己"以文学为工具"的观点能否被普遍接受尚心存疑虑。大约半年之后,在《答王秋心:文学与革命》的通信中,恽代英的说法则显得底气十足:"我虽不知道文学是甚么,亦相信文学是'人类高尚圣洁的感情的产物';既如此说来,自然是要先有革命的感情,才会有革命文学的。……倘若你希望做一个革命文学家,你第一件事是要投身于革命事业,培养你的革命的感情。"④ 照他的逻辑,应该是先投身革命事业,获得革命的情感,由此成为革命文学家,创作出革命文

---

① 王烨:《文学研究会与初期革命文学的倡导》,《厦门大学学报》2006年第3期。
② 谢冕、李矗主编:《中国文学之最》,中国广播电视出版社2009年版,第413页。这种革命文学的观念在1924年6月2日《国民日报·觉悟》上发表的《悟悟社的宣言书》(悟悟社由杭州之江大学学生许金元、蒋铿等发起成立)中有集中而鲜明的体现:"'革命文学'是奋斗性的文学;'革命文学'是牺牲性的文学;'革命文学'是互助性的文学;'革命文学'是合作性的文学。"转引自张大明《中国左翼文学编年史》,社会科学文献出版社2013年版,第48—49页。
③ 邓中夏:《贡献于新诗人之前》,北京大学等编:《中国现代文学史参考资料·文学运动史料选》(一),上海教育出版1979年版,第397页。着重号为本书作者所加。
④ 该通讯原载《中国青年》1924年第31期,王秋心是上海大学的学生;转引自张羽等编注《恽代英 来鸿去燕录》,北京出版社1981年版,第169页。着重号为本书作者所加。

学，也就是说"革命文学"决定于"革命事业"。

又过了两个多月，刚从苏联留学归国的蒋侠僧（蒋光慈）发表《无产阶级革命与文化》，强调"无产阶级亦与其他阶级一样，在共产主义未实现以前，当然能够创造出自己特殊的文化——无产阶级的文化"。在他看来，"无产阶级诗人、剧院、艺术家……可以说为无产阶级文化的代表"[①]。1925年元旦，蒋光慈又发表文章，针对黑暗的现代中国社会"找不出几个（就是一个也好！）反抗的，伟大的，革命的文学家"，极力呼唤革命文学家的出场："在这一种黑暗状态之下，倘若我们听见几个文学家的反抗声，倘若我们听见几个文学家的革命之歌，则我们将引以为荣幸，因为文学家是代表社会的情绪的（我始终是这样的主张），并且文学家负有鼓动社会的情绪之职任，我们听见了文学家的高呼狂喊，可以证明社会的情绪不是死的，并且有奋兴的希望。"[②] 这里蒋光慈赋予文学家反抗、鼓动、高呼、狂喊的"职任"，文学也自然因此具有歌唱革命、为革命呐喊、鼓吹的功能。

蒋光慈的呼唤没有落空，在无产阶级革命运动不断高涨的过程中，包括他本人以及郭沫若、殷夫、柔石、冯铿等在内的一批共产党人和革命作家以具体的文学作品显示了中国革命文学的最初实绩。而郭沫若还发表了在当时就被李初梨称为"是在中国文坛上首先倡导革命文学的第一声"的《革命与文学》[③]，郭氏在文中不仅明确指出："你假如是赞成革命的人，那你做出来的文学或者你所欣赏的文学，自然是革命的文学，是替被压迫阶级说话的文学；这样的文学自然会成为革命的前驱，自然会在革命时期中产生出一个黄金时代了"，而且还提出一个简洁的公式："革命文学＝F（时代精神）。更简单地表示的时候，便是：文学＝F（革命）。这用言语来表现时，就是文学是革命的函数。文学的内容是跟着革命的意义转变的，革命的意义变了，文学便因之而变了。革命在这

[①] 该文原载《新青年》（季刊）1924 年第 10 卷第 3 号。
[②] 光赤：《现代中国社会与革命文学》，原载《民国日报·觉悟》1925 年 1 月 1 日，北京大学等编：《中国现代文学史参考资料·文学运动史料选》（一），上海教育出版 1979 年版，第 409 页。
[③] 该文原载《创造月刊》1926 年第 1 卷第 3 期，至于是否第一声的问题，朱自清《关于"革命文学"的文献》（1929 年 3 月）中有辨析，可参考。

儿是自变数，文学是被变数，两个都是 XYZ，两个都是不一定的。"①此时离郭沫若加入中国共产党尚有一年多时间，但他的这种文学替被压迫阶级说话、文学的内容被革命决定的观点，与此后中国共产党所提倡的文学观已经非常接近。

一方面是时代的刺激，另一方面也受到郭沫若的带动和启发，当然还有苏俄、日本甚至美国的影响，成仿吾、李初梨、钱杏邨等人正式且声势浩大地提倡革命文学。成仿吾不仅发表著名论文《从文学革命到革命文学》（1928 年 2 月），还以此为题，将他和郭沫若两人的相关论文 14 篇合编成单行本，作为创造社丛书之一予以刊行。成仿吾主张："我们要努力获得阶级意识，我们要使我们的媒质接近农工大众的用语，我们要以农工大众为我们的对象。"② 文学的阶级性、文学以农工大众为对象等左翼文学观显露无遗。他还提出："今后我们应该由不断的批判的努力，有意识地促进文艺的进展，在文艺本身上由自然生长的成为目的意识的，在社会变革的战术上由文艺的武器成为武器的文艺。"③ 对于这样的见解，朱自清那时就有准确的判断："这显然是以文学为宣传的工具了。"④

"一切的艺术，都是宣传"，本是美国作家辛克莱《拜金艺术》一书中的观点，尽管其偏颇之处非常明显，但它却与 1920 年代大革命时期的中国社会对文艺的期待高度契合，一时间竟然俘获了一批左翼文艺家的心智，经他们的转述与阐释流行开来。李初梨在《怎样地建设革命文学》一文中将辛克莱的观点作为自己论说"文学是什么"的首要前提，仅仅将其"艺术"改换成"文学"而已，所谓"一切的文学，都是宣传。普遍地，而且不可逃避地是宣传；有时无意识地，然而常时

---

① 王训昭等编著：《郭沫若研究资料》（上），知识产权出版社 2010 年版，第 182、185 页。
② 成仿吾：《从文学革命到革命文学》，《创造月刊》1928 年第 1 卷第 9 期，中国社会科学院文献研究所现代文学研究室编：《"革命文学"论争资料选编》（上），知识产权出版社 2010 年版，第 101 页。
③ 成仿吾：《全部批判之必要》，中国社会科学院文献研究所现代文学研究室编：《"革命文学"论争资料选编》（上），知识产权出版社 2010 年版，第 133 页。
④ 朱自清：《关于"革命文学"的文献》，《朱自清全集》（第 4 卷），江苏教育出版社 1996 年版，第 266 页。

故意地是宣传"。继而进一步推衍："……文学，与其说它是自我的表现，毋宁说它是生活意志的要求。文学，与其说它是社会生活的表现，毋宁说它是反映阶级的实践的意欲。""文学为意德沃罗基的一种，所以文学的社会任务，在它的组织能力。""文学，是生活意志的表现。文学，有它的社会根据——阶级的背景。文学，有它的组织机能，——一个阶级的武器。"更重要的是，他还明确提出并界定了"无产阶级文学"这一概念："无产阶级文学是：为完成他主体阶级的历史的使命，不是以观照的——表现的态度，而以无产阶级的阶级意识，产生出来的一种斗争的文学。"为了建设这样的"斗争的文学"，他认为"应该解决以下两个问题：（1）无产阶级文学的作家问题。（2）无产阶级文学的形式问题"①。

将成仿吾、李初梨等人的论著与毛泽东的《讲话》稍作对比就会发现，《讲话》要解决的"文艺工作者的立场问题，态度问题，工作对象问题，工作问题和学习问题"与成氏、李氏等探讨和关心的内容有明显的相似之处。这并不意味着《讲话》直接从成氏、李氏那里获得启示，但创造社诸人之主张受到苏联、日本、美国等国外思想的影响也是不争的事实，正因为有这样共同的问题和共同的影响源，创造社此一时期对文学之革命属性、工具属性的把握，也初步奠定了中国左翼—马克思文论的又一重要传统。

与此同时，列宁的文艺论著也被译介到中国②，特别是著名的《党的组织与党的出版物》（1942年5月至1982年间流行的中文译名为《党的组织与党的文学》）③ 于1926年12月首次被（刘）一声节译成中文，以《论党的出版物与文学》这一令人费解的标题发表在中国社会

---

① 李初梨：《怎样地建设革命文学》，北京大学等编：《中国现代文学史参考资料·文学运动史料选》（二），上海教育出版社1979年版，第32、35、35—36、39、40页。着重号为本书作者所加。
② 1925年2月12日，《民国日报·觉悟》上刊载郑超麟以列宁的《托尔斯泰与当代工人运动》，"本文现在通译题名《列·尼·托尔斯泰和现代工人运动》。这是马克思、恩格斯、列宁论文艺的原作输入中国的第一篇文章，更是由俄文直接翻译的第一篇"。参见张大明《中国左翼文学编年史》，社会科学文献出版社2013年版，第63—64页。
③ 关于列宁此文多个中文译本的辨析，请参考丁世俊《记一篇列宁著作旧译文〈党的组织与党的文学〉的修订》，载李奇庆主编《马克思恩格斯列宁斯大林研究》（总第20辑）。

主义青年团的机关刊物《中国青年》上。正如有论者指出的那样："列宁的这一著名文章从其被译介为中文之日起，就与中国现代文学观念、现代文学体制的形成纽结在一起，对中国现代文学发挥了难以想象的复杂而深远的影响。"①

刘一声的节译仍然保留了列宁原文的主要部分，其中影响最大的是这样两段论述："无产阶级文学不但不是个人或一伙人谋利的工具，而且它不应带一点个人性质也不应脱离无产阶级底管治而独立。没有'非党员'的文学家，也没有文学的超人！""文学活动应当是无产阶级工作底一部分。它应当是工人阶级前卫军所推动的大机器当中底一个轮齿。文学应成为党的工作底一部分组织的，计划的，统一的，与革命的。"②

今日看来刘一声的翻译并不精确，而且还影响了此后的诸多译者。对此，有学者评论说："一声将列宁文章的标题译为《论党的出版物与文学》，将应译为'出版物'的一律译为'文学'，使得'党的文学'观念得以泛滥，这本身是一个重大的失误。然而，值得反思的是，为何会出现这一重大失误，这不是简单的翻译水平的问题。如果说一声的翻译水平不高，可是后来的十几位译者中不乏精通俄语的高手，不可能不发现问题（确实戈宝权在1940年代曾经指出以往译文的许多错误），但却无一改正：这说明问题的产生还有更深的根源。"③ 不过，在我们看来，这种颇受争议却造成巨大影响的翻译正是马列主义文论中国化过程中挪用与重构机制的典型体现。

十多年之后的1942年，毛泽东在《讲话》中两次征引了列宁这篇文章的观点，一次是在论述"我们的文艺为什么人"的时候："这个问题，本来是马克思主义者特别是列宁所早已解决了的。列宁还在1905年就已着重指出过，我们的文艺应当'为千千万万劳动人民服务'。"④ 第二次是在讨论"党的文艺工作和党的整个工作的关系问题"的时候：

---

① 苏畅：《俄苏翻译文学与中国现代文学的生成》，社会科学文献出版社2013年版，第169—170页。苏畅还认为署名"一声"的这个节译版本"很有可能是从日文转译的"，且"译文存在很多问题"。
② 列宁：《论党的出版物与文学》，一声译，载《中国青年》1926年第6卷第19号。
③ 苏畅：《俄苏翻译文学与中国现代文学的生成》，社会科学文献出版社2013年版，第172页。
④ 《毛泽东选集》（一卷本），人民出版社1966年版，第856页。

"无产阶级的文学艺术是无产阶级整个革命事业的一部分,如同列宁所说,是整个革命机器中的'齿轮和螺丝钉'。因此,党的文艺工作,在党的整个革命工作中的位置是确定了的,摆好了的;是服从党在一定革命时期内所规定的革命任务的。"① 就这样,列宁有关无产阶级文学之阶级性与党性原则的论述,经由毛泽东《讲话》的征引与阐释,被整合成为中国共产党的革命事业、为人民大众服务的宏大叙事,在此后的三十多年间成为指导中国现当代文学创作与批评的最高思想,在体制的保障下,左翼——马克思主义文论中的革命文学、无产阶级文学"工具论"的传统得到巩固与强化。而这一传统的形成,大约经历了从革命文学、无产阶级的文学,到党的文学,再到为人民大众的文学等几个前后传承与借鉴的阶段。

(三)方法论:革命现实主义与革命浪漫主义相结合的文学

中国左翼——马克思主义文论中影响最大的方法论应该就是"革命现实主义和革命浪漫主义相结合"——简称"两结合"。一般认为,"两结合"是1958年毛泽东提出的新的创作方法和原则②。其实,早在1938年,毛泽东在给延安鲁迅艺术文学院题词时就书写了"抗日的现实主义,革命的浪漫主义"。如果再进一步考察就会发现,高尔基写于1928年的《谈谈我怎样学习和写作》中就曾指出:"在文学上,主要的'潮流'或流派共有两个:这就是浪漫主义和现实主义。……在伟大的艺术家们身上,现实主义和浪漫主义好像永远是结合在一起的。……这种浪漫主义和现实主义合流的情形是我国优秀的文学突出的特征,它使得我们的文学具有那种日益明显而深刻地影响着全世界文学的独创性和力量。"③ 在

---

① 《毛泽东选集》(一卷本),人民出版社1966年版,第867页。
② 毛泽东以讲话的方式提出"两结合"方法后,由周扬在中国共产党八大二次会议上的发言《新民歌开拓了新诗的道路》正式公布出来,该发言稿1958年6月发表于《红旗》杂志创刊号上。随后《文艺报》《诗刊》《处女地》《延河》等刊物发表一批知名作家的文章对此展开讨论,作家出版社快速地收集十五篇论文和一个座谈会记录编辑出版《论革命的现实主义和革命的浪漫主义相结合》(1958.10)。1959年5月3日,周恩来在中南海紫光阁座谈会上作《关于文化艺术工作两条腿走路的问题》的讲话,对"两结合"给予了权威性的阐释。与此同时,全国的文艺工作者和广大的人民群众也进行了深入的学习与讨论。
③ 高尔基:《论文学》,孟昌、曹葆华、戈宝权译,人民文学出版社1978年版,第162—163页。

经过1930年代初关于文学创作方法的讨论之后，苏联文艺界虽然并未采用高尔基"两结合"的说法，但在经斯大林提议并确定下来的"社会主义现实主义"这一创作方法中仍然包含有现实主义与浪漫主义两相结合的内涵，卢那察尔斯基、高尔基、日丹诺夫等人的相关阐释可以证明这一点①。苏联1930年代初的热烈讨论自然会引起中国左翼—马克思主义文论家的关注，除了介绍与翻译之外，还出现了阐释与评价性质的文章②，其中周扬发表在1933年11月1日《现代》第4卷第1期上的《关于社会主义的现实主义与革命的浪漫主义——"唯物辩证法的创作方法"之否定》，就是一篇产生巨大影响的文章。十多年之后，苏联有关社会主义现实主义的重要著作大多有了中文版，比如吉尔波丁的《真实——苏联艺术的基础》、加里宁的《论艺术工作者必须掌握马克思列宁主义》、法捷耶夫的《论文学批评的任务》、范西里夫的《社会主义的现实主义》、瓦西里耶夫等人的《苏联文艺论集——社会主义现实主义问题》等③。这些来自苏联的理论资源势必影响到瞿秋白、周扬、冯雪峰、毛泽东、周恩来等一批中国的马克思主义者。随着中华人民共和国的成立，"社会主义现实主义"更是获得体制的保障，毛泽东《讲话》中曾使用的"无产阶级现实主义"也在1953年出版的《毛泽东选集》第三卷和随后的单行本中被改成了"社会主义现实主义"④。

从"五四"时期的现实主义到革命文学阶段的无产阶级现实主义再到中华人民共和国初期的社会主义现实主义以及对社会主义现实主义

---

① 以群在作于1958年9—11月的《论革命的现实主义和革命的浪漫主义相结合》一文中就对此做过分析，并总结说："从这些事实的发展过程中，更可以明白地看出：我们今天提倡革命的现实主义和革命的浪漫主义相结合，和高尔基所创始的社会主义现实主义传统并没有任何矛盾，它是在当前的具体条件下，根据我国创作实践的经验而提出的艺术创作方法在我国的发展方向。"以群：《论无产阶级革命文艺的发展方向》，上海文艺出版社1960年版，第87页。

② 具体情况请参见汪介之《"社会主义现实主义"在中国的理论行程》，《南京师范大学文学院学报》2012年第1期。

③ 参见杜书瀛、钱竞主编，孟繁华著《中国20世纪文艺学学术史》（第3部），中国社会科学出版社2007年版，第41页。

④ 参见金宏宇《〈在延安文艺座谈会上的讲话〉的版本与修改》，《中国现代文学研究丛刊》2005年第6期。

的质疑①，我们不仅可以清晰地看到域外文论中国化的进程，而且还发现在此过程中对域外文论的"挪用"与"移植"现象非常明显。不过，我们必须指出的是，由毛泽东提倡，经周扬、郭沫若、茅盾、邵荃麟等人进一步阐释的"革命现实主义与革命浪漫主义相结合"的创作方法，虽然也受到苏联理论家相关论述的巨大影响，但其创造性还是不容忽视的，用以群的话说就是："只要我们的思想能从各种各样的外国文学历史的束缚中解放出来，注视着我们面前的生动的新现实，并且立脚在这个基础上来看文学问题——看社会主义文学的发展方向，就会更深地体会到提倡革命的现实主义和革命的浪漫主义相结合的正确性和重要性。……在象今天这样飞跃前进的史无前例的时代，我们要求文学创作赶上现实形势的发展，而不落在现实形势之后，我们必须努力探索革命的现实主义和革命的浪漫主义相结合的创作道路，创造性地解决艺术创作方法在今日中国的实践和发展的问题。"② 以群的分析还表明，这种创新性的产生是非常自然的，毕竟文学要适应社会现实，赶上发展形势。还是用以群的话来说："我们的文学的内容是社会主义的现实和共产主义的理想相结合，我们的创作方法就是革命的现实主义和革命的浪漫主义相结合。"③

就精神内涵而言，"两结合"方法的创新性特征也是比较明显的，简单地说就是将"革命"属性赋予了现实主义与浪漫主义。这一点在周扬、茅盾于1960年7月召开的"中国文学艺术工作者第三次代表大会"上所作的两个报告中有鲜明的体现。周扬的报告题为《我国社会主义文学艺术的道路》，其中有这样的阐释："毛泽东同志是根据马克思主义关于不断革命论和革命发展阶段论相结合的思想，根据文学艺术本身的发展规律，从当前革命斗争的需要出发提出这个方法来的，他把革命气概和求实精神相结合的原则运用在文学艺术上，把文学艺术中现

---

① 1956年9月《人民文学》发表何直（秦兆阳）《现实主义——广阔的道路——对于现实主义的再认识》一文，对苏联社会主义现实主义的定义提出质疑，并建议使用"社会主义时代的现实主义"。秦氏的理论依据也主要来自苏联西蒙诺夫在第二次苏联作家大表大会上的报告。

② 以群：《论革命的现实主义和革命的浪漫主义相结合》，《论无产阶级革命文艺的发展方向》，上海文艺出版社1960年版，第88页。

③ 以群：《论无产阶级革命文艺的发展方向》，上海文艺出版社1960年版，第88页。

实主义和浪漫主义这两种艺术方法辩证地统一起来，以便更有利于表现我们今天的时代，有利于全面地吸取文学艺术遗产中的一切优良传统，有利于更好地发挥作家、艺术家不同的个性和风格，这样，就给社会主义文学艺术开辟了一个广阔自由的天地。"茅盾的报告题为《反映社会主义跃进的时代，推动社会主义时代的跃进》，他说："我们还是反映论者，但不是消极被动的反映，而是意气风发地以共产主义思想把现实中的萌芽时期的明天照得更亮、更突出，就是要给现实以积极的影响，推动今天更快地过渡到明天。这就是革命现实主义和革命浪漫主义相结合。"

毫无疑问，这次文代会确立了"两结合"创作方法的权威地位。郭沫若不仅在开幕词中发出号召："我们应该掌握毛主席所提出的革命的现实主义和革命的浪漫主义相结合的艺术方法，努力表现我们伟大的英雄时代"，在闭幕词中更是给予高度的评价："这个艺术方法，是毛泽东同志为了使文学艺术能够更好地反映这个英雄时代，根据马克思列宁主义关于不断革命论和革命发展阶段论相结合的思想和文学艺术本身的发展规律，而提出来的。是毛泽东文艺思想的新的结晶"[1]。大会决议中也明确指出："全国文艺工作者必须加强艺术实践，努力掌握革命现实主义和革命浪漫主义相结合的艺术方法，表现我们的伟大时代，塑造这个伟大时代的英雄形象。"[2] 这一从当时社会现实及文学创作实践中提炼出来的创作方法，其必然性与合理性自不待言。到了1966年初，林彪、江青、陈伯达、张春桥、姚文元等人炮制出《林彪同志委托江青同志召开的部队文艺工作座谈会纪要》（简称《纪要》），搞出"文艺黑线专政论"，不但完全否定了中华人民共和国成立以来党领导的文艺事业，而且还否定和篡改了毛泽东在《讲话》中提出的无产阶级文艺的发展方向，也否定了"百花齐放、百家争鸣"这一社会主义文学艺术的根本方针[3]。尽管《纪要》仍然坚持"在创作方法上，要采取革命的现实

---

[1] 中国文学艺术界联合会编：《中国文学艺术工作者第三次代表大会资料》，中国文学艺术家界联合会，1960年，第9—10、68页。

[2] 中国文学艺术界联合会编：《中国文学艺术工作者第三次代表大会资料》，中国文学艺术家界联合会，1960年，第406页。

[3] 参见刘志坚《〈部队文艺工作座谈会纪要〉产生前后》，欧阳松、曲青山主编《红色往事：党史人物忆党史》（第6册，文化卷），济南出版社2012年版。

主义和革命的浪漫主义相结合的方法，不要搞资产阶级的批判现实主义和资产阶级的浪漫主义"，但又进一步提出："在党的正确路线指引下涌现的工农兵英雄人物，他们的优秀品质是无产阶级阶级性的集中表现。我们要满腔热情地、千方百计地去塑造工农兵的英雄形象。"[1] 这就为"三突出"原则、"高大全"形象等极左理论的出场埋下了伏笔。

我们已经说过，"两结合"的方法有其合理性，但必须以坚持真实性、典型性、批判性等现实主义精神为前提，否则就会发生无暴露、无冲突等粉饰生活的"肯定的现实主义"，更有甚者让革命的浪漫主义挤占甚至取代了革命的现实主义。1950年代中期，刘宾雁、马烽、康濯、刘白羽、周扬等人对苏联文坛"干预生活"主张的介绍与提倡，1960年初期茅盾、邵荃麟、沐阳等人对"写中间人物"的强调，都可谓是对现实主义根本精神的坚持和守护，令人遗憾的是，这两种观点都遭到批判与否定，这也导致两结合方法中的革命浪漫主义一端被强化，催生出"三突出""高大全"等极端左倾的畸形文论观念。

"三突出"最先由于会泳提出："在所有人物中突出正面人物；在正面人物中突出英雄人物；在主要英雄人物中突出最重要的即中心人物。"[2] 在江青、姚文元等人的大力支持下，"三突出"原则不仅在革命样板戏中得以贯彻，还蔓延至其他门类的文艺作品，成为"文化大革命"期间大行其道的甚至唯一的创作模式与方法，一系列高大全式的革命英雄和脸谱化的阶级敌人的形象被塑造出来，可谓是中国当代文学史乃至世界文学史上的一道奇观。

"文化大革命"结束之后，文论界对"两结合"的方法进行了深刻的反思。有人认为这个创作方法在理论上无法成立，在创作上也没有代表性作品；有人认为这个方法不能真实地反映生活，很多所谓"两结

---

[1] 丁景唐主编：《中国新文学大系（1949—1976）》（第19卷），上海文艺出版社1997年版，第703页。

[2] 于会泳：《让文艺舞台永远成为宣传毛泽东思想的阵地》，《文汇报》1968年5月23日。1974年7月12日，于会泳又以江天为名在《人民日报》发表《努力塑造无产阶级英雄典型》，提出"三陪衬"作为补充："在正面人物与反面人物之间，反面人物要反衬正面人物；在所有正面人物之中，一般人物要烘托、陪衬英雄人物；在所有英雄人物之中，非主要人物要烘托、陪衬主要英雄人物。"

合"的作品,都具有瞒和骗的性质,因此不应该再提倡它;有人认为"两结合"有强大的生命力,不容否定;有人揭批"四人帮"对"两结合"的歪曲与篡改,力图正本清源,恢复其精神实质;有人避开革命浪漫主义,认为革命现实主义是中国现代文学的历史选择,已经形成优良传统,应该加以继承与发扬。但随着西方现代主义文学及文论的大规模涌入,无论是创作界还是批评界,都热衷于追逐这些让人眼花缭乱的新思潮,在新一轮域外文论中国化的过程中,"两结合"霸权旁落,黯然地退出历史舞台。

除了反映论、工具论和方法论等几个主要方面之外,左翼—马克思主义文论还在阶级论、人物论等方面提出了一系列观点,它们彼此关联,相互作用,主宰近半个世纪的中国文坛,影响巨大而深远。尽管今日我们已经清醒地认识到其有违文学发展规律、凸显文学意识形态功能、忽视文学审美属性等历史局限性,但其作为中国现当代文论新传统的主要构成部分,在经过一段时间的反思与沉寂之后,开始从20世纪西方马克思主义及其他现代文论中汲取营养,实现自我更新,加之执政党及现存文艺政策与体制的大力支持,在不远的将来,完全有可能东山再起,即便不能像以往那样一家独大,但也将是构建中国当代文论新体系的重要力量。

二 域外文论本土化与中国现代人性—人道主义文论传统的形成与发展

1935年胡适在《〈中国新文学大系·建设理论集〉导言》中,将"中国新文学运动的理论"归结为两个中心:"一个是我们要建立一种'活的文学',一个是我们要建立一种'人的文学'。前一个理论是文字工具的革新,后一种是文学内容的革新。中国新文学运动的一切理论都可以包括在这两个中心思想的里面。"[①] 胡适的概括无疑是准确的,这

[①] 胡适:《导言》,《中国新文学大系·建设理论集》,上海良友图书印刷公司1935年版,第18页。

两个口号式的理论不仅为新文学运动指明了方向，而且还为中国现代文论新传统的构建奠定了两块坚实的基石。在此，我们先从"人的文学"的角度，梳理中国现代人性—人道主义文论这一亚传统的形成与发展及其与域外文论本土化之间的内在关联，至于"活的文学"或者说"白话的文学"留待下一节再作讨论。

（一）人的文学

不可否认，1918年12月，周作人发表于《新青年》第5卷第6号上的《人的文学》是中国现代文论发展史上最重要的文献之一，恰如胡适所称道的那样："这是一篇最平实伟大的宣言！"①

《人的文学》开门见山地指出："我们现在应该提倡的新文学，简单的说一句，是'人的文学'，应该排斥的，便是反对的非人的文学。"②从接下来的论述中，我们不难发现，周氏"人的文学"主张是建基于对"人道"的体认、对"'人'的真理"的发现之上的，他这样讲道："我们要说人的文学，须得先将这个人字，略加说明。我们所说的人不是世间所谓'天地之性最贵'或'圆颅方趾'的人。乃是说，'从动物进化的人类'。其中有两个要点，（一）'从动物'进化的，（二）从动物'进化'的。"③从这种特意强调与既有关于"人"的界定截然不同的新认识，以及表达这种认识的新的话语方式，可以看出周氏"人的文学"观念的思想来源与域外文化之间存在着密切关联。仅就文章透露出来的信息来看，就包含了宗教改革、文艺复兴以及人道主义、进化论、优生学等西方（包括俄国、日本在内）数百年间产生的堪称宏大叙事的重要思潮，更别提周氏早年所大量阅读与精心翻译的外国文学及文论作品。

值得注意的是，周氏文中"世上生了人，便同时生了人道"的"人道"概念，是与"兽道"及"鬼道"相对待而成立的，其强调的是具

---

① 胡适：《导言》，《中国新文学大系·建设理论集》，上海良友图书印刷公司1935年版，第30页。
② 周作人：《人的文学》，《中国新文学大系·建设理论集》，上海良友图书印刷公司1935年版，第193页。
③ 《中国新文学大系·建设理论集》，上海良友图书印刷公司1935年版，第194页，着重号原有。

有动物性和人性双重内涵的个人性及人类的普遍属性,也就是"人的灵肉二重的生活"[①]。因此,正如他自己指出的那样:"我所说的人道主义,并非世间所谓的'悲天悯人'或'博施济众'的慈善主义,乃是一种个人主义的人间本位主义。……是从个人做起。要讲人道,爱人类,便须先使自己有人的资格,占得人的位置。"[②] 尽管这种将易卜生式的个人主义纳入人道主义之中的做法,与欧洲文艺复兴以来的人道主义所谓自由、平等、博爱、发展与尊重人的个性等以人为本的精神内涵既相关联又颇有出入,但周氏仍然借用这一来自西方的范畴作为正面界定"人的文学"的理论基础,所谓"用这人道主义为本,对于人生诸问题,加以记录研究的文字,便谓之人的文学"[③]。这种有意无意的模糊化策略,既表明"五四"时代西方多种思潮同时涌入对中国学者造成的多维度影响,也表明时代与社会在剧烈变动之际所产生的多重需求,促使域外思想观念只能以改变自身的方式去尽量满足它们。这一点,我们也能从胡适深有感触的话语中发现某种端倪:"关于文学内容的主张,本来往往含有个人的嗜好,和时代潮流的影响。《新青年》的一班朋友在当年提倡这种淡薄平实的'个人主义的人间本位',也颇能引起一班青年男女向上的热情,造成一个可以称为'个人解放'的时代。然而当我们提倡那种思想的时候,人类正从一个'非人的'血战里逃出来,世界正在起一种激烈的变化。在这个激烈的变化里,许多制度与思想又都得经过一种'重新估价'。"[④]

或许正是这个以人的灵肉二重性为核心内涵却又颇具包容性的"人道主义"立场,使得"人的文学"与此后出现的平民文学、为人生的文学、人性论文学、人民文学、大众文学乃至于新时期的存在主义、人道主义文学等,形成一条既前后呼应又不断裂变甚至相互冲突的理论

[①] 周作人这种灵肉合一的观念既受到古希腊、希伯来文化的影响,也从日本厨川白村的论述中获得启示。

[②] 周作人:《人的文学》,《中国新文学大系·建设理论集》,上海良友图书印刷公司1935年版,第195页。

[③] 《中国新文学大系·建设理论集》,上海良友图书印刷公司1935年版,第196页。

[④] 胡适:《导言》,《中国新文学大系·建设理论集》,上海良友图书印刷公司1935年版,第30页。

线索，与此前我们所讨论的左翼—马克思主义文论以及其他种种文论观念构成此消彼长、多元互动的话语场域，尽管其中的奥妙与玄机尚需我们探赜索隐、钩深致远，但它们已经积淀、凝定并融入中国现代文论新传统，已经是不争的事实。

尽管周作人不是"人的文学"观念的开创者，《人的文学》的论证也不严密，阐释尚缺乏系统①，但他却以敏锐的眼光、跨越中外的学识，及时地提出如此简洁明了的口号式主张，使得新文学在内容上有了明确的指归，走上了表现普遍而真挚的人的生活、平民生活的康庄大道，从精神实质上替文学革命指明了方向，在当时就获得多方肯定与赞扬，周作人也以此奠定了新文学重要理论家的地位。茅盾、郑振铎等都深受周作人的影响，文学研究会"文学为人生"的主张可谓是"人的文学"的具体化，与周作人《平民的文学》（1918年12月）中提出的"'人生艺术派'的文学"有着更加直接的关联。不过，"人生的文学"和"为人生的文学"虽然只有一字之差，但其价值取向却大相径庭，周作人不仅看出这种差异甚至还做过防范性的辨析："人生派说艺术要与人生相关，不承认有与人生脱离关系的艺术。这派的流弊，是容易讲到功利里边去，以文艺为伦理的工具，变成一种坛上的说教。"② 为了不至于让文艺沦落为工具，他还提出"人生的艺术派的文学"主张，"便是著者应当用艺术的手法，表现他对于人生的情思，使读者能得艺术的享乐与人生的解释"③。这算是对"为人生"与"为艺术"的一种调和。随着文学革命向革命文学的转向，中国左翼—马克思主义文学思潮兴起，文学观念的演变超出了周作人的预估，不仅成为伦理教化的工具，还成为革命与政治的齿轮和螺丝钉。

---

① 司马长风《中国新文学史》（上卷）评价"人的文学"时设"琳琅满目，错乱甚多"一小节对其进行分析，并且总结性地指出："'人的文学'这四个字就没有什么意义。因为文学所写内容不外人生，在没有宗教神学的压制、没有神的文学或物的文学对比的情势下强调'人的文学'，有点无风起浪……"（香港昭明出版社有限公司1980年第3版，第118页）司马长风的批评有一定道理，但当时的文学不能说没有压制，也不能说没有对比，无风起浪的说法与当年新旧文学之间血与火的冲突的事实并不相符。
② 周作人：《新文学的要求》（《晨报》1920年1月8日），钟叔河编：《周作人文类编》（第3卷），湖南文艺出版社1998年版，第45页。
③ 钟叔河编：《周作人文类编》（第3卷），湖南文艺出版社1998年版，第45—46页。

在《讲话》发表尤其是中华人民共和国成立之后,"人民性"[①] 一度成为评价古今中外文学的根本标准,虽然在1950年代中期有过"文学是人学"的理论突围,"文化大革命"期间有过"地下文学"的实践突围,但直到1980年代之后,才得到较为全面的反拨,重新回归"五四"时期人的文学与人道主义文学的起点,在域外文论新观念的冲击下,实现了一次螺旋式上升,对此后文将有所论及。

数十年之后回头打量,有学者对"人的文学"的意义给予了这样的评价:"人的文学由时代推出,又激动了那个时代,不是仅仅因为它动听,而是因为它代表了几代人对于一种新的文学理想的批评诉求,最终获得了实现。它也成为二十世纪中国文学批评的整体诉求对象,或显或隐,或被宣扬或被反对。总之是成为一种批评的母题,孵化与制约着二十世纪中国文学批评的发生与成长。说它是二十世纪中国文学批评的'成年礼',决非虚构的神话。"[②] 尽管赞赏之情溢于言表,但也还算实事求是。

(二)人性论文学观

提起"人性论",我们就会想起梁实秋。他与左翼作家尤其是鲁迅围绕文学的人性与阶级性之关系这一核心问题持续七年(1927—1933)之久的论辩,在放大其影响力的同时,也让他在相当长的时间内承受着资产阶级走狗文人与理论家的巨大压力[③]。1920年代中期至1930年代

[①] 刘大杰在《中国文学史中的思想斗争问题》中指出:"人民性有丰富广阔的内容,我们不能把它理解得过于简单过于狭隘。我们所常说的现实性、革命性、民主性、社会性、民族性、群众性,等等,都可以概括到人民性的范畴中去。反压迫、反剥削、反映阶级矛盾的人道主义,反映民族矛盾、热爱祖国的爱国主义,反封建制度、反封建上层建筑的反封建主义,等等,当然是进步文学中人民性的主要内容,这些思想内容,是与广大人民的利益始终一致,是与广大人民的思想感情紧密结合在一起,它们的关系是最直接的而又是最显著的。"《刘大杰古典文学论文选集》,湖南人民出版社1984年版,第50页。

[②] 刘锋杰:《"人的文学"的发生研究刍议》,《文艺理论研究》1999年第2期。

[③] 鲁迅的杂文《"丧家的""资本家的乏走狗"》影响极为深远,以至于毛泽东在《讲话》中将梁实秋作为资产阶级文艺的代表人物加以批判:"文艺是为资产阶级的,这是资产阶级的文艺。像鲁迅所批评的梁实秋一类人,他们虽然在口头上提出什么文艺是超阶级的,但是他们在实际上是主张资产阶级的文艺,反对无产阶级的文艺的。"并在注释中说:"梁实秋是反革命的国家社会党的党员。他在长时期中宣传美国反动资产阶级的文艺思想,坚持反对革命,咒骂革命文艺。"参见《毛泽东选集》(一卷本),人民出版社1966年版,第857、879页。

初,普罗文学快速发展为国际性文学思潮,中国现代作家大规模地从文学革命向革命文学转变,这样的时代背景,使得这场始于学术观点的争辩,进而变成意气之争甚至人身攻击,加之文学史、文学批评史的政治性与道德性阐释,梁实秋的文学观长时期未能得到客观公正的评判。但吊诡的是,梁实秋的人性论文学主张也因此显得一家独大,遮蔽了沈从文、李健吾、孙犁等人的见解,这大约又是另外一种不客观、不公正。正所谓"祸兮福之所倚,福兮祸之所伏"!时至今日,尽管一切尚未尘埃落定,但我们却有可能大体客观、相对公正地打量中国现代"人性论"文学观的演进历程。

尽管受到激烈批判,梁实秋始终不曾改变以人性评价文学的标准。1977年10月,他为台北时报文化出版公司印行《梁实秋论文学》作"序",在对Marian Gaiik《梁实秋与新人文主义》一文中就其"人性"观念的批评性论述做出回应时,仍然自信地宣称:"从一九二四年到现在,我的观点没有改变,如果我在批评方面能做更善的努力,也许有更多的人同意我的观念。"①

梁实秋的人性论文学主张在《文学的纪律》一文中有集中表述,所谓"文学发于人性,基于人性,亦止于人性。人性是很复杂的(谁能说清楚人性包括的是几样成分?),惟因其复杂,所以才是有条理可说,情感想象都要向理性低首。在理性指导下的人生是健康的常态的普遍的,在这种状态下所表现出的人性亦是最标准的,在这标准之下所创作出来的文学才是有永久价值的文学"②。《文学的纪律》一文重点在于根据西洋文学史上的事实,辨析古典派与浪漫派势力之消长,进而阐释新古典主义的文学纪律问题,包括标准、秩序、理性、节制等。人性问题本不是该文讨论的重点,但在论及理性与节制的效用时,自然地将情感、想象作为理性剪裁、规范的对象,即如他所说:"文学的态度之严

---

① 梁实秋:《〈论文学〉序》,《梁实秋文集》(第7卷),鹭江出版社2002年版,第739—740页。Marian Gaiik 即今日我们熟知的斯洛伐克汉学家玛利安·高利克。
② 梁实秋:《文学的纪律》,《新月》1928年3月创刊号,《梁实秋文集》(第1卷),鹭江出版社2002年版,第143页。

重，情感想象的理性的制裁，这全是文学的最根本的纪律，……"①

梁实秋人性论的思想资源来自贺拉斯、亚历山大·蒲柏的古典主义，马修·阿诺德、欧文·白璧德的人文主义，他们坚持理性至上、节制情感、恢复人文秩序、崇尚道德想象、反对功利主义等观念，梁实秋也以此为圭臬②，将现代中国文学与西洋文学的浪漫主义挂靠起来，析出"外国影响""情感的推崇""印象主义""自然与独创"等"浪漫成分"加以否定性批评③。这样的立场自然无法见容于新文学的主将鲁迅，也不易获得新月派中胡适、徐志摩、闻一多等新派诗人的全力支持④。更关键的是，在革命文学、普罗文学思潮兴起之时，梁实秋"不识时务"地指出："在文学上讲，'革命的文学'这个名词根本的就不能成立。在文学上，只有'革命时期中的文学'，并无所谓'革命的文学'。""'无产阶级文学'或'大多数的文学'，……是不能成立的名词，因为文学一概都是人性为本，统无阶级的分别。"⑤ "文学就没有阶级的区别，'资产阶级文学''无产阶级文学'都是实际革命家造出的口号标语，文学并没有这种的区别，近年来所谓的无产阶级文学的运动，据我考查，在理论上尚不能成立，在实际上也并未成功。"⑥ 这样的言论，自然会引起左翼作家和批评家的不满，冯乃超针对性地发表《冷静的头脑——评驳梁实秋的〈文学与革命〉》《文学理论讲座阶级社会的艺术》，前者指出："无产阶级文学是根据于无产阶级的艺术的憧憬，同

---

① 《梁实秋文集》（第1卷），鹭江出版社2002年版，第145页。
② 梁实秋在《现代》杂志1934年第5卷第6期发表《白璧德及其人文主义》，将人文主义的内容概括为八条，可以参考。其中谈到人文主义的文艺论时，有这样的观点："人文主义者认定人性是固定的、普遍的，文学的任务即在于描写这根本的人性。"[《梁实秋文集》（第7卷），鹭江出版社2002年版，第293页] 这也正是梁实秋本人所认同与坚持的看法。
③ 参见梁实秋《现代中国文学之浪漫的趋势》，《晨报·副镌》1926年3月25、27、29、31日，《梁实秋文集》（第1卷），鹭江出版社2002年版，第34—54页。
④ 梁实秋晚年回忆到："有人对徐志摩说：'有人在围剿新月，你们为什么不全力抵抗？'志摩说：'我们有陈西滢、梁实秋两个人来应付，就足够了。'这真是掉以轻心。新月没有具体组织，没有政治野心，不想对任何人作战。我挺身说几句话，主要的是想维护文学的尊严与健康。"《梁实秋文集》（第7卷），鹭江出版社2002年版，第735页。
⑤ 梁实秋：《文学与革命》，《新月》1928年第1卷第4期，《梁实秋文集》（第1卷），鹭江出版社2002年版，第311、315页。
⑥ 梁实秋：《文学是有阶级性的吗？》，《新月》1929年第2卷第6、7期合刊，《梁实秋文集》（第1卷），鹭江出版社2002年版，第330页。

时，无产阶级若没有自身的文学，也不能算是完成阶级的革命。在这一回'革命期中的文学'，它必然地是革命文学——无产阶级文学。"① 后者除了反驳梁氏的人性论之外，还送给他"资本家的走狗"称号，这也是引出鲁迅撰写《"丧家的""资本家的乏走狗"》的原因之一。

鲁迅与梁实秋的论辩之所以升级，直接原因是梁实秋对鲁迅"硬译"主张及实践的批判。1929年9月，梁实秋在《新月》上发表《论鲁迅先生的"硬译"》，以鲁迅刚翻译的卢那察尔斯基《艺术论》《文艺与批评》为例，论说鲁迅的翻译"离'死译'不远了"。10月又发表《"不满于现状"，便怎样呢？》，嘲讽鲁迅的杂感。鲁迅则以《"硬译"与"文学的阶级性"》（1930年3月）予以回应。《"硬译"与"文学的阶级性"》将梁实秋对自己个人的挑衅引入文学的阶级性问题，使他和新月派陷入普罗文学阵营的批判，鲁迅也由此取得舆论和道德上的制高点。不仅如此，鲁迅对文学的人性与阶级性之关系的辨析也颇具说服力："文学不借人，也无以表示'性'，一用人，而且还在阶级社会里，即断不能免掉所属的阶级性，无需加以'束缚'，实乃出于必然。自然，'喜怒哀乐，人之情也'，然而穷人决无开交易所折本的懊恼，煤油大王那会知道北京捡煤渣老婆子身受的酸辛，饥区的灾民，大约总不去种兰花，像阔人的老太爷一样，贾府上的焦大，也不爱林妹妹的。……倘以表现最普通的人性的文学为至高，则表现最普遍的动物性——营养，呼吸，运动，生殖——的文学，或者除去'运动'，表现生物性的文学，必当更在其上。倘说，因为我们是人，所以以表现人性为限，那么，无产者就因为是无产阶级，所以要做无产文学。"② 梁实秋则在《新月》第2卷第9期③上同时刊发《答鲁迅先生》《无产阶级文学》《"资本家的走狗"》三篇文章，前两篇进一步刺激鲁迅，后一篇回应冯乃超，鲁迅则发表《好政府主义》（回应《"不满于现状"，便怎样呢？》）和著

---

① 冯乃超：《冷静的头脑——评驳梁实秋的〈文学与革命〉》，《创造月刊》1928年第2卷第1期，北京大学等主编：《文学运动史料选》（第3册），上海教育出版社1979年版，第44页。

② 鲁迅：《"硬译"与"文学的阶级性"》，上海《萌芽月刊》1930年第1卷第3期，《鲁迅全集》（第4卷），人民文学出版社1981年版，第204页。

③ 该期刊物本应于1929年11月出版，但实际上出版于1930年3月之后。

名的《"丧家的""资本家的乏走狗"》予以反击,梁实秋随即发表《鲁迅与牛》,嘲讽鲁迅为"一匹丧家的乏牛"。此后的两三年间,梁实秋又陆续发表十来篇杂感性质的文章,专门或顺带嘲笑、调侃鲁迅,涉及鲁迅的著作、翻译、演讲以及关于普罗文学的理论等,鲁迅大约觉得自己已经凯旋,再无专门的回应。

在与左翼理论家和鲁迅的辩论中,梁实秋虽然没有放弃他的人性论主张,但对普罗文学的看法还是产生了微妙的改变,发表于1933年10月7日天津《益世报·文学周刊》上的《萌芽》一文,评价巴金的同名小说,肯定其文学价值之后还指出:"从《萌芽》我们可以看出,所谓'普罗文学'已经离开了标语口号的阶段而踏上了写实的路上,这是可喜的现象。今后文学的方向,无疑的是向着写实主义走的。"① 对于人性与阶级性之关系问题,他也做出了妥协与让步,承认对阶级性的确定是文学之背景研究的一部分,是批评工作之初步的准备之一部分,在坚持"阶级性只是表面现象,文学的精髓是人性描写"的前提之下,也表示说:"人性与阶级性(是)可以同时并存的,但是要认清这轻重表里之别。"②

与梁实秋几乎同龄的沈从文,虽然没有亲炙域外思想大师的留学经历,但仍然从20世纪二三十年代在中国大行其道的弗洛伊德泛性论、厨川白村对文明社会的批判以及"灵肉合一"的人性观、蔼里斯(Havelock Ellis)"生命的舞蹈"以及"禁欲与纵欲之调和"等思想中获得启示,创作了一大批描写"旺盛的生命活力"及"未受文明污染之爱情"的乡土小说,企图以自然、淳朴、张扬甚至野蛮的乡下人,去对抗虚伪、庸俗、怯懦的城里人,以原始但却健全的人性去救治被文明社会扭曲了的病态人性。对于此种努力,沈从文有过形象的描述:"这世界上或有想在沙基或水面上建造崇楼杰阁的人,那可不是我。我只想造希腊小庙。选山地作基础,用坚硬石头堆砌它。精致,结实,匀称,形体虽小而不纤巧,是我理想的建筑。这神庙供奉

---

① 《梁实秋文集》(第7卷),鹭江出版社2002年版,第203页。
② 参见梁实秋《人性与阶级性》,天津《益世报·文学周刊》1933年12月16日,《梁实秋文集》(第1卷),鹭江出版社2002年版,第488—489页。

的是'人性'"①他也曾自命为"人性的治疗者"②和"医治人类灵魂的医生"③。这种对原始、自然人性的赞赏与弘扬,显然同梁实秋理性指导下的健康人性观有着巨大的反差。尽管从学理上讲,前者对现代性的反思与批判,后者对普遍人性的规范与引导,都具有重要的价值与意义,但由于沈从文将主张付诸实践,创作了大量文学作品,叙述了众多优美动人的故事,塑造出翠翠、萧萧、三三、夭夭、傩送、龙珠、虎雏等一系列生动的人物形象,而"他创造的形形色色故事和人物,都可以说是从人性'轴心'向四面辐射出来的"④。加之最近三十多年间学界不断的发掘与阐释,其自然人性观已经显示出比梁实秋的普遍人性论更为广大的接受面与影响力⑤。

李健吾以其含英咀华式的印象批评在中国现代文论发展史上独树一帜,但这种将知识及才情融为一体的批评风格,所谓"学者和艺术家的化合"⑥,恰如"品系优良、生机旺盛的树木往往独秀于林,难以大面积栽植,因为它对气候、土壤、水分、技术等要求太高"⑦,我们对其普及与盛行的程度不能过于乐观,对其价值与影响做出中肯的评判也尚需时日。当然,除了备受关注却难以追摹的话语形式之外,李健吾文学批评的精神诉求也显得别具一格,且已经成为现代文论新传统的有机部分,那就是对"人性"与"自由"的强调。他曾明确指出:"一个批

---

① 沈从文:《从文小说习作选序》,《国闻周报》1936年第13卷第1期,《沈从文文集(国内版)》(第11卷),花城出版社、三联书店香港分店1982年版,第42页。
② 沈从文在《给某教授》一文的最后说:"我不是医生,不能乱开方子,但一个作者若同时还可以称为'人性的治疗者',我的意见值得你注意。"原载天津《大公报·文艺》1935年9月15日,《沈从文文集(国内版)》(第11卷),花城出版社、三联书店香港分店1982年版,312页。
③ 沈从文《八骏图》结尾处写道:"一件真实事情,这个自命为医治人类灵魂的医生,的确已害了一点儿很蹊跷的病。这病离开海,不易治愈的,应当用海来治疗。"〔原载《文学》1935年第5卷第2号,《沈从文文集(国内版)》(第6卷),花城出版社、三联书店香港分店1982年版,第194页〕这个医生就是主人公达士先生,一般认为他身上有沈从文自己的影子。
④ 吴立昌:《自序》,《人性的治疗者:沈从文传》,上海文艺出版社1993年版,第3页。
⑤ 当然,也有学者对沈从文笔下的人性描写进行批判性阐释,比如刘永泰的论文《人性的贫困和简陋——重读沈从文》,《中国现代文学研究丛刊》2000年第2期。
⑥ 李健吾:《〈咀华集〉跋》,《大公报》1936年7月19日,《李健吾批评文集》,珠海出版社1998年版,第310页。
⑦ 郭宏安:《走向自由的批评(代后记)》,《李健吾批评文集》,珠海出版社1998年版,第318—319页。

评家，第一先得承认一切人性的存在，接受一切灵性活动的可能，所有人类最可贵的自由，然后才有完成一个批评家的使命的机会。"①

与梁实秋、沈从文不同，李健吾对其"人性"的具体内容并未给予正面界说，但从他众多批评性质的文章可以看出，对健康心灵和真实人生的认识、体验与召唤是其评价作家作品的重要标准，也就是说，他的人性是建立在具体的人生基础之上的。人生的多样性，也就意味着人性的复杂性，不仅如此，人性的表现不是抽象而是具体的，而这种具体性又可以昭示出某种普遍性。对此，他有这样的表述："没有东西再比人生变化莫测的，也没有东西再比人性深奥难知的。"② "枝节的重要就在它们富有时间性，最能说明它们发生的时代。人生大致自古相通，如若并不完全相同。人性相近，地域如一。一个坏作家连人性共同的精神也没有表达出来，一个好作家随时注意那些表达共同精神的因时俗而有所不同的枝节。"③ 作家如此，同样的，"一个批评者"也应该"穿过他所鉴别的材料，追寻其中人性的昭示"④，而"批评不是别的，也只是一种独立的艺术，有它自己的宇宙，有它自己深厚的人性做根据"⑤。

李健吾对文学"自由"精神的强调与呼吁，同样是既对批评家而言，也对创作家而言。他曾撰写短文，辨析批评家的功能及其与创作家的关系，在临近结尾的地方，他诙谐但不失严肃地表达出对批评家与创作家完全一致的要求："所以，假如有一天我是一个批评家，我会告诉自己：第一，我要学着生活和读书；第二，我要学着在不懂之中领会；第三，我要学着在限制之中自由。同时，假如有一天我是一个创作家，

---

① 刘西渭：《边城——沈从文先生作》，原题《〈边城〉与〈八骏图〉》，《文学季刊》1935年第2卷第3期，《李健吾批评文集》，珠海出版社1998年版，第52页。

② 刘西渭：《爱情三部曲——巴金先生作》（1935年11月3日），《李健吾批评文集》，珠海出版社1998年版，第30页。

③ 刘西渭：《关于现实》，《咀华二集》（1942年），《李健吾批评文集》，珠海出版社1998年版，第257—258页。

④ 刘西渭：《叶紫的小说》（1940年2月），《李健吾批评文集》，珠海出版社1998年版，第159页。

⑤ 刘西渭：《答巴金先生的自白》（1935年12月），《李健吾批评文集》，珠海出版社1998年版，第44页。

我也要告诉自己：第一，我要学着生活和读书；第二，我要学着在不懂之中领会；第三，我要学着在限制之中自由。"① 这三个方面，前两者与我们已经指出的人生体验相关，后者则提出了"限制之中的自由"命题，这正是李健吾文学"自由"精神的独特之处。对此，他还有更加理性的阐释，集中体现在《〈咀华二集〉跋》中，且不说其感受之真切、表述之准确，就其现实针对性之强烈，即便放在今天也并不过时，我们不妨征引得详细一些："一个批评者有他的自由。他不是一个清客，伺候东家的脸色；他的政治信仰加强他的认识与理解，因为真正的政治信仰并非一面哈哈镜，歪扭当前的现象。……他的自由是以尊重人之自由为自由。""不幸是一个批评者又有他的限制。若干作家，由于伟大，由于隐晦，由于特殊生活，由于地方色彩，由于种种原因，例如心性不投，超出他的理解能力以外，他虽欲执笔论列，每苦无以应命。尤其是同代作家，无名有名，日新月异，批评者生命无多，不是他的快马所能追及，我们还不谈那些左右爱恶的情感成分，时时出而破坏公平的考虑。……他有自由去选择，他有限制去选择。二者相克相长，形成一个批评者的存在。对象是文学作品，他以文学的尺度去衡量；这里的表现属于人生，他批评的根据也是人生。"② 批评者是如此，创作者自然也是这样的了。

李健吾毕业于清华大学西洋文学系，早年加入文学研究会且曾留学法国，后来与持自由主义思想立场的京派作家关系密切，受到梁实秋、沈从文、林徽因等人的影响较大。了解这些之后，再来看他以人生经历与体验为基础的人性论文学观，以及其对自由精神的提倡，也就不足为怪了。当然，留学法国的经历，对他鉴赏及审美体验式的印象主义批评的形成起到了至关重要的作用，他从那儿获取了丰富的思想资源："蒙田不必说，是他笔下的常客，圣伯夫给他提供了有益的忠告，波德莱尔拥有他的'喜爱'，法郎士得到他同情的引证，就是通常被认为是现实主义大师的巴尔扎克、司汤达尔和福楼拜，他看重的倒是他们的天真、

---

① 刘西渭：《假如我是》，《大公报》1937 年 5 月 9 日，《李健吾批评文集》，珠海出版社 1998 年版，第 304 页。

② 刘西渭：《〈咀华二集〉跋》，《李健吾批评文集》，珠海出版社 1998 年版，第 313、314 页。

热情和对艺术的忠诚。"① 但正如他评价何其芳时所说的那样:"他的来源不止一个,而最大的来源又是他自己。"② 这个"他自己",不仅指李健吾的才情,还包括他对中国古典文学的含蕴与体味,他对"诗文评"直观感悟传统的有意识继承,他对中国现实社会及人生的认识与体验,才是形成他独特批评风格的"最大的来源"。

尽管李健吾也从事文学创作,戏剧作品不仅数量可观③,还曾引起较大反响,但他之所以能在现代文学史上占据一席之地,主要还是依赖于文学批评。与李健吾不同,与梁实秋、沈从文更不一样,在文学人性问题上产生过重要影响的另一位作家是孙犁。孙犁抗战初期就在冀中地区参加革命工作,几年之后加入中国共产党,1944年去延安,在鲁迅艺术文学院学习和工作,其间写出《荷花淀》《芦花荡》等短篇小说;1950年代,他创作出长篇小说《风云初记》、中篇小说《铁木前传》,出版《白洋淀纪事》;新时期之后,他用十来年时间,在"芸斋小说"的总题下写出35篇颇具纪实类风格的"短小说",焕发出新的创作生机与活力。

很明显,孙犁无产阶级革命者和中国共产党党员的身份,决定了他的人性书写的立场与目的必然与沈从文及李健吾不一样。在抗日战争的关键时期,在无产阶级革命文论主导下的解放区,孙犁创作的文学作品(大多收入《白洋淀纪事》),通过对劳动人民尤其劳动妇女形象的塑造,将民族性、阶级性、人民性甚至地域性整合起来,表现出广大人民丰富的人性美、充沛的人情美、高尚的理想与情操,不仅在艺术上开启广受好评的"荷花淀派",在思想上也赢得主流意识形态的认可甚至赞赏。比如,茅盾在第三届文代会上的报告中指出:"孙犁有他自己的一贯的风格。《风云初记》等作品,显示了他的发展的痕迹。他的散文富

---

① 郭宏安:《走向自由的批评(代后记)》,《李健吾批评文集》,珠海出版社1998年版,第326页。此外,李健吾还明显受到意大利的克罗齐,英国的马修·阿诺德、王尔德等人的影响。

② 刘西渭:《〈画梦录〉——何其芳先生作》,《咀华集》(1936年),《李健吾批评文集》,珠海出版社1998年版,第134页。

③ 李健吾创作多幕剧12部,独幕剧11部,加上改编、翻译其八九十部。对自己的创作,他有这样的要求:"我用艺术和人生的参差,苦自揉搓我渺微的心灵。作品应该建在一个深广的人性上面,富有地方色彩,然后传达人类普遍的情绪。"《〈以身作则〉后记》,《李健吾批评文集》,珠海出版社1998年版,第103页。

于抒情味,他的小说好象不讲究篇章结构,然而绝不枝蔓,他是用谈笑从容的态度来描摹风云变幻的,好处在于虽多风趣而不落轻佻。"① 但在人生和创作的中期阶段,和其他众多作家一样,孙犁也经历了迷茫和困惑时期,《铁木后传》没能写出,辍笔二十多年。对于这两个阶段,孙犁曾有过这样的自我阐释:"我经历了我们国家民族的重大变革,经历了战争、乱离、灾难、忧患。善良的东西、美好的东西,能达到一种极致。在一定的时代,在一定的环境,可以达到顶点。我经历了美好的极致,那就是抗日战争。我看到农民,他们的爱国热情,参战的英勇,深深地感动了我。我的文学创作,就是从这个时候开始的。我的作品,表现了这种善良的东西和美好的东西。我也遇到邪恶的极致,这就是最近的动乱的十年。……看到真美善的极致,我写了一些作品。看到邪恶的极致,我不愿意写。这些东西,我体验很深,可以说是镂心刻骨的。可是我不愿意去写这些东西,我也不愿意回忆它。"② 然而就在发表上述看法的第二年,孙犁出人意料地开始发表"芸斋小说",直面人性中的邪与恶,显示出理性、冷峻的批判精神。有学者对此给予了这样的评价:"芸斋小说着眼于人的世界,着笔于人生书写,较之前期孙犁小说着眼于大风起兮云飞扬的大时代,着笔于社会革命中的人,确是一种变法。但后之变法中又有对前之传承,后与前又有连贯,那就是:孙犁始终不脱离写人以写时代,始终对文学以人学视之。"③

从梁实秋、沈从文、李健吾到孙犁,我们不难看出,中国现代文学及文论中的人性问题始终与阶级性问题纠缠在一起,围绕两者之关系的论争时断时续。在 1970 年代末到 1980 年代初中期,人性论、人道主义再次成为学界的热门话题④,朱光潜、黄药眠、王元华、周扬、

---

① 茅盾:《反映社会主义跃进的时代,推动社会主义时代的跃进》,《争取社会主义文学的更大繁荣》,作家出版社 1960 年版,第 25 页。
② 孙犁:《文学和生活的路——同〈文艺报〉记者谈话》(1980 年 3 月 27 日),《孙犁文集》(补订版第 5 册),百花文艺出版社 2013 年版,第 566 页。
③ 滕云:《孙犁十四章》,人民文学出版社 2012 年版,第 710—711 页。
④ 1980 年 10 月,全国马列文艺论著研究会组织部分高校教师和文学理论工作者在天津召开学术会议,讨论人性和人道主义问题。"这是建国以来,我国学术理论界就这个问题首次举行的学术讨论会。"参见白烨《人性和人道主义学术讨论会情况综述》,《中国社会科学》1981 年第 1 期;1983 年 3 月 8 日,《文艺报》《文艺研究》《文学评论》编辑部联合召开新时期文学与人(转下页)

胡乔木、罗大冈、王蒙、钱谷融、高尔泰、王若水、陆梅林等一大批知名学者纷纷撰文发表看法。其中朱光潜不仅梳理了文艺复兴至19世纪西方文学家、艺术家关于人道主义、人性论的种种观点①，还发表题为《关于人性、人道主义、人情味和共同美问题》的文章，明确指出："我们中国过去在人性论的问题上也基本上和西方一致。可是近来'人性论'在我们中间却成了一个罪状或一个禁区。特别在流行的文学史课本中说某个作家的出发点是人性论，就是对他判了刑，至少是嫌他美中不足。为什么出现了这种论调呢？据说是相信人性论，就要否定阶级观点，仿佛是自从人有了阶级性，就失去了人性，或是说，人性就不起作用。显而易见，这对马克思主义者所强调的阶级观点是一种歪曲。人性和阶级性的关系是共性与特殊性或全体与部分的关系。"②这种认识，既是对人性论的有效辩护，也是对人性论禁区的大胆突破，具有重大的价值与意义。朱氏此文收入《美学拾穗集》（1980），受众广大，影响深远，加之其他学者从不同层面做出声援③，人性论文学观逐渐获得普遍的同情与认可，成为中国现代文论新传统的有机组成部分。

（三）人道主义文学思想

正如上述朱光潜文章标题所揭示的那样，人道主义与人性、人情味密切相关④。如果进一步分析，人道主义的含义则较为复杂，胡乔木就

（接上页）性、人道主义问题学术讨论会。许觉民、孔罗荪、林元等分别主持会议，冯牧、陈荒煤、王若水、唐因、陆梅林等在京的文艺理论家、评论家近四十人出席。会议集中探讨了中国新时期文学在塑造人物、表现人性方面的成败得失，探讨了社会主义文学与人道主义的关系问题。参见邵石《新时期文学与人性人道主义学术讨论会纪要》，《编辑之友》1983年第2期。另据统计，"从1980年开始，短短几年内，全国近三百种社会科学期刊和报纸上先后发表了关于人道主义和异化问题的文章达七百多篇。……全国学术界形成了关于人道主义和异化问题讨论的高潮"。参见赵智奎主编《改革开放30年思想史》（上卷），人民出版社2008年版，第218页。

① 参见朱光潜《文艺复兴至十九世纪西方资产阶级文学家艺术家有关人道主义·人性论的言论概述》，《社会科学战线》1978年第3期。

② 朱光潜：《关于人性、人道主义、人情味和共同美问题》，《文艺研究》1979年第3期。

③ 比如，顾骧在1980—1987年以"文艺与人性浅识"为总题，发表有六篇文章（均收入其文学评论集《海边草》，人民文学出版社1995年版），探讨阶级性、人性、人情、爱情、战争等与文艺的关系，呼唤人性及人道主义的复归，控诉十年浩劫对人性的摧残。

④ 周辅成在"文化大革命"期间就曾指出："人性论与人道主义的关系非常密切。人性论与人道主义内容虽不尽一致，但是，所有的人道主义者，总归是站在某一种人性论的观点上，这一点却是共同的。换言之，人道主义总是以一种人性论为基础的理论。"参见《从文艺复兴到十九世纪资产阶级哲学家政治思想家有关人道主义人性论言论选辑》之《编者序言》，商务印书馆1966年版。

曾指出:"它有两个方面的含义:一个是作为世界观和历史观;一个是作为伦理原则和道德规范。这两个方面有联系,又有区别。"① 各种分歧基本上围绕前者展开,对于后者则大多持肯定与赞赏的态度。除此之外,人道主义者往往还有各不相同的政治诉求:"'文艺复兴'时期开始的人道主义思潮,使人们对社会的认识出现了一个从神到人的转折。人道主义思潮虽然很广泛,涉及哲学、道德、文艺、美学各个领域,但贯穿其中最核心的是一种政治理想。人道主义者关于人的尊严、权利和价值,关于人的本性的理论,从实质上说,是要求建立一个与他们设想的人性相适应的社会。在他们看来,美好的社会,美好的国家,美好的制度,应该是同人性相一致的。"② 带着以上这些认识去检视中国现代人道主义文论,我们可以粗线条地将其发展历程描述为启蒙—人性人道主义、革命—社会主义人道主义、新启蒙—世俗人道主义三个阶段③。

首先,我们来看"启蒙—人性人道主义"文论。如所周知,中国现代文学及文论与"五四"新文化运动几乎同步发生。陈独秀在"五四"时期就曾指出:"新文化运动是人的运动"④,而钱谷融在七十年之后也强调说:"所谓'五四'启蒙,很重要也是很关键的一点,正是近现代意义上的人道观念与人道主义精神的确立和张扬。"⑤ 新文化运动以人性解放、民族觉醒为目的所倡导的民主、科学精神自然也成为新文学所预设的价值与追求的目标。以"白话文学""人的文学""平民文学"为理想的文学革命,其反封建、启民智、弘扬个性、尊崇人的价

---

① 胡乔木:《关于人道主义和异化问题》,人民出版社1984年版,第1页。
② 陈先达、靳辉明:《揭开历史之谜——马克思第一个伟大发现的历史意义》,邢贲思主编:《马克思哲学思想研究》,上海人民出版社1983年版,第80页。
③ 此一概括参考了多名学者的研究成果,如郑战兵的《人道主义文学潮流在现代中国的浮沉——对现代文学"第一个十年"的一点思考》(《河南师范大学学报》1991年第3期),樊星的《当代文学中人道主义的命运》(《粤海风》2008年第3期),陈卫平的《确立中国特色社会主义价值理想的重要环节——1980年代人道主义和异化问题大讨论的意义》(《华东师范大学学报》2014年第3期),王达敏的《中国当代人道主义文学思潮史》(上海人民出版社2012年版),等等。
④ 陈独秀:《新文化运动是什么?》,原载《新青年》1920年第7卷第5号,《陈独秀文集》(第2卷),人民出版社2013年版,第7页。
⑤ 钱谷融、吴俊:《中国现当代文学与人道主义》,《时代与思潮》1989年第2期。

值、追求人的解放以及批判国民劣根性的思想特征十分鲜明。且不说胡适的《文学改良刍议》、陈独秀的《文学革命论》对正统文言文学、贵族文学的批判,对白话文学、国民文学的提倡,单就周作人《人的文学》、《平民文学》、《新文学的要求》来看,以"人性"及"个人主义"为基本内涵的人道主义思想可以说是其立论的根本前提。在《人的文学》中,他说:"如今第一步先从人说起,生了四千余年,现在却还讲人的意义,从新要发见'人',去'辟人荒',也是可笑的事。但老了再学,总比不学该胜一筹罢。我们希望从文学上起首,提倡一点人道主义思想,便是这个意思。"① 而"用这人道主义为本,对于人生诸问题,加以记录研究的文字,便谓之人的文学"②。不仅如此,周作人还特别指出:"我所说的人道主义,并非世间所谓'悲天悯人'或'博施济众'的慈善主义,乃是一种个人主义的人间本位主义。"③ 在《平民文学》中,他也强调"平民文学绝不是慈善主义的文学"④。至于"人间本位主义"的内涵,他在《新文学的要求》中给予这样的阐释:"因为原来是动物,故所有共通的生活本能,都是正当的,美的善的;凡是人情以外人力以上的,神的属性,不是我们的要求。但又因为是进化的,故所有已经淘汰,或不适于人的生活的,兽的属性,也不愿他复活或保留,妨害人类向上的路程。总之是要还他一个适如其分的人间性,也不要多,也不要少就是了。"⑤

同一时期的鲁迅,也以小说和杂感对封建社会"吃人""奴役人"的本质进行剖析,呼吁争取人的价值、实现人的解放。除了家喻户晓的《狂人日记》之外,鲁迅还在《新青年》上发表系列《随感录》,对中国人尤其是妇女和孩子"做一世牺牲""做不了人"的悲惨遭遇表示深切的

---

① 周作人:《人的文学》,《中国新文学大系·建设理论集》,上海良友图书印刷公司1935年版,第194页。
② 《中国新文学大系·建设理论集》,上海良友图书印刷公司1935年版,第196页。
③ 《中国新文学大系·建设理论集》,上海良友图书印刷公司1935年版,第195页。
④ 周作人:《平民文学》,《中国新文学大系·建设理论集》,上海良友图书印刷公司1935年版,第212页。
⑤ 周作人:《新文学的要求》,钟叔河编:《周作人文类编》(第3卷),湖南文艺出版社1998年版,第46—47页。

同情。这自然也是人道主义精神的体现,但鲁迅的伟大更在于对"中国的人道"问题给予了深刻的反思,他以设问的方式追问:"我们中国的人道怎么样?那答话,想来只能'……'。对于人道只能'……'的人的头上,决不会掉下人道来。因为人道是要各人竭力挣来,培植,保养的,不是别人布施,捐助的。"[1] 几年之后,鲁迅发表《灯下漫笔》,从民族心理视角,将中国数千年历史概括为"想做奴隶而不得的时代"和"暂时坐稳了奴隶的时代"的循环,其结果是"大小无数的人肉的筵宴,即从有文明以来一直排到现在,人们就在这会场中吃人,被吃,以凶人的愚妄的欢呼,将悲惨的弱者的呼号遮掩,更不消说女人和小儿"。而且,"这人肉的筵宴现在还排着,有许多人还想一直排下去"。这样深邃的剖析与尖锐的批判,比"随感录"更加振聋发聩,其反对封建、启迪民智的精神也十分鲜明。正因为看透了数千年历史的本质,他才鼓动青年们行动起来,"扫荡这些食人者,掀掉这筵席,毁掉这厨房","创造这中国历史上未曾有过的第三样时代"[2]!显然,这与他早年呼唤"立意在反抗,指归在动作"的"精神界之战士"的理想一脉相承,也是鲁迅最终能够赞同并参与无产阶级革命文学理论与实践的根本动因。

不仅周氏兄弟,新文学初期众多作家、批评家都认同并提倡"为人生""指导人生""改良这人生"的文学观。这种主张与实践的思想资源既来自古代文学"惟歌生民病""但伤民病痛"的忧国忧民精神,也深受西方人道主义思潮的影响,只不过揉进了进化论、启蒙论、民主主义、批判现实主义等多种思想,有些还经由日本、俄罗斯、印度的选择与过滤之后再转进到中国,比如,俄国作家列夫·托尔斯泰、车尔尼雪夫斯基、普列汉诺夫、卢那察尔斯基等人对西方及马克思人道主义思想的接受与阐释,日本白桦派作家有岛武郎、志贺直哉、武者小路实笃等在西方与俄国的人道主义、无政府主义影响下形成的新村主义、新理想主义等,都对中国新文学家如鲁迅、周作人、茅盾、巴金发生过直接

---

[1] 鲁迅:《〈随感录〉六十一·不满》,原载《新青年》1919年第6卷第6号,《鲁迅全集》(第1卷),人民文学出版社1981年版,第358页。

[2] 鲁迅:《灯下漫笔》,原载《莽原周刊》1925年第2期、第5期,《鲁迅全集》(第1卷),人民文学出版社1981年版,第210—217页。

而重要的影响，同样，印度的泰戈尔在西方文化熏陶中形成的博爱及民主主义思想也被郑振铎、谢冰心、王统照以及郭沫若、徐志摩等人接受，融入各自的文学主张与创作实践中，转化成中国现代文学及文论新传统的有机部分。

其次，我们来说"革命—社会主义人道主义"文论。1920年代中后期，文学革命向革命文学转变，此后近半个世纪，"启蒙—人性人道主义"文学观渐次转变为"革命—社会主义人道主义"文学观，其强调的重心从人性内涵、启蒙精神渐次转变为阶级性、革命性、集体主义、人民至上等。严格说来，"革命的人道主义"与"社会主义人道主义"是产生于不同时期意义相近但仍有所区别的两个术语[①]，它们的使用范围十分广泛，可以从价值观、伦理学、教育学、哲学、法学、意识形态各个层面进行解读与阐释。就文学层面而言，革命人道主义在后期的鲁迅以及郭沫若、茅盾、巴金、田汉、夏衍、曹禺、郑伯奇、蒋光慈、殷夫、柔石、艾青、田间、胡风、路翎、丘东平、萧红、萧军等分属不同社团但都具有左翼倾向的作家的创作中都有或多或少的体现。从文论层面看，1920年代中后期至抗战之前，缺乏正面探讨"革命人道主义"的论著，但从有关文学与革命之关系的讨论中，我们仍能发现将文学阶级性、革命性与人道主义联系起来的观点。仍以鲁迅为例，他的乡土小说尤其是后期创作的历史小说已经体现出革命人道主义精神[②]，他的不少言论更是具有较为鲜明的革命人道主义特征。比如，冯雪峰曾记下鲁迅关于人道主义的谈话片段，我们不妨稍作节录："大家现在又在骂人道主义了，不过我想，当反革命者大屠杀革命者，倘有真的人道主义者出而抗议，这对于革命为什么会有损呢？……我想，中国大概并没有真的人道主义者，而另外的好方法也似乎想不出来，除去明白的直接的斗争。……人道主

---

① 1983年10月12日，邓小平在党的十二届二中全会上作题为《党在组织战线和思想战线上的迫切任务》的报告，明确指出："人道主义作为一个理论问题和道德问题，当然是可以和需要研究讨论的。但是人道主义有各式各样，我们应当进行马克思主义的分析，宣传和实行社会主义的人道主义（在革命年代我们叫革命的人道主义），批评资产阶级的人道主义。"《邓小平文选》（第3卷），人民出版社1993年版，第41页。

② 参见陈元恺《鲁迅小说的革命人道主义》，西北大学鲁迅研究室编《鲁迅研究年刊》（1980），陕西人民出版社1984年版。

义也的确是无用的，要实行人道主义就不是人道主义者所主张的办法所能达到。除非也有刀在手里，但那样，岂不是大悖他们的主义，倒在实行阶级斗争么？于是，就反而要如'托尔斯泰样'（……）一般，倒只向革命者要求人道主义了。"① 从鲁迅对人道主义取舍交织的矛盾态度中，我们不难发现，鲁迅的思想已经超越了"托尔斯泰样"的泛爱式人道主义，走向甚至接近了革命的人道主义。在另一篇文章中，鲁迅不仅尖锐地批判了"正人君子者流""人人应该相爱"的观点，还对"斗争文学"的合理性给予了有力的辩护。他说："斗争呢，我倒以为是对的。人被压迫了，为什么不斗争？……他们饱人大约是爱饿人的，但饿人却不爱饱人，黄巢时候，人相食，饿人尚且不爱饱人，这实在无须斗争文学作怪。我是不相信文艺的旋乾转坤的力量的，但倘有人要在别方面应用他，我以为也可以。譬如'宣传'就是。"②

"革命的人道主义"之所以能够流行起来，一个重要原因是毛泽东的大力提倡。1941年，毛泽东为延安中国医科大学第十四期毕业生的题词就是："救死扶伤，实行革命的人道主义。"正如有学者指出的那样，在毛泽东那里，革命的人道主义"既是一个道德范畴，又是一个政治范畴；既是共产主义道德的一项重要规范，又是从无产阶级的阶级利益中引申出来的一项政治原则"③。正因为毛泽东革命家、政治家的身份，他特别看重文学艺术在中国革命事业中的巨大作用，反过来，他对文艺的要求也必然带有鲜明的政治色彩，革命的人道主义思想自然也渗入他的文艺观。比如，《在延安文艺座谈会上的讲话》中，他就对"文艺的基本出发点是爱，是人类之爱"这种因为"缺乏基本的政治常识"而发生的"糊涂观念"给予了批判。他说："世界上没有无缘无故的爱，也没有无缘无故的恨。至于所谓'人类之爱'，自从人类分化成为阶级以后，就没有过这种统一的爱。……我们不能爱敌人，不能爱社会的丑恶现象，我们的目的是消灭

---

① 冯雪峰：《回忆鲁迅》，人民文学出版社1957年版，第20页。
②鲁迅：《文艺与革命（并冬芬来信）》，原载《语丝》1928年第4卷第16期，《鲁迅全集》（第4卷），人民文学出版社1981年版，第83页。
③ 杜振吉：《毛泽东革命的人道主义思想的主要内容及其特点》，《湖南师范大学社会科学学报》1994年第1期。

这些东西。这是人们的常识，难道我们的文艺工作者还有不懂得的么？"①《讲话》的纲领性、指导性决定了它的巨大影响力，此后赵树理、周立波、丁玲等描写中国农村社会变革及农民生活的小说，将阶级性、人民性、集体主义等较好地结合起来，体现出鲜明的革命人道主义精神。

毛泽东不仅高度评价鲁迅的思想与创作，而且还深受鲁迅影响，他关于无产阶级文学应该具有革命人道主义精神的看法与鲁迅的观点颇多相似之处，而鲁迅和毛泽东的文艺观还有一个共同的也是非常重要的来源，即俄苏文学创作和理论。俄苏文学专家、翻译家曹靖华曾指出："苏联文学，一般说来，都是从十月革命算起，但实际上，在十九世纪末，在沙皇政权的反动高压下，随着列宁所领导的革命斗争的加强，工人运动的高涨，已经产生了伟大的革命的人道主义的文学。这文学的创造者就是高尔基。高尔基是跨两个时代的作家。……他继承了俄罗斯古典文学的爱国主义、人道主义的优秀传统，同时受了马克思主义及与列宁交往的影响，受了革命斗争的启示，把古典文学的优秀传统，发扬光大起来，创造了战斗的、革命的人道主义的文学。"② 除高尔基之外，绥拉菲摩维奇、法捷耶夫、肖洛霍夫、卢那察尔斯基、革拉特珂夫等人的文学作品，马恩列斯的文学理论，经由鲁迅、瞿秋白、曹靖华、董秋斯、周扬等人的努力，在1930年代被大量翻译成中文，无疑也对中国"革命的人道主义"文学观的形成与发展产生了促进作用。当然，这里也存在西方文论、马恩文论"俄国化"及其"俄国化"之后进一步"中国化"问题，还存在从英语、日语等转译俄苏文学及文论的现象，也就是俄苏文学及文论"西方化""日本化"之后的"中国化"问题。其间复杂微妙的关系，尚需细致的梳理、比较与阐释。

1949年以后，"人道主义"一度被视作资产阶级思想，成为学术禁区，尽管在1957年，巴人、王淑明、陈梦家、徐懋庸、钱谷融等对文学的人情、人性、人道主义问题进行了倡导式的探讨，但随即遭到猛烈

---

① 毛泽东：《在延安文艺座谈会上的讲话》，《毛泽东选集》（一卷本），人民出版社1966年版，第872页。
② 曹靖华：《谈苏联文学》，《曹靖华译著文集》（第10卷），北京大学出版社、河南教育出版社1992年版，第357—358页。

的驳斥与批判，直到新时期，在伤痕文学、反思文学的引领下，在西方各种人文思潮及文学作品的启发下，在拨乱反正、思想解放运动的鼓舞下，学界才重新关注久被禁锢的人性论、人道主义问题，展开长达5年的广泛讨论，"对于新时期知识界的思想结构的形成，对于新时期的文学创作，具有重要的意义"[①]。

值得注意的是，此前对人性论、人道主义持批判立场的周扬，这一时期的态度却发生了很大改变。1980年9月，周扬应胡耀邦总书记之约，在中央党校做《思想解放和社会主义现代化建设》的讲话，第五部分专谈"人道主义与异化问题"，深刻反思了过去把人道主义当作修正主义加以批判的做法，他说："我认为批判以资产阶级唯心主义的人性论为基础的人道主义，批判同马克思主义等同起来的人道主义，还是必要的。但是对马克思主义的革命的人道主义，无产阶级的人道主义在今天的作用没有足够的估计。这是我们的缺点、错误，把人道主义都送给资产阶级了，都算作修正主义了，这个问题还可以研究。"[②] 两年半之后，周扬接受中央安排，在中央党校召开的"马克思逝世100周年"学术讨论会上发表讲话，题为《关于马克思主义的几个理论问题的探讨》[③]，其最后部分也是讨论"马克思主义与人道主义的关系"，和前面那次讲话的观点大体一致，有些表达更加鲜明，比如说："我不赞成把马克思主义纳入人道主义的体系之中，不赞成把马克思主义全部归结为人道主义；但是，我们应该承认，马克思主义是包含着人道主义的。当然，这是马克思主义的人道主义。"又比如："承认社会主义的人道主义和反对异化，是一件事情的两个方面。社会主义消灭了剥削，这就把异化的最重要的形式克服了。社会主义社会比之资本主义社会，有极大的优越性。但这并不是说，社会主义社会就没有任何异化了。"[④]

[①] 陶东风、和磊：《当代中国文艺学研究（1949—2009）》，中国社会科学出版社2011年版，第304页。

[②] 周扬：《思想解放和社会主义现代化建设》，《周扬文集》（第5卷），人民文学出版社1994年版，第350页。

[③] 参与此讲话稿讨论和写作的人还有王若水、顾骧、王元化。

[④] 周扬：《关于马克思主义的几个理论问题的探讨》，《人民日报》1983年3月16日；转引自《周扬文集》（第5卷），人民文学出版社1994年版，第472、475页。

今日看来，周扬的观点稳妥而且温和，尚属体制之内的反思与探索，但历史地看，其意义却不容小视，仅仅三年之后，顾骧就评价说，这个专题报告"是党的十一届三中全会以来，从世界观高度较全面地、系统地清算三十几年来'左'的思想政治路线的理论文章，……是周扬在新时期十年中理论建树的高峰，或许也是十年中思想理论战线上具有重要理论、学术价值的著作之一"①。周扬的讲话既受到普遍欢迎，也引发不同意见，在组织干预下，黄楠森、王锐生、靳辉明、唐达成等人发表了自己的看法，"这些发言既不是批评周的观点，也不可能要求都正确，只是要表明本来就存在的不同意见"②。当周扬的讲话在《人民日报》发表之后，事情发生了重大转折，不仅周扬、王若水等人受到批判③，还引发全面整党和清除精神污染运动。为了消除周扬观点的影响，胡乔木于1984年1月3日也在中央党校发表《关于人道主义和异化问题》的讲话④，反对把人道主义与马克思主义混为一谈，主张区分人道主义作为"世界观和历史观"与作为"伦理原则和道德规范"的两种含义，前者是与历史唯物主义根本对立的，必须加以否定，后者则可以经过改造成为"社会主义的人道主义"。胡乔木讲话发表以后，各地掀起学习高潮，达到了统一认识的目的，讨论也暂告一段落。

周扬、胡乔木讲话中的"社会主义的人道主义"，是与"资产阶级的人道主义"相区别甚至相对立的范畴，具有某种理想性质，被主流意识形态认可和提倡⑤。不过，从起源上讲，"社会主义的人道主义"

---

① 顾骧：《当代知识分子的心声——〈周扬近作〉编后札记》，原载《文艺报》1986年8月18日；引自顾骧《海边草》，人民文学出版社1995年版，第23页。
② 卢之超：《80年代那场关于人道主义和异化问题的争论》，《当代中国史研究》1999年第4期。
③ 关于此一事件的过程，可参见王若水、顾骧、王元化等当事人的回忆文章（均收入王蒙、袁鹰主编的《忆周扬》，内蒙古人民出版社1998年版），此外，龚育之、卢之超、郝怀明、丁晓平等人也发表有回忆或评述这一事件的文章。
④ 胡乔木讲话全文刊登于《人民日报》1984年1月27日、《科学社会主义》1984年第1期；人民出版社1984年1月推出单行本。
⑤ 据说周扬讲话之后，胡乔木曾到他的家中谈话，胡乔木讲："如果不在人道主义前面加上一个限制词'社会主义'，就容易引起误解，好像社会主义和人道主义是两件事。……单讲人道主义，不加社会主义，便会同历史唯物主义发生矛盾。……社会主义人道主义是长期的过程，不可能今天实现了社会主义，一下子在各方面都实现了合乎人性的生活。"参见丁晓平《中共中央第一支笔：胡乔木在毛泽东邓小平身边的日子》，中国青年出版社2011年版，第482—483页。

同样来自苏联。1953年斯大林逝世，赫鲁晓夫实行相对宽松的政治统治，苏共指导思想也开始人道化，苏联文学及社会进入所谓的"解冻时期"，人道主义呼声高涨，探讨社会主义、共产主义、马克思主义与人道主义之关系的论著集中涌现。如著名伦理学家 А. Ф. 施什金在其代表作《共产主义道德概论》（1955）一书中，将"社会主义的人道主义"定性为"人道主义的最高类型"，进而从"尊重人的尊严和关心人""憎恨敌人和对敌人阴谋的警惕性"两个角度进行阐释，明确提出这样的主张："社会主义人道主义是具有现实性的。这是为全社会摆脱资本的压迫，摆脱战争和各族人民的奴役，为建立人们和各民族间的全世界友好关系而斗争的人道主义。这是为全社会的幸福，为最充分地满足每个人的物质和文化生活的需要而劳动的社会主义社会劳动者的人道主义。"① 又比如著名历史学家 В. П. 沃尔金1955年在罗马第十届国际历史学家大会上发表题为《人道主义与社会主义》的报告，也旗帜鲜明地表示："无产阶级人道主义的传播同资产阶级人道主义的衰退都同样是历史上不可避免的。""工人阶级争取社会主义胜利的斗争就充满了人道主义。……社会主义人道主义的要求在社会主义之外是不可能实现的。"② 这些思想与认识，在中苏关系一边倒的时期，势必受到中国学界的关注，不仅启发了1957年中国学者对人性、人道主义的讨论，对新时期人道主义思潮的复兴也有所影响③。1961年10月召开的苏共二十二大把"一切为了人，一切为了人的幸福"写入党的纲领，这"既是人道主义运动高涨的产物又为人道主义思潮的发展提供了新的有力的推动"④。勃列日涅夫执政后仍然认同这一口号，视之为苏共重大

---

① ［苏联］А. Ф. 施什金：《社会主义的人道主义》，《人道主义、人性论研究资料（第一辑）》（内部发行），商务印书馆1963年版，第53—54页。
② ［苏联］В. П. 沃尔金：《人道主义与社会主义》，《人道主义、人性论研究资料（第一辑）》（内部发行），商务印书馆1963年版，第21、22页。
③ 1963—1964年商务印书馆以"内部读物"供研究和批判之用的方式出版《人道主义、人性论研究资料》，共五辑（第一辑为苏联学者卷），印数从2千5百册递增到5千册。大约三十年之后，社会科学文献出版社也以"内部发行"供研究、鉴别和批判的方式出版《国外学者论人和人道主义》，共三辑，每辑发行2千册。这两部文集内容上较多重复，客观上扩大了西方人道主义、人性论在中国的影响。
④ 安启念：《新编马克思主义哲学发展史》，中国人民大学出版社2004年版，第318页。

决策的准则。这些自然影响到苏联的文艺创作,一大批揭露、批判斯大林时期非人性、反人道的行为与制度以及表现战争和日常生活中的人性美、人情美的文学作品得以公开发表,如《解冻》、《人·岁月·生活》、《伊凡·杰尼索维奇的一天》(《集中营里的一日》)、《白轮船》、《人世间》、《这里的黎明静悄悄》、《活着,可要记住》、《致友人的二十封信》及《癌症病房》、《古拉格群岛》等。让人惊奇的是,这里所列举的作品从中苏关系破裂之后到1980年代初都被翻译或节译成中文,以白皮、灰皮或黄皮书的形式发行,供"内部人"批判参考,结果却使得它们由"内"而"外",不胫而走、广为流传[①],对中国改革开放之后人道主义文艺思潮的复兴产生了巨大的影响。

最后,我们来看"新启蒙—世俗人道主义"文论。新时期之后,特别是1980年代,中国文学艺术及学术思想异常活跃,与主流意识形态所要求的步调并不一致,政党—政治层面的"反对资产阶级自由化"和思想文化层面的"新启蒙"两个性质迥然不同的运动在这一阶段同时出现、并行发展,"在相互制约中相互适应,这在一定意义上使改革开放后的文化呈现一种渐行渐变的样态,没有骤变和由此可能引发的'文化不适应'及其他问题"[②]。1981年对电影剧本《苦恋》的批判、1984年对周扬等人道主义及异化观点的政治性裁决,并未阻止学术思想界从美学、哲学、文艺理论各个领域对"人"的问题展开探索,文化思想界的活跃态势一直延续到1980年代末,而1990年代以后,"新启蒙"运动的影响效应逐步得以多方位的显现。文论领域内的"新启蒙—世俗人道主义"既是这一运动的组成部分,也是这一运动的结果,从中不难看出"新启蒙"思潮的发展及演进历程。

新启蒙文论倡导者的群体很大,最具代表性的人物是李泽厚、刘再复。李泽厚以思想史家的敏锐,揭示出中国现代思想史"救亡压倒启蒙"

[①] 有学者指出:"从1961年到1983年(50年代出的两种姑且不算),20多年间由内部出版的苏联文学作品数量并不多,加起来也不足一百种,这些书籍在我国地下文化生活中扮演了不可或缺的角色。"参见数帆老人《伏尔加河上的灯火——漫话苏联小说(78)》,http://blog.sina.com.cn/s/blog_4d793f4201009ztt.html。

[②] 杨凤城:《中国共产党与当代中国文化发展研究》,中共党史出版社2013年版,第114页。

的发展进程，未完成的启蒙事业需要在新时期继续进行，这可以看作"新启蒙"运动之所以发生的逻辑理路。而李泽厚自己通过对康德哲学的批判性阐释，提出"主体性实践哲学"，以此为前提，对美学诸问题进行研究，这启发了随后发表系列论著推出"性格组合论""文学主体性"的刘再复[1]，也一定程度地影响了"重写文学史"的理论与实践[2]，"新启蒙人道主义"文论思想就这样在普遍的回应与论争中得以确立。

1979年李泽厚出版《批判哲学的批判——康德述评》，字里行间透露出"主体性实践哲学"思想，而发表于1981年的《康德哲学与建立主体性论纲》[3]（以下简称《论纲》）则明确提出这一主张。《论纲》从"人性"问题谈起，表达出与前述朱光潜相似的看法："现在一般人都同意人性不能等于阶级性，这很明显，因为阶级社会在整个人类社会之中只占很短暂的一段，从阶级社会发生前的几十、几百万年到阶级社会消灭后的共产主义都是无阶级社会。阶级性没有了，人性却仍存在。"[4] 进而通过对康德的人性或人类主体性"六经注我"式的阐释，提出自己的人性主体性和主体性实践哲学，他说："我所强调的人性主体性，……不同于动物性，也不同于一般的社会性，而是沉积在感性中的理性，它才是真正具有活力的人性。'人性'与'实践'是马克思主义哲学的基本观念，也是今天哲学的中心课题，它们之间本来有密切联系，它们构成马克思从早年到暮岁基本哲学思想的主线。我以为只有在这个基础上讲存在决定意识，物质第一性精神第二性才能与旧唯物主义区别开来，才是涉及人性或人的本质的哲学，我叫它为人类学本体论的实践哲学，也就是主体性的实践哲学。"[5] 在这种实践哲学中，"人的主体性"也就

---

[1] 何新在《〈李泽厚集——思想·哲学·美学·人〉序言》中就写道："1985年初，刘再复曾告我，李泽厚的主体哲学，正启发他思考文学中的主体性问题。"

[2] 具体讨论可参见李伟栋《李泽厚与现代文学史的"重写"》，江西人民出版社2012年版。

[3] 《康德哲学与建立主体性论纲》是1981年李泽厚在纪念康德《纯粹理性批判》发表200周年和黑格尔逝世150周年学术讨论会上的发言，收入中国社会科学院哲学研究所编辑的《论康德黑格尔哲学（纪念文集）》（上海人民出版社1981年版），该文被视为是《批判哲学的批判》的缩写本。

[4] 李泽厚：《康德哲学与建立主体性论纲》，中国社会科学院哲学研究所编：《论康德黑格尔哲学》（纪念文集），上海人民出版社1981年版，第1—2页。

[5] 中国社会科学院哲学研究所编：《论康德黑格尔哲学》（纪念文集），上海人民出版社1981年版，第8页。

是"人性"或"人性主体性",体现在认识论上的"自由直观"、伦理学上的"自由意志",以及最终的积淀性(也即美学与目的论)上的"自由感受"三个主要方面①。很显然,就具体历史背景及思想效用而言,李泽厚这种对人的自由精神与价值的弘扬、对人性主体性的呼唤,与"五四"时期提倡人的解放、人性的解放的启蒙思想有异曲同工之妙,说得直白一点就是,它将人从历史和社会机器的巨大齿轮链上解放出来,人不再是工具、手段,而是社会发展的目的,甚至就是目的本身。不仅如此,李泽厚此一时期还出版《美的历程》《华夏美学》《美学四讲》等著作,从"自然的人化"这一实践观念出发,提倡"人类学历史本体论",以"工具本体""心理本体""情感本体"为基石,探究作为感性个体存在的主体的独特性,所谓"以美启真""以美储善""实现个人审美主体性",并由此开启中国当代实践美学大潮的闸门②。

刘再复也是中国1980年代的风云人物,他1981年出版《鲁迅美学思想论稿》,1984年发表《论人物性格二重组合原理》,1985年担任社会科学院文学研究所所长,并相继发表《文学研究思维空间的拓展》《文学研究应以人为思维中心》《论文学的主体性》(上下篇)等,引起一场较大的学术论争,1986年出版《性格组合论》,获得巨大反响。在《论文学的主体性》中,他说:"我们强调主体性,就是强调人的能动性,强调人的意志、能力、创造性,强调人的力量,强调主体结构在历史运动中的地位和价值。文学中的主体性原则,就是要求在文学活动中不能仅仅把人(包括作家、描写对象和读者)看做客体,而更要尊重人的主体价值,发挥人的主体力量,在文学活动的各个环节中恢复人的主体地位,以人为中心、为目的。"③ 所谓"文学活动的各个环节",指作

---

① 《康德哲学与建立主体性论纲》一文后被收入安徽文艺出版社1994年出版的《李泽厚十年集》(第2卷)《批判哲学的批判》之附录《我的哲学提纲》(台湾风云时代出版公司1990初版),与1981年发表时的文字有所不同。

② 李泽厚曾自我评价说:"人类学本体论的哲学基本命题既是人的命运,于是'人类如何可能'便成为第一课题。《批判哲学的批判》就是通过对康德哲学的评述来初步论证这个课题的。"(《美学四讲》,生活·读书·新知三联书店2004年版,第36页)探讨"人类如何可能"就必然走向主体论和实践论。

③ 刘再复:《论文学的主体性》,《文学评论》1985年第6期。

家、作品和读者（包括作为高级读者的批评家），刘再复的文学主体性也就相应地包含创造者的主体性、对象（尤其是作品中的人物形象）的主体性、接受者的主体性，三者都要求恢复人的主体地位、发挥人的主体力量。同样，他的《性格组合论》这部书"也是'人的研究'的一种形式"，"除了研究现实世界的人外，更注意研究审美世界中的人，即文学作品中的人物形象"[①]。毋庸置疑，刘再复的观点之所以引起关注和讨论，是因为它具有鲜明的现实针对性。在此之前的较长时期，中国文学作品充斥着单一性格的人物，文学理论更是将文学形象乃至于文学本身当作工具和手段，忽视人的主体性、丰富性，否定文学的主体性和独立性。如果说李泽厚在哲学、美学领域弘扬人的及人性的主体性，刘再复则在文学领域论说人物性格的复杂性和文学的主体性，两者都与同一时期高涨的人道主义思潮相呼应。

就刘再复而言，坚持文学的人道主义本质特征是他一贯的理论立场。1986年，在"中国新时期文学十年"学术讨论会的发言中，他就明确指出："人道主义正是文学的本质内容之一。文学所以是人学，不仅因为文学的对象是人，而且因为文学的本质是人道的。文学一旦失去人道主义本质，就会丧失其感人的力量。世界上没有一个真正伟大的作家不是一个伟大的人道主义者。只有恢复文学的人道主义的本质，文学才可能获得无穷的活力和感染力，才可能走向世界。"[②] 而他同一时期提出的"文学主体性"与人道主义同样关系密切，以至于有学者这样认为："'人道主义'是'文学主体性'的哲学化表达，而'文学主体性'则是'人道主义'的文学化表达，'文学主体性'理论以人道主义思想为理论立足点，以追求和张扬人道主义为价值诉求，凸显出以人的自由解放为宗旨的人道主义精神。"[③]

除了李泽厚、刘再复之外，此一时期宣扬或赞成新启蒙人道主义的文艺理论家、批评家还大有人在，如高尔泰、王若水、钱谷融、王春元、何西来、杨春时等，限于篇幅不予细述。

---

① 刘再复：《艰难的课题——写在〈性格组合论〉出版之前》，《读书》1986年第6期。
② 刘再复：《新时期文学的主潮》，《新华文摘》1986年第11期。
③ 宋伟：《当代社会转型中的文学理论热点问题》，文化艺术出版社2012年版，第28页。

李泽厚、刘再复美学及文论观念的理论资源异常丰富。就李泽厚而言，除康德、黑格尔、马克思、恩格斯、卢卡奇等人的哲学、美学之外，还包括皮亚杰的发生认识论、荣格的集体无意识理论等，他试图将这些西方思想与中国古代儒道释相融合，在打通中国、西方以及马克思主义的基础上，创思新的哲学体系。刘再复除受到西方古典人道主义思想的启示之外，还从马斯洛的人本主义心理学、西方新人文主义的道德批评中汲取了丰富的营养，当然中国古典小说如《红楼梦》以及中国现代文学、当代新时期文学中对人性、人情所给予的人道主义描写，对人的尊严和价值的尊重与呼唤等，也给他以刺激与启发。李、刘二人可谓是将域外哲学、文艺美学同中国古典及现代美学及文论调和会通的典型人物。

　　如所周知，20世纪80年代以特殊的方式宣告结束，新启蒙运动与思想解放运动、文化热一道戛然而止。20世纪90年代以来的中国经历着全方位的嬗变与转型，市场经济大潮快速高涨，社会阶层在裂变之后趋于固化，由改革开放、文化热、新启蒙等价值和态度的同一性凝聚起来的思想界开始分化，不同的知识结构、理论视野与话语立场之间产生尖锐的交锋与论争，诸如关于学术规范、激进与保守、人文精神、市民社会与公共领域、民族主义与全球化等等，"通过这些论争，中国知识界的思想分化到90年代末基本完成。短短的十年时间，公共空间被重新封建化、割据化，一个统一的公共思想界不复存在"[①]。

　　就在这一时期，中国现代市民阶层兴起，尽管尚未形成一个健全的市民社会，但与之相适应的世俗思想开始兴盛，尽管世俗思想疏离于主流意识形态和精英启蒙立场，但并未抛弃人性与人道主义的价值诉求，只不过是与希望以宏大叙事塑造理想的、大写的人的启蒙人道主义颇不相同的世俗人道主义，这种"世俗人道主义是自我定义的、伦理和人性本位的人道主义，它从人性、人道的立场出发，以善和爱为核心，以人为本，重视人的生存、生命、自由、尊严、权利和价值，其世俗的伦

[①] 许纪霖：《当代中国的启蒙与反启蒙》，社会科学文献出版社2011年版，第4页。

理观念直接与人道主义的人类性和普世性观念相通"①。世俗人道主义在文学创作中有丰富多样的体现②，在文论中则表现为对世俗化、消费文化、大众文化的认可与呵护，对个体自由伦理、苦难叙事、底层书写的阐释与关注。

文艺商品化、世俗化以及消费文化、大众文化的兴起是市场经济的必然结果，对此存在批判与认同两种相反的观点，这在 90 年代初期围绕王朔作品的评价中有鲜明的体现。王朔在十来年间创作了一批反映普通市井人物的小说，以玩文学的心态，用戏谑、调侃的方式塑造出一系列玩世不恭、油腔滑调、自我贬损的人物形象，引起关于"王朔现象"及"痞子文学"的评价问题。

"王朔现象"可谓时代使然。1980 年代中期，中国社会发生巨大转型，其中最为重要的方面，就像张贤亮当时一篇文章标题所揭示的那样，开始"给资本主义'平反'"，允许不分阶层、不看出身的平等竞争，"从而出现在社会主义市场经济中的'新的幸运骑士'，正在自觉或不自觉地寻觅和召唤他们在思想上的代言人"③。这个"新的幸运骑士"阶层就是市民阶层，王朔有意无意之间成为他们文学上也许并不合格但却别无选择的代言人，正如学者们指出的那样："王朔的小说在近年来受到读书界重视不是偶然的，不仅仅是因为通俗和可读性强，也不仅仅是因为它们为京味小说增添了新品种，王朔的成功，在于他及时地用艺术手段概括出二十世纪末一部分中国市民的心绪。"④ "他所擅长的是，在自己的文学作品中，通过人物形象以及特殊的语言系统，非常坦率地、大胆地描绘了市民社会崛起的事实，表达了市民社会的价值观、人生观。"⑤

对于王朔这样一位凭借粗鄙化、欲望化彻底解构理想主义、英雄主义的离经叛道者，一批学人，包括王元化、何满子、朱学勤、林贤治、

---

① 王达敏：《中国当代人道主义文学思潮史》，上海人民出版社 2012 年版，第 208 页。
② 具体情况请参阅王达敏《中国当代人道主义文学思潮史》第四章。
③ 张贤亮：《小说中国·散文卷》，贵州人民出版社 2013 年版，第 27 页。
④ 陈思和：《黑色的颓废：读王朔小说札记》，《当代作家评论》1989 年第 5 期。
⑤ 黄力之：《中国话语：当代审美文化史论》，中央编译出版社 2001 年版，第 239 页。

邓晓芒等，进行了尖锐的批判。但另外一些人则对他给予相当程度的肯定，比如陈思和、陈晓明、蔡翔等，其中影响较大的是王蒙，他于1993年发表《躲避崇高》正面阐释王朔作品的价值与意义。在王蒙看来，王朔"和他的伙伴们的'玩文学'，恰恰是对于横眉立目、高踞人上的救世文学的一种反动，他们恰似一个班上的不受老师待见的一些淘气的孩子。他们颇多智商，颇少调理，小小年纪把各种崇高的把戏看得很透"，"他的思想感情相当平民化，既不杨子荣也不座山雕，他与他的读者完全拉平，他不但不在读者面前升华，毋宁说，他见了读者有意识地弯下腰或屈腿下蹲，一副与'下层'的人贴得近近的样子"①。王蒙的观点影响很大，"躲避崇高"也因此成为"市民文化"的宣言。

除王蒙的"躲避崇高"之外，从思想文化的角度，为新的社会阶层和时代提供合理性阐释的还有李泽厚的"吃饭哲学""金钱神话"、刘心武的"直面世俗"等，这些主张"构成了新的意识形态，也就是市民和白领的意识形态"②。如果再宽泛一点，这个意识形态还包括"告别革命"以及"日常生活审美化"。

在世俗人道主义文论形成过程中，我们还应提及刘小枫1990年代关于"革命"与"爱欲"、"人民伦理"和"个体自由伦理"之关系的辨析与阐释。先看发表于1996年且产生广泛影响的《记恋冬妮娅》，这篇文章以自己"文化大革命"的经历和对这场大事的私人感受来阅读《钢铁是怎样炼成的》，表达出这样的认识："爱欲是纯然个体的事件，是'这一个'偶在的身体与另一'这一个'偶在个体相遇的魂牵梦萦的温存，而革命是集体性的事件。社会性的革命与个体性的爱欲各有自己的正当理由，两者并不相干。""革命有千万种正当的理由（包括讴歌同志式的革命情侣的理由），但没有理由剥夺私人性质的爱欲的权利及其自体自根的价值目的。"③ 与这种书写方式大体一致，刘小枫在1990年代初中期还发表了一组文章，后经修订以《沉重的肉身——现代性伦理的叙事纬语》为题出版，由此开启文学研究之叙事伦理及

---

① 王蒙：《躲避崇高》，《读书》1993年第1期。
② 孟繁华：《众神狂欢——当代中国的文化冲突问题》，今日中国出版社1997年版，第51页。
③ 刘小枫：《记恋冬妮娅》，《读书》1996年第4期。

伦理叙事之关系的视角。该书通过对毕希纳、伏尼契、昆德拉、卡夫卡等人的文学作品、基耶斯洛夫斯基的电影作品的叙事研究，探讨"现代性伦理"问题。在简短的《前记》中，刘小枫不仅明确指出"所谓现代性伦理，我指的是人民伦理和个体自由伦理"，还敏锐地发现："时下人们正身不由己地从人民伦理脱身出来，转向个体伦理。"[①] 将"叙事"纳入之后形成的"现代性叙事伦理"，刘小枫认为同样有两种，即"人民伦理的大叙事和自由伦理的个体叙事"。对于两者的关系，他这样认为："在人民伦理的大叙事中，历史的沉重脚步夹带个人生命，叙事呢喃看起来围绕个人命运，实际让民族、国家、历史目的变得比个人命运更为重要。自由伦理的个体叙事，只是个体生命的叹息或想象，某一个人活过的生命痕印或经历过的人生变故。自由伦理不是某些历史圣哲设立的戒律或某个国家化的道德宪法设定的生存规范构成的，而是一个个具体的偶在个体的生活事件构成的。人民伦理的大叙事的教化是动员、是规范个人的生命感觉，自由伦理的个体叙事的教化是抱慰、是伸展个人的生命感觉。自由的叙事伦理学不提供国家化的道德原则，只提供个体性的道德境况，让每个人从叙事中形成自己的道德自觉。"[②] 很明显，在饱经革命创伤且逐渐告别革命的时代，这样的认识加速了宏大叙事的消解，而对个体叙事的拥抱，对在个体之生命与身体感觉的启蒙与歌赞，则是对同一时期世俗人道主义之生命伦理及人性本位的呼应与补充。刘小枫将自己的观点落实在具体的作品阐释与独特的阅读感受中，发挥出比抽象议论更好的传播效果，其影响不可小觑。

近年来，有学者如张志扬、刘士林、张宏、滕翠钦、李少君等从哲学、美学及文学批评的层面探讨创伤记忆、苦难叙事、底层书写、草根性诗学等话题，在后现代平面化、狂欢化书写大肆流行的背景下，凸显出鲜明的人道主义情怀，为中国现当代人道主义文论传统的形成与发展做出了贡献。限于篇幅，在此不作具体分析。

---

① 刘小枫：《沉重的肉身——现代性伦理的叙事纬语》"前记"，上海人民出版社1999年版，第1—2页。
② 刘小枫：《沉重的肉身——现代性伦理的叙事纬语》"引子"，上海人民出版社1999年版，第7页。

最后，让我们以樊星的一段话来结束这一小节的梳理与阐释："当代人道主义作为当代'新启蒙'运动的重要思想武器，先是在1970年代末到1980年代初当代人反思'文革'反人性本质的思潮中唤回了人的主体性，在呼唤改革的时代强音中解放了人们的思想和欲望，接着又在1980年代中现代主义思潮崛起的时候提醒人们千万不要忘记中国重重的现实问题，然后，在1990年代商品经济大潮汹涌、'后现代'、'狂欢'的声浪澎湃的背景下守住了古老人文精神的家园，再次显示了文学的良知。虽然从极左思想的余烬中不时也会复燃起对人道主义的质疑与批判的黑烟，虽然知识分子内部关于人道主义已经过时的声音也时有所闻，但历史表明，人道主义的思潮经受住了时间的考验。当现代化社会中'以人为本'的意识日渐深入人心之时，人道主义的长久生命力已经不证自明。"[①]

[①] 樊星：《当代文学中人道主义的命运》，《粤海风》2008年第3期。

第八章 融突和合(下)

三 域外文论本土化与中国现代语言—形式主义文论传统的形成与发展

众所周知,文学是语言的艺术。语言是文学反映现实、表达情思的工具。不同的语言方式,既是诗歌、小说、散文、戏剧等文体得以确立的前提,也是作家、作品不同风格之所以形成的原因。对语言的关注,对文体特征以及作家、作品形式风格的探讨,自然是文学理论、文学批评以及文学史的重要内容。中国现代文学肇始于文学革命,而文学革命的焦点首先对准的就是文言与白话之关系问题。于是,对文言文的批判与扬弃,尤其是对白话文的提倡与反思,成为中国现代文论挥之不去、扳缠不清却也常说常新的话题。在种种外来文论、艺术及哲学思潮的冲击、影响与启发之下[1],众多理论家、批评家、作家在语言—形式层面创造性地提出一系列前所未有的新观点,积攒下丰厚的学理资源,成为中国现代文论新传统的重要组成部分。对此,我们打算起用"'语言—形式主义'文论"这一具有普泛性质的概念加以宏观描述,进而

---

[1] 众所周知,吹响新文学革命之第一声号角的《文学改良刍议》受到美国意象派的影响。产生这种影响的内在机制就在于意象派浓厚的形式主义特征契合了新文学以白话取代文言的理论主张。庞德就曾指出:"意象主义者的意象有着可变的意义,象代数中的符号 a,b,x……,著者必须用他的意象,因为他看到或感到它,而不是因为他认为他能用意象来支撑某种信条或伦理体系或经济。"[英]彼得·琼斯编:《意象派诗选·原编者导论》,裘小龙译,漓江出版社1986年版,第15—16页。

从三个具体层面进行微观梳理与阐释。虽然,在文学批评及研究中,"语言"问题与"形式"问题各有侧重,前者主要从修辞学、语法学、语言学角度进行探讨,后者更多地属于文体学、文艺学、美学阐释的范围,但文学毕竟是语言艺术,无论是古代中国对"言—象—意—境"之多维诗学关系的把握,还是现代西方对隐喻、象征、张力、反讽等文学意蕴及功能的发掘,都不能单纯地归结为是语言抑或形式问题。就中国现代文学及文论之发端的新文学革命而言,可以说既是语言革命,也是文体革命,其中语言与形式的界限则更难做出明显的划分与区别。

(一)建设"国语的文学"与"文学的国语"

中国古典诗学尽管对格律声色之美做过具体细致的探讨,也形成了比较深刻的理论认识,但整体看来,仍然"缺乏以观照诗歌及文学语言自身之审美价值为理论核心的'语言审美论',更没能产生类似西方现代诗学中的'语言本体论'"[①],直到1907年王国维《古雅之在美学上的位置》一文刊出之后,这一局面才得以改变。在该文中,王国维论述了作为"第二形式之美"的"古雅",可以离开壮美或优美"而有独立之价值"。不过,我们必须认识到,他是在接受康德形式美学影响之后才发表如此见解的。这种对传统美学、诗学樊篱的突破,可谓是现代美学、诗学的"转换预告",甚至就是中国现代文论的滥觞。

新文学革命,有其服务于文化及思想革命之初衷,从某种意义上讲,文学只是追求精神自由,达成启蒙民众、改良社会现实之思想革命的工具而已。对此,蔡元培曾做过论述:"为什么改革思想,一定要牵涉到文学上?这因为文学是传导思想的工具。钱玄同于七年三月十四日致陈独秀书,有云:'旧文章的内容,不到半页,必有发昏做梦的话,青年子弟,读了这种旧文章,觉其句调铿锵,娓娓可诵,不知不觉,便将为文中之荒谬道理所征服。'在玄同所主张的'废除汉文'虽不易实现,而先废文言文,是做得到的。"[②] 事实也确实如此,胡适在《逼上

[①] 向天渊:《重"意"轻"言":"立象尽意"的诗学缺陷》,《南昌大学学报》(人文社会科学版)2004年第5期。

[②] 蔡元培:《中国新文学大系·总序》,《中国新文学大系·建设理论集》,上海良友图书印刷公司1935年版,第9页。

梁山——文学革命的开始》一文中对自己如何形成"白话是活文字，古文是半死的文字"的看法以及提出"文学改良""八件事"的过程进行了细致的回顾，友朋的砥砺、商榷固然重要，但文艺复兴以降欧洲作家舍去拉丁文改用本国的鲜活语言，造成西方近代文学勃然兴起的历史进程，则给他更加直接的启发。就其"八事"本身而言，他也明确指出其中有五件"为形式的方面"，即"不用典"、"不用陈套语（务去滥调套语）"、"不讲对仗"、"不避俗字俗语"和"须讲求文法"①。胡适的主张得到陈独秀的赞赏、宣传与推行，很快形成"文学革命"这样"一个有力的大运动了"②。

作为新文学理论之双翼的"白话的文学"与"人的文学"，尽管都遭受了反对与挑战，但相比之下，"白话"在文学创作中的推行与普及，即便已经有晚清文学变革中的白话与文言之争作为铺垫，却仍然受到来自林纾、严复、辜鸿铭、刘师培、黄侃以及吴宓、胡先骕等保守派人士的正面冲击，但也正因为经历了这样一场"血与火"的战斗洗礼，白话文很快站稳脚跟，此次论辩也超越晚清单纯的语言或文字之争，成为"各自所代表的思想意识形态的抗衡，是新文化与老传统的一场争战。在此过程中，胡适等人也触及到以追求语言的现代性来拓进新文化的建构问题，显露出现代语言观的萌芽"③。

胡适语言观之现代性特征主要体现在，从语言文字与思想及精神之关系的角度来探讨文学语言的本质与属性。1916年，还在美国留学的胡适就已经认识到："文学的生命全靠能用一个时代的活的工具来表现一个时代的情感与思想。工具僵化了，必须另换新的，活的，这就是'文学革命'。……历史上的'文学革命'全是文学

---

① 胡适：《逼上梁山——文学革命的开始》，《中国新文学大系·建设理论集》，上海良友图书印刷公司1935年版，第24—25页。至于胡适的"八不主义"与美国意象派诗潮及主张之间的关系，已经被反复探讨，具体情况请参看沈卫威《〈文学改良刍议〉与欧美意象派诗潮》，《河南大学学报》1993年第2期。
② 胡适：《逼上梁山——文学革命的开始》，《中国新文学大系·建设理论集》，上海良友图书印刷公司1935年版，第27页。
③ 吴立昌：《文学的消解与反消解——中国现代文学派别论争史论》，复旦大学出版社2004年版，第91页。

工具的革命。"① 也正是有了这样的认识，加之受到进化论思想的影响，他"才把中国文学史看明白了，才认清了中国俗话文学（从宋儒的白话语录到元朝明朝的白话戏曲和白话小说）是中国的正统文学，是代表中国文学革命自然发展的趋势的。……才敢正式承认中国今日需要的文学革命是用白话替代古文的革命，是用活的工具替代死的工具的革命"②。

与这种认识相一致，胡适在《建设的文学革命论》一文中，进一步明确提出建设"国语的文学，文学的国语"，并对二者之关系进行了简明扼要的辨析，他说："我们所提倡的文学革命，只是要替中国创造一种国语的文学。有了国语的文学，方才有文学的国语。有了文学的国语，我们的国语才算得真正的国语。国语没有文学，便没有生命，便没有价值，便不能成立，便不能发达。"③ 胡适文中所谓"国语的文学"，也就是尽量采用《水浒传》《西游记》《儒林外史》《红楼梦》中的白话，舍去不合时宜的，辅之以今日的白话甚至必要的文言创作而成的文学，同样，"文学的国语"，也就是"将来的新文学用的白话"，于是"造中国将来白话文学的人，就是制定标准国语的人"④。这些道理，经胡适点破之后，似乎并不复杂，但在当时却具有开创性和前瞻性。不过，也正如他自己所说，"这种议论并不是'向壁虚造'的"⑤，而是以意大利、英国、法国、德国等欧洲国家的国语及文学之形成的历史及经验观照中国现实所得出的看法。

为了进一步印证《文学改良刍议》中所宣称的"白话文学之为中国文学之正宗"的观点，并为"文学革命"找出历史依据，胡适1921—1923年开始在教育部、南开大学做《国语文学史》的讲演，并于1927年

---

① 胡适：《逼上梁山——文学革命的开始》，《中国新文学大系·建设理论集》，上海良友图书印刷公司1935年版，第9—10页。
② 胡适：《逼上梁山——文学革命的开始》，《中国新文学大系·建设理论集》，上海良友图书印刷公司1935年版，第10页。
③ 胡适：《建设的文学革命论》，原载《新青年》1918年第4卷第4号，《中国新文学大系·建设理论集》，上海良友图书印刷公司1935年版，第128页。
④ 《中国新文学大系·建设理论集》，上海良友图书印刷公司1935年版，第131页。
⑤ 《中国新文学大系·建设理论集》，上海良友图书印刷公司1935年版，第131页。

将此前的讲义大幅修改之后，交由上海新月书店 1928 年以《白话文学史》为题出版。为了论证"白话文学史就是中国文学史的中心"这一观点，胡适有意"把'白话文学'的范围放得很大，故包括旧文学中那些明白清楚近于说话的作品"，并对"白话"的含义进行了这样的界定："一是戏台上说白的'白'，就是说得出，听得懂的话；二是清白的'白'，就是不加粉饰的话；三是明白的'白'，就是明白晓畅的话。"①虽然这部原计划为上中下三卷的著作，仅仅完成了上卷，而且存在诸多偏激与片面之处，但其影响却巨大而深远，即便"白话""文言"、"平民""贵族"、"活文学""死文学""真文学""假文学"这种二元思维方式，以及"工具至上"的形式主义观点等，也在 1920 年代至 40 年代启发、制约了多部中国文学史的写作②。究其原因，多半属于时势造英雄，正如有学者已经指出的那样："《国语文学史》和《白话文学史》是学术著作，却不是为学术而学术的著作，它明显带有工具色彩，目的在为作者胡适所倡导的白话运动服务。是作者推行白话运动有机的和重要的组成部分……"③时过境迁，《白话文学史》的学术史价值依然值得充分肯定，但其所留下的负面影响也不应忽视。

经由胡适、陈独秀、蔡元培、钱玄同、刘半农、傅斯年、罗家伦等人的理论倡导，加之《狂人日记》《尝试集》《女神》等创作实践的催化，白话文学从旧传统中解放出来，踏上了新的现代化征程。而这一"'文学现代化'所发生的最深刻并具有根本意义的变革是文学语言与形式的变革，以及与此相联系的美学观念与品格的变革"④。今日看来，打响中国文学现代化征程之发令枪的人，正是胡适及其盟友们，而"国语的文学，文学的国语"这一"十字宗旨"也成为中国现代"语言—形式主义"文论传统的第一块奠基石。

---

① 胡适：《白话文学史》"自序"，上海古籍出版社 1999 年版，第 7 页。
② 陆侃如、冯沅君：《中国诗史》（1931）、胡云翼：《新著中国文学史》（1932）、郑振铎：《中国俗文学史》（1938）、刘大杰：《中国文学发展史》（1941）等著作都明显受到《白话文学史》的影响。
③ 刘石：《关于胡适的两部中国文学史著作》，《文学评论》2003 年第 4 期。
④ 钱理群、温儒敏、吴福辉：《中国现代文学三十年（修订本）》"前言"，北京大学出版社 1998 年版，第 2 页。

（二）"自由诗"与"新格律诗"的理论博弈

前文已经指出，鉴于实现启蒙大众、解放思想等文化革命之目的，新文学必须从语言形式上舍弃文言、运用白话，实现文体大革命。就理论探索与具体实践而言，在四大文体中，最为艰难也最引人关注的是白话新诗如何破除古代文言诗歌丰富甚至烦琐的形式束缚，实现诗体大解放。在新诗发展的最初阶段，对"白话"与"自由"的强调成为新诗作者与理论家的共识，新诗也顺理成章地被视为"自由诗"[①]。胡适1919年发表《谈新诗——八年来一件大事》，其中几段后来被反复征引的话，最能代表当时的看法："这一次中国文学的革命运动，也是先要求语言文字和文体的解放。新文学的语言是白话的，新文学的文体是自由的，是不拘格律的。……形式上的束缚，使精神不能自由发展，使良好的内容不能充分表现。若想有一种新内容和新精神，不能不先打破那些束缚精神的枷锁镣铐。因此，中国近年的新诗运动可算得是一种'诗体的大解放'。""近来的新诗发生，不但打破五七言的诗体，并且推翻词调曲谱的种种束缚；不拘格律，不拘平仄，不拘长短；有什么题目，做什么诗；诗该怎样做，就怎样做。"[②]

但实际上，在胡适、郭沫若等新诗先驱者的创作和理论中，新诗并非与格律无关，更非否定格律音韵、反对形式技巧。胡适的《蝴蝶》（1916.8）是公认的第一首白话新诗，也被后来者视为"中国新格律诗的开山之作"[③]，而郭沫若《女神》中写作时间最早的《Venus》[④]也是典型的新

[①] 关于白话诗与自由诗的关系问题，请参看王光明《自由诗与中国新诗》，《中国社会科学》2004年第4期。

[②] 胡适：《谈新诗——八年来一件大事》，原载《星期评论》1919年10月10日"双十纪念号"增刊；《中国文学大系·建设理论集》，上海良友图书印刷公司1935年版，第295、299页。胡适这篇文章影响巨大，被茅盾誉为新诗初期的"一根大柱"，被朱自清视为新诗创造和批评的"金科玉律"。

[③] 周仲器：《新格律诗探索的历史轨迹与时代流向》，《中国新格律诗选萃（1914—2005）·代序》，吉林大学出版社2005年版。

[④] 《Venus》的写作时间，在《女神》中标注为1919年间，但据作者《我的作诗的经过》（1936）一文说，这诗（《维奴司》）是民国五年（1916）夏秋之交与《新月与白云》《死的诱惑》《别离》等诗先后作的，而在《学生时代·创造十年》中则说《死的诱惑》《新月与白云》《离别》等诗是1918年做的。但有学者认为本诗应该是1916年与安娜恋爱之后写的，更有可能是1917年初，定型于1918年之后。参见陈远征《现代中国的诗人与诗派》第四章《新诗奠基作：〈女神〉——兼谈郭沫若早期爱情诗创作》，湖南师范大学出版社1994年版。

格律诗。就是在《谈新诗——八年来一件大事》一文中，胡适也具体地探讨了新诗音节、用韵及其他做法的问题。在谈"新诗体的音节"问题时，胡适就明确指出："现在攻击新诗的人，多说新诗没有音节。不幸有一些做新诗的人也以为新诗可以不注意音节。这都是错误的。"①

郭沫若的新诗主张，的确有为白话—自由诗寻找理论依据的目的，他的"内在韵律"说与胡适的"自然音节"理论可谓一脉相承，影响深远，但我们却不能说他不关注甚至否定了外在形式问题。1920年1月18日，郭沫若致宗白华的信中提出一个著名的公式："诗＝（直觉＋情调＋想象）＋（适当的文字）"，并在"（直觉＋情调＋想象）"下面标注"Inhalt"，在"（适当的文字）"下面标注"Form"。这种内容、形式二分的观点，自然是来自西方，只不过郭沫若主张"诗不是'做'出来的，只是'写'出来的"，而且将"直觉、情调、想象"视为"诗的本体"，"只要把它写了出来，它就体相兼备"②。至于"相"或者"适当的文字"（Form）究竟是怎样的，这封信并无具体说明，加之他随后又有"裸体美人"的主张，甚至还提出"形式方面我主张绝端的自由，绝端的自主"③。"我愿打破一切诗的形式，来写自己够味的东西"④。这些看法，被后来的阐释者反复加以推衍，郭沫若也被塑造成早期"自由诗"理论家与创作者的典型。

不过，斟酌这些言论的上下文，我们会发现，郭沫若的观点有倾向，但并未趋于极端。他的"形式方面我主张绝端的自由，绝端的自主"的前一句话是"他人已成的形式只是自己的监狱"，很明显，所谓"绝端的自由"是指不被他人之形式拘囿，"绝端的自主"则是倡导创造适合自己的新形式。否则，有"绝端的自由"已经够了，何必还来一个"绝端的自主"呢？再看"我愿打破一切诗的形式，来写自己够

---

① 胡适：《谈新诗——八年来一件大事》，《中国文学大系·建设理论集》，上海良友图书印刷公司1935年版，第302页。
② 郭沫若：《谈诗歌创作（通讯三则）》，王训昭、卢正言、邵华等编著：《郭沫若研究资料》（上），知识产权出版社2010年版，第106—107页。
③ 王训昭、卢正言、邵华等编著：《郭沫若研究资料》（上），知识产权出版社2010年版，第109页。
④ 郭沫若：《序我的诗》，《郭沫若论创作》，上海文艺出版社1983年版，第214页。

味的东西"这句话，同样也会发现，愿意"打破的"是"一切诗的形式"，而不是"诗的一切形式"，"写自己够味的东西"，难道不也包含自己独创的够味的新形式吗？再来看他1920年12月写给李石岑的信中所说的"裸体美人"的观点："诗应该是纯粹的内在律，表示他的工具用外在律也可，便不用外在律，也正是裸体的美人。散文诗便是这个。……诗无论新旧，只要是真正的美人穿件什么衣裳都好看，不穿衣裳的裸体更好！"① 这段话很值得推敲，一是"诗"之"内在律"与作为工具的"外在律"是相对应的，外在律可以有，也可以没有，恰如美人可以穿衣裳，也可以不穿，而"散文诗"便是这种不用外在律的诗，也就是不穿衣裳的裸体美人。结合《〈少年维特之烦恼〉序引》(1922)中的观点，郭沫若视"散文诗"为"裸体的美人"的比喻则更其明显："最近国人论诗，犹有兢兢于有韵无韵之争而诋散文诗之名为无理者，真可算是出人意表之外，不知诗之本质，决不在乎韵脚之有无。有韵者可以为诗，而有韵者不必尽是诗。……诗可以有韵，而诗不必一定有韵。读无韵之抒情小品，吾人每每称其诗意葱茏。……有人始终不明散文诗的定义的，我就请他读这部《少年维特之烦恼》吧！"②

郭沫若对诗之本质、诗之体相、诗之内容与形式、有韵之诗、无韵之散文诗的论说方式充满感悟与浪漫气质，并非严密的学理阐释，尽管其见解有显著的辩证甚至圆满之处，但在需要自由之精神及品格的时代，很容易被片面理解，加之《女神》之狂飙不羁、自由奔放的风格正可以作为其理论的注脚，彼此促进，郭沫若也就逐渐被定格为"绝端自由"之新诗人。

胡适曾经讲过："平心说来，我们这一辈人都是从古文里滚出来的，一二十年的死功夫或二三十年的死功夫究竟还留下一点子鬼影，不容易完全脱胎换骨。"③ 旧文化、旧文学的深厚修养，使得他们即便在高张"文学革命"之大旗、尝试新诗写作的时候，也不可避免地受到

---

① 郭沫若：《论诗三札》，《郭沫若论创作》，上海文艺出版社1983年版，第233—234页。
② 王训昭、卢正言、邵华等编著：《郭沫若研究资料》（上），知识产权出版社2010年版，第115页。
③ 胡适：《整理国故与"打鬼"》，《胡适文集》（三），北京大学出版社1998年版，第432页。

拘束与牵制，不仅诗歌创作中有"放大了的小脚"现象，诗学主张上也不可能毫无顾忌地拒斥和抛弃格律声韵之古典传统。

但胡适、郭沫若之后的新一代则大有不同。20世纪初，有清一代唯一有效的书院教育被新式学校教育取代，科举制度也随之终结，与20世纪一道成长的新一代，其知识结构中的西学比重越来越大，中学成分日益萎缩，接受"五四"新文化运动洗礼之后，古典传统对他们的熏染与约束更是大为减弱，新诗的白话形式与自由品格自然容易得到他们的认可。

更深一层看，促成新诗诞生与发展的外国诗歌，诸如美国惠特曼、法国象征派、英美意象派、德国表现派、俄国未来派等都纷纷改弦更张，舍弃传统格律，运用日常口语，采取自由诗体。这种大规模的自由诗体的转向，影响所及，也加速了自由体新诗在中国的流行①。据统计，"新文学的第一个十年，诗创作数以万计。单行本约一百左右"②。其中大多为自由体，代表性的诗人除胡适、郭沫若、鲁迅、周作人、刘半农等人之外，主要是康白情、俞平伯、宗白华、谢冰心、蒋光慈、朱自清、冯至以及创造社的田汉、成仿吾、王独清、穆木天，湖畔派的冯雪峰、应修人、潘漠华、汪静之，象征派的李金发、戴望舒、冯乃超、梁宗岱等更为年轻的一代。

除了作品以外，青年诗人们在理论上也极力为自由体新诗张本开道。比如，康白情指出："旧诗大体遵格律，拘音韵，讲雕琢，尚典雅。新诗反之，自由成章而没有一定的格律，切自然的音节而不必拘音韵，贵质朴而不讲雕琢，以白话入行而不尚典雅。新诗破除一切桎梏人性的陈套，只求其无悖诗的精神罢了。""旧诗里音乐的表现，专靠音韵平仄清浊等满足感官的东西。因为格律的束缚，心官于是无由发展；心官愈不发展，愈只在格律上用工夫，浸假而仅能满足感官；竟嗅不出诗的气味了。于是新诗排除格律，只要自然的音节。"③ 俞平伯也说："我怀抱着两个做诗

---

① 朱自清在《中国新文学大系·诗集·导言》中也说："自然音节和诗可无韵的说法，似乎也是外国'自由诗'的影响。"上海良友图书印刷公司1935年版，第3页。
② 陆耀东：《二十年代中国各流派诗人论》，中国社会科学出版社1985年版，第327页。
③ 康白情：《新诗的我见》，原载《少年中国》1920年第1卷第9期，《中国文学大系·建设理论集》，上海良友图书印刷公司1935年版，第324、327页。

的信念：一个是自由，一个是真实。……我不愿顾念一切做诗的律令，我不愿受一切主义的拘牵，我不愿去模仿，或者有意去创造那一诗派。我只愿随随便便的，活活泼泼的，借当代的语言，去表现出自我，在人类中间的我，为爱而活着的我。至于表现出的，是有韵的或无韵的诗，是因袭的或创造的诗，即至于是诗不是诗；这都和我的本意无关，我以为如要顾念到这些问题，就可根本上无意于做诗，且亦无所谓诗了。"[1]

不过，白话—自由诗的蓬勃发展，在冲破旧诗束缚的同时，也逐渐趋于草率，用李金发的说法，就是"中国自文学革新后，诗界成为无治状态，对于全诗的体裁，或使多少人不满意，但这不紧要，苟能表现一切"[2]。对此现象，朱自清发也表过这样的感叹："《流云》出后，小诗渐渐完事，新诗跟着也中衰。"[3] 梁实秋曾有准确描述："新诗运动最早的几年，大家注重的是'白话'，不是'诗'，大家努力的是如何摆脱旧诗的藩篱，不是如何建设新诗的根基。……一般写诗的人以打破旧诗的范围为唯一职志，提起笔来固然无拘无束，但是什么标准都没有了，结果是散漫无纪。"[4]

既然旧诗格律束缚精神、桎梏人性，解决新诗散漫无纪的办法，不可能回归古典规范，只能是重建新的标准，这一标准的首要表现自然是新的格律声韵。说来奇怪，除胡适、刘半农之外，更加积极的新诗格律探索者仍然是年青一代的诗人，康白情、俞平伯、应修人、陆志韦等从不同方向进行实践，"向内从古典诗词和民谣，向外从西洋诗歌汲取格律因素，虽属两种不同的方式，但对韵律的关心是一致的，这就有可能导致对现代诗歌形式的注重。……正是在这种条件下，闻一多等《诗镌》诸君应运而起，揭橥格律，标榜形式，对否定旧诗格律的自由体新诗作出新的意义上的否定"[5]。

---

[1] 俞平伯：《〈冬夜〉自序》（1922），《俞平伯全集》（第1卷），花山文艺出版社1997年版，第12—13页。
[2] 李金发：《〈微雨〉导言》，《微雨》，北新书局1925年版。
[3] 朱自清：《中国新文学大系·诗集·导言》，上海良友图书印刷公司1935年版，第4页。
[4] 梁实秋：《新诗的格调及其他》，原载于《诗刊》1931年1月，《梁实秋文集》（第6卷），第529页。
[5] 杜荣根：《论现代格律诗的嬗变和发展》，《学术月刊》1987年第7期。

第八章　融突和合（下）

所谓《诗镌》诸君，指以《晨报副刊·诗镌》（1926年4—6月，每周四出版）为纽带团结在一起的徐志摩、闻一多、于赓虞、朱湘、饶孟侃、刘梦苇、杨世恩、蹇先艾、邓以蛰、余上沅、朱大枬等人，在总共11期刊物中，发表"创格的新诗"84首，以及闻一多的《诗的格律》、饶孟侃的《新诗的音节》《再论新诗的音节》等探讨新诗格律问题的重要论文。确如徐志摩所说的那样，《诗镌》诸君"把创格的新诗当做一件认真事情做"，他们的创作与理论就是为新诗"造适当的躯壳"，发现"新格式与新音节"①。这种努力对新诗发展造成了深远影响，对现代诗学做出了重要贡献。对此，闻一多当年就自信满满地指出："余预料《诗刊》之刊行已为新诗辟一第二纪元，其重要当与《新青年》、《新潮》并视……"② 但也无可否认，将新诗的诗性标准向形式层面倾斜，加之没有认识到诉诸听觉的诗与诉诸视觉的绘画、建筑、雕塑等其他艺术门类的区别，新诗创格运动的弊端很快显露出来，且遭受诸多批评，尽管此后借助《新月》（1928）、《诗刊》（1931）有所延续，但并未出现大的转机。直到1930年代中期之后，叶公超、林徽因、孙大雨、罗念生、梁宗岱、陈梦家、邵洵美以及臧克家、林庚、卞之琳、何其芳等才"逐步扬弃着原来的一些模式，努力探索更适合表现时代和个人风格的诗歌形式"③。而闻一多、梁宗岱、朱湘、孙大雨、卞之琳、冯至等也在"十四行诗"的译介与创作上不断前行。

与此同时，愈加尖锐的阶级矛盾，日益加剧的民族危机，激发出诗人们的战斗激情，恰如胡风所说："为了表现从实际生活得来的诗人的真实情绪，就不得不打破向来的传统，或者说，就不得不继承而且发展诗史上的革命传统，采取了自由奔放的形式。"④ 田间、艾青、七月派诗人、九叶诗派、戴望舒为代表的现代派诗人等，创作了大量的自由体新诗，并提出了"散文美"（艾青）、"情绪的抑扬顿挫"（戴望舒）、

---

① 参见徐志摩《诗刊弁言》，原载《晨报·副镌》1926年4月1日创刊号，《徐志摩散文精选》，长江文艺出版社2013年版，第109—111页。
② 闻一多：《致梁实秋、熊佛西》（1926年4月15日），《闻一多全集》（第12卷），湖北人民出版社1993年版，第233页。
③ 杜荣根：《寻求与超越——中国新诗新式批评》，复旦大学出版社1993年版，第119页。
④ 胡风：《略观战争以来的诗》，《胡风评论集》（中），人民文学出版社1984年版，第53页。

"新诗戏剧化"等诗学主张，在与格律体竞技的同时，也形成相互促进、并行发展的一段好时光。

此后，新诗形式上的格律探索可谓一波三折，但也涌现出吴兴华、何其芳、林庚、郭小川、丁芒、胡乔木、屠岸、黄淮、邹绛，以及许霆、鲁德俊、许可、丁鲁、程文、周仲器等诗人、学者，或在实践上有所创新，或在理论上有所贡献①，其成就不仅为新诗的发展开辟了多种可能性，也为现代文论的语言—形式传统积淀了丰富的学术资源。总的说来，新诗的诞生和发展都得益于外国诗歌的影响，自由体与格律体两个维度的实践与理论都从域外诗歌与诗论中获得启示。但其中国形态的确立，则又与社会现实、时代思潮乃至于文化传统等诸多因素紧密相关。

（三）西方形式主义文论的译介、阐释与变异

19世纪末与20世纪初，西方哲学与诗学发生影响深远的语言学转向。促成这一转向的思想资源主要是英美的分析哲学、瑞士费尔迪南·索绪尔的普通语言学。其在诗学领域的重要表现就是语言—形式主义文论的大肆流行：俄国形式主义、结构主义、新批评等等，都曾各领风骚，且秘响旁通，可谓热闹非凡。这一现象自然引起中国学者的高度关注，一批得风气之先者积极将其引进国内，尤其是最近三十多年，介绍、翻译、阐释、推衍等各种类型的论文与著作层出不穷，其结果就是西方形式主义文论逐步渗透并较好地融入中国现代文论新传统之中，成就域外文论本土化的又一典型案例。以下依次进行简要描述。

首先，我们来看俄国形式主义的中国化进程。特里·伊格尔顿曾指出："倘若人们想确定本世纪文学理论发生重大转折的日期，最好把这个日期定在1917年。在那一年，年轻的俄国形式学派理论家维克多·谢洛夫斯基发表了开创性的论文《作为技巧的艺术》……"②

---

① 参见周仲器《新格律诗探索的历史轨迹与时代流向》，《中国新格律诗选萃·代序》，吉林大学出版社2005年版。周仲器还与周渡合著《中国新格律诗探索史略》（江苏大学出版社2013年版），对中国新格律诗（又称现代格律诗、白话格律诗、格律体新诗等）的百年发展历程进行了较为细致的梳理、概括与阐释。

② ［英］特里·伊格尔顿：《文学原理引论·作者序》，刘峰译，文化艺术出版社1987年版，第1页。

第八章　融突和合（下）

尽管中国新文学的发端也是1917年，也以语言形式作为突破口以实现文学革命之目的，但迄今为止，尚未发现两者之间存在彼此影响的确凿证据[①]。虽然1936年11月出版的《中苏文化》第1卷第6期刊登过"苏联文艺上形式主义论战特辑"，钱钟书1948年出版的《谈艺录》也多次提到俄国形式主义理论家并运用"陌生化"原则阐释中国古代"以故为新，以俗为雅"等注重"新奇"的诗学观点[②]，但俄国形式主义有规模地进入中国并产生巨大影响则是在1980年代之后。有学者对此做过梳理，并将其描述为"70年代末—80年代后期的初步译介""80年代后期—90年代末的研究""90年代末以降接受的深入与发展"等三个阶段[③]。在此过程中，《艺术旗帜上的颜色：俄国形式主义与捷克结构主义》[④]《"文学性"和"陌生化"：俄国形式主义早期的两大理论支柱》[⑤]是介绍环节中最有影响的两篇论文；《俄苏形式主义文论选》[⑥]以及两本《俄国形式主义文论选》[⑦]是翻译方面最重要的三部文集，《文艺学中的形式主义方法》[⑧]是从苏联翻译过来的颇有影响的研究性著作；《形式主义文论》[⑨]《陌生化诗学》[⑩]《韵律与意义：20世纪俄罗斯诗学理论研究》[⑪]《雅可布逊的诗学研究》[⑫]等是中国学者系统阐释俄国形式主义的几部代表性专著。最近一些年以俄国形式主义为研究对象的

[①] 参见吕周聚《胡适与俄国形式主义学派文学史理论比较研究》，《山东社会科学》1998年第6期。
[②] 参见季进《钱锺书与现代西学》第三章，上海三联书店2002年版。
[③] 耿海英：《新时期俄国形式主义文论在中国的接受与研究》，《俄罗斯文艺》2007年第1期。另有汪介之《俄国形式主义在中国的接受》，《中国比较文学》2005年第3期。
[④] 张隆溪：《艺术旗帜上的颜色：俄国形式主义与捷克结构主义》，《读书》1983年第8期。
[⑤] 钱佼汝：《"文学性"和"陌生化"：俄国形式主义早期的两大理论支柱》，《外国文学评论》1989年第1期。
[⑥] ［法］茨维坦·托多罗夫编选：《俄苏形式主义文论选》，蔡鸿滨译，中国社会科学出版社1989年版。
[⑦] 一部是俄国什克洛夫斯基等著，方珊等译，生活·读书·新知三联书店1989年版；另一部是爱沙尼亚扎娜·明茨、伊·切尔诺夫编选，王薇生译，郑州大学出版社2005年版。
[⑧] ［苏联］巴赫金：《文艺学中的形式主义方法》，李辉凡、张婕译，漓江人民出版社1989年版。
[⑨] 方珊：《形式主义文论》，山东教育出版社1994年版。该书还研究了新批评、法国结构主义。
[⑩] 张冰：《陌生化诗学》，北京师范大学出版社2000年版。
[⑪] 黄玫：《韵律与意义：20世纪俄罗斯诗学理论研究》，人民出版社2005年版。
[⑫] 赵晓彬：《雅可布逊的诗学研究》，人民文学出版社2014年版。

硕博学位论文也大量涌现。尽管仍然存在翻译不够充分与准确、理解不够透彻、研究范围不够宽广等诸多不足,但经过多种途径的渗透,俄国形式主义的核心概念"陌生化""文学性",以及对文学作品的形式与结构、结构与功能、材料与手法之关系,诗学与语言学之关系等的看法,大都转化为中国文艺理论的基础知识,与西方其他形式主义的观点一道,被中国学者接受、掌握与运用。

其次,我们来看结构主义的中国化进程。结构主义的发展与演化非常复杂,它既可以说是一种方法,也可以说是一大思潮,还可以将其视为一种思维方式。受索绪尔语言学影响并不明显的俄国形式主义也被视为结构主义的第一阶段,其代表性人物之一罗曼·雅可布逊1920年移居捷克斯洛伐克,并由此开启结构主义的第二阶段,二次大战中,法国学者列维·斯特劳斯与定居美国的雅可布逊相遇,则是结构主义开始其第三阶段的契机。这一演进历程被比利时学者J. M. 布洛克曼描述为:"莫斯科和圣彼得堡、布拉格、巴黎,是结构主义思想发展路程上的三站。……结构主义思想的文化—历史连续体所处的范围,年代上与本世纪,空间上与上列欧洲城市恰好相合。"[①]不过,罗兰·巴尔特曾指出:"结构主义产生于语言学,而在文学中,它找到了一个产生于语言的对象。"[②] 这大约就是结构主义文论大行其道的重要原因。除罗曼·雅克布逊、列维·斯特劳斯之外,结构主义还涌现了杨·穆卡洛夫斯基、弗利克斯·伏迪卡、罗兰·巴尔特、茨维坦·托多罗夫、A. J. 格雷马斯、热拉尔·热奈特等重要理论家和批评家。

与前述俄国形式主义中国化历程颇为相似,"我国对结构主义批评的接受,大致上可分为三个阶段:第一阶段从1975年到1983年,为接受结构主义批评的初始阶段;第二阶段从1984年到1989年,为接受结构主义批评的发展阶段;第三阶段从1990年到现在,

---

① [比] J. M. 布洛克曼:《结构主义:莫斯科—布拉格—巴黎》,李幼蒸译,商务印书馆1980年版,第33页。
② [法] 罗兰·巴尔特:《科学与文学》,转引自 [美] 乔纳森·卡勒《结构主义诗学》,盛宁译,中国社会科学出版社1991年版,第150页。

为接受结构主义批评的深入阶段"[1]。在此过程中,《结构主义文学理论述评》[2]《关于结构主义文艺批评》[3]《法国结构主义哲学的初步分析》[4] 是介绍环节影响较大的三篇论文;《普通语言学教程》[5]《结构主义》[6]《野性的思维》[7]《结构主义和符号学:电影理论译文集》[8]《结构主义神话学》[9]《结构主义:批评的理论与实践》[10]《结构主义诗学》[11]《结构人类学》[12]《民间故事形态学》[13] 等是翻译领域的重要成果;研究方面的主要论著则有《结构主义的理论与实践》[14]《语言的牢房:结构主义的语言学和人类学》[15]《诗的解剖:结构主义诗论》[16]《故事下面的故事:论结构主义叙事学》[17]《唐诗的魅力:诗语的结构主义批评》[18]《结构主义文学批评方法研究》[19];等等。如此声势浩大的译介与阐释,

---

[1] 陈太胜:《结构主义批评在中国》,《社会科学研究》1999年第4期。实际上,早在1930年代陈望道、刘半农、岑麒祥等就介绍过索绪尔等结构主义语言学家的观点,1950年代也介绍和讨论过结构主义语言学的相关理论。

[2] 袁可嘉:《结构主义文学理论述评》,《世界文学》1979年第2期。

[3] 王泰来:《关于结构主义文艺批评》,《外国文学研究》1981年第2期。

[4] 李幼蒸:《法国结构主义哲学的初步分析》,全国现代外国哲学研究会编:《现代外国哲学论文集》,商务印书馆1982年版。

[5] [瑞士] 索绪尔:《普通语言学教程》,高名凯译,商务印书馆1980年版。

[6] [瑞士] 皮亚杰:《结构主义》,倪连生、王琳译,商务印书馆1984年版。

[7] [法] 列维—斯特劳斯:《野性的思维》,李幼蒸译,商务印书馆1987年版。

[8] 李幼蒸编选:《结构主义和符号学:电影理论译文集》,生活·读书·新知三联书店1987年版。

[9] 叶舒宪编选:《结构主义神话学》,陕西师范大学出版社1988年版。

[10] [美] 罗伯特·萧尔斯:《结构主义:批评的理论与实践》,高秋雁审译,结构出版社1989年版。本书中国大陆也有《结构主义与文学》(孙秋秋等译,春风文艺出版社1988)、《文学结构主义》(刘豫译,生活·读书·新知三联书店1988年版)两个译本。

[11] [美] 乔纳森·卡勒:《结构主义诗学》,盛宁译,中国社会科学出版社1991年版。

[12] [法] 克洛德·莱维—斯特劳斯:《结构人类学》,谢维扬、俞宣孟译,上海译文出版社1995年版。

[13] [俄] 弗拉基米尔·雅可夫列维奇·普罗普:《民间故事形态学》,贾放译,中华书局2006年版。

[14] 周英雄、郑树森编著:《结构主义的理论与实践》,黎明文化事业股份有限公司1980年版。

[15] 张隆溪:《语言的牢房:结构主义的语言学和人类学》,《读书》1983年第9期。

[16] 张隆溪:《诗的解剖:结构主义诗论》,《读书》1983年第10期。

[17] 张隆溪:《故事下面的故事:论结构主义叙事学》,《读书》1983年第111期。

[18] [美] 高友工、梅祖麟:《唐诗的魅力:诗语的结构主义批评》,李世耀译,上海古籍出版社1989年版。

[19] 李广仓:《结构主义文学批评方法研究》,湖南大学出版社2006年版。

使得结构主义很快在中国的语言学与文学研究中站稳脚跟,"许多术语也随着结构主义文论引入中国,如'共时性''组合关系''聚合关系''文本''话语''书写'等等,这些概念的引入改变了过去的概念体系,极大影响了中国文论的言说和书写方式"①。与结构主义密切相关的文学符号学、叙事学等也在中国大行其道,译介与研究成果异常丰富。

最后,我们简略描述一下"新批评"中国化的进程。一般认为,"新批评"的称谓来自美国批评家约翰·克劳·兰色姆的专著《新批评》(The New Criticism)。《新批评》1941年面世,但"新批评"却肇始于20世纪初的英国,二三十年代成型于美国,四五十年代占据美国文学批评的主导地位,此后,其弊端开始显现,影响力逐步下降,七十年代已经淡出美国批评界。新批评的代表人物除兰色姆之外,还有艾·阿·理查兹、威廉·燕卜荪、托·斯·艾略特、阿伦·泰特、柯林斯·布鲁克斯、罗伯特·潘·沃伦、威廉·库·维姆萨特、门罗·西·比尔兹利、勒内·韦勒克等。新批评之所以"新",是因为它对传统实证主义传记式、印象式批评进行了有力的批判与挑战。1917年艾略特发表《传统与个人才能》,主张"诚实的批评和敏感的鉴赏,不是针对诗人、而是针对诗歌而做出的"②,促使文学研究的重心从作者向文本转换;此后理查兹出版了《文学批评原理》(1924)、《实用批评》(1927)等富有科学精神的著作,其注重语言与结构的语义分析和细读方法,被其学生燕卜荪尤其是美国新批评家兰色姆及其门徒布鲁克斯、泰特和罗伯特·潘·沃伦等人吸收并发扬光大,"在理论上把作品本文视为批评的出发点和归宿,认为文学研究的对象只应当是诗的'本体即诗的存在的现实'"③。这种可谓是"作品本体论"的批评观念,在勒内·韦勒克和奥斯汀·沃伦合著的《文学理论》(1949)一书中被概括为"内部研究",即主张"文学研究的合情合理的出发点是解释和分析作品

---

① 钱翰:《回顾结构主义与中国文论的相遇》,《法国研究》2010年第2期。
② [英]托·斯·艾略特:《艾略特文学论文集》,李赋宁译注,百花洲文艺出版社1994年版,第6页。
③ 张隆溪:《二十世纪西方文论述评》,生活·读书·新知三联书店1986年版,第39—40页。

本身"①。《文学理论》这本将俄国形式主义、捷克结构主义和英美新批评有机结合起来的著作,产生了广泛的世界性影响,也加快了形式主义文论全球化的步伐。

与前述俄国形式主义、结构主义两种形式主义文论略有不同,"新批评派是中国知识分子从20世纪二三十年代就心向往之的学派,中国的介绍几乎与新批评的发展同步。卞之琳、钱钟书、吴世昌、曹葆华、袁可嘉等先生先后进行过新批评经典著作的翻译,朱自清、叶公超、浦江清、朱希祖、李安宅等都对新批评情有独钟。可以说,有整整一代中国文学理论家受到了新批评发展的'同步'影响"②。但这种影响在五十年代之后的中国大陆却只能以批判与否定的方式存在,直到七十年代末八十年代初才得到肯定性的延续,但这已经由"同步"而变成"错位"式的接受与影响了。

尽管如此,新批评在中国仍然受到特别的追捧,时至今日,其英美代表人物的论著大多被译成中文,其核心观点已经转化为当代中国文学理论的有机组成部分,其细读方法也被普遍运用于对古代文学、现当代文学甚至外国文学作品的阐释,其意图谬误、感受谬误、细读、复义(含混)、张力、反讽、悖论等关键术语也被用来与中国文论中的以意逆志、兴观群怨、滋味、熟参、评点、一语多义、以少总多、内外意、含蓄委婉、气势、出人意表、讽喻、主文谲谏、阴阳互根、虚实相生等范畴彼此互释、求同辨异。在此过程中,除了海外汉学家叶嘉莹、高友工、梅祖麟、夏志清、宇文所安、熊秉明、王润生以及台港学者颜元叔、黄维樑等人的阐发实践和翻译介绍之外,中国大陆的卞之琳、钱钟书、杨周翰、袁可嘉、李赋宁、赵毅衡、张隆溪、刘象愚、王富仁、孙绍振、王先霈等一批重量级学者也率先垂范,对新批评的中国化做出了重要贡献。

相比其他形式主义文论,"新批评"更加适合于诗歌解析,而中国文学中的诗歌尤其是抒情诗特别发达,古代诗学也盛行微言大义、熟参

---

① [美] 勒内·韦勒克、奥斯汀·沃伦:《文学理论》,刘象愚、邢培明等译,江苏教育出版社2005年版,第155页。

② 赵毅衡:《新中国六十年新批评研究》,《浙江大学学报》2012年第1期。

妙悟、虚心涵泳、诗文评点等与"细读"相通的方法，种种相似使得彼此相见恨晚、一拍即合。上述海外汉学家及中国当代学人在"新批评"的具体实践中多以诗歌为细读对象①就是对此种情形的最好说明，正所谓理论与对象在冥冥之中存有某种缘分，时机成熟，定然落地生根、开花结果。

俄国形式主义、结构主义、"新批评"之所以能够在中国形成热闹非凡的文论景观，主要原因在于：自20世纪中叶以后，中国较长时期将文学视为政治的附庸与工具，就文学内部而言，又强调内容决定形式，忽视甚至否认形式具有独立的审美价值与意义，而改革开放之后，凸显"文学性"并将作品本身提高到本体地位加以阐释的西方形式主义文论，正好被中国学者当作冲击、突破工具论、反映论文学观的有效武器。比如，黄子平就曾指出："对于文学作品来讲，本质与现象、内容与形式，全都统一在其独特的语言结构之中。使文学评论走出这种'二分法'窘境的一条出路，即在于对作品语言作透彻的、有机的结构分析。文学作品以其独特的语言结构提醒我们：它自身的价值。不要到语言的'后面'去寻找本来就存在于语言之中的线索。"② 为此，他提倡将文学作品当作"自足的符号体系"进行研究的"文学语言学"。正如有学者指出的那样："从意识形态批评或政治批评的角度看，八十年代的'形式'与'审美'都承担着一代知识分子的政治理想，是最具有政治性的文学理论话语。……在这里，'形式'对'内容'的反叛就意味着精神对压制的反叛、自由对专制的反叛。这样，'形式'也就承担起表征中国一代人文知识分子政治诉求的重要使命。"③

正是在俄国形式主义、新批评、结构主义等西方形式主义文论的影

---

① 参见徐克瑜《诗歌文本细读艺术论》第七、八章对颜元叔、叶嘉莹、王润生、叶维廉、宇文所安、朱自清、钱钟书、孙绍振等人诗歌细读艺术的分析，甘肃人民出版社2009年版。此外，王富仁、陈超、唐晓渡、王毅等人的诗歌细读都产生了较大的影响。

② 黄子平：《关于"文学语言学"的研究笔记之一：得意莫忘言》，《上海文学》1985年第11期。

③ 李春青、袁晶：《"形式"的意义——近年来中国学界形式主义文论研究之反思》，《中国文学研究》2013年第2期。

响与启发之下，当代中国学者提出了多种侧重文学语言及形式研究的批评与理论主张，比如黄子平、鲁枢元等人的"文学语言学"，孟华、黄亚平、陈宗明等人的"汉字符号学"王一川的"兴辞诗学"，石虎的"字思维"，童庆炳的"文体诗学"，等等。而此一时期，一些先锋诗人与小说家也在语言上进行了大胆的探索与实验。译介、研究、批评与创作等多维共建，使得形式主义成为中国现代文论新传统的重要组成部分。不仅如此，由于当代中国在接受颇具科学精神的西方形式主义文论的同时，也在大规模地引进精神分析、现象学、存在主义、阐释学、接受美学、女性主义、新历史主义、西方马克思主义等具有浓郁人文精神的文论思潮，虽然这两大潮流在西方彼此并行甚至相互消解，但进入中国之后，却被同时接受，故而形成彼此校正、相互补充的局面，加之时间上的错位与滞后，俄国形式主义、新批评、结构主义的弊端已经充分显露，深受马克主义文论思想影响的中国学者自然不会对它们无条件的加以接受与推崇，更多地是以拿来主义、为我所用的心态进行吸收与改造。

比如，早在1983年，腾守尧在为克莱夫·贝尔《艺术》一书的中译本所作的前言中就曾指出："纯粹的形式能够克服欣赏时无谓的联想，直接将人导入审美的反应。但这仍然不是实质所在。它的实质只有在看到人的社会历史本性和社会实践对心理的积淀作用时，才能最终得到解释。按照这一观点，任何形式，不管它的变化和节奏如何生动，不管它的多样性和有机统一性如何使人目不暇接，如果不同人和社会发生联系，是谈不上什么'意味'和'感情'的。它们之所以使人感到有意味，乃是因为它们本质上是积淀了社会内容的形式，换言之，美的形式而不即是形式，离开形式固然没有美，而只有形式也不成其为美。形式，它之所以能够吸引人，必定是因为其中有一种符合人之本性的规律，有一种类主体性的东西，它见出的有机统一，多样变化、韵律节奏必定是在某种程度上与人的自然形态、知觉倾向、情感变化规律有着相同形、相一致、相合拍的地方。除此之外，它必须代表着特定的社会理想、思想情趣，使人看了似乎是用信号向人传达着某种社会内容。假如上述两个方面互相协调、相辅相成，它们就会融合成一种有机整体，一种适合反映出某一时期中压倒一切的时代精神的有机整体。当然，在很多情况下这两个方面又可能不协调、甚至互相矛盾。"① 几乎就在域外文论大举进入中国并受到推崇的同时能有这样清醒而辩证的认识，显得难能而可贵。

又比如，童庆炳在20世纪90年代初提出"美在于内容与形式的交涉部"的观点，同样具有鲜明的思辨色彩与创新价值。他说："作品的内容与形式的美学关系，不是一般的决定与被决定的关系，而是彼此相互征服的关系。艺术美正是在这种独特的相互征服中显露出来。……在艺术构思中，内容因素与形式因素就处于一种相互征服、相互消灭的相生相克的冲突中。内容力图控制形式，形式则力图反过来塑造、组织改造内容。因此，艺术作品中内容与形式的统一，并不是静态的统一，而是对立的统一，冲突、斗争中的动态的统一。"②

再比如，王一川论述其"兴辞诗学"的含义时也明确指出："兴辞诗学，原作感兴修辞诗学，是由注重个体体验的感兴论与突出特定语境中的语言效果的修辞论两者融汇起来的文论框架。这是一种在特定语境中阐释文本语言并由此显示其感兴蕴藉的文论方式。文本就是指作者创造的供阅读的特定语言构成品，而语境则是包含几重含义——首先指特定文本中的上下文，其次指这一文本所生成于其中的特定时段的更大而丰富的文化文本，最后是指最终影响这种文本意义生成的与生产方式相关的最基本的历史情境。"③ 这样的界说，既受到西方语言论诗学的影响，也得益于中国古典感兴论的启发，是两者相互渗透、交织的结果。

凡此种种，包括前述胡适的十字主张——"国语的文学，文学的国语"、自由诗与格律诗的理论博弈等，都说明域外语言及形式主义文论进入中国之后，必然发生诸多变异，"他国化"（在我们看来就是"本土化"）的命运在所难免。但我们也应看到，此一过程中，无论是

---

① 滕守尧：《前言》，[英] 克莱夫·贝尔：《艺术》，周金环、马钟元译，中国文联出版公司1984年版，第21—22页。
② 童庆炳：《论美在于内容与形式的交涉部》，《文艺理论研究》1990年第6期。
③ 王一川：《兴辞诗学片语》，山东友谊出版社2005年版，第162—163页。

借鉴时的推陈出新,还是挪用里的移花接木,抑或是建构中的调和会通,都取决于社会现实的需要与语言文字的变化,正如有学者在探讨新诗艺术形式问题时早就指出的那样:"诗歌作为一种艺术形式,必然要使用当代的语言反映当代的现实。内容的变化,语言的变化,必然要影响到形式的变化。变化的主导因素,无疑是社会生活和语言,而不是形式自身的历史和传统。"① 诗歌如此,文学如此,阐释诗歌与文学的诗学及文论同样且只能如此! 当然,这也是人文学科各种理论在他国"旅行"时的普遍规律。有鉴于此,我们可以说,域外语言及形式主义文论之中国化的进程,从另一面看来,也就是中国"语言—形式主义文论"传统之形成与发展的历程,其中蕴含着的"冲突—融合—新变"的"本土化"机制及其经验与教训值得我们给予更加深入的探究与总结。

四 域外文论本土化与中国现代生命—生态主义文论传统的形成与发展

毫无疑问,对生物而言,"生命"是最宝贵的。人是生物的一种,但人类对生命的感知与认识却与其他生物具有本质区别,其中最重要的一点是人不仅可以对自己的生命存在方式做出规划与选择,还可以进行反思与评判,用特里·伊格尔顿的话说就是:"对我们的处境进行批判性反思,正是我们处境的一部分。这是我们属于这个世界的特殊方式的一个特点。这不是我们想审视自己、而自己又不在场的某种不可能的尝试。反躬自省对我们就像宇宙空间弯曲或像海浪有曲线一样自然。……事实上,这就是我们和其他动物伙伴分道扬镳的一个重要方面。"② 当然这也正是哲学甚或生命哲学、生命诗学之所以形成与发展的根本原因。人的生命的存在方式与质量,不仅取决于人与人之间的关系,还取决于人与自然的关系。生物之间甚至生物与无非物之间是否融洽相处,是衡量某个时期某一空间生态环境的重要标准。就

---

① 刘再复、楼肇明:《关于新诗艺术形式问题的质疑》,《社会科学战线》1979年第3期。
② [英]特里·伊格尔顿:《理论之后》,商正译,商务印书馆2009年版,第59页。

此意义而言，生命哲学及诗学，与生态哲学及生态批评之间不仅可以关联起来，还可以整合为一个不可分割的有机体。有学者在论述"生态批评"时就曾指出："大致上说，'生态批评'是从文学批评角度进入生态问题的文艺理论批评方式，一方面要解决文学与自然环境深层关系问题，另一方面要关注文学艺术与社会生态、文化生态、精神生态的内在关联。生态批评关注文本如何拒绝、展示或者激发人类热爱生命的天性。"[1] 还有学者从美学层面进行生命美学与生态美学的对话实践，他们认为生命美学与生态美学具有高度关联性、相通性与共趋性，两者的交流，不仅可以深化彼此的本质、拓展对话空间，还可以表征生态文明时代的美学理想[2]。正是基于以上认识，我们打算在"生命—生态主义文论"的架构中，对中国现代文论新传统之生命诗学与生态批评的发生及发展给予描述与阐释，借此考察域外文论本土化的又一典型案例。

第一，中国现代生命诗学的发生与发展。

一般认为，中国现代诗学的开山之作是王国维的《〈红楼梦〉评论》（1904）和《人间词话》（1908—1909）。《〈红楼梦〉评论》深受叔本华悲剧哲学观的影响，而叔氏悲剧哲学中的"生存意志论"正是西方现代生命哲学的重要理论来源甚或就是其组成部分。因为，在叔本华看来，宇宙与人的本质都是"意志"，宇宙意志是"大意志"，人的意志是"小意志"。"意志"一方面是生命的本源，但另一方面却因其永远无法满足，致使生命的过程即是痛苦的延续。为了免除痛苦，不得不否定这种"生存意志"。不难看出，叔本华的这种悲剧哲学观与佛教之无欲、去欲以求摆脱烦恼业障获得身心自由的思想有诸多相通之处，事实上叔本华确实深受东方佛教哲学的影响与启发，这也是他的悲剧观很容易得到中国学人认可的重要原因。王国维得风气之先，借用叔本华悲剧哲学的观念阐释《红楼梦》，其见解自然率先突破中国古典诗学的樊篱，意味着中国现代诗学大门的开启。对此，有学者给予这样的评

---

[1] 王岳川：《生态文学与生态批评的当代价值》，《北京大学学报》（哲学社会科学版）2009年第2期。

[2] 参见封孝伦、袁鼎生主编《生命美学与生态美学的对话》，广西师范大学出版社2013年版。

价:"《〈红楼梦〉评论》在价值取向上倾向于消极的一面,这是这篇文章一直令人遗憾之处,但是,这篇文章在中国现代学术史上的意义并不在此,而在于它的范式意义。……它从存在论的高度探讨存在的意义,揭示人的悲剧性存在;然后揭示这种存在论在美学层面上的展开,最后落实在伦理学层面的道德实践上。这个存在论的批评核心,使得王国维的小说评论超越了一般的对古典小说的文艺学和文艺美学研究,而直探文学批评的本体论核心。"[1]

同样,王国维在《人间词话》及其他论著中发表的"境界说""游戏说""天才说""赤子之心说""一切文学吾爱以血书者"等观点,都可以被视为中国现代生命诗学的滥觞。谓予不信,且看他对"境界"的言说:"境非独谓景物也。喜怒哀乐,亦人心中之一境界。故能写真景物、真感情者,谓之有境界;否则谓之无境界。""'红杏枝头春意闹',著一'闹'字,而境界全出。'云破月来花弄影',著一'弄'字,而境界全出矣。"[2] 这样的理据与例句,不都是对生命之真挚、生命之律动的弘扬与歌赞吗?今日看来,王国维的诗学见解,不仅继承了中国古典诗学中的情志、兴趣、神韵、意象、意境等等学说,还从叔本华、尼采、席勒、康德等西方哲人、诗人那里寻获诸多启示,可谓是中西方诗学对话所取得的丰硕成果,而且,在这一对话过程中,日本学者还发挥了至关重要的桥梁作用[3],这也再次表明,域外文论本土化机制的丰富性与复杂性。

十来年之后,随着新文化运动、新文学运动的相继发生,康德、席勒、叔本华、尼采、弗洛伊德等人的各色理论以及浪漫主义、象征主义、超现实主义、表现主义、未来主义、存在主义等文学思潮纷纷涌入中国,它们或侧重对人的意志进行探索,或尝试对人的意识、潜意识乃至于生死本能等心理与精神现象予以分析,或抒发个人之激情,或表现内心之苦闷,或揭示存在之荒谬,或记录精神之自由流动,看似纷繁复

---

[1] 陈维昭:《红学通史》(上),上海人民出版社2005年版,第109页。
[2] 王国维:《人间词话》,上海古籍出版社1998年版,第2页。
[3] 具体情况,可参看日本学者须川照一的《王国维与田冈岭云》和岸阳子的《也谈王国维与田冈岭云》,吴泽主编《王国维学术研究论集》(三),华东师范大学出版社1990年版。

杂，但都指向人的精神、情感与意志，与人的生命体验和存在感受密切相关。在它们的合力影响之下，中国现代文学中的主观主义、个人主义、理想主义、自由主义开始泛滥。这在当时就被指认为"浪漫主义"或"新浪漫主义"①的趋势，对此进行描述与阐释且产生较大影响的理论家当数梁实秋，他曾精辟地指出："现代中国文学，到处弥漫着抒情主义。……我们中国人的生活，最重礼法。从前圣贤以礼乐治天下；几千年来，'乐'失传了，余剩的只是郑卫之音；'礼'也失掉了原来的意义，变为形式的仪节。所以中国人的生活在情感方面似乎有偏枯的趋势。到了最近，因着外来的影响而发生所谓新文学运动，处处要求扩张，要求解放，要求自由。到这时候，情感就如同铁笼里猛虎一般，不但把礼教的桎梏重重的打破，把监视情感的理性也扑到了。"②

　　正是在这激情四射、浪漫奔涌的时代，中国现代生命诗学在"五四"时期及二三十年代的鲁迅、郭沫若、郁达夫、田汉、闻一多、方东美、李金发、梁宗岱、沈从文，四十年代的宗白华、胡风、冯至、陈铨、穆旦、唐湜等一干诗人、小说家、学者的理论阐述与创作实践中开始形成并逐步发展壮大成一股强大的思潮，即便是新文学1920年代中后期所发生的革命文学转向、抗战时期大后方及解放区的文学转型，在很大程度上也可以说是这种生命诗学的别样形态。对此进程，不少学者已经做过研究，其中有纵向的梳理，比如谭桂林的《现代中国生命诗学的理论内涵与当代发展》③、张云峰的《乡愁与中国现代生命诗学——以鲁迅、萧红、穆旦为中心》④、杨经建的《从生命哲学到生命诗学：

---

　　① "新浪漫主义"（"新罗曼主义"）是新文学运动初期，茅盾、田汉等人从厨川白村那里借来的术语，以作为一种新的文学发展方向加以提倡，但它实际上是"现代主义"在中国早期的称呼，茅盾就曾指出："'新浪漫主义'这个术语，20年代后不见再有人用它了，但实质上，它的阴魂是不散的。现在我们总称为'现代派'的半打多的'主义'，就是这个东西。"参见《夜读偶记》，百花文艺出版社1958年版，第2页。
　　② 梁实秋：《现代中国文学之浪漫的趋势》（原载《晨报·副镌》1926年3月25、27、29日），《梁实秋文集》（第1卷），鹭江出版社2002年版，第42页。
　　③ 谭桂林：《现代中国生命诗学的理论内涵与当代发展》，《文学评论》2004年第6期。
　　④ 张云峰：《乡愁与中国现代生命诗学——以鲁迅、萧红、穆旦为中心》，博士学位论文，东北师范大学，2007年。

20世纪中国存在主义文学本土化论之三》[1]等，但更多的是对个案的考察，比如蓝棣之的《论冯至诗的生命体验》[2]、程国君的《"以生命的眼光看艺术"——"新月"诗派的生命诗学》[3]、陈国恩的《论闻一多的生命诗学观》[4]、吴投文的《沈从文的生命诗学》[5]、李春娟的《方东美生命美学研究》[6]、徐兆斌的《生命诗学：梁宗岱纯诗理论的本体论特征探析》[7]等等。鉴于篇幅及论题所限，我们就不再做具体考察。

我们只需稍稍检阅上述现代时期那些前辈诗人、学者的相关论说以及近年来学者们的描述与阐释，就不难发现，中国现代生命诗学之所以能够发生并汇聚成一股潮流，进而成为中国现代文论新传统的有机组成部分，其直接原因就在于域外哲学、美学及文艺思想的撞击。但与此同时，我们还应看到，如果中国诗学内部没有某些相应的特质，这种撞击就不可能引发巨大的回响与共鸣。其实，正如陈世骧、高友工、陈伯海等学者从不同层面所揭示的那样，中国古代文化、文学、艺术都具有鲜明的"抒情"特质，并由此形成"一种立足于人的生命意识的诗学传统"，"它以'情志'为诗歌的生命本根，'兴感'为生命的发动，'意象'乃生命的显现，'意境'则是生命经由自我超越后所达到的境界；而在'情志'为本的前提下，由'因物兴感'经'立象尽意'再到'境生象外'，构成了一个完整的诗歌生命活动的流程，这也就是中国诗学的内在逻辑"[8]。当然，中国古代诗学不只是围绕"志情象境神"[9]

---

[1] 杨经建：《从生命哲学到生命诗学：20世纪中国存在主义文学本土化论之三》，《厦门大学学报》2010年第4期。
[2] 蓝棣之：《论冯至诗的生命体验》，《贵州社会科学》1992年第8期。
[3] 程国君：《"以生命的眼光看艺术"——"新月"诗派的生命诗学》，《文学评论》2005年第4期。
[4] 陈国恩：《论闻一多的生命诗学观》，《文学评论》2006年第6期。
[5] 吴投文：《沈从文的生命诗学》，东方出版社2007年版。
[6] 李春娟：《方东美生命美学研究》，博士学位论文，浙江大学，2007年。
[7] 徐兆斌：《生命诗学：梁宗岱纯诗理论的本体论特征探析》，《南方论刊》2012年第5期。
[8] 陈伯海：《一个生命论诗学范例的解读——中国诗学精神探源》，《社会科学战线》2003年第5期。
[9] 陈良运在《中国诗学体系论》（中国社会科学出版社1992年版）中概括出的五个根本范畴。

等几个主要范畴建构起一个潜在且庞大的具有鲜明抒情特征[①]的生命论诗学体系，也创造了以"礼"节情、以"理"制情的纠偏机制。但正如上引梁实秋所言，受制于礼教与理学的中国人，情感越来越偏枯，而新文化运动在重创传统礼教与理学之后，开启了张扬个性、发抒情感、表达理想、追求解放的新时代。

也正是在这个时期，域外尤其是西方的生命哲学、生命诗学与浪漫主义、象征主义、表现主义、存在主义等等文学思潮似乎是如约而至，水到渠成般流入中国诗人与学者的心田。厨川白村之于鲁迅，歌德、伯格森之于郭沫若、宗白华，赫尔曼·苏德曼、盖哈特·霍普特曼之于田汉，弗洛伊德之于周作人、郁达夫，波德莱尔、魏尔哈伦之于李金发，济慈之于闻一多，瓦雷里之于梁宗岱，里尔克之于冯至、郑敏，尼采之于陈铨，等等，都是典型例证。

在20世纪中叶之后的近三十年间，思想被钳制、欲望被禁锢、人性被管束、主体被驯化，关注个体生命体验与感受的文学创作与批评实践遭到批判与否定，但让人惊奇的是，生命诗学虽然备受阻碍，却并未彻底消失，在文化沙漠之中以地下水流的方式潜滋暗长，手抄本、灰皮书、抽屉文学的大量存在就是证明。改革开放之后，又有诗人、小说家、学者力图接续生命诗学这一传统并给予发扬光大，比如曾卓、牛汉、林莽、翟永明、海子、刑天、孟浪、郑敏、任洪渊、陈超等诗人和诗学家，陈忠实、赵本夫、王小波、史铁生、莫言、余华、刘震云、陈染、林白、迟子建等小说家都各有贡献。但与中国现代诗人、作家、学者的生命诗学观念大多直接受到域外哲学、诗学与文学的影响与启发颇不相同，中国当代诗人、作家、学者们之所以极力表现个体生命的焦虑、喜悦、悲怆、苍凉甚至乖张、神秘、野蛮、疯狂，更多是出于对革命历史观、英雄主义生命观的冲击与反叛，对域外思想的吸取则显得隐

---

① 祁志祥也曾指出："中国艺术是通过有限走向无限，通过有形走向无形，但'无限''无形'不是客观实体性的'道'，而是主观精神性的'意'。文学艺术是内容与形式的统一体。内容有主客之分。侧重于用形式反映客观内容的就形成再现性艺术，侧重于用形式表现主观内容的就形成表现性艺术。如果我们既不作绝对化的理解又照顾到主导倾向，对此我们是不难达到共识的。中国古代文学理论，就是对这种表现主义文学作品的理论概括。"《中国古代文学原理：一个表现主义民族文论体系的建构》，学林出版社1993年版，第10页。

晦与间接。这可以在归来者诗歌、朦胧诗、第三代诗,伤痕文学、新历史小说、女性主义文学中得到印证。但也并非全都如此,比如海子诗歌的生命意识就颇受荷尔德林诗歌、海德尔格诗学的影响,伊蕾、陆忆敏、岛子、翟永明等人的诗歌创作也明显受到美国自白诗派的启示[①]。

  不过,细察之下,我们也会发现,改革开放之后中国文学生命意识的复苏与发展,仍然有一个从人道主义到个人主义,从外向指认到内在体认的立场转变,所谓"开始时较多指认生命正值层面,集中于人格、权利、价值、尊严、独立、个性的弘扬,充满生命的礼赞,浪漫高扬的英雄主义,在专制权力话语扭曲生命的深厚背景中反射出强烈的人道、人本精神,而后的生命意识则迅速沉潜,消弭社会、文化成分,进入生命底层,触摸更为本然的生命样相:焦虑、死亡,命运和性"[②]。这样的演进历程,有其历史合理性,但如果过于注重生命意识的内在化甚至神秘化、本能化、虚无化、庸俗化,诸如诗歌创作中的"下半身写作"、小说创作中的神秘叙事、情色书写等等,就显得矫枉过正,滑入与禁锢生命、遏制情感两相对立的虚掷生命、情感泛滥的另一极端性泥潭而难以自拔。恰如诗歌批评家陈仲义所说:"生命诗学,只有当它不单单从冲动、本能、原欲出发,出入于焦灼、死亡、命运、性的高峰体验,不单单游走于潜意识,感觉的私人片断自传,而是多一些加入生命的人格、良知、心地、品质和当下的人文关怀,以及蛰伏于生命中未被惊醒的神性,并且提升为某种生命典范的舞蹈和沉甸甸的重量,即与人类命运的共同担待,那么,它就不再是纸上轻飘飘的语码,字面上空洞无力的回声,而成为我们肉体与灵魂中的灯盏。它深深地明亮于心头间,又远远地悬置于跋涉的途中,人类再一次拥有精神的自明,并且以这种自明的勇气和信心,陪伴着走完自己的精神历程。"[③] 如此说来,只有在漠视生命与珍视生命、虚掷生命与重视生命的两极之间寻求恰当的平衡,

---

  ① 参见向天渊等《紫燕衔泥 众口筑居——中国新诗的"公共性"研究》第四章第三节"海子与荷尔德林抒情精神及风格的比较"、第四节"中美自白诗派私密话语比较研究",文史哲出版社2015年版,第418—452页。
  ② 陈仲义:《体验的亲历、本真和自明——生命诗学》,《诗探索》1998年第1期。
  ③ 陈仲义:《体验的亲历、本真和自明——生命诗学》,《诗探索》1998年第1期。

中国现代文论中的生命诗学传统才可能得到更好的呵护、继承与弘扬。

第二，生态主义文论①的引进与扩张。

20世纪中叶，面对大规模现代化工业生产带来的水污染、光污染、空气污染、土壤污染、噪声污染、电磁波污染等严重环境问题，西方一批有识之士呼吁尊重自然、保护生态、净化人类生存空间，"生态主义"（Ecologism）②思潮由此产生并壮大起来。首先，鲜明的意识形态色彩，使其演变成一场社会运动，发展出用生态观点研究政治与社会现象的全球性"生态政治学"，这不仅意味着"一场深刻的革命"，而且"是一场全方位的革命，它在改造人的世界观、价值观以及生活态度等方面展示了巨大的能量，预示着文明智慧的转向与创新"③。其次，强大的渗透性，使其迅速扩张，在短短二三十年的时间里，"各种生态主义话语纷纷登场：生态学、生态哲学、生态美学、生态批评、生态伦理、环境主义、生态文学、环境文学、文化生态、精神生态、文学生态、生态后现代主义、生态科技、生态文艺学等等不一而足"④。

现在看来，生态主义理论，尽管名目繁多，但主要观点仍可以从这样几个方面加以概括：第一，世界观上，反现代主义、反工业文明，主张尊重自然进化及其生态秩序；第二，认识论上，反对一元论、二元论，主张人与人、人与自然、人与世界之间保持多元整一的关系；第三，价值观上，反对人类中心主义，主张生物多样化与平等性；第四，政治观上，反对等级主义、中心主义、地方主义，主张生态优先、公正平等、基层民主、和谐共存；第五，文艺观上，主张对"人文主义"

---

① 这里的"生态主义文论"可以换成"生态文学研究"。但受西方"生态批评"观的影响，一些中国学者又将"生态文学研究"等同于"生态批评"，比如王诺在其《欧美生态文学》一书的导论中就说："生态文学研究或称生态批评从20世纪70年代发端，并迅速地在90年代成为文学研究的显学。"（北京大学出版社2003年版，第2页）但就中国而言，"生态文学研究"包括对生态文学及其理论的批评、翻译、介绍、阐释等。本文因为要探讨域外文论中国化的问题，所以大多数情况下使用"生态批评"，但内涵却指"生态文学研究"，也即"生态主义文论"，含涵"生态文艺学""生态美学"等学科。

② 还有"绿色政治学（Greenpolitics）、环境政治学（Environmental politics）、生态政治学（Ecologicalpolitics）"等称谓。

③ 季明：《核心价值观概论》，人民日报出版社2013年版，第120页。

④ 季明：《核心价值观概论》，人民日报出版社2013年版，第122页。

"文学是人学"等命题进行重新思考与诠释,期望建立人与自然、社会、他人、自身互养互惠、和谐相处、诗意栖居的生态审美关系。

"生态主义"思潮诞生于西方,作为其有机组成部分的"生态主义批评"(Ecocriticism,又译"生态批评")自然也率先兴起于西方。据国际著名生态批评家、美国爱达荷大学教授斯科特·斯洛维克(Scott Slovic)考证,最早给"生态批评"这一术语下定义的是纽约州立大学的威廉·吕克特(William Rueckert)教授,时间是1978年,不过,更广为人知的定义则是由内华达大学里诺分校的彻瑞尔·格罗特费尔蒂(Cheryll Glotfelty)教授所给出,她认为,"生态批评"是"关于文学与物质世界之间关系的研究"①。在生态批评的发展历程中,格罗特费尔蒂还做出了一大贡献,那就是她与哈罗德·弗洛姆(Harold Fromm)合作,"编辑了一部关键性的论文集《生态批评读本:文学生态学中的里程碑》(*The Erocriticism Reader*:*Landmarks in Literary Ecology*, University of Georgia,1996),其中所收录的文章界定了这种批评方法的基本地域"②。

美国生态批评之所以能够领跑世界其他国家,与其自身文学及文化传统密切相关。其中最重要的是让美国摆脱欧洲模式获得"文化独立"的"美国超验主义"(American Transcendentalism)运动。此一运动的代表人物是生活在新英格兰地区的三位超验主义者(transcendentalist):拉尔夫·沃多尔·爱默生(1803—1862)、玛格丽特·福勒(1810—1850)、亨利·戴维·梭罗(1817—1862)。他们崇尚直觉、感受,以全新的视角表达并颂扬自然、生命以及美国的荒野世界,"他们是彻头彻尾的浪漫派——怀着新信仰的诗人,是给予新希望和颠覆性革命时代的后代。在科学精神还没剥去他们的双翅前,他们是流动世界上无经验的预言家。那些关于自然和人类的书籍已经向他们打开"③。正是在面向自然、重新审视人类的过程中,爱默生写出《自然》,福勒发表

---

① 参见〔美〕斯科特·斯洛维克《什么是生态批评》,吴靓媛译,《云南师范大学学报》2015年第2期。
② 〔英〕彼得·巴里:《理论入门:文学与文化理论导论》,杨建国译,南京大学出版社2014年版,第239页。
③ 〔美〕沃侬·路易·帕灵顿:《美国思想史》,陈永国等译,吉林人民出版社2002年版,第679页。

《1843年湖上之夏》，梭罗创作了《瓦尔登湖》，这"三本书"不仅"构成了美国'生态核心'写作（ecocentered writing）的基础"[①]，也在一百多年之后，给"生态批评"提供了丰厚的思想资源。

比美国生态批评稍晚，英国这个老牌工业国家，也在20世纪90年代出现"绿色研究"（green studies），其开创者是批评家乔纳森·贝特（Jonathan Bate），他于1991年出版《浪漫主义生态学：华兹华斯和环境传统》（*Romantic Ecology: Wordsworth and the Environmental tradition*）。不过，英国学者也认为，在此之前的1973年，雷蒙·威廉斯在《乡村与城市》（*The Country and the City*）一书中已经开启生态批评的话题。而且英国文学中也有庞大的"自然传统"，比如从华兹华斯、科勒律治等浪漫主义诗人的作品到戴维·赫伯特·劳伦斯、弗吉尼亚·伍尔夫等现代主义小说家的创作，都是这一传统的组成部分，劳伦斯·库柏（Lawrence Coupe）就在其主编的《绿色研究读本：从浪漫主义到生态批评》（*Green Studies Reader: From Romanticism to Ecocriticism*，2000）一书中，对这一传统进行了梳理与建构[②]。

就这样，"同一种批评方法，在两个国家却出现了两个不同的变体，……总体而言，美国批评家多用'生态批评'，而'绿色环保研究'在英国用得更多些。此外，美国批评家的语气中更多对自然的'颂扬'（有时说过了头，被强硬左派批评家挖苦为'拥抱大树'），而英国批评家则更倾向于提醒人们，地方政府、工商业、新殖民力量对环境造成的伤害"[③]。

当然，这些还仅仅是美国、英国生态批评最显见与直接的文学及文论资源，除此之外，还有来自卢梭、达尔文、夏多布里昂、诺瓦利斯、恩格斯、海德格尔、阿尔贝特·史怀泽（1875—1965）、奥尔多·利奥波德（1887—1948）、蕾切尔·卡逊（1907—1964）、詹姆斯·洛夫洛

[①] ［英］彼得·巴里：《理论入门：文学与文化理论导论》，杨建国译，南京大学出版社2014年版，第242页。

[②] 参见陈晓兰《绿色研究：为自然代言——阅读劳伦斯·库柏〈绿色研究读本：从浪漫主义到生态批评〉》，《性别·城市·异邦——文学主题的跨文化阐释》，复旦大学出版社2014年版。

[③] ［英］彼得·巴里：《理论入门：文学与文化理论导论》，杨建国译，南京大学出版社2014年版，第242—243页。

克（1919—）、霍尔姆斯·罗尔斯顿（1933—）等众多欧美哲学家、文学家、科学家有关自然、生物、生态、环境等问题的研究、阐释甚至假说等相对间接的思想启迪。

大致了解西方生态主义思潮以及生态批评产生的背景和发展历程之后，我们就会明白，最近十多年生态主义及其文学观、批评观之所以引起中国学者的关注与追捧，是因为作为后发现代化国家或者说发展中国家，中国正在经受自然环境与社会环境双重恶化所带来的种种灾难与痛苦，在此状况之下，西方的生态主义思想正好具有某种对症下药的功能，不仅可以拿来为我所用，而且其"生态整体主义""生态主体间性"等尊重自然、保护环境的理论观点与中国古代"天人合一""道法自然""无为而无不为""天地与我并生，而万物与我为一""浑然与物同体"等思想传统颇多相通之处，比较容易被中国学者认同与吸纳①。同样，中国古代"感物吟志""心物交融""以物观物""物我两忘"的文论主张，为中国当前生态批评的兴起提供了坚实的理论支撑，而中国古代大量的山水诗、田园诗、边塞诗、禅诗、游记、民歌等以及中国现代的乡土文学、报告文学、环境文学，少数民族的牧歌、情歌等，又为生态批评提供了丰富的阐释对象。

正是在这样的现实需求和文化契机之下，西方生态文学及生态批评在20世纪八九十年代先后被引进中国且发展迅猛。就创作来看，一批具有鲜明环保与生态意识的作家积极投身生态文学创作，他们的作品，尽管体裁不同，题材各异，但"主旨都是意在通过对生态现状的批判，对生态理想的展望，反映现代人对人与自然和谐关系的追求，在物质荒漠上努力建设其诗意家园，阐释了'诗意栖居'的精神内涵"②。就批

---

① 实际上，作为美国生态批评之思想根源之一的"超验主义"就深受中国、印度等东方思想的影响："19世纪40年代，在美国新英格兰的文化圈里，涌现出一股对东方哲学的热情。那就是以超验主义为代表的一代知识分子出于对心智自由的向往和社会进步的希望而做出的文化选择。他们以开放的视野接受了包括中国文化在内的东方思想。他们创办的理论刊物《日晷》还专门刊登中国圣哲的语录，如《论语》、《孟子》和《中国四书》等。在这场文化运动中，爱默生因为传播了一些中国文化思想而被过誉为'美国的孔子'。"杨金才：《爱默生与东方主义》，《南京社会科学》2005年第10期。

② 于文夫：《从借鉴到重构：中国生态文学的西方因子及本土融合》，《社会科学战线》2013年第12期。

评及理论而言，在包括曾繁仁、鲁枢元、蒙培元、王宁、王岳川、王诺、严蓓雯、韦清琦、刘蓓、刘玉、胡志红、冯文坤等一大批学者的共同努力下，初步提出并试图构建生态文艺学、生态美学，并以此为平台培养硕士、博士研究生，以维持生态批评及理论作为新兴学科所必须葆有的生命活力。

实际上，生态批评与前面描述过的俄国形式主义、美国新批评等西方形式主义文论进入中国的过程大体相似，同样可以区分成翻译介绍、阐释评价、批评实践及理论建构等各有侧重的几个环节。对此，已经有学者做过这样的总结与概括："从时间上看，当前生态批评研究大致可以划分为三个阶段。第一阶段，全面介绍生态批评的产生与发展状况，解释生态批评的基本概念与原则，描述生态批评从萌芽到确立成为一种文学研究流派的发展过程，为我国学者提供西方生态批评的最新发展态势；第二阶段，对生态批评的理论思想进行梳理，总结与分析生态批评所遵循的思想原则，发掘生态批评的深层思想内涵，使生态批评思想呈现在一种清晰的思考框架内，使其更容易被理解与评析；第三阶段，对生态批评思想进行综合评价，以辩证的眼光发掘生态批评对于文艺理论发展的价值与意义，对有助于我国当前立足于生态视角的文艺学与美学研究的部分谨慎地加以借鉴。"[①] 这大体上可以被视为域外文论中国化的基本流程。

但进一步细致考察，我们又会发现，在翻译与介绍阶段，中国学者首先关注的是西方生态文学作品，后来才注重生态理论方面的著作。早在 1940 年代末，梭罗的《瓦尔登湖》就被徐迟以《华尔腾》为题翻译成中文，只不过，在那时的美国及西方，生态批评尚未正式登场亮相。1979 年，在西方被视为生态文学之里程碑式的作品《寂静的春天》（蕾切尔·卡逊，1962）被翻译到中国，但并未产生多大的社会反响，自然也没有引出中国作家的效仿之作，"其中的原因或许在于，当时的中国虽然摆脱了极'左'思潮的影响，但以经济

[①] 李晓明、吴承笃：《当前国内文艺与文学的生态批评研究述评》，《河南社会科学》2006 年第 4 期。

建设为中心的现代化发展成为共识,因此对生态问题尚没有明确的认识"①。1980年代的情况有所不同,翻译作品的数量不断增加且反响日趋强烈,比如,仅在1984年,就有《俄罗斯森林》(1953)②、《小的就是美好的》(1973)③、《不要射击白天鹅》④ 等作品出版,印数均达数万册。自1990年代以来,西方生态文学尤其是生态理论方面的重要著作相继被翻译到中国,值得注意的有:被誉为第一部生态小说的《天根》(1956)⑤,创立"生命伦理学"的《敬畏生命》(1965)⑥,提出"大地伦理"的《沙乡年鉴》(1949)⑦,否定狼之罪恶的《与狼共度》(1963)⑧,探究生态思想之哲学根源的《自然的经济体系——生态思想史》(1977)⑨,阐述自然价值论的《环境伦理学:大自然的价值以及人对大自然的义务》(1988)⑩,讲述环境问题的绿色经典《自然的终结》(1989)⑪,等等。进入21世纪之后,中国学者也出版了一系列介绍西方生态文学及批评的著作,比如,《欧美生态文学》(王诺,2003)、《俄罗斯生态文学论》(杨素梅、闫吉青,2006)、《西方生态批评研究》(胡志红,2006)、《欧美生态批评》(王诺,2008)、《英国生态文学》(李美华,2008)、《美国生态文学》(夏光武,2009)、《俄罗斯生态文学》(周湘鲁,2009)、《德语生态文学》(江山,2011)、《美国生态女性主义文学批评研究》(华媛媛,2014)、《西方生态批评史》(胡志红,2015),等等。

---

① 于文夫:《从借鉴到重构:中国生态文学的西方因子及本土融合》,《社会科学战线》2013年第12期。

② [苏] 列昂尼德·马克西莫维奇·列昂诺夫:《俄罗斯森林》,姜长斌译,黑龙江人民出版社1984年版。

③ [英] E. F. 舒马赫:《小的就是美好的》,虞鸿钧、郑关林译,商务印书馆1973年版。

④ [苏] 鲍里斯·利沃维奇·瓦西里耶夫:《不要射击白天鹅》,李必莹译,湖南人民出版社1973年版。

⑤ [法] 罗曼·加里:《天根》,宋维洲译,漓江出版社1992年版。

⑥ [法] 阿尔贝特·史怀泽:《敬畏生命》,陈泽环译,上海社会科学院出版社1992年版。

⑦ [美] 奥尔多·利奥波德:《沙乡年鉴》,侯文蕙译,吉林人民出版社1997年版。

⑧ [加拿大] 法利·莫厄特:《与狼共度》,刘捷译,北岳文艺出版社1998年版。

⑨ [美] 唐纳德·沃斯特:《自然的经济体系——生态思想史》,侯文蕙译,商务印书馆1999年版。

⑩ [美] 霍尔姆斯·罗尔斯顿:《环境伦理学:大自然的价值以及人对大自然的义务》,杨通进译,中国社会科学出版社2000年版。

⑪ [美] 比尔·麦克基本:《自然的终结》,孙晓春、马树林译,吉林人民出版社2000年版。

正是在西方作家及学者的启发之下，中国作家开始创作生态文学作品①，并进行生态批评实践和理论建构。鉴于本书所关心的问题，我们只好舍去创作不谈，仅就批评实践与理论建设再作一些简要介绍。

据考察，高桦于1984年在《中国环境报》"绿地"副刊上率先提出"环境文学"这一概念②，1986年司马云杰发表《论文艺生态学研究》③，1987年张松魁发表《文艺生态学——一门孕育中的新学科》④，此后，徐芳、曹天成、张韧、银甲、李新宇等人进行了最初的生态文学批评实践。到了1990年代，生态文学批评有了新的发展，邵建、张达、古耜、陈辽、缪俊杰、孙希娟、赵玉贵、张金梅、王诺、陈晓兰、韦清琦、刘玉等人都参与其中，形成自觉的生态批评意识，中国本土生态批评开始兴起。21世纪之后，从生态文学视角批评或研究中外作家作品已经成为普遍现象，不少高校的硕士生、博士生、博士后工作人员以生态文学为研究方向，提交学位论文或出站报告，"生态文学批评渐成燎原之势，特别是乡土生态小说批评取得了可观成绩。这些生态批评实践文本，有的是从人与自然和谐关系重建的角度阐释乡土小说的生态意蕴，肯定其温情的文字下流淌的对于自然秩序的复魅"⑤。

在理论建设方面，正如学者王诺指出的那样，与西方生态批评明显不同，"我国的生态批评研究与生态美学和生态文艺学密切结合，特别重视生态美学和生态文学理论的建构"⑥。

就"生态美学"而言，虽然徐恒醇在2000年出版中国第一部《生

---

① 具体情况，请参见杨剑龙、周旭锋《论中国当代生态学创作》（《上海师范大学学报》2005年第2期），于文夫《从借鉴到重构：中国生态文学的西方因子及本土融合》（《社会科学战线》2013年第12期），梁艳《中国当代生态文学发展脉络研究》[《山东大学学报》（哲学社会科学版）2016年第2期]等论文，张晓琴《中国当代生态文学研究》（中国社会科学出版社2013年版），龙其林《自然的诗学：中国当代生态文学新论》（社会科学文献出版社2015年版）等著作。
② 隋丽：《现代性与生态审美》，学林出版社2009年版，第111页。在此之前的1983年，赵鑫珊于《读书》第4期上发表有《生态学与文学艺术》一文，探讨文学创作与生态文明之间的关系。
③ 司马云杰：《论文艺生态学研究》，《文学评论家》1986年第3期。
④ 张松魁：《文艺生态学——一门孕育中的新学科》，《艺术广角》1987年第4期。
⑤ 黄轶：《中国当代小说的生态批判》，北京大学出版社2014年版，第187页。
⑥ 王诺：《附录：生态批评在中国》，《欧美生态批评：生态文学研究概论》，学林出版社2008年版，第231页。

态美学》，但在此领域做出最大贡献的则是曾繁仁，他从21世纪以来就致力于建设具有中国特色的生态美学理论，除发表《试论生态美学》《当代生态文明视野中的生态美学观》《当代生态美学观的基本范畴》等重要论文之外，还出版有《生态存在论美学论稿》（2003）、《生态美学导论》（2010）、《生态美学基本问题研究》（2015）等学术专著。从一开始，曾繁仁对生态美学就有较为独到与深刻的认识与理解，在他看来："生态美学问题归根结底是一个人类的生存问题。而且，生态美学问题还有更深层次的存在论美学缘由。那就是引起环境问题的短暂经济利益的追求、农药和化肥的生产使用，乃至环境的大规模改造、资源的采伐与获取等等，都是属于现象界的、在场的'存在者'，而我们恰恰就是要超越这些现象界的、在场的'存在者'，进入不在场的'存在'的层面，营造美好的精神家园，获得高层次的情感慰藉和精神升华。这就是一种审美的超越和升华，正是生态美学的本意和精髓。"[1] 在生态美学领域进行研究的学者还有陈望衡、盖光、章海荣、袁鼎生、张华、程相占、彭松乔、韩德信、黄秉生、张晓光等。

就"生态文艺学"[2]而言，2000年也是一个重要年份，三部相关著作先后出版，它们是曾永成的《文艺的绿色之思：文艺生态学引论》[3]、李文波的《大地诗学——生态文学研究绪论》[4]、鲁枢元的《生态文艺学》[5]。曾氏著作以马克思的"自然向人生成"说与中国古代的"节律感应"说为理论框架，对文艺审美活动的生态本性、文艺生态思维的观念及范畴、文艺审美活动的生态功能、文艺活动与自然生态之因缘、文艺生态与社会主义市场经济之关系等诸多问题进行探讨。李氏著作将生态文学放在生态文化的大框架下进行考察，论及生态文学的哲学、人类学以及社会学背景，并对一些重要作家和作品进行个案性细读分析，

---

[1] 曾繁仁：《生态存在论美学论稿·序》，吉林人民出版社2003年版，第2页。
[2] 1980年代后期，中国学者已经开始使用"文艺生态学"这一术语，1994年前后，中国学者又提出"生态文艺学"，但两者各有侧重，意蕴有所不同，分属生态学、文艺学两个学科。参见李洁《生态批评在中国：17年发展综述》，《兰州大学学报》2005年第6期。
[3] 曾永成：《文艺的绿色之思：文艺生态学引论》，人民文学出版社2000年版。
[4] 李文波：《大地诗学——生态文学研究绪论》，陕西人民出版社2000年版。
[5] 鲁枢元：《生态文艺学》，陕西教育人民出版社2000年版。

其"反人类中心"的态度十分鲜明。鲁氏著作架构更为宏阔，将文艺放入整个生态系统中加以考察，保持对人类和宇宙的终极关怀，提倡"精神生态学"，期望在"生态学的人文转向"中，为面临生态危机的人类及地球寻求一条救赎之路。鲁枢元著作中的这些观念显然受到诸如文化批判理论、现象学、存在主义、女性主义、有机整体的科学观、普遍联系的宇宙观等西方现代甚至后现代思潮的影响，但也从中国古代道家、禅宗以及园林艺术等崇尚顺其自然、诗意栖居的文化传统中获得启示。此后，鲁枢元还出版学术专著《生态批评的空间》[1]、《文学的跨界研究：文学与生态学》[2]，主编《自然与人文——生态批评学术资源库》（上、下）[3]，为中国生态文艺学的发展做出重大贡献。在生态文艺学领域辛勤耕耘的学者还有王先霈、畅广元、高翔、张皓等，21世纪以来，有更多年轻学人投身其中，预示着生态文艺学蓬勃发展的未来。

　　从引进到扩张，中国的生态批评、生态美学、生态文艺学迅速演变成一场声势浩大且颇具运动性质的学术思潮，这自然引起一些学者的警惕与反思。比如，吴家荣在辨析与拷问生态文艺学和生态美学的学科合法性问题时，就曾明确指出："如果说生态批评虽然在方法上未能有新的突破，但批评对象的独特性仍能有其存在的合法性，那么'生态文艺学'、'生态美学'就连这种合法的身份也不具备。"[4] 又比如，王晓华受到美国纽约州立大学罗伯特·马泽克（Robert Marzec）教授用"在环境面前言说"（Speaking before environment）代替"为环境言说"（Speaking for environment）的启发，提出如下颇具思辨精神的建议："中国生态批评要解决自身的合法性问题，就必须反思自己言说的根据、合法性、局限，不断检查自己所建构出的语言体系。一旦发现自己的理论设置了新的中心，就必须主动地进行去中心操作。……中国生态批评的解构之矛不能仅仅指向外面，更应指向自身的概念、命题、理念，不断地进行自我矫正。通过这种反思性建构，汉语生态批评家才能

---

[1] 鲁枢元：《生态批评的空间》，华东师范大学出版社2006年版。
[2] 鲁枢元：《文学的跨界研究：文学与生态学》，学林出版社2011年版。
[3] 鲁枢元：《自然与人文——生态批评学术资源库》，学林出版社2006年版。
[4] 吴家荣：《"生态文艺学"、"生态美学"的学理性质疑》，《学术界》2006年第3期。

避免陷入独断论的陷阱。反思性建构越深入,中国生态批评的合法性就越强。"①

虽然中国生态主义文论的发展历史才三十多年,但从参与其事的学者之代际关系来看,至少有老中青三代之多,这就意味着已经形成了某种传统,只不过沉淀在这一传统中的具有创造性的学术观念与共识还不够丰富。学者们大多具有将借鉴西方与继承传统两相结合的学术意识,但似乎还没有摸索出融会贯通的恰切方式与具体方法。总体而言,中国生态主义文论对西方生态批评的移植与模仿绰有余裕,对自身理论话语的创造与建构则明显不足。

以上我们用两章的篇幅,对中国现代文论新传统的几个重要方面进行大致的梳理与阐释。通过这种考察,我们发现:无论是左翼—马克思主义文论、人性—人道主义文论,还是语言—形式主义文论、生命—生态主义文论,无论其发生与演进的历史是长达百余年,还是短至数十年,其对中国现代文论新传统之建构所做出的贡献是丰厚还是相对微薄,其话语权力及影响是强大还是相对弱小,仅就其与"域外文论本土化"这一命题之关系而言,它们都表现出某些共同之处,以至于可以概括出如下几个带有规律性的基本特征。

首先,作为中国现代文论的重要部分,与中国古代文论相比,它们在话语主体、话语方式、话语文本以及话语理路等各个方面,都体现出丰富的甚至是全方位的新特征②;正是这些古代文论所不具备的新素质,共同建构出中国现代文论的新传统。但值得注意的是,这种新特质的获得,并非基于传统文化及文论自身的内在演化,其决定性的原因在于域外文化及文论的冲击与影响。我们常说中国现代文学和文论是古今中外文化与文学大碰撞的产物,但实际上,这里所谓的"古"与"今"可以转换成"传统"与"现代",进而还可以转换为"中国"与"西方"。简单说来,中国现代文学及文论主要就是中、西方文学及文论相互碰撞的结果。

---

① 王晓华:《中国生态批评的合法性问题》,《文艺争鸣》2012 年第 7 期。
② 其具体情形,请参见向天渊《现代汉语文论话语》,文史哲出版社 2010 年版。

其次，中西方文论碰撞的过程，从西方的立场上看，是"他国化"的过程，从我们的立场上看，则是"本土化"的过程。"他国化"可谓是一种影响、一种入侵、一种传播、一种文化殖民；"本土化"则是一种效仿、一种抵抗、一种接受、一种文化规训。上述中国现代文论几个亚传统的形成与发展，明显地与各种域外文论本土化密切相关，假如没有这一过程，中国现代文论可能的进程及面貌与现存状况相比一定会大异其趣。

最后，同样值得注意的是，域外文论尤其是西方文论和中国古代文论相比，往往显出巨大的差异，没有差异也就无所谓影响。而西方文论更是与中国古典文论具有本质性区别，这也就是与其他区域或国别的文论相比，它对中国发生影响及启示更为巨大的根本原因。当然，有差异就会有冲突，差异越大，冲突也会越激烈，如何消弭种种冲突，将域外文论加以规训与整合，使其为我所用，成为建构中国现代文论新话语的重要资源，正是中国学者在接受西方文论影响时必须面对的现实。我们考察、认识与理解中国现代文论新传统的形成与发展，一个重要的目的就是探究域外文论本土化的机制问题，揭示中国学者在有意或无意之间所采取的移植、调和、曲解、变形等等策略，这也正是本书前面几章努力完成的基本任务。如果说前面那些部分多少显得各自为政、彼此并列，这两章则期望从纵向的历史维度，考察中国现代文论新传统的形成与发展。通过将其分解为几个主要的亚传统予以描述和阐释，我们发现，它们都曾接受域外文论的深刻影响，而从介绍到翻译、阐释，再到理论建设与批评实践的过程，正是消弭冲突、融合创新的过程，借用中国古代一个比较简洁的说法，就是"融突和合"的过程。有鉴于此，我们就以"融突和合"作为这两章的标题。

结语 走向他人与回归自我

近百来年,中国全方位地发生了由传统向现代的巨大转型——恰如大河改道,在奔涌前行的进程中不断地纳新汰旧,沉淀新的河床并开拓出新的流域,形成新的认知体系以及与之相应的话语及实践,具有鲜明的革命性、现代性特征。这种特征也体现在现代文学与文论的发生、发展之中。仅就后者而言,域外文论的输入及其本土化所促成的中国文论的现代转换,让文论界产生诸多困惑与争辩的同时,也创生出一系列值得探究的崭新话题,拓宽了中国文论话语的理论及实践空间。今日看来,"域外文论的本土化(中国化)"这一命题,至少可以从既有区别又相联系的两个层面进行描述与阐释:一是事实层面,指域外文论在中国旅行时受到中国语言、文学、文论、社会文化以及时代精神等多重因素之影响与洗礼的过程、机制及结果;二是理想层面,期望将域外文论改造成适合本土文学及文化的新话语(所谓"去除西方化""确立中国性"),以资建设中国风格的文学理论新体系。围绕这两个方面,学界已有诸多讨论,产出大量成果,对此,前文已有相关论述,在此我们不做进一步的具体梳理和评析,而是选择从中跳脱出来,就"域外文论本土化"研究与"中国文论新传统"之建构的关系问题略作思考,期望能够从观念上获得某些启迪,便于新的理论探索与批评实践更加顺利地展开。

一 域外文论本土化与中国文论的现代性追求

20世纪末,历经30余年灿烂与辉煌之后,西方文学理论界预感到

"理论时代"式微、"后理论时代"到来。21世纪初,不仅有学者以《理论之后》(*After Theory*)为题出版著作,更有国家召开大型学术会议探讨"理论之后的生活"(Life After Theory)问题①。但从最近二十年的情况来看,理论并未真正终结,只不过是"不再具有新闻价值,因为它的许多关键思想已被广为接受,那种'克里斯玛'(借用社会学家韦伯的一个词语)式的冲击力也归于平淡。它已不再需要强调自身的独特性,而汇入思想主流之中。如此'不抢眼'可视为'理论'之后,种种理论的典型总体特征"②。

西方如此,中国的情况则有所不同。1980年代,举国实行"改革开放",阻碍中外文化交流的闸门又一次被打开,西方数十年间形成的各种观念潮涌而入,激发出中国文学研究者的理论热情,从对域外文论的介绍、翻译、阐释,到自身理论的创造与建构,多方演进、热闹非凡,颇有百年之前"五四"新文学运动的风范,事实上,"新时期"也的确呈现出与"五四"隔代相续的发展态势,各种新方法、新观念,纷红骇绿,萧骚无际,书写出中国文论发展史的新篇章。即便到了21世纪,面对西方日益强大的"文学终结"论和"文学研究的时代已经过去。再也不会出现这样一个时代——为了文学自身的目的,撇开理论的或者政治方面的思考而单纯去研究文学。那样做不合时宜"③,之类的论断,中国学者仍然坚信:"文学虽然有这样那样的改变,但文学不会消失,因为文学的存在不决定于媒体的改变,而决定于人类的情感生活是否消失。如果我们相信人类和人类情感不会消失的话,那么作为人类情感的表现形式也是不会消亡的。""如果人类需要文学来表现自己的情感的话,那么文学和伴随它的文学批评就不会消亡。"④ 回顾百年

---

① 参见[英]彼得·巴里《理论入门:文学与文化理论导论》,杨建国译,南京大学出版社2014年版,第287页。
② 参见[英]彼得·巴里《理论入门:文学与文化理论导论》,杨建国译,南京大学出版社2014年版,第288页。
③ [美]J. 希利斯·米勒:《全球化时代文学研究还会继续存在吗?》,国荣译,《文学评论》2001年第1期。
④ 童庆炳:《全球化时代的文学和文学批评会消失吗?——与米勒先生对话》,《社会科学辑刊》2002年第1期。

历史，我们发现，中国文论的发展尽管充满崎岖与坎坷，但总体说来，其对"现代性"执着追求的意愿却始终如一，并未消减。其原因很大程度上正是得力于域外尤其是西方文论的强大感召与吸引，以至于我们可以宣称，整个中国现代文论的发生与发展，可谓是"西方文论中国化"与"中国文论西方化"之双向互动的过程。

在此进程中，源自西方的各种文论进入中国，既要发生语言形式层面的转化，也要在精神内涵上接受中国文化、文学以及社会现实的选择、过滤与改造，相当程度上失去其本真面貌，或深或浅地被迫实现"中国化"，但与此同时，它也深刻地、普遍地冲击与改变着中国文论，使其话语形式、话语精神都呈现"挣脱传统、走近西方"的发展趋势，而且，在相当长的一段时间内，这种趋势还将持续，甚至不排除"走出传统、走进西方"，实现彻底"西化"的可能。也正是在这种中西文论相互博弈的过程中，中国现代文论"新传统"逐步形成，在我们看来，这一"新传统"基本的也是主要的内容，由左翼—马克思主义文论、人性—人道主义文论、语言—形式主义文论、生命—生态主义文论等四大板块构成，它们可以被视为中国现代文论的四个亚传统。

明白这层道理，也就不难理解，要全面深刻地认识中国现代文论新传统，就必须弄清"域外文论中国化"、"中国文论域外化"及其相互关系问题。正如本书"导论"部分所梳理过的那样，中国学界对此已经有所探究，成果相当丰富，但对于"中国化"或"域外化"的转化机制问题，迄今还缺乏系统深入地描述与阐释，而这正是本书的旨趣所在。

二 本土化转换机制与学者的学术国籍

不过，问题并非看起来或想象的那么简单，这里还牵涉到理论家、学者的学术国籍与文化身份问题。对此，我们在第八章的结尾处已经有所论述，这里再做一些必要的引申。

首先，就"域外文论中国化"来说，如果探究此一问题的不是中国学者，而是域外某种文论发源地国家的学者，此一命题的表述就会变成"某国文论他国化"，而在中国学者看来，则是"他国文论本土化"。

如果说前者是所谓"本国理论的他国旅行",后者大约就是"他国理论的本土归化"。

其次,就"中国文论域外化"而言,情况又有所不同,除了可以照样理解为,在中国学者看来是"我国文论的他国旅行"(包括中国文论的外译、域外汉学界对中国文论的研究等),在其他国家学者看来是"中国文论的本土归化"之外,还可以理解为受域外文论尤其是西方文论影响之后,中国文论从形式到内容所发生的种种"变异",也就是"中国文论的异化",这种"异化"的结果,就是既不同于中国古代文论,也区别于其他国家文论的中国现代文论"新传统",王国维的"境界说"、周作人的"人的文学"、胡风的"体验现实主义"[①] 等,可谓是典型例证。

再次,作为具有中国国籍与中国文化立场的学者,我们所要探究的域外文论本土化机制问题,主要关涉的就是上述"中国文论的异化"与"他国文论的本土归化"(从域外或西方立场上看,实际上也是一种"异化")之相互关系问题。所以,问题的实质说到底,仍然可以归结为充满张力的"异化"与"归化"之关系。无论是"异化"还是"归化",即便有种种转换机制,但从中国文论现代化的发展理路来看,都逃脱不了"冲突—融合—新变"这一总的机制。反过来看,正是"冲突""融合""新变"三者之间不同变量的组合,衍生出各具特色的其他转化机制。

最后,还需注意的是,我们虽然探究的是文学理论的转化机制,我们也意识到国籍或民族文化身份都将影响甚至决定学者的研究视角与价值评判,但还有一点似乎更值得关注,那就是无论上述"变异"为何发生、如何发生、结果怎样,都取决于话语主体所处的社会与时代背景,时过境迁,对这种"变异"过程及其结果进行还原式研究的学者也受制于当下的现实境遇。从学术主体的角度去看,这种限制自然意味着某种"不得已",但从学术本身去看,又何尝不值得庆幸呢?理论与学术都因为扎根真切的现实而拥有了鲜活的生命。用日本学者竹内好在

[①] 严家炎最先将胡风文艺思想概括为"体验现实主义",随后温儒敏给予进一步阐释。

研究鲁迅的过程中所体悟到的认识来说就是:"只有从生活的角度进入学术,才能取得学术的国籍;而知识生产本身与生活的联系,恰恰体现为它的非观念性格;这种非观念性格不是取消观念操作,而是取消观念的实体化和绝对化。换言之,与生活建立了互动关系的观念,才具有知识生产的能动性。"① 这就提醒我们,学术研究虽然离不开观念,但不能将观念封闭起来,或者闭门造车式的建构一套抽象的话语体系,这样的理论与学术势必会日趋枯萎、走向衰亡。或许,只有将理论与学术嫁接在生活之树上,它们才会弥久常青!

三 本土化研究与现代文论的学科功能及知识谱系

说到学术与现实生活的关联与互动,又促使我们回过头来思考从事"20世纪域外文论本土化"研究的现实旨趣问题。在我们看来,从事这一研究有两个最为直接的目的。第一,是弄清域外文论进入中国的全景及全息图像,从一个侧面认识中国现代文论"新传统"的建构历程;第二,但却更为重要的目的,在于总结既有经验与教训,为建立更加完善、能够对文学创作给予有效批评与合理阐释的中国现代文论新传统或者说文艺学学科的建立提供必要的话语支持与理论资源。

前者正是本书及其他几个子项目研究所预设的目标,完成情况有待时间与读者的检验。至于后者,也就是透过我们的研究,究竟能够发现哪些值得借鉴的经验与值得反思的教训呢?或者,换一种说法,为了能够建设更加理想的中国当代文论体系,我们还需预见性地考量哪些问题呢?在我们看来,至少有以下两点值得未雨绸缪式的思索与探讨。

第一,必须从文学理论或文艺学学科的功能层面处理好"现实性"与"超越性"的关系问题。毕竟,理想的文艺学或文学理论,一方面需要介入文学创作的当下状态,及时阐释、回应各种新生与突发现象,甚至还得前瞻性地发挥预估与引导作用;另一方面又必须从单一文学场

---

① 参见孙歌《在零和一百之间(代译序)》,[日]竹内好《近代的超克》,李冬木、赵敦华、孙歌译,生活·读书·新知三联书店2005年版,第5页。

域中超拔出来，升华成普遍原理，期望能够思辨性地考索、比较、诠释中外文学现象及理论命题。这就意味着，文学理论、文艺学学科必须突破具体时空，尽量从不同地域、民族、国家、文化中汲取养分，而"域外文论的本土化"，正是中国近现代以来文学理论、文艺学学科得以迅速发展的重要途径。对"20世纪域外文论本土化"进行研究，除了弄清楚其演进的脉络、理路之外，还得考察其与中国现代文学之间的互动关系，便于给此后中国文学理论的发展提供更多的参考与启示。

前者正是本书的关切所在，后者则为进一步讨论标示出努力的方向，当然，已经有不少学者在这方面进行过探索并取得一定的成就。比如，温儒敏的《新文学现实主义的流变》[1]、孟庆枢主编的《日本近代文艺思潮与中国现代文学》[2]、孙乃修的《弗洛伊德与中国现代文学》[3]、赖干坚的《中国现当代文学与外国文艺思潮》[4]、尹康庄的《象征主义与中国现代文学》[5]、陈国恩的《浪漫主义与20世纪中国文学》[6]、方涛的《精神的追问：中国现代主义诗脉》[7]、杨莉馨的《异域性与本土化：女性主义诗学在中国的流变与影响》[8] 等等。

就拿温儒敏那本具有开拓性与示范性的著作来说，其预设的研究目标是："以'史述'为主，从繁复的文学历史现象中选择一些最突出的'点'（主要是一些代表性的文论、文学争辩、创作风气等），去把握'文学革命'后三十多年间（1917—1949）现实主义作为一种文学思潮发生、发展与流变的轨迹，考察它与其他思潮流派的关系，它所以成为新文学主流的原因，它对整个新文学所起的推进或制约作用，以及它在世界文学发展背景下所表现出来的某些特色。"[9] 这里既有把捉流变轨迹的历史意识，也有考索繁复关系的学术眼光，还有超越民族国家界

---

[1] 温儒敏：《新文学现实主义的流变》，北京大学出版社1988年版。
[2] 孟庆枢主编：《日本近代文艺思潮与中国现代文学》，时代文艺出版社1992年版。
[3] 孙乃修：《弗洛伊德与中国现代文学》，台湾业强出版社1995年版。
[4] 赖干坚：《中国现当代文学与外国文艺思潮》，海峡文艺出版社1995年版。
[5] 尹康庄：《象征主义与中国现代文学》，暨南大学出版社1998年版。
[6] 陈国恩：《浪漫主义与20世纪中国文学》，安徽教育出版社2000年版。
[7] 方涛：《精神的追问：中国现代主义诗脉》，南海出版公司2002年版。
[8] 杨莉馨：《异域性与本土化：女性主义诗学在中国的流变与影响》，北京大学出版社2005年版。
[9] 温儒敏：《新文学现实主义的流变·小引》，北京大学出版社1988年版，第4页。

限、以世界文学为背景的价值评判。这种将历史性、现实性与超越性紧密结合起来的研究范式，给后来者以多重启发并产生了较大的影响。

第二，从文学理论或文艺学学科的知识系谱上看，还得处理好"现代性"与"民族性"的关系问题，这自然也是研究"域外文论本土化"问题带给我们的启示。深受西方及俄苏文化与文论之冲击、洗礼的中国现当代文论，从话语主体、话语方式、话语文本、话语理路等各个层面去考察，都会发现其与中国古代文论存在巨大甚至是本质的区别。仅就话语主体而言，有学者曾给予这样的描述与评价："中国现当代文论界，对中国古代文论总的来说是比较陌生的，在大量的文学实践和文论实践之中，基本上对中国古代文论不认同。许多人对西方文论、俄苏文论更熟悉，在心理上甚至在情感上更靠近西方文论（包括俄苏文论），而对中国古代文论始终感到格格不入。有人或许在理智上承认中国古代文论的价值，但在潜意识中还是更亲近西方文论那一套话语。还有人甚至在理智上也对中国古代文论持否定态度，公开宣称中国古代文论'缺乏系统性，缺乏既能深探本源又能平实可辨的理论。'这意味着在理智上也否定了中国文论，因而他们就可以理所当然地'援用西方的理论和方法'。还有学者一提到中国古代文论，便认为零碎散乱，没有实用价值。"[1] 放大了看，这里所谈涉及中国现当代学者的知识结构与知识谱系问题，按照陈平原的说法，中国现代学术之"新天地"的开创，是由以章太炎为代表的晚清一代和以胡适为代表的"五四"一代"共谋"的结果[2]。不过，陈平原也承认："章、胡作为晚清及五四两代学人的代表，其教养、经历、学识、才情，均有明显的差异；由于知识类型不同，而发展出大有差异的文化策略……"[3]

从陈平原所判定的中国现代学术范式基本确立的 1927 年算起，至今又过去九十多年，胡适一代学者的弟子们，也已经是某一领域堪称"祖师爷"一类的人物了，经过四五代的传承，当今中国的学人们，传统文化的知识与教养早已无法与章、胡等人相提并论，至于西学造诣，

---

[1] 曹顺庆：《中外比较文论史》（上古时期），山东教育出版社 1998 年版，第 253 页。
[2] 参见陈平原《中国现代学术之建立》，北京大学出版社 1998 年版，第 6 页。
[3] 参见陈平原《中国现代学术之建立》，北京大学出版社 1998 年版，第 21—22 页。

单就个体而言，除了在当代西学这一点上自然而且必然地"超越"了胡适一代之外，在古典西学乃至近现代西学的修养上，无论从广度和深度上看，很难说或者不敢说与胡适一代有本质上的飞跃，但就普及程度与影响范围而言，西学之于当今中国，恰如"水银泻地，无孔不入"，已远非百年之前的章、胡时代所能比拟！

西学不断扩张、国学日渐萎缩的直接原因，在于教育制度、学科分类、学术体制、话语方式等全方位的西方转向，但在这些因素的背后，还有一个更为本质的动因，那就是我们已经多次提及的对"现代性"的执着追求，这种追求并不局限于学术及教育领域，而是整个国家、社会各阶层在应对外来冲击时所达成的全民共识、所做出的集体抉择，从"五四"时期知识界对源自西方的德先生（民主）、赛先生（科学）的热切呼唤，到1950年代中后期党和国家确立工业、农业、国防、科学文化"四个现代化"的战略目标，再到改革开放之后提出"把我国建设成为富强、民主、文明的社会主义现代化强国"，有意或无意之中，都以西方发达国家为预设的蓝图和追求的目标，尽管在具体实践中，会有所选择、有所拒斥，但总体趋势无疑是朝向率先在西方成熟起来的"现代性"目标迈进。

将中国现当代文论从中国现当代文化与学术中剥离出来，我们同样能够发现这样一条演进的历史轨迹，其结果，自然就是挣脱传统、走近西方。但随着最近三十年中国经济的腾飞，中国文化、文学及文论的"主体意识"开始觉醒，建立具有中国特色的文论体系的呼声也在不断高涨。但值得注意的是，这种文论主体意识的自觉，并不意味着也不可能发生传统文论的原样复活，只能是如朱立元所说："要走自己的路，立足于我国现当代已形成的文论新传统的基点上，以开放的胸怀，一手向国外，一手向古代，努力吸收人类文化和文论的一切优秀成果，进行创造性的融合和发展，逐步建构起多元、丰富的，适合于说明中国和世界文学艺术发展新现实的，既具当代性又有中国特色的文艺理论开放系统。"[①]

---

① 朱立元：《走自己的路——对于迈向21世纪的中国文论建设问题的思考》，《文学评论》2000年第3期。

而且朱立元还特别强调,建设21世纪的中国文论"只能立足于现当代文论新传统,无法以中国古代文论为本根",他说:"我们必须承认,在古今两个传统之间,的确存在过激烈的变革、断裂和更新,而且这种变革和更新带有根本性、全局性,是一种质变。因此,对这两个传统,我们有一个优先选择或主要选择的问题。""新传统是直接影响关系,旧传统是间接影响关系。新传统由于直接进入当代人的生活之中,因而其影响虽不知不觉,却迅捷、强烈而明显,旧传统由于远离当代人的生活,其影响只能是间接的,力度相对较小,表现得亦不太引人注目。据此,中国当代文论建设,毫无疑问应当首先立足于现当代文论新传统,由此出发,并在此基础上发展。这个百年来形成的新传统就是我们发展新文论的根。"① 这种认识既具有学理上的思辨色彩,也符合历史发展的本来面目,对于我们从理论上认识中外古今文论之关系,在实践上处理现代性与民族性、西方性与本土性之关系,都具有明显的启示价值。

不过话又得说回来,转变观念固然不易,实际践行则更加困难。在这个全球化趋势不可逆转的时代,凌志车与橄榄树、民族性与现代性、中国性与西方性之间的张力与合力、冲撞与融会,都不是某种认识、某种观念所能全程规划与彻底掌控,更何况如特里·伊格尔顿所言:"还存在更深层的反讽。就在我们开始从小处着眼之时,历史已开始从大处着手。'本土化行动全球化思考'已经成为耳熟能详的左派口号;但我们生活在这样一个世界中:政治上的右派在全球行动,而后现代主义左派只思考本土的问题。"② 的确,"全球化的视野"与"本土化的行动"本应该是一对绝佳组合,但在具体实践中,我们往往会顾此失彼、畸轻畸重,在现代性的普世追求中如何保持并发扬民族风格,或者如美国新闻工作者、经济学家托马斯·弗里德曼所说,全球化时代如何在"凌志车"与"橄榄树"之间寻求平衡,仍然是中国当代文论建设与发展所面临的艰巨任务。

---

① 朱立元:《走自己的路——对于迈向21世纪的中国文论建设问题的思考》,《文学评论》2000年第3期。
② [英]特里·伊格尔顿:《理论之后》,商正译,商务印书馆2009年版,第71页。

四 本土化机制与现代文论话语的融通与创造

除此之外,"域外文论本土化"机制问题的研究,还使我们认识到建构中国当代文论必须注意"融通性"与"创造性"的关系问题。在域外尤其是西方文论本土化过程中,中国学者在介绍、翻译、阐释、实践等既独立又相互关联的几个环节倾注心血并卓有建树。但正如我们多次指出的那样,中国现代文论的整体样貌已经疏离传统而接近西方。一方面,无论是模仿、移植,还是挪用、误读,都使得现实主义、浪漫主义、典型、情节、叙事、抒情、复调、反讽、隐喻、细读等域外文论话语大行其道且无往不利;另一方面,丰富的古典诗学范畴大多被束之高阁,即便展开研究,也类似对待秦砖汉瓦一样,难以使其恢复文本批评与解读的功能,真正建基于中外融通之上的创新之论可谓少之又少,能够被认可并取得阐释效果的,无外乎王国维的"境界"、周作人的"美文"、朱光潜的"意象"、宗白华的"意境"、钱钟书的"通感"等屈指可数的典型例证。

一般而言,某种文学理论之所以具有旺盛的生命力,往往是因为创造了一系列被广泛使用的核心范畴和基本术语,正是通过对这些范畴及术语的不断言说,该理论才得以持续传播、发挥越来越大的影响,逐步形成自身的体系与传统。近代以来,老气横秋的中国与生机勃勃的西方不期而遇,在巨大的冲撞中被逼迫着走上社会、文化的现代转型之路,历史悠久、内蕴丰富的古代传统在较长一段时间被视为社会进步的包袱与障碍,必须予以抛弃、加以清除,这种彻底反传统的"激进主义"思潮从戊戌时期的政治领域推进到"五四"时期的文化领域,再到"文化大革命"时期从理论到实践全方位地发展到登峰造极的地步,以至于有学者指出:"中国近代一部思想史就是一个激进化的过程(process of radicalization)。"[①]

[①] 余英时:《中国近代思想史上的激进与保守——香港中文大学25周年纪念讲座第四讲》(1988年9月),李世涛主编:《知识分子立场:激进与保守之间的动荡》,时代文艺出版社2000年版,第12页。

结语　走向他人与回归自我

随着 20 世纪末学界对"五四"新文化运动的重新认识、对激进主义思潮的深度反思，原来无法与之相抗衡的"保守主义"（又称"文化守成主义"）思潮获得"了解之同情"并在相当程度上受到肯定与赞赏，加之中国经济实力逐步增强、国际地位显著提高，"复兴传统文化"似乎是官方与民间的共同意愿，"发现东方""送出主义"也成为部分知识分子倡导的文化输出战略，当然更有汤因比、季羡林等硕学大儒高调预言："解决 21 世纪的社会问题，惟有中国孔孟学说跟大乘佛法""21 世纪将成为中国文化或东方文化的世纪"。但以上这些思想倾向，如果不理性地予以规范、限定，就有演变成"东风—西风"之论、"河东—河西"之说的可能，历史与文化的发展不应该再次掉入"忽东忽西"、"轮流坐庄"抑或类似"中体西用"、"西体中用"、"西体西用"等人为预设的演进模式，而应该是坚持"互为体用""取长补短"的立场，在充分交流与融通中寻求创新和发展。

但近百年来，对传统的拒斥、批判、否定、悬置，使其几近断裂，怎样激活传统、促其现代转换，已经引发系列思考与多方探究，就连域外学者也在替我们出谋划策，比如，法国当代哲学家、汉学家弗朗索瓦·于连（François Jullien）就曾提醒说："在世纪转折之际，中国知识界要做的应该是站在中西交汇的高度，用中国概念重新诠释中国思想传统。如果不做这一工作，下一世纪中国思想传统将为西方概念所淹没，成为西方思想的附庸。如果没有人的主动争取，这样一个阶段是不会自动到来的。中国人被动接受西方思想并向西方传播自己的思想经历了一个世纪，这个历史时期现在应该可以结束了。"[1] 从文学理论或文艺学学科的角度看，也是如此，我们必须建立一套自己的概念，用以重新诠释中国文论传统，包括现代以来的新传统，不要被西方文论的概念淹没。这套自己的概念，虽然有可能借用我们祖先创造的某些术语以赋予其新的内涵，但显然不可能全部起用古代文论的范畴，只能是融会中外之后创造出的新概念。看来，加强对域外的了解与加深对自己

---

[1] ［法］弗朗索瓦·于连、陈彦：《新世纪对中国文化的挑战》（访谈录），香港《二十一世纪》1999 年 4 月号。

的认识同样重要！这也就像弗朗索瓦·于连所说："事实上，我们越深入，就越会导致回归。这在遥远国度进行的意义微妙的旅行促使我们回溯到我们自己的思想。"① "域外文论中国化""中国文论他国化"又何尝不是这种意义微妙的旅行呢？对他人的接近，也可能意味着对自我的回归！

---

① ［法］弗朗索瓦·于连：《迂回与进入·前言》，杜小真译，生活·读书·新知三联书店1998年版，第4页。

参考文献

一 著作

阿英编：《晚清文学丛钞·小说戏剧研究卷》，中华书局 1960 年版。
安启念：《新编马克思主义哲学发展史》，中国人民大学出版社 2004 年版。
白嗣宏编选：《无产阶级文化派资料选编》，中国社会科学出版社 1983 年版。
北京大学等主编：《文学运动史料选》（第 3 册），上海教育出版社 1979 年版。
北京大学西语系资料组编：《从文艺复兴到十九世纪资产阶级文学家艺术家有关人道主义人性论言论选辑》，商务印书馆 1971 年版。
[美] 彼得·琼斯编：《意象派诗选》，裘小龙译，漓江出版社 1986 年版。
卞之琳：《卞之琳文集》（中卷），安徽教育出版社 2002 年版。
蔡尚思主编：《中国现代思想史资料简编》（第 4 卷），浙江人民出版社 1983 年版。
曹顺庆：《中西比较诗学》，北京出版社 1988 年版。
曹顺庆：《中外比较文论史（上古时期）》，山东教育出版社 1998 年版。
陈独秀：《陈独秀文集》（第 2 卷），人民出版社 2013 年版。
陈国恩：《浪漫主义与 20 世纪中国文学》，安徽教育出版社 2000 年版。
陈厚诚：《死神唇边的笑——李金发传》，上海文艺出版社 1996 年版。

陈厚诚编：《李金发回忆录》，东方出版中心1998年版。

陈厚诚、王宁主编：《西方当代文学批评在中国》，百花文艺出版社2000年版。

陈来：《传统与现代——人文主义的视界》，生活·读书·新知三联书店2009年版。

陈良运：《中国诗学体系论》，中国社会科学出版社1992年版。

陈良运：《中国诗学批评史》，江西人民出版社1995年版。

陈平原：《中国现代学术之建立》，北京大学出版社1998年版。

陈平原：《文学史的形成与建构》，广西教育出版社1999年版。

陈维昭：《红学通史》（上），上海人民出版社2005年版。

陈文忠：《中国古典诗歌接受史研究》，安徽大学出版社1998年版。

陈雪虎编：《中国现代文论新编》，北京师范大学出版社2010年版。

陈元晖主编，汤志钧、陈祖恩、汤仁泽编：《中国近代教育史资料汇编·戊戌时期教育》，上海教育出版社2007年版。

陈远征：《现代中国的诗人与诗派》，湖南师范大学出版社1994年版。

陈钟凡：《中国文学批评史》，中华书局1927年版。

陈子善：《雅集》，上海人民出版社2012年版。

成仿吾：《成仿吾文集》，山东大学出版社1985年版。

程凯：《革命的张力："大革命"前后新文学知识分子的历史处境与思想探求（1924—1930）》，北京大学出版社2014年版。

戴燕：《文学史的权力》，北京大学出版社2002年版。

邓小平：《邓小平文选》（第2、3卷），人民出版社1994年版。

丁尔纲：《茅盾评传》，重庆出版社1998年版。

丁景唐主编：《中国新文学大系（1949—1976）》（第19卷），上海文艺出版社1997年版。

丁晓平：《中共中央第一支笔：胡乔木在毛泽东邓小平身边的日子》，中国青年出版社2011年版。

董炳月：《"同文"的现代转换——日语借词中的思想与文学》，昆仑出版社2012年版。

董学文：《西方文学理论名著提要》，江西人民出版社2013年版。

杜荣根：《寻求与超越——中国新诗形式批评》，复旦大学出版社 1993 年版。

杜书瀛、钱竞主编：《中国 20 世纪文艺学学术史》，中国社会科学出版社 2007 年版。

杜书瀛：《从"诗文评"到"文艺学"》，中国社会科学出版社 2013 年版。

方克立、李兰芝：《中国哲学名著选读》，南开大学出版社 1996 年版。

方珊：《形式主义文论》，山东教育出版社 1994 年版。

方涛：《精神的追问：中国现代主义诗脉》，南海出版公司 2002 年版。

封孝伦、袁鼎生主编：《生命美学与生态美学的对话》，广西师范大学出版社 2013 年版。

冯雪峰：《回忆鲁迅》，人民文学出版社 1957 年版。

佛雏：《王国维诗学研究》，北京大学出版社 1999 年版。

甘阳：《古今中西之争》，生活·读书·新知三联书店 2006 年版。

［苏联］高尔基：《论文学》，孟昌、曹葆华、戈宝权译，人民文学出版社 1978 年版。

龚鹏程：《中国文学批评史论》，北京大学出版社 2008 年版。

顾凤城：《新兴文学概论》，光明书局 1930 年版。

顾骧：《海边草》，人民文学出版社 1995 年版。

郭沫若：《郭沫若论创作》，上海文艺出版社 1983 年版。

郭沫若、周扬编：《红旗歌谣》，红旗杂志社 1959 年版。

郭沫若、宗白华、田寿昌：《三叶集》，上海亚东图书馆 1920 年版。

郭绍虞：《中国文学批评史》，商务印书馆 1934 年版。

中华人民共和国教育部社会科学司编：《文学概论教学大纲》，高等教育出版社 1993 年版。

韩经太：《中国文学批评史研究》，福建人民出版社 2006 年版。

郝海彦主编，滕为等副主编：《中国知青诗抄》，中国文学出版社 1998 年版。

贺敬之：《放声歌唱》，中国青年出版社 1957 年版。

洪谦主编：《现代西方哲学论著选辑》（上），商务印书馆 1993 年版。

胡风：《胡风评论集》，人民文学出版社 1984 年版。

胡行之：《文学概论》，乐华图书公司 1933 年版。

胡乔木：《关于人道主义和异化问题》，人民出版社 1984 年版。

胡先骕：《胡先骕文存》（上卷），张大为、胡德熙、胡德焜合编，江西高校出版社 1995 年版。

胡志红：《西方生态批评研究》，中国社会科学出版社 2006 年版。

胡志红：《西方生态批评史》，人民出版社 2015 年版。

华媛媛：《美国生态女性主义文学批评研究》，人民文学出版社 2014 年版。

黄晖：《西方现代主义诗学在中国》，中国社会科学出版社 2008 年版。

黄力之：《中国话语：当代审美文化史论》，中央编译出版社 2001 年版。

黄霖、韩同文选注：《中国历代小说论著选（修订本）》（下），江西人民出版社 2000 年版。

黄曼君：《中国近百年文学理论批评史》，湖北教育出版社 1996 年版。

黄玫：《韵律与意义：20 世纪俄罗斯诗学理论研究》，人民出版社 2005 年版。

黄雪敏：《缥缈的浮生：创造社诗歌新论》，暨南大学出版社 2014 年版。

黄轶：《中国当代小说的生态批判》，北京大学出版社 2014 年版。

季进：《钱锺书与现代西学》，上海三联书店 2002 年版。

季明：《核心价值观概论》，人民日报出版社 2013 年版。

贾植芳等编：《文学研究会资料》（上），知识产权出版社 2010 年版。

江山：《德语生态文学》，学林出版社 2011 年版。

蒋光慈：《蒋光慈文集》（第 4 卷），上海文艺出版社 1988 年版。

赖干坚：《中国现当代文学与外国文艺思潮》，海峡文艺出版社 1995 年版。

蓝棣之：《现代诗的情感与形式》，华夏出版社 1994 年版。

李大钊：《李大钊文集》（上、下），人民出版社 1984 年版。

李广仓：《结构主义文学批评方法研究》，湖南大学出版社 2006 年版。

李健吾：《李健吾批评文集》，珠海出版社 1998 年版。

李金发：《为幸福而歌》，商务印书馆 1926 年版。

李金发：《异国情调》，商务印书馆（渝版）1942 年版。

李美华：《英国生态文学》，学林出版社 2008 年版。

[美] 李欧梵：《中国现代作家的浪漫一代》，王宏志等译，新星出版社

2005年版。

李世涛主编：《知识分子立场：激进与保守之间的动荡》，时代文艺出版社2000年版。

张伟栋：《李泽厚与现代文学史的"重写"》，江西人民出版社2012年版。

李文波：《大地诗学——生态文学研究绪论》，陕西人民出版社2000年版。

李衍柱：《马克思主义典型学说史纲》，山东文艺出版社1989年版。

李怡：《中国现代新诗与古典诗歌传统》（增订3版），中国人民大学出版社2015年版。

李幼蒸编选：《结构主义和符号学：电影理论译文集》，生活·读书·新知三联书店1987年版。

李泽厚：《探寻语碎》，上海文艺出版社2000年版。

李泽厚：《美学四讲》，生活·读书·新知三联书店2004年版。

李泽厚：《中国现代思想史论》，东方出版社1987年版。

梁启超：《清代学术概论》，上海古籍出版社1998年版。

梁实秋：《梁实秋批评文集》，徐静波编，珠海出版社1998年版。

梁实秋：《梁实秋文集》（第1、5、7卷），鹭江出版社2002年版。

梁漱溟：《东西文化及其哲学》，商务印书馆1999年版。

梁宗岱：《诗与真二集》，商务印书馆1936年版。

林焕平编：《高尔基论文学》，广西人民出版社1980年版。

刘大杰：《中国文学发展史》（下），古典文学出版社1958年版。

刘大杰：《刘大杰古典文学论文选集》，湖南人民出版社1984年版。

刘敬圻主编：《20世纪中国古典文学学科通志》，山东教育出版社2012年版。

刘康：《对话的喧声：巴赫金的文化转型理论》，中国人民大学出版社1995年版。

刘麟生：《中国文学史》，世界书局1932年版。

刘小枫：《诗化哲学——德国浪漫美学传统》，山东文艺出版社1986年版。

刘小枫：《现代性社会理论绪论——现代性与现代中国》，上海三联书店1998年版。

刘小枫：《沉重的肉身——现代性伦理的叙事纬语》，上海人民出版社

1999年版。

刘永济：《文学论》，商务印书馆1924年版。

刘再复、林岗：《传统与中国人：关于"五四"新文化运动若干基本主题的再反省与再批判》，生活·读书·新知三联书店1988年版。

鲁枢元：《生态文艺学》，陕西人民教育出版社2000年版。

鲁枢元：《生态批评的空间》，华东师范大学出版社2006年版。

鲁枢元：《文学的跨界研究：文学与生态学》，学林出版社2011年版。

鲁枢元主编：《自然与人文——生态批评学术资源库》，学林出版社2006年版。

鲁迅：《鲁迅全集》（第1、3、4、6、9、10卷），人民文学出版社1981年版。

陆贵山、周忠厚主编：《马克思主义文艺学概论》，中国人民大学出版社2001年版。

陆耀东：《二十年代中国各流派诗人论》，中国社会科学出版社1985年版。

罗钢：《历史汇流中的抉择：中国现代文艺思想家与西方文学理论》，中国社会科学出版社1993年版。

罗钢：《传统的幻象：跨文化语境中的王国维诗学》，人民文学出版社2015年版。

罗根泽：《隋唐文学批评史》，商务印书馆1943年版。

罗根泽：《罗根泽古典文学论文集》，上海古籍出版社1985年版。

马良春、张大明、李葆琰编：《中国现代文学思潮流派讨论集》，人民文学出版社1984年版。

毛泽东：《毛泽东选集》（一卷本），人民出版社1966年版。

茅盾：《夜读偶记》，百花文艺出版社1958年版。

梅荣政主编：《马克思主义中国化史》，中国社会科学出版社2010年版。

孟繁华：《众神狂欢——当代中国的文化冲突问题》，今日中国出版社1997年版。

孟庆枢主编：《日本近代文艺思潮与中国现代文学》，时代文艺出版社1992年版。

潘梓年：《文学概论》，北新书局1928年版。

祁志祥：《中国古代文学原理：一个表现主义民族文论体系的建构》，学林出版社1993年版。

钱理群、温儒敏、吴福辉：《中国现代文学三十年（修订本）》，北京大学出版社1998年版。

钱中文：《文学理论：走向交往对话的时代》，北京大学出版社1999年版。

钱钟书：《写在人生边上·人生边上的边上·石语》，生活·读书·新知三联书店2002年版。

瞿秋白：《瞿秋白文集·文学编》（第2、3、5卷），人民文学出版社1998年版。

瞿秋白：《心的声音》，内蒙古人民出版社1999年版。

任国桢编译：《苏俄的文艺论战》，北新书局1925年版。

沈从文：《沈从文文集》（国内版）（第11卷），花城出版社、三联书店香港分店1982年版。

沈素琴：《中国现代文学期刊中的外国文论译介及其影响》，北京语言大学出版社2015年版。

沈用大：《中国新诗史（1918—1949）》，福建人民出版社2006年版。

施治生、徐建新主编：《古代国家的等级制度》，中国社会科学出版社2003年版。

舒新城编：《中国近代教育史资料》（中），人民教育出版社1981年版。

司马长风：《中国新文学史》（上卷），昭明出版有限公司1980年版。

思明：《文艺批评论》，神州国光社1931年版。

宋建林、陈飞龙主编：《中国马克思主义艺术理论发展史》，生活·读书·新知三联书店2011年版。

宋伟：《当代社会转型中的文学理论热点问题》，文化艺术出版社2012年版。

苏畅：《俄苏翻译文学与中国现代文学的生成》，社会科学文献出版社2013年版。

苏汶编：《文艺自由论辩集》，现代书局1933年版。

隋丽：《现代性与生态审美》，学林出版社2009年版。

孙克强、杨传庆、裴喆编著：《清人词话》（上），南开大学出版社2012

年版。

孙犁:《孙犁文集》(补订版第5册),百花文艺出版社2013年版。

孙隆基:《中国文化的深层结构》,广西师范大学出版社2004年版。

孙乃修:《弗洛伊德与中国现代作家》,业强出版社1995年版。

[瑞士]索绪尔:《普通语言学教程》,高名凯译,商务印书馆1980年版。

谭丕模:《新兴文学概论》,北平文化学社1932年版。

谭丕模:《中国文学史纲》,北新书局1933年版。

谭正璧:《中国文学进化史》,光明书局1929年版。

陶东风主编:《文学理论基本问题》,北京大学出版社2004年版。

陶东风、和磊:《当代中国文艺学研究(1949—2009)》,中国社会科学出版社2011年版。

滕云:《孙犁十四章》,人民文学出版社2012年版。

田汉:《文学概论》,中华书局1927年版。

田晓青主编:《民国思潮读本》(第3卷),作家出版社2013年版。

童庆炳:《文学概论》,红旗出版社1984年版。

童庆炳:《文学理论导引》,高等教育出版社1988年版。

童庆炳主编:《20世纪中国马克思主义文艺理论研究》,北京大学出版社2012年版。

汪介之:《回望与沉思:俄苏文论在20世纪中国文坛》,北京大学出版社2005年版。

王达敏:《中国当代人道主义文学思潮史》,上海人民出版社2013年版。

王国维:《人间词话》,上海古籍出版社1998年版。

王国维:《王国维文集》,姚淦铭、王燕主编,中国文史出版社2007年版。

王国维:《王国维书信日记》,房鑫亮编,浙江教育出版社2015年版。

王蒙、袁鹰主编:《忆周扬》,内蒙古人民出版社1998年版。

王诺:《欧美生态批评:生态文学研究概论》,学林出版社2008年版。

王诺:《欧美生态文学》,北京大学出版社2003年版。

王训昭、卢正言、邵华等编著:《郭沫若研究资料》(上),知识产权出版社2010年版。

王一川:《兴辞诗学片语》,山东友谊出版社2005年版。

王攸欣：《选择·接受与疏离——王国维接受叔本华、朱光潜接受克罗齐美学比较研究》，生活·读书·新知三联书店1999年版。

王远泽：《高尔基研究》，湖南教育出版社1988年版。

魏建编选：《青春与感伤：创造社与主情文学文献史料辑》，人民出版社2013年版。

温儒敏：《新文学现实主义的流变》（第2版），北京大学出版社2007年版。

文振庭编选：《文艺大众化问题讨论资料》，上海文艺出版社1987年版。

闻一多：《闻一多全集》（第12卷），湖北人民出版社1993年版。

吴芳吉：《吴芳吉诗文选》，白屋诗人吴芳吉研究课题组选编，三秦出版社2009年版。

吴立昌：《文学的消解与反消解——中国现代文学派别论争史论》，复旦大学出版社2004年版。

吴宓：《文学与人生》，清华大学出版社1993年版。

吴宓：《会通派如是说——吴宓集》，徐葆耕编选，上海文艺出版社1998年版。

吴投文：《沈从文的生命诗学》，东方出版社2007年版。

夏光武：《美国生态文学》，学林出版社2009年版。

向天渊：《现代汉语诗学话语（1917—1937）》，西南师范大学出版社2002年版。

向天渊：《现代汉语文论话语》，文史哲出版社2010年版。

向天渊等：《紫燕衔泥　众口筑居——中国新诗的"公共性"研究》，文史哲出版社2015年版。

谢冕、李矗主编：《中国文学之最》，中国广播电视出版社2009年版。

邢贲思主编：《马克思哲学思想研究》，上海人民出版社1983年版。

徐敬亚等编：《中国现代主义诗群大观：1986—1988》，同济大学出版社1988年版。

徐克瑜：《诗歌文本细读艺术论》，甘肃人民出版社2009年版。

徐一周：《文学理论教学论》，接力出版社2006年版。

许纪霖：《当代中国的启蒙与反启蒙》，社会科学文献出版社2011年版。

晏红：《认同与悖离——中国现代文论话语的生成》，四川文艺出版社2006年版。

杨凤城：《中国共产党与当代中国文化发展研究》，中共党史出版社2013年版。

杨黎：《灿烂：第三代人的写作和生活》，中华工商联合出版社2014年版。

杨莉馨：《异域性与本土化：女性主义诗学在中国的流变与影响》，北京大学出版社2005年版。

杨亮功：《早期三十年的教学生活》，台北：传记文学出版社1980年版。

杨乃乔：《悖立与整合：东方儒道诗学与西方诗学的本体论、语言论比较》，文化艺术出版社1998年版。

杨素梅、闫吉青：《俄罗斯生态文学论》，人民文学出版社2006年版。

叶诚生：《现代叙事与文学想象》，人民文学出版社2009年版。

叶嘉莹：《王国维及其文学批评》，河北教育出版社1997年版。

叶舒宪编选：《结构主义神话学》，陕西师范大学出版社1988年版。

叶维廉：《叶维廉文集》（第1卷），安徽教育出版社2002年版。

以群：《论无产阶级革命文艺的发展方向》，上海文艺出版社1960年版。

殷国明：《20世纪中西文艺理论交流史论》，华东师范大学出版社1999年版。

尹康庄：《象征主义与中国现代文学》，暨南大学出版社1998年版。

龙其林：《自然的诗学：中国当代生态文学新论》，社会科学文献出版社2015年版。

游国恩、王起、萧涤非、季镇淮、费振刚：《中国文学史》，人民出版社1963年版。

余虹：《中国文论与西方诗学》，生活·读书·新知三联书店1999年版。

余虹：《革命·审美·解构——20世纪中国文学理论的现代性与后现代性》，广西师范大学出版社2001年版。

俞平伯：《俞平伯全集》（第1卷），花山文艺出版社1997年版。

郁达夫：《小说论》，光华书局1926年版。

郁达夫：《郁达夫全集》（第10、11卷），浙江大学出版社2007年版。

袁行霈主编：《中国文学史》，高等教育出版社1999年版。

曾繁仁：《生态存在论美学论稿》，吉林人民出版社2003年版。

曾繁仁：《生态美学导论》，商务印书馆2010年版。

曾繁仁：《生态美学基本问题研究》，人民出版社2015年版。

曾永成：《文艺的绿色之思：文艺生态学引论》，人民文学出版社2000年版。

张冰：《陌生化诗学：俄国形式主义研究》，北京师范大学出版社2000年版。

张大明：《中国左翼文学编年史》，社会科学文献出版社2013年版。

张法等：《世界语境中的中国文学理论》，安徽教育出版社2010年版。

张隆溪：《二十世纪西方文论述评》，生活·读书·新知三联书店1986年版。

张秋华等编选：《"拉普"资料汇编》（上），中国社会科学出版社1981年版。

张贤亮：《小说中国·散文卷》，贵州人民出版社2013年版。

张晓琴：《中国当代生态文学研究》，中国社会科学出版社2013年版。

张羽等编注：《恽代英 来鸿去燕录》，北京出版社1981年版。

章培恒、骆玉明主编：《中国文学史》，复旦大学出版社1996年版。

章学诚撰，叶瑛校注：《文史通义校注》，中华书局1985年版。

赵景深：《文学概论》，世界书局1932年版。

赵晓彬：《雅可布逊的诗学研究》，人民文学出版社2014年版。

赵智奎主编：《改革开放30年思想史》（上卷），人民出版社2008年版。

郑振铎：《郑振铎古典文学论文集》，上海古籍出版社1984年版。

郑振铎：《郑振铎全集》（第3、5卷），花山文艺出版社1998年版。

知堂（周作人）：《过去的工作》，上海书店出版社1985年影印版。

中国社会科学院文学研究所现代文学研究室编：《"革命文学"论争资料选编》（上），人民文学出版社1981年版。

钟叔河编：《周作人文类编》（第3、8卷），湖南文艺出版社1998年版。

周伦佑编：《打开肉体之门》，敦煌文艺出版社1994年版。

周宪：《审美现代性批判》，商务印书馆2005年版。

周湘鲁：《俄罗斯生态文学》，学林出版社2009年版。

周扬：《周扬文集》（第1、5卷），人民文学出版社1984年版。

周英雄、郑树森编：《结构主义的理论与实践》，（台北）黎明文化事业股份有限公司1980年版。

周月峰编：《〈新青年〉通信集》，福建教育出版社2016年版。

周仲器、周渡：《中国新格律诗探索史略》，江苏大学出版社2013年版。

周作人著，钟叔河编：《知堂序跋》，岳麓书社1987年版。

杨扬编：《周作人批评文集》，珠海出版社1998年版。

周作人：《欧洲文学史》，河北教育出版社2002年版。

朱光潜：《西方美学史》，人民文学出版社1979年版。

朱光潜：《悲剧心理学》，安徽教育出版社1989年版。

朱光潜：《文艺心理学》，安徽教育出版社1996年版。

朱光潜：《朱光潜全集》（第9卷），安徽教育出版社1993年版。

朱光潜：《诗论》，安徽教育出版社2006年版。

朱立元等：《马克思主义文艺理论中国化研究》，经济科学出版社2009年版。

朱熹撰：《四书章句集注》，金良年今译，上海古籍出版社2006年版。

朱自清：《朱自清全集》（第3、4、8卷），江苏教育出版社1996年版。

二　翻译著作

［爱沙尼亚］扎娜·明茨、伊·切尔诺夫编选：《俄国形式主义文论选》，王薇生译，郑州大学出版社2005年版。

［比］J. M. 布洛克曼：《结构主义：莫斯科—布拉格—巴黎》，李幼蒸译，商务印书馆1980年版。

［德］弗里德里希·席勒：《审美教育书简》，冯至、范大灿译，上海人民出版社2003年版。

［德］尼采：《查拉图斯特拉如是说》，孙周兴译，上海人民出版社2016年版。

［德］奥斯瓦尔德·斯宾格勒：《西方的没落》，齐世荣等译，商务印书馆1963年版。

［俄］弗拉基米尔·雅可夫列维奇·普罗普：《民间故事形态学》，贾放译，中华书局 2006 年版。

［俄］什克洛夫斯基等：《俄国形式主义文论选》，方珊等译，生活·读书·新知三联书店 1989 年版。

［法］阿尔贝特·史怀泽：《敬畏生命》，陈泽环译，上海社会科学院出版社 1992 年版。

［法］柏格森：《时间与自由意志》，吴士栋译，商务印书馆 2009 年版。

［法］茨维坦·托多罗夫编选：《俄苏形式主义文论选》，蔡鸿滨译，中国社会科学出版社 1989 年版。

［法］弗朗索瓦·于连：《前言》，《迂回与进入》，杜小真译，生活·读书·新知三联书店 1998 年版。

［法］米歇尔·福柯：《词与物：人文科学考古学》，莫伟民译，上海三联书店 2002 年版。

［法］克洛德·莱维—斯特劳斯：《结构人类学》，谢维扬、俞宣孟译，上海译文出版社 1995 年版。

［法］列维—斯特劳斯：《野性的思维》，李幼蒸译，商务印书馆 1987 年版。

［法］罗曼·加里：《天根》，宋维洲译，漓江出版社 1992 年版。

［法］伊夫·瓦岱：《文学与现代性》，田庆生译，北京大学出版社 2001 年版。

［加拿大］法利·莫厄特：《与狼共度》，刘捷译，董清林校，北岳文艺出版社 1998 年版。

［美］艾恺：《世界范围内的反现代化思潮——论文化守成主义》，贵州人民出版社 1991 年版。

［美］奥尔多·利奥波德：《沙乡年鉴》，侯文蕙译，吉林人民出版社 1997 年版。

［美］保罗·皮科威兹：《书生政治家——瞿秋白曲折的一生》，谭一青、季国平译，中国卓越出版公司 1990 年版。

［美］比尔·麦克基本：《自然的终结》，孙晓春、马树林译，吉林人民出版社 2000 年版。

· 375 ·

［美］E. 希尔斯：《论传统》，傅铿、吕乐译，上海人民出版社1991年版。

［美］高友工、梅祖麟：《唐诗的魅力：诗语的结构主义批评》，李世耀译，上海古籍出版社1989年版。

［美］霍尔姆斯·罗尔斯顿：《环境伦理学：大自然的价值以及人对大自然的义务》，杨通进译，许广明校，中国社会科学出版社2000年版。

［美］雷纳·韦勒克：《近代文学批评史》（第8卷），杨自伍译，上海译文出版社2009年版。

［美］勒内·韦勒克、奥斯汀·沃伦：《文学理论》，刘象愚、刑培明、陈圣生、李哲明译，江苏教育出版社2005年版。

［美］李欧梵：《铁屋中的呐喊——鲁迅研究》，尹慧珉译，岳麓书社1999年版。

［美］罗伯特·萧尔斯：《结构主义——批评的理论与实践》，高秋雁审译，（台北）结构群出版社1989年版。

［美］M. H. 艾布拉姆斯、杰弗里·高尔特·哈珀姆：《文学术语词典》（第10版中英对照本），吴松江、路雁等编译，北京大学出版社2014年版。

［美］乔纳森·卡勒：《结构主义诗学》，盛宁译，中国社会科学出版社1991年版。

［美］苏珊·桑塔格：《在土星的标志下》，姚君伟译，上海译文出版社2006年版。

［美］唐纳德·沃斯特：《自然的经济体系——生态思想史》，侯文蕙译，商务印书馆1999年版。

［美］维克多·特纳：《庆典》，方永德等译，潘国庆校，上海文艺出版社1993年版。

［美］维塞尔：《马克思与浪漫派的反讽：论马克思主义神话诗学的本源》，陈开华译，华东师范大学出版社2008年版。

［美］沃侬·路易·帕灵顿：《美国思想史（1620—1920）》，陈永国等译，吉林人民出版社2002年版。

［美］雅克·巴尊：《古典的，浪漫的，现代的》，侯蓓译，何念校，江

苏教育出版社2005年版。

［日］北冈正子：《摩罗诗力说材源考》，何乃英译，北京师范大学出版社1983年版。

［日］木山英雄：《文学复古与文学革命——木山英雄中国现代文学思想论集》，赵京华编译，北京大学出版社2004年版。

［日］藏原惟人、外村史郎辑译：《新俄的文艺政策》，画室（冯雪峰）重译，光华书局1928年版。

［瑞士］皮亚杰：《结构主义》，倪连生、王琳译，商务印书馆1984年版。

［苏联］巴赫金：《文艺学中的形式主义方法》，李辉凡、张婕译，漓江出版社1989年版。

［苏联］斯·舍舒科夫：《苏联二十年代文学斗争史实》，冯玉律译，上海译文出版社1994年版。

［苏联］托洛茨基：《文学与革命》，刘文飞、王景生等译，外国文学出版社1992年版。

［苏联］瓦西里耶夫：《不要射击白天鹅》，李必莹译，湖南人民出版社1984年版。

［苏联］依·萨毕达可夫：《文艺学引论》，北京大学中文系文艺理论教研室译，高等教育出版社1958年版。

［苏联］高尔基：《俄国文学史》，缪灵珠译，新文艺出版社1956年版。

［苏联］季摩菲耶夫：《文学原理·第一部·文学概论》，查良铮译，平明出版社1953年版。

［苏联］列昂尼德·马克西莫维奇·列昂诺夫：《俄罗斯森林》，姜长斌译，黑龙江人民出版社1984年版。

［英］安东尼·吉登斯：《现代性与自我认同》，赵旭东等译，生活·读书·新知三联书店1998年版。

［英］彼得·巴里：《理论入门：文学与文化理论导论》，杨建国译，南京大学出版社2014年版。

［英］E.F. 舒马赫：《小的就是美好的》，虞鸿钧、郑关林译，商务印书馆1984年版。

［英］罗素：《中国之问题》，赵文锐译，中华书局1924年版。

［英］罗素：《一个自由人的崇拜》，胡品清译，时代文艺出版社1988年版。

［英］尼古拉斯·布宁、余纪元编著：《西方哲学英汉对照辞典》，王柯平等译，人民出版社2001年版。

［英］艾·阿·瑞恰慈：《文学批评原理》，杨自伍译，百花洲文艺出版社1992年版。

［英］汤因比：《文明经受着考验》，沈辉等译，顾建光校，浙江人民出版社1988年版。

［英］特里·伊格尔顿：《文学原理引论》，刘峰译，文化艺术出版社1987年版。

［英］特里·伊格尔顿：《理论之后》，商正译，商务印书馆2009年版。

［英］特里·伊格尔顿：《马克思为什么是对的》，李杨、任文科、郑义译，新星出版社2011年版。

［英］托·斯·艾略特：《艾略特文学论文集》，李赋宁译注，百花洲文艺出版社1994年版。

［英］以赛亚·伯林：《浪漫主义的根源》，吕梁、洪丽娟、孙易译，译林出版社2011年版。

［英］以赛亚·伯林：《现实感：观念及其历史研究》，潘荣荣、林茂译，译林出版社2011年版。

［英］约翰·麦克里兰：《西方政治思想史（下）》，彭淮栋译，中信出版社2014年版。

三 论文

白烨：《人性和人道主义学术讨论会情况综述》，《中国社会科学》1981年第1期。

鲍国华：《鲁迅〈中国小说史略〉与盐谷温〈中国文学概论讲话〉——对于"抄袭"说的学术史考辨》，《鲁迅研究月刊》2008年第5期。

冰心女士：《文艺丛谈》，《小说月报》1921年第12卷第4号。

蔡元培：《中国新文学大系·总序》，《中国新文学大系·建设理论集》，上海良友图书印刷公司1935年版。

曹靖华：《谈苏联文学》，《曹靖华译著文集》（第10卷），北京大学出版社、河南教育出版社1992年版。

曹顺庆：《西方文论如何实现"中国化"专题讨论·主持人语》，《河北学刊》2004年第5期。

曹顺庆：《文学理论的"他国化"与西方文论的中国化》，《湘潭大学学报》（哲学社会科学版）2005年第5期。

曹顺庆、付飞亮：《变异学与他国化——曹顺庆先生学术访谈录》，《甘肃社会科学》2012年第4期。

曹顺庆、谭佳：《重建中国文论的又一有效途径：西方文论的中国化》，《外国文学研究》2004年第5期。

曹顺庆、童真：《西方文论话语的"中国化"："移植"切换还是"嫁接"改良？》，《河北学刊》2004年第5期。

曹顺庆、周春：《"误读"与文论的"他国化"》，《中国比较文学》2004年第4期。

曹顺庆、邹涛：《从"失语症"到西方文论的中国化——重建中国文论话语的再思考》，《三峡大学学报》（人文社会科学版）2005年第5期。

陈伯海、黄霖、曹旭：《中国古代文论研究的民族性与现代转换问题——二十世纪中国古代文论研究三人谈》，《文学遗产》1998年第3期。

陈伯海：《一个生命论诗学范例的解读——中国诗学精神探源》，《社会科学战线》2003年第5期。

陈独秀：《新文化运动是什么？》，《新青年》1920年第7卷第5号。

陈国恩：《论闻一多的生命诗学观》，《文学评论》2006年第6期。

陈国球：《"国文讲义"与"文学史"之间——林传甲〈中国文学史〉考论》，朱栋霖、范培松主编：《中国雅俗文学研究》（第1辑），上海三联书店2007年版。

陈力川：《瓦雷里诗论简述》，《国外文学》1983年第2期。

陈力川：《瓦雷里：思想家与诗人的冲突和谐调》，周国平编：《诗人哲学家》，上海人民出版社2005年版。

陈良运：《宏观·共时·文学观念——关于中国文学批评史分期的思考》，《争鸣》1988 年第 3 期。

陈平原：《胡适的文学史研究》，王瑶主编：《中国文学研究现代化进程》，北京大学出版社 1996 年版。

陈思和、王晓明：《重写文学史·主持人的话》，《上海文论》1988 年第 4 期。

陈思和：《黑色的颓废：读王朔小说札记》，《当代作家评论》1989 年第 5 期。

陈太胜：《结构主义批评在中国》，《社会科学研究》1999 年第 4 期。

陈卫平：《确立中国特色社会主义价值理想的重要环节——1980 年代人道主义和异化问题大讨论的意义》，《华东师范大学学报》（哲学社会科学版）2014 年第 3 期。

陈先达、靳辉明：《揭开历史之谜——马克思第一个伟大发现的历史意义》，邢贲思主编：《马克思哲学思想研究》，上海人民出版社 1983 年版。

陈晓兰：《绿色研究：为自然代言——阅读劳伦斯·库柏〈绿色研究读本：从浪漫主义到生态批评〉》，《性别·城市·异邦——文学主题的跨文化阐释》，复旦大学出版社 2014 年版。

陈元恺：《鲁迅小说的革命人道主义》，西北大学鲁迅研究室编：《鲁迅研究年刊》（1980），陕西人民出版社 1984 年版。

陈仲义：《体验的亲历、本真和自明——生命诗学》，《诗探索》1998 年第 1 期。

成仿吾：《〈呐喊〉的评论》，《创造季刊》1924 年第 2 卷第 2 期。

成仿吾：《革命文学与他的永远性》，《创造月刊》1926 年第 1 卷第 4 期。

成仿吾：《从文学革命到革命文学》，《创造月刊》1928 年第 1 卷第 9 期。

程国君：《"以生命的眼光看艺术"——"新月"诗派的生命诗学》，《文学评论》2005 年第 4 期。

崔宝衡：《高尔基与造神论——评中篇小说〈忏悔〉》，《语言文学研究辑刊》（第 2 辑），南开大学中文系 1981 年编印。

代讯：《马克思主义文艺理论中国化的内在逻辑》，《文学评论》1997 年第 4 期。

代讯：《汉译西方文论探究》，《西南师范大学学报》（人文社会科学版）2004 年第 6 期。

邓小平：《在中国文学艺术工作者第四次代表大会上的祝辞》（1979 年 10 月 30 日），《邓小平文选（一九七五——一九八二）》，人民出版社 1983 年版。

董乃斌：《郭绍虞中国文学批评史研究的成就与贡献》，王瑶主编：《中国文学研究现代化进程》，北京大学出版社 1996 年版。

董乃斌：《刘大杰文学史研究的成就与教训》，陈平原主编：《中国文学研究现代化进程二编》，北京大学出版社 2002 年版。

董学文：《中国现代文学理论进程思考》，《北京大学学报》（哲学社会科学版）1998 年第 2 期。

董学文：《中国化：泥泞的坦途——试论中国当代文论与西方文论的关系》，《巢湖学院学报》2004 年第 4 期。

杜格灵、李金发：《诗问答》，《文艺画报》1935 年第 1 卷第 3 号。

杜吉刚、周敬新：《西方文论中国化：议题性质、评判标准与路径方法》，《鲁东大学学报》（哲学社会科学版）2014 年第 5 期。

杜荣根：《论现代格律诗的嬗变和发展》，《学术月刊》1987 年第 7 期。

杜振吉：《毛泽东革命的人道主义思想的主要内容及其特点》，《湖南师范大学社会科学学报》1994 年第 1 期。

樊星：《当代文学中人道主义的命运》，《粤海风》2008 年第 3 期。

冯乃超：《冷静的头脑——评驳梁实秋的〈文学与革命〉》，《创造月刊》1928 年第 2 卷第 1 期。

冯奇：《现代性语境中的中国浪漫主义文艺运动》，《文学评论》2001 年第 4 期。

傅其林：《2011 年中国中外文艺理论学会年会暨"国外马克思主义文论与中国当代文论建构"会议综述》，《文学评论》2011 年第 6 期。

葛红兵：《文化产业振兴、新媒介热升温与马克思主义文论中国化进程——2009 年文艺理论批评的三个热点问题》，《当代文坛》2010 年第 1 期。

耿海英：《新时期俄国形式主义文论在中国的接受与研究》，《俄罗斯文艺》2007 年第 1 期。

汪介之：《俄国形式主义在中国的接受》，《中国比较文学》2005 年第 3 期。

顾骧：《当代知识分子的心声——〈周扬近作〉编后札记》，《文艺报》1986 年 8 月 18 日。

光赤：《现代中国社会与革命文学》，《民国日报·觉悟》1925 年 1 月 1 日。

郭宏安：《走向自由的批评（代后记）》，《李健吾批评文集》，珠海出版社 1998 年版。

郭沫若：《生命底文学》，《时事新报·学灯》1920 年 2 月 23 日。

郭沫若：《论诗》，《新的小说》1920 年第 2 卷第 1 号。

郭沫若：《国内的评坛及我对于创作上的态度》，《时事新报·学灯》1922 年 8 月 4 日。

郭沫若：《自然与艺术——对于表现派的共感》，《创造周报》1923 年第 16 期。

郭沫若：《印象与表现——在上海美专自由讲座演讲》，《时事新报·艺术》1923 年 12 月 30 日第 33 期。

郭沫若：《文学的本质》，《学艺杂志》1925 年第 7 卷第 1 号。

郭沫若：《文艺家的觉悟》，《洪水》1926 年第 2 卷第 16 号。

郭沫若：《革命与文学》，《创造月刊》1926 年第 1 卷第 3 期。

郭沫若：《鲁迅与王国维》，《文艺复兴》1946 年第 2 卷第 3 号（"纪念鲁迅逝世十周年"专号）。

郭小川：《怎样使诗歌更快更好的发展》，《诗刊》1958 年第 8 期。

郭延礼：《"诗界革命"的起点、发展及其评价》，《文史哲》2000 年第 2 期。

韩少功：《文学的"根"》，《作家》1985 年第 4 期。

胡丰（胡风）：《张天翼论》，《文学季刊》1935 年第 2 卷第 3 期。

胡风：《什么是"典型"和"类型"——答文学社问》，《文学》1935 年第 4 卷第 6 期。

胡风：《时间开始了·欢乐颂》，《胡风的诗》，中国文联出版社 1987 年版。

胡亮、蓝马：《"前文化"·非非主义·幸福学：蓝马访谈录》，《诗歌月刊》2011年第12期。

胡乔木：《关于人道主义和异化问题》，《人民日报》1984年1月27日。

胡秋原：《勿侵略文艺》，《文化评论》1932年第4期。

胡秋原：《浪费的论争：对于批评者的若干答辩》，《现代》1932年12月1日第2卷第2期。

胡适：《谈新诗——八年来一件大事》，《星期评论》"双十纪念号"增刊，1919年10月10日。

胡适：《导言》，《中国新文学大系·建设理论集》，上海良友图书印刷公司1935年版。

胡适：《什么是文学（答钱玄同）》，《胡适文集》第2卷，北京大学出版社1998年版。

胡适：《易卜生主义》（1918年5月），《容忍与自由》，中国工人出版社2016年版。

胡适：《自序》，《白话文学史》，上海古籍出版社1999年版。

胡亚敏：《马克思主义文学批评的"中国形态"·主持人话语》，《华东师范大学研究生学报》2013年第2期。

华夫：《文艺放出卫星来》，《建设共产主义文学》（内部资料），华中师范学院中文系1958年编印。

槐寿（周作人）：《读〈欲海回狂〉》，《晨报·副镌》1924年2月16日。

黄参岛：《微雨及其作者》，《美育》1928年第2期。

黄立：《西方文论翻译与中国化问题》，《中国比较文学》2004年第4期。

黄子平：《关于"文学语言学"的研究笔记之一：得意莫忘言》，《上海文学》1985年第11期。

霍松林：《后记》，《文艺学概论》，陕西人民出版社1957年版。

嵇文甫：《漫谈学术中国化问题》，《理论与现实》1940年第1卷第4期。

贾婷：《接受与共生：20世纪以来西方文论在中国发展历程的反思》，《中外文化与文论》2015年第2期。

姜义华：《马克思主义在中国的初期传播与近代中国启蒙运动》，《近代史研究》1983年第1期。

蒋凡：《导言》，《郭绍虞说文论》，上海古籍出版社2000年版。

蒋光赤：《十月革命与俄罗斯文学》（一），《创造月刊》1926年第1卷第2期。

蒋光慈：《现代中国文学与社会生活》，《太阳月刊》1928年1月1日创刊号。

蒋孔阳：《致读者》，《文学的基本知识》，中国青年出版社1957年版。

蒋述卓：《论当代文论与中国古代文论的融合》，《文学评论》1997年第5期。

蒋侠僧（蒋光慈）：《唯物史观对于人类社会历史发展的解释》，《新青年》1924年第10卷第3号。

金发（李金发）：《〈疗〉序》，卢森：《疗》，诗时代出版社1941年版。

金宏宇：《〈在延安文艺座谈会上的讲话〉的版本与修改》，《中国现代文学研究丛刊》2005年第6期。

开明（周作人）：《生活之艺术》，《语丝》1924年第1期。

康白情：《新诗的我见》，《少年中国》1920年第1卷第9期。

赖大仁：《马克思主义文艺理论中国化的理论形态》，《中国人民大学学报》2008年第6期。

蓝棣之：《论冯至诗的生命体验》，《贵州社会科学》1992年第8期。

蓝马：《走向迷失：先锋诗歌运动的反省》，吴思敬编：《磁场与魔方：新潮诗论卷》，北京师范大学出版社1993年版。

蓝马：《前文化导言》，《打开肉体之门》，敦煌文艺出版社1994年版。

李春娟：《方东美生命美学研究》，博士学位论文，浙江大学，2007年。

李春青、袁晶：《"形式"的意义——近年来中国学界形式主义文论研究之反思》，《中国文学研究》2013年第2期。

李大钊：《我的马克思主义观》（上），《新青年》1919年第6卷第5号。

李大钊：《什么是新文学》，《星期日》1920年周刊"社会问题号"。

李敦东：《梁宗岱对象征主义的中国化阐释》，《郴州师范高等专科学校学报》2003年第3期。

李夫生、曹顺庆：《重建中国文论话语的新视野——西方文论的中国化》，《理论与创作》2004年第4期。

李健吾：《〈咀华集〉跋》，《大公报》1936年7月19日。

李洁：《生态批评在中国：17年发展综述》，《兰州大学学报》2005年第6期。

李今：《中国左翼文学运动中的高尔基》，《中国现代文学研究丛刊》2000年第4期。

李金发：《〈微雨〉导言》，《微雨》，北新书局1925年版。

李金发：《食客与凶年·自跋》，《食客与凶年》，北新书局1927年版。

李金发：《序文两篇·序林英强的〈凄凉之街〉》，《橄榄月刊》1933年第35期。

李钧：《中西思想交汇中的现代中国文论"境界"说》，《中外文化与文论》2015年第2期。

李晓明、吴承笃：《当前国内文艺与文学的生态批评研究述评》，《河南社会科学》2006年第4期。

李怡：《日本生存体验与清末"小说界革命"》，《西南师范大学学报》（人文社会科学版）2003年第6期。

李怡：《西方文论在中国如何"化"?》，《河北学刊》2004年第5期。

李幼蒸：《法国结构主义哲学的初步分析》，全国现代外国哲学研究会编：《现代外国哲学论文集》，商务印书馆1982年版。

李泽厚：《康德哲学与建立主体性论纲》，中国社会科学院哲学研究所编辑：《论康德黑格尔哲学（纪念文集）》，上海人民出版社1981年版。

梁启超：《小说丛话》，《新小说》1903年第7号。

梁启超：《〈蒙学报〉〈演义报〉合序》，《中国近代报刊史参考资料》（上），中国人民大学新闻系1982年版。

梁启超：《进化论革命者颉德之学说》（1902），《梁启超选集》，上海人民出版社1984年版。

梁实秋：《现代中国文学之浪漫的趋势》，《晨报·副刊》1926年3月25、27、29、31日。

梁实秋：《文学的纪律》，《新月》1928年创刊号。

梁实秋：《文学与革命》，《新月》1928年第1卷第4期。

梁实秋：《文学是有阶级性的吗？》，《新月》1929 年第 2 卷第 6、7 期合刊。

梁实秋：《新诗的格调及其他》，《诗刊》1931 年 1 月。

梁实秋：《论翻译的一封信》，《新月》1932 年 12 月 1 日第 4 卷第 5 期。

梁实秋：《人性与阶级性》，《益世报·文学周刊》1933 年 12 月 16 日。

梁实秋：《白璧德及其人文主义》，《现代》1934 年第 5 卷第 6 期。

梁实秋：《关于白璧德先生及其思想》，《人生》1957 年第 148 期。

梁艳：《中国当代生态文学发展脉络研究》，《山东大学学报》（哲学社会科学版）2016 年第 2 期。

廖恒：《精神之为世界与历史——中国语境中的诠释与实践》，《中外文化与文论》2015 年第 2 期。

林传甲：《自序一》，《中国文学史》，吉林人民出版社 2013 年版。

刘柏青：《三十年代左翼文艺所受日本无产阶级文艺思潮的影响》，《文学评论》1981 年第 6 期。

刘锋杰：《"人的文学"的发生研究刍议——从中国现代文学批评发生史谈起》，《文艺理论研究》1999 年第 2 期。

刘呐鸥：《译者后记》，［苏联］弗里契：《艺术社会学》，刘呐鸥译，水沫书店 1930 年版。

刘庆福：《高尔基文论在中国》，《苏联文学》1988 年第 4 期。

刘石：《关于胡适的两部中国文学史著作》，《文学评论》2003 年第 4 期。

刘婷：《批判与超越：略谈国内马尔库塞理论研究——对观西方文论中国化问题》，《中外文化与文论》2015 年第 2 期。

刘西渭：《〈边城〉与〈八骏图〉》，《文学季刊》1935 年第 2 卷第 3 期。

刘西渭（李健吾）：《鱼目集——卞之琳先生》，《咀华集》，文化生活出版社 1936 年版。

刘小枫：《记恋冬妮娅》，《读书》1996 年第 4 期。

刘小枫：《前记》《引子》，《沉重的肉身》，上海人民出版社 1999 年版。

刘颖：《从术语翻译看西方文论的中国化》，《中国比较文学》2004 年第 4 期。

刘永泰：《人性的贫困和简陋——重读沈从文》，《中国现代文学研究丛刊》2000 年第 2 期。

刘再复：《论文学的主体性》，《文学评论》1985年第6期。

刘再复：《艰难的课题——写在〈性格组合论〉出版之前》，《读书》1986年第6期。

刘再复：《新时期文学的主潮》，《新华文摘》1986年第11期。

刘再复、楼肇明：《关于新诗艺术形式问题的质疑》，《社会科学战线》1979年第3期。

刘志坚：《〈部队文艺工作座谈会纪要〉产生前后》，欧阳松、曲青山主编：《红色往事：党史人物忆党史》（第6册，文化卷），济南出版社2012年版。

刘中望：《文学与政治的博弈：瞿秋白译介俄国马克思主义文学理论的纠结》，《文史哲》2012年第6期。

卢之超：《80年代那场关于人道主义和异化问题的争论》，《当代中国史研究》1999年第4期。

鲁迅：《〈随感录〉六十一·不满》，《新青年》1919年第6卷第6号。

鲁迅：《译了〈工人绥惠略夫〉之后》，《小说月报》1921年第12卷第7号。

鲁迅：《灯下漫笔》，《莽原周刊》1925年第2期、第5期。

鲁迅：《革命文学》，《民众旬刊》1927年第5期。

鲁迅：《文学与革命（并冬芬来信）》，《语丝》1928年第4卷第16期。

鲁迅：《文学的阶级性（并恺良来信）》，《语丝》1928年第4卷第34期。

鲁迅：《"硬译"与"文学的阶级性"》，《萌芽月刊》1930年第1卷第3期。

鲁迅：《文艺的大众化》，《大众文艺》1930年第2卷第3期。

鲁迅：《"连环图画"辩护》，《文学月报》1932年第1卷第4期。

鲁迅：《论"旧形式的采用"》，《中华日报·动向》1934年5月，署名常庚。

鲁迅：《门外文谈》，《申报·自由谈》1934年8月24日—9月10日。

鲁迅、茅盾、丁玲、曹靖华等：《高尔基的四十年创作生活——我们的庆祝》，《文化月报》1932年第1卷第1期。

罗根泽：《研究中国文学史的计划》，安徽大学《文史丛刊》1935年第1卷第1期。

罗根泽：《学艺史的叙解方法》，《读书通讯》1940 年第 12 期、1942 年第 36 期。

罗根泽：《现实主义在中国古典文学及理论批评中的发生和发展》，《文学评论》1959 年第 4 期。

吕周聚：《胡适与俄国形式主义学派文学史理论比较研究》，《山东社会科学》1998 年第 6 期。

马睿：《作为文化选择与立场表达的西学中译——温彻斯特〈文学评论之原理〉中译本解析》，《中山大学学报》（社会科学版）2013 年第 1 期。

茅盾：《从牯岭到东京》，《小说月报》1928 年第 19 卷第 10 号。

茅盾：《"五四"运动的检讨》，《文学导报》1931 年第 1 卷第 2 期。

茅盾：《新形势与新任务——9 月 27 日，中国文联主席团扩大会议上的开场白》，《新文化报》1958 年 11 月 11 日第 21 期。

茅盾：《反映社会主义跃进的时代，推动社会主义时代的跃进》，《争取社会主义文学的更大繁荣》，作家出版社 1960 年版。

茅盾：《五卅运动与商务印书馆罢工——回忆录（七）》，《新文学史料》1980 年第 2 期。

茅盾：《"左联"前期》，《新文学史料》编辑部编：《我亲历的文坛往事·忆大事：追述篇》，人民文学出版社 2004 年版。

木天（穆木天）：《无聊人的无聊话》，《A·11》1926 年 5 月 19 日第 4 期。

木天（穆木天）：《道上的话》，《洪水》1926 年第 2 卷第 18 号。

穆木天：《谭诗——寄沫若的一封信》，《创造月刊》1926 年第 1 卷第 1 期。

穆木天：《王独清及其诗歌》，《现代》1934 年第 5 卷第 1 号。

穆木天：《我的诗歌创作之回忆——诗集〈流亡者之歌〉代序》，《穆木天文学评论选集》，北京师范大学出版社 2000 年版。

潘培庆：《译者序：福柯的思想和启示》，[法] 朱迪特·勒薇尔：《福柯思想辞典》，潘培庆译，重庆大学出版社 2015 年版。

岂明（周作人）：《〈海外民歌〉译序〉》，《语丝》1927 年第 126 期。

钱谷融、吴俊：《中国现当代文学与人道主义》，《时代与思潮》1989 年第 2 期。

钱翰：《回顾结构主义与中国文论的相遇》，《法国研究》2010 年第 2 期。

钱佼汝：《"文学性"和"陌生化"：俄国形式主义早期的两大理论支柱》，《外国文学评论》1989 年第 1 期。

钱杏邨：《蒋光慈与革命文学》，《蒋光慈研究资料》，知识产权出版社 2010 年版。

钱中文：《误解要避免——"误差"却是必要的》，《外国文学评论》1989 年第 4 期。

钱中文：《对话的文学理论——误差、激活、融化与创新》，《中国社会科学院研究生院学报》1993 年第 5 期。

钱中文：《会当凌绝顶——回眸二十世纪文学理论》，《文学评论》1996 年第 1 期。

秦言：《努力发展工农兵业余文艺创作》，《红旗》1972 年第 5 期。

瞿秋白：《共产主义与文化》，《改造》1921 年第 3 卷第 7 号。

易嘉（瞿秋白）：《文艺的自由和文学家的不自由》，《现代》1932 年第 1 卷第 6 期。

瞿秋白：《马克思恩格斯和文学上的现实主义》，《现代》1933 年第 2 卷第 6 期，署名静华。

瞿秋白：《马克思文艺论底断篇后记》，《瞿秋白文集》（文学编·第 3 卷），人民文学出版社 1998 年版。

瞿秋白：《〈高尔基论文选集〉·写在前面》，《瞿秋白文集》（文学编·第 5 卷），人民文学出版社 1998 年版。

邵石：《新时期文学与人性人道主义学术讨论会纪要》，《编辑之友》1983 年第 2 期。

申奥：《外国学者论朱光潜与克罗齐美学》，《读书》1981 年第 3 期。

申小翠：《"马克思主义中国化"内涵的争鸣与科学辩伪》，《中国特色社会主义研究》2010 年第 3 期。

沈从文：《八骏图》，《文学》1935 年第 5 卷第 2 号。

沈从文：《从文小说习作选序》，《国闻周报》1936 年第 13 卷第 1 期。

沈卫威：《〈文学改良刍议〉与欧美意象派诗潮》，《河南大学学报》（社会科学版）1993年第2期。

沈雁冰：《通信》，《文学周报》1923年第93期。

沈雁冰：《论无产阶级艺术》，《文学周报》1925年第172期、第173期、第175期、第196期。

沈雁冰：《告有志研究文学者》，《学生杂志》1925年第12卷第7期。

沈雁冰：《文学者的新使命》，《文学周报》1925年第190期。

沈雁冰：《关于"烈夫"的》，《文学周报》1925年第195期。

沈雁冰：《致叶子铭》，《茅盾书信集》，文化艺术出版社1988年版。

守常（李大钊）：《介绍哲人尼杰（Friedrich Wilhelm Nietzsche）》，《晨钟报》1916年8月22日。

舒芜：《谈〈饮冰室诗话〉》，《舒芜文学评论选》，安徽教育出版社1994年版。

司马云杰：《论文艺生态学研究》，《文学评论家》1986年第3期。

宋嘉扬、靳明全：《试析鲁迅译介马列文论的二度变形》，《四川外语学院学报》2007年第3期。

苏雪林：《论李金发的诗》，《现代》1933年第3卷第3期。

孙歌：《在零和一百之间（代译序）》，[日]竹内好：《近代的超克》，李冬木、赵敦华、孙歌译，生活·读书·新知三联书店2005年版。

孙明君：《追寻遥远的理想——关于20世纪〈中国文学史〉的回顾与瞻望》，《北京大学学报》（哲学社会科学版）1997年第1期。

孙绍振：《新的美学原则在崛起》，《诗刊》1981年第3期。

孙绍振：《西方文论的引进和我国文学经典的解读》，《文学评论》1999年第5期。

孙文宪：《"马克思主义文论与21世纪"暨全国马列文论研究会第25届学术研讨会综述》，《文学评论》2009年第2期。

谭桂林：《现代中国生命诗学的理论内涵与当代发展》，《文学评论》2004年第6期。

滕守尧：《前言》，[英]克莱夫·贝尔：《艺术》，周金环、马钟元译，中国文联出版公司1984年版。

童庆炳：《论美在于内容与形式的交涉部》，《文艺理论研究》1990年第

6期。

童庆炳：《全球化时代的文学和文学批评会消失吗？——与米勒先生对话》，《社会科学辑刊》2002年第1期。

童真：《西方文论话语的"中国化"——可能性与现实性》，《湘潭大学学报》（哲学社会科学版）2004年第3期。

汪家熔：《最早介绍马克思恐非胡贻谷》，《编辑学刊》1993年第1期。

汪介之：《文学接受与当代解读——20世纪中国文学语境中的俄罗斯文学》，北京师范大学出版社2010年版。

汪介之：《"社会主义现实主义"在中国的理论行程》，《南京师范大学文学院学报》2012年第1期。

王德威：《"有情"的历史——抒情传统与中国文学现代性》，陈国球、王德威编：《抒情之现代性："抒情传统"论述与中国文学研究》，生活·读书·新知三联书店2014年版。

王独清：《再谭诗——寄给木天、伯奇》，《创造月刊》1926年第1卷第1期。

王富：《理论旅行、文化杂糅与西方文论中国化》，《社会科学家》2005年第6期。

王光明：《自由诗与中国新诗》，《中国社会科学》2004年第4期。

王家发：《一部"接着讲"的优秀学理论教材》，《长春大学学报》2002年第5期。

王杰：《中国马克思主义美学的基本问题与理论模式》，《文艺研究》2008年第1期。

王杰、段吉方：《六十年来马克思主义文论在中国的范式转换及其基本问题》，《社会科学家》2011年第3期。

王蒙：《躲避崇高》，《读书》1993年第1期。

王诺：《附录：生态批评在中国》，《欧美生态批评：生态文学研究概论》，学林出版社2008年版。

王瑞芳、左玉河：《抗战初期的马克思主义中国化运动》，《河南大学学报》（社会科学版）1995年第5期。

王姗萍：《政治话语下的近代"小说界革命"研究》，《理论月刊》2012

年第 6 期。

王泰来：《关于结构主义文艺批评》，《外国文学研究》1981 年第 2 期。

王晓华：《中国生态批评的合法性问题》，《文艺争鸣》2012 年第 7 期。

王烨：《文学研究会与初期革命文学的倡导》，《厦门大学学报》（哲学社会科学版）2006 年第 3 期。

王一川：《西方文论的知识型及其转向——兼谈中国文论的现代性转向》，《当代文坛》2007 年第 6 期。

王岳川：《生态文学与生态批评的当代价值》，《北京大学学报》（哲学社会科学版）2009 年第 2 期。

王锺陵：《典型论在中国二十世纪三四十年代的内涵、争论与运用》，《学术交流》2009 年第 1 期。

味茗（茅盾）：《莎士比亚与现实主义》，《文史》1934 年第 1 卷第 3 号。

吴家荣：《"生态文艺学"、"生态美学"的学理性质疑》，《学术界》2006 年第 3 期。

吴敬琏：《经济机制和配套改革》，《吴敬琏文集》（上），中央编译出版社 2013 年版。

吴立昌：《自序》，《人性的治疗者：沈从文传》，上海文艺出版社 1993 年版。

吴宓：《我之人生观》，《学衡》1923 年第 16 期。

吴宓：《浪漫的与古典的》，《大公报》1927 年 9 月 18 日。

吴其昌：《王国维先生生平及其学说》，陈平原、王风编：《追忆王国维》，生活・读书・新知三联书店 2009 年版。

郗智毅：《中国马克思主义文艺理论传播史中的一次关键的转折——评瞿秋白对马列文论的译介》，《河北大学学报》（哲学社会科学版）2007 年第 3 期。

夏衍：《怎样的艺术品顶好》，《夏衍全集・文学》（上册），浙江文艺出版社 2005 年版。

夏中义：《反映论与毕达可夫〈文艺学引论〉——中国文论学科的方法论源流考辨》，《学术月刊》2015 年第 1 期。

向天渊：《重"意"轻"言"："立象尽意"的诗学缺陷》，《南昌大学学报》（人文社会科学版）2004 年第 5 期。

向天渊：《从"以中格西"到"以西格中"——近现代文论话语机制的转换》，《社会科学战线》2005 年第 1 期。

向天渊：《二元及多元——中国古代文论与西方文论话语演进机制之比较》，《重庆社会科学》2007 年第 6 期。

萧楚女：《艺术与生活》，《中国青年》1924 年第 38 期。

谢碧娥：《从中国古代文论的现代转化到西方文论的中国转化》，《河北学刊》2004 年第 5 期。

忻启介：《无产阶级艺术论》，《流沙》1928 年第 4 期。

徐敬亚：《崛起的诗群——评我国诗歌的现代倾向》，《当代文艺思潮》1983 年第 1 期。

徐兆斌：《生命诗学：梁宗岱纯诗理论的本体论特征探析》，《南方论刊》2012 年第 5 期。

徐志摩：《诗刊弁言》，《晨报·副镌》1926 年创刊号。

许结：《姚永朴与〈文学研究法〉》，姚永朴：《文学研究法》，凤凰出版社 2009 年版。

玄珠（茅盾）：《苏维埃俄罗斯的革命诗人——玛霞考夫斯基》，《文学周报》1924 年第 130 期。

严绍璗：《"文化语境"与"变异体"以及文学的发生学》，《中国比较文学》2000 年第 3 期。

雁冰：《战后文艺新潮：未来派文学之现势》，《小说月报》1922 年第 13 卷第 10 号。

杨剑龙、周旭锋：《论中国当代生态学创作》，《上海师范大学学报》（哲学社会科学版）2005 年第 2 期。

杨金才：《爱默生与东方主义》，《南京社会科学》2005 年第 10 期。

杨经建：《从生命哲学到生命诗学：20 世纪中国存在主义文学本土化论之三》，《厦门大学学报》（哲学社会科学版）2010 年第 4 期。

杨向奎：《孔子思想与中国传统文明》，《齐鲁学刊》1991 年第 1 期。

叶虎：《20 世纪中国文学典型论局限分析》，《沈阳师范学院学报》（社会科学版）2002 年第 5 期。

叶朗：《论王国维境界说与严羽兴趣说、叶燮境界说的同异》，姚柯夫编：《〈人间词话〉及评论汇编》，书目文献出版社1983年版。

以群：《论革命的现实主义和革命的浪漫主义相结合》，《论无产阶级革命文艺的发展方向》，上海文艺出版社1960年版。

幼雄：《鸟尽弓藏之脱洛斯基》，《东方杂志》1924年第21卷第24号。

于会泳：《让文艺舞台永远成为宣传毛泽东思想的阵地》，《文汇报》1968年5月23日。

于文夫：《从借鉴到重构：中国生态文学的西方因子及本土融合》，《社会科学战线》2013年第12期。

余虹：《"现实"的神话：革命现实主义及其话语意蕴》，葛红兵编：《20世纪中国文艺思想史论·第1卷：历史·思潮》，上海大学出版社2006年版。

俞宣孟：《两种不同形态的形而上学》，俞宣孟、何锡蓉编：《探根寻源：新一轮中西哲学比较研究论集》，上海译文出版社2005年版。

俞兆平：《中国现代文学中浪漫主义的历史反思》，《文学评论》1999年第4期。

俞兆平：《美学的浪漫主义与政治学的浪漫主义》，《当代作家评论》2004年第6期。

俞兆平：《浪漫主义在中国的四种范式》，《天津社会科学》2010年第6期。

俞兆平：《无产阶级左翼文学理论体系的雏形：高尔基1909年〈俄国文学史〉索微》，《天津社会科学》2013年第6期。

郁达夫：《生活与艺术》文末附语，《晨报·副镌》1925年4月10日。

袁可嘉：《结构主义文学理论述评》，《世界文学》1979年第2期。

袁可嘉：《关于西方现代主义文学的三个问题》，《外国文学》1983年第12期。

袁盛勇：《民族—现代性："民族形式"论争中延安文学观念的现代性呈现》，《文艺理论研究》2005年第4期。

乐黛云：《展望九十年代——以特色和独创进入世界文化对话》，《文艺争鸣》1990年第3期。

乐黛云：《文化转型时期与中西诗学对话》，《传统文化与现代化》1993

年第 3 期。

乐黛云：《文化差异与文化误读》，《中国文化研究》1994 年第 2 期夏之卷。

曾繁仁：《当代生态美学观的基本范畴》，《文艺研究》2007 年第 4 期。

曾繁仁：《试论生态美学》，《文艺研究》2002 年第 5 期。

张卜天：《从古希腊到近代早期力学含义的演变》，《科学文化评论》2010 年第 3 期。

张峰：《试论西方现当代文学理论的"中国化"》，《福建外语》2002 年第 1 期。

张峰屹：《中国文学思想史学科的开创者——罗宗强先生》，《国学茶座》第 9 期，山东人民出版社 2015 年版。

张隆溪：《艺术旗帜上的颜色：俄国形式主义与捷克结构主义》，《读书》1983 年第 8 期。

张隆溪：《语言的牢房：结构主义的语言学和人类学》，《读书》1983 年第 9 期。

张隆溪：《诗的解剖：结构主义诗论》，《读书》1983 年第 10 期。

张隆溪：《故事下面的故事：论结构主义叙事学》，《读书》1983 年第 11 期。

张荣翼、杨小凤：《面对西方文论的学科策略——在借鉴中超越》，《河北学刊》2004 年第 5 期。

张松魁：《文艺生态学——一门孕育中的新学科》，《艺术广角》1987 年第 4 期。

张旭春：《现代性：浪漫主义研究的新视角》，《国外文学》1999 年第 4 期。

张旭春：《再论浪漫主义与现代性》，《文艺研究》2002 年第 2 期。

张旭春：《文学理论的西学东渐——本间久雄〈文学概论〉的西学渊源考》，《中国比较文学》2009 年第 4 期。

张羽：《高尔基的造神论观点研究》，《外国文学研究集刊》（第 11 辑），中国社会科学出版社 1987 年版。

张玉能、张弓：《中国化马克思主义文学批评的言说方式》，《文艺理论研究》2011 年第 4 期。

赵宪章：《马克思主义文艺美学中国化问题臆说》，《南京大学学报》（哲学·人文·社会科学）1998 年第 4 期。

赵鑫珊：《生态学与文学艺术》，《读书》1983 年第 4 期。

赵毅衡：《新中国六十年新批评研究》，《浙江大学学报》（人文社会科学版）2012 年第 1 期。

郑伯奇：《导言》，《中国新文学大系·小说三集》，上海良友图书印刷公司 1935 年版。

郑战兵：《人道主义文学潮流在现代中国的浮沉——对现代文学"第一个十年"的一点思考》，《河南师范大学学报》1991 年第 3 期。

支克坚：《马克思主义文艺理论中国化若干问题的思考》，《甘肃联合大学学报》（社会科学版）2004 年第 4 期。

仲密（周作人）：《沉沦》，《晨报·副镌》1922 年 3 月 26 日。

周伦佑：《高于零度的写作可能》，周伦佑编：《悬空的圣殿：非非主义 20 年图志史》，西藏人民出版社 2006 年版。

周伦佑：《宣布西方话语中心价值尺度无效》，周伦佑、孟原编：《刀锋上站立的鸟群》，西藏人民出版社 2006 年版。

周棉：《留学生与马克思主义文艺理论在中国的传播》，《江苏社会科学》2010 年第 3 期。

周起应（周扬）：《关于"社会主义的现实主义与革命的浪漫主义"——"唯物辩证法的创作法"之否定》，《现代》1933 年第 4 卷第 1 号。

周勋初：《罗根泽在三大学术领域中的开拓》，《中国文学研究现代化进程二编》，北京大学出版社 1996 年版。

周勋初：《黄季刚先生〈文心雕龙札记〉的学术渊源》，黄侃撰，周勋初导读：《文心雕龙札记》，上海古籍出版社 2000 年版。

周扬：《现实主义试论》，《文学》1936 年第 6 卷第 1 号。

周扬：《关于马克思主义的几个理论问题探讨》，《人民日报》1983 年 3 月 16 日。

周仲器：《新格律诗探索的历史轨迹与时代流向》，《中国新格律诗选萃（1914—2005）·代序》，吉林大学出版社 2005 年版。

周作人：《随感录》（三十四），《新青年》1918 年第 5 卷第 4 号。

周作人：《人的文学》，《新青年》1918 年第 5 卷第 6 号。

周作人：《文学上的俄国与中国——一九二〇年十一月在北京师范学校及协和医学校所讲》，《晨报·副镌》1920 年 11 月 15—16 日。

周作人：《情诗》，《晨报·副镌》1922 年 10 月 12 日。

周作人：《扬鞭集·序》，刘半农：《扬鞭集》（上），北新书局 1926 年版。

周作人：《〈谈虎集〉后记》，《北新》1928 年第 2 卷第 6 号。

朱光潜：《文艺复兴至十九世纪西方资产阶级文学家艺术家有关人道主义·人性论的言论概述》，《社会科学战线》1978 年第 3 期。

朱光潜：《关于人性、人道主义、人情味和共同美问题》，《文艺研究》1979 年第 3 期。

朱立元：《对反映论艺术观的历史反思》，《马克思主义美学研究》（第 2 辑），广西师范大学出版社 1999 年版。

朱立元：《走自己的路——对于迈向 21 世纪的中国文论建设问题的思考》，《文学评论》2000 年第 3 期。

朱立元：《外国文论中国化·主持人语》，《中外文化与文论》2015 年第 2 期。

朱立元：《以我为主，批判改造，融化吸收——关于西方文论中国化的思考》，《中外文化与文论》2015 年第 2 期。

庄桂成：《马克思主义文学批评的中国化过程分析》，《湖北民族学院学报》（哲学社会科学版）2000 年第 1 期。

邹涛：《为什么翻译文学是中国文学？》，《中国比较文学》2004 年第 4 期。

四　翻译论文

［德］恩格斯：《卡尔·马克思〈政治经济学批判〉》，《马克思恩格斯选集》（第 2 卷上），人民出版社 1972 年版。

［俄］普列汉诺夫：《论俄国所谓的宗教探索——高尔基的〈忏悔〉是在鼓吹"新宗教"》（1909），《尼采和高尔基：俄国知识界关于高尔基批评文集》，林精华等译，东方出版社 2010 年版。

[俄] 万雷萨夫：《什么是作文学家必须的条件》，济之译，《小说月报》1922 年第 13 卷第 9 号。

[法] 梵尔希：《波特莱尔的位置》，戴望舒译，《戴望舒译诗集》，湖南人民出版社 1983 年版。

[法] 瓦雷里：《诗与抽象思维》，《文艺杂谈》，段映虹译，百花文艺出版社 2002 年版。

[法] 阿兰·罗伯—葛利叶：《未来小说的道路》，朱虹译，柳鸣九编：《新小说派研究》，中国社会科学出版社 1986 年版。

[法] 弗朗索瓦·于连、陈彦：《新世纪对中国文化的挑战》（记谈录），香港《二十一世纪》1999 年 4 月号。

[法] 马拉美：《关于文学的发展》，王道乾译，伍蠡甫等编：《西方文论选》（下卷），上海译文出版社 1988 年版。

[法] 马西尔：《白璧德之人文主义》，吴宓译述，《学衡》1923 年第 19 期。

[法] 瓦雷里：《论纯诗（一）》，《瓦雷里诗歌全集》，葛雷、梁栋译，中国文学出版社 1996 年版。

[法] 夏尔·波德莱尔：《再论埃德加·爱伦·坡》，《浪漫派的艺术》，郭宏安译，译林出版社 2012 年版。

[美] J. 希利斯·米勒：《全球化时代文学研究还会继续存在吗?》，国荣译，《文学评论》2001 年第 1 期。

[美] 爱德华·W. 赛义德：《理论旅行》，《赛义德自选集》，谢少波、韩刚等译，中国社会科学出版社 1999 年版。

[美] 爱伦·坡：《诗的原理》，杨烈译，潞潞主编：《准则与尺度——外国著名诗人文论》，北京出版社 2003 年版。

[美] 杜威：《伦理演纪略》，吕达等编：《杜威教育文集》（第 3 卷），胡适译，人民教育出版社 2008 年版。

[美] 欧文·白璧德：《什么是人文主义?》，美国《人文》杂志社、三联书店编辑部编：《人文主义：全盘反思》，多人译，生活·读书·新知三联书店 2003 年版。

[美] 斯科特·斯洛维克：《什么是生态批评》，吴靓媛译，《云南师范

大学学报》（哲学社会科学版）2015年第2期。

［日］岸阳子：《也谈王国维与田冈岭云》，吴泽主编：《王国维学术研究论集》（三），华东师范大学出版社1990年版。

［日］白水纪子：《关于〈论无产阶级艺术〉出处的说明和一些感想》，《茅盾研究》（第5辑），文化艺术出版社1991年版。

［日］狩野直喜：《回忆王静安君》，滨田麻矢译，陈平原、王风编：《追忆王国维》，生活·读书·新知三联书店2009年版。

［日］须川照一：《王国维与田冈岭云》，吴泽主编：《王国维学术研究论集》（三），华东师范大学出版社1990年版。

［苏联］А. Ф. 施什金：《社会主义的人道主义》，《人道主义、人性论研究资料》（第一辑）（内部发行），商务印书馆1963年版。

［苏联］А. 波格丹诺夫：《无产阶级和艺术》，郑异凡编译：《苏联"无产阶级文化派"论争资料》，人民出版社1980年版。

［苏联］В. П. 沃尔金：《人道主义与社会主义》，《人道主义、人性论研究资料》（第一辑）（内部发行），商务印书馆1963年版。

［苏联］А. 加斯捷夫：《论无产阶级文化的倾向——无产阶级文化概略》，翟厚隆编选：《十月革命前后苏联文学流派》（上），上海译文出版社1998年版。

［苏联］法捷耶夫：《论法国作家》，耿峰译，《跃进文学研究丛刊》（第1辑），新文艺出版社1958年版。

［苏联］列宁：《给阿·马·高尔基》（1913），《列宁选集》（第2卷），人民出版社1960年版。

［苏联］列宁：《论党的出版物与文学》，一声译，《中国青年》1926年第6卷第19号。

［苏联］列宁：《在普列特涅夫的〈在意识形态战线上〉一文上所作的批注》，郑异凡编译：《苏联"无产阶级文化派"论争资料》，人民出版社1980年版。

［苏联］卢那察尔斯基：《艺术家高尔基》，《论文学》，蒋路译，人民文学出版社1978年版。

［苏联］塞拉菲莫维奇：《高尔基是同我们一道的吗》，李初梨译，《创

造月刊》1928年第2卷第1期。

[苏联] 史铁茨基:《马克西谟·高尔基》,鲁迅编:《海上述林》(下册),瞿秋白译,四川人民出版社1983年版。

[苏联] 瓦·波梁斯基:《站到"无产阶级文化协会"的旗帜下》,白嗣宏编选:《无产阶级文化派资料选编》,中国社会科学出版社1983年版。

[英] 查尔斯·查德威克:《象征主义》,柳扬编译:《花非花:象征主义诗学》,旅游教育出版社1991年版。

后　　记

　　最近十多年,"域外文论本土化"成为中国文艺理论界关注的热点话题。从学理上讲,域外文论进入中国的方式有介绍、翻译、阐释、转化、实践,等等,它们的关系颇为复杂,并不一定非得前后相续、依次完成。对域外文论本土化进行研究,可以从上述某个或几个环节入手,形成译介学、比较诗学、接受美学、变异学等多种视野。这些视野尽管各有不同,但几乎都将考察重点放在文论观念的转换上,较少从形式层面思考外来文论本土转化的问题,而这正是本书的主要内容,只不过换成"本土化机制"这种学术性较强的说法罢了。当然,所谓侧重观念或形式,只是程度差异,并非本质区别,毕竟话语形式与观念无法截然分离开来。

　　就我个人而言,选择这种视角探究此一话题,有偶然性也有必然性。所谓偶然性,是参加一次会议获得的启示。那是 2011 年 6 月,四川大学举办"中国中外文艺理论学会年会暨'国外马克思主义文论与中国当代文论建构'国际学术会议",我在会场听到不少学者的发言都涉及西方马克思主义文论与中国马克思主义文论的关系问题,他们强调研究者应该避免"中马是马、西马非马"式的二元对立思维,在突显实践性、中国化的同时,要有"守正创新"的理论边界意识。他们的看法虽然只是针对马克思主义文论,但已然属于域外文论本土化的题中应有之义,我当时感觉这些反思与期许颇为中肯,但主要还是从观念入手,这就意味着,域外文论本土化的具体方式还留有进一步讨论的空间。所谓必然性,是在此之前我对此现象已经有所探究。我博士阶段所学的专业是比较文学，研究方向是比较诗学，学位论文题为"现代汉语诗学话语"，从话语主体、话语方式、话语文本、话语理路几个维度对1917—1937年间的现代汉语文学批评、文学理论、文学史及文学批评史进行描述与阐释。论文的基本框架建基于福柯关于"话语"是一种"推理实践"（Discursive practice）的观点。既然"话语"是推理实践，"诗学话语"也应该是，而"实践"自然是一个有主体、有方式、有结果的过程，话语主体在相当程度上决定话语方式的类型与特征，话语实践的结果就是可见、可读的话语文本，纵观一系列文本，就能发现某个时期整个话语的延展理路。显然，这已经不属于纯粹观念的考辨，而是有关话语生成机制的阐释了。这在当时，是一个相对冷僻的研究路径，呼应者不多，但我坚持相信其价值不容低估，这大约就是毕业将近十年之时，我在上述那次年会上仍然有所感触的契机所在吧。又是十年过去了，这本小书得以面世，算是再续前缘，也算了却一桩心愿。

  需要说明的是，本书的整体框架由我提出，在开始撰写前，我还大体规划了每章的具体思路，原本打算独自撰写，结果是五人合作而成。为什么是我们五个人？表面看来，纯属偶然，仔细一想，也有某种必然性。所谓偶然，是指2014年秋天，在"第五届华文诗学名家国际论坛"期间，我和中国新诗研究所的四位"所友"闲坐聊天，谈及这个研究计划，希望他们也能加入，大家都爽快地答应了，这多少有些出乎我的意料，今日想来，大约有碍于情面不便拒绝的缘由吧。所谓必然，我想也是源于我们都是"新诗所人"。新诗所对我们的学术熏陶主要体现在中国现代诗学和比较诗学两个领域，而域外文论本土化恰好将这两个方面整合了起来，或许这才是触动并吸引我们愿意投入此项研究的根本原因，即便当时尚未意识到这一点。

  论坛结束之后，我分配写作任务，一年半完成初稿，接下来是专家审读、作者修改，再由我统稿，最终面貌呈现于此。具体说来，导论、第七章（融突和合上）、第八章（融突和合下）、结语（走向他人与回归自我）、参考文献等部分由我完成；第一章（碰撞与融合）、第二章（曲解与变形）、第六章（调和与会通）由白杰完成；第三章（挪用与重构）由丁茂远完成；第四章（移植与变异）由王波完成；第五章

后 记

（言说与抗拒）由令狐兆鹏完成。此外，王波还写有"造神与祛魅"一章，因篇幅限制及其他原因，未能编入，颇为遗憾。

值得宽慰的是，本书不少内容曾以论文形式公开发表，迄今为止，已有十余篇，这得感谢《广东社会科学》《广西社会科学》《河南社会科学》《俄罗斯文艺》《理论月刊》《中国中外文艺理论研究》《烟台大学学报》《河北师范大学学报》《厦大中文学报》《集美大学学报》《内蒙古大学学报》《聊城大学学报》的各位责任编辑。当然，本书能够顺利出版，既得益于中央高校基金创新团队项目和重庆市委宣传部、重庆市作家协会资助项目的大力扶持，也仰赖编辑和校对的细致与耐心，是他们的辛勤付出，让本书避免诸多文字错讹和文献脱漏。以这种方式与这些素昧平生的编校人员发生交集，是特殊的文字缘分，值得格外珍惜。

如此说来，真的要感谢人生各种形式的机缘巧合！

向天渊

2021 年 4 月 8 日于重庆北碚坎井斋